**science
fiction
& fantastica**

Walter M. Miller jr.

Lobgesang auf Leibowitz

**Deutsch von
Jürgen Saupe und Erev**

Marion von Schröder Verlag

Titel der bei J. B. Lippincott, Philadelphia,
erschienenen Originalausgabe:
A CANTICLE FOR LEIBOWITZ
Copyright © 1959 by Walter M. Miller, jr.

1. Auflage 1971
Copyright © 1971 by Marion von Schröder Verlag GmbH,
Hamburg und Düsseldorf
Alle Rechte der Verbreitung in deutscher Sprache, auch durch Film,
Funk, Fernsehen, fotomechanische Wiedergabe, Tonträger jeder Art
und auszugsweisen Nachdruck, sind vorbehalten
Gesetzt aus der 10 auf 12 Punkt Garamond der Linotype GmbH
Gesamtherstellung: Kleins Druck- und Verlagsanstalt, Lengerich/Westf.
Printed in Germany
ISBN 3 547 76745 8

Inhalt

Fiat Homo 7

Fiat Lux 149

Fiat Voluntas Tua 299

FIAT HOMO

1

Bruder Francis Gerard von Utah hätte die so segensreichen Urkunden wohl nie entdeckt, wäre nicht der Pilger mit gegürteten Lenden gewesen, der in der Fastenzeit des jungen Novizen in der Wüste auftauchte.
Bruder Francis hatte wirklich noch nie einen Pilger mit gegürteten Lenden gesehen. Doch daß dieser auf Treu und Glauben echt sei, davon war er überzeugt, sobald er sich vom Schrecken erholt hatte, der ihm das Blut in den Adern hatte gefrieren lassen, als der Pilger, eingehüllt in die flimmernden Hitzeschleier, wie ein tänzelndes, schwarzes Jota am fernen Horizont erschienen war. Mit winzigem Haupt, aber ohne Beine kam das Jota aus dem Spiegelglanz über der geborstenen Landstraße hervor. Mehr sich windend als gehend kam es in Sicht und veranlaßte Bruder Francis, das Kreuz seines Rosenkranzes zu ergreifen und ein oder zwei Ave zu murmeln. Das Jota ließ an eine winzige Erscheinung denken, ausgebrütet von den bösen Geistern der Hitze, die das Land mittags marterten, wenn jegliches Geschöpf, das sich in der Wüste bewegen konnte, bewegungslos in seinem Bau lag (die Geier ausgenommen und einige klösterliche Einsiedler wie Francis) oder sich unter einem Felsen vor der Gewalt der Sonne schützte. Nur etwas Ungeheures, ein außernatürliches Wesen, oder jemand mit verwirrtem Verstand würde mit Absicht mittags den Weg hierher nehmen.
Bruder Francis fügte ein hastiges Gebet an Sankt Raul den Zyklopier hinzu, den Schutzheiligen der Mißgeburten, um vor den unglücklichen Schützlingen des Heiligen bewahrt zu werden. (Denn wer wußte damals nicht, daß es auf der Erde jener Tage Ungeheuer gab? Daß allem, was lebendig geboren war, durch Gesetz der Kirche und das Naturgesetz gestattet wurde zu leben, und ihm von denen, die es gezeugt hatten, nach Möglichkeit Unterstützung bis zur körperlichen Reife gewährt werden sollte. Das Gesetz wurde nicht immer befolgt, aber doch häufig genug, um eine zerstreut lebende Menge erwachsener Ungeheuer zu erhalten,

die oft die entlegensten Wüsteneien für ihr Wanderleben wählten. Nachts streiften sie dort um die Feuer der Präriereisenden.) Sich windend fand nun das Jota endlich den Weg aus den aufsteigenden Hitzeschleiern in die klare Luft, wo es offenkundig zu einem fernen Pilger wurde. Mit einem leisen Amen ließ Bruder Francis das Kreuz los.
Ein spindeldürrer alter Kerl war der Pilger, mit Stab, geflochtenem Hut, struppigem Bart und einem Wasserschlauch, der über die Schulter geworfen war. Er kaute an etwas, und für eine Geistererscheinung spie er mit zu deutlichem Behagen aus. Auch schien er zu gebrechlich und lahm, um mit Erfolg der Menschenfresserei oder dem Straßenraub frönen zu können. Trotzdem schlich Francis lautlos aus dem Sichtfeld des Pilgers und kauerte sich hinter einem Schutthaufen nieder, von wo aus er, ohne gesehen zu werden, beobachten konnte. In der Wüste waren die seltenen Begegnungen von Fremden Anlaß zu gegenseitigem Mißtrauen und auf beiden Seiten von Vorsichtsmaßnahmen geprägt, die ein Ereignis einleiteten, das sich entweder als herzerfrischend oder feindselig erweisen konnte.
Öfter als dreimal im Jahr bereiste selten irgendein Laie oder Fremdling die alte Straße, die an der Abtei vorbeiführte. Trotz der Oase, die das Bestehen dieser Abtei ermöglichte und das Kloster zur natürlichen Raststätte für Wanderer gemacht hätte, wäre die Straße nicht eine Straße aus dem Nirgendwo gewesen, die ins Nirgendwohin führte, vom Standpunkt damaliger Reisebräuche aus gesehen. Zu früheren Zeiten war diese Straße vielleicht ein Abschnitt der kürzesten Strecke zwischen dem Großen Salzsee und Old El Paso gewesen. Südlich der Abtei kreuzte sie einen ähnlichen Streifen aus geborstenem Stein, der sich von Ost nach West erstreckte. Nicht der Mensch hatte sie vor kurzem erst zerstört; die Zeit hatte die Kreuzung zerbröckeln lassen.
Der Pilger kam bis auf Rufweite heran, doch der Novize blieb hinter seinem Schutthügel. Die Lenden des Pilgers

waren tatsächlich mit einem Stück schmutziger, grober Leinwand gegürtet, die außer Hut und Sandalen sein einziges Kleidungsstück war. Verbissen stapfte er daher, in gleichmäßigem Hinken, wobei er seinen verkrüppelten Fuß mit dem schweren Stab unterstützte. Er hatte den pendelnden Gang eines Mannes, der schon einen weiten Weg hinter sich, aber noch eine lange Strecke vor sich hat. Doch kaum hatte er das Gelände der alten Ruinen betreten, hielt er seinen Schritt an, um sich spähend umzusehen.
Francis duckte sich tief nieder.
Zwischen den Hügelketten, wo einst eine Gruppe uralter Gebäude gewesen war, gab es keinen Schatten. Einige der größeren Trümmer würden jedoch ausgesuchten Körperteilen trotzdem kühlende Erfrischung gewähren können, wenn man als Reisender in den Dingen der Wüste so erfahren war, wie der Pilger sich gleich erweisen sollte. Er sah sich rasch nach einem Stein von geeigneter Größe um. Beifällig beobachtete Bruder Francis, daß er den Stein nicht einfach packte und hastig daran zerrte, sondern statt dessen in sicherer Entfernung davor stehend seinen Stab als Hebel und einen kleineren Stein als Drehpunkt benutzte, und den schweren Stein so lange hin- und herwuchtete, bis das unvermeidliche, zischende Tier darunter hervorschoß. Leidenschaftslos erschlug der Reisende die Schlange mit seinem Knüttel und schleuderte den noch zuckenden Körper beiseite. Nachdem er so die Bewohnerin der kühlen Spalte erledigt hatte, bediente sich der Pilger der weniger heißen Deckfläche der Spalte auf die gewöhnliche Art, indem er den Stein umstürzte. Darauf zog er den hinteren Teil seines Lendentuches in die Höhe, ließ sich mit seinem schlaffen Sitzfleisch auf die verhältnismäßig kühle Unterseite des Steins nieder, streifte seine Sandalen von den Füßen und stemmte seine Sohlen gegen den sandigen Boden der gerade noch kühlen Spalte. So erfrischt wackelte er mit den Zehen, grinste zahnlos, begann sogar ein Lied zu summen. Bald flötete er in einem Dialekt, der dem Novizen unbekannt

war, einen süßlichen Sang. Bruder Francis wurde seines Kauerns überdrüssig und regte sich unruhig.
Unterm Singen wickelte der Pilger trockenes Brot und einen Bissen Käse aus. Dann unterbrach er sein Singen und stand für einen Augenblick auf, um in der Mundart der Gegend leise zu rufen: »Gesegnet sei *Adonoi Elohim*, der Herr aller Dinge, der das Brot aus der Erde wachsen läßt.«
Fast wie nasales Meckern klang es. Das Meckern war beendet; er setzte sich wieder und begann zu essen.
Der Wanderer muß tatsächlich einen langen Weg hinter sich haben, dachte Bruder Francis. Er wußte von keinem benachbarten Reich, das von einem Monarchen mit so ungewohntem Namen und in so merkwürdiger Anmaßung regiert wurde. Bruder Francis mutmaßte, daß der alte Mann auf Pilgerfahrt sei – vielleicht zu den Reliquien der Abtei, obwohl sie noch nicht offiziell als Reliquien galten, so wie auch ihr Heiliger noch kein offizieller Heiliger war. Bruder Francis konnte sich die Gegenwart eines uralten Wanderers auf dieser Straße, die nirgendwohin führte, nicht anders erklären.
Der Pilger ließ sich Zeit mit Brot und Käse; der Novize wurde, als seine Angst nachgelassen hatte, von wachsender Unruhe geplagt. Das Schweigegebot der Fastenzeit erlaubte ihm nicht, von sich aus mit dem Alten ein Gespräch zu beginnen. Wenn er aber sein Versteck hinter dem Schutthaufen verließe, bevor der Alte aufbräche, würde er sicher vom Pilger gesehen oder gehört werden, denn es war ihm untersagt worden, die Umgebung seiner Einsiedlerklause vor Beendigung der Fastenzeit zu verlassen.
Bruder Francis zögerte noch etwas, räusperte sich dann aber laut und kam aufrecht in Sicht.
Gleich flogen da Brot und Käse des Pilgers zu Boden. Der Alte riß den Knüttel an sich und sprang auf seine Füße.
»Mich anschleichen, was!«
Drohend schwang er seinen Knüttel gegen die verhüllte Gestalt, die hinter dem Steinhaufen aufgestanden war.

Bruder Francis sah, daß das dicke Ende des Stabes mit einer Metallspitze bewehrt war. Höflich verneigte sich der Novize dreimal, aber der Pilger schenkte dieser feinen Geste keine Aufmerksamkeit.
»Bleib, wo du bist!« krächzte er. »Bleib mir bloß vom Leib, du Ungeheuer. Ich habe nichts, worauf du aus sein könntest – höchstens den Käse, und den kannst du haben. Wenn du aber Fleisch willst, ich bestehe nur noch aus Knorpeln, aber ich werde für sie kämpfen! Zurück jetzt! Zurück!«
»Warte...« Der Novize verstummte. Nächstenliebe oder sogar allgemeine Höflichkeit konnten dem Schweigegebot der Fastenzeit den Vorrang nehmen, wenn die Umstände nach Sprache verlangten. Jedoch das Schweigen nach eigenem Gutdünken zu brechen machte Francis immer leicht unruhig.
»Ich bin kein Ungeheuer, mein lieber Simpel«, fuhr er fort, unter Anwendung der Höflichkeitsanrede. Er schlug seine Kapuze zurück, zeigte seinen mönchischen Haarschnitt und hielt die Perlen des Rosenkranzes in die Höhe. »Kennst du das?«
Einige Sekunden lang blieb der Alte in katzengleicher Kampfbereitschaft und betrachtete das sonnenverbrannte Gesicht des halbwüchsigen Novizen eingehend. Daß der Pilger das Opfer eines Irrtums geworden war, lag in der Natur der Sache. Groteske Geschöpfe, die am Wüstenrand ihr Unwesen trieben, trugen oft genug Kapuzen, Larven oder bauschige Gewänder, um ihre Mißbildungen zu verbergen. Unter ihnen gab es auch solche, deren Mißbildungen nicht auf den Körper beschränkt waren, solche, die Reisende häufig als unversiegliche Quelle von Wildbret ansahen.
Nach einem kurzen prüfenden Blick richtete sich der Pilger auf.
»Ach so – einer von *denen*.« Er stützte sich auf seinen Stab und legte die Stirn in Falten. »Ist das da hinten die Abtei

des Leibowitz?« fragte er, während er nach Süden auf eine weit entfernte Gruppe von Gebäuden zeigte.
Bruder Francis verneigte sich höflich und nickte mit gesenktem Blick.
»Was machst du hier draußen in den Ruinen?«
Der Novize hob einen kreidigen Steinsplitter auf. Es war statistisch unwahrscheinlich, daß der Reisende lesen konnte, aber Bruder Francis entschloß sich zu einem Versuch. Da die rohen Umgangssprachen der Leute weder über Alphabet noch über Rechtschreibung verfügten, schrieb er die lateinischen Wörter für »Buße, Einsamkeit und Schweigen« auf einen großen flachen Stein, schrieb sie darunter noch einmal in altem Englisch und hoffte nur, trotz seiner uneingestandenen Sehnsucht nach einem Gesprächspartner, daß der alte Mann verstehen und ihn seiner einsamen Fastenvigilie überlassen möge. Der Pilger antwortete auf die Inschrift mit einem ironischen Lächeln. Sein Lachen war weniger ein Lachen als ein fatalistisches Meckern. »Hmmm – hnn! Ihr schreibt immer noch rückwärts!« sagte er. Aber er ließ sich nicht herab, zu zeigen, ob er die Inschrift verstanden hatte. Er legte seinen Stab zur Seite, setzte sich wieder auf den Steinbrocken, hob Brot und Käse aus dem Sand auf und kratzte den Schmutz ab. Francis leckte sich hungrig die Lippen, wendete sich jedoch ab. Seit Aschermittwoch hatte er nichts außer Kaktusfrüchten und gedörrtem Mais zu sich genommen. Bei den Vigilien der Berufung waren die Vorschriften des Fastens und der Enthaltsamkeit ziemlich streng.
Sein Unbehagen wurde so offensichtlich, daß der Pilger Brot und Käse brach und ihm ein paar Happen anbot.
Trotz seines ausgetrockneten Zustands, der auf den dürftigen Wasservorrat zurückzuführen war, lief dem Novizen das Wasser im Mund zusammen. Er konnte seine Augen nicht von der Hand wenden, die Speise anbot. Das Weltall zog sich zusammen: genau in seiner geometrischen Mitte schwebte der sandige Leckerbissen aus dunklem Brot und

bleichem Käse. Ein Dämon befahl den Muskeln seines linken Beines, den linken Fuß einen halben Meter vorwärts zu bewegen. Dann wurde das rechte Bein vom Bösen besessen und setzte den rechten Fuß vor den linken. Irgendwie wurden die Brust- und Armmuskeln gezwungen, sich zu bewegen, bis seine Hand die des Pilgers berührte. Seine Finger betasteten das Essen, sie schienen das Essen sogar zu schmecken. Ein unfreiwilliges Schaudern durchfuhr seinen halbverhungerten Körper. Er schloß die Augen und sah, wie der Abt ihn mit Blicken durchbohrte, wie der Abt den Ochsenziemer schwang. Immer wenn der Novize versuchte, sich die Dreieinigkeit vorzustellen, verschmolz das Antlitz Gottvaters stets mit dem Gesicht des Abtes, das, wie ihm schien, für gewöhnlich sehr zornig war. Hinter dem Abt tobte ein Feuerbrand, aus dessen Mitte die Augen des seligen Märtyrers Leibowitz in schmerzlicher Todesangst auf seinen fastenden Schutzbefohlenen blickten, der beim Griff nach dem Käse ertappt worden war.

Der Novize erschauerte wieder. »*Apage Satanas!*« zischte er, hüpfte zurück und ließ die Speise fallen. Ganz überraschend bespritzte er den alten Mann mit Weihwasser aus einer winzigen Kapsel, die er heimlich aus dem Ärmel gezogen hatte. Für Augenblicke war der Pilger in dem ein wenig sonnenbetäubten Kopf des Novizen vom Erzfeind ununterscheidbar geworden.

Der Überraschungsangriff auf die Mächte der Finsternis und der Versuchung zeitigte keine unmittelbaren übernatürlichen Ergebnisse, aber die natürliche Wirkung schien sich *ex opere operato* einzustellen. Der beelzebübische Pilger unterließ es, in Schwefelschwaden zu zerfließen, doch gab er gurgelnde Töne von sich, nahm leuchtendrote Gesichtsfarbe an und stürzte sich mit haarsträubendem Schrei auf Francis. Auf der Flucht vor dem losdreschenden Pilgerstab mit der Metallspitze stolperte der Novize dauernd über sein langes Gewand. Ohne Nagelwunden entkam er nur, weil der Pilger seine Sandalen vergessen hatte. Der hinkende Sturmangriff des Alten wurde zu einem hüpfenden Tanz. Er schien sich plötzlich auf die scharfkantigen Steine unter seinen bloßen Sohlen zu besinnen. Wie in Gedanken versunken blieb er stehen. Als Bruder Francis über die Schulter zurücksah, gewann er den deutlichen Eindruck, daß der Rückzug des Pilgers zu seinem kühlen Platz mit Hilfe eines Kunststücks vollführt wurde, das darin bestand, auf der Spitze einer großen Zehe voranzuhüpfen.

Der Novize stahl sich zu seinen selbstauferlegten Mühen in den Ruinen hinweg, voller Scham über den Käsegeruch, der an seinen Fingern klebte, und voll Bedauern über den unsinnigen Exorzismus. Unterdessen kühlte der Pilger seine Füße, kühlte seine Wut, indem er gelegentlich Steine nach dem jungen Mann warf, sobald dieser zwischen den Schutthaufen in Sicht kam. Als schließlich sein Arm ermüdete, ließ er mehr Scheinangriffe als Steine los und brummte nur noch in sein Brot und seinen Käse hinein, als Francis aufhörte, beiseite zu springen.

Der Novize streifte hin und her durch das ganze Ruinenfeld. Gelegentlich wankte er auf ein gewisses Zentrum seiner Bemühungen zu, mit einem Steinblock so groß wie sein Brustkasten, den er in schmerzender Umarmung an sich preßte. Der Pilger beobachtete, wie er einen Stein aussuchte, mit der Handspanne die Größe maß, ihn verwarf, sorgfältig einen anderen wählte, um ihn aus dem Steingeschiebe zu brechen, ihn hochzuhieven und ihn taumelnd wegzuschleppen. Nach wenigen Schritten ließ er den Stein fallen, setzte sich plötzlich nieder, den Kopf zwischen den Knien in augenscheinlichem Bemühen, einen Ohnmachtsanfall zu überwinden. Er schnappte eine Weile nach Luft, stand dann wieder auf, rollte den Stein stürzend und kippend seinem Bestimmungsort zu. Er blieb bei dieser Tätigkeit, während aus dem bösen Starren des Pilgers längst ein Gaffen geworden war.

Die Sonne stieß ihre mittäglichen Flüche gegen das verdorrte Land aus und legte ihren Bannstrahl auf alles, was feucht war. Trotz der Glut mühte sich Francis weiter.

Als der Fremde die letzten Brot- und Käsereste mit einigen Spritzern aus dem Wasserschlauch hinabgespült hatte, schlüpfte er in seine Sandalen, erhob sich grunzend und humpelte durch die Ruinen zu dem Schauplatz mönchischer Mühen. Der Novize bemerkte die Annäherung des Alten und hastete in sichere Entfernung. Höhnisch schwang der Pilger seinen Knüttel gegen ihn, aber er schien eigentlich doch mehr neugierig auf die Maurerkunst des jungen Mannes als erpicht auf Rache zu sein. Er blieb stehen, um sich die Höhle des Novizen anzusehen.

Hier, in der Nähe der Ostgrenze des Ruinenfeldes, hatte Francis eine flache Grube gegraben, mit einem Stock als Hacke und seinen Händen als Schaufeln. Am ersten Tag seiner Fastenzeit hatte er sie mit einem Haufen Gestrüpp überdeckt und sich in der Grube vor den Wüstenwölfen geschützt. Doch wie die Tage des Fastens zunahmen, hatte seine Anwesenheit seine Geruchsspuren in der Umgebung zunehmen lassen, bis die nächtlich schleichenden Wölfe, vom Ruinenfeld übermäßig angezogen, sogar an seinem Gestrüpp herumkratzten, wenn das Feuer verlöscht war.

Zunächst hatte er versucht, ihr nächtliches Wühlen dadurch zu vereiteln, daß er die Dichte seines Gestrüpphaufens über der Grube vergrößerte und sie mit einem Kranz von Steinen umgab, die fest in einer Furche saßen. Doch in der letzten Nacht war irgend etwas auf das Gestrüpp gesprungen und hatte über dem zitternden Francis geheult. Da hatte er beschlossen, seinen Bau zu verstärken, und hatte angefangen, eine Mauer auf dem ursprünglichen Steinkranz zu bauen. Während ihres Wachsens neigte sich die Mauer nach innen. Doch da die Höhlung ungefähr ovalen Grundriß hatte, drängten sich die Steine jeder neuen Lage gegen benachbarte Steine und verhinderten so den Einsturz. Jetzt hoffte Bruder Francis nur, daß er durch sorgfältige Auswahl der Brocken, eine gewisse Kunstfertigkeit, einge-

stampfte Erde und Kieselkeile die Kuppel würde vollenden können. Eine Brücke, ein einziger ungestützter Bogen, überwölbte sogar schon als Zeichen seines Ehrgeizes, die Schwerkraft irgendwie mißachtend, die Grube. Bruder Francis kläffte wie ein junger Hund, als der Pilger mit seinem Knüttel neugierig gegen den Bogen stieß.
Während der Untersuchung des Pilgers hatte sich der Novize, sehr besorgt um seine Behausung, langsam genähert. Der Pilger beantwortete das Kläffen mit Knüppelschwenken und einem blutdurstigen Geheul. Im Nu stolperte Bruder Francis über den Saum seines Gewandes und fiel nieder. Der Alte lachte vor sich hin.
»Hmmm – hnnn. Du wirst einen komisch geformten Stein brauchen, um *diese* Lücke da zu füllen«, sagte er und bewegte klappernd seinen Stab in einer gähnenden Lücke der obersten Steinreihe hin und her.
Der Bursche nickte und blickte weg. Er blieb im Sand hokken und hoffte, daß sein Schweigen, sein zum Boden gerichteter unbeweglicher Blick dem Alten zu verstehen gäben, daß ihm weder freistand sich zu unterhalten, noch von sich aus in die Anwesenheit von jemand am Ort seiner Fasteneinsamkeit einzuwilligen. Der Novize fing mit einem dürren Zweig in den Sand zu schreiben an: *Et ne nos inducas in*...
»Ich habe mich noch nicht erboten, diese Steine für dich in Brot zu verwandeln, oder?« sagte der alte Reisende ärgerlich.
Bruder Francis blickte flüchtig auf. Aha, der Alte konnte also lesen, und die Heilige Schrift noch obendrein. Überdies ließ seine Bemerkung erkennen, daß er sowohl die impulsive Anwendung von Weihwasser als auch den Grund für die Anwesenheit des Novizen hier begriff. Bruder Francis wurde bewußt, daß ihn der Pilger nur aufzog. Er schlug seine Augen nieder und wartete.
»Hmmm – hnnn! Man soll dich also allein lassen, was? Na gut, ich werde mich also besser auf meinen Weg machen.

Sag mal, werden deine Brüder in der Abtei einem alten Mann gestatten, sich ein bißchen im Schatten auszuruhen?«
Bruder Francis nickte. »Sie werden dich auch speisen und tränken«, fügte er leise und voll der Nächstenliebe hinzu.
Der Pilger schmunzelte. »Bevor ich gehe, werde ich dir dafür einen Stein suchen, der in die Lücke paßt. Gott mit dir!«
Aber das brauchst du nicht. Der Einspruch blieb unausgesprochen. Bruder Francis sah ihn langsam weghumpeln. Der Pilger wanderte kreuz und quer zwischen den Schutthügeln umher. Manchmal blieb er stehen und prüfte einen Stein, stocherte an ihm mit seinem Stab herum. Die Suche würde sich bestimmt als erfolglos erweisen, dachte der Novize, denn sie war nichts als eine Wiederholung der Suche, auf die er selbst seit dem Morgen gegangen war. Schließlich hatte er entschieden, daß es leichter sein würde, einen Teil der obersten Reihe niederzureißen und neu wieder aufzubauen, als einen Schlußstein zu finden, der ungefähr den Umriß einer Sanduhr haben müßte wie die Lücke in der Reihe. Der Pilger würde sicher bald die Geduld verlieren und weiterwandern.
Inzwischen ruhte sich Bruder Francis aus. Er betete um Wiedererlangung jener inneren Ruhe, die zu suchen ihm der Zweck seiner Andachtsübung befahl: dem Geist ein reines Pergament sein, darauf vielleicht in seiner Abgeschiedenheit die Worte einer Anrufung geschrieben würden, wenn die jenseitige unermeßliche Einsamkeit Gott ihre Hand ausstreckte, um seine eigne winzige Menscheneinsamkeit zu berühren und so die Berufung auszusprechen. Als Anleitung seiner Meditation diente das »Büchlein«, das Prior Cheroki letzten Sonntag bei ihm zurückgelassen hatte. Es war jahrhundertealt und hieß *Libellus Leibowitz*, obwohl nur eine ungewisse Überlieferung die Autorschaft dem Seligen selbst zuschrieb.
»*Parum equidem te diligebam, Domine, juventute mea; quare doleo nimis* . . . Zu wenig o Herr, liebte ich Dich in

der Zeit meiner Jugend, deshalb gräme ich mich so sehr in meinem Alter. Vergeblich floh ich Dich in jenen Tagen . . .«
»*Hoi!* Du dort!« rief es hinter den Schutthügeln hervor.
Bruder Francis schaute flüchtig auf, doch der Pilger war nicht zu sehen. Sein Blick fiel auf die Seite zurück.
»*Repugnans tibi, ausus sum quaerere quidquid doctius mihi fide, certius spe, aut dulcius caritate visum esset. Quis itaque stultior me . . .*«
»He, *Junge!*« rief es wieder. »Ich hab den Stein für dich gefunden, einen, der wahrscheinlich passen wird.«
Als Bruder Francis diesmal aufblickte, bekam er flüchtig den Stab des Pilgers zu sehen, der ihm hinter einem Schutthaufen hervor Zeichen gab. Seufzend wendete sich der Novize wieder dem Lesen zu.
»*O inscrutabilis Scrutator animarum, cui patet omne cor, si me vocaveras, olim a te fugeram. Si autem nunc velis vocare me indignum . . .*«
Dann voll Ungeduld hinter dem Schutthaufen hervor: »Also gut, tu, was du willst! Ich werde den Stein bezeichnen und einen Pfahl danebensetzen. Wenn du willst, kannst du's ja mal mit ihm versuchen.«
»Vielen Dank«, hauchte der Novize, aber er zweifelte, ob der alte Mann ihn gehört hatte. Er mühte sich weiter mit dem Text ab: »*Libera me, Domine, ab vitiis meis, ut solius tuae voluntatis mihi cupidus sim, et vocationis . . .*«
»Na also«, rief der Pilger, »der Pfahl steckt, und der Stein ist bezeichnet. Und mögest du bald zu deiner Stimme finden, mein Junge. *Olla allay!*«
Gleich nachdem der letzte Ruf verklungen war, bekam Bruder Francis den Pilger flüchtig zu Gesicht, wie er sich den Weg zur Abtei hinunterschleppte. Der Novize sandte ihm einen sanften Segen nach und ein Gebet um sichere Wanderschaft.
Die Abgeschiedenheit war wiederhergestellt. Bruder Francis verstaute das Buch in seinem Bau und nahm wieder seine vom Zufall bestimmte Maurerarbeit auf. Noch

bemühte er sich nicht, den Fund des Pilgers zu untersuchen. Während sein ausgemergelter Körper sich streckte, sich überanstrengte und unter der Last der Felsbrocken taumelte, fuhr sein Geist wie eine Mühle fort, das Gebet um Gewißheit der Berufung zu wiederholen: »*Libera me, Domine, ab vitiis meis*... O Herr, nimm meine Sünde von mir, damit in meinem Herzen ich nur nach Deinem Willen verlange und Deine Stimme vernehme, wenn sie mich ruft... *ut solius tuae voluntatis mihi cupidus sim, et vocationis tuae conscius si digneris me vocare. Amen.* O Herr, nimm meine Sünde von mir, damit in meinem Herzen ...«

Eine himmlische Herde von Haufenwolken begann jetzt die Sonne zu verdecken. Sie war auf ihrem Weg, den Bergen feuchten Segen zu erteilen, nachdem sie die verdorrte Wüste grausam genarrt hatte. Dunkle Wolkenschatten zogen über das aufgeworfene Land. Hin und wieder boten sie angenehme Erholung von den sengenden Sonnenstrahlen. Immer wenn ein eilender Wolkenschatten über die Ruinen hinglitt, arbeitete der Novize wie rasend, bis der Schatten weiterzog, um sich dann auszuruhen und auf das nächste Wölkchen zu warten, das der Sonne das Licht nehmen würde.
Beinahe zufällig entdeckte Bruder Francis schließlich den Stein des Pilgers. Wie er so in der Gegend herumlief, stolperte er über den Pfahl, den der alte Mann als Zeichen in den Boden getrieben hatte. Er fand sich auf Händen und Knien zwei Zeichen anstarren, die erst vor kurzem mit Kreide auf einen uralten Stein geschrieben worden waren:

༒

Die Zeichen waren so sorgfältig gezogen, daß Bruder Francis sofort für sicher annahm, es müsse sich um symbolische Zeichen handeln. Aber Minuten des Nachsinnens führten nur ins Sinnlose. Vielleicht Zeichen eines Zauberers? Doch nein, der alte Mann hatte »Gott mit dir« gerufen, was bei einem Zauberer ganz unwahrscheinlich war. Der Novize

stemmte den Stein aus dem Schutt heraus und drehte ihn um. Dabei klang ein schwaches Grollen aus dem Schuttberg. Ein Kiesel polterte den Hang hinunter. Francis befürchtete einen Steinschlag und hüpfte rasch beiseite. Alles war wieder ruhig. An der Stelle jedoch, wo der Fels des Pilgers eingekeilt gewesen war, zeigte sich jetzt ein kleines dunkles Loch. Oft waren Löcher bewohnt.
Das Loch schien aber so fest vom Stein des Pilgers verschlossen gewesen zu sein, daß selbst ein Floh kaum hätte eindringen können, bevor Francis den Stein herausgewälzt hatte. Auf jeden Fall suchte sich Francis einen Stock und schob ihn behutsam in die Öffnung hinein. Der Stock stieß auf keinen Widerstand. Als er ihn losließ, rutschte er in das Loch hinein und verschwand wie in eine größere unterirdische Höhle. Er wartete unruhig. Nichts kroch ans Tageslicht.
Er ließ sich wieder auf die Knie nieder und schnüffelte vorsichtig an der Öffnung. Er bemerkte weder Tiergeruch, noch irgendeine Spur von Schwefelgestank. Er warf eine Handvoll Kiesel hinein und neigte sich tiefer, um zu lauschen. Die Kiesel sprangen knapp unterhalb der Öffnung einmal auf, rasselten dann weiter in die Tiefe, schlugen gegen etwas Metallisches und kamen schließlich sehr tief unten zur Ruhe. Der Hall klang nach einer unterirdischen Höhlung von der Größe eines Zimmers.
Bruder Francis erhob sich schwankend auf seine Füße und schaute sich um. Er schien wie üblich allein, abgesehen von seinem Genossen, dem Geier, der hoch über ihm schwebend die letzten Tage soviel Interesse an ihm gezeigt hatte, daß weitere Geier ab und zu ihre Gebiete fern am Horizont verließen, um sich hier ein wenig umzusehen.
Der Novize umrundete den Schuttberg, fand aber kein Anzeichen einer zweiten Öffnung. Er stieg auf einen benachbarten Hügel und faßte den Pfad scharf ins Auge. Der Pilger war schon lange verschwunden. Nichts bewegte sich auf der uralten Straße. Nur ganz flüchtig kam ihm Bruder

Alfred vor Augen, der über einen Kilometer entfernt in östlicher Richtung einen niederen Hügel überquerte, auf der Suche nach Feuerholz für seine Fastenklause. Bruder Alfred war stocktaub. Niemand sonst war zu sehen. Francis konnte sich gar keine Situation vorstellen, die einen Hilferuf notwendig machen könnte, aber die möglichen Folgen eines solchen Schreis schon vorher zu bedenken, schien nur ein Gebot der Vorsicht. Nach eindringlicher Prüfung des Geländes kletterte er vom Hügel herunter. Die Atemluft sollte lieber für eine rasche Flucht aufgehoben werden.

Er wollte den Stein des Pilgers wieder an Ort und Stelle setzen, um das Loch wie früher zu schließen, aber die umgrenzenden Steine hatten sich leicht verschoben, so daß er nicht mehr an seinen vorigen Platz im Puzzle paßte. Überdies war die Lücke in der obersten Reihe seiner Schutzmauer noch immer offen, und der Pilger hatte recht gehabt: Größe und Umriß des Steins stimmten wahrscheinlich.

Es gelang, den Stein in die Lücke zu schieben. Er prüfte den neuen Keil mit einem Stoß; die Reihe hielt fest, und das sogar, obwohl der Schlag einen kleinen Einsturz einige Meter entfernt bewirkte. Die Zeichen des Pilgers waren durch die Arbeit mit dem Stein verwischt worden, waren aber immer noch deutlich genug, um nachgeahmt zu werden. Bruder Francis zeichnete sie sorgsam mit einem verkohlten Zweig als Griffel auf einem anderen Stein nach. Wenn Prior Cheroki am Sabbat auf seine Runde zu den Klausen gehen würde, würde er sagen können, ob die Zeichen etwas bedeuteten, Zauber oder Fluch. Es war verboten, sich vor den heidnischen Geheimlehren zu fürchten, aber der Novize war auf jeden Fall neugierig zu erfahren, welches Zeichen über seiner Schlafmulde hängen würde, schon in Hinsicht auf das Gewicht des Bauwerks, auf dem das Zeichen geschrieben stand.

Seine Mühen dauerten den ganzen heißen Nachmittag hin-

durch an. Die Erinnerung an die Öffnung tauchte beharrlich aus einem Winkel seines Verstandes auf, die Öffnung – das anziehende und doch furchterregende kleine Loch – die Erinnerung an die schwachen Echos von irgendwoher unter der Erde, ausgelöst vom Poltern der Kiesel. Er wußte, daß die Ruinen hier um ihn herum sehr alt waren. Außerdem wußte er aus der Überlieferung, daß die Ruinen nach und nach von Generationen von Mönchen und vereinzelten Fremden bis auf diese unregelmäßigen Steinhaufen abgetragen worden waren. Die Männer hatten eine Fuhre Steine geholt oder Reste rostigen Stahls gesucht, auf den man stieß, wenn man die größeren Stücke von Pfeilern und Platten zerschmetterte, um die alten Bänder und Stäbe jenes Metalls hervorzuziehen. Metall, das von Menschen fast vergessener Generationen auf wunderbar rätselhafte Weise dem Stein eingepflanzt worden war. Diese Erosion durch Menschenhand hatte die Ähnlichkeit mit Gebäuden beinahe gänzlich verwischt. Eine Ähnlichkeit, die den Ruinen früherer Zeiten von der Überlieferung zugeschrieben wurde, obwohl der gegenwärtige Baumeister der Abtei stolz auf seine Fähigkeit war, die Andeutung eines Grundrisses hier und da wahrzunehmen und aufzeigen zu können. Es war auch noch Metall vorhanden, wenn man sich nur die Mühe gab, genug Steine zu zerklopfen.
Auch die Abtei war aus jenen Steinen erbaut worden. Francis hielt die Vorstellung für unwahrscheinlich, daß die vielen Generationen von Steinmetzen irgend etwas Aufregendes, das unter den Ruinen noch der Entdeckung harrte, zurückgelassen haben könnten. Dennoch hatte er niemanden jemals von Gebäuden mit Kellern oder unterirdischen Räumen sprechen hören. Schließlich erinnerte er sich sogar, vom Baumeister als gewiß gehört zu haben, daß die Gebäude an dieser Stelle Anzeichen überstürzten Aufbaus zeigten, daß ihnen starke Fundamente fehlten, daß sie größtenteils auf flachen Platten auf der Erdfläche aufgesessen hatten.

Als sein Schutzbau fast fertig war, wagte sich Bruder Francis zu der Öffnung zurück, stand davor und schaute sie an. Es war ihm unmöglich, von der Überzeugung des Wüstenbewohners zu lassen, daß, wo immer es einen Ort gab, sich vor der Sonne zu retten, dort irgend etwas schon versteckt lag. Gesetzt den Fall, das Loch wäre jetzt unbewohnt, so würde bestimmt etwas hineinschlüpfen, noch ehe der nächste Morgen dämmerte. Andererseits, wenn schon etwas im Loch lebte, wäre es sicherer, dachte Francis, es bei Tag und nicht während der Nacht kennenzulernen. Offensichtlich gab es in der Gegend nur seine eigenen Spuren, dann die des Pilgers und die Fährten der Wölfe.
Rasch entschlossen fing er an, Schutt und Sand vor dem Loch wegzuräumen. Nach einer halben Stunde war die Öffnung zwar nicht größer, aber seine Überzeugung, daß sie in eine unterirdische Höhle mündete, war zur Gewißheit geworden. Zwei Steinbrocken, halb verschüttet und das Loch begrenzend, waren offenbar durch das Gewicht zusammengedrängter Steinmassen an der Mündung des Schachts eingeklemmt, wie in einem Flaschenhals gefangen.
Wenn er einen Stein nach rechts stemmte, rollte der zweite nach links, bis keine weitere Bewegung mehr möglich war. Das umgekehrte Ergebnis erzielte er, wenn er die Steine in die entgegengesetzte Richtung drückte, aber er zerrte weiter am Felsgeschiebe herum.
Von selbst schnellte seine Hebelstange aus seinem Griff, versetzte ihm einen Streifschlag gegen die Schläfe und verschwand in einer plötzlich eingebrochenen Öffnung. Der blitzartige Schlag machte ihn taumeln. Ein Stein flog den Hang herab und traf ihn im Rücken. Keuchend fiel er um, unsicher, ob er in die Höhle stürzen würde, bis sein Bauch festen Boden berührte und er sich anklammern konnte. Das Krachen des Steinschlags war kurz, aber ohrenbetäubend.
Francis lag keuchend und blind vom Staub am Boden. Der

Schmerz in seinem Rücken war so heftig, daß er sich fragte, ob er es wagen könnte, sich zu bewegen. Als er etwas zu Atem gekommen war, gelang es ihm, eine Hand in sein Gewand zu schieben. Er faßte zwischen seinen Schulterblättern nach der Stelle, wo einige Knochen zermalmt sein mußten. Die Stelle fühlte sich scheußlich an und sie brannte. Rot und feucht zog er seine Finger hervor. Er bewegte sich stöhnend, lag dann wieder still.

Leise Flügelschläge regten sich. Bruder Francis blickte zur rechten Zeit auf, um den Geier zu sehen, wie er sich auf einem Schutthügel nur ein paar Meter entfernt niederließ. Der Vogel flatterte sofort wieder auf, aber Francis bildete sich ein, er wäre von ihm mit sozusagen mütterlicher Besorgnis wie von einer verängstigten Henne beäugt worden. Er drehte sich schnell um. Ein schwarzer Haufen himmlischer Heerscharen hatte sich versammelt, kreiste in ungewöhnlich niedriger Höhe. Sie streiften beinahe die Hügel. Sobald er sich bewegte, segelten sie in die Höhe. Er schenkte plötzlich der Tatsache keine Beachtung mehr, daß möglicherweise Wirbel zersplittert oder Rippen zermalmt sein könnten, und kam zitternd auf die Beine. Enttäuscht schoß die schwarze Himmelshorde auf warmen Aufwinden empor, zog ab und zerstreute sich in ihre entfernteren luftigen Wachräume. Dunkle Gegenfiguren des Heiligen Geistes, dessen Ankunft er erhoffte, schienen sie begierig, an Stelle der Taube herabzukommen. Ihr gelegentlicher Besuch hatte ihn in letzter Zeit etwas nervös gemacht, und er stellte nach einigem versuchsweisen Schulterzucken gleich fest, daß der kantige Stein ihm nur eine Quetschung und eine Schramme versetzt haben konnte.
Eine Staubsäule, die aus der Einbruchsstelle in die Höhe geschwebt war, zog mit der leichten Brise davon. Er hoffte, daß sie von den Wachtürmen der Abtei aus gesehen würde und daß man jemanden ausschicken würde, um nachzusehen. Vor seinen Füßen gähnte eine quadratische Öffnung

in der Erde, dort, wo eine Seite des Hügels in die Höhle hinabgestürzt war. Stufen führten hinunter, doch waren nur die obersten Stufen von der Steinlawine nicht verschüttet worden. Die Lawine hatte seit sechs Jahrhunderten mitten in ihrem Sturz innegehalten, um endlich mit Hilfe von Bruder Francis ihren schmetternden Fall zu vollenden.

An einer Wand des Treppenhauses konnte man ein halbverschüttetes Schild noch lesen. Er besann sich auf seine beschränkten Kenntnisse des Englischen, das vor der Großen Flut gesprochen worden war, und flüsterte stotternd die Worte:

SCHUTZBUNKER BEI RADIOAKTIVEM NIEDERSCHLAG
Maximale Belegung: 15 Personen

Vorrat reicht bei einer Person 180 Tage. Man dividiere durch die Zahl der Anwesenden. Nach Eintritt in den Bunker beachten: die erste Luke muß fest verschlossen und abgedichtet werden. Der Schutz gegen Eindringlinge muß unter Strom gesetzt werden, um verseuchten Personen das Eindringen unmöglich zu machen. Die Warnlampen vor der Umzäunung müssen EINGESCHALTET sein ...

Der Rest war verschüttet, aber der erste Satz war schon genug für Bruder Francis gewesen. Er hatte niemals den »Niederschlag« gesehen, und er hoffte, ihn niemals erblicken zu müssen. Eine verbürgte Beschreibung des Ungeheuers war nicht überliefert, aber Francis hatte die Sagen vernommen. Er bekreuzigte sich und lief von der Öffnung weg. Die Überlieferung besagte, daß selbst der selige Leibowitz einen Niederschlag zu bestehen hatte und daß er viele Monate von ihm besessen war, bis ein Exorzismus, der bei seiner Taufe vorgenommen worden war, den Widersacher ausgetrieben hatte.

Bruder Francis stellte sich einen Niederschlag als halb salamanderartiges Wesen vor, da dieses Wesen der Überlieferung nach durch die Feuerflut geboren worden war, und als halben Incubus, der Jungfrauen im Schlaf überfiel. Denn hießen die Mißgeburten auf der Erde nicht immer noch »Kinder des Niederschlags«? Es galt als Tatsache, wenn nicht sogar als Glaubensartikel, daß dieser böse Geist die Kraft hatte, alle Prüfungen, die einst Hiob heimgesucht hatten, auf die Menschen zu werfen.
Der Novize starrte entsetzt auf das Schild. Seine Bedeutung war klar genug. Unabsichtlich war er in die Behausung (hoffentlich unbewohnt, flehte er) nicht nur eines, sondern gleich fünfzehn dieser schrecklichen Wesen eingedrungen. Er griff zur Kapsel mit Weihwasser.

2

»A spiritu fornicationis,
 Domine, libera nos.
Von Blitz und Unwetter,
 O Herr, erlöse uns.
Von der Plage des Erdbebens,
 O Herr, erlöse uns.
Von Pest, Hungersnot und Krieg,
 O Herr, erlöse uns.

Vom Detonationspunkt der Bombe,
 O Herr, erlöse uns.
Vom Regen voll Kobalt,
 O Herr, erlöse uns.
Vom Regen voll Strontium,
 O Herr, erlöse uns.
Vom niedersinkenden Cäsium,
 O Herr, erlöse uns.

Vom Fluch des Niederschlags,
 O Herr, erlöse uns.

Von der Zeugung der Mißgeburten,
  O Herr, erlöse uns.
Vom Fluch der Mißgestalteten,
  O Herr, erlöse uns.
A morte perpetua,
  Domine, libera nos.

Peccatores,
  te rogamus, audi nos.
Daß Du uns erretten mögest,
  flehen wir zu Dir, erhöre uns.
Daß Du uns vergeben mögest,
  flehen wir zu Dir, erhöre uns.
Daß Du uns zur wahren Buße führen mögest,
  te rogamus, audi nos.«

Stücke solcher Versikel aus der Litanei der Heiligen kamen mit jedem schweren Atemzug flüsternd von den Lippen des Bruders Francis, als er sich behutsam in das Treppenhaus des alten Schutzbunkers hinabließ. Er war mit Weihwasser und einer behelfsmäßigen Fackel bewehrt, die er an der Glut unter der Asche vom Feuer der letzten Nacht entzündet hatte. Länger als eine Stunde hatte er auf jemanden aus der Abtei gewartet, der sich nach der Staubwolke erkundigte. Niemand war gekommen.
Er durfte die Wache der Berufung nicht einmal für kurze Zeit verlassen, es sei denn, er wäre ernsthaft erkrankt, oder ihm würde befohlen, zur Abtei zurückzukehren. Ein Verlassen wäre *ipso facto* als Widerruf seines Verlangens nach wirklicher Berufung betrachtet worden, als Mönch des Albertinischen Ordens vom seligen Leibowitz zu leben. Der Tod wäre Bruder Francis lieber gewesen. So war er vor die Wahl gestellt, entweder die furchterregende Höhle vor Sonnenuntergang zu untersuchen, oder die Nacht in seinem Bau zu verbringen, ohne zu wissen, was nun im Bunker im Hinterhalt liegen und wiedererwachen könnte, die Dun-

kelheit zu durchstreifen. Als nächtliche Gefahr bereiteten ihm die Wölfe schon genug Sorgen, und die Wölfe waren bloße Geschöpfe aus Fleisch und Blut. Wesen von weniger bestimmter Körperlichkeit wollte er lieber bei Tageslicht gegenübertreten. Obwohl natürlich Tageslicht die Höhle nur unzulänglich beleuchtete, da die Sonne schon tief im Westen stand.

Die Trümmer, die in den Bunker hinabgestürzt waren, bildeten einen Abhang, dessen Scheitel nahe der ersten Treppenstufe lag. Zwischen Decke und Gesteinsmassen war nur ein enger Durchschlupf geblieben. Er zwängte sich mit den Füßen voran hindurch und war wegen der Steilheit des Hanges gezwungen, mit den Füßen voraus tiefer einzudringen. So trat er dem Unbekannten mit dem Rücken vors Gesicht. Er suchte Halt in dem lockeren Steinhaufen, bahnte sich allmählich den Weg nach unten. Wenn seine Fackel gelegentlich schwach flackerte, blieb er stehen und hielt sie nach unten, um der Flamme neue Nahrung zu geben. Während solcher Unterbrechungen suchte er die Gefahr um ihn herum und unter ihm abzuschätzen. Es war wenig zu erkennen. Er befand sich in einer unterirdischen Kammer, von der mindestens ein Drittel vom Trümmerhaufen angefüllt war, der durch den Treppenschacht gefallen war. Die Steinkaskade hatte den ganzen Fußboden bedeckt, hatte einige Möbelstücke zermalmt und vielleicht andere völlig begraben. Er sah zerschlagene Metallschränke, schief und hüfttief im Schutt. Am anderen Ende der Kammer befand sich eine Stahltür, die in seine Richtung zu öffnen gewesen war, aber von der Steinlawine vollständig blockiert wurde. Trotz abblätternder Farbe waren auf der Tür noch die mit Schablonen geschriebenen Buchstaben zu erkennen:

INNERE LUKE
ABGEDICHTETER BEREICH

Offensichtlich war die Kammer, in die er hinabstieg, nur

ein Vorraum. Aber was hinter der INNEREN LUKE auch immer lag, war von mehreren Tonnen Fels vor der Tür eingeschlossen. Sein Bereich war tatsächlich ABGEDICHTET, außer es gab einen zweiten Ausgang.
Am Ende des Abhangs angekommen, versicherte er sich, daß der Vorraum keine offenbare Bedrohung barg. Vorsichtig ging er zur Stahltür, um sie bei Fackellicht aus der Nähe zu betrachten. Unter den großen Buchstaben war ein kleineres, rostbedecktes Schild angebracht:

ACHTUNG: Diese Luke darf erst abgedichtet werden, wenn alle Insassen eingelassen sind und alle Sicherheitsvorkehrungen, wie sie durch Betriebsanleitung CD-Bu-83A vorgeschrieben werden, abgeschlossen sind. Bei abgedichteter Luke wird der Luftdruck im Schutzbunker um 2,0 atü über den Außenluftdruck erhöht, um die Innendiffusion herabzusetzen. Die abgedichtete Luke wird selbsttätig durch die automatische Überwachungsanlage entriegelt, aber nur wenn einer der folgenden Umstände eintritt: 1. Bei Zurückgehen der Strahlungswerte außen unter Gefahrenschwelle. 2. Bei Versagen der Wasser- und Luftreinigungsanlage. 3. Bei Ende der Nahrungsmittelvorräte. 4. Bei Versagen der inneren Kraftversorgungsanlage.

Bruder Francis fühlte sich durch die Warntafel leicht verwirrt, beschloß aber, sich nach ihr zu richten, indem er die Tür auf keinen Fall berühren würde. Es war besser, sich nicht mit den wunderlichen Apparaturen der Alten abzugeben, wie manch ein verblichener Schatzgräber mit seinem letzten Atemzug bezeugt hatte.
Bruder Francis bemerkte an dem Schutt, der seit Jahrhunderten schon im Vorraum gelegen hatte, dunklere Farbe und rauhere Oberfläche als an den Trümmern, die, von Sonne und Sandstürmen verwittert, heute hereingestürzt waren. Man konnte mit einem Blick auf die Steine sagen,

daß die INNERE LUKE nicht vom heutigen Steinrutsch, sondern von einem, der älter als selbst die Abtei sein mußte, versperrt worden war. Sollte sich im ABGEDICHTETEN BEREICH des Schutzbunkers ein Niederschlag verborgen halten, so hatte der böse Geist offenkundig die INNERE LUKE seit der Feuerflut vor der Großen Vereinfachung nicht geöffnet. Und weil er so viele Jahrhunderte hinter der Stahltür eingeschlossen gewesen war, bestand geringer Grund zur Furcht, sagte sich Francis, daß er vor Karsamstag durch die Luke hervorbrechen würde.
Die Fackel brannte nieder. Er entzündete mit der verlöschenden Flamme ein zersplittertes Stuhlbein, das er gefunden hatte. Dann fing er an, Stücke von zerbrochenen Möbeln zu einem verläßlichen Feuer zusammenzutragen. Dabei grübelte er über die Bedeutung des alten Schildes SCHUTZBUNKER BEI RADIOAKTIVEM NIEDERSCHLAG nach.
Bruder Francis gestand sich ohne Zögern ein, daß er das Englische, das vor der Flut gesprochen worden war, alles andere als meisterhaft beherrsche. Die Art und Weise, wie manchmal Hauptwörter andere Hauptwörter beeinflussen konnten, hatte immer schon zu seinen schwachen Punkten gehört. Im Lateinischen wie auch in fast allen einfachen Dialekten der Gegend bedeutete eine Konstruktion wie *servus puer* etwa dasselbe wie *puer servus,* ja selbst im Englischen waren *slave boy* und *boy slave* etwa gleichbedeutend. Aber hier hörte die Ähnlichkeit auf. Endlich hatte er irgendwann einmal gelernt, daß *Hundehaus* nicht das gleiche wie *Haushunde* bedeutete, und daß ein Genitiv des Zugehörigkeits- oder Wirkungsbereichs wie *amicus nostri* irgendwie auch in *Hundefutter* oder *Schilderhaus* vorhanden war, sogar ohne Suffixe. Aber was sollte man von einer Konstruktion wie *Schutzbunker bei radioaktivem Niederschlag* denken? Bruder Francis schüttelte den Kopf. Die Warntafel an der INNEREN LUKE sprach von Nahrungsmitteln, von Wasser und Luft. Und doch waren diese Dinge für die Teufel der Hölle bestimmt nicht nötig. Zuweilen

kam dem Novizen das Englisch vor der Flut verwirrender vor als Angelologie für Fortgeschrittene oder das theologische Regelsystem des heiligen Leslie.

Er errichtete sein Feuer auf dem Abhang des Schutthaufens, von wo aus die tieferen Ritzen des Vorraums ausgeleuchtet sein würden. Dann fing er an zu erkunden, was immer von den Trümmern nicht verschüttet war. Die oberirdischen Ruinen waren von Generationen von Fledderern bis zu archäologischer Unbestimmbarkeit abgebaut worden. Doch diese unterirdische Ruine war von keiner Hand als der eines namenlosen Unheils berührt worden. Gespenster eines vergangenen Zeitalters schienen hier umzugehen. In einer dunklen Ecke lag zwischen den Felsen ein Schädel, dessen Grinsen noch von einem Goldzahn verschönt wurde. Ein deutliches Zeichen, daß der Bunker nie von Wanderern betreten worden war. Der goldene Schneidezahn blitzte und glänzte im Schein des flackernden Feuers.

In der Wüste war Bruder Francis oft genug in der Nähe ausgetrockneter Flußbetten auf sauber abgenagte Häufchen menschlicher Knochen gestoßen, die in der Sonne bleichten. Er war nicht besonders zimperlich, und man war ja auf derlei gefaßt. So war er nicht betroffen, als er den Schädel in der Ecke des Vorraums entdeckte. Aber das blitzende Gold seines Grinsens zog immer wieder seinen Blick auf sich, während er an den Türen (versperrt oder verklemmt) eines zerschmetterten Stahlschreibtisches zerrte. Der Schreibtisch könnte sich als unschätzbarer Fund erweisen, im Falle, daß er Schriftstücke oder einige kleine Bücher enthielt, die die wütenden Feuerbrände des Zeitalters der Großen Vereinfachung überlebt hatten. Während er weiter versuchte, die Schubläden zu öffnen, brannte das Feuer nieder. Er bildete sich ein, daß der Schädel anfing, einen eigenen schwachen Schimmer auszustrahlen. Solch eine Erscheinung war nicht eigentlich ungewöhnlich, nur empfand sie Bruder Francis hier in der düsteren Halle als irgendwie höchst beunruhigend. Er sammelte mehr Holz für das

Feuer auf und wandte sich wieder dem Schreibtisch zu, um an ihm zu stoßen und zu zerren. Er versuchte, dem glitzernden Grinsen des Schädels den Rücken zuzukehren. Obwohl er wegen lauernder Niederschläge noch immer ein bißchen besorgt war, hatte sich Francis genügend von seinem anfänglichen Schrecken erholt, um klar zu erkennen, daß der Bunker, vor allem die Schränke und der Schreibtisch, sehr wohl vor Überbleibseln eines Zeitalters strotzen mochten, das die Welt zum größten Teil willentlich hatte vergessen wollen.
Die Göttliche Vorsehung hatte sich als segensreich erwiesen. In diesen Tagen hielt man es für einen seltenen Glückstreffer, eine Spur der Vergangenheit zu entdecken, die weder von Feuerbränden noch von Plünderern zerstört worden war. Aber so etwas war immer mit Gefahr verbunden. Man wußte von mönchischen Ausgräbern, die erpicht auf alte Schätze aus Erdlöchern im Triumph wieder aufgetaucht waren, in der Hand einen merkwürdig zylindrischen Gegenstand – und dann hatten sie beim Reinigen oder auf der Suche nach dem Zweck des Gegenstandes einen falschen Handgriff getan, am falschen Knopf gedreht und so den Fall ohne Gewinn für die Geistlichkeit zu einem Ende gebracht. Erst vor achtzig Jahren hatte der ehrwürdige Boedullus dem Abt mit offenkundigem Entzücken geschrieben, daß seine kleine Expedition die Reste einer – so seine Worte – »Interkontinentalen Raketenabschußstellung nebst einigen aufregenden unterirdischen Lagertanks« freigelegt hätte. Niemand erfuhr in der Abtei je, was der ehrwürdige Boedullus mit »Interkontinentaler Raketenabschußstellung« gemeint hatte. Aber der Abt, der damals das Kloster leitete, hatte in einem Erlaß streng festgesetzt, unter Androhung der Exkommunikation, daß fürderhin die Altertumsforscher derartige »Stellungen« meiden sollten. Denn der Brief an den Abt war das letzte, was man von dem ehrwürdigen Boedullus, seinem Trupp, seinem Ort der »Abschußstellung« und von dem kleinen

Dorf, das an jenem Ort entstanden war, je gesehen hatte. Wo das Dorf einst gewesen war, schmückte nun ein reizender See die Gegend, dank einiger Hirten, die den Lauf eines Baches umgeleitet hatten und ihn in den Krater fließen ließen, um in Zeiten der Trockenheit Wasser für ihre Herden zu haben. Ein Reisender, der vor etwa zehn Jahren aus jener Gegend gekommen war, hatte vom außergewöhnlichen Fischreichtum des Sees berichtet. Die Hirten jener Gegend hielten die Fische für die Seelen der entschwundenen Dorfbewohner und Schatzgräber. Sie weigerten sich zu fischen, weil Bo'dollos, der riesige Katzenwels, in der Tiefe lauerte.

»...und soll keine andere Ausgrabung mehr begonnen werden, die nicht die Vermehrung der Denkwürdigkeiten, der Memorabilia, zu ihrem vornehmsten Zweck hat«, fuhr der Erlaß des Abts fort; das hieß, daß Bruder Francis im Bunker nur nach Büchern und Papieren zu suchen hatte, sich aber nicht mit interessanten Eisengeräten abgeben durfte.

Im Augenwinkel sah Bruder Francis den Goldzahn blitzen und glitzern, während er sich mit den Schreibtischschubladen abmühte. Er versetzte dem Schreibtisch einen letzten Fußtritt und nahm ungeduldig den Schädel aufs Korn: *Warum kannst du nicht zur Abwechslung etwas andres angrinsen?*

Das Grinsen blieb. Die goldgeschmückten Reste lagen mit dem Kopf zwischen einem Stein und einer rostigen Metallschachtel. Der Novize ließ den Schreibtisch sein und suchte sich schließlich einen Weg über die Trümmer, um die sterblichen Überreste einer genaueren Prüfung zu unterziehen. Anscheinend war der Mensch hier auf der Stelle gestorben, niedergerissen vom Sturz der Steine und halb begraben unter den Trümmern. Nur der Schädel und die Knochen eines Beines waren nicht verschüttet worden. Der Oberschenkelknochen war zermalmt, der Schädel zerschmettert. Bruder Francis seufzte einen Segen für den Abgeschiede-

nen, hob danach den Schädel sehr sanft von seiner Ruhestätte und drehte ihn um, das Grinsen zur Wand. Dann fiel sein Auge auf die verrostete Schachtel.
Die Schachtel sah aus wie eine Tasche und war selbstverständlich ein Behälter für irgendwas. Sie konnte eine Menge von Zwecken erfüllt haben, war aber durch umherfliegende Steine arg zugerichtet worden. Vorsichtig löste er sie aus dem Schutt und trug sie näher ans Feuer. Das Schloß schien aufgebrochen, der Deckel war jedoch zugerostet. Er schüttelte die Schachtel, und etwas klapperte darin hin und her. Sie schien nicht unbedingt Bücher oder Papiere zu enthalten, aber offensichtlich war sie zu öffnen und zu schließen und könnte vielleicht ein oder zwei Zettel mit Informationen für die ›Denkwürdigkeiten‹ bergen. Auf jeden Fall aber bespritzte er sie vor dem Versuch, sie aufzubrechen, in Erinnerung des Schicksals von Boedullus und anderer mit Weihwasser. Er hämmerte mit einem Stein gegen die Scharniere, behandelte dabei aber das alte Überbleibsel mit der größten Ehrfurcht.
Schließlich brachen die Scharniere, und der Deckel fiel zu Boden. Kleine Metalldinger hüpften aus Fächern heraus und fielen verstreut zwischen die Steine, wobei einige von ihnen unwiederbringlich in Spalten verschwanden. Aber am Grund der Schachtel erblickte er unter den Fächern – Papiere! Nach kurzem Dankgebet sammelte er alle verstreuten Gegenstände, deren er habhaft werden konnte, wieder ein, legte den Deckel lose auf und kletterte, die Schachtel fest unter einen Arm geklemmt, den Trümmerhaufen hinauf, dem Treppenhaus und einem Fleckchen Himmel entgegen.
Nach der Dunkelheit des Bunkers blendete ihn die Sonne. Es beunruhigte ihn kaum, daß sich die Sonne schon bedenklich dem Horizont genähert hatte. Er begann sofort nach einer flachen Platte zu suchen, auf der er den Inhalt der Schachtel ausbreiten konnte, ohne Gefahr zu laufen, etwas im Sand zu verlieren.

Minuten später hatte er auf einer gesprungenen Bodenplatte Platz genommen und fing an, die metallenen und gläsernen Leckerbissen aus den Fächern zu nehmen. Die meisten waren röhrenförmige Dinger mit Drahtbüscheln an jedem Ende. Die kannte er schon. Das kleine Museum der Abtei beherbergte einige von verschiedener Größe, Farbe und Gestalt. Einmal hatte er einen Schamanen der heidnischen Hügelleute gesehen, der eine Reihe von ihnen als rituelle Kette um den Hals trug. Die Hügelleute hielten sie für »Körperteile der Göttin« – der sagenhaften, der mythischen *Machina analytica,* gepriesen als die weiseste ihrer Götter. Sie meinten, daß ein Schamane, der eins davon verschlänge, Unfehlbarkeit erwerben würde. Bestimmt erwarb er sich dadurch Unwiderlegbarkeit bei seinen Landsleuten, gesetzt den Fall, er hatte keins von der giftigen Sorte verschluckt. Ähnliche Dinger im Museum waren untereinander verbunden, doch nicht als Halsband, sondern als verwickeltes und ziemlich verworrenes Labyrinth am Boden eines kleinen Metallkastens, der unter der Bezeichnung »Radiobodenteil. Anwendung unbekannt« ausgestellt war.
Auf die Innenseite des Deckels der Tasche war ein Zettel geklebt. Der Klebstoff war zu Pulver geworden, die Tinte war ausgebleicht, und das Papier war so durch Rostflecken gedunkelt, daß selbst eine deutliche Handschrift schwer zu lesen gewesen wäre, geschweige denn dieses hastige Gekritzel. Er betrachtete die Schrift ab und zu unter dem Leeren der Schalen. Es schien eine Art Englisch zu sein. Eine halbe Stunde verging, bevor er den größten Teil der Mitteilung entziffert hatte:

CARL –
Ich muß das Flugzeug nach *[unleserlich]* in zwanzig Minuten erwischen. Du mußt um Himmels willen versuchen, Em dazubehalten, bis wir wissen, ob Krieg ist. Versuch bitte, sie auf die Ersatzliste für den Bunker zu

kriegen. Ich kann ihr keinen Platz in meinem Flugzeug besorgen. Sag ihr nicht, warum ich sie mit dieser Schachtel voll Ramsch rübergeschickt habe, aber versuch sie dazubehalten bis wir wissen *[unleserlich]* schlimmstenfalls, einer der Ersatzleute nicht kommt.   I. E. L.
PS Ich versiegle das Schloß und schreibe STRENG GEHEIM auf den Deckel, damit Em nicht reinschaut. Der erstbeste Werkzeugkasten, der mir in die Hände kam. Schieb ihn in meinen Schrank oder was.

Bruder Francis schien das überstürztes Kauderwelsch. Er war jetzt zu erregt, um einem einzelnen Gegenstand mehr Aufmerksamkeit als den übrigen zu widmen. Nach einem letzten spöttischen Blick auf das schlampige Gekritzel machte er sich daran, die Fächer zu entfernen, um an die Papiere am Boden der Schachtel zu gelangen. Die Fächer waren an einem Drehgestänge befestigt, das offensichtlich bestimmt war, die Fächer treppenförmig aus der Schachtel treten zu lassen. Die Bolzen waren völlig verrostet, und so war Francis gezwungen, die Fächer mit einem kurzen Stahlwerkzeug, das er einem der Fächer entnahm, herauszubrechen.
Als er das letzte entfernt hatte, berührte er voll Ehrfurcht die Papiere. Nur einige wenige gefaltete Schriftstücke, und doch ein Schatz. Denn sie waren den wütenden Flammen der Großen Vereinfachung entgangen, die selbst geheiligte Schriften sich hatte aufrollen, schwarz werden und in Rauch aufgehen lassen, während die unwissende Menge dazu getobt und »Triumph« geschrien hatte. Er behandelte die Papiere so, wie man geheiligte Dinge behandelt, schützte sie mit seinem Habit vor dem Wind, denn sie waren vor Alter brüchig und rissig. Ein Bündel grober Skizzen und Diagramme. Mit der Hand hingeschmierte Notizen, zwei große, gefaltete Blätter und ein kleines Buch, auf dem *Denk dran* stand.
Zuerst untersuchte er die rasch hingeschriebenen Notizen.

Dieselbe Hand hatte sie gekritzelt, die auch die Nachricht im Deckel geschrieben hatte, und der Duktus war nicht weniger scheußlich. *»Ein Pfund Pastrami«*, hieß es da, *»eine Büchse Sauerkraut, sechs Mazzes für Emma mitbringen.«* Eine andere Notiz erinnerte: *»Nicht vergessen, Formular 1040 abholen – die liebe Steuerbehörde.«* Eine weitere bestand nur aus einer Reihe zusammengezählter Zahlen, die Summe unterstrichen; davon war eine Zahl abgezogen, ein Prozentsatz ausgerechnet worden, auf den das Wort *»Verdammt«* folgte. Bruder Francis rechnete nach. Er wenigstens konnte keinen Fehler in der Rechnung des scheußlichen Schreibers entdecken. Er fand jedoch nicht heraus, wofür die Zahlen wohl stehen mochten.
Das *»Denk dran«* behandelte er mit besonderer Ehrfurcht, weil ihn die Bezeichnung an die Denkwürdigkeiten erinnerte. Bevor er es öffnete, bekreuzigte er sich und murmelte den Schriftsegen. Doch das Büchlein erwies sich als Enttäuschung. Er hatte Gedrucktes erwartet, fand aber bloß eine handgeschriebene Aufstellung von Namen, Orten, Nummern und Daten. Die Daten erstreckten sich von der zweiten Hälfte der fünfziger bis in die erste der sechziger Jahre des zwanzigsten Jahrhunderts. Eine weitere Bestätigung! Der Inhalt des Bunkers stammte aus der Spätzeit des Erleuchteten Zeitalters. Wirklich eine bedeutende Entdeckung!
Von den größeren gefalteten Papieren war eins auch noch eingerollt. Als er versuchte, es aufzurollen, begann es in Stücke zu zerfallen. Er konnte nur die Worte WETTSCHEIN erkennen, nichts weiter. Er verstaute es für spätere Restaurierungsarbeiten wieder in der Schachtel. Dann wandte er sich dem zweiten gefalteten Schriftstück zu. Seine Kniffe waren so brüchig, daß er es nur wagte, es ein wenig zu untersuchen, wobei er die Papierlagen leicht anhob und zwischen sie hineinblickte.
Es schien ein Diagramm zu sein, aber ein Diagramm von weißen Linien auf dunklem Papier!

Wieder packte ihn Entdeckerfreude. Bestimmt war es eine Blaupause! Und es gab nicht eine einzige echte Blaupause mehr in der Abtei, sondern nur noch Tintenfaksimiles einiger solcher Pausen. Die Originale waren längst in übermäßiger Zurschaustellung durch Licht ausgebleicht. Francis hatte noch nie ein Original gesehen. Er erkannte es aber als eine Blaupause, weil er genügend handgemalte Kopien gesehen hatte. Diese hier, obwohl fleckig und ausgebleicht, war doch nach so langer Zeit auf Grund völliger Dunkelheit und geringer Feuchtigkeit im Bunker noch leserlich geblieben. Er drehte das Dokument um und war für einen Augenblick wortlos vor Wut. Welcher Dummkopf hatte das unschätzbare Blatt entweiht? Irgend jemand hatte gedankenverloren geometrische Figuren und kindische Fratzen über die ganze Rückseite gezeichnet. Welcher gedankenlose Barbar ...

Nach kurzer Überlegung schwand die Wut. Zur Zeit der Untat waren Blaupausen wahrscheinlich so zahlreich wie Sand am Meer gewesen und der Eigentümer der Schachtel vermutlich der Missetäter. Er schützte den Druck mit seinem Schatten vor der Sonne und versuchte ihn noch weiter aufzuschlagen. Rechts unten in der Ecke war ein gedrucktes Rechteck, das verschiedene Bezeichnungen, Daten, »Patentnummern«, Bezugsnummern und Namen in einfacher Blockschrift umschloß. Sein Blick glitt die Liste entlang und stieß auf: »SCHALTPLAN. ENTWURF: *Leibowitz*, I. E.«

Er schloß die Augen ganz fest und schüttelte den Kopf, bis ihm die Ohren klangen. Er schaute noch einmal hin. Da stand es, ganz schlicht und einfach:

SCHALTPLAN. ENTWURF: *Leibowitz*, I. E.

Er drehte das Papier schnell wieder um. Zwischen den geometrischen Figuren und den kindischen Kritzeleien fand sich ein Stempel, deutlich gedruckt in purpurner Tinte:

ARCHIVEXEMPLAR AN:
- ☐ Kontr.
- ☐ Herst.
- ☐ Entw.   I. E. Leibowitz
- ☐ Ing.
- ☐ Heer

Der Name war gut leserlich von weiblicher Hand geschrieben, nicht von dem hastigen Kritzler der anderen Aufzeichnungen. Er blickte wieder auf die abgekürzte Unterschrift der Mitteilung im Schachteldeckel: I. E. L. – und wieder auf »SCHALTPLAN. ENTWURF: ...« Die gleichen Anfangsbuchstaben tauchten auch an anderer Stelle in den Aufzeichnungen auf.

Es war immer schon eine höchst hypothetische Streitfrage gewesen, ob der seliggesprochene Gründer des Ordens, wenn er endlich heiliggesprochen wäre, als »heiliger Isaak« oder als »heiliger Edward« angerufen werden sollte. Manche befürworteten als richtige Anrede sogar »heiliger Leibowitz«, da man bis in die Gegenwart hinein auf den Seligen mit seinem Familiennamen verwies.

»*Beate Leibowitz, ora pro me!*« flüsterte Bruder Francis. Seine Hände zitterten so heftig, daß die brüchigen Schriftstücke Gefahr liefen, verdorben zu werden.

Er hatte Reliquien des Heiligen aufgefunden.

Daß Leibowitz zu den Heiligen gehöre, hatte New Rome natürlich noch nicht erklärt, aber Bruder Francis war so überzeugt davon, daß er hinzuzufügen wagte: »*Sancte Leibowitz, ora pro me!*«

Bruder Francis vergeudete keine Zeit mit müßigen Überlegungen, um zu der unmittelbaren Schlußfolgerung zu gelangen, daß ihm vom Himmel selbst das Zeichen seiner Berufung gewährt worden war. So wie er es verstand, hatte er gefunden, wonach er auf Suche in die Wüste geschickt worden war. Er war berufen, ein Mönch des Ordens zu werden.

Er vergaß die ernste Mahnung des Abts, daß man nicht erwarten dürfe, die Berufung komme auf irgendeine großartige oder wunderbare Weise. Der Novize kniete im Sand nieder, um seine Dankgebete zu sprechen und um einige zwanzig Rosenkränze für die Geschicke des Pilgers darzubringen, der ihm den Stein und damit gewissermaßen den Bunker bezeichnet hatte. *Mögest du bald zu deiner Stimme finden, mein Junge,* hatte der Wanderer gerufen. Erst jetzt begann der Novize zu vermuten, daß der Pilger vielleicht von *Bestimmung* und nicht von Stimme geredet hatte.

»Ut solius tuae voluntatis mihi cupidus sim, et vocationis tuae conscius, si digneris me vocare...«

Es würde Sache des Abts sein, zu finden, daß seine »Stimme« eine zufällige Sprache gesprochen hatte und nicht die der Gewißheit von Ursache und Wirkung. Es würde Sache des *Promotor Fidei* sein, zu denken, daß »Leibowitz« vor der Feuerflut vermutlich kein außergewöhnlicher Name gewesen war und daß I. E. genausogut »Ichabod Ebenezer« als auch »Isaak Edward« bedeuten konnte. Doch Francis war sich vollkommen sicher.

Aus der Richtung der fernen Abtei drangen drei Glockenschläge durch die Wüste zu ihm her, dann, nach einer kurzen Stille, folgten ihnen neun weitere.

»Angelus Domini nuntiavit Mariae«, erwiderte pflichtschuldig der Novize und blickte auf, um mit Erstaunen zu bemerken, daß die Sonne schon als breite scharlachrote Ellipse den Horizont berührte. Der Felswall um seinen Bau herum war noch nicht fertig.

Sobald der Angelus gebetet war, verstaute er die Papiere wieder in der alten, rostigen Schachtel. Ein Ruf des Himmels mußte nicht notwendigerweise auch die Gnadenmittel umfassen, wilde Tiere besiegen oder sich in Liebe hungrigen Wölfen nähern zu können.

Bis die Dämmerung erloschen war und die ersten Sterne aufleuchteten, war sein Behelfsbau bewehrt, so gut es nur ging. Ob er wirklich vor Wölfen schützen konnte, würde noch zu erproben sein. Die Erprobung würde nicht allzulang auf sich warten lassen. Von Westen hatte er schon leises Geheul gehört. Er zündete sein Feuer wieder an, aber außerhalb des Feuerscheins war es schon nicht mehr hell genug, ihm die tägliche Ernte purpurner Kaktusfrüchte zu erlauben – seine einzige Nahrungsquelle bis auf sonntags, wenn von der Abtei einige Handvoll gedörrter Mais geschickt wurden, wenn ein Priester mit dem heiligen Sakrament seine Runde gemacht hatte. Der Buchstabe der Vorschriften für eine Berufungsvigilie in der Fastenzeit war nicht so streng wie ihre tatsächliche Anwendung. Wie sie angewandt wurden, liefen die Vorschriften auf nichts anderes als auf den Hungertod hinaus.
Auf jeden Fall war heute nacht für Francis das Nagen des Hungers weniger lästig als sein ungeduldiger Drang, zur Abtei zurückzulaufen. Das zu tun hieße, sich von der Berufung in dem Augenblick loszusagen, da er sie erhalten hatte, denn er war für die Dauer der Fastenzeit hier, berufen oder nicht berufen, seine Wachen fortzusetzen, als ob nichts Außergewöhnliches geschehen sei.
Er saß neben dem Feuer, starrte verträumt in Richtung des »Schutzbunkers bei radioaktivem Niederschlag« und versuchte sich vorzustellen, wie dort eine gewaltige Basilika aufragen würde. Die Träumerei war angenehm, doch war es schwer, sich zu denken, daß jemand diesen abgelegenen Wüstenstrich zum Mittelpunkt einer zukünftigen Diözese erwählen würde. Wenn also keine Basilika, dann wenigstens eine kleine Kirche – Zu Sankt Leibowitz in der Wüste –, von Garten und Mauer umgeben, mit einem Reliquienschrein des Heiligen, der Ströme von Pilgern mit gegürteten Lenden aus dem Norden anlocken würde. »Pater« Francis von Utah nahm die Pilger auf eine Führung durch die Ruinen mit, sogar durch »Luke zwei« hindurch bis in

die Herrlichkeit des »Abgedichteten Bereichs« hinunter, die Katakomben der Feuerflut, wo... wo... na ja, danach würde er eine Messe für sie zelebrieren, auf dem Altar, in den eine Reliquie des Namenspatrons der Kirche eingeschlossen war. Ein Stückchen grober Leinwand? Fasern der Henkersschlinge? Schnitzel von Fingernägeln aus der Tiefe der rostigen Schachtel? Oder vielleicht WETTSCHEIN? – Die Luftschlösser lösten sich auf. Die Aussichten, daß Bruder Francis Priester werden würde, waren gering. Die Brüder des Leibowitz waren kein Missionsorden und benötigten nur für die Abtei selbst und einige wenige Mönchsgemeinschaften anderswo eine hinlängliche Anzahl Priester. Ganz abgesehen davon war ja noch immer der »Heilige« offiziell bloß ein Seliger und würde nie heiliggesprochen werden, wenn er nicht noch einige saubere, solide Wunder bewirkte, um seine eigene Seligsprechung zu bestätigen. Schließlich war sie ja keine unwiderrufliche Anerkennung wie die Heiligsprechung, gestattete aber den Mönchen vom Orden des Leibowitz, außerhalb von Messe und Offizium ihren Gründer und Patron zu verehren. Das Ausmaß der Traumkirche schrumpfte bis zur Größe einer Kapelle am Wegesrand, der Strom der Pilger wurde zum dünnen Rinnsal. New Rome war mit anderen Dingen beschäftigt. So mit der Eingabe um eine ausdrückliche Entscheidung zur Frage der übernatürlichen Eigenschaften der Heiligen Jungfrau. Die Dominikaner waren nicht nur der Ansicht, daß die Unbefleckte Empfängnis heiligmachende Gnade mit einschloß, sondern auch, daß die Mutter Gottes jene übernatürlichen Kräfte besessen hatte, die Eva vor dem Sündenfall eigen gewesen waren. Einige Theologen anderer Orden erkannten zwar dieser Konjektur Frömmigkeit zu, widersprachen aber, daß das nicht notwendigerweise der Fall sein müsse. Sie behaupteten, daß ein »Geschöpf ursprünglich schuldlos« sein könne, dadurch aber noch nicht mit übernatürlichen Kräften versehen sein müsse. Die Dominikaner fügten sich dem, verfochten aber die Ansicht, daß andere Dogmen diesen

Glauben *implizite* immer schon enthalten hätten. So zum Beispiel das Dogma der leiblichen Himmelfahrt (übernatürliche Unsterblichkeit), das der Freiheit von jeder persönlichen Sünde (Hinweis auf übernatürliche Sündenlosigkeit) und weiteres mehr. Über dem Versuch, diesen Zwist zu beenden, hatte New Rome den Prozeß der Heiligsprechung des Leibowitz anscheinend auf die lange Bank geschoben.

Bruder Francis war eingenickt, zufrieden mit einer kleinen Weihestätte für den Seligen und einem gelegentlichen Rinnsal von Pilgern. Als er aufwachte, war das Feuer bis auf einige glimmende Äste ausgegangen. Etwas schien nicht in Ordnung zu sein. War jemand in der Nähe? Er blinzelte in die alles verhüllende Dunkelheit.

Hinter der rotglimmenden Feuerstelle hervor blinzelte der schwarze Wolf zurück.

Der Novize schrie auf und suchte Deckung.

Als er schlotternd in seiner Höhle aus Stein und Buschwerk lag, beschloß er, daß der Schrei das Schweigegebot lediglich unabsichtlich verletzt hatte. Im Liegen umklammerte er die Metallschachtel und betete, die Tage der Fastenzeit möchten rasch vorbeigehen. Draußen schabten weiche Pfoten über seinen Mauerbau hin.

3

»... und dann, Vater, hätte ich beinah Brot und Käse genommen.«
»Nein.« – »Aber du hast es nicht getan?«
»So hast du auch nicht in Werken gesündigt.«
»Aber ich war so verrückt darauf, daß ich den Geschmack im Mund spürte.«
»Vorsätzlich? Hast du die Vorstellung willentlich genossen?«
»Nein.«
»Hast du versucht, davon loszukommen?«
»Ja.«

»Dann handelt es sich da auch nicht um sündhafte Völlerei in Gedanken. Warum beichtest du mir das?«
»Weil ich dann meine Fassung verlor und ihn mit Weihwasser bespritzte.«
»Was war? Wieso?«
Die Stola umgelegt, starrte Vater Cheroki sein Beichtkind an, das seitlich vor ihm im sengenden Sonnenlicht der offenen Wüste kniete. Der Priester fragte sich, wie es so einem Burschen (nicht besonders intelligent, soweit er das beurteilen konnte) gelang, ganz allein auf sich gestellt in der kargen Wüste Gelegenheiten oder Beinahegelegenheiten zur Sünde zu finden, weit entfernt von jeder Zerstreuung oder offenbaren Wurzeln der Sünde. Die Schwierigkeiten, in die ein Junge wie er, nur mit Rosenkranz, Feuerstein, Taschenmesser und Gebetbuch bewehrt, hier draußen kommen könnte, müßten eigentlich recht gering sein. Meinte jedenfalls Vater Cheroki. Diese Beichte jedoch dauerte schon ganz schön lange. Er hoffte, der Junge würde endlich fortfahren. Die Arthritis plagte ihn wieder, aber in Anwesenheit des heiligen Sakraments auf dem tragbaren Tisch, den er mit sich auf seinen Rundgang nahm, zog der Priester es vor, zu stehen oder mit dem Beichtkind zusammen auf den Knien zu liegen. Er hatte vor dem kleinen goldenen Kästchen mit den Hostien eine Kerze entzündet. Die Flamme war im Sonnenglanz nicht zu sehen, vielleicht war sie auch von einer Brise ausgeblasen worden.
»Nun, der Exorzismus ist neuerdings auch ohne jede besondere höhere Einwilligung zulässig. Was also beichtest du – deine Wut?«
»Ja, die auch.«
»Wer hat dich in Wut gebracht? Der alte Mann – oder du dich selbst, weil du die Speise beinah genommen hast?«
»Ich ... ich bin mir nicht sicher.«
»Also bitte, entschließ dich«, sagte Vater Cheroki ungeduldig, »bekenne dich schuldig, oder laß es bleiben.«
»Ich bekenne mich schuldig.«

»Wessen?« seufzte Cheroki.
»Eines Mißbrauchs des Sakraments in einem Wutanfall.«
»Mißbrauch? Du hattest keinen stichhaltigen Grund, die Anwesenheit des Teufels anzunehmen? Du bist einfach wütend geworden und hast ihn damit naß gemacht, so wie man jemand mit Tinte bespritzt?«
Der Novize zögerte verwirrt, weil er den schneidenden Spott des Priesters spürte. Bruder Francis kam die Beichte immer schwierig vor. Er konnte nie die richtigen Ausdrücke für seine Missetaten finden, wurde hoffnungslos verwirrt, während er versuchte, sich an seine Beweggründe zu erinnern. Der Priester war auch nicht gerade eine Hilfe, mit seiner Haltung des »Entweder hast du es getan, oder du hast es nicht getan«, obgleich Francis es offenkundig entweder getan oder eben nicht getan hatte.
»Ich glaube, ich verlor für einige Augenblicke meinen Verstand«, sagte er schließlich.
Cheroki öffnete den Mund, offenbar in der Absicht, der Sache nachzugehen, besann sich aber eines Besseren. »Ich verstehe. Und was war dann?«
»Gedanken der Völlerei«, sagte Francis nach einer Weile.
Der Priester seufzte auf. »Ich dachte, wir hätten das schon abgetan. Oder war das ein andermal?«
»Gestern. Eine Eidechse, Vater. Sie war blau und gelb gestreift und hatte so herrliche Schenkel, so dick wie Euer Daumen und so drall, und ich mußte immer daran denken, daß sie wie Hühnchen schmecken würden, außen ganz braun und knusprig gebraten, und ...«
»Schon gut«, unterbrach ihn der Priester. Über sein altes Gesicht zog nur der Anflug eines Gefühlsumschwungs. Schließlich und endlich verbrachte der Junge eine Menge Zeit in der Sonne. »Hast du Gefallen an diesen Gedanken gefunden? Hast du dich bemüht, die Versuchung von dir zu weisen?«
Francis wurde rot. »Ich ... ich versuchte, sie zu fangen. Aber sie kam mir aus.«

»Also nicht nur Gedanken, sondern auch Tat. Nur dies eine Mal?«
»Doch, nur das eine Mal.«
»Na schön, in Worten und Werken. Vorsätzliche Absicht, während der Fastenzeit Fleisch zu essen. Bitte geh jetzt auf die Einzelheiten so genau wie möglich ein. Ich dachte, du hättest dein Gewissen so genau wie möglich erforscht. Gibt es noch etwas?«
»Ja, ziemlich viel.«
Der Priester schrak auf. Er mußte noch einige Einsiedlerklausen besuchen. Der Ritt war lang und heiß, und seine Knie taten ihm weh. »Mach weiter, so rasch es eben geht«, seufzte er.
»Ich war einmal unkeusch.«
»In Gedanken, Worten oder Werken?«
»Also, mir erschien dieser Sukkubus, und sie ...«
»Sukkubus? Ach so – in der Nacht. Hast du geschlafen?«
»Ja, aber ...«
»Warum beichtest du es dann?«
»Weil hinterher ...«
»Hinterher? Als du aufgewacht warst?«
»Ja. Ich mußte weiter an sie denken. Ich hatte sie wieder und wieder vor Augen.«
»Na schön, begehrliche Gedanken, mit Vorsatz genossen. Tut es dir leid? – Was noch?«
All das waren die üblichen Dinge, die man immer und immer wieder, von einem Postulanten nach dem anderen, einem Novizen nach dem anderen hörte. Vater Cheroki dachte, daß es sich für Bruder Francis wenigstens gehörte, seine Selbstbezichtigungen kurz und bündig und auf regelrechte Art hervorzustoßen, ohne dauerndes Stacheln und Anspornen. Ganz gleich, was Francis hervorbringen wollte, es schien ihm schwierig, die rechte Formulierung zu finden. Der Priester wartete.
»Ich glaube, Vater, daß ich meiner Berufung teilhaftig geworden bin, aber ...« Francis fuhr sich mit der Zunge über

die gesprungenen Lippen und blickte starr zu Boden, einem Käfer nach.

»Wirklich?« sagte Cheroki mit unbewegter Stimme.

»Ich glaube schon – aber ist es eine Sünde, daß ich zuerst, als ich sie erhielt, fast nur Verachtung für die Handschrift übrig hatte? Ich meine ...«

Cheroki blinzelte. Handschrift? Berufung? Was sollte die Frage – er betrachtete einige Sekunden lang den ernsten Gesichtsausdruck des Novizen und runzelte dann die Stirne.

»Bruder Alfred und du – habt ihr Zettel ausgetauscht?« fragte er in unheilvollem Ton.

»Ach nein, Vater.«

»Aber von wessen Handschrift sprichst du denn dann?«

»Von der des seligen Leibowitz.«

Cheroki schwieg, um nachzudenken. Gab es eigentlich in der Abtei, in der Sammlung alter Handschriften irgendwelche Urkunden, die vom Gründer des Ordens eigenhändig geschrieben worden waren? Gab es Originale? Nach kurzem Nachdenken mußte er die Frage bejahen. Einige Bruchstücke waren noch vorhanden, sorgsam hinter Schloß und Riegel verwahrt.

»Wovon sprichst du? Ist irgendwas in der Abtei geschehen, bevor du hier heraus kamst?«

»Nein, Vater, es ist hier an Ort und Stelle geschehen ...« er wies mit dem Kopf nach links, »dort hinter dem dritten Hügel, bei dem hohen Kaktus.«

»Du sagst, in Verbindung mit deiner Berufung?«

»Ja, schon, aber ...«

»Aber«, sagte Cheroki streng, »du wirst doch gewiß nicht *im Ernst* sagen wollen, daß du vom seligen Leibowitz – der jetzt schon, na, über sechshundert Jahre tot ist – eine handgeschriebene Einladung erhalten hast, deine heiligen Gelübde abzulegen? Und du, hm, fandest diese Handschrift jämmerlich? Verzeih, aber das ist der Eindruck, den deine Worte machten.«

»Ja, so *ungefähr* schon, Vater.«
Cheroki fing an zu stottern. Unruhig geworden zog Bruder Francis ein Stück Papier aus seinem Ärmel und übergab es dem Priester. Es war mit Flecken übersät und vor Alter brüchig. Die Tinte war ausgebleicht.
»*Ein Pfund Pastrami*«, las Cheroki laut ab, einige der fremdartigen Worte auslassend, »*eine Büchse Sauerkraut ... – für Emma mitbringen.*« Einige Sekunden blickte er unverwandt auf Bruder Francis. »Wer hat das geschrieben?«
Francis sagte es ihm.
Cheroki dachte nach. »Du kannst jetzt keine richtige Beichte ablegen, während du in dieser Verfassung bist. Es wäre auch nicht recht von mir, dir die Absolution zu erteilen, wenn du nicht ganz bei Sinnen bist.« Der Priester legte die Hand beruhigend auf die Schulter des Novizen, der erschrocken zusammengezuckt war. »Keine Sorge, mein Sohn. Wir besprechen alles genau, wenn du dich wieder wohl fühlst. Ich werde dir dann die Beichte abnehmen. Jetzt aber ...« er blickte unruhig auf die Kapsel mit den Hostien, »möchte ich dich bitten, deine Sachen zusammenzupacken und sofort zur Abtei zurückzukehren.«
»Aber Vater, ich ...«
»Ich befehle dir«, sagte der Priester unbewegt, »sofort zur Abtei zurückzukehren.«
»J-ja, Vater.«
»Ich kann dir jetzt die Absolution nicht erteilen; du solltest aber auf jeden Fall reuig in dich gehen und zweimal zehn Rosenkränze als Buße darbringen. Soll ich dir meinen Segen erteilen?«
Mit Tränen in den Augen nickte der Novize. Der Priester segnete ihn, erhob sich, beugte das Knie vor dem Sakrament und ergriff die goldene Kapsel, um sie wieder an der Halskette zu befestigen. Er steckte die Kerze ein, legte den Tisch zusammen und befestigte ihn am Sattel. Er nickte Francis einen letzten feierlichen Gruß zu, bestieg seine

Stute und ritt davon, seine Rundreise zu den Fastenklausen zu beenden. Francis setzte sich in den heißen Sand und weinte.

Es wäre alles so einfach gewesen, hätte er nur den Priester in die unterirdische Gruft führen können, um ihm den uralten Raum zu zeigen, oder hätte er nur die Schachtel mit ihrem ganzen Inhalt vorweisen können, oder das Zeichen, das der Pilger auf den Stein gesetzt hatte. Aber der Priester trug die Eucharistie bei sich und durfte nicht dazu verleitet werden, auf Händen und Knien in einen Keller hinabzuklettern, der von Geröll verschüttet war, oder im Inhalt einer alten Schachtel herumzuwühlen und sich auf archäologische Streitgespräche einzulassen. Francis hatte das sehr wohl gewußt und die Bitte nicht ausgesprochen. Der Besuch Cherokis war zwangsläufig eine weihevolle Angelegenheit, solange der Anhänger um seinen Hals auch nur eine einzige Hostie enthielt. Nach Leerung des Anhängers würde er vielleicht geneigt sein, ihn bereitwillig anzuhören. Der Novize konnte es Vater Cheroki nicht übelnehmen, daß er so voreilig überzeugt war, Francis wäre nicht ganz bei Trost. Er fühlte sich tatsächlich ein bißchen von der Sonne mitgenommen und hatte beim Reden ziemlich gestottert. Mehr als ein Novize war verwirrten Geistes von der Berufungsvigilie zurückgekehrt.

Da war nichts zu machen. Er mußte den Befehl zur Rückkehr befolgen.

Er lief zum Bunker und blickte hinein, um sich zu vergewissern, daß er tatsächlich existierte. Dann holte er die Schachtel. Als er alles verpackt hatte und zum Aufbruch bereit war, zeigte sich in südöstlicher Richtung eine Staubfahne. Sie kündigte die Ankunft der Vorratssendung von Wasser und Mais aus der Abtei an. Bruder Francis beschloß, auf seine Vorräte zu warten, bevor er sich auf den langen Weg nach Hause machte.

An der Spitze der Staubfahne kamen trottend drei Esel und ein Mönch in Sicht. Mühsam stapfte der erste Esel unter dem Gewicht von Bruder Fingo voran. Francis erkannte den Küchengehilfen trotz der Kapuze an seinen gekrümmten Schultern und den langen, haarigen Beinen, die links und rechts so tief vom Esel herabbaumelten, daß Bruder Fingos Sandalen fast am Boden schleiften. Die nachfolgenden Tiere waren mit kleinen Maissäcken und Wasserschläuchen beladen.

Die Hände an den Mund gelegt brüllte Fingo den Ruf über die Ruinen hin, mit dem er sonst die Schweine zum Trog rief, so als hätte er Bruder Francis nicht schon am Wegrand auf ihn warten sehen. »Schwein, Schwein, Schwein, Schwein, Schweiiin! Ach, da bist du ja, Francisco! Ich hielt dich für einen Haufen Knochen. Na, da müssen wir dich ein bißchen mästen, damit die Wölfe etwas von dir haben. Hier hast du deinen Sonntagsfraß. Komm her und lang zu! Wie läuft der Eremitenladen? Wirst du dabei bleiben? Nur einen Wasserschlauch, hörst du, und einen Sack Mais. Und paß auf das Hinterbein von Malizia auf! Sie ist rossig und ganz schön aufgekratzt – vorhin hat sie Bruder Alfred einen krachenden Hieb auf die Kniescheibe versetzt. Vorsichtig!« Bruder Fingo streifte seine Kapuze zurück und feixte, während der Novize und Malizia miteinander rangelten. Zweifelsohne war Fingo der häßlichste Mensch auf der Welt; selbst wenn er lachte, wurde er kaum anziehender, mit seinem rosarot klaffenden Mund, mit seinen riesigen, verschiedenfarbigen Zähnen. Er war eine rechte Spottgestalt, war aber nicht eigentlich eine Mißgeburt zu nennen. Er zeigte Erbanlagen, wie sie sich dort im Minnesotaland, von wo er herkam, häufig fanden. Sie bewirkten Kahlköpfigkeit und eine sehr ungleichmäßige Verteilung des Pigments. So schien das Fell des hageren Mönchs ein Flickwerk aus Kalbsleber- und Schokoladeflecken auf Albinoweiß zu sein. Seine beständig gute Laune ließ einen seine Erscheinung immerhin nach wenigen Minuten vergessen, und nach langer Bekanntschaft kam einem die Färbung Bruder Fingos nicht ungewöhnlicher vor als die eines

gescheckten Gauls. Wäre er ein übelgelaunter Bursche gewesen, hätte man ihn kaum ertragen können; so aber brachte er es durch überschäumenden Frohsinn fertig, daß sein Anblick fast so drollig wirkte wie eine Clownsmaske. Die Zuteilung Fingos zur Küche war als Strafe gedacht und vermutlich nicht von Dauer. Er war Holzschnitzer von Beruf und arbeitete für gewöhnlich in der Zimmerwerkstätte. Aber ein gewisser Anfall von Überheblichkeit in Verbindung mit einer Statue des seligen Leibowitz, die ihm zu schnitzen erlaubt worden war, hatte den Abt bewogen, ihn der Küche zu überstellen, bis er Anzeichen tatsächlicher Demut erkennen lassen würde. Inzwischen harrte das Standbild des Seligen erst halb fertiggeschnitzt in der Zimmerwerkstätte seiner Vollendung.
Fingo ließ sein Grinsen, als er genauer hinsah, welche Miene der Novize machte, während er sein Getreide und Wasser von der munteren Eselin hob. »Du schaust wie ein geprügelter Hund drein, mein Junge«, sagte er zum Büßer, »was ist los? Wird Vater Cheroki wieder von einem seiner langweiligen Wutanfälle geplagt?«
Bruder Francis schüttelte den Kopf: »Nicht daß ich wüßte.«
»Also was ist los? Bist du vielleicht krank?«
»Er hat mich in die Abtei zurückgeschickt.«
»Wa-a-as?« Fingo warf ein haariges Bein über den Esel und ließ sich einige Zentimeter auf den Boden zurutschen. Er beugte sich über Francis, schlug ihm mit fleischiger Hand auf die Schulter und blickte ihm in die Augen. »Was hast du? Gelbsucht?«
»Nein. Er glaubt, ich sei...« Francis tippte sich an die Stirn und zuckte mit den Schultern.
Fingo lachte auf: »Da hat er sicher recht! Das wußten wir alle doch schon längst. Warum schickt er dich zurück?«
Francis senkte den Blick auf die Schachtel zu seinen Füßen. »Ich habe ein paar Sachen aufgefunden, die dem seligen Leibowitz gehörten. Ich fing an, ihm davon zu erzählen,

aber er wollte mir keinen Glauben schenken. Er ließ mich nichts erklären. Er ...«
»*Was* hast du gefunden?« Fingo lächelte ungläubig, ließ sich dann auf die Knie nieder und öffnete die Schachtel, während der Novize unruhig zusah. Der Mönch rührte mit einem Finger zwischen den drahtbesetzten Zylindern in den Fächern herum und ließ einen leisen Pfiff ertönen. »Heidnisches Zauberzeugs der Hügelleute, oder? Das sieht alt aus, das ist wirklich uralt.« Sein Auge glitt über den Zettel im Deckel. »Was ist das für ein Kauderwelsch?« fragte er zum unglücklichen Novizen hinaufschielend.
»Englisch, wie man es vor der Feuerflut sprach.«
»Ich hab mich nie damit abgegeben, bis auf das, was wir im Chor singen.«
»Der Selige hat es mit eigener Hand geschrieben.«
»Das hier?« Bruder Fingo blickte vom Zettel auf zu Bruder Francis und zurück auf das Papier. Auf einmal schüttelte er seinen Kopf, klemmte den Deckel wieder auf die Schachtel und stand auf. Er zwang sich zu lächeln. »Vielleicht hat der Vater recht. Du trollst dich besser nach Hause und läßt dir vom Bruder Apotheker einen seiner Extrasude aus Fliegenpilz brauen. Bruder, du hast Fieber!«
Francis zog die Schultern hoch: »Kann schon sein.«
»Wo hast du das Zeugs gefunden?«
Der Novize streckte den Arm aus. »Da drüben, ein paar Hügel von hier. Ich habe ein paar Felsen weggerückt. Dann brach der Boden ein, und ich fand einen Keller. Geh und überzeug dich selbst!«
Fingo schüttelte seinen Kopf: »Ich hab noch einen langen Ritt vor mir.«
Francis hob die Schachtel auf und machte sich auf den Weg zur Abtei, während Fingo zu seinen Eseln ging. Nach wenigen Schritten hielt der Novize an und rief zurück.
»Bruder Fleck, hättest du zwei Minuten Zeit für mich?«
»Vielleicht«, antwortete Fingo, »wozu?«
»Geh doch bitte hinüber und schau dir das Loch an.«

»Wieso?«
»Dann kannst du Vater Cheroki erzählen, daß es wirklich da ist.«
Fingo schob ein Bein halb über den Rücken seines Esels. »Ha!« Er zog das Bein zurück. »Na gut! Aber wenn es nicht da ist, kannst du was erleben!«
Francis blickte noch einen Augenblick hinüber, wie der schlaksige Fingo zwischen den Hügeln verschwand. Dann nahm er wieder sein Schlurfen auf, den langen, staubigen Pfad hinunter zur Abtei. Ab und zu kaute er etwas von dem Mais, schlürfte er einige Tropfen aus dem Wasserschlauch. Gelegentlich blickte er sich um. Fingo war schon viel länger als zwei Minuten verschwunden. Er dachte schon nicht mehr daran, auf das Wiedererscheinen zu achten, als er hinter sich einen fernen Schrei aus den Ruinen hörte. Er drehte sich um. Auf der Spitze eines Hügels konnte er die ferne Gestalt des Holzschnitzers erkennen. Fingo winkte mit den Armen und nickte ihm heftig seine Bestätigung zu. Francis winkte zurück und wendete sich dann wieder matt seinem Weg zu.
Zwei Wochen, halb verhungert verbracht, forderten ihren Tribut. Nach fünf, sechs Kilometern begann er zu taumeln. Noch gut zwei Kilometer von der Abtei entfernt fiel er ohnmächtig am Wegrand nieder. Es war schon später Nachmittag geworden, bevor Cheroki ihn auf der Rückkehr von seiner Rundreise da liegen sah. Hastig sprang er vom Pferd, benetzte das Gesicht des Burschen mit Wasser, bis er ihn langsam wieder auf die Beine gebracht hatte. Auf seinem Rückweg war er den Nachschubeseln begegnet und hatte sich Fingos Bericht angehört, der die Entdeckung von Bruder Francis bestätigte. Obgleich er nicht willens war, der Entdeckung des Novizen Francis irgendeine Bedeutung beizumessen, bereute der Priester doch, daß er vorhin nicht mehr Geduld mit dem Jungen gehabt hatte. Francis saß benommen und verwirrt am Wegrand, während Cheroki die Schachtel neben ihm mit ihrem halb über den Boden

verstreuten Inhalt besah. Nachdem er auch den Zettel im Deckel flüchtig angesehen hatte, war er geneigt, das Gestammel des Jungen vielmehr als Ausfluß romantischer Einbildungskraft zu betrachten denn als Anzeichen von Verrücktheit oder Fieberwahn. Er hatte zwar weder die Gruft besichtigt noch den Inhalt der Schachtel genau geprüft, aber es war wenigstens offenkundig, daß der Junge eher tatsächliche Ereignisse falsch ausgelegt als Halluzinationen gebeichtet hatte.
»Du darfst deine Beichte fortsetzen, sobald wir angekommen sind«, sagte er sanft zum Novizen, dem er hinter dem Sattel auf die Stute geholfen hatte. »Ich glaube, ich kann dir die Absolution erteilen, wenn du nicht darauf bestehst, persönliche Botschaften von dem Heiligen erhalten zu haben. Nun?«
Für den Augenblick war Bruder Francis zu schwach, um auf irgend etwas zu bestehen.

4

»Du hast richtig gehandelt«, knurrte der Abt schließlich. Vielleicht fünf Minuten lang war er in seiner Studierstube auf und ab geschritten, sein breites Bauerngesicht in dicke Zornesfalten gelegt. Vater Cheroki saß unruhig auf der Kante seines Stuhls. Keiner der beiden Priester hatte ein Wort gesprochen, seit Cheroki einer Aufforderung seines Vorstehers folgend das Zimmer betreten hatte. Cheroki schnellte in die Höhe, als Abt Arkos endlich die Worte hervorknurrte.
»Du hast richtig gehandelt«, wiederholte der Abt, der in der Mitte des Zimmers stehengeblieben war und zu seinem Prior hinüberschielte, der anfing, sich zu beruhigen. Es ging schon auf Mitternacht, und Arkos hatte eigentlich schon Anstalten getroffen, sich vor Matutin und Laudes noch ein oder zwei Stunden schlafen zu legen. Er war noch feucht und zerzaust von einer eben erst beendeten Sitzung im Badezuber und kam Cheroki wie ein Wer-Bär vor, der sich

nur unvollständig in einen Menschen zurückverwandelt hatte. Er trug einen Umhang aus Kojotenfell, und das einzige Abzeichen seines Ranges war das Brustkreuz, das versteckt im schwarzen Pelz auf seiner Brust immer dann von Kerzenlicht getroffen aufblitzte, wenn er sich dem Schreibtisch zuwandte. Nasses Haar hing ihm in die Stirn; mit seinem kurzen, abstehenden Bart und seinen Kojotepelzen sah er weniger einem Priester als einem kriegerischen Häuptling ähnlich, voll unterdrückter Kampflust wegen eines eben erst erfolgten Sturmangriffs. Pater Cheroki entstammte einer freiherrlichen Familie aus Denver und neigte dazu, auf die offizielle Stellung eines Mannes sehr förmlich einzugehen, neigte sozusagen dazu, höfisch gesittet mit dem Abzeichen der Amtsgewalt zu reden und dabei den Menschen zu übersehen, der es trug. In dieser Hinsicht fügte er sich der höfischen Sitte vieler Epochen. Auf solche Weise hatte Pater Cheroki stets eine offiziell herzliche Beziehung zu Ring und Brustkreuz, zum Amt seines Abtes aufrechterhalten, doch vom Menschen Arkos erlaubte er sich nur so wenig wie möglich zu bemerken. Unter den gegenwärtigen Umständen gestaltete sich das etwas schwierig: der ehrwürdige Vater Abt war gerade aus seinem Bad gestiegen. Und wie er mit nackten Füßen in seiner Studierstube herumpatschte! Anscheinend hatte er gerade ein Hühnerauge behandelt und dabei zu tief geschnitten. Eine große Zehe war blutig. Cheroki versuchte, nicht darauf zu achten, fühlte sich aber nicht wohl in seiner Haut.
»Du weißt doch, wovon ich rede?« brummte Arkos ungeduldig.
Cheroki zögerte. »Würde es Euch, Vater Abt, etwas ausmachen, mehr auf Einzelheiten einzugehen? Für den Fall, daß es sich um etwas handelt, was ich nur durch Beichte erfahren habe.«
»Ha? Ach so. Es ist wie verhext. Ich vergaß glatt, daß du seine Beichte gehört hast. Dann versuch doch, ihn noch ein-

mal zum Sprechen zu bringen, damit du drüber reden kannst – obgleich, dem Himmel sei's geklagt, die Geschichte auf jeden Fall schon ihre Runde im Kloster macht. Halt, du brauchst ihn nicht gleich aufzusuchen. *Ich* werde *dir* berichten, und du mußt nicht antworten, wenn irgend etwas unter das Beichtgeheimnis fällt. Hast du das Zeug hier gesehen?«
Abt Arkos deutete auf sein Pult, wo der Inhalt von Bruder Francis' Schachtel zur Untersuchung ausgebreitet lag.
Cheroki nickte bedächtig. »Er ließ sie neben der Straße fallen, als er umfiel. Ich half beim Einsammeln, nahm aber nichts genauer in Augenschein.«
»Schön. Du weißt aber, was er von dem Zeugs behauptet?«
Pater Cheroki blickte zur Seite. Er schien die Frage überhört zu haben.
»Schon gut, schon gut«, brummte der Abt, »laß dir wegen seiner Behauptung keine grauen Haare wachsen. Betrachte es nur mit deinen eigenen Augen und entscheide dich, was *du* davon zu halten gedenkst.«
Cheroki ging hinüber und beugte sich über den Tisch, um die Papiere peinlich genau zu untersuchen, eins nach dem anderen, während der Abt auf und ab ging, scheinbar mehr mit sich selbst als mit dem Priester sprechend.
»Eine unmögliche Geschichte. Du hast richtig gehandelt, ihn zurückzuschicken, bevor er noch mehr entdeckte. Aber das ist natürlich nicht das Schlimmste dabei. Das Schlimmste ist sein Geplapper über den alten Mann. Wirklich ein starkes Stück! Ich kann mir nichts denken, was dem Fall mehr schaden könnte als unwahrscheinliche ›Wunder‹ in Hülle und Fülle. Einige wenige tatsächliche Vorfälle – schön und gut! Bevor die Heiligsprechung stattfinden kann, muß sich herausstellen, daß die Fürsprache des Seligen Wunder bewirkt hat. Aber das kann auch zu weit getrieben werden! Denk an den seligen Chang – vor zwei Jahrhunderten selig-, aber nie heiliggesprochen, bis jetzt noch nicht. Und warum? Sein Orden war zu erpicht darauf, darum. Jedesmal, wenn irgend jemand seinen Husten los

wurde, war es gleich wunderbare Heilung durch den Seligen. Im Keller Visionen, Beschwörungen im Glockenstuhl – es klang mehr nach einer Sammlung Gespenstergeschichten als nach einer Aufzählung von Wundern. Vielleicht waren sogar ein oder zwei Ereignisse wirklich stichhaltig – aber wenn so ein Feilschen darum entsteht ... na ja.«
Pater Cheroki blickte auf. Seine Fingerknöchel waren an der Kante des Tisches weiß geworden, und sein Gesicht machte einen angespannten Eindruck. Er schien nicht zugehört zu haben. »Ich bitte um Verzeihung, Vater Abt, aber ...«
»Nun, ich meine, das gleiche könnte hier nämlich auch geschehen!« sagte der Abt und nahm sein Hin- und Herwandern wieder auf. »Letztes Jahr hatten wir Bruder Noyon und seine wundertätige Henkersschlinge. Ha! Und das Jahr davor wird Bruder Smirnoff auf wunderbare Weise von der Gicht geheilt – und *wodurch?* – durch Berühren einer mutmaßlichen Reliquie unseres seligen Leibowitz, wie die jungen Tölpel sagen. Und nun dieser Francis! Er trifft einen Pilger, und der trägt *was?* Als Rock genau *das* Leintuch, das man dem seligen Leibowitz über den Kopf zog, bevor man ihn hängte. Und was als Gürtel? Ein Seil. Was für ein Seil? Aaa, genau das Seil ...« Er schwieg und sah zu Cheroki hinüber. »Deinem verblüfften Gesicht sehe ich an, daß du das noch nicht gehört hast. Oder? Schon gut, du darfst nichts sagen. Nein, nein, Francis hat nichts dergleichen erzählt. Alles, was er sagte, war ...« Abt Arkos bemühte sich, seinen gewöhnlichen Brummbaß etwas ins Falsett hinaufzustimmen: »Alles, was Bruder Francis sagte, war: ›Ich traf einen kleinen alten Mann, und ich dachte, er sei ein Pilger auf dem Weg zur Abtei, weil er in dieser Richtung ging. Er trug eine alte Sackleinwand, die von einem Stück Seil zusammengehalten wurde. Und er machte ein Zeichen auf den Felsen, und das Zeichen sah *so* aus.‹«
Arkos zog ein Stück Pergament aus der Tasche seines Pelzumhangs und hielt es vor dem Gesicht Cherokis ins Ker-

zenlicht. Mit mäßigem Erfolg versuchte er immer noch, die Stimme von Bruder Francis nachzuahmen: »›Ich konnte nicht herauskriegen, was es bedeuten soll. Wißt *Ihr* es?‹«
Cheroki sah auf die Zeichen und schüttelte den Kopf.
»*Dich* frage ich nicht«, brummte Arkos mit gewöhnlicher Stimme. »Das hatte Francis gesagt. Ich hab es auch nicht gewußt.«
»Wißt Ihr es jetzt?«
»Jetzt ja. Jemand hat es nachgeschlagen. *Das* ist ein *Lamed*, und das ein *Zade*. Hebräische Buchstaben.«
»*Zade Lamed?*«
»Nein. Von rechts nach links. *Lamed Zade*. Ein Ell- und Tezetlaut. Mit Vokalzeichen könnte es ›Lutz, Lotz, Letz, Litz, Latz‹ heißen. Und wenn es noch mehr Buchstaben zwischen den beiden gäbe, könnte es klingen, wie LLLL – rate mal, wie.«
»Leibo... aber nein!«
»Aber ja! Bruder *Francis* hat sich das nicht ausgedacht, aber jemand anders. Bruder *Francis* hat nicht an die Kapuze aus Leinwand und an das Henkersseil gedacht: einer seiner Kameraden war so schlau. Was wird also geschehen? Heute nacht noch wird die ganze saubere Geschichte das Noviziat wie ein Lauffeuer durcheilen, daß Francis da draußen den Seligen höchstpersönlich getroffen hat, daß der Selige unseren Jungen dorthin geleitet hat, wo dieses Zeugs war, und ihm mitteilte, er wäre berufen.«
Ein Stirnrunzeln der Verblüffung erschien auf dem Gesicht Cherokis. »Hat Bruder Francis das erzählt?«
»Nein!« donnerte Arkos. »Hast du mir nicht zugehört? Francis hat nichts dergleichen erzählt. Verflixt noch mal, ich wollte, er hätte es! Dann hätte ich den Schlingel! Aber er erzählt alles so lieb und treuherzig, eigentlich sogar dümmlich, und läßt die anderen daraus ihre Schlüsse ziehen. Ich habe noch nicht mit ihm gesprochen. Ich schickte den Vorsteher der Denkwürdigkeiten, um seine Geschichte herauszubekommen.«

»Ich glaube, ich rede besser mit Bruder Francis«, murmelte Cheroki.
»*Auf jeden Fall!* Als du vorhin hereinkamst, hatte ich mich noch nicht entschieden, ob ich dich lebendig braten sollte oder nicht. Ich meine dafür, daß du ihn hierher geschickt hast. Wenn du ihn draußen in der Wüste gelassen hättest, würden wir jetzt nicht mit diesem phantastischen Gewäsch geplagt werden. Aber andrerseits, wenn er draußen geblieben wäre, wer weiß, was er dann noch alles aus jenem Keller hervorgezogen hätte. Ich glaube, es war richtig von dir, ihn herzuschicken.«
Cheroki, der die Entscheidung aus ganz anderen Beweggründen getroffen hatte, hielt es für das beste, zu schweigen.
»Schau nach ihm«, brummte der Abt, »und dann schick ihn zu mir.«

Es war gegen neun Uhr an einem hellen Montagmorgen, als Bruder Francis furchtsam gegen die Tür der Studierstube des Abtes klopfte. Ungestörte Nachtruhe auf dem Strohsack in seiner alten, gewohnten Zelle, nebst einem kleinen Bissen eines ungewohnten Frühstücks hatten vielleicht nicht gerade Wunder auf sein ausgehungertes Fleisch gewirkt oder die Folgen eines Sonnenstichs ganz aus seinem Kopf vertrieben, aber dieses vergleichsweise wohlige Leben hatte ihn wenigstens soweit zu Verstand kommen lassen, mühelos einzusehen, daß er Grund hatte, sich zu fürchten. Im Grunde war er starr vor Schreck, so daß das erste Klopfen an die Tür des Abts viel zu leise ausfiel. Nicht einmal Francis selbst hatte es gehört. Nach einigen Minuten nahm er seinen Mut zusammen und klopfte noch einmal.
»*Benedicamus Domino.*«
»*Deo gratias?*« fragte Francis zurück.
»Komm herein, mein Junge, komm herein!« rief eine leutselige Stimme, die er nach ein paar Sekunden der Verwirrung erstaunt als die seines hoheitsvollen Abtes erkannte.

»Du mußt am kleinen *Knopf* drehen, mein Sohn«, sagte dieselbe freundliche Stimme, da Bruder Francis wie erstarrt einige Sekunden auf der Stelle geblieben war, die Hand noch erhoben, um anzuklopfen.
»J-j-ja«, Francis berührte den Knopf kaum, aber die verflixte Tür öffnete sich doch. Er hatte gehofft, sie würde sich fest verklemmt haben.
»Der Herr Abt haben *mich* r-r-rufen lassen?« stieß der Novize heiser hervor.
Der Abt schürzte die Lippen und nickte bedächtig. »Hmm ja. Der Herr Abt haben nach *dir* rufen lassen. Komm jetzt *herein* und mach die Tür zu.«
Bruder Francis schloß die Tür und blieb bebend in der Mitte des Zimmers stehen. Der Abt fingerte an einem der drahtbesetzten Dinger aus dem alten Werkzeugkasten herum.
»Oder wäre es vielleicht angemessener«, sagte Abt Arkos, »wenn der Ehrwürdige Vater Abt *von dir* gerufen worden wäre? Jetzt, da dich die göttliche Vorsehung so sehr begünstigt hat, und du so zu Ehren gekommen bist, was?« Er lächelte besänftigend.
»He he he?« lachte Bruder Francis unsicher. »Aber n-n-nein, Herr.«
»Du willst doch nicht abstreiten, daß du über Nacht berühmt geworden bist? Daß du von der Vorsehung auserwählt wurdest, *das* hier ...« er bewegte die Hand schwungvoll über die Relikte auf dem Tisch hinweg »... diese Schachtel voller Ramsch, wie sie von ihrem früheren Besitzer zweifelsohne zu Recht genannt wurde?«
Der Novize fing hilflos zu stottern an. Schließlich gelang es ihm irgendwie, eine grinsende Grimasse aufzusetzen.
»Siebzehn Jahre bist du alt und schlicht und einfach ein Dummkopf, was?«
»Das ist ohne Zweifel wahr, Herr.«
»Welchen Beweis kannst du für deine Überzeugung vorbringen, daß du zur Religion berufen seist?«

»Keinen, *Magister meus*.«
»Ach, wirklich? Dann fühlst du dich nicht in den Orden berufen?«
»O doch«, brachte der Novize mühsam heraus.
»Aber du kannst keinen Beweis vorbringen?«
»Keinen.«
»Ich will eine Erklärung, du lächerlicher Idiot. Da du keine abgibst, gehe ich recht in der Annahme, daß du willens bist abzustreiten, du hättest gestern jemanden in der Wüste getroffen, daß du ohne Beistand über diese – diese Schachtel voll Ramsch gestolpert bist, und daß alles, was ich von den anderen gehört habe, nichts als Schwärmerei von Fieberkranken ist?«
»O nein, Dom Arkos!«
»O nein, was?«
»Ich kann nicht bestreiten, was ich mit eignen Augen gesehen habe, ehrwürdiger Vater.«
»Du *hast* also einen Engel getroffen – oder wars ein Heiliger? Vielleicht noch nicht ganz ein Heiliger? Und er zeigte dir, wo du nachzuschauen hättest?«
»Ich habe nie behauptet...«
»Und *das* hältst du für den Beweis deiner Überzeugung, du seist wahrhaftig berufen worden, oder etwa nicht? Will sagen, dieses – sollen wir es ›Wesen‹ nennen? – dieses Wesen teilte dir mit, du würdest eine Stimme finden, und bezeichnete einen Felsen mit seinen Anfangsbuchstaben und sagte dir noch, es wäre das, worauf du gewartet habest, und als du nachschautest, hast du *das* hier gefunden, hä?«
»Ja, Dom Arkos.«
»Sag mir, was hältst du von deiner eignen abscheulichen Eitelkeit?«
»Meine abscheuliche Eitelkeit ist unverzeihlich, mein Herr und Lehrer.«
»Sich einzubilden, man sei bedeutend genug, um Unverzeihliches begehen zu können, ist ja nun die unbeschreiblichste Eitelkeit«, donnerte der Herrscher der Abtei.

»Herr, ich bin ein Wurm, wahrhaftig.«
»Sehr gut, du brauchst nur den Teil über den Pilger zurückzunehmen. Wie du weißt, hat niemand sonst diese Gestalt gesehen. Wie ich höre, hast du dir gedacht, er sei auf dem Weg hierher gewesen? Er soll sogar gesagt haben, daß er hier einkehren würde? Er hat sich über die Abtei erkundigt? Ja? Wohin wird er wohl verschwunden sein, wenn er überhaupt existiert hat? Hier ist nämlich niemand vorbeigekommen. Der Bruder, der um diese Zeit Dienst auf dem Wachturm tat, hat ihn nicht gesehen. Bist du jetzt bereit zuzugeben, daß du ihn nur in deiner Einbildung erblickt hast?«
»Wenn da nicht tatsächlich zwei Zeichen auf diesem Felsen wären, wo er ... dann könnte ich vielleicht ...«
Der Abt schloß die Augen und seufzte müde. »Die Zeichen sind dort zu sehen – wenn auch schwach«, stimmte er bei. »Du könntest sie selbst gemacht haben.«
»Nein, Herr.«
»Willst du nun zugeben, daß du dir das alte Wesen nur eingebildet hast?«
»Nein, Herr.«
»Sehr schön. Du weißt, was jetzt mit dir geschehen wird.«
»Ja, ehrwürdiger Vater.«
»Dann bereite dich darauf vor.«
Zitternd zog der Novize sein Habit bis über den Bauch in die Höhe und beugte sich über das Pult. Der Abt zog ein kräftiges Hickorylineal aus der Schublade, prüfte es auf seinem Handballen und versetzte Francis damit einen heftigen Schlag auf den Hintern.
»*Deo gratias!*« antwortete pflichtschuldigst der Novize, leicht keuchend.
»Hast du Lust, deine Meinung zu ändern?«
»Ehrwürdiger Vater, ich kann doch nicht bestreiten, was ...«
ZACK!
»*Deo gratias!*«

ZACK!
»*Deo gratias!*«
Zehnmal wurde diese schlichte, aber schmerzhafte Litanei wiederholt. Für jede brennende Unterweisung in der Tugend der Demut schickte Francis einen Schrei des Dankes zum Himmel, wie das von ihm erwartet wurde. Nach dem zehnten Schlag hielt der Abt inne. Bruder Francis stand leicht schwankend auf den Zehenspitzen. Aus den Winkeln seiner zusammengepreßten Augenlider stahlen sich Tränen hervor.
»Mein lieber Bruder Francis«, sagte der Abt, »bist du dir völlig sicher, daß du den alten Mann gesehen hast?«
»Ganz sicher!« sagte er leise und wappnete sich für weiteres. Abt Arkos schaute ihn an wie der Arzt einen Kranken, ging dann hinter sein Pult und setzte sich brummend. Eine Zeitlang starrte er finster auf den Streifen Pergament mit den Zeichen.
»Wer, glaubst du, könnte er gewesen sein?« murmelte der Abt wie abwesend.
Bruder Francis öffnete die Augen und gab einen kurzen Tränenguß frei.
»O, du hast mich überzeugt, mein Junge. Um so schlechter für dich.«
Francis antwortete nichts, betete aber im stillen, daß die Notwendigkeit, seinen Herrscher von seiner Aufrichtigkeit überzeugen zu müssen, sich nicht oft ergeben möge. In Erwiderung einer ungeduldigen Handbewegung des Abtes ließ er sein Gewand wieder herab.
»Du kannst dich setzen«, sagte der Abt, der sich nun ungezwungen, wenn nicht sogar liebenswürdig gab.
Francis näherte sich dem bezeichneten Stuhl, ließ sich halb auf ihm nieder, zuckte aber zurück und stand wieder auf.
»Wenn es dem Ehrwürdigen Vater nichts ausmacht ...«
»Also gut, bleib *stehen*. Ich werde dich sowieso nicht lang aufhalten. Du wirst wieder hinausgehen und deine Vigilie beenden.« Er schwieg, weil er bemerkte, daß sich das Ge-

sicht des Novizen ein bißchen aufheiterte. »O, bilde dir ja nicht ein«, fuhr er ihn an, »daß du an deinen alten Platz zurückkehren kannst! Du wirst die Klause mit Bruder Alfred tauschen und wirst dich hüten, den Ruinen nahe zu kommen. Des weiteren untersage ich dir, mit irgend jemand über die Angelegenheit zu sprechen, deinen Beichtvater und mich ausgenommen. Obgleich das Unglück schon geschehen ist. Weißt du, was durch dich in Umlauf gekommen ist?«
Bruder Francis schüttelte den Kopf. »Weil gestern Sonntag war, Ehrwürdiger Vater, waren wir nicht verpflichtet, Schweigen zu bewahren, und zur Mittagszeit habe ich einfach auf die Fragen der Jungens geantwortet. Ich glaubte...«
»Nun, deine Jungens haben sich gar reizende Auslegungen zusammengereimt, mein lieber Sohn. Wußtest du, daß es der selige Leibowitz selbst war, den du da draußen getroffen hast?«
Francis sah für einen Augenblick verblüfft drein, schüttelte dann wieder den Kopf. »O nein, Herr Abt. Ich bin sicher, daß er es nicht war. Der selige Märtyrer würde so etwas nie tun.«
»Würde *was* nie tun?«
»Würde Leute nicht herumjagen und versuchen, sie mit einem Stock zu schlagen, der an einem Ende einen Nagel hat.«
Der Abt wischte sich über den Mund, um ein unfreiwilliges Lächeln zu verbergen. Es gelang ihm, gleich wieder nachdenklich auszusehen. »Also wirklich, da wäre ich nicht so sicher. Es warst schließlich *du*, hinter dem er her war, oder? Ja, das dachte ich mir. Hast du den anderen Novizen diese Episode auch erzählt? Ja? Na siehst du, die haben nicht geglaubt, daß das die Möglichkeit ausschließt, daß er der Selige war. Ich bezweifle wirklich, ob es sehr *viele* Leute gibt, die der Selige mit einem Stock jagen würde, aber...«
Unfähig, ein Lachen über den Gesichtsausdruck des Novizen noch länger zu unterdrücken, brach er ab. »Nichts für

ungut, mein Sohn. Aber wer, meinst du, könnte er gewesen sein?«

»Ich glaubte, daß er vielleicht ein Pilger ist, auf dem Weg, unseren Reliquienschein zu besuchen, Ehrwürdiger Vater.«

»Es ist noch kein Schrein, und du darfst ihn nicht so nennen. Auf jeden Fall besuchte er ihn ja auch nicht oder ließ es zumindest bleiben. Und er kam auch nicht an unserem Tor vorbei, es sei denn, der Wächter hat geschlafen. Der Novize, der auf Wache war, bestreitet, geschlafen zu haben, obwohl er zugibt, an jenem Tag schläfrig gewesen zu sein. Was meinst du?«

»Der Ehrwürdige Vater möge mir verzeihen, ich habe selbst schon ein paarmal auf Wache gestanden.«

»Und?«

»Nun, an einem hellen Tag, wenn sich außer den Geiern nichts bewegt, fängt man nach ein paar Stunden an, hinauf zu den Geiern zu blicken.«

»Ach *wirklich*? Wenn man eigentlich auf den Pfad aufpassen sollte?«

»Und wenn man zu lange in den Himmel starrt, wird man im Kopf irgendwie ganz leer – man schläft nicht wirklich, aber man ist gewissermaßen in Gedanken versunken.«

»Das macht ihr also, wenn ihr auf Wache seid, was?« brummte der Abt.

»Nicht unbedingt. Das heißt nein, Ehrwürdiger Vater, ich glaube, ich wüßte es gar nicht, wenn ich mich so verhalten hätte. Bruder Je – ein Bruder, den ich einmal ablöste, war so. Er merkte nicht einmal, daß es Zeit für die Wachablösung war. Er saß da einfach im Turm und starrte mit offenem Mund in den Himmel. Ganz benommen.«

»Ja, und kaum bist du auf diese Weise betäubt, schon kommt eine Gruppe heidnischer Krieger aus dem Utahland herunter, tötet ein paar Gärtner, zerstört das Bewässerungssystem, verdirbt unsere Ernte und wirft Steine in unsere Brunnen, bevor wir überhaupt noch mit einer Verteidigung anfangen können. Wieso schaust du mich so an?

Ach, ich vergaß, du bist in Utah aufgewachsen, bevor du ausgerissen bist, nicht wahr? Schon gut; aber du könntest vielleicht sogar recht haben mit der Wache, das heißt, warum sie den alten Mann übersehen hat. Bist du sicher, daß er bloß ein *gewöhnlicher* alter Mann war – und nichts weiter? Kein Engel? Kein Seliger?«

Der Blick des Novizen wanderte gedankenverloren zur Decke, kehrte dann schnell zum Gesicht seines Vorstehers zurück. »Werfen Engel oder Heilige auch Schatten?«

»Ja, das heißt nein. Ich glaube... wie soll ich das wissen! Er hat einen Schatten geworfen, was?«

»Na ja, der Schatten war so kurz, daß man ihn kaum sehen konnte.«

»*Was?*«

»Weil es fast Mittag war.«

»Du Einfaltspinsel! *Ich* will doch nicht von *dir* wissen, *was* er war. Wenn du ihn überhaupt gesehen hast, kann ich mir sehr gut denken, was er war.« Abt Arkos schlug mit der Hand auf den Tisch, um seinen Worten Nachdruck zu verleihen. »Ich will wissen, ob *du* – du ganz allein – dir *über jeden Zweifel erhaben sicher* bist, daß er nur ein gewöhnlicher alter Mann war.«

Dieser Verlauf der Befragung brachte Bruder Francis in Verlegenheit. In seinem eignen Verstand gab es keine saubere, gerade Grenze, die natürliche und übernatürliche Ordnung voneinander schied, sondern vielmehr einen dämmrigen Übergangsbereich. Es gab Sachen, die *eindeutig* natürlich waren, und es gab die Dinge, die *eindeutig* übernatürlich waren; aber zwischen diesen Extremen war das Gebiet der Verwirrung (seiner eigenen) – das Außernatürliche –, wo Sachen, die lediglich aus Erde, Luft, Feuer oder Wasser bestanden, dazu neigten, sich auf bestürzende Weise ähnlich wie übernatürliche ›Dinge‹ zu verhalten. Für Bruder Francis umfaßte dieses Gebiet alles das, was er zwar sehen, aber nicht begreifen konnte. Was der Abt von ihm verlangte, konnte er nicht sein: »über jeden Zweifel

erhaben sicher«, daß er beinahe alles richtig verstand. Dadurch, daß die Frage überhaupt aufgeworfen wurde, rückte der Abt nun den Pilger des Novizen unabsichtlich in den Dämmerbereich, unter denselben Gesichtspunkt, unter dem der alte Mann zuerst erschienen war, als schwarzer Strich ohne Beine, der sich mitten in einem See von Hitzespiegelungen windend den Pfad hinunterbewegte. Unter demselben Gesichtspunkt, unter dem er einen Augenblick lang erschienen war, als die Welt des Novizen sich zusammenzog, bis sie nichts mehr enthielt als eine Hand, die ihm ein Stück Essen anbot. Wenn irgendein übermenschliches Wesen beschließt, sich als Mensch zu verstellen, wie vermochte *er* diese Verkleidung zu durchdringen oder sie auch nur als solche zu erkennen? Wenn solch ein Wesen keinen Verdacht erregen will, würde es dann nicht daran denken, einen Schatten zu werfen, Fußstapfen zurückzulassen, Brot und Käse zu essen? Würde es nicht Gewürzkräuter kauen, auf Eidechsen spucken und daran denken, das Verhalten eines Sterblichen nachzuahmen, der vergessen hat, seine Sandalen anzuziehen, bevor er glühendheißen Sand betritt? Francis war nicht in der Lage, Verstand oder Scharfsinn höllischer wie himmlischer Wesen zu beurteilen oder den Umfang ihrer schauspielerischen Fähigkeiten abzuschätzen, obgleich er von solchen Wesen annahm, daß jene Fähigkeiten eben höllisches beziehungsweise himmlisches Ausmaß hätten. Der Abt hatte, indem er die Frage überhaupt aufwarf, die Art der Antwort von Bruder Francis geprägt: sie würde darin bestehen, sich mit der Frage selbst zu beschäftigen, obwohl ihm früher so etwas nie in den Sinn gekommen wäre.
»Nun, mein Junge?«
»Herr Abt, Ihr vermutet doch nicht, daß er *vielleicht* ...«
»Ich bitte dich, *keine* Vermutungen! Sag es rundheraus, ich bitte dich! *War* er ein gewöhnlicher Mensch aus Fleisch und Blut, oder war er's *nicht*?«
Die Frage erschreckte ihn. Die Würde, die die Frage ge-

wann, weil sie von den Lippen einer so erhabenen Person wie der seines hoheitsvollen Abtes kam, machte die Frage freilich noch schrecklicher, obwohl er deutlich erkannte, daß sein Vorsteher sie nur gestellt hatte, weil er eine *peinlich genaue* Antwort haben wollte. Er wollte sie unbedingt. Die Frage mußte wichtig sein, da er so unbedingt darauf bestand. Wenn die Frage einem Abt bedeutungsvoll genug erschien, so war sie viel zu bedeutungsvoll für Bruder Francis, der es sich nicht leisten konnte, etwas Falsches zu sagen.
»Ich – ich glaube, daß er aus Fleisch und Blut war, Ehrwürdiger Vater, aber er war kein ganz ›gewöhnlicher‹ Mensch. Auf gewisse Weise war er ziemlich *un*gewöhnlich.«
»Auf *welche* Weise?«
»Gleichsam ... wie genau er spucken konnte. Und er konnte lesen, glaube ich.«
Der Abt schloß die Augen und rieb sich offenbar ärgerlich die Schläfen. Wie einfach wäre es gewesen, dem Jungen klar zu sagen, daß sein Pilger nichts als eine Art alter Landstreicher gewesen sei, und ihm dann zu befehlen, so und nicht anders darüber zu denken. Er hatte jedoch zugelassen, daß der Junge erkannte, Zweifel war möglich, und damit war der Befehl schon wirkungslos geworden, bevor er ihn noch ausgesprochen hatte. Soweit Gedanken überhaupt lenkbar waren, konnte ihnen nur befohlen werden, dem zu folgen, was vom Verstand sowieso bekräftigt wurde. Befiehl den Gedanken etwas anderes, und sie gehorchen nicht. Wie jeder kluge Herrscher gab Abt Arkos keine zwecklosen Befehle, das heißt da, wo Ungehorsam möglich oder Durchführung unmöglich war. Es war besser, die Augen zu verschließen, als wirkungslose Befehle zu geben. Er hatte eine Frage gestellt, die selbst er verstandesmäßig nicht beantworten konnte, da er den alten Mann nie gesehen hatte. Und dadurch hatte er das Recht verloren, die Antwort zu erzwingen.
»Geh jetzt!« sagte er schließlich, die Augen geschlossen.

5 Etwas stutzig geworden durch die Erregung in der Abtei, kehrte Bruder Francis noch am selben Tag in die Wüste zurück, um seine Fastenvigilie in ziemlich elender Einsamkeit zu vollenden. Er hatte erwartet, daß einige Erregung wegen der Relikte aufkommen würde, war aber überrascht, daß alle dem alten Wanderer so maßlose Neugierde entgegenbrachten. Francis hatte den alten Mann nur wegen der Rolle erwähnt, die er gespielt hatte, war es nun zufällig oder auf Veranlassung der Vorsehung geschehen, daß der Mönch auf die Gruft und die Überbleibsel gestoßen war. Was Francis anging, war der Pilger nur unbedeutendes Beiwerk in dem großen mandalaförmigen Flechtwerk, dessen Mitte die Reliquie eines Heiligen barg. Aber seine Mitbrüder hatten mehr Interesse am Pilger als an der Reliquie gezeigt, und selbst der Abt hatte ihn rufen lassen, nicht um ihn über die Schachtel, sondern um ihn über den alten Mann auszufragen. Sie hatten ihm hundert Fragen über den alten Pilger gestellt, auf die er nur antworten konnte »Das habe ich nicht bemerkt« – oder »Darauf habe ich nicht richtig aufgepaßt« – oder »Wenn er es sagte, so erinnere ich es nicht«. Einige der Fragen waren ein bißchen unheimlich. Und so fragte er sich: »*Hätte ich es bemerken* müssen? War ich zu dumm, darauf zu achten, was er tat? War ich nicht aufmerksam genug auf das, was er sagte? Ist mir irgend etwas *Wichtiges entgangen, weil ich benommen war?*«

In der Dunkelheit brütete er darüber nach, während die Wölfe sein neues Lager umschlichen und die Nacht mit ihrem Geheul erfüllten. Er ertappte sich beim Brüten darüber auch zu Zeiten des Tages, die als schicklich für Gebete und die geistigen Exerzitien der Berufungsvigilie festgesetzt waren. Er beichtete alles Prior Cheroki, das nächste Mal, daß der Priester wieder seine Runde ritt. »Du solltest dich nicht von den Hirngespinsten der *anderen* beunruhigen lassen. Du hast Schwierigkeiten genug mit deinen *eignen*«, sagte ihm der Priester, nachdem er ihn wegen der

Vernachlässigung der Exerzitien und Gebete getadelt hatte. »Sie denken sich Fragen wie diese nicht auf der Grundlage dessen aus, was *wahr sein könnte:* sie brauen ihre Fragen daraus zusammen, was *aufsehenerregend sein müßte,* wenn es wahrhaftig geschehen könnte. Es ist lächerlich. Ich muß dir mitteilen, daß der Ehrwürdige Vater Abt dem ganzen Noviziat befohlen hat, die Sache auf sich beruhen zu lassen.« Nach einer kurzen Pause fuhr er unglücklicherweise fort: »Sag, war da tatsächlich *nichts* an dem alten Mann, was auf Übernatürliches hinwies?« In seiner Stimme schwang nur eine allerleichteste Spur hoffnungsvoller Verwunderung.
Bruder Francis wunderte sich selbst. Wenn irgendein Hinweis auf das Übernatürliche vorhanden gewesen war, hatte er es nicht bemerkt. Andrerseits aber, wenn man die Menge von Fragen in Betracht zog, auf die er keine Antwort gewußt hatte, so war ihm nicht gerade viel aufgefallen. Die Fülle der Fragen hatte ihn empfinden lassen, daß sein Versagen beim Beobachten auf irgendeine Weise tadelnswert war. Nach der Entdeckung des Bunkers hatte sich seine Dankbarkeit dem Pilger zugewendet. Aber er hatte die Ereignisse nicht gänzlich in Hinsicht auf seine eignen Interessen ausgelegt, in Übereinstimmung mit seiner Sehnsucht nach einem Fünkchen Klarheit. Klarheit darüber, ob die Hingabe seines Lebens an die Mühsal des Klosterlebens nicht so sehr von seinem eigenen Willen getragen wurde als vielmehr von der Gnade, die den Willen befähigte, aber nicht zwang, richtig zu entscheiden. Vielleicht war den Ereignissen eine tiefere Bedeutung eigen, die er in seiner vollständigen Selbstversunkenheit nicht erkannt hatte.
Was hältst du von deiner eignen abscheulichen Eitelkeit?
Meine abscheuliche Eitelkeit ist die der Katze, die Vogelkunde studierte, wie in der Fabel.
Der Wunsch, seine endgültigen und ewigen Gelübde abzulegen – war er nicht dem Beweggrund der Katze ähnlich, die Ornithologe werden wollte? –, auf daß sie die eigne

Vogelfresserei herausputzen könne, und zwar *Passer domesticus* esoterisch zu verspeisen, Hausspatzen jedoch nie zu fressen. Denn so wie die Katze von Natur aus zum Vogelfresser bestimmt ist, so wurde Francis von seiner natürlichen Anlage getrieben, all das wissen zu wollen, was in jenen Tagen gelehrt werden konnte, und es heißhungrig einzusaugen. Da es keine anderen Schulen gab als die der Klöster, hatte er zuerst das Habit eines Postulanten, später das eines Novizen angezogen. Aber wie durfte er annehmen, daß Gott und die Natur dazu ihm ein Zeichen gegeben hatten, Mönch, Profeß des Ordens zu werden?

Was sonst hätte er tun können? Es gab keine Rückkehr in seine Heimat, zu den Utahleuten. Er war als kleines Kind einem Schamanen verkauft worden, der ihn zum Diener und Gehilfen ausgebildet hätte. Aber weil er weggelaufen war, konnte er nicht zurückkehren, es sei denn in die gräßlichen Arme der »Stammesgerichtsbarkeit«. Er hatte das Eigentum eines Schamanen gestohlen (seine eigene Person), und obwohl die Räuberei bei den Utahleuten als ehrenwerter Beruf angesehen wurde, galt sie als todeswürdiges Verbrechen, wenn der Zauberer des Stammes das Opfer des Diebes war. Außerdem würde er keine Lust gehabt haben, nach seiner Schulzeit in der Abtei wieder in das vergleichsweise primitive Dasein analphabetischer Schäfer zurückzusinken.

Aber was sonst? Der Kontinent war nur dünn besiedelt. Er dachte an die Wandkarte in der Bibliothek des Klosters, an die spärliche Verteilung schraffierter Flächen, die Gebiete wenn auch nicht der Zivilisation, so doch einer staatlichen Ordnung bezeichneten, wo eine gewisse Form gesetzlicher Staatsgewalt herrschte, die über Stammesverhältnisse hinausging. Der restliche Erdteil war sehr dünn von den Wald- und Steppenleuten besiedelt, die meistenteils nicht wild lebten, sondern in einfache Sippenverbände gegliedert waren, die hier und da in kleinen Ansiedlungen locker miteinander verbunden waren. Sie lebten von Jagen und Sam-

meln, von primitivem Ackerbau. Ihre Geburtenrate war kaum hoch genug (die Mißgeburten und Spottgestalten abgerechnet), um die Bevölkerung zu erhalten. Die Hauptgewerbe des Kontinents, ein paar Küstengebiete ausgenommen, waren Jagd, Ackerbau, Kampf und Zauberei – letztere das aussichtsreichste »Gewerbe« für jeden jungen Mann, der Lust auf Karriere und sich als Lebensziel Reichtum und Ansehen in den Kopf gesetzt hatte.
Die Ausbildung, die Francis in der Abtei erhalten hatte, stattete ihn mit nichts aus, was für eine dunkle, unwissende und nüchterne Welt von praktischem Nutzen sein konnte. Eine Welt, in der Bildung keinen Platz mehr hatte, ein gelehrter junger Mann deshalb der Gesellschaft überflüssig vorkam, es sei denn, er konnte außerdem noch einen Acker bestellen, töten, jagen oder eine bestimmte außerordentliche Begabung vorweisen für Raubzüge zu anderen Stämmen oder das Aufspüren von Wasserstellen und nützlichen Metallen. Selbst in den verstreuten Landstrichen, wo eine Art staatlicher Ordnung bestand, würde die Tatsache, daß er Lesen und Schreiben gelernt hatte, keine Hilfe für ihn bedeuten, sollte er sein Leben außerhalb der Kirche führen müssen. Es stimmte zwar, daß unbedeutende Edelleute manchmal ein oder zwei Schreiber beschäftigten, entweder Mönche oder auch in Klosterschulen erzogene Laien, aber solche Fälle waren so selten, daß sie nicht ins Gewicht fielen.
Der einzige Bedarf an Schreibern und Schriftführern wurde von der Kirche selbst geweckt. Das dünne Gewebe ihrer Hierarchie erstreckte sich quer über den Kontinent (und manchmal zu weit entlegenen Küsten, obgleich die entfernten Vorsteher der Diözesen im Grunde genommen unabhängige Herrscher waren, nur theoretisch und selten in der Praxis dem Heiligen Stuhl untertan, da sie von New Rome weniger durch Schisma als durch selten überquerte Meere getrennt waren) und konnte nur durch ein Nachrichtennetz zusammengehalten werden. Ganz zufällig und ohne Absicht war die Kirche so zum einzigen Übermittler von

Nachrichten quer durch den Erdteil von Ort zu Ort geworden. Wenn die Pest den Nordosten erreichte, hörte der Südwesten bald davon, als Nebenwirkung der Berichte, die von den Boten der Kirche auf ihren Wegen von und nach New Rome immer wieder erzählt wurden.
Wenn der Sturm der Nomaden hoch im Nordwesten eine christliche Diözese bedrängte, konnte man bald schon tief im Süden und Osten von allen Kanzeln einen Hirtenbrief verlesen hören, der vor der Bedrohung warnte und den Apostolischen Segen aussprach über »Männer jeglichen Standes, sofern sie erfahren sind im Umgang mit Waffen und über die Mittel verfügen, sich auf Fahrt zu begeben; mögen sie durch Gott dazu bewogen werden, Unserm geliebten Sohn N. N., rechtmäßigem Herrscher jenes Landes, die Lehnstreue zu schwören für den Zeitraum, während dessen die Notwendigkeit bestehen mag, dort stehende Heere zur Verteidigung der Christen in Bereitschaft zu halten. Verteidigung gegen die sich zusammenrottende Horde der Heiden, deren erbarmungslose Grausamkeit vielen bekannt ist und die zu Unserm tiefsten Leid jene Priester Gottes folterten, erschlugen und verschlangen, die Wir selbst mit dem Wort zu ihnen sandten, auf daß sie als Schafe in die Herde des Lammes eintreten mögen, über dessen Gemeinde auf Erden Wir als Hirte gesetzt sind. Denn während Wir nie verzweifelten noch zögerten, darum zu beten, daß diese Nomadenkinder aus der Dunkelheit ins Licht geführt würden und so unser Land in Frieden beträten (denn es ist undenkbar, daß friedfertige Fremdlinge von einem Land ferngehalten werden sollten, das so riesig und leer ist, nein, jene, die da in Frieden kommen, sollen willkommen sein, selbst wenn sie der Kirche und ihrem Göttlichen Begründer fremd gegenüberständen, wenn sie nur auf das allen Herzen der Menschen eingeprägte Gesetz der Natur hinhören, das sie im Geiste mit Christus verbindet, sollte ihnen auch Sein Name unbekannt sein), so ist es nichtsdestotrotz tauglich, angemessen und weise, daß die

Christenheit, um Frieden flehend und um die Bekehrung der Heiden, sich doch im Nordwesten zur Verteidigung rüste, wo die Horden sich sammeln und die Vorfälle heidnischer Grausamkeit in letzter Zeit zugenommen haben. So gewähren Wir jedem von euch, geliebte Söhne, der Waffen führen kann und willens ist, in den Nordwesten zu gehen, um sich mit jenen zu verbünden, welche sich mit Recht auf eine Verteidigung ihres Landes, ihrer Häuser und ihrer Kirchen vorbereiten, den Apostolischen Segen und erteilen ihn hiermit als Zeichen Unserer besonderen Zuneigung.«

Francis hatte nur flüchtig daran gedacht, in den Nordwesten zu gehen, im Falle, daß er die Berufung in den Orden nicht finden würde. Obwohl er kräftig war und Klinge und Bogen gewandt genug führte, war er doch eher klein und wog nicht sehr viel, während den Gerüchten nach die Heiden fast drei Meter groß waren. Für die Wahrheit dieses Gerüchtes hätte er seine Hand nicht ins Feuer gelegt, aber er sah auch keinen Grund, es für erlogen zu halten.

Außer in einer Schlacht zu sterben, vermochte er sich kaum vorzustellen, was er mit seinem Leben anfangen könnte – weniges, das der Mühe wert wäre –, wenn er es nicht dem Orden weihen könnte.

Die Gewißheit seiner Berufung war durch die ihm vom Abt verabreichte sengende Lektion und durch den Gedanken an die Katze, die zum Ornithologen wurde, obwohl sie von Natur aus zum Vogelfresser bestimmt war, nicht zerstört, sondern nur ein wenig erschüttert worden. Dennoch, der Gedanke machte ihn so elend, daß er sich von der Versuchung überwältigen ließ. So kam es, daß am Palmsonntag Prior Cheroki bei nur noch sechs Hungertagen bis zum Ende der Fastenzeit, von Francis (oder von dem verschrumpelten und sonnenversengten Überbleibsel des Francis, in welchem die Seele irgendwie verkapselt ausgeharrt hatte) ein kurzes Krächzen vernahm, welches vermutlich die bündigste Beichte darstellte, die Francis je gemacht und die Cheroki je vernommen hatte:

»Den Segen, Vater. Ich habe eine Eidechse gegessen.«
Prior Cheroki war viele Jahre hindurch Beichtiger für fastende Büßer gewesen und fand, daß die Gewohnheit ihm alles wie einem Totengräber in der Dichtung »zu einer leichten Sache gemacht« habe, so daß er mit vollkommenem Gleichmut und ohne die geringste Miene zu verziehen antwortete: »War es an einem Fasttag, und war sie künstlich zubereitet?«

Die Karwoche würde weniger einsam als die voraufgegangenen Wochen der Fastenzeit gewesen sein, wenn die Einsiedler zu diesem Zeitpunkt nicht schon völlig gleichgültig gewesen wären. Teile der Passionsliturgie wurden nämlich außerhalb der Klostermauern abgehalten, um die Büßer auf den Schauplätzen ihrer Vigilien zu erreichen. Zweimal wurde die Eucharistie gefeiert, und am Gründonnerstag machte der Abt selbst die Runde, zusammen mit Cheroki und dreizehn Mönchen, um in jeder Einsiedelei die Fußwaschung vorzunehmen. Der Ornat von Abt Arkos war durch einen Umhang verdeckt; dem Löwen gelang es beim Niederknien beinahe, wie ein eingeschüchtertes Kätzchen auszusehen. Er wusch und küßte die Füße seiner Untertanen mit größter Zurückhaltung an Bewegung und einem Minimum an Prunk- und Prachtentfaltung, während die anderen die Antiphone anstimmten. »*Mandatum novum do vobis: ut diligatis invicem...*« Am Karfreitag führte eine Kreuzprozession das verhüllte Kruzifix mit sich, hielt bei jeder Einsiedlerklause an und enthüllte das Kreuz allmählich vor den Büßern. Das Tuch wurde zur Anbetung Zentimeter um Zentimeter angehoben, während die Mönche dazu die Improperien, die Klagen Christi am Kreuze, sangen:
»*Mein Volk, was habe ich dir getan? oder worin habe ich dich betrübt? Antworte mir... durch rechtschaffene Kraft erhob ich dich: und du hängst mich an den Galgen des Kreuzes...*«

Dann der Karsamstag.
Die Mönche brachten sie einen nach dem anderen zurück, verhungert und phantasierend. Francis hatte seit Aschermittwoch dreißig Pfund an Gewicht verloren und um einige Grade an Erschöpfung zugenommen. Als sie ihn in seiner Zelle auf die Füße stellten, taumelte er und fiel zu Boden, bevor er noch seine Schlafstelle erreichte. Die Brüder halfen ihm auf sein Bett, badeten und rasierten ihn, salbten seine blasenbedeckte Haut, während Francis im Fieberwahn von jemandem in einem leinenen Lendentuch lallte, ihn manchmal als Engel, manchmal als Heiligen anredete, dabei ab und zu den Namen des Leibowitz anrief und versuchte, sich zu entschuldigen.
Seine Brüder, denen der Abt verboten hatte, über die Angelegenheit zu sprechen, tauschten nur bedeutsame Blicke untereinander aus oder nickten sich in geheimem Einverständnis zu.
Berichte darüber drangen bis zum Abt.
»Bring ihn her«, brummte er einen Zuträger an, sobald er erfahren hatte, daß Francis wieder laufen könne. Der Ton der Stimme machte dem Zuträger Beine.
»Willst du bestreiten, diese Dinge gesagt zu haben?« grollte Arkos.
»Ich erinnere mich nicht, diese Dinge gesagt zu haben, Herr Abt«, sagte der Novize, mit einem Auge nach dem Lineal des Abtes schielend. »Ich habe vielleicht phantasiert.«
»Gut, nehmen wir an, du habest phantasiert – würdest du es jetzt wiederholen?«
»Daß der Pilger der Selige war? Nein, nein, *Magister meus*!«
»Dann versichere mir das Gegenteil!«
»Ich glaube nicht, daß der Pilger der *Selige* war.«
»Warum nicht gerade heraus: *er war es nicht*?«
»Na, weil ich den seligen Leibowitz selbst nie gesehen habe, kann ich nicht sagen, ob ...«
»*Genug!*« befahl der Abt. »Das *reicht*. Von dir will ich jetzt lange, lange Zeit weder etwas hören noch sehen. *Hin-*

aus! Nur eines noch: bilde dir ja nicht ein, dieses Jahr mit den anderen zusammen die Gelübde ablegen zu können. Du bist nicht zugelassen.«
Für Francis war das der Schlag mit dem Ende eines Holzbalkens in die Magengrube.

6 Trotz des Verbots blieb der Pilger Hauptgegenstand der Gespräche in der Abtei. Aber mit Rücksicht auf die Überbleibsel und den Schutzbunker wurde das Verbot notwendigerweise allmählich gelockert, außer für ihren Entdecker, dem immer noch auferlegt war, sich auf kein Gespräch über sie einzulassen und besser so wenig wie möglich über den Gegenstand nachzudenken. Dennoch war es unvermeidlich, daß er ab und zu etwas erfuhr. So wußte er, daß in einer der Klosterwerkstätten Mönche über den Urkunden saßen, und zwar nicht nur über seinen, sondern auch über einigen anderen, die man in dem alten Schreibtisch gefunden hatte, bevor der Abt befohlen hatte, daß der Bunker geschlossen werden solle.
Geschlossen! Bruder Francis war von den Neuigkeiten überrascht. Der Bunker war kaum angetastet worden. Über sein eignes Abenteuer hinaus war kein Versuch gemacht worden, tiefer in die Geheimnisse des Bunkers einzudringen. Man hatte lediglich den Schreibtisch geöffnet, an dem er sich versucht hatte, bevor er die Schachtel entdeckte. *Geschlossen!* Ohne versucht zu haben, herauszufinden, was hinter der inneren Tür mit der Bezeichnung »Luke zwei« liegen könnte, oder »Abgedichteter Bereich« zu untersuchen. Man hatte nicht einmal die Steine von den Gebeinen gehoben. *Geschlossen!* Der Untersuchung wurde plötzlich ohne erkennbaren Grund ein Ende gemacht.
Da breitete sich dann ein Gerücht aus.
»*Emily hatte einen Goldzahn. Emily hatte einen Goldzahn. Emily hatte einen Goldzahn.*« Es war einer jener historischen Belanglosigkeiten, die es irgendwie schaffen,

wichtige Tatsachen zu überleben. Tatsachen, die sich zu merken irgend jemand hätte bemühen müssen, die aber so lange unaufgezeichnet blieben, bis ein klösterlicher Geschichtsschreiber gezwungen war zu schreiben: »Weder der Inhalt der ›Memorabilien‹ noch irgendeine bis jetzt wieder freigelegte archäologische Örtlichkeit teilen den Namen des Herrschers mit, der während der mittleren und späteren sechziger Jahre den Weißen Palast innehatte, wenngleich auch Fr. Barcus, nicht ohne stichhaltiges Beweismaterial vorzulegen, geltend macht, sein Name sei . . .«
Und doch fand sich in den ›Denkwürdigkeiten‹ unmißverständlich aufgezeichnet, daß Emily einen Goldzahn gehabt habe.
Der Befehl des Abtes, die Gruft sogleich wieder zu verschließen, war nicht verwunderlich. Als sich Bruder Francis erinnerte, den alten Schädel aufgehoben und gegen die Wand gekehrt zu haben, überkam ihn plötzlich Furcht vor dem Zorn des Himmels. Emily Leibowitz war zu Beginn der Feuerflut vom Antlitz der Erde verschwunden. Erst nach vielen Jahren hatte sich der Witwer von ihrem Tod überzeugt.

Es hieß, daß Gott in der Absicht, die Menschen zu prüfen, die sich hochmütig wie zu den Zeiten Noahs gebärdeten, den Weisen jener Tage, unter ihnen auch dem seligen Leibowitz, befahl, riesige Kriegswerkzeuge zu ersinnen, so wie sie noch nie vorher auf Erden gewesen waren. Waffen von solcher Stärke, daß sie die Feuer der Hölle selbst in sich schlossen. Und Gott ließ zu, daß die Weisen die Waffen in die Hände der Fürsten gaben, daß sie zu jedem von ihnen sagten: »Nur weil die Feinde so etwas besitzen, haben wir dies für dich ersonnen, um sie wissen zu lassen, du verfügest über das nämliche, und so sich fürchten, loszuschlagen. Sieh zu, Herr, daß du sie ebenso fürchtest, wie sie dich jetzt fürchten sollen, auf daß keiner diese Schrecknis entfesseln möge, welche wir verfertigt haben.«

Aber die Fürsten, die die Worte ihrer weisen Männer in den Wind schlugen, dachten ein jeglicher bei sich selbst: wenn ich jedoch schnell genug und heimlich losschlage, werde ich jene anderen in ihrem Schlaf vernichten, und keiner wird sich finden, wider mich anzutreten, und die Erde wird mein sein.
So war der Aberwitz der Fürsten beschaffen, und dann folgte die Feuerflut.
Einige Wochen nach der ersten Entfesselung des Höllenbrandes – manche sprachen nur von Tagen – fand sie ein Ende. Städte waren zu Lachen aus Glas geronnen, umgeben von weiten Flächen geborstenen Gemäuers. Ganze Völker waren von der Erde verschwunden; das Land war bedeckt mit den Körpern der Menschen wie auch des Viehs, und aller Arten von Tieren, zusammen mit den Vögeln der Luft und allem, was flog, was in den Flüssen schwamm, im Grase kroch, oder sich in Höhlen barg. Krank geworden und verendet bedeckten sie das Land, und dort, wo die bösen Geister des Niederschlags über dem Land schwebten, verwesten die Körper eine Zeitlang nicht, es sei denn, sie kamen mit fruchtbarer Erde in Berührung. Die großen Wolken des Zorns verschlangen Feld und Wald, ließen die Bäume verdorren und die Ernte verderben. Große Wüsten breiteten sich aus, wo einst Leben geblüht hatte, und dort auf der Erde, wo noch Menschen lebten, wurden alle krank von dem Gifthauch der Luft, so daß, wenn auch einige dem Tod entrannen, niemand unberührt blieb. Und selbst in jenen Landen, wo die Waffen nicht zugeschlagen hatten, starben viele an der vergifteten Luft.
Überall auf der Welt hob eine große Flucht von einem Ort zum andern an, und es war eine Verwirrung der Zungen. Gegen die Fürsten und ihre Diener wurde großer Zorn entfacht, gegen die Weisen, welche die Waffen ersonnen hatten. Die Jahre gingen hin, aber die Erde hatte sich nicht geläutert. Genauso stand es in den ›Denkwürdigkeiten‹ aufgezeichnet.

Aus der Verwirrung der Zungen, der Mischung der Überreste vieler Völker und aus dem Schrecken wurde der Haß geboren. Und der Haß sprach: *Laßt uns diejenigen, die das taten, steinigen, ausweiden und verbrennen. Laßt uns ein Brandopfer bereiten von denen, die diesen Frevel begingen, zusammen mit ihren Knechten und weisen Männern. Laßt sie mit ihren Werken, ihren Namen und selbst der Erinnerung an sie in Flammen aufgehen. Laßt sie uns alle vernichten und unseren Kindern beibringen, daß die Welt neu sei, damit sie nichts von den Taten erfahren mögen, die früher begangen wurden. Laßt uns an eine große Vereinfachung gehen und so der Welt einen neuen Anfang geben.*
So geschah es, daß nach Flut, Niederschlag, Seuchen, Wahnsinn, Sprachverwirrung und Raserei das Blutbad der Vereinfachung begann, als Überlebende der Menschheit andere Überlebende Glied um Glied zerrissen, Herrscher, Wissenschaftler, Führer, Experten und Lehrer umbrachten, oder wen immer die Anführer der toll gemachten Menge als dem Tod verfallen erklärten, weil sie mitgeholfen hatten, die Erde zu dem zu machen, was sie geworden war. Niemand war dem Blick der Menge so hassenswert erschienen als die Männer der Wissenschaft, zunächst, weil sie den Fürsten gedient hatten, dann aber, weil sie sich weigerten, an dem Blutbad mitzuwirken, sich der Menge widersetzten und sie »blutrünstige Simpel« nannten.
Jubelnd nahm die Menge die Bezeichnung an, nahm den Ruf auf: *Simpel! Ja, ja! Ich bin ein Simpel. Bist du ein Simpel? Wir wollen eine Stadt bauen, und wir werden sie ›Simpelburg‹ nennen, weil dann alle schlauen Schweine, die an allem hier schuld sind, tot sein werden. Auf geht's! Wir werden's ihnen zeigen! Ist hier noch jemand, der kein Simpel ist? Wenn ja, dann packt das Schwein!*
Die überlebenden Gelehrten entkamen den Banden der Simpel durch Flucht an jede nur geheiligte Stätte, die sich ihnen anbot. Wenn die Kirche sie aufnahm, zog sie ihnen Mönchsgewänder an und bemühte sich, sie in den Mönchs-

oder Nonnenklöstern zu verbergen, die unzerstört waren und wieder belegt werden konnten, da die Ordensleute von der Menge in geringerem Maße verachtet wurden, außer wenn sie sich ihr offen widersetzten und den Märtyrertod auf sich nahmen. Gelegentlich blieb solch ein geweihter Zufluchtsort unangetastet, aber das Gegenteil geschah häufiger. Man überrannte die Klöster. Schriftstücke und ehrwürdige Bücher wurden verbrannt, die Flüchtlinge ergriffen und kurzerhand verbrannt oder gehängt. Die Große Vereinfachung hatte bald schon, nachdem sie begonnen hatte, aufgehört, mit Zweck und Ziel zu verfahren, und wurde zu einem irrsinnigen Taumel des Massenmordes und der Zerstörung, wie er nur losbrechen kann, wenn die letzten Reste gesellschaftlicher Ordnung geschwunden sind. Auf die Kinder wurde der Wahnsinn durch die Art übertragen, in der sie nicht bloß zum Vergessen, sondern auch zum Haß erzogen wurden. Noch in der vierten Generation nach der Flut erhoben sich von neuem vereinzelte Wogen des Massenwahns. Zu der Zeit richtete sich die Wut nicht mehr gegen die Gelehrten, da keine mehr übrig waren, sondern gegen jeden, der nur des Schreibens kundig war.
Isaak Edward Leibowitz war nach vergeblicher Suche nach seiner Frau zu den Zisterziensern geflohen, bei denen er sich die ersten Jahre nach der Flut versteckt aufhielt. Nach sechs Jahren hatte er sich noch einmal auf die Suche nach Emily oder ihrem Grab gemacht, tief im Südwesten. Dort hatte er sich schließlich von ihrem Tod überzeugen lassen, denn in jener Gegend hatte der Tod uneingeschränkten Sieg gefeiert. Dort in der Wüste legte er ein stilles Gelübde ab. Dann kehrte er zu den Zisterziensern zurück, nahm ihre Kutte und wurde nach einigen Jahren Priester. Er versammelte einige Gefährten um sich und nahm im stillen einige Vorhaben in Angriff. Nach einigen weiteren Jahren waren die Vorhaben »Rom« zu Ohren gekommen, Rom, das nicht länger mehr Rom und auch nicht mehr Stadt war, woanders hingerückt war, weiter und weiter gezogen war

in weniger als zwei Jahrzehnten, nachdem es zwei Jahrtausende an einer Stelle gestanden hatte. Zwölf Jahre nach dem Beginn der Vorhaben hatte Pater Isaak Edward Leibowitz die Erlaubnis des Heiligen Stuhls erhalten, eine neue Ordensgemeinschaft zu gründen, die nach Albertus Magnus, dem Lehrer des heiligen Thomas von Aquin und Patron der Wissenschaftler, genannt werden sollte. Ohne zunächst genau umrissen zu werden, sollte es ihre Aufgabe sein, im verborgenen die menschliche Geschichte für die Urururenkel der Kinder jener Simpel aufzubewahren, die sie ausgelöscht haben wollten. Ihr frühestes Habit waren Leinwandfetzen und das Bündel der Landstreicher – die einheitliche Kleidung der Simpelmassen. Ihre Mitglieder waren je nach ihrer Aufgabe entweder »Buchschmuggler« oder »Einpräger«. Die Buchschmuggler schafften heimlich Bücher in die südwestliche Wüste und vergruben sie dort in kleinen Fässern. Die Einpräger verpflichteten sich, ganze Bände von Geschichtswerken, heiligen Schriften, Dichtung und Wissenschaft mechanisch auswendig zu lernen, für den Fall, daß ein unglücklicher Buchschmuggler gefaßt, gefoltert und gezwungen würde, das Versteck der Fässer zu verraten. Inzwischen hatten andere Mitglieder des Ordens eine Wasserstelle entdeckt, die ungefähr drei Tagereisen vom Bücherversteck entfernt lag, und begannen mit dem Bau eines Klosters. Das Unternehmen, darauf gerichtet, einen kleinen Rest menschlicher Bildung vor dem Rest der Menschheit zu bewahren, die ihn zerstört haben wollte, war in Gang geraten.
Als Leibowitz wieder einmal an der Reihe war, Bücher zu schmuggeln, wurde er von einem Simpelhaufen gestellt. Ein abtrünniger Techniker, dem der Priester geschwind vergab, bezichtigte ihn nicht nur, ein Mann der Gelehrsamkeit, sondern auch ein Spezialist auf dem Gebiet der Waffen gewesen zu sein. Man hüllte ihn in grobe Leinwand und ließ ihn sogleich den Märtyrertod durch Erdrosseln erleiden, indem man ihn an einer Schlinge aufknüpfte, die ihm

das Genick nicht brechen sollte, und zugleich verbrannte man ihn bei lebendigem Leib – auf diese Weise einen Streit zu einem guten Ende bringend, der sich in der Menge über die Todesart entzündet hatte.

Der Einpräger gab es wenige, und ihre Fähigkeiten waren begrenzt. Einige der Bücherfässer wurden entdeckt und verbrannt, sowie verschiedene andere Schmuggler. Das Kloster selbst wurde dreimal berannt, bevor der Irrsinn abklang.

Zum Zeitpunkt, da der Wahn geendet hatte, waren vom riesigen Vorrat menschlichen Wissens nur ein paar Fässer voll originaler Bücher und eine jämmerliche Sammlung handgeschriebener Texte, die aus dem Gedächtnis niedergeschrieben worden waren, im Besitz des Ordens verblieben.

Nach nunmehr sechshundert Jahren der Finsternis bewahrten die Mönche immer noch diese ›Memorabilien‹, diese ›Denkwürdigkeiten‹, beschäftigten sich mit ihnen, schrieben sie wieder und wieder ab und warteten geduldig. Zu Beginn, zur Zeit des Leibowitz hatte man gehofft, ja sogar als wahrscheinlich angesehen, daß die vierte oder fünfte Generation anfangen würde, ihr Erbgut zurückzuverlangen. Aber die Mönche jener frühen Tage hatten nicht mit der menschlichen Fähigkeit gerechnet, in ein paar Generationen ein neues kulturelles Erbe hervorbringen zu können, wenn ein altes ganz und gar vernichtet ist; es mit Hilfe von Gesetzgebern und Propheten, genialen oder besessenen Menschen hervorzubringen. Durch einen Moses oder einen Hitler, oder durch einen unwissenden, aber tyrannischen Großvater können so im Dämmer einer neuen Zeit kulturelle Überlieferungen entstehen, und nicht wenige sind so entstanden. Aber die neue »Kultur« war ein Erbe der Finsternis, in der »Simpel« die gleiche Bedeutung wie »Bürger«, die gleiche Bedeutung wie »Sklave« hatte. Die Mönche warteten. Es war für sie ohne jede Bedeutung, daß das Wissen, welches sie bewahrten, nutzlos war, daß jetzt das meiste davon nicht eigentlich Wissen genannt werden konnte und in gewissen Fällen den Mönchen genauso rätselhaft war, wie es einem unwissenden jungen Wilden hinter den Bergen sein mußte. Dieses Wissen hatte seinen Inhalt verloren, weil sein materieller Gegenstand längst nicht mehr existierte. Immerhin besaß solch ein Wissen eine Zeichenstruktur, die in sich geschlossen bestand; auf jeden Fall konnte das Wechselspiel der Zeichen betrachtet werden. Die Art und Weise zu beobachten, nach der Wissen zu einem System verbunden wird, bedeutet wenigstens, das mindeste an Wissen über Wissen zu erfahren, bis eines Tages – eines Tages, oder eines Jahrhunderts – der Stifter der Einheit erscheinen würde und die Gegenstände wieder in Einklang gebracht werden würden. Da spielte Zeit keine Rolle. Die Denkwürdigkeiten waren vorhanden, und es war ihnen pflichtschuldigst aufgetragen, sie zu bewahren. Sie würden sie bewahren, selbst wenn die Welt länger als zehn weitere Jahrhunderte oder sogar zehntausend Jahre von der Finsternis umfangen sein sollte. Denn obwohl im finstersten aller Zeitalter geboren, waren sie doch immer noch die alten Buchschmuggler und Einpräger des seligen Leibowitz. Wenn sie von ihrer Abtei aus in ferne Länder zogen, so trug jeder von ihnen, den Professen des Ordens, sei er Stallbursche oder Abt, als Teil seines Habits ein Buch, jetzt gewöhnlich ein Brevier, eingewickelt im Bündel mit sich.

Nachdem der Bunker verschlossen war, wurden die Schriftstücke und Funde, die man ihm entnommen hatte, heimlich vom Abt zusammengetragen, eins nach dem anderen, ganz unauffällig. Sie wurden einer Untersuchung unzugänglich gemacht und vermutlich in Arkos' Studierstube verschlossen. Sie waren allem praktischen Gebrauch entzogen. Was immer in den Bereich der Studierstube des Abtes entschwand, war kein ungefährlicher Gegenstand öffentlicher Auseinandersetzungen mehr. Es wurde zu etwas, worüber

nur auf stillen Gängen noch geflüstert werden konnte. Bruder Francis vernahm das Geflüster selten. Schließlich hörte es ganz auf, aber nur, um wieder aufgenommen zu werden, als ein Bote aus New Rome eines Nachts mit dem Abt im Refektorium sich murmelnd unterhielt. Gelegentlich drangen Fetzen ihres Murmelns bis zu den benachbarten Tischen. Das Geflüster lag ein paar Wochen lang nach der Abreise des Boten in der Luft und schwand wieder.
Bruder Francis Gerard von Utah kehrte das folgende Jahr in die Wüste zurück und fastete wieder in Einsamkeit. Noch einmal kam er schwach und abgemagert wieder und wurde bald vor Abt Arkos gerufen, der von ihm zu wissen begehrte, ob er weitere Unterredungen mit den himmlischen Heerscharen für sich beanspruche.
»Aber nein, Herr Abt. Den ganzen Tag nichts als Geier.«
»Und bei Nacht?« fragte Arkos argwöhnisch.
»Nur Wölfe«, sagte Francis, vorsichtig hinzusetzend, »glaube ich.«
Arkos wollte sich lieber nicht auf die vorsichtige Ergänzung einlassen und legte nur die Stirn in Falten. Francis hatte durch Beobachtung gelernt, daß das Stirnrunzeln des Abtes in ursächlichem Zusammenhang mit einer Art Strahlungsenergie stand, die mit meßbarer Geschwindigkeit den Raum durchmaß und die doch nicht recht begriffen werden konnte, außer im Zusammenhang mit ihrer vernichtenden Auswirkung auf Gegenstände, von denen sie aufgesaugt wurde, wobei diese Gegenstände für gewöhnlich alles Postulanten oder Novizen waren. Bis die nächste Frage auf ihn losgelassen wurde, hatte Francis schon einen Strom dieses Zeugs von fünf Sekunden Dauer in sich aufgenommen.
»Nun, was ist mit letztem Jahr?«
Der Novize schluckte schwer: »Der – alte – Mann?«
»Der alte Mann.«
»Ja, Dom Arkos...«
Arkos bemühte sich, seiner Stimme jeden fragenden Klang zu nehmen, und fuhr mit eintöniger Stimme fort: »Nur ein

alter Mann. Nichts weiter. Davon sind wir jetzt überzeugt.«
»Ich *glaube* auch, daß es bloß ein alter Mann war.«
Vater Arkos ergriff voll Überdruß das Hickorylineal.
ZACK!
»*Deo gratias!*«
ZACK!
»*Deo* ...«
Als Francis sich wieder zu seiner Zelle begab, rief der Abt den Gang hinunter hinter ihm her: »Übrigens, ich wollte dir noch sagen ...«
»Ja, ehrwürdiger Vater?«
»Keine Gelübde dieses Jahr«, sagte er zerstreut und zog sich in seine Studierstube zurück.

7 Bruder Francis verbrachte sieben Jahre im Noviziat, sieben Fastenvigilien in der Wüste und wurde wohl bewandert in der Nachahmung von Wolfsgeheul. Zur Erheiterung seiner Brüder lockte er nach Einbruch der Dunkelheit das Rudel mit seinem Geheul in die Nähe der Abtei. Tagsüber arbeitete er in der Küche, schrubbte Steinböden oder setzte seine Schulstudien des Altertums fort.
Dann kam eines Tages ein Bote von einem Priesterseminar aus New Rome auf einem Esel angeritten. Nach einer langen Unterredung mit dem Abt machte sich der Bote auf die Suche nach Bruder Francis. Er schien überrascht, daß der Bursche, nun zum jungen Mann herangewachsen, noch immer das Habit der Novizen trug und in der Küche Fußböden putzte.
»Wir haben nun einige Jahre lang die Schriftstücke untersucht, die du entdeckt hast«, teilte er dem Novizen mit, »und wir sind so ziemlich alle von ihrer Echtheit überzeugt.«
Francis neigte den Kopf: »Ich habe keine Erlaubnis, über die Angelegenheit zu reden«, sagte er.

»Ach so.« Der Bote lächelte und reichte ihm einen Zettel mit dem Siegel des Abts, und in der Schrift des Vorstehers geschrieben: *Ecce Inquisitor Curiae. Ausculta et obsequere. Arkos, AOL, Abbas.*

»Keine Sorge«, fügte er eilig hinzu, als er die plötzliche Beklemmung des Novizen bemerkte. »Ich spreche nicht in offizieller Eigenschaft mit dir. Dein Bericht wird später von jemand anderem vom Hofe aufgenommen werden. Weißt du eigentlich, daß deine Papiere schon recht lange in New Rome gewesen sind? Einen Teil habe ich gerade zurückgebracht.«

Bruder Francis schüttelte den Kopf. Er wußte vielleicht weniger als alle anderen vom Verhalten der höchsten Stellen gegenüber seiner Entdeckung der Überbleibsel. Mit gewissem Unbehagen fiel ihm auf, daß der Bote das weißschwarze Habit der Dominikaner trug, und er wußte nicht, was er wohl von der Beschaffenheit des »Hofes« halten sollte, den der Dominikaner erwähnt hatte. Inquisition gab es im Küstengebiet am Pazifik, wo die Irrlehre der Katharer umging, aber er konnte sich nicht denken, was *dieser* Hof mit den Relikten des Seligen zu schaffen haben könnte. *Ecce Inquisitor Curiae* stand auf dem Zettel. Vermutlich meinte der Abt »*investigator*«, Erforscher. Der Dominikaner schien ein mildgestimmter Mann zu sein und trug sichtlich auch keine Folterwerkzeuge bei sich.

»Wir erwarten, daß der Prozeß der Heiligsprechung eures Gründers bald wieder aufgenommen werden wird«, erklärte der Bote. »Dein Abt Arkos ist ein sehr kluger und umsichtiger Mann.« Er lachte vor sich hin. »Dadurch, daß er die Überbleibsel einem anderen Orden zur Überprüfung gab und den Bunker verschloß, bevor er vollständig durchforscht war – nun, du begreifst sicher.«

»Nein, Vater. Ich hatte angenommen, daß er die ganze Angelegenheit für zu geringfügig ansah, um damit Zeit zu vergeuden.«

Der Dominikaner lachte. »Geringfügig? Ich glaube nicht.

Aber im Falle, daß *dein* Orden Beweismaterial, Überbleibsel, Wunder und was sonst noch alles übergeben hätte, wäre der Hof gezwungen gewesen, die Quelle in Betracht zu ziehen. *Jede* religiöse Gemeinschaft ist bestrebt, ihren Gründer kanonisiert zu sehen. Deshalb befahl dir dein sehr kluger Abt: ›Finger weg vom Bunker.‹ Ich bin sicher, das war für euch alle sehr enttäuschend, aber – vorteilhafter für die Sache eures Gründers, den Bunker in Gegenwart fremder Zeugen zukünftig durchforschen zu lassen.«

»Ihr werdet ihn wieder öffnen lassen?« fragte Francis eilfertig.

»Nein, ich nicht. Aber wenn der Hof seine Vorbereitungen abgeschlossen hat, wird er Beobachter senden. So wird alles, was im Bunker gefunden werden wird und den Fall beeinflussen könnte, hieb- und stichfest sein, im Falle, daß der Prozeßgegner die Echtheit anzweifelt. Der einzige Grund für die Annahme, daß der Inhalt des Bunkers den Fall beeinflussen könnte, liegt natürlich in – nun, in den Sachen, die du gefunden hast.«

»Darf ich wissen, Vater, wie das zusammenhängt?«

»Nun, eine der Schwierigkeiten zu Zeiten der Seligsprechung ergab sich aus dem frühen Leben des seligen Leibowitz – bevor er Mönch und dann Priester wurde. Der Anwalt der Gegenseite versuchte immer wieder Zweifel in den frühen Lebensabschnitt vor der Flut zu setzen. Er versuchte nachzuweisen, daß Leibowitz niemals sorgfältig genug nach seiner Frau gesucht habe, ja, daß seine Frau sogar noch am Leben gewesen wäre zur Zeit seiner Weihe. Das wäre freilich nicht zum erstenmal der Fall. Zuweilen wurde Dispens gewährt – aber darum geht es gar nicht. Der *Advocatus diaboli* hat einfach versucht, den Charakter deines Gründers in ein schiefes Licht zu setzen. Er wollte geltend machen, daß er in den geistlichen Stand getreten sei, Gelübde abgelegt habe, noch bevor er sicher war, daß seine Familienverpflichtungen beendet waren. Die Gegenpartei hatte keinen Erfolg, aber sie könnte es wieder versuchen.

Und gesetzt, die menschlichen Überreste, die du gefunden hast, wären *wirklich*...« er zog die Schultern hoch und lächelte.
Francis nickte. »Es würde das Sterbedatum haarscharf festlegen.«
»Auf den ersten Tag des Krieges, der beinahe alles vernichtet hat. Und, meiner eigenen Meinung nach, nun, die Handschrift in der Schachtel ist entweder die des Seligen oder eine sehr geschickte Fälschung.«
Francis wurde rot.
»Damit will ich nicht sagen, daß *du* in irgendeine Fälscheraffäre verwickelt bist«, setzte der Dominikaner schnell hinzu, als er das Erröten bemerkte.
Dem Novizen war jedoch nur wieder seine eigene Ansicht über das Gekritzel in den Sinn gekommen.
»Erzähl mir doch, wie eigentlich alles gekommen ist. Will sagen, wie bist du auf die Stelle gestoßen? Ich muß die ganze Geschichte hören.«
»Also, eigentlich hat es mit den Wölfen angefangen.«
Der Dominikaner begann sich Notizen zu machen.
Wenige Tage nach der Abreise des Boten ließ Abt Arkos den Bruder Francis zu sich kommen. »Fühlst du dich immer noch in unsere Mitte berufen?« fragte Arkos liebenswürdig.
»Wenn mir mein Abt meine abscheuliche Eitelkeit verzeihen möge...«
»Na, lassen wir deine abscheuliche Eitelkeit mal für einen Augenblick beiseite. Fühlst du dich berufen oder nicht?«
»Ja, *Magister meus*.«
Der Abt strahlte über das ganze Gesicht. »Na schön, mein Sohn. Ich glaube, du hast uns überzeugt. Solltest du bereit sein, dich für alle Zeit und Ewigkeit zu binden, so glaube ich, die Zeit ist reif für dich, deine heiligen Gelübde abzulegen.« Er schwieg einen Augenblick, blickte dem Novizen ins Gesicht und schien enttäuscht, nicht die leiseste Spur

einer Veränderung darauf zu entdecken. »Was ist los? Bist du gar nicht erfreut, das zu hören? Hast du keine – He! Stimmt was nicht?«
Francis' Gesicht war die gleiche höflich aufmerksame Maske geblieben, aber die Maske war allmählich erbleicht. Plötzlich knickten die Knie ein.
Francis war ohnmächtig geworden.

Zwei Wochen danach gab der Novize Francis, der vielleicht den Dauerrekord für Überleben von Wüstenvigilien aufgestellt hatte, den Stand des Noviziats auf und gelobte auf Lebenszeit Armut, Keuschheit und Gehorsam zusammen mit den besonderen Gelöbnissen, die der Gemeinschaft eigen waren. In der Abtei erhielt er Segen und das Bündel und wurde für alle Zeiten ein Profeß des Albertinischen Ordens des Leibowitz, mit Ketten, die er beharrlich selbst geschmiedet hatte, an den Fuß des Kreuzes und die Regel seines Ordens gekettet. Während der Feierlichkeiten wurde ihm dreimal die Frage gestellt: »Wenn Gott dich dazu berufen sollte, sein Buchschmuggler zu werden, bist du bereit, dann lieber den Tod zu erleiden, als deine Brüder zu verraten?« Und dreimal antwortete Francis: »Wahrlich, Herr.«
»Dann erhebt euch, Brüder Buchschmuggler und Brüder Einpräger, und du, empfange den Bruderkuß. *Ecce quam bonum, et quam jucundum . . .*«
Bruder Francis durfte die Küche verlassen und wurde einer weniger armseligen Arbeit zugeteilt. Er sollte bei einem alten Mönch mit Namen Horner eine Lehre als Kopist erhalten. Wenn alles gutging, könne er zuversichtlich sein, ein Leben lang in der Kopierstube zuzubringen. Dort würde er den Rest seiner Tage solchen Aufgaben wie dem Abschreiben von algebraischen Texten oder dem Illuminieren ihrer Seiten mit Ölzweigen und fröhlich um Logarithmentafeln schwirrenden Cherubim widmen.
Bruder Horner war ein sanfter alter Mann, und Bruder

Francis mochte ihn von Anfang an. »Die meisten von uns arbeiten mit größerem Erfolg an den ihnen übergebenen Kopien«, sagte ihm Horner, »wenn wir uns nebenher noch mit einem eigenen Projekt befassen. Die meisten Kopisten begeistern sich für ein ganz bestimmtes Werk der ›Denkwürdigkeiten‹ und haben Freude daran, ein bißchen ihrer Zeit nebenbei dazu zu verwenden. Zum Beispiel Bruder Sarl da drüben – er wurde saumselig bei der Arbeit und machte Fehler. So ließen wir ihn eine Stunde am Tag an einem Vorhaben arbeiten, das er sich selbst ausgesucht hatte. Wenn seine Arbeit so langweilig wird, daß er anfängt, Abschreibefehler zu machen, kann er sie eine Zeitlang zur Seite legen und an seinem Projekt arbeiten. Ich erlaube allen, das gleiche zu tun. Solltest du deine Auftragsarbeit beenden, bevor noch der Tag zu Ende geht, und kein eigenes Projekt haben, so wirst du diese Extrazeit über unseren Daueraufträgen verbringen müssen.«
»Daueraufträge?«
»Nun ja, aus der ganzen Geistlichkeit kommt dauernde Nachfrage nach verschiedenen Büchern: Missalien, der Heiligen Schrift, Brevieren, der Summa, nach Enzyklopädien und so fort. Davon verkaufen wir eine ganze Menge. Solltest du früh fertig sein und kein Lieblingsprojekt haben, stecken wir dich zu den Daueraufträgen. Du hast Zeit, dir das genau zu überlegen.«
»Welches Vorhaben hat sich Bruder Sarl gewählt?«
Der alte Meister zögerte. »Nun, ich weiß nicht, ob du es verstehen wirst. Ich selbst verstehe nichts davon. Er scheint ein Verfahren entwickelt zu haben, fehlende Wörter und Sätze in einigen der alten Bruchstücke von Originaltexten der Memorabilien ergänzen zu können. Vielleicht ist die linke Seite eines halbverbrannten Buches entzifferbar, aber der rechte Rand einer jeden Seite ist verbrannt, so daß am Ende jeder Zeile einige Worte fehlen. Er hat ein mathematisches Verfahren ausgearbeitet, mit dessen Hilfe man die fehlenden Worte finden kann. Es ist nicht narrensicher,

aber bis zu einem gewissen Grad funktioniert es. Es ist ihm, seit er begann, geglückt, vier ganze Seiten wiederherzustellen.«

Francis blickte hinüber zu Bruder Sarl, der über achtzig Jahre alt und fast erblindet war. »Wie lang hat er dazu gebraucht?« fragte der Lehrling.

»Etwa vierzig Jahre«, sagte Bruder Horner. »Freilich hat er nur ungefähr fünf Stunden die Woche daran wenden können, und es erfordert erhebliche Rechnerei.«

Francis nickte in Gedanken versunken. »Wenn pro Jahrzehnt eine Seite wiederhergestellt werden kann, vielleicht wird dann in ein paar Jahrhunderten...«

»Viel weniger«, krächzte Bruder Sarl, ohne den Blick von seiner Arbeit zu heben. »Je mehr man ergänzt, desto schneller geht der Rest vonstatten. Die nächste Seite werde ich schon in wenigen Jahren fertig haben. Und dann, so Gott will, vielleicht...« Seine Stimme verlor sich in ein Gemurmel. Francis hörte ihn häufig, während des Werkelns, Selbstgespräche führen.

»Tu, was du für richtig hältst«, sagte Bruder Horner. »Wir können zwar immer Hilfe bei den Daueraufträgen gebrauchen, aber du darfst ein eigenes Projekt verfolgen, wenn du willst.«

Wie ein Blitz schoß ihm der Einfall durch den Kopf. »Darf ich meine Zeit dazu verwenden«, platzte er heraus, »eine Kopie der Blaupause des Leibowitz zu machen, die ich gefunden habe?«

Bruder Horner schien einen Augenblick sehr erschrocken: »Also ich weiß nicht, mein Sohn; unser Herr Abt ist also, nun, ein bißchen heikel, was diesen Gegenstand betrifft. Und die Sache gehört vielleicht gar nicht unter die Memorabilien. Sie ist zur Zeit erst provisorisch eingeordnet.«

»Aber du *weißt*, daß sie ausbleichen, Bruder. Und man hat sie schon so lange dem Licht ausgesetzt. Die Dominikaner hatten sie so lang in New Rome.«

»Also ich denke, daß es sich um ein ziemlich kurzes Projekt

handeln wird. Wenn Vater Arkos nichts dagegen hat, aber...«, er wackelte in heftigem Zweifel mit dem Kopf.
»Vielleicht könnte ich sie mir mit anderen zusammen vornehmen?« schlug Bruder Francis rasch vor. »Die wenigen Blaupausen, die wir haben, sind vor Alter schon ganz brüchig. Wenn ich nun mehrere Kopien machte – auch von einigen anderen...«
Horner lächelte spitz. »Du meinst, der Entdeckung dadurch zu entgehen, daß du die Leibowitzblaupause zum Teil einer Gruppe machst?«
Francis wurde rot.
»Also gut«, sagte Horner, und seine Augen zwinkerten ein bißchen, »du darfst deine Freizeit dazu verwenden, von allen Lichtpausen, die in schlechtem Zustand sind, Kopien anzufertigen. Wenn irgend etwas andres dazwischen geraten sollte – ich werde versuchen, darüber hinwegzusehen.«

Bruder Francis ließ einige Monate verstreichen, in denen er während seiner Freizeit ein paar ältere Lichtpausen aus den Beständen der Denkwürdigkeiten nachzeichnete, bevor er sich an die Blaupause des Leibowitz wagte. Wenn man die alten Zeichnungen für wert hielt, aufbewahrt zu werden, mußte man sie sowieso alle ein-, zweihundert Jahre wieder kopieren. Nicht nur bleichten die Originale aus, sondern häufig wurden auch die Nachzeichnungen nach einiger Zeit fast unleserlich, auf Grund der Unbeständigkeit der verwendeten Tinten. Er hatte nicht die leiseste Ahnung, warum die Alten weiße Linien und Buchstaben auf dunklen Hintergrund gesetzt hatten, anstelle es umgekehrt zu machen. Wenn er den Rohentwurf eines Planes mit Holzkohle hinzeichnete, sah dieser jetzt umgekehrt dunkel auf hellem Hintergrund viel wirklichkeitsgetreuer als das Weiß vor Dunkel aus. Die Alten waren aber so unendlich klüger als Francis: wenn sie sich die Mühe gemacht hatten, überall dorthin Tinte zu malen, wo sonst eigentlich weißes Papier war, und weiße Streifen stehen zu lassen, wo sonst in einer direkten Zeichnung ein Tintenstrich erscheinen würde, dann müssen sie schon ihre guten Gründe gehabt haben. Francis war in seinen Kopien so genau, daß sie von den Vorlagen fast nicht zu unterscheiden waren – obwohl das Unterfangen, blaue Tinte um winzige weiße Buchstaben herum aufzutragen, höchst ermüdend war und nicht gerade wenig Tinte verschlang, eine Tatsache, die Bruder Horner Anlaß zum Nörgeln gab.

Er kopierte eine alte Architekturpause, dann eine Zeichnung für einen Maschinenteil, dessen geometrisches Linienwerk durchschaubar war, dessen Zweck aber unklar blieb. Er zeichnete eine mandalaförmige, abstrakte Konstruktion ab, die den Titel trug: STÄNDER WICKLG. MOD. 73-A 3 PH. 6 P. 1800 UPM 5 PS CL-A KÄFIGANKER. Das erwies sich als völlig unverständlich, das schien gar nichts mit einem Anker zu tun zu haben. Die Alten waren oft spitzfindig. Vielleicht benötigte man einen Satz besonderer Spiegel, um den Anker erkennen zu können. Auf jeden Fall zeichnete er alles gewissenhaft ab.

Erst nachdem ihn der Abt, der gelegentlich durch die Kopierstube kam, wenigstens dreimal über einer anderen Blaupause hatte sitzen sehen (zweimal blieb der Abt stehen, um einen kurzen Blick auf Francis' Arbeit zu werfen), nahm er seinen ganzen Mut zusammen, um sich in den Beständen der Memorabilien nach der Blaupause des Leibowitz umzusehen, fast ein ganzes Jahr, nachdem er sein Freizeitprojekt begonnen hatte.

Das Originalschriftstück war in gewissem Umfang schon Wiederherstellungsarbeiten unterzogen worden. Abgesehen von der Tatsache, daß sie den Namen des Seligen trug, unterschied sie sich zu seiner Enttäuschung kaum von den anderen, die er schon abgezeichnet hatte.

Die Leibowitzpause, wieder ein abstrakter Plan, ließ an überhaupt nichts denken, am allerwenigsten an irgendeine Bedeutung. Er betrachtete sie, bis er sich die ganze erstaunliche Verworrenheit bei geschlossenen Augen vorstellen

konnte, wußte aber deshalb auch nicht mehr als zuvor. Es schien nichts anderes zu sein als ein Flechtwerk von Linien, die ein Flickwerk von Weißnichtwas, Kleckse, Batzen, Plättchen und Dingsbumsen verbanden. Die Linien verliefen fast ausschließlich senkrecht oder waagrecht und kreuzten sich entweder mit einem kleinen Bogenzeichen oder einem Punkt. Sie machten rechtwinklige Wendungen, um die Weißnichtwas zu umgehen, und hörten nie einfach so in der Mitte auf, sondern endeten immer in einem Klecks, Batzen, Fleck oder Dingsbums. Es war ohne jeden Sinns, so daß eine längere Weile darauf zu starren von betäubender Wirkung war. Nichtsdestotrotz begann er mit der Arbeit, jedes winzigste Detail zu kopieren, sogar einen bräunlichen Fleck in der Mitte, den er für einen Blutspritzer des Seligen hielt. Bruder Jeris meinte dagegen, es handle sich um den Fleck, den ein verfaulter Apfelbutzen hinterlassen habe.
Bruder Jeris, der zur gleichen Zeit wie Bruder Francis als Lehrling in die Kopierstube eingetreten war, schien sich einen Spaß daraus zu machen, ihn wegen seines Vorhabens aufzuziehen. »Sag mir doch bitte, gelehrter Bruder«, fragte er über die Schulter von Francis spähend, »was bedeutet ›Transistorisiertes Kontrollsystem für Einzelteil sechs B‹?«
»Das ist ganz klar der Titel dieses Schriftstücks«, sagte Francis etwas ärgerlich.
»Ganz klar. Aber was bedeutet es?«
»Es ist der *Name* des Diagramms, das hier vor deinen Augen liegt, Bruder Simpel. Was bedeutet ›Jeris‹?«
»Ich möchte sagen, sicher sehr wenig«, sagte Bruder Jeris in spöttischer Bescheidenheit. »Bitte vergib mir meine Beschränktheit. Du hast mit Erfolg den Namen durch den Hinweis auf das Wesen bestimmt, das damit benannt ist, was tatsächlich die Bedeutung des Namens ausmacht. Aber dieses Diagramm-Wesen selbst stellt doch irgend etwas dar, oder? Was aber stellt es nun dar?«
»Das transistorisierte Kontrollsystem für Einzelteil sechs B, ganz eindeutig.«

Jeris lachte auf: »Ganz sicher. Diese Beredsamkeit! Ist die Sache die Bezeichnung, so ist die Bezeichnung auch die Sache. ›Gleiches kann für Gleiches eingesetzt werden‹ oder ›die Reihenfolge einer Gleichung kann umgekehrt werden‹; aber dürfen wir nun zum nächsten Grundsatz fortschreiten? Wenn wahr ist, daß ›Größen, die mit einer identischen Größe gleich sind, untereinander vertauschbar sind‹, haben wir hier dann nicht eine identische Größe, für die beide, sowohl Namen als auch Diagramm, stehen? Oder handelt es sich um ein abgeschlossenes System?«

Francis wurde rot. »Ich könnte mir vorstellen«, sagte er langsam, um seinen Verdruß hinunterzuschlucken, »daß das Diagramm eher einen abstrakten Entwurf als einen konkreten *Gegenstand* darstellt. Vielleicht verfügten die Alten über ein regelrechtes Denksystem zur Abbildung reiner Gedanken? Es ist eindeutig kein erkennbares Abbild eines Gegenstandes.«

»Ja, ja. Es ist *eindeutig nicht* zu erkennen!« stimmte Bruder Jeris mit einem Glucksen bei.

»Andrerseits, vielleicht ist es *doch* das Abbild eines Gegenstandes, aber nur ein im wesentlichen sehr stilisiertes, so daß man eine besondere Ausbildung nötig hätte, oder...«

»Besondere Sehkraft?«

»Meiner Meinung nach ist es ein hoher, abstrakter Begriff mit vielleicht transzendenter Bedeutung, der einen Gedanken des seligen Leibowitz ausdrückt.«

»Sehr gut! Nur worüber hat er sich Gedanken gemacht?«

»Worüber? Über ›Schaltplan‹«, sagte Francis, den Ausdruck aus dem Schriftkasten unten rechts ablesend.

»Hm, mit welchem Wissenszweig mag *dieses* Fachgebiet wohl in Zusammenhang stehen? Was ist seine Quantität, Qualität, Modalität und Relation? Oder ist es nur Akzidens?«

Jeris wird in seinem Spott anmaßend, dachte Bruder Francis und beschloß, eine sanfte Entgegnung zu geben. »Nun, betrachte einmal diese Reihe von Zahlen und ihre Über-

schrift: ›Elektronik Teile Anzahl‹. Es gab einmal eine bestimmte Wissenschaft oder Kunst, die ›Elektronik‹ hieß und die vielleicht zu beidem gehörte, zur Wissenschaft und zur Kunst.«
»*Aha!* Damit wären Quantität und Qualität bestimmt. Nun zur Relation, wenn mir gestattet ist, den Gedankengang fortzusetzen. Was war der Hauptgegenstand von Elektronik?«
»Auch das findet sich aufgezeichnet«, sagte Francis, der die Denkwürdigkeiten von hinten nach vorn in dem Bemühen durchsucht hatte, Hinweise zu finden, die die Blaupause ein kleines bißchen verständlicher machen könnten – doch mit sehr geringem Erfolg. »Der Hauptgegenstand der Elektronik war das Elektron«, erklärte er.
»So steht es in der Tat geschrieben. Ich bin beeindruckt. Ich weiß so wenig von diesen Dingen. Was ist ein Elektron, ich bitte dich?«
»Also, da gibt es eine fragmentarische Quelle, die von ihm spricht als ›negatives Kreisen eines Nichts‹.«
»Was? Wie haben die ein Nichts negativ gemacht? Würde ein negatives Nichts nicht zu einem Etwas werden?«
»Vielleicht bezieht sich negativ auf ›Kreisen‹?«
»Oh! Dann hätten wir ein sich nicht drehendes Nichts, was? Hast du schon herausgefunden, wie ein Nichts nicht zu drehen ist?«
»Noch nicht«, gab Francis zu.
»Na, laß dich nicht entmutigen. Wie gescheit sie gewesen sind, die Alten, zu wissen, wie ein Nichts nicht zu drehen ist. Wirf die Flinte nicht ins Korn und du wirst vielleicht draufkommen. Dann würden wir ein Elektron in unserer Mitte haben, wie? Was würden wir damit anstellen? Es auf den Altar in der Kapelle stellen?«
»Na schön«, seufzte Francis, »ich weiß es nicht. Aber ich glaube gewiß, daß das Elektron einmal existiert hat, obgleich ich nicht weiß, wie es zusammengesetzt war und wozu es gedient haben mag.«

»Ich bin tief gerührt«, lachte der Bilderstürmer und ging an seine Arbeit zurück.

Der gelegentliche Spott von Bruder Jeris machte Francis zwar traurig, konnte aber der Hingabe an sein Vorhaben keinen Abbruch tun.

Die exakte Wiedergabe jedes Strichs, Flecks und Kleckses stellte sich als unmöglich heraus; aber die Genauigkeit seines Faksimiles erwies sich als groß genug, um das Auge auf zwei Schritt Entfernung zu täuschen, und war so für Ausstellungszwecke ausreichend. Das Original konnte dann vor Licht geschützt weggestellt werden. Nach der Fertigstellung des Faksimiles fand sich Francis von ihm enttäuscht. Die Zeichnung war ihm zu sachlich. Sie hatte nichts an sich, was auf den ersten Blick vermuten ließ, daß es sich um eine geheiligte Reliquie handeln könnte. Die Darstellung kam ihm schmucklos und bescheiden vor – vielleicht für den Seligen selbst gut genug – und doch...

Die Reliquie kopieren genügte nicht. Die Heiligen waren voll der Demut; sie verherrlichten Gott und nicht sich. Es blieb anderen überlassen, die innere Herrlichkeit der Heiligen durch äußere, sichtbare Zeichen abzuschildern. Die sachliche Kopie war nicht genug: sie war kalt und phantasielos, und kein sichtbares Zeichen erinnerte an die heiligmäßigen Eigenschaften des Seligen.

Glorificemus, dachte sich Francis, während er über den Daueraufträgen saß. Zur Zeit schrieb er Seiten aus den Psalmen ab, die später wieder gebunden werden würden. Er hielt inne, um seine Stelle im Text wiederzufinden und um auf den Inhalt der Worte aufzumerken – denn nach Stunden des Abschreibens hatte er ganz und gar aufgehört, sie aufzufassen. Er ließ seine Hand bloß noch die Buchstaben nachziehen, auf die das Auge traf. Er stellte fest, daß er Davids Gebet um Vergebung, den vierten Bußpsalm abgeschrieben hatte: »*Miserere mei, Deus*... denn ich erkenne meine Missetat und meine Sünde ist immer vor mir.«
Es war ein Gebet der Demut, aber die Seite vor seinen

Augen war in einem Stil geschrieben, der alles andere als angemessen und demütig war. Das *M* des *Miserere* war mit Blattgold eingelegt. Üppige Arabesken aus ineinander verschlungenen goldenen und violetten Fädlein füllten den Rand und verdichteten sich zu Nestern, in denen am Anfang jedes Verses köstlichste Initialen nisteten. Mochte das Gebet selbst so demütig sein, wie es wollte, die Seite war prachtvoll. Bruder Francis schrieb nur den Text auf das neue Pergament, ließ den Platz für die Initialen frei und sparte einen Rand so breit wie die Textzeilen aus. Andere Künstler würden seine mit einfacher Tinte gemalte Abschrift mit prächtigem Farbenspiel umranken und die bilderreichen Initialen entwerfen. Er wurde auch im Illuminieren unterrichtet, war aber noch nicht bewandert genug, als daß man ihm schon Vergoldungsarbeiten an den Daueraufträgen hätte anvertrauen können.

Glorificemus. Er dachte wieder an die Blaupause.

Ohne seinen Einfall den anderen gegenüber zu erwähnen, fing Bruder Francis an, Pläne zu schmieden. Er suchte sich das zarteste Lammfell aus, das er bekommen konnte, und verwendete einige Wochen seiner Freizeit dazu, es zu trocknen, zu spannen und abzuschleifen, bis er eine vollkommen glatte Oberfläche erhielt, die er schließlich schneeweiß bleichte und dann gut verstaute. Die Monate nachher verbrachte er jede freie Minute über den Memorabilien, noch einmal auf der Suche nach Schlüsseln zum Verständnis der Leibowitzpause. Er entdeckte weder etwas, das den Klecksen auf der Zeichnung ähnlich sah, noch irgend etwas, das ihm helfen konnte, ihre Bedeutung zu erklären. Nach langer Zeit jedoch stieß er auf das Bruchstück eines Buches, in dem sich eine teilweise zerstörte Seite fand, deren Hauptgegenstand das Blaupausen war. Es schien sich um einen Abschnitt einer Enzyklopädie zu handeln. Der Hinweis war kurz, und ein Teil des Artikels fehlte, aber nachdem er ihn mehrfach gelesen hatte, fing er an zu argwöhnen, daß er, wie auch eine Menge Abschreiber vor ihm eine Unmenge

an Zeit wie auch an Tinte vergeudet hatten. Der Eindruck des Weiß auf Schwarz schien keine besonders wünschenswerte Eigenschaft, sondern die Auswirkung der Eigentümlichkeiten eines bestimmten preiswerten Reproduktionsverfahrens gewesen zu sein. Die Originalzeichnung, von der eine Blaupause angefertigt worden war, war Schwarz auf Weiß gewesen. Plötzlich mußte er sich gegen den Drang wehren, mit dem Kopf gegen den Steinboden zu schlagen. Die Ströme von Tinte und Schweiß – um eine Nebensächlichkeit nachzuahmen! Nun, man brauchte es Bruder Horner nicht gerade auf die Nase zu binden. Nichts zu sagen würde in Anbetracht des schwachen Herzens von Bruder Horner ein Akt der Nächstenliebe sein.
Die Erkenntnis, daß die Farbverteilung der Blaupausen ein unwesentliches Kennzeichen jener alten Zeichnungen war, bestärkte ihn in seinem Vorhaben. Eine verzierte Kopie der Leibowitzpause könnte verfertigt werden, ohne daß man das unwesentliche Charakteristikum mit abbildete. Bei umgekehrter Farbverteilung würde niemand zunächst die Zeichnung erkennen. Gewisse andere Züge würde man offensichtlich auch ändern können. Er wagte es nicht, Sachen zu ändern, die er nicht verstand, aber die Listen der Bauteile und die in Großbuchstaben geschriebene Bezeichnung könnten sicher auf Spruchbändern und Wappenschildern symmetrisch um das Diagramm herum verteilt werden. Da die Bedeutung des eigentlichen Diagramms unklar war, wagte er es nicht, auch nur die winzigste Kleinigkeit der Umrisse oder der Verhältnisse zu ändern; weil aber die Farbgebung unwichtig war, durfte es ruhig prächtig ausfallen. Für die Kleckse und Weißnichtwas gedachte er Blattgold zu nehmen, aber ein Dingsbums war zu verwickelt, um vergoldet zu werden, und ein goldener Batzen würde zu angeberisch aussehen. Die Flecke *mußten* einfach tiefschwarz gemacht werden; das bedeutete aber, daß die Linien anders gefärbt erscheinen müßten, damit die Flecke auffällig genug blieben. Der unsymmetrische Entwurf

durfte nicht verändert werden, aber er konnte keinen Grund zur Annahme finden, daß es den Sinn des Entwurfes entstellen würde, wenn er ihn als Gitter für hinaufkletternde Weinranken verwendete, deren Zweige (sorgfältig den Flecken ausweichend) dazu benützt werden könnten, den Eindruck einer Symmetrie zu schaffen oder die Asymmetrie wie selbstverständlich erscheinen zu lassen. Wenn der Anfangsbuchstabe M von Bruder Horner illuminiert und dabei in ein wundersames Dickicht aus Blättern, Beeren, Zweigen mit vielleicht einer listig versteckten Schlange umgewandelt wurde, blieb er nichtsdestoweniger als M lesbar. Bruder Francis sah nicht ein, warum er nicht annehmen sollte, es würde sich mit dem Diagramm genauso verhalten.

Der Umriß, vollständig als verschnörkelte Rahmung ausgebildet, könnte als Ganzes eher die Form eines Wappenschildes als das nüchterne Rechteck zeigen, das auf der Pause die Zeichnung umgab. Er verfertigte Dutzende von Entwürfen. Im obersten Teil des Pergaments würde er den Dreieinigen Gott darstellen und ganz unten das Emblem des Albertinischen Ordens, mit einem Bild des Seligen darüber.

Soviel Francis wußte, gab es aber kein genaues Bild des Seligen. Es fanden sich wohl einige phantasievolle Porträts, aber keins davon stammte aus der Zeit der Großen Vereinfachung. Bis jetzt gab es noch nicht einmal eine traditionelle Darstellungsweise, obwohl die Überlieferung besagte, daß Leibowitz ziemlich groß und etwas vornübergebeugt war. Wenn der Bunker wieder geöffnet werden würde, vielleicht...

Eines Nachmittags wurden die zeichnerischen Vorarbeiten unterbrochen. Hinter sich fühlte er plötzlich drohend etwas aufragen und in schlagartiger Gewißheit wurde ihm klar, daß die Erscheinung, die da ihren Schatten über den Zeichentisch warf, niemand anderer war als – als – *Um Gottes willen! Nein! Beate Leibowitz audi me! Erbarmen, Herr! Laß es jeden anderen sein, nur nicht...*

»Nun, was haben wir hier?« polterte der Abt, einen Blick auf die Entwürfe werfend.
»Eine Zeichnung, Herr Abt.«
»Na, das sehe ich. Aber was stellt sie dar?«
»Die Blaupause des Leibowitz.«
»Die du gefunden hast? Wirklich? Sie hat kaum Ähnlichkeit damit. Warum die Änderungen?«
»Es soll ...«
»Sprich lauter!«
»EINE ILLUMINIERTE HANDSCHRIFT werden«, schrie Bruder Francis unabsichtlich laut hinaus.
»Ach so.«
Abt Arkos zuckte mit den Achseln und zog weiter.
Als Bruder Horner einige Sekunden später am Pult des Lehrlings vorbeikam, bemerkte er mit Befremden, daß Bruder Francis ohnmächtig geworden war.

8

Zur Verwunderung von Bruder Francis hatte Abt Arkos gegen das Interesse des Mönches an den Überbleibseln nichts mehr einzuwenden. Nachdem sich die Dominikaner einverstanden erklärt hatten, die Angelegenheit zu prüfen, hatte sich der Abt beruhigt, und weil das Verfahren der Heiligsprechung in New Rome wieder einige Fortschritte gemacht hatte, schien er manchmal sogar gänzlich zu vergessen, daß irgend etwas Besonderes während der Berufungsvigilie eines gewissen Francis Gerard, AOL, früher von Utah, jetzt in der Schreibschule und in der Kopierstube, vorgefallen war. Das Ereignis war vor elf Jahren geschehen. Die hirnverbrannten Gerüchte im Noviziat, was es mit dem Pilger für eine Bewandtnis habe, waren längst versiegt. Das jetzige Noviziat war nicht mehr dasselbe, das es zur Zeit von Bruder Francis gewesen war. Die jüngsten des neuen Haufens von Burschen hatten nie von dem Vorfall gehört.
Bruder Francis hatte den Vorfall immerhin mit sieben Fa-

stenvigilien unter den Wölfen bezahlen müssen, und ihm kam die Angelegenheit eigentlich nie ganz geheuer vor. Wann immer er auf sie zu sprechen kam, träumte er dieselbe Nacht noch von Wölfen und vom Abt. Im Traum warf Arkos den Wölfen stets Fleisch vor, Francis' eigenes Fleisch.

Der Mönch stellte jedoch fest, daß er sein Vorhaben fortführen konnte, ohne behindert zu werden, abgesehen von Bruder Jeris, der nicht damit aufhörte, ihn aufzuziehen. Francis begann nun mit der eigentlichen Illuminierung der Lammhaut. Die Schwierigkeit der Schnörkelverzierung, die mühselige Feinarbeit der Vergoldung würden sie zur Beschäftigung von Jahren machen, war doch die Zeit für sein eigenes Vorhaben kurz bemessen. Doch im dunklen Strom von Jahrhunderten, in dem sich nichts zu verändern schien, war ein Leben selbst für den Menschen, der es lebte, nur ein kurzer Wirbel. Es bestand aus der langweiligen Wiederholung von Tagen und Jahreszeiten, aus Schmerzen und Qualen; schließlich die Letzte Ölung und ein Augenblick der Finsternis am Ende, oder vielmehr am Anfang. Dann nämlich würde die zitternde, winzige Seele, die die Mühseligkeiten erlitten hatte, sie gut oder schlecht erduldet hatte, sich an lichtumflossenem Ort wiederfinden, sich eingesogen finden in den brennenden Blick unendlich mitfühlender Augen, wenn sie vor dem Alleinzigen stand. Dann würde der König sprechen »Komm«, oder der König würde sagen »Geh«; nur auf diesen einen Augenblick hatten die Mühseligkeiten der Jahre hingezielt. In einem Zeitalter, wie Francis es erlebte, würde anders zu glauben schwer gewesen sein.

Bruder Sarl vollendete die fünfte Seite seiner mathematischen Ergänzungen, brach über dem Pult zusammen und starb ein paar Stunden später. Wenn schon! Seine Aufzeichnungen waren unversehrt. Nach ein oder zwei Jahrhunderten würde jemand auf sie stoßen und sie wichtig genug finden, um die Arbeit vielleicht fortzusetzen. Inzwi-

schen stiegen Gebete für die Seele Bruder Sarls zum Himmel. Da war Bruder Fingo mit seiner Schnitzerei. Er war der Zimmerwerkstätte vor ein, zwei Jahren wieder zugeteilt worden und hatte die Erlaubnis, gelegentlich an seinem halbfertigen Abbild des Märtyrers herumzumeißeln und zu -kratzen. Wie Francis hatte Fingo nur dann und wann eine Stunde frei, um sein Vorhaben weiterzuführen. Das Schnitzwerk ging seiner Vollendung so langsam entgegen, daß der Fortschritt nur auffiel, wenn man es in Abständen von mehreren Monaten ansah. Francis sah es zu häufig, um ein Fortschreiten zu bemerken. Er fühlte sich von Fingos lässiger Überschwenglichkeit angezogen, obwohl ihm bewußt war, daß Fingo sich diese umgängliche Art zugelegt hatte, um seine Häßlichkeit auszugleichen. Gern verbrachte Francis die wenigen Minuten der Muße, die er finden konnte, um Fingo bei der Arbeit zuzusehen.
Die Zimmerwerkstatt war von den Düften der Fichten-, Zedern- und Rottannenspäne geschwängert – und von menschlichem Schweiß. Es war für die Abtei nicht einfach, Holz zu bekommen. Außer Feigenbäumen und einigen Pappeln in unmittelbarer Nähe der Wasserstelle wuchsen weit und breit keine Bäume. Das nächste Gehölz, aus dem sich Nutzholz schlagen ließ, war drei Tagesreisen entfernt. Die Holzsammler waren oft gleich eine Woche unterwegs, bevor sie mit einigen Eselladungen Ästen zurückkehrten, aus denen sich Pflöcke, Sprossen und gelegentlich ein Stuhlbein machen ließen. Manchmal schleppten sie ein oder zwei Stämme hinter sich her, um einen verfaulten Balken ersetzen zu können. Mit einem derart begrenzten Nachschub an Holz mußten die Zimmerleute wohl oder übel auch Schnitzer und Bildhauer sein.
Wenn Fingo schnitzte, setzte sich Francis manchmal auf eine Bank in der Ecke der Werkstatt, beobachtete ihn und zeichnete. Er versuchte, sich ein Bild von Einzelheiten des Schnitzwerks zu machen, die bis jetzt erst roh aus dem Holz herausgehauen waren. Die groben Züge des Gesichts

waren unter der Maske von Splittern und Meißelspuren schon zu erkennen. Francis versuchte in seinen Skizzen die Gesichtszüge vorherzubestimmen, bevor sie aus der Maserung hervortraten. Fingo warf einen Blick auf die Skizzen und lachte. Doch wie die Arbeit fortschritt, wurde Francis den Eindruck nicht los, als lächelte das Gesicht der Holzstatue ein irgendwie bekanntes Lächeln. Er zeichnete es so, und das Gefühl der Vertrautheit nahm zu. Trotzdem wußte er nicht, wo er das Gesicht schon einmal gesehen hatte, konnte sich nicht erinnern, wer so ironisch gelächelt hatte.
»Nicht schlecht. Wirklich gar nicht schlecht!« meinte Fingo zu seinen Skizzen.
Der Schreiber zog die Schultern hoch. »Ich werde das Gefühl nicht los, daß ich ihn irgendwo schon einmal gesehen habe.«
»Nicht hier in der Gegend, Bruder. Nicht in unserer Zeit.«

In der Adventszeit wurde Francis krank, und es vergingen einige Monate, bevor er die Werkstätte wieder besuchte.
»Das Gesicht ist fast fertig, Francisco«, sagte der Holzschnitzer. »Wie findest du es jetzt?«
»Ich kenne ihn!« brachte Francis mühsam heraus und starrte auf die zugleich heiter und traurig wirkenden faltigen Augen, auf den Anflug eines ironischen Lächelns in den Mundwinkeln – irgendwie fast zu vertraut.
»Du kennst ihn? Wer ist es denn?« wollte Fingo wissen.
»Nun, es ist ... ich bin mir nicht sicher. Ich *glaube*, daß ich ihn kenne, aber ...«
Fingo lachte. »Du erkennst nur deine eignen Skizzen wieder«, schlug er als Erklärung vor.
Francis war davon nicht so überzeugt. Er wußte nach wie vor nicht ganz genau, wo er das Gesicht schon gesehen hatte.
Das spitze Lächeln schien nach einem *Hmm – hnnn!* auszusehen.
Der Abt jedoch fand das Lächeln schändlich. Obgleich er

die Fertigstellung der Arbeit erlaubte, erklärte er, niemals zuzulassen, daß es für den ursprünglich geplanten Zweck verwendet würde, daß es in der Kirche nicht aufgestellt werden würde, sollte die Heiligsprechung des Seligen je erreicht werden. Als die ganze Statue viele Jahre danach vollendet war, ließ sie Arkos in einem Gang des Gastbaues aufstellen, überführte sie jedoch später in seine Studierstube, nachdem ein Besucher aus New Rome vor ihr zusammengezuckt war.

Langsam, mühsam machte Bruder Francis die Lammhaut zu einem Spiegel der Schönheit. Sein Vorhaben hatte sich in der Kopierstube herumgesprochen, und die Mönche versammelten sich oft um seinen Tisch, um die Arbeit zu beobachten und Beifall zu murmeln. »Göttliche Eingebung!« flüsterte jemand. »Sie ist offenbar genug. Es könnte der Selige gewesen sein, den er da draußen getroffen hat.«
»Ich verstehe nicht, warum du deine Zeit nicht mit etwas Nützlichem verbringst«, nörgelte Bruder Jeris, dessen sarkastische Witzeleien sich im Lauf der Jahre an den geduldigen Antworten von Bruder Francis erschöpft hatten. Der Spötter hatte seine eigne Freizeit dazu verwendet, aus ölgetränkter Seide Lampenschirme für die Kirche zu verfertigen und zu verzieren. Dadurch zog er die Aufmerksamkeit des Abtes auf sich, der ihm bald die Verantwortung für die Daueraufträge übertrug. Wie die Rechnungsbücher bald bestätigten war die Beförderung von Bruder Jeris zu Recht erfolgt.
Der Meisterschreiber Bruder Horner erkrankte. Binnen Wochen wurde deutlich, daß der wohlgelittene Mönch auf seinem Sterbebett lag. Die Totenmesse sang man zu Beginn der Adventszeit. Die sterblichen Reste des frommen alten Meisterschreibers wurden der Erde ihres Ursprungs übergeben. Während die Gemeinschaft ihre Trauer durch Gebete ausdrückte, bestellte Arkos unauffällig Bruder Jeris zum Meister der Kopierstube.

Einen Tag nach seiner Ernennung teilte Bruder Jeris dem Francis mit, daß er es für angebracht hielte, die kindische Beschäftigung beiseite zu legen, um endlich anzufangen, wie ein Mann zu arbeiten. Gehorsam wickelte der Mönch sein wertvolles Werk in Pergament, schützte es durch schwere Bretter, stellte es weg und begann in seiner Freizeit Lampenschirme aus Ölhaut zu verfertigen. Er murmelte keinen Widerspruch, sondern begnügte sich mit der Vorstellung, daß eines schönen Tages die Seele des teuren Bruders Jeris den gleichen Weg nehmen werde wie die Seele Bruder Horners, um jenes Leben anzutreten, zu welchem diese Welt nur als Vorbereitung dient. Er könnte es in ziemlich zartem Alter antreten, sah man ihn so antreiben, toben und sich totarbeiten. Darauf könnte Francis, so Gott will, wieder erlaubt werden, an seiner geliebten Handschrift weiter zu arbeiten.
Indessen griff die Hand der Vorsehung schon eher in die Angelegenheit ein und ohne die Seele Bruder Jeris' zu seinem Schöpfer zu versammeln. Während des Sommers, der seiner Ernennung zum Meister folgte, reiste ein apostolischer Protonotar mit seinem geistlichen Gefolge auf einer Eselskarawane von New Rome zur Abtei. Er stellte sich als Monsignore Malfreddo Aguerra vor, der Prozeßführer beim Kanonisationsverfahren des seligen Leibowitz. Mit ihm waren einige Dominikaner gekommen. Er war angereist, um die Wiedereröffnung des Bunkers und die Erforschung des »Abgedichteter Bereich« zu beobachten. Außerdem wollte er Beweisstücke prüfen, die von der Abtei vorgelegt werden könnten, ob sie mit dem Fall in Zusammenhang stünden. Dazu gehörten auch zur Bestürzung des Abts Berichte über eine angebliche Erscheinung des Seligen, die Reisenden zufolge einem gewissen Francis Gerard von Utah, AOL, zuteil geworden war.
Der *Advocatus Dei* wurde von den Mönchen freundlich empfangen und in den Räumen für durchreisende Prälaten untergebracht. Dort wurde ihm von sechs jungen Novizen,

denen man eingeschärft hatte, jeder nur erdenklichen Laune nachzukommen, üppig aufgewartet, obwohl sich herausstellte, daß Monsignore Aguerra kaum ein launenhafter Mann genannt werden konnte, sehr zur Enttäuschung der künftigen Küchen- und Kellermeister. Die köstlichsten Weine wurden aufgetischt; Aguerra nippte höflich an ihnen, zog jedoch Milch vor. Bruder Jäger fing mit der Schlinge rundliche Wachteln und Chaparralhühner für den Tisch des Gastes. Aber nachdem sich Monsignore Aguerra nach den Freßgewohnheiten der Chaparralhühner erkundigt hatte (»Maisgefüttert, Bruder?« – »Nein, sie fressen Schlangenfleisch, Monsignore.«), schien er die Mehlsuppe der Mönche im Refektorium vorzuziehen. Hätte er sich allerdings nach der Herkunft der undefinierbaren Fleischstückchen im Eintopf erkundigt, würde er den wirklich saftigen Chaparralhühnern den Vorzug gegeben haben. Monsignore Aguerra bat sich aus, daß das Leben in der Abtei seinen gewohnten Gang nähme. Aber nichtsdestotrotz wurde der *Advocatus Dei* jeden Abend in der Freizeit durch Musikanten und eine Gruppe Spaßmacher unterhalten, bis er anfing zu glauben, daß der »gewohnte Gang des Lebens« in der Abtei wohl außergewöhnlich lustig war, verglichen mit anderen klösterlichen Gemeinschaften.

Am dritten Tag des Besuchs von Aguerra ließ der Abt Bruder Francis kommen. Die Beziehung zwischen Mönch und Vorsteher war förmlich, aber freundschaftlich, wenn auch nicht vertraut gewesen, seit der Abt dem Novizen gestattet hatte, die Gelübde abzulegen, und Bruder Francis zitterte nicht einmal mehr, als er an die Tür der Studierstube klopfte und fragte: »Ihr habt mich rufen lassen, Ehrwürdiger Vater?«

»Ja, das habe ich«, sagte Arkos und fragte dann mit unbewegter Stimme: »Sag mir, hast du dir jemals über den Tod Gedanken gemacht?«

»Häufig, Herr Abt.« – »Betest du auch zum heiligen Joseph um einen Tod ohne Schrecken?«

»Hm – oft, Ehrwürdiger Vater.«
»Dann gehe ich doch recht in der Annahme, daß du nicht plötzlich hinweggerafft werden möchtest? Daß du keine Lust hast, dein Gedärm als Saiten auf eine Geige gespannt zu haben? Den Schweinen zum Fraß vorgeworfen zu werden? Deine Gebeine in ungeweihtem Boden begraben zu haben? Was?«
»Nn-nein, *Magister meus*.«
»Das dachte ich mir; überleg dir also gut, was du Monsignore Aguerra sagen wirst.«
»Ich?«
»Ja, du.« Arkos rieb sich das Kinn und schien sich in unangenehmen Vorstellungen zu verlieren. »Ich sehe es zu deutlich vor mir. Der Fall Leibowitz wird auf Eis gelegt. Der arme Bruder wird von einem fallenden Dachziegel zu Boden geschmettert. Da liegt er und jammert nach der Absolution. Bedenke, mitten unter uns! Und wir stehen da, schauen bedauernd auf ihn nieder – Priester in unsrer Mitte –, sehen ihn sogar ohne einen letzten Segen auf sein Haupt abkratzen. Der Hölle verfallen. Ungesegnet. Ohne Absolution. Vor unser aller Augen. Wirklich schade, was?«
»*Herr?*« stieß Francis heiser hervor.
»Versuch's nur nicht, mir in die Schuhe zu schieben. Ich werde zu eifrig damit beschäftigt sein, deine Brüder davon abzuhalten, ihre Lust zu befriedigen, dich totzutrampeln.«
»Wann?«
»Nun, hoffentlich nie! Weil du dir gut überlegen wirst, nicht wahr, was du dem Monsignore erzählen wirst. Andernfalls könnte ich *gute Lust* haben, dich von ihnen zertrampeln zu lassen.«
»Ja, aber . . .«
»Der Prozeßführer wünscht dich augenblicklich zu sprechen. Zügle bitte deine Phantasie und sei bestimmt in dem, was du sagst. Sage bitte nicht ›ich glaube . . .‹!«
»Ich werde es nicht tun, glaube ich.«
»Hinaus, mein Sohn, hinaus mit dir!«

Francis fürchtete sich, als er das erste Mal an die Tür Aguerras klopfte, aber er sah schnell, daß seine Furcht unbegründet war. Der Protonotar war ein zuvorkommender und gewandter älterer Mann, der eifrigen Anteil an dem Leben des kleinen Mönches zu nehmen schien.
Nach einigen Minuten einleitender Höflichkeitsfloskeln ging er den nicht ganz geheuren Gegenstand an: »Nun, um zu deiner Begegnung mit der Person zu kommen, die der selige Gründer des...«
»Aber ich habe nie gesagt, daß er unser seliger Leibo...«
»Nein, natürlich nicht, mein Sohn. Natürlich nicht. Nun habe ich hier einen Bericht über das Ereignis – ausschließlich aus Quellen zusammengestellt, die es sicher nur gerüchtweise kennen – ich will, daß du ihn liest und ihn mir dann entweder bestätigst, oder ihn richtigstellst.« Er schwieg und zog eine Schriftrolle aus einem Kasten. Er übergab sie Bruder Francis. »Diese Fassung beruht auf den Erzählungen von Reisenden«, fügte er hinzu, »nur *du* kannst aus erster Hand beschreiben, was geschah; deshalb wünsche ich, daß du sie höchst gewissenhaft durchsiehst.«
»Gewiß, Monsignore. Aber das, was geschah, ist wirklich recht einfach...«
»Lies! *Schau* es dir an! Dann wollen wir darüber sprechen, hm?«
Die Dicke der Rolle zeigte deutlich, daß der Bericht auf Grund von Gerüchten nicht gerade »recht einfach« war. Bruder Francis las mit wachsender Besorgnis. Die Besorgnis nahm bald das volle Maß des Schreckens an.
»Du siehst bleich aus, mein Sohn«, sagte der Prozeßführer. »Ist irgend etwas nicht in Ordnung?«
»Monsignore, *dies* hier – es hat sich *überhaupt* nicht so zugetragen!«
»Nicht? Aber auf Umwegen kannst nur du der Urheber des Berichts gewesen sein. Wie könnte es anders sein? Du warst doch der einzige Augenzeuge?«
Bruder Francis schloß die Augen und rieb sich die Stirn. Er

hatte seinen Mitnovizen nichts als die schlichte Wahrheit erzählt. Seine Gefährten hatten miteinander getuschelt. Novizen hatten Reisenden die Geschichte weitererzählt. Reisende hatten sie Reisenden wiederholt. Und schließlich – *das*! Kein Wunder, daß Abt Arkos jedes Gespräch untersagt hatte. Wenn er nur den Pilger nie erwähnt hätte!
»Er sprach nur ein paar Worte mit mir. Ich sah ihn nur das eine Mal. Er war mit einem Stock hinter mir her, fragte mich nach dem Weg zur Abtei und machte Zeichen auf den Stein, wo ich die Gruft fand. Dann sah ich ihn nie wieder.«
»Kein Heiligenschein?«
»Nein, Herr.«
»Kein himmlischer Chorgesang?«
»*Nein!*«
»Und was war mit dem Teppich von Rosen, der dort, wo er ging und stand, hervorbrach?«
»Nein, nein! Nichts dergleichen, Monsignore!« sagte keuchend der Mönch.
»Er schrieb seinen Namen nicht auf den Stein?«
»So wahr Gott mein Richter ist, Herr, machte er nur jene zwei Zeichen. Ich wußte nicht, was sie bedeuten sollten.«
»Ah, nun gut«, seufzte der Prozeßführer. »Erzählungen von Reisenden sind immer übertrieben. Aber ich frage mich, wie alles anfing. Wie wäre es, wenn du mir erzähltest, wie es sich wirklich zugetragen hat?«
Bruder Francis erzählte es ihm ganz knapp. Aguerra schien wehmütig. Nach gedankenvollem Schweigen nahm er die dicke Rolle, gab ihr einen leichten Abschiedsschlag und ließ sie in den Papierkorb fallen. »Fahr dahin, Wunder Nummer sieben!« brummte er.
Francis bat eilig um Verzeihung.
Der Prozeßführer schob die Bitte beiseite. »Mach dir keine Gedanken. Wir haben eigentlich genug Beweismaterial. Es gibt einige unmittelbare Heilungen, einige Fälle augenblicklicher Genesung von Krankheiten auf Grund der Fürbitte des Seligen. Sie sind einfach, schlüssig und durch Do-

kumente wohlbelegt. Sie sind genau das, worauf sich Heiligsprechungsverfahren gründen können. Selbstverständlich fehlt ihnen das Poetische dieser Geschichte, aber ich bin fast froh, daß sie unzutreffend ist, froh um deinetwillen. Der *Advocatus Diaboli* hätte dir die Hölle heißgemacht, das weißt du.«
»Ich habe nie irgend etwas gesagt, das –«
»Ich versteh schon, ich verstehe! Es fing alles mit dem Bunker an. Übrigens, wir haben ihn heute wieder geöffnet.«
Francis fing an zu strahlen. »Habt Ihr noch – noch mehr vom heiligen Leibowitz gefunden?«
»Bitte *seligen* Leibowitz«, berichtigte der Monsignore. »Nein, bis jetzt noch nicht. Wir öffneten die innere Kammer. Wir brauchten verteufelt lange, bis wir sie aufgebrochen hatten. Wir fanden drin fünfzehn Skelette und viele aufregende Altertümer. Offenbar war der Frau – es war übrigens eine Frau, deren Überreste du gefunden hast – der Zutritt zur äußeren Kammer gestattet worden, aber die innere Kammer war schon belegt. Vermutlich würde sie in gewissem Umfang Schutz gewährt haben, wenn nicht eine einfallende Wand den Einsturz herbeigeführt hätte. Die armen Seelen da drin waren in einer Falle gefangen, von den Steinen, die vor die Tür gestürzt waren. Der Himmel allein mag wissen, warum man die Tür nicht so entworfen hatte, daß sie nach innen aufging.«
»*War* die Frau im Vorraum Emily Leibowitz?«
Aguerra lächelte. »Ich weiß noch nicht, ob wir es beweisen können. Ich glaube, daß sie es war, ja, ich glaube es – aber vielleicht ist der Wunsch da der Vater des Gedankens. Wir werden sehen, was wir noch aufdecken können, wir werden sehen. Die *andere* Seite hat einen Beweis auf Lager. Ich möchte keine voreiligen Schlüsse ziehen.«
Trotz seiner Enttäuschung über den Bericht vom Zusammentreffen mit dem Pilger blieb Aguerra Francis gegenüber sehr freundlich. Er verbrachte zehn Tage an der archäologischen Ausgrabungsstelle, bevor er nach New

Rome zurückkehrte. Er ließ zwei seiner Begleiter zurück, um weitere Ausgrabungen zu überwachen. Am Tag seiner Abreise besuchte er Francis in der Schreiberschule.
»Man erzählt mir, daß du an einer Handschrift gearbeitet hast, die das Andenken der Relikte, die du gefunden hast, feiern soll«, sagte der Prozeßführer. »Auf Grund der Beschreibungen, die ich hörte, glaube ich, daß ich sie sehr gern gesehen hätte.«
Der Mönch wandte ein, daß sie wirklich unbedeutend sei; aber er ging sofort, sie zu holen. Er war so freudig erregt, daß seine Hände zitterten, als er die Lammhaut auspackte. Voll Freude bemerkte er, daß Bruder Jeris mit gereiztem Stirnrunzeln zuschaute.
Der Monsignore war lange in Staunen versunken. »Herrlich!« platzte es schließlich aus ihm heraus. »Welch wundervolle Farben! Es ist großartig, es ist prächtig. Arbeite weiter daran, Bruder, vollende es!«
Bruder Francis sah auf zu Bruder Jeris und lächelte ihn fragend an.
Der Meister der Kopierstube drehte sich rasch weg. Sein Nacken lief rot an. Am nächsten Tag packte Francis Blattgold, Federkiele, Farben aus und kehrte zur Arbeit an dem illuminierten Diagramm zurück.

9 Wenige Monate nach der Abreise Monsignore Aguerras traf eine zweite Eselskarawane von New Rome kommend in der Abtei ein, mit vielen Geistlichen und in Begleitung von Kriegsknechten zur Verteidigung gegen Straßenräuber, entmenschte Mutanten und sagenhafte Drachen. Der Zug wurde dieses Mal von einem Monsignore mit kleinen Hörnern und spitzen Fangzähnen angeführt, der erklärte, daß er mit der Aufgabe betraut sei, gegen die Kanonisation des seligen Leibowitz Einspruch einzulegen. Er sei gekommen, gewisse unglaubwürdige und überspannte Gerüchte zu prüfen und auch den Verant-

wortlichen auf die Schliche zu kommen, wie er durchblicken ließ; Gerüchte, die aus der Abtei herausgedrungen seien und beklagenswerterweise selbst vor den Pforten New Romes nicht haltgemacht hätten. Er sagte ganz offen, daß er romantischen Unsinn nicht dulden würde, wie das ein gewisser früherer Besucher womöglich getan hatte.
Der Abt begrüßte ihn höflich, bedauerte den Umstand, daß der Gästetrakt vor kurzem erst mit Pockenkranken belegt gewesen sei, und bot ihm unbequemen Unterschlupf in einer Zelle, die nach Süden ging. Der Monsignore wurde von seiner eigenen Begleitung bedient und aß Maisbrei mit Kräutern zusammen mit den Mönchen im Refektorium, da Wachteln und Chaparralhühner dieses Jahr, wie die Jäger berichteten, unerklärlicherweise recht selten wären.
Diesmal sah der Abt keine Notwendigkeit, Francis vor einem zu freizügigen Schweifen seiner Einbildungskraft zu warnen. Er mochte es ruhig versuchen, wenn er den Mut dazu hätte. Es bestand kaum Gefahr, daß der *Advocatus Diaboli* selbst der Wahrheit sofort Glauben schenken würde, ohne vorher seine Finger nicht meisterlich in ihre wunden Stellen gestochen und gestoßen zu haben.
»Ich höre, daß du zu Ohnmachtsanfällen neigst«, sagte Monsignore Flaught, als er mit Francis allein war und ihn mit einem Starren bedacht hatte, das Francis nur als feindselig auffassen konnte. »Sag mir, gibt es in deiner Familie Fälle von Geisteskrankheiten? Epilepsie? Oder Anzeichen von Nervenmutationen?«
»Keine, Eminenz.«
»Ich bin nicht ›Eminenz‹«, fuhr ihn der Priester an. »Und jetzt werden wir die *Wahrheit* aus dir hervorlocken.« *Ein einfacher, kleiner und offner operativer Eingriff wäre angemessen*, schien sein Ton durchblicken zu lassen, *lediglich eine geringfügige Amputation würde vonnöten sein.*
»Ist dir bekannt, daß Urkunden künstlich älter gemacht werden können?« begehrte er zu wissen.
Bruder Francis hatte keine Ahnung.

»Ist dir bewußt, daß der Name Emily in den Papieren, die du gefunden hast, nicht auftaucht?«

»O, aber da sind doch –«, er schwieg, plötzlich unsicher geworden.

»Der Name EM stand da, oder? Was ein Diminutiv für Emily sein *könnte*.«

»Ich glaube, Ihr habt recht, Herr.«

»Aber es könnte genausogut ein Diminutiv für *Emma* sein, wie? Und der Name Emma findet sich *tatsächlich* in der Schachtel!«

Francis schwieg.

»*Nun?*«

»Wie war die Frage, Herr?«

»Schon gut. Ich dachte nur, ich sollte dir sagen, das Beweismaterial spricht dafür, daß EM für Emma steht und daß Emma kein Diminutiv für Emily war. Was meinst du dazu?«

»Ich hatte mir bis jetzt noch keine Meinung zu dieser Sache gebildet, Herr, aber . . .«

»Aber was?«

»Sind Mann und Frau nicht oft gedankenlos, was die Namen betrifft, mit denen sie sich rufen?«

»WILLST DU MIR ETWA VORLAUT WERDEN?«

»Nein, Herr.«

»Jetzt heraus mit der Wahrheit! Wie kam es, daß du diesen Bunker entdeckt hast, und wie verhält es sich mit diesem närrischen Gewäsch, über eine Erscheinung?«

Bruder Francis versuchte zu erklären. Der *Advocatus Diaboli* unterbrach ihn ab und zu durch Schnauben und bissige Einwürfe; als er geendet hatte, stocherte der Monsignore so lange mit aller Gewalt der Semantik in der Erzählung herum, bis sich Francis selbst fragte, ob er den alten Mann wirklich gesehen, oder sich den Vorfall nur eingebildet hatte.

Die Art, in der das Kreuzverhör geführt wurde, war erbarmungslos, aber Francis fand dies Erlebnis weniger

schrecklich, als eine Befragung durch den Abt. Der *Advocatus Diaboli* konnte nichts Schlimmeres tun, als ihm nur dieses eine Mal Glied um Glied auszureißen. Der Schmerz wurde dem Amputierten erträglich, weil er wußte, daß die Operation bald vorüber sein würde. Im Angesicht des Abtes war sich Francis jedoch immer bewußt, daß ein Schnitzer wieder und wieder bestraft werden würde, da Arkos sein Vorsteher auf Lebenszeit, der Inquisitor seiner Seele auf Dauer war.
Und nachdem Monsignore Flaught die Reaktion Bruder Francis' auf den einleitenden heftigen Angriff wahrgenommen hatte, schien er die Geschichte des Mönches viel zu jämmerlich und einfältig zu finden, als daß er einen Generalangriff für gerechtfertigt angesehen hätte.
»Also, Bruder, wenn das alles ist und du bei der Geschichte bleibst, glaube ich, daß wir uns überhaupt nicht mit dir befassen werden. Selbst wenn sie wahr ist – was ich für ausgeschlossen halte –, wäre sie ebenso unerheblich wie albern. Siehst du das ein?«
»Das habe *ich* mir immer schon gedacht, Herr«, seufzte Bruder Francis, der jahrelang versucht hatte, dem Pilger die Bedeutung zu nehmen, die andere ihm zugemessen hatten.
»Nun, es ist höchste Zeit, daß du das sagst«, fuhr ihn Flaught an.
»Ich habe immer gesagt, ich *glaubte*, er sei *vermutlich* bloß ein alter Mann.«
Monsignore Flaught bedeckte mit der Hand die Augen und seufzte schwer. Seine Erfahrungen mit unzuverlässigen Zeugen hielten ihn davon ab, noch etwas zu sagen.
Vor seiner Abreise von der Abtei stattete der *Advocatus Diaboli* wie vor ihm der *Advocatus Dei* der Schreiberschule einen Besuch ab und bat, die illuminierte Gedenkhandschrift der Leibowitzblaupause (»dieser unverständlichen Schauerlichkeit« – wie Flaught sie nannte) sehen zu dürfen. Diesmal zitterte die Hand des Mönches nicht vor freudiger

Erregung, sondern vor Angst, daß er wieder einmal gezwungen werden könnte, sein Vorhaben beiseite zu legen. Monsignore Flaught starrte schweigend auf die Lammhaut. Er schluckte dreimal. Schließlich zwang er sich zu einem Nicken.
»Du hast eine sehr lebhafte Vorstellungskraft«, sagte er anerkennend, »aber *das* war uns allen ja schon bekannt, nicht wahr?« Er schwieg. »Wie lange arbeitest du jetzt schon daran?«
»Mit Unterbrechungen sechs Jahre, Herr.«
»Jaja. Nun, es sieht so aus, als müßtest du wenigstens noch einmal so viele Jahre daran wenden.«
Monsignore Flaughts Hörner wurden augenblicklich um einige Zentimeter kürzer, und seine Fangzähne lösten sich vollends in Nichts auf. Denselben Abend reiste er nach New Rome ab.
Die Jahre vergingen gemächlich, furchten die Gesichter der Jungen mit Runzeln und ließen ihre Schläfen ergrauen. Die Arbeit im Kloster ging unablässig weiter; in täglichem Gottesdienst bestürmten die immer wiederholten Hymnen den Himmel; täglich wurde die Welt vom Kloster mit einem dünnen Rinnsal abgeschriebener und wiederabgeschriebener Handschriften versorgt. Gelegentlich wurden Geistliche und Schreiber an Bischöfe, kirchliche Gerichte oder an die wenigen weltlichen Mächte ausgeliehen, die sie brauchen konnten. Bruder Jeris war ganz erpicht darauf, eine Druckerpresse zu bauen, aber Arkos stemmte sich gegen den Plan, sobald er nur davon hörte. Es gab weder genügend Papier, noch geeignete Farbe dafür, noch bestand in einer Welt, die selbstzufrieden der Unbildung frönte, überhaupt das Verlangen nach wohlfeilen Büchern. Die Kopierstube blieb bei Federkiel und Tintenfaß.
Zum Fest der Fünf Heiligen Narren langte aus dem Vatikan ein Bote mit guten Nachrichten für den Orden an. Monsignore Flaught hatte alle Einwendungen fallenlassen und tat seitdem Buße vor einem Bild des seligen Leibowitz.

Monsignore Aguerras Prozeß war gewonnen. Der Papst hatte befohlen, einen Erlaß herauszugeben, daß die Heiligsprechung befürwortet sei. Der Zeitpunkt der offiziellen Bekanntmachung wurde auf das kommende Heilige Jahr festgesetzt und sollte mit der Einberufung eines Konzils zusammentreffen, das den Zweck haben sollte, eine sorgsame Neuformulierung jenes Dogmas zu beraten, das sich mit der Begrenzung von Lehre und Wissenschaft auf die Gebiete des Glaubens und der Sittenlehre befaßte. Diese Frage war im Lauf der Geschichte oft entschieden worden, aber sie schien sich in neuer Gestalt jedes Jahrhundert wieder zu erheben, in jenen düsteren Epochen vor allem, in denen menschliches Wissen von Wind, Regen und Sternen eigentlich nur auf ahnender Vermutung beruhte. Während der Sitzungsperiode des Konzils würde der Gründer des Albertinischen Ordens in den Heiligenkalender aufgenommen werden.

Der Ankündigung folgten Tage der Freude in der Abtei. Dom Arkos, jetzt altersschwach und der Greisenhaftigkeit nahe, ließ Bruder Francis zu sich rufen und flüsterte mit pfeifender Stimme: »Seine Heiligkeit erwartet uns zur Heiligsprechung in New Rome. Bereite dich zur Abreise vor.«

»*Ich*, Herr?«

»Du allein. Bruder Apotheker hat mir untersagt zu reisen, und es wäre nicht gut, wenn der Vater Prior auf Reisen ginge, während ich krank bin.«

»Fall mir jetzt bitte nicht wieder in Ohnmacht«, fügte der Abt mürrisch hinzu. »Man erweist dir wahrscheinlich auf Grund der Tatsache, daß der Gerichtshof das Todesdatum der Emily Leibowitz als endgültig gesichert anerkannte, mehr Ehre als du verdienst. Wie dem auch sei, Seine Heiligkeit hat dich eingeladen. Ich schlage vor, du dankst Gott und läßt Ehre Ehre sein.«

Bruder Francis wankte: »Seine Heiligkeit...?«

»Ja. Wir wollen dem Vatikan nun das Original der Blaupause des Leibowitz senden. Was meinst du dazu, deine

illuminierte Handschrift auch mitzunehmen, als persönliches Geschenk für den Heiligen Vater?«
Francis machte: »Oh...«
Der Abt brachte ihn wieder zu sich, nannte ihn einen braven Simpel und schickte ihn fort, sein Bündel zu schnüren.

10 Die Reise nach New Rome würde mindestens drei Monate erfordern, wobei die Zeit bis zu einem gewissen Grad von der Wegstrecke abhing, die Francis zurücklegen konnte, bis ihm die unvermeidliche Räuberbande seinen Esel wegnehmen würde. Er würde allein und unbewaffnet reisen, nur sein Bündel und die Bettlerschale zusammen mit der Reliquie und ihrem illuminierten Ebenbild bei sich tragen. Er betete, daß unwissende Räuber mit letzterem nichts möchten anzufangen wissen; denn unter den Wegelagerern gab es tatsächlich manchmal gutmütige Diebe, die sich nur nahmen, was für sie von Wert war, die ihrem Opfer gestatteten, Leben, Leib und persönliche Gegenstände zu behalten. Andere waren weniger zuvorkommend.
Mit Bedacht trug Bruder Francis eine schwarze Augenbinde über seinem rechten Auge. Die Bauern waren ein abergläubischer Haufen und konnten sogar schon durch eine Andeutung des bösen Blicks in die Flucht geschlagen werden. So gewappnet und gerüstet machte er sich auf den Weg, der Aufforderung des *Sacerdos Magnus*, jenes Heiligsten Vaters und Herrschers, Leo *Pappas* XXI. Folge zu leisten.
Fast zwei Monate nach seinem Aufbruch von der Abtei begegnete der Mönch seinem Räuber auf einem Pfad, der durch dichtbewaldetes Gebirge führte, weit entfernt von jeder menschlichen Ansiedlung, das Tal der Mißgeburten ausgenommen. Dieses Tal lag im Westen, einige Kilometer hinter einem Berg. Dort lebte, wie Aussätzige von der Welt abgeschlossen, ein Volk erblicher Abnormitäten. Es gab

einige solcher Ansiedlungen, die von Hospitalbrüdern der
Heiligen Kirche betreut wurden, aber das Tal der Mißgeburten gehörte nicht zu ihnen. Dort hatten sich Mutanten, die dem Tod in den Fängen der Waldleute entkommen
waren, vor Jahrhunderten zusammengetan. Ihre Reihen
wurden immer wieder von kriechenden, entstellten Ge-
schöpfen aufgefüllt, die Schutz vor der Welt suchten. Doch
einige unter ihnen waren fruchtbar und mehrten sich. Häufig erbten dann die Kinder die Abnormitäten des elterlichen Erbgutes. Häufig wurden sie tot geboren oder starben, bevor sie erwachsen waren. Doch gelegentlich waren
die abnormen Merkmale rezessiv, und der Vereinigung von
Monstren entsprang ein offenbar gesundes Kind. Manchmal jedoch waren die äußerlich gesunden Sprößlinge dem
schädlichen Einfluß irgendeines Gebrechens an Gemüt oder
Geist ausgesetzt, der ihnen allem Anschein nach das We-
sentliche der Menschlichkeit raubte, ihnen aber menschliche
Gestalt beließ. Selbst innerhalb der Kirche hatten es einige
gewagt, für die Ansicht einzutreten, daß solche Geschöpfe
von der Empfängnis an wahrhaft der *imago Dei* beraubt
seien, daß ihre Seelen nichts als tierische Seelen seien, daß
sie nach den Naturgesetzen und unter Straffreiheit als Tiere
und nicht als Menschen getötet werden dürften und daß
Gott die Menschheit mit Vertierung heimgesucht habe als
Strafe für die Sünden, die fast zur Vernichtung aller Menschen geführt hätten. Ein paar Theologen, deren Glauben
an die Hölle sie nie im Stich gelassen hatte, wollten ihrem
Gott die Zuflucht zu jeglicher Art zeitlicher Strafe abspre-
chen; wenn aber Menschen es auf sich nahmen, zu entscheiden, daß irgendein Geschöpf, vom Weibe geboren, dem
göttlichen Ebenbild nicht entspräche, so hieße das, sich Vor-
rechte des Himmels anzumaßen. Selbst der Schwachsinnige,
der über weniger Vernunft als Hund, Schwein oder Ziege
verfügt, muß, wenn vom Weibe geboren, als unsterbliche
Seele angesehen werden, donnerte das *Magisterium* und
donnerte es wieder und wieder. Nachdem mehrere solcher

Erklärungen mit der Absicht, Kindstötungen einzuschränken, von New Rome abgegeben waren, fing man an, die unseligen Mißgeburten »Neffen des Papstes« oder die »Papstkinder« zu nennen.

»Möge alles, was durch menschliche Eltern lebendig geboren wird, am Leben gelassen werden«, hatte der letzte Leo gelehrt, »in Übereinstimmung mit sowohl den Naturgesetzen als auch dem göttlichen Gebot der Liebe; möge es als Kind begrüßt und aufgezogen werden, wie immer es auch gestaltet oder geartet sei. Denn auch ohne die Hilfe göttlicher Offenbarung ist der natürlichen Vernunft die Tatsache begreiflich, daß unter den natürlichen Rechten des Menschen das des elterlichen Beistandes als Bemühen um ein Weiterbestehen allen anderen Rechten voransteht und weder durch die Gesellschaft noch durch den Staat durch Gesetz geändert werden darf, Fürsten in dem Fall ausgenommen, daß sie Macht genug besitzen, diesem Recht Geltung zu verschaffen. Selbst die Tiere dieser Welt verhalten sich nicht anders.«

Der Räuber, von dem Bruder Francis angesprochen wurde, gehörte dem Anschein nach nicht zu den Mißgestalteten; doch daß er aus dem Tal der Mißgestalteten kam wurde deutlich, als zwei verhüllte Gestalten hinter einem Gestrüpp am Abhang, der den Weg überragte, hervorkamen. Aus ihrem Hinterhalt schrien sie höhnisch auf den Mönch herab und zielten mit gespanntem Bogen auf ihn. Aus solcher Entfernung war sich Francis seines ersten Eindrucks nicht ganz sicher, ob eine Hand den Bogen mit sechs Fingern oder einem zweiten Daumen umklammert hielt. Aber überhaupt kein Zweifel war darüber möglich, daß eine der verhüllten Gestalten ein Gewand mit zwei Kapuzen trug. Er konnte jedoch weder Gesichter erkennen, noch konnte er ausmachen, ob die zweite Kapuze einen zweiten Kopf enthielt oder nicht.

Der Räuber selbst stand geradeaus vor ihm auf dem Pfad.

Er war nicht groß, aber massig wie ein Stier, hatte einen glänzenden Kugelkopf und Kinnbacken wie aus Granit gemeißelt. Er stand mit weit gespreizten Beinen auf dem Pfad, die mächtigen Arme vor der Brust gekreuzt, und schaute der sich nähernden kleinen Gestalt entgegen, die rittlings auf dem Esel saß. Der Räuber verließ sich, soweit Francis erkennen konnte, nur auf seine eigene Muskelkraft und ein Messer, das er aber gar nicht erst aus seinem Ledergürtel zog. Er winkte Francis zu sich her. Als der Mönch fünfzig Meter vor ihm anhielt, schoß eines der Papstkinder einen Pfeil ab. Das Geschoß bohrte sich knapp hinter dem Esel in den Pfad und ließ den Esel einen Satz nach vorn machen.

»Steig ab«, befahl der Räuber.

Der Esel blieb auf dem Weg stehen. Bruder Francis riß sich die Kapuze vom Kopf, um die Augenbinde zu zeigen. Zitternd streckte er seinen Finger nach ihr aus. Langsam fing er an, die Binde vom Auge zu ziehen.

Der Räuber warf seinen Kopf zurück und ließ ein Lachen los, das dem Rachen Satans alle Ehre gemacht hätte, dachte sich Francis. Der Mönch murmelte eine Beschwörung, aber der Räuber schien ungerührt.

»Euch lumpigen Schwarzröcken nimmt das seit Jahren schon niemand mehr ab«, sagte er. »Steig jetzt ab!«

Bruder Francis lächelte, zuckte mit den Achseln und stieg ohne weitere Widerrede ab. Der Räuber nahm den Esel in Augenschein, klopfte ihm die Flanken und prüfte Zähne und Hufe.

»Essen? Essen?« schrie eines der verhüllten Geschöpfe am Hang.

»Jetzt noch nicht«, brüllte der Räuber, »zu dürr!«

Francis war nicht ganz sicher, ob sie über den Esel sprachen.

»Einen schönen guten Tag wünsch ich Euch, Herr«, sagte mild der Mönch. »Nehmt meinen Esel nur. Laufen wird meiner Gesundheit guttun, glaube ich.« Er lächelte wieder und wollte weitergehen.

Vor seinen Füßen fuhr ein Pfeil in den Pfad.
»Hört auf damit!« schrie der Räuber, dann sagte er zu Francis: »Zieh dich jetzt aus. Und zeig mal, was in der Rolle und in dem Packen da drin ist.«
Bruder Francis berührte seine Bettlerschale und führte eine Bewegung der Hilflosigkeit aus, was den Räuber nur wieder höhnisch lachen machte.
»Diesen Trick mit der milden Gabe hab ich schon mal gesehen«, sagte er. »Der letzte Kerl mit so einer Schale hatte ein halbes Heklo Gold in seinem Stiefel versteckt. Ausziehen!«
Bruder Francis, der keine Stiefel trug, zog zuversichtlich seine Sandalen aus, aber der Räuber wurde ungeduldig. Der Mönch öffnete sein Bündel, breitete den Inhalt aus und fing an, sich auszuziehen. Der Räuber durchwühlte seine Sachen, fand nichts und warf sie wieder ihrem Besitzer zu, der seinen Dank flüsterte. Er hatte gefürchtet, nackt auf dem Weg zurückgelassen zu werden.
»Zeig jetzt mal, was in dem *anderen* Packen drin ist.«
»Herr, er enthält nur Schriftstücke«, beteuerte der Mönch.
»Sie sind für jeden außer dem Besitzer wertlos.«
»Mach auf!«
Schweigend öffnete Bruder Francis das Paket und wickelte die Originalblaupause und ihr illuminiertes Erinnerungsstück aus. Die Blattvergoldung und die bunte Zeichnung blitzten hell im Sonnenlicht auf, das durch das Blattwerk des Waldes drang. Die plumpen Kinnbacken des Räubers fielen Zentimeter herab. Er stieß einen leisen Pfiff aus.
»Was für ein Prachtstück! Die Frau würde das sicher gern an ihrer Hüttenwand haben.«
Francis fühlte in sich eine Ohnmacht aufsteigen.
»Gold!« schrie der Räuber zu seinen verhüllten Gefährten auf dem Hügel hinauf.
»*Essen? Essen?*« kam es gurgelnd und prustend zurück.
»Keine Angst, wir werden schon was zu essen finden!« rief der Räuber, dann wandte er sich erklärend zu Bruder

Francis: »Nach ein paar Tagen werden sie vom Herumsitzen hungrig. Das Geschäft geht schlecht. Wenig Verkehr neuerdings.«
Francis nickte. Der Räuber versank wieder in Bewunderung der illuminierten Abschrift.
Herr, solltest Du ihn mir zur Prüfung gesandt haben, so hilf mir, wie ein Mann zu sterben, damit sie nur über die Leiche Deines Dieners in seine Hand fällt. Heiliger Leibowitz, sieh, was hier geschieht und bitte für mich ...
»Was ist das?« fragte der Räuber. »Ein Talisman?« Eine Zeitlang hielt er beide Schriftstücke nebeneinander. »Ah! Eins ist der Geist vom andern. Was für ein Zauber ist das?« Mit argwöhnischen grauen Augen starrte er Francis an. »Wie heißt der Zauber?«
»Äh – transistorisiertes Kontrollsystem für Einzelteil sechs B«, stotterte der Mönch.
Der Räuber, der die Schriftstücke verkehrtherum ansah, konnte dennoch erkennen, daß ein Diagramm das negative Abbild des anderen war – eine Tatsache, die ihn ebenso wie das Blattgold zu verblüffen schien. Mit kurzem, schmierigem Zeigefinger fuhr er den sich entsprechenden Linien der Pläne nach und ließ eine schwache Schmutzspur auf der illuminierten Lammhaut zurück. Francis kämpfte mit den Tränen.
»Bitte!« keuchte der Mönch. »Das Gold ist so dünn, daß sein Gewicht nicht der Rede wert ist. Wiegt es selbst in Eurer Hand. Das Ganze wiegt nicht mehr als das Papier selbst. Ihr könnt damit nichts anfangen. Herr, nehmt bitte meine Kleider dafür. Nehmt den Esel, nehmt mein Bündel. Nehmt, was Ihr wollt, aber laßt mir das hier. Sie sind für Euch bedeutungslos.«
Der graue Blick des Räubers wurde nachdenklich. Er betrachtete den aufgeregten Mönch und rieb sich die Kinnbacken. »Ich laß dir die Sachen und deinen Esel und alles *bis* auf das hier«, bot er ihm an. »Ich nehme dann nur die Talismane.«

»Um der Barmherzigkeit Gottes willen, Herr, so bringt mich auch gleich um!« jammerte Bruder Francis.
Der Räuber kicherte: »Wir werden sehen. Sag mir, wozu sie zu gebrauchen sind.«
»Zu nichts! Eins ist ein Andenken an einen längst verstorbenen Mann. Das andere bloß eine Abschrift.«
»Wozu brauchst du sie?«
Francis schloß einen Augenblick die Augen und suchte nach einer Möglichkeit der Erklärung. »Kennt Ihr die Waldleute? Wie sie ihre Ahnen verehren?«
Für einen Augenblick blitzten die grauen Augen des Räubers ärgerlich auf. »*Wir hassen* unsere Ahnen«, bellte er, »verflucht jene, die uns geboren haben.«
»*Verflucht! Verflucht!*« antwortete einer der verhüllten Schützen vom Hang.
»Du weißt, wer wir sind? Woher wir kommen?«
Francis nickte. »Ich wollte Euch nicht beleidigen. Der aus der alten Zeit, von dem diese Reliquie stammt – er ist nicht unser Vorfahre. Er war einst unser Lehrer. Wir ehren sein Andenken. Das hier dient nur so zur Erinnerung, zu sonst nichts.«
»Und die Abschrift?«
»Ich habe sie selbst gemacht. Herr, bitte, ich brauchte dazu fünfzehn Jahre. Es bedeutet Euch nichts. Bitte, Ihr werdet doch nicht grundlos einem Mann fünfzehn Jahre seines Lebens nehmen?«
»Fünfzehn *Jahre*?« Der Räuber warf den Kopf zurück und schüttelte sich vor Lachen. »Fünfzehn Jahre hast du *dazu* gebraucht?«
»Oh, aber ...« Francis schwieg plötzlich still. Seine Augen fielen auf den plumpen Zeigefinger des Räubers. Der Finger klopfte gegen die Originalblaupause.
»*Dazu* fünfzehn Jahre? Es ist beinahe häßlich neben dem andren.« Er schlug sich gegen den Wanst und deutete unter seinem Gewieher immer wieder auf die Reliquie. »Haha! Fünfzehn Jahre. Solches Zeug macht ihr also da draußen.

Warum? Wozu braucht ihr den dunklen Bildgeist? Fünfzehn Jahre, um so was zu machen! Haha! Reinste Weiberarbeit.«

Verdutzt schweigend sah ihn Bruder Francis an. Der Umstand, daß der Räuber die geheiligte Reliquie selbst für ihre Abschrift halten konnte, verwirrte ihn so, daß er keine Antwort fand.

Immer noch lachend nahm der Räuber beide Urkunden in die Hände und schickte sich an, sie entzwei zu reißen.

»Jesus, Maria und Joseph!« schrie der Mönch und fiel auf dem Pfad in die Knie. »Um Gottes Barmherzigkeit willen, Herr!«

Der Räuber warf die Urkunden auf den Boden. »Ich will mit dir um sie ringen«, bot er unternehmungslustig an. »Das hier gegen meine Klinge.«

»Angenommen!« sagte Francis ohne zu zögern, mit dem Gedanken, daß ein Wettkampf dem Himmel wenigstens Gelegenheit böte, auf diskrete Weise einzugreifen. *O Gott, der Du Jakob die Kraft gabst, den Engel auf dem Felsen zu besiegen* ...

Sie nahmen Kampfstellung ein. Bruder Francis bekreuzigte sich. Der Räuber zog das Messer aus seinem Ledergürtel und warf es zu den Schriftstücken. Sie umkreisten sich.

Drei Sekunden später lag der Mönch ächzend flach auf dem Rücken, auf sich ein kleines Muskelgebirge. Ein spitzer Stein schien ihm das Rückgrat brechen zu wollen.

»Hähä!« machte der Räuber und stand auf, um sein Messer aufzuheben und die Schriftstücke zusammenzurollen.

Die Hände wie zum Gebet gefaltet kroch ihm Bruder Francis auf den Knien nach, aus Leibeskräften flehend: »So nehmt bitte nur eine, *nicht beide*! Bitte!«

»Jetzt mußt du sie aber zurückkaufen«, prustete der Räuber. »Ich hab sie rechtmäßig genug gewonnen.«

»Ich habe nichts. Ich bin arm.«

»Schon gut, wenn du sie wirklich unbedingt willst, dann verschaff dir Gold. Zwei Heklos Gold als Lösegeld. Du

kannst sie jederzeit herbringen. Ich heb dir deine Sachen in meiner Hütte auf. Wenn du sie wieder willst, bring nur das Gold.«
»Hört, sie sind wichtig für andere Leute, nicht für mich. Ich wollte sie dem Papst bringen. Vielleicht zahlt man Euch etwas für die wichtige Urkunde. Aber gib mir die andere, damit ich sie nur herzeigen kann. Sie ist sowieso bedeutungslos.«
Der Räuber lachte über seine Schulter zurück: »Ich glaube, du würdest sogar 'nen Stiefel lecken, nur um sie zurückzukriegen.«
Bruder Francis holte ihn ein und küßte mit Inbrunst seinen Stiefel.
Das war selbst so einem Kerl wie dem Räuber zuviel. Er stieß den Mönch mit dem Fuß beiseite, nahm die beiden Urkunden auseinander und warf eine davon mit einem Fluch Francis ins Gesicht. Er bestieg den Esel des Mönchs und begann den Hang hinauf zum Hinterhalt zu reiten. Bruder Francis riß die kostbare Urkunde an sich und lief neben dem Räuber her, dankte ihm überschwenglich, segnete ihn wieder und wieder, während der Räuber den Esel auf die verhüllten Bogenschützen zutrieb.
»*Fünfzehn Jahre!*« schnaubte der Räuber und stieß Francis wieder mit dem Fuß beiseite. »Hau ab!« Er schwenkte die illuminierte Pracht hoch durch die lichterfüllte Luft. »Denk dran, zwei Heklos Gold werden dein Erinnerungsstück auslösen. Und sag deinem Papst, daß ich es ohne faule Tricks gewonnen habe.«
Francis hielt mit dem Klettern inne. Glutvoll schlug er ein Kreuz des Segens für den sich entfernenden Räuber und dankte leise Gott, daß es so selbstlose Räuber gab, die unwissentlich solch einen Mißgriff tun konnten. Voll Freude streichelte er die Originalblaupause, während er den Pfad hinab weiterwanderte. Voll Stolz breitete der Räuber das herrliche Erinnerungsstück vor seinen mißgestalteten Gefährten auf dem Hügel aus.

»*Essen! Essen!*« sagte einer von ihnen und streichelte den Esel.
»Reiten, reiten«, verbesserte der Räuber, »später essen.«

Aber als Bruder Francis sich schon weit von ihnen entfernt hatte, überkam ihn allmählich tiefe Traurigkeit. Die spöttische Stimme gellte ihm noch in den Ohren. *Fünfzehn Jahre! So was macht ihr also da draußen! Fünfzehn Jahre! Reinste Weiberarbeit. Hahaha ...*
Der Räuber hatte einen Fehler gemacht. Doch die fünfzehn Jahre waren auf jeden Fall dahin, und mit ihnen all die Liebe und all die Pein, die in das Erinnerungsstück eingeflossen waren.
Im Kloster eingeschlossen hatte Francis die Regeln der Welt draußen verlernt, hatte er rauhe Sitten und rohes Verhalten vergessen. Der Hohn des Räubers drückte ihm schier das Herz ab. Er erinnerte sich an früher, an den höflicheren Spott von Bruder Jeris. Vielleicht hatte Bruder Jeris recht gehabt.
Er wanderte langsam weiter, ließ seinen Kopf unter der Kapuze tief hängen.
Er hatte wenigstens noch das Originalstück, zum wenigsten.

11

Die Stunde war angebrochen. In seiner einfachen Mönchstracht hatte sich Bruder Francis niemals unbedeutender gefühlt als in dem Augenblick, da er vor Beginn der Zeremonie in der erhabenen Basilika kniete. Die würdevollen Bewegungen, die leuchtenden Farbwirbel und die Klänge, die die feierlichen Vorbereitungen der Feierlichkeiten begleiteten, schienen schon von liturgischem Geist getragen und machten es einem schwer, sich vor Augen zu halten, daß noch nichts Wichtiges geschah. Bischöfe, Monsignori, Kardinäle, Priester und verschiedene Laien der Palastehrengarde in vornehmer, altmodischer Gewandung bewegten sich in der großen Kirche

hin und her, aber ihr Kommen und Gehen war ein anmutiges Uhrwerk, das niemals zum Stillstand kam, stockte oder seinen Lauf änderte, um in der entgegengesetzten Richtung loszuschnurren. Ein *Sampetrius* betrat die Basilika. Er war so prächtig gekleidet, daß Francis den Kirchendiener für einen Prälaten hielt. Der *Sampetrius* trug einen Fußschemel. Er trug ihn mit so lässiger Prachtentfaltung, daß der Mönch, hätte er nicht schon gekniet, vor dem vorbeischwebenden Gegenstand fast das Knie gebeugt hätte. Der *Sampetrius* ließ sich vor dem Hochaltar auf ein Knie nieder, querte dann hinüber zum Thron des Papstes, wo er den neuen Schemel an die Stelle eines anderen setzte, der ein lockeres Bein zu haben schien. Daraufhin schritt er denselben Weg zurück, den er gekommen war. Bruder Francis bestaunte die durchdachte Anmut der Bewegungen, die selbst das Belanglose begleitete. Niemand war in Eile. Niemand benahm sich affektiert oder etwa linkisch. Es gab keine Bewegung, die nicht einen stillen Beitrag zur Würde und überwältigenden Schönheit dieser alten Stätte leistete, so wie selbst die unbeweglichen Statuen und Gemälde mitwirkten. Selbst das Seufzen des eigenen Atmens schien schwach aus fernen Apsiden widerzuhallen.
Terribilis est locus iste: hic domus Dei est, et porta caeli; schrecklich in der Tat, Haus Gottes, Pforte des Himmels!
Er bemerkte nach einiger Zeit, daß manche der Standbilder belebt waren. Einige Meter zu seiner Linken stand ein Harnisch vor der Wand. Seine gepanzerte Faust hielt den Schaft einer schimmernden Streitaxt umklammert. Während der Zeit, die Francis da gekniet hatte, hatte sich nicht einmal die Feder auf dem Helm bewegt. Ein Dutzend gleicher Harnische standen in Abständen die Wand entlang. Erst nachdem er gesehen hatte, wie eine Bremse durch das Visier der »Statue« gekrochen war, vermutete er einen Bewohner in der kriegerischen Hülle. Sein Auge konnte keine Bewegung ausmachen, doch gingen vom Harnisch einige metallische Quietschlaute aus, während er die Bremse

beherbergte. Demnach mußte es sich um die päpstliche Garde handeln, in ritterlichem Kampf so ruhmbedeckt: das kleine private Heer von Gottes Stellvertreter auf Erden.
Ein Hauptmann der Garde begab sich bedächtig auf einen Rundgang zu seinen Leuten. Zum erstenmal bewegte sich das Standbild. Es hob sein Visier zum Gruß. Aufmerksam blieb der Hauptmann stehen, nahm sein Halstuch und fegte die Bremse von der Stirn des ausdruckslosen Gesichts im Innern des Helms, bevor er weiterschritt. Die Statue klappte ihr Visier herab und verfiel wieder in Unbeweglichkeit.
Die würdige Festlichkeit der Basilika wurde nur für kurze Zeit durch eintretende Pilgerzüge in Unordnung gebracht. Die Züge waren schön in Reih und Glied geordnet und wurden geschickt an ihre Plätze geleitet, aber sie wirkten offenkundig fehl am Platze. Die meisten von ihnen schienen auf Zehenspitzen zu ihren Plätzen zu schleichen, ängstlich bedacht, so wenig Lärm und Bewegung wie möglich zu machen, im Gegensatz zu den *Sampetrii* und der neurömischen Geistlichkeit, von denen Lärm und Bewegung höchst ausdrucksvoll gestaltet wurden. Hier und da kam einer der Pilger ins Stolpern oder erstickte fast an einem Hustenanfall.
Als die Wache verstärkt wurde, nahm die Basilika plötzlich kriegerisches Aussehen an. Ein weiterer Trupp gepanzerter Standbilder stampfte bis in den Altarraum vor, beugte das Knie und senkte die Hellebarden im Gruß vor dem Altar, bevor er sich auf Posten begab. Zwei aus dem Trupp stellten sich seitlich neben dem Thron des Papstes auf. Ein dritter fiel rechts vom Thron auf die Knie. Er blieb dort knien; das Schwert Sankt Peters lag auf seinen nach oben geöffneten Handflächen. Das ganze Schaugepränge erstarrte wieder. Nur manchmal fing eine Flamme der Altarkerzen flackernd zu tanzen an.
Die weihevolle Stille wurde von plötzlichen Trompetenstößen durchbrochen.

Die Stärke der Töne nahm zu, bis das dröhnende *Ta-ra, Ta-ra-ra* den ganzen Körper durchdrang und den Ohren Schmerz bereitete. Ankündigen sollte die Stimme der Trompeten, nicht musizieren. Die ersten Töne lagen in der Mitte der Tonleiter, stiegen dann langsam in Tonhöhe, Fülle und Nachdruck an, bis es dem Mönch kalt den Rücken hinunterrieselte und bis überhaupt nichts mehr als das Schmettern der Tuben die Basilika zu füllen schien.
Dann Totenstille, in die eine Tenorstimme einbrach:

Erster Sänger: »*Appropinquat agnis pastor et ovibus pascendis.*«
Zweiter Sänger: »*Genua nunc flectantur omnia.*«
Erster Sänger: »*Jussit olim Jesus Petrum pascere gregem Domini.*«
Zweiter Sänger: »*Ecce Petrus Pontifex Maximus.*«
Erster Sänger: »*Gaudeat igitur populus Christi et gratias agat Domino.*«
Zweiter Sänger: »*Nam docebimur a Spiritu sancto.*«
Erster Sänger: »*Alleluia, alleluia . . .*«

Die Menge erhob sich und fiel in einer langsamen Wellenbewegung aufs Knie, der Bewegung des Tragsessels folgend, der den zerbrechlich wirkenden Mann in Weiß trug. Er machte Zeichen des Segens zum Volk hin, während sich die goldene, schwarze, purpurne und rote Prozession auf den Thron zu bewegte. Der Atem stockte in der Kehle des kleinen Mönches aus einer fernen Abtei in der weiten Wüste. Es war unmöglich, alles was vorging zu sehen; so mächtig war die Flut der Musik, der Bewegungen, daß sie die Sinne betäubte und den Geist wohl oder übel dem, was da kommen sollte, entgegenriß.
Die Zeremonie war kurz. Wäre sie länger gewesen, ihre Gewalt hätte das erträgliche Maß überschritten. Ein Monsignore, Malfreddo Aguerra, der *Advocatus Dei* selbst, wie Bruder Francis sah, näherte sich dem Thron und kniete

nieder. Nach kurzem Schweigen stimmte er sein Gesuch in gregorianischem Gesang an.

»*Sancte pater, ab Sapientia summa petimus ut ille Beatus Leibowitz cujus miracula mirati sunt multi* ...«

Das Ansuchen erbat von Leo, sein Volk mit einer formellen Erklärung über den frommen Glauben zu erleuchten, der selige Leibowitz sei wahrhaftig ein Heiliger, würdig sowohl der *dulia* der Kirche als auch der Verehrung durch die Gläubigen.

»*Gratissima Nobis causa, fili*«, sang die Stimme des alten, weißgekleideten Mannes als Antwort und erklärte, es sei sein eigner Herzenswunsch, in feierlicher Anrufung anzukündigen, daß der selige Märtyrer unter den Heiligen weile, aber auch, daß es allein göttlicher Führung zuzuschreiben sei, *sub ducatu sancti Spiritus,* daß er dem Ansuchen Aguerras stattgebe. Er bat alle, um diese Führung zu beten.

Der Donner des Chores füllte wieder die Basilika mit der Heiligenlitanei: »Vater im Himmel, Gott, erbarme Dich unser. Sohn, Du Erlöser der Welt, Gott, erbarme Dich unser. Hochheiligster Geist, Gott, erbarme Dich unser. O Heilige Dreifaltigkeit, Einiger und Einziger Gott, *miserere nobis*! Heilige Maria, bitte für uns. *Sancta Dei Genetrix ora pro nobis. Sancta Virgo virginum, ora pro nobis* ...«

Die Litanei donnerte fort. Francis blickte zu einem erst kürzlich enthüllten Bild des seligen Leibowitz empor. Das Fresko war von riesigen Ausmaßen. Es stellte seine Prüfung vor dem Volkshaufen dar, aber sein Gesicht trug nicht das ironische Lächeln wie auf Fingos Werk. Francis dachte, daß es immerhin großartig sei und mit der übrigen Basilika im Stil übereinstimme.

»*Omnes sancti Matyres, orate pro nobis* ...«

Nach der Litanei richtete Monsignore Malfreddo Aguerra sein Gesuch wieder an den Papst und bat ihn, den Namen Isaak Edward Leibowitz formell in den Heiligenkalender

aufzunehmen. Wieder wurde die Hilfe des Heiligen Geistes herabgefleht, als der Papst das *Veni, Creator Spiritus* anstimmte.
Und noch ein drittes Mal bat Malfreddo Aguerra um die Ausrufung.
»*Surgat ergo Petrus ipse* ...«
Schließlich war es soweit. Der einundzwanzigste Leo sang die Entscheidung der Kirche, herbeigeführt mit Hilfe des Heiligen Geistes, und verkündete es als bestehende Tatsache, daß ein in alter Zeit geborener, ziemlich unbekannter Technologe mit Namen Leibowitz wahrhaftig als Heiliger im Himmel weile, dessen kräftige Fürbitte ehrfürchtig erfleht werden könne und rechtens auch erfleht werden solle. Ein Festtag wurde festgesetzt, an dem ihm zu Ehren eine Messe gelesen werden sollte.
»Heiliger Leibowitz, bitte für uns«, hauchte Bruder Francis mit den anderen.
Nach kurzem Gebet brach der Chor in das *Tedeum* aus. Nach einer Messe zu Ehren des neuen Heiligen war alles beendet.

Begleitet von zwei *Sedarii* des äußeren Palastes in scharlachroter Livree ging die kleine Gruppe von Pilgern durch scheinbar endlose Folgen von Gängen und Vorzimmern, hielt sie gelegentlich vor einem schwer verzierten Tisch einer weiteren Amtsperson an, die Beglaubigungsschreiben ansah und mit dem Gänsekiel ihre Unterschrift auf das *licet adire* setzte, das ein *Sedarius* der nächsten Amtsperson übergeben sollte. Die Anreden wurden ständig länger und unaussprechlicher, je weiter die Gruppe vorschritt. Ein Beben erfaßte Bruder Francis. Zu seinen Pilgergenossen gehörten zwei Bischöfe, ein Mann, der Gold und Hermelin trug, ein Stammeshäuptling der Waldleute, der, zwar bekehrt, immer noch den Pumafellumhang und die Pumakopfbedeckung seines Stammestotems trug, dann ein lederbekleideter Simpel, der einen verhüllten Falken auf der

Faust trug – offenbar ein Geschenk für den Heiligen Vater –, dann gehörten noch einige Frauen zur Gruppe, die alle Gattinnen oder Konkubinen – soweit Francis das ihrem Benehmen entnehmen konnte – des »bekehrten« Stammeshäuptlings der Pumaleute waren. Vielleicht waren es auch ehemalige Konkubinen, die zwar vom Kirchenrecht, nicht aber vom Stammesbrauchtum abgeschafft worden waren.
Nach dem Erklimmen der *Scala caelestis* wurden die Pilger von einem dunkelgekleideten *Cameralis gestor* begrüßt und in den kleinen Vorraum des großen Audienzsaales geleitet.
»Der Heilige Vater wird sie hier empfangen«, teilte der in hohem Rang stehende Lakai leise dem *Sedarius* mit, der die Beglaubigungsschreiben hielt. Sein Blick streifte die Pilger eher mißbilligend, wie es Francis vorkam. Er flüsterte kurz mit dem *Sedarius*. Der *Sedarius* errötete und flüsterte mit dem Stammeshäuptling. Der Häuptling blickte finster drein, nahm seine zähnefletschende Kopfbedeckung ab und ließ den Pumakopf über die Schultern hängen. Es wurde eine kurze Besprechung über die Aufstellung abgehalten, während Seine Höchstsalbungsvolle Wichtigkeit, der Erste Lakai, in Tönen, so sanft, daß sie einen Tadel zu enthalten schienen, seine Besucher wie Schachfiguren im Raum verteilte, in Übereinstimmung mit einem geheimen Protokoll, das nur die *Sedarii* zu begreifen schienen.
Der Papst ließ nicht auf sich warten. Der kleine Mann in der weißen Soutane schritt umgeben von seinem Gefolge rasch in das Audienzzimmer. Bruder Francis spürte plötzliche Benommenheit in sich aufwallen. Er erinnerte sich, daß Dom Arkos gedroht hatte, ihm die Haut bei lebendigem Leibe abziehen zu lassen, sollte er während der Audienz in Ohnmacht fallen, und er suchte sich dagegen zu wappnen.
Die Reihe der Pilger kniete nieder. Der alte Mann in Weiß bat sie höflich, sich zu erheben. Bruder Francis wagte es endlich, die Augen auf ihn zu richten. In der Basilika war

der Papst nur ein strahlender weißer Fleck in einem Meer von Farben gewesen. Hier im Audienzzimmer aus der Nähe bemerkte Bruder Francis allmählich, daß der Papst nicht wie die sagenhaften Nomaden fast drei Meter groß war. Zur Überraschung des Mönches erschien der zerbrechlich wirkende alte Mann, Vater der Fürsten und Könige, Brückenbauer der Welt und Stellvertreter Christi auf Erden wesentlich weniger furchterregend als Dom Arkos, *Abbas*.

Der Papst schritt langsam an der Reihe der Pilger entlang, grüßte jeden, umarmte einen der Bischöfe, unterhielt sich mit jedem in seinem eigenen Dialekt oder durch Dolmetscher, lachte über den Gesichtsausdruck des Monsignore, dem er die Aufgabe übertrug, den Vogel des Falkners zu tragen, und begrüßte den Häuptling der Waldleute mit einer eigenartigen Geste der Hand und einem gebrummten Wort des Walddialekts, was den pumabehängten Häuptling vor plötzlicher Freude strahlend grinsen machte. Der Papst bemerkte das herabhängende Pumahaupt und hielt inne, um es dem Häuptling wieder aufzusetzen. Die Brust des letzteren wölbte sich stolz empor. Er blickte im Raum umher, offenbar den Blick des Ersten Lakaien suchend, aber diese Amtsperson schien durch die Wandtäfelung verschwunden zu sein.

Der Papst näherte sich langsam Bruder Francis.

Ecce Petrus Pontifex... Siehe, Petrus, der Hohepriester. Leo XXI. selbst: »Der von Gott allein zum Fürsten über alle Länder und Königreiche eingesetzt wurde, um auszumerzen, niederzureißen, zu vernichten, zu zerstören, zu pflanzen und zu bauen, auf daß er das Volk im Glauben treu erhalte –.« Und doch sah der Mönch Sanftmut und Güte im Antlitz Leos, die spüren ließen, daß er seines Titels würdig war, eines Titels, der erhabener war als alle, die Fürsten und Königen verliehen waren, eines Titels, der ihn »Diener der Diener Gottes« nannte.

Schnell kniete Francis nieder, um den Ring des Fischers zu

küssen. Als er sich erhob, merkte er, daß er die Reliquie des Heiligen hinter seinem Rücken umklammert hielt, als schäme er sich, sie vorzuzeigen. Die hellbraunen Augen des Papstes schlugen ihn sanft, aber unwiderstehlich in ihren Bann. Leo sprach nach Art der Kurie mit verhaltener Stimme, ein Getue, das ihm als mühselig nicht zu behagen schien, das er aber in der Unterhaltung mit Besuchern, die weniger wild als der Pumahäuptling waren, um der Tradition willen annahm.

»Unser Herz wurde tief betrübt, als Wir von deinem Unglück hörten, lieber Sohn. Uns kam ein Bericht über deine Reise zu Ohren. Auf Unseren eigenen Wunsch bist du hergereist und auf deinem Weg bist du von Räubern überfallen worden. Ist dem nicht so?«

»Ja, Heiliger Vater. Aber das ist wirklich nicht wichtig. Ich meine, es *war* wichtig, außer . . .« Francis kam ins Stottern.

Der alte Mann in Weiß lächelte fein. »Wir wissen, daß du Uns ein Geschenk bringen wolltest und daß man es dir auf dem Weg gestohlen hat. Das soll dir keinen Kummer bereiten. Deine Anwesenheit ist Uns Geschenk genug. Lange haben Wir Hoffnung gehegt, persönlich den Entdekker der Überreste der Emily Leibowitz zu begrüßen. Wir wissen auch von deinen Bemühungen um die Abtei. Wir fühlten immer sehr innige Zuneigung zu den Brüdern des Leibowitz. Ohne eure Arbeit würde der Gedächtnisschwund der Welt wohl umfassend geworden sein. So wie die Kirche, *Mysticum Christi Corpus,* ein Leib ist, so hat euer Orden diesem Körper als das Organ der Erinnerung gedient. Wir verdanken eurem Schutzheiligen und Gründer viel. Zukünftige Zeitalter werden sogar noch tiefer in seiner Schuld stehen. Dürfen Wir mehr über deine Reise hören, lieber Sohn?«

Bruder Francis packte die Blaupause aus. »Der Wegelagerer war so freundlich, dies in meiner Obhut zu lassen, Heiliger Vater. Er hielt es irrtümlicherweise für eine Abschrift

der illuminierten Handschrift, die ich Euch als Geschenk bringen wollte.«
»Du hast ihn auf seinen Irrtum nicht aufmerksam gemacht?«
Bruder Francis wurde rot: »Ich schäme mich, zugeben zu müssen, Heiliger Vater...«
»Dann ist das hier die echte Reliquie, die du in der Gruft gefunden hast?«
»Ja...«
Der Papst setzte ein listiges Lächeln auf: »Dann dachte der Räuber also, daß deine Arbeit der eigentliche Schatz sei? Nun, selbst ein Räuber kann ein gutes Auge für Kunst haben, wie? Monsignore Aguerra berichtete Uns von der Schönheit deines Erinnerungsstücks. Wie schade, daß es gestohlen wurde.«
»Es war nicht der Rede wert, Heiliger Vater. Ich bedaure nur, daß ich fünfzehn Jahre vergeudet habe.«
»*Vergeudet?* Wie ›vergeudet‹? Wäre der Räuber nicht von der Schönheit deines Erinnerungsstücks irregeführt worden, so hätte er vielleicht das hier genommen, oder?«
Bruder Francis meinte, daß dies hätte geschehen können.
Der einundzwanzigste Leo nahm die alte Blaupause in seine welken Hände und rollte sie sorgsam auf. Schweigend betrachtete er den Plan eine Weile, dann: »Sag Uns, verstehst du die Zeichen, die Leibowitz verwendete? Die Bedeutung des, hm, hier Dargestellten?«
»Nein, Heiliger Vater, meine Unwissenheit ist vollkommen.«
Der Papst neigte sich ihm zu und flüsterte: »Genau wie die Unsere.« Er lachte vor sich hin, drückte die Lippen auf die Reliquie, als wollte er einen Altar küssen, rollte sie dann zusammen und übergab sie einem Begleiter. »Wir danken dir aus dem Grunde Unseres Herzens für jene fünfzehn Jahre, geliebter Sohn«, fügte er zu Francis gewandt hinzu. »Jene Jahre halfen, dieses Original zu bewahren. Sieh sie nicht für vergeudet an. Bringe sie Gott als Opfer dar. Eines

Tages wird vielleicht die Bedeutung des Originals erkannt werden und sich als wichtig erweisen.« Der alte Mann blinzelte – oder hatte er gezwinkert? Francis war beinahe sicher, daß der Papst ihm zugezwinkert hatte. »Dir werden wir dafür zu danken haben.«
Das Blinzeln oder auch Zwinkern schien dem Mönch das Zimmer deutlicher ins Bewußtsein zu bringen. Das Mottenloch in der Soutane des Papstes war ihm vorher nicht aufgefallen. Die Soutane war eigentlich fast schäbig. Der Teppich im Audienzzimmer war stellenweise durchgewetzt. An verschiedenen Stellen hatte sich Putz von der Decke gelöst. Doch die Ärmlichkeit war von Würde überstrahlt. Nur für den Augenblick, der dem Zwinkern folgte, bemerkte Francis überhaupt die Anzeichen der Armut. Die Verwirrung war rasch vorüber.
»Wir möchten durch dich allen Mitgliedern deiner Gemeinschaft und deinem Abt Unsere innigsten Grüße übermitteln lassen«, sagte Leo. »Ihnen sowohl als dir wollen Wir Unseren Apostolischen Segen erteilen. Wir werden dir ein Schreiben mitgeben, das ihnen den Segen verkünden wird.« Er schwieg und blinzelte, oder zwinkerte wieder. »Ganz nebenbei bemerkt, der Brief wird sicheres Geleit erhalten. Wir werden ihn mit dem *Noli molestare* versehen, und jeglichen, der dem Überbringer auflauern sollte, exkommunizieren.«
Bruder Francis murmelte seinen Dank für diesen Schutz vor Straßenräuberei. Er hielt es nicht für angebracht hinzuzusetzen, daß der Räuber nicht in der Lage sein würde, die Warnung zu lesen oder die angedrohte Strafe zu begreifen. »Ich werde mein Bestes versuchen, den Brief zu überbringen, Heiliger Vater.«
Wieder neigte sich ihm Leo flüsternd zu: »Und dir wollen Wir ein besonderes Zeichen Unserer Zuneigung geben. Suche Monsignore Aguerra auf, bevor du abreist. Wir würden vorziehen, es dir mit Eigner Hand zu überreichen, aber jetzt ist nicht der geeignete Augenblick. Der Monsignore

wird es für Uns übergeben. Verwende es, wie du es für richtig hältst.«
»Meinen innigsten Dank, Heiliger Vater.«
»Und nun auf Wiedersehen, geliebter Sohn.«
Der Pontifex schritt weiter, sprach mit jedem Pilger in der Reihe, und als das vorüber war: die feierliche Segnung. Die Audienz war beendet.

Als die Pilgergruppe durch die Tore nach draußen strömte, berührte Monsignore Aguerra den Arm von Bruder Francis. Herzlich umarmte er den Mönch. Der Vertreter der Sache des Heiligen war so sehr gealtert, daß ihn Francis aus der Nähe nur mit Mühe erkannte. Aber auch Francis war an den Schläfen grau, und das Zusammenkneifen der Augen über dem Schreibpult hatte sie mit Falten umzogen. Während sie die *Scala caelestis* herabstiegen, überreichte ihm der Monsignore ein Päckchen und einen Brief.
Francis schaute auf die Adresse des Briefes und nickte. Auf dem Päckchen stand sein eigner Name. Es war mit einem diplomatischen Siegel verschlossen. »Für mich, Herr?«
»Ja, ein persönliches Andenken vom Heiligen Vater. Mach es hier lieber nicht auf. Nun, kann ich irgend etwas für dich tun, bevor du New Rome verläßt? Ich würde dir gern etwas zeigen, was du noch nicht gesehen hast.«
Bruder Francis dachte schnell nach. Er hatte schon einen gründlichen Besichtigungsgang hinter sich. »Ich hätte *gern* die Basilika nur noch einmal gesehen, Herr«, sagte er schließlich.
»Aber natürlich, warum nicht? Aber ist *das* alles?«
Bruder Francis schwieg wieder. Sie waren hinter den anderen sich entfernenden Pilgern zurückgeblieben. »Ich möchte gern beichten«, setzte er leise hinzu.
»Nichts leichter als das«, sagte Aguerra und fuhr mit unterdrücktem Lachen fort: »Du weißt, du befindest dich hier an der richtigen Adresse. Hier erhältst du für alles und jedes, was dich nur bedrücken könnte, Absolution. Ist es etwas

so Schreckliches, daß die Aufmerksamkeit des Papstes in Anspruch genommen werden muß?«

Francis wurde rot und schüttelte den Kopf.

»Dann der Großpoenitentiar, wie? Nicht nur wird er dir die Absolution erteilen, wenn du dich bußfertig zeigst, er wird dir obendrein noch mit der Bußrute auf den Kopf schlagen.«

»Ich meinte – ich wollte *Euch* bitten, Herr«, stotterte der Mönch.

»*Mich*? Warum mich? Ich bin niemand Außergewöhnlicher. Nun bist du hier in einer ganzen Stadt voll roter Hüte und willst ausgerechnet dem Monsignore Aguerra beichten?«

»Weil – weil Ihr der Advokat unseres Schutzheiligen wart«, erklärte der Mönch.

»Ach so. Ich verstehe. Aber selbstverständlich werde ich deine Beichte hören. Doch kann ich dir die Absolution nicht im Namen deines Heiligen erteilen, wie du weißt. Wie gewöhnlich ist dafür die Heilige Dreifaltigkeit zuständig. Genügt sie dir?«

Es gab wenig zu beichten für Francis, aber unter Einfluß von Dom Arkos war sein Herz lange vor Furcht schwer gewesen, daß seine Entdeckung des Bunkers den Prozeß des Heiligen aufgehalten habe. Der Postulator des Leibowitz hörte ihn an, beruhigte ihn, erteilte ihm in der Basilika die Absolution und führte ihn dann durch die alte Kirche. Während der Feierlichkeit der Heiligsprechung und der darauffolgenden Messe hatte Francis nur die erhabene Pracht des Bauwerks bemerkt. Jetzt wies der alt gewordene Monsignore auf zerbröckelndes Mauerwerk hin, auf Stellen, die auszubessern waren, und auf den erbärmlichen Zustand, in dem sich einige der älteren Fresken befanden. Wieder trat ihm für Augenblicke die Armut hinter dem Schleier der Würde vor Augen. Die Kirche war nicht reich in diesen Tagen.

Endlich konnte Francis das Päckchen öffnen. Es enthielt

eine Börse. In der Börse fanden sich zwei Heklo Gold. Er starrte Monsignore Aguerra an. Der Monsignore lächelte.
»Du hast doch *gesagt,* daß der Räuber dir das Erinnerungsstück in einem Ringkampf *abgewonnen* hat, nicht wahr?« fragte Aguerra.
»Ja, Herr.«
»Nun, selbst wenn du unter Zwang gestanden hast, so hast du selbst dich doch dazu entschlossen, mit ihm darum zu ringen? Du hast seine Herausforderung angenommen.«
Der Mönch nickte.
»So glaube ich nicht, daß du dir dem Unrecht gegenüber irgend etwas vergibst, wenn du die Handschrift zurückkaufst.« Er schlug dem Mönch auf die Schulter und segnete ihn. Dann wurde es Zeit, zu gehen.
Der kleine Hüter der Flamme des Wissens zottelte zu Fuß zurück zu seiner Abtei. Er würde Tage und Wochen unterwegs sein, aber sein Herz jauchzte, als er sich dem Ausguck des Räubers näherte. Verwende es, wie du es für richtig hältst, hatte Papst Leo über das Gold gesagt. Aber nicht nur das, mit der Börse hielt Francis auch noch die Antwort auf die spöttische Frage des Räubers bereit. Er dachte an die Bücher im Audienzzimmer, die dort auf ein Wiedererwachen warteten.
Der Räuber wartete indessen nicht in seinem Ausguck, wie Francis gehofft hatte. Hier auf dem Pfad fanden sich frische Fußstapfen, aber die Spuren querten den Weg, und es fand sich kein Zeichen, das auf den Räuber schließen ließ. Die Sonne durchdrang die Baumwipfel und bedeckte den Boden mit Schattenflecken. Der Wald war nicht dicht, bot aber Schatten. Er setzte sich neben dem Pfad nieder, um zu warten.
Mittags schrie eine Eule in der verhältnismäßig dunklen Tiefe einer fernen, trockenen Schlucht. In einem Fleck Himmelsblau über den Wipfeln kreisten Geier. Der Wald schien heute friedlich. Wie er so schläfrig den Spatzen zuhörte, die im nahen Buschwerk herumflatterten, war es ihm

reichlich gleichgültig, ob der Räuber heute kommen würde oder morgen. Seine Reise dauerte so lang, daß er während des Wartens nicht unglücklich darüber sein würde, in den Genuß eines Ruhetages zu kommen. Er saß da und beobachtete die Geier. Manchmal ließ er sein Auge dem Pfad folgen, der zu seiner fernen Heimat in der Wüste führte. Der Räuber hatte eine vorzügliche Stelle zu seinem Lager gewählt. Von dieser Stelle aus konnte man in beiden Richtungen fast zwei Kilometer des Wegs überblicken, ohne hinter dem Blätterwall des Waldes entdeckt zu werden.
Weit entfernt auf dem Pfad bewegte sich etwas.
Bruder Francis schirmte seine Augen mit der Hand und blickte aufmerksam zu der fernen Bewegung hin. Den Weg hinunter breitete sich eine sonnenbeschienene Fläche aus, wo ein Waldbrand einige Tagwerk Land entlang dem Pfad, der nach Südwesten ging, freigelegt hatte. Im sonnenüberglänzten Abschnitt flimmerte der Weg unter einem flüssigen Spiegel aus Hitze. Er konnte wegen der gleißenden Spiegelungen nichts genau erkennen, doch mitten in der Hitze bewegte sich etwas. Da war ein sich drehendes und windendes schwarzes Jota. Manchmal schien es einen Kopf zu haben. Dann wurde es wieder völlig von gleißender Hitze aufgesogen. Nichtsdestoweniger konnte er feststellen, daß es allmählich näher kam. Als einmal der Rand einer Wolke die Sonne streifte und das Flirren der Hitze für Augenblicke aussetzte, konnten seine müden und kurzsichtigen Augen feststellen, daß es sich bei dem tänzelnden Jota wirklich um einen Menschen handelte, daß aber die Entfernung zu groß war, um mehr zu erkennen. Ein Zittern überlief ihn. Irgend etwas am Jota war ihm zu wohlbekannt.
Nicht doch, es konnte einfach nicht dasselbe sein.
Der Mönch bekreuzigte sich und ließ die Perlen seines Rosenkranzes durch die Finger gleiten, während er seine Augen fest auf das ferne Ding im Hitzeglast gerichtet hielt. Während er auf den Räuber gewartet hatte, war höher

oben am Berghang eine Beratung abgehalten worden. In flüsternd einsilbigen Worten war die Beratung geführt worden und hatte fast eine Stunde gedauert. Jetzt war die Beratung zu Ende. Doppelkapuze hatte Einkapuze nachgegeben. Die Papstkinder schlichen zusammen leise hinter ihrem Buschplateau hervor und krochen den Hang hinunter.
Sie kamen bis auf zehn Meter an Francis heran, bevor der erste Kiesel ins Rollen geriet. Der Mönch murmelte gerade das dritte Ave des vierten Glorreichen Geheimnisses, als er sich zufällig umsah.
Der Pfeil fuhr ihm genau zwischen die Augen.
»*Essen! Essen! Essen!*« plärrte das Papstkind.

Auf dem Weg in den Südwesten setzte sich der alte Wanderer auf einen Baumstumpf und schloß die Augen, damit sie sich von der Sonne erholen könnten. Er fächelte sich mit einem zerschlissenen Strohhut Kühlung zu und kaute an einem Priem aus Gewürzkräutern. Er war schon lange gewandert. Die Suche schien kein Ende zu nehmen, doch bestand immer die Hoffnung, hinter dem nächsten Hügel, nach der nächsten Krümmung des Weges das zu finden, was er suchte. Er hörte auf, sich zu fächeln, stülpte sich den Hut wieder auf den Kopf und kraulte sich den Bart, während er in der Gegend umhersah. Gerade vor ihm am Hang befand sich ein Stück Wald, das nicht abgebrannt war. Es versprach willkommenen Schatten, aber der Wanderer blieb in der Sonne sitzen, um die eigenartigen Geier zu beobachten. Sie hatten sich gesammelt, kreisten ziemlich tief über dem Waldstück. Ein Vogel wagte es, zwischen den Bäumen niederzugehen, flatterte aber schnell wieder in Sicht, flog mit starken Schlägen, bis er eine Säule aufsteigender, warmer Luft gefunden hatte, und begann aufwärts zu segeln. Die düstere Heerschar der Aasfresser schien mehr angestrengten Aufwand an Flügelschlagen zu treiben als gewöhnlich. Sonst segelten sie, um Kraft zu sparen. Jetzt

aber peitschten sie die Luft über dem Hang, als könnten sie es nicht erwarten zu landen.
Solang die Geier gierig blieben, aber der Landung widerstrebten, blieb auch der Wanderer ruhig sitzen. In diesen Hügeln gab es Pumas. Hinter den Hügeln gab es bösartigere Wesen als Pumas, und manchmal führten sie ihre Streifzüge weit umher.
Der Wanderer saß wartend. Schließlich ließen sich die Geier zwischen die Bäume herab. Der Wanderer wartete noch fünf Minuten. Endlich stand er auf und humpelte auf das Waldstück zu, sein Gewicht auf das brauchbare Bein und einen Stab verteilend.
Nach einiger Zeit betrat er das waldige Gelände. Die Geier waren gierig über den Leichnam eines Menschen hergefallen. Der Wanderer scheuchte die Vögel mit seinem Knüttel auf und schaute auf die Überreste. Wichtige Teile fehlten schon. Ein Pfeil hatte den Schädel durchbohrt, war durch den Nacken wieder ausgetreten. Der Alte blickte unruhig in das Unterholz. Niemand war zu sehen, aber neben dem Pfad fanden sich eine Menge Fußstapfen. Es war nicht ratsam zu bleiben.
Ratsam oder nicht, es mußte getan werden. Der alte Wanderer machte eine Stelle ausfindig, wo der Boden weich genug zum Graben mit Stock und Händen war. Während er grub, kreisten die Geier wie toll niedrig über den Baumwipfeln. Manchmal stießen sie nieder, flatterten dann jedoch wieder hinauf in den Himmel. Eine, dann zwei Stunden lang schossen sie heißhungrig über dem Waldrand hin und her.
Schließlich landete ein Vogel. Empört hüpfte er auf einem Haufen frisch aufgeworfener Erde herum. An einem Ende lag ein Felsen als Grabstein. Enttäuscht flog der Vogel wieder auf. Der Schwarm der düsteren Aasfresser verließ die Stelle, schwebte getragen von steigenden Luftströmungen hoch hinauf und beäugte voll Hunger das Land.
Hinter dem Tal der Mißgeburten fand sich ein toter Eber.

Lüstern betrachteten ihn die Geier und schwebten zum Festmahl nieder. Auf fernem Gebirgssattel leckte sich später ein Puma die Tatzen und ließ von seiner Beute. Die Geier waren anscheinend dankbar, sein Mahl beenden zu können.
Die Aasfresser legten ihre Eier zur Brutzeit und fütterten zärtlich ihren Nachwuchs mit toten Schlangen und Stücken eines wilden Hundes.
Die neue Generation wurde kräftig, segelte auf schwarzen Flügeln hoch und weit, wartete darauf, daß ihr die fruchtbare Erde reichlich Aas gewähre. Manchmal bestand das Mahl nur aus einer Kröte. Einmal war es ein Bote aus New Rome.
Ihr Flug führte sie über die Ebenen des Mittelwestens. Sie schwelgten in einer Menge feiner Sachen, die von den Nomaden auf ihren Reiterzügen nach Süden im Land liegengelassen wurden.
Die Aasfresser legten ihre Eier zur Brutzeit und fütterten zärtlich ihren Nachwuchs. Jahrhunderte hindurch hatte die Erde sie reichlich ernährt. Sie würde sie auch die nächsten Jahrhunderte nähren ...
Eine Zeitlang gab es in der Gegend des Red River reiche Beute. Aber dann stieg aus dem Gemetzel ein Stadtstaat empor. Die Geier waren entstehenden Stadtstaaten gar nicht zugetan, obwohl sie einer möglichen Eroberung mit Freuden entgegensahen. Sie begannen Texarkana zu meiden und schweiften weit nach Westen über die Ebenen. Nach der Weise aller lebenden Geschöpfe füllten sie wieder und wieder die Erde mit ihrer Art.
Schließlich schrieb man das Jahr Unseres Herrn 3174.
Man sprach von Krieg.

FIAT LUX

12

Marcus Apollo war sich in dem Augenblick sicher, daß ein Krieg unmittelbar bevorstand, als er zufällig hörte, wie Hannegans dritte Frau einer Dienerin erzählte, ihr Günstling am Hofe sei von einer Mission zu den Zelten des Wilden Bären und seines Stammes mit heiler Haut zurückgekehrt. Die Tatsache, daß er lebendig aus dem Lager der Nomaden zurückgekehrt war, bedeutete, daß Krieg in der Luft lag. Der Auftrag des Sendboten war klar und deutlich gewesen, den Stämmen der Ebenen mitzuteilen, daß die zivilisierten Staaten dem Abkommen der Heiligen Geißel über strittige Länder beigetreten waren und von jetzt an für weitere Raubzüge unerbittliche Vergeltung an Nomaden und Räuberbanden üben würden. Kein Mensch konnte dem Wilden Bären solche Nachricht überbringen und ungeschoren davonkommen. Daraus schloß Apollo, daß das Ultimatum gar nicht überreicht worden war und daß der Bote Hannegans in der Ebene insgeheim ein anderes Ziel verfolgen sollte. Das Ziel war aber zu eindeutig.

Apollo bahnte sich sanft seinen Weg durch die kleine Schar der Gäste. Seine scharfen Augen machten Bruder Claret ausfindig und versuchten, seinen Blick auf sich zu ziehen. Der hochgewachsene Apollo im strengen Schwarz der Soutane, dessen Rang nur durch ein dunkles Glühen von Farbe an der Taille bezeichnet wurde, stach kräftig gegen den Wirbel der Regenbogenfarben der anderen im Bankettsaal ab. So dauerte es nicht lange, bis er die Aufmerksamkeit seines Sekretärs auf sich ziehen und ihn zur Tafel mit Erfrischungen hinüberwinken konnte. Die Tafel war schon bis auf eine unordentliche Ansammlung von Essensbrocken, verschmierten Gläsern und einigen gebackenen, aber verkocht aussehenden jungen Tauben geplündert. Apollo zog die Schöpfkelle durch den Bodensatz der Bowle, betrachtete eine verendete Küchenschabe, die in den Würzkräutern trieb, und reichte seinem sich nähernden Sekretär, Bruder Claret, nachdenklich das erste Glas.

»Danke, Herr«, sagte Claret. Die Küchenschabe sah er nicht. »Ihr wolltet mich sprechen?«

»Sobald der Empfang vorüber ist. In meiner Unterkunft. Sarkal ist heil zurückgekommen.«

»Oh!«

»Das unheilverkündendste ›Oh‹, das ich je vernommen habe. Ich sehe, du erkennst, von welch enormer Tragweite das ist.«

»Aber ja doch, Herr! Das bedeutet, daß das Abkommen von Hannegan in betrügerischer Absicht angenommen wurde und daß er es benutzen will, um gegen ...«

»Pst! Später!« Apollo machte mit den Augen ein Zeichen, daß sich ein Zuhörer nähere. Der Sekretär drehte sich, um sein Glas wieder aus der Bowlenschale zu füllen. Seine Aufmerksamkeit wurde plötzlich völlig von der Bowle gefesselt, und er schaute nicht auf die schlanke Gestalt in Seidenmoiré, die vom Eingang her auf sie zuschritt. Apollo lächelte höflich und verbeugte sich vor dem Mann. Der Handschlag war kurz und merklich zurückhaltend.

»Nun, Thon Taddeo«, sagte der Priester, »Eure Anwesenheit überrascht mich. Ich dachte immer, Ihr miedet geflissentlich derartige Lustbarkeiten. Was mag diese hier wohl so besonderes an sich haben, daß sie gar einen so bedeutenden Gelehrten anzieht?« In gespielter Verwirrung zog er die Augenbrauen hoch.

»Selbstverständlich seid Ihr es, der mich anzieht«, sagte der neue Gast mit gleich spöttischer Stimme, »und der einzige Grund für mein Kommen.«

»Ich?« Er heuchelte Überraschung, aber die Behauptung mochte stimmen. Der Hochzeitsempfang einer Halbschwester war nicht von der Art, die einen Thon Taddeo veranlassen könnte, sich in steifen Staat zu werfen und die klösterlich abgeschlossenen Hallen seines Kollegiums zu verlassen.

»Also wirklich, ich habe Euch schon den ganzen Tag lang

gesucht. Man sagte mir, daß Ihr hier seid. Sonst ...« Er sah sich im Bankettsaal um und schnaubte ärgerlich.

Das Schnauben löste den Blick Bruder Clarets von was immer ihn an die Bowle bannte, und er drehte sich zur Verbeugung dem Thon zu. »Möchtet Ihr etwas Bowle, Thon Taddeo?« fragte er und hielt ihm ein volles Glas entgegen.

Mit einem Nicken nahm der Gelehrte es an und trank es aus. »Ich wollte von Euch ein bißchen mehr über die Leibowitzschriftstücke wissen, über die wir uns unterhalten haben«, sagte er zu Marcus Apollo. »Ich erhielt einen Brief aus der Abtei von einem Burschen namens Kornhoer. Er versicherte mir, man besitze Schriftstücke, die aus den letzten Jahren der europäisch-amerikanischen Hochkultur herstammen.«

Wenn auch Marcus Apollo von der Tatsache verwirrt wurde, daß er selbst dem Gelehrten das gleiche schon vor einigen Monaten versichert hatte, so ließ doch seine Miene nichts davon erkennen. »Ja«, sprach er, »wie man mir sagte, sind sie ganz echt.«

»Wenn dem so wäre, dann kommt mir sehr rätselhaft vor, wieso niemand davon gehört – schon gut! Kornhoer führt eine Anzahl von Schriftstücken und Urkunden auf, die man dort besitzen will, und beschreibt sie. Sollten sie überhaupt vorhanden sein, so muß ich sie sehen.«

»Ach?«

»Ja. Sollte es nichts als ein Schabernack sein, so gehört er aufgedeckt. Wenn nicht, so dürfte der Inhalt der Schriftstücke wohl von unschätzbarem Wert sein.«

Der Monsignore legte die Stirn in Falten. »Ich versichere Euch, daß es sich nicht um einen Schabernack handelt«, sagte er kurz angebunden.

»Der Brief enthielt die Einladung, die Abtei zu besuchen und die Urkunden anzusehen. Offenbar kennt man mich dort.«

»Nicht unbedingt«, sagte Apollo. Die Gelegenheit konnte

er nicht auslassen. »Sie sind nicht so heikel damit, wer ihre Bücher liest, solange er sich nur die Hände wäscht und ihr Eigentum nicht verschandelt.«
Der Gelehrte schoß einen wütenden Blick. Die Vorstellung, daß es gebildete Leute geben könnte, die seinen Namen nie gehört hatten, war ihm nicht gerade angenehm.
»Nun, nichts für ungut!« fuhr Apollo in leutseligem Ton fort. »Es ist doch ganz einfach; nehmt ihre Einladung an, geht zur Abtei, seht ihre Relikte durch. Man wird Euch willkommen heißen.«
Der Gelehrte fuhr gereizt auf: »Ja, und dafür durch die Ebenen reisen, wenn der Stamm des Wilden Bären drauf und dran ist ...« Thon Taddeo brach mitten im Satz ab.
»Wie meintet Ihr?« versuchte Apollo. Sein Gesicht drückte keine besondere Wachsamkeit aus, obgleich an der Schläfe eine Ader anfing zu zucken, als er Thon Taddeo erwartungsvoll anblickte.
»Nur, daß es eine lange, gefahrvolle Reise ist und daß ich mir eine sechsmonatige Abwesenheit vom Kollegium nicht leisten kann. Ich wollte die Möglichkeit besprechen, einen wohlbewaffneten Trupp der Leibwache des Bürgermeisters hinzuschicken, um die Schriftstücke zur Untersuchung hierher zu bringen.«
Apollo hielt den Atem an. Er verspürte den kindischen Drang, dem Wissenschaftler in die Weichen zu boxen. »Ich fürchte«, sagte er höflich, »daß das völlig ausgeschlossen sein wird. Wie dem auch sei, das liegt außerhalb meines Einflußbereichs, und ich fürchte, daß ich Euch nicht im geringsten werde helfen können.«
»Warum nicht?« wollte Thon Taddeo wissen. »Seid Ihr nicht der Nuntius des Vatikans am Hofe Hannegans?«
»Eben. Ich vertrete New Rome und nicht die Mönchsorden. Die Leitung einer Abtei liegt in der Hand ihres Abtes.«
»Aber mit etwas Druck von New Rome ...«
Der Drang, mit der Faust in die Weichen zu stoßen, nahm

rasch zu. »Wir besprechen das besser später«, sagte Monsignore Apollo kurz. »Heute abend in meinem Arbeitszimmer, wenn es Euch recht ist.« Er drehte sich halb um und blickte fragend zurück, als wollte er *Nun?* sagen.
»Ich werde kommen«, sagte spitz der Gelehrte und schritt davon.
»Warum habt Ihr ihm nicht mit einem klaren *Nein* geantwortet, hier und jetzt?« sagte Claret ärgerlich, als sie eine Stunde später allein in den Botschaftsräumen waren. »Unschätzbare Relikte heutzutage durch Gegenden befördern, die von Räubern beherrscht werden? Herr, das ist undenkbar!«
»Natürlich.« – »Warum dann ...«
»Zwei Gründe. Erstens ist Thon Taddeo ein Verwandter Hannegans und selbst einflußreich. Wir müssen uns Cäsar und seiner Familie freundlich gegenüber verhalten, ob wir ihn leiden können oder nicht. Zweitens fing er an, etwas über den Stamm des Wilden Bären zu sagen, verstummte dann aber plötzlich. Ich will mich nicht auf Spionage einlassen, aber wenn er uns freiwillig Informationen zur Verfügung stellt, kann uns nichts davon abhalten, sie in den Bericht einzufügen, den du persönlich in New Rome übergeben wirst.«
»*Ich?*« Der Sekretär blickte bestürzt drein. »Nach New Rome? Aber was ...«
»Nicht so laut!« sagte der Nuntius und blickte zur Tür hin. »Ich werde meine Einschätzung der Lage Seiner Heiligkeit schicken müssen, und zwar schnell. Aber es handelt sich um Dinge von der Art, die man nicht wagt niederzuschreiben. Wenn Hannegans Leute solch einen Bericht abfingen, würde man dich wie auch mich mit dem Gesicht nach unten den Red River hinabtreiben sehen. Wenn der Bericht Hannegans Feinden in die Hände fiele, würde Hannegan es vermutlich für rechtens halten, uns öffentlich als Spione zu hängen. Märtyrertum ist schön und gut, aber wir müssen erst noch etwas erledigen.«

»Und ich soll den Bericht dem Vatikan mündlich überbringen?« murmelte Claret, der offensichtlich von der Aussicht nicht angetan war, feindliches Land zu durchqueren.
»Nur so wird es gehen. Thon Taddeo kann uns, könnte uns möglicherweise gerade einen Vorwand für deine plötzliche Abreise zur Abtei des Heiligen Leibowitz, oder nach New Rome, oder beides, verschaffen. Für den Fall, daß irgendein Argwohn bei Hofe aufkommen sollte. Ich werde versuchen, das in die Wege zu leiten.«
»Der Inhalt des Berichts, den ich abgeben soll, Herr?«
»Daß Hannegans Bestreben, den Kontinent unter einer Dynastie zu vereinen, kein so phantastischer Traum ist, wie wir dachten. Daß das Abkommen der Heiligen Geißel wahrscheinlich auf einen Betrug von Hannegans Seite hinausläuft, daß er es nämlich benutzen möchte, beide, das Reich von Denver und das von Laredan in einen Kampf mit den Nomaden der Ebenen zu verwickeln. Wenn die Streitmacht Laredans durch fortdauernde Schlachten mit dem Wilden Bären gebunden ist, so bedarf es nicht viel Aufmunterung für den Staat von Chihuahua, Laredo von Süden her anzugreifen. Da besteht überhaupt eine alte Feindschaft. Dann kann Hannegan natürlich siegreich bis Rio Laredo marschieren. Mit Laredo in der Hand kann er beide, Denver und die Mississippirepublik in die Zange nehmen, ohne einen Dolchstoß in seinen Rücken aus dem Süden befürchten zu müssen.«
»Glaubt Ihr, daß Hannegan das schaffen wird, Herr?«
Marcus Apollo wollte antworten, schloß dann aber langsam seinen Mund. Er ging zum Fenster hinüber und starrte auf die sonnenbeschienene Stadt. Eine ausgedehnte, meist regellos aus dem Schutt eines anderen Zeitalters erbaute Stadt. Eine Stadt ohne planmäßig angelegte Straßenzüge. Sie war langsam über alten Ruinen emporgewachsen, so wie vielleicht eine weitere Stadt über den Ruinen dieser hier aufwachsen würde.
»Ich weiß nicht«, sagte er leise. »Heutzutage fällt es einem

schwer, einen Mann zu verurteilen, der diesen zerfleischten Kontinent einen will. Selbst mit solchen Mitteln wie – doch nein, das meine ich nicht.« Er seufzte schwer. »Auf jeden Fall liegen unsere Interessen nicht in der Politik. Wir müssen New Rome rechtzeitig vor dem, was da vielleicht auf uns zukommt, warnen, weil die Kirche davon betroffen sein wird, was immer auch geschehen mag. Und rechtzeitig gewarnt kann es uns gelingen, uns aus dem Streit herauszuhalten.«
»Glaubt Ihr das wirklich?«
»Natürlich nicht!« sagte der Priester leise.

Thon Taddeo Pfardentrott langte in Marcus Apollos Arbeitszimmer zur frühestmöglichen Stunde an, die schon dem Abend zugerechnet werden konnte, und sein Benehmen hatte sich seit dem Empfang beachtlich geändert. Er vermochte herzlich zu lächeln, aber in seinem Sprechen schwang ungeduldige Erregung mit. Der Bursche ist hinter etwas her, dachte sich Marcus, das er unbedingt haben will; er ist sogar geneigt, zuvorkommend zu sein, nur um es zu kriegen. Der Thon war vielleicht von der Liste alter Schriftstücke, die die Mönche der Leibowitzabtei geliefert hatten, tiefer beeindruckt, als er zugeben wollte. Der Nuntius hatte sich auf eine Wortschlacht vorbereitet, aber die augenscheinliche Aufregung des Gelehrten machte diesen zu leicht zum Opfer, und Apollo ließ von seiner Bereitschaft für ein Wortgefecht ab.
»Heute nachmittag fand eine Versammlung des Lehrkörpers des Kollegiums statt«, sagte Thon Taddeo, sobald man sich gesetzt hatte. »Wir sprachen über Bruder Kornhoers Brief, und die Aufstellung von Schriftstücken.« Er hielt inne, als sei er sich nicht sicher, wie die Sache anzupacken sei. Graues Dämmerlicht vom weiten Bogenfenster zu seiner Linken ließ sein Gesicht bleich und angespannt erscheinen. Seine großen grauen Augen blickten eindringlich auf den Priester, als wollten sie ihn prüfen und abwägen.

»Ich nehme an, man war skeptisch.«
Die grauen Augen blickten einen Augenblick zum Boden, dann rasch wieder empor. »Soll ich die Höflichkeit wahren?«
»Nur frei heraus!« sagte Apollo unter leisem Lachen.
»Man war skeptisch. Ungläubig wäre das noch präzisere Wort. Nach meiner Auffassung sind diese Papiere, sollten sie überhaupt existieren, wahrscheinlich Fälschungen, die ein paar Jahrhunderte zurückliegen. Ich bezweifle, daß die gegenwärtigen Mönche des Klosters versuchen, sich irgendeinen Spaß zu leisten. Selbstverständlich halten sie die Urkunden für hieb- und stichfest.«
»Wie reizend von Euch, ihnen die Absolution zu erteilen«, sagte Apollo ärgerlich.
»Ich erbot mich, höflich zu bleiben. Soll ich?«
»Nein. Fahrt fort.«
Der Thon glitt aus seinem Stuhl und ging hinüber, um sich in das Fenster zu setzen. Er starrte in die verlöschenden gelben Wolkenfetzen im Westen und schlug sanft mit der Hand auf die Fensterbank, während er sprach. »Die Papiere. Was immer wir von ihnen halten, der Gedanke, daß solche Schriftstücke noch unbeschädigt vorhanden sein könnten, daß noch eine winzigste Möglichkeit ihrer Existenz bestände – nun – der Gedanke ist so *aufrüttelnd,* daß wir sie unverzüglich und unbedingt untersuchen *müssen.*«
»Das geht in Ordnung«, sagte Apollo leicht belustigt. »Man hat Euch eingeladen. Aber sagt mir, was findet Ihr an den Schriftstücken so aufrüttelnd?«
Der Gelehrte warf ihm einen raschen Blick zu. »Seid Ihr mit meinem Werk vertraut?«
Der Monsignore zögerte. Das Werk war ihm vertraut, aber diese Vertrautheit einzugestehen könnte ihn zwingen, das Wissen zuzugeben, daß Thon Taddeos Name im selben Atemzug mit Namen von Naturwissenschaftlern genannt wurde, die seit mehr als tausend Jahren tot waren, wobei der Thon kaum die Dreißig erreicht hatte. Der Priester

war nicht darauf aus, zuzugeben, er wisse, daß der junge Wissenschaftler zur großen Hoffnung berechtigte, er sei eine jener seltenen Ausprägungen menschlichen Genies, die jedes Jahrhundert nur ein- oder zweimal erscheinen, um die gesamte geistige Welt mit einem Riesenstreich um- und umzuwälzen. Er hüstelte entschuldigend.
»Ich muß gestehen, daß ich einen großen Teil nicht gelesen ...«
»Schon gut.« Pfardentrott wischte die Entschuldigung beiseite. »Das meiste davon ist in höchstem Grade abstrakt und für den Laien langweilig. Theorien über das Wesen des Elektrischen. Bewegungen der Planeten. Anziehungskräfte. Derlei Gegenstände. Nun erwähnt aber Kornhoers Aufstellung Namen wie Laplace, Maxwell und Einstein – bedeuten die Ihnen irgendwas?«
»Nicht viel. Die Geschichtsschreibung führt sie als Naturwissenschaftler, nicht wahr? Lebten sie nicht vor dem Zusammenbruch der letzten Hochkultur? Ich glaube, ihre Namen tauchen auch in einem der heidnischen Heiligenverzeichnisse auf, oder?«
Der Gelehrte nickte. »Das ist alles, was wir über sie oder über das, was sie taten, wissen. Physiker, nach unseren nicht so recht verläßlichen Geschichtsforschern. Verantwortlich für den atemberaubenden Aufstieg der Europäisch-Amerikanischen Hochkultur, sagen sie. Geschichtsschreiber führen nichts als Belanglosigkeiten auf. Ich hatte sie fast schon vergessen. Aber Kornhoers Beschreibungen der alten Schriftstücke, die zu besitzen die Mönche behaupten, sind Beschreibungen von Papieren, die gut und gern aus irgendwelchen physikalischen Texten entnommen sein könnten. Aber das ist unmöglich!«
»Nichtsdestoweniger müßt Ihr Euch der Sache versichern?«
»Wir müssen uns der Sache versichern. Jetzt, wo die Sache ins Rollen kommt, wollte ich, ich hätte nie etwas davon gehört.«
»Warum?«

Thon Taddeo blickte angestrengt auf etwas in der Straße hinunter. Er winkte dem Priester. »Kommt einen Augenblick her. Ich zeige Euch, warum.«
Apollo schlüpfte hinter seinem Tisch hervor und sah auf den schlammigen, ausgefahrenen Fahrdamm hinab, jenseits der Mauer, die den Palast, die Kasernen und die Gebäude des Kollegiums umgab und die bürgermeisterliche Burg von der brodelnden Siedlung der Plebejer trennte. Der Gelehrte zeigte auf die verschwommene Gestalt eines Bauern, der seinen Esel im Zwielicht nach Hause führte. Die Füße des Mannes waren mit Sackleinen umwunden, und der Schlamm war so an ihnen festgebacken, daß der Mann sie kaum heben konnte. Doch er schleppte sich, einen Fuß schwerfällig vor den anderen setzend, weiter, machte nach jedem Schritt eine kurze Pause. Er schien zu erschöpft, um den Schlamm abzukratzen.
»Er reitet nicht auf dem Esel«, stellte Thon Taddeo fest, »weil der Esel diesen Morgen schwer mit Mais beladen war. Es geht ihm nicht auf, daß die Säcke jetzt leer sind. Was am Morgen gut war, ist am Abend auch richtig.«
»Ihr kennt ihn?«
»Er kommt auch an meinem Fenster vorbei. Jeden Morgen, jeden Abend. Ihr habt ihn nie bemerkt?«
»Ihn genauso wie tausend andere.«
»Seht, könnt Ihr Euch selbst glauben machen, daß dieser Klotz der geradlinige Abkömmling von Menschen ist, die angeblich Maschinen erfanden, die fliegen konnten, die zum Mond reisten, sich die Naturkräfte dienstbar machten, Maschinen bauten, die sprechen konnten und zu denken schienen? Könnt Ihr glauben, daß es solche Menschen gegeben hat?«
Apollo schwieg.
»Schaut ihn Euch an!« fuhr der Gelehrte hartnäckig fort. »Es ist jetzt leider schon zu dunkel. Ihr könnt den syphilitischen Ausschlag an seinem Hals nicht sehen und wie zerfressen der Nasenrücken ist. Unvollständige Paralyse.

Wenn er nicht schon von vornherein schwachsinnig war. Ein Analphabet, abergläubisch und mordlustig. Er verseucht seine Kinder. Für eine Handvoll Münzen würde er sie umbringen. Wenn sie alt genug und nützlich sind, wird er sie sowieso verkaufen. Betrachtet ihn gut und sagt mir dann, ob Ihr in ihm den Nachkommen einer einstmals gewaltigen Kultur seht? Was seht Ihr wirklich?«
»Christi Ebenbild«, knirschte der Monsignore, von seiner eigenen plötzlichen Wut überrascht. »Was erwartet Ihr denn von mir, das ich sehe?«
Der Gelehrte schnaubte in ungeduldigem Ärger. »Die Unstimmigkeit, den Widerspruch. Die Menschen, wie Ihr sie durch jedes Fenster beobachten könnt, und die Menschen, wie sie uns die Geschichtsschreiber glauben machen wollen, daß sie einst gewesen seien. Dem kann ich nicht zustimmen. Wie kann sich eine so große und vernünftige Kultur selbst so vollkommen vernichtet haben?«
»Vielleicht so«, sagte Apollo, »daß sie nur im Materiellen groß, im Materiellen vernünftig war, und sonst nicht.« Er ging ein Talglicht anzünden, denn die Dämmerung ging jetzt rasch in völlige Dunkelheit über. Er schlug den Feuerstein gegen den Stahl, bis der Funke sprühte, dann blies er sanft den Zunder an.
»Schon möglich«, sagte Thon Taddeo, »aber ich bezweifle es.«
»Verwerft Ihr dann alle Geschichten als Sage?« Eine Flamme schoß aus den Funken empor.
»Nicht ›verwerfen‹. Aber man muß sie in Zweifel ziehen. Wer verfaßte denn Eure Geschichte?«
»Die Mönchsorden, selbstverständlich. Während der finstersten Jahrhunderte gab es niemanden sonst, der sie verfaßt hätte.« Er brachte die Flamme zum Docht.
»Da haben wir's! Denn zur Zeit der Gegenpäpste, wie viele schismatische Orden haben da nicht ihre eigene Fassung der Dinge erdichtet und ihre Fassungen als das Werk älterer Zeiten ausgegeben? Man weiß nichts, man kann *wirklich*

nichts wissen! Daß hier auf diesem Kontinent eine fortgeschrittenere Kultur als unsere bestand, das kann nicht geleugnet werden. Ihr könnt auf die Trümmer und auf das verrostete Metall sehen, und dann wißt Ihr es. Ihr könnt einen Streifen Flugsand aufgraben und darunter ihre geborstenen Landstraßen finden. Aber wo ist der Beweis für die Sorte Maschinen, die man zu jener Zeit hatte, wie uns die Geschichtsschreiber berichten? Wo sind die Überbleibsel der sich selbst bewegenden Wagen oder der Flugmaschinen?«
»Zu Pflugscharen und Hacken geschlagen.«
»*Wenn* sie existiert haben.«
»Wenn Ihr es bezweifelt, warum macht Ihr Euch dann Gedanken über die Leibowitzschriftstücke?«
»Weil bezweifeln nicht leugnen heißt. Der Zweifel ist ein mächtiger Helfershelfer, und man sollte ihn auf die Geschichte loslassen.«
Der Nuntius lächelte gezwungen: »Und was, gelehrter Thon, kann ich dabei für Euch tun?«
Der Gelehrte beugte sich eifrig vor: »Schreibt dem Abt dieses Klosters. Versichert ihm, daß die Dokumente mit der allergrößten Sorgfalt behandelt würden und dann zurückgeschickt werden, wenn wir sie auf ihre Echtheit überprüft und ihren Inhalt studiert haben.«
»Welche Garantie wollt Ihr, daß ich ihm gebe? Eure oder meine?«
»Hannegans, Eure *wie auch meine.*«
»Ich kann ihm nur Eure und Hannegans geben. Ich verfüge über keine eigenen Truppen.«
Der Gelehrte wurde rot.
»Sagt mir«, fügte der Nuntius rasch hinzu, »warum – abgesehen von den Räubern – besteht Ihr darauf, sie hier zu sehen, anstatt zur Abtei zu reisen?«
»Der triftigste Grund, den Ihr dem Abt geben könnt, ist der, daß wenn auch die Urkunden echt sind, eine Bestätigung keine allzu große Bedeutung für andere weltliche Ge-

lehrte hätte, falls wir die Urkunden in der Abtei untersuchen müßten.«
»Ihr glaubt, Eure Kollegen könnten annehmen, die Mönche hätten Euch irgendwas vorgemacht?«
»Hm ja, diesen Schluß dürfte man ziehen. Aber wichtig ist auch, daß sie, wenn man sie hierher brächte, von jedem im Kollegium untersucht werden könnten, der befähigt ist, eine Meinung darüber abzugeben. Und jeder Thon, der aus anderen Fürstentümern hier zu Besuch weilt, könnte einen Blick auf sie werfen. Dagegen können wir nicht das ganze Kollegium sechs Monate lang in die südwestliche Wüste verlegen.«
»Das sehe ich ein.«
»Werdet Ihr der Abtei das Gesuch übermitteln?«
»Ja.«
Thon Taddeo zeigte sich überrascht.
»Doch wird es Euer Gesuch sein, nicht meins. Und es ist nicht mehr als billig, Euch zu sagen, daß ich nicht glaube, daß Dom Paulo, der Abt, ja sagen wird.«
Der Thon schien auf jeden Fall zufrieden. Als er gegangen war, rief der Nuntius seinen Sekretär zu sich.
»Du reist morgen nach New Rome«, befahl er ihm.
»Über die Abtei des Leibowitz?«
»Auf dem Rückweg. Der Bericht an New Rome ist dringend.«
»Ja, Herr.«
»In der Abtei sage Dom Paulo, daß die Königin von Saba von Salomon erwartet, er solle zu *ihr* kommen. Mit Geschenken beladen. Dann hältst du dir besser die Ohren zu. Wenn er aufgehört hat, in die Luft zu gehen, komm so schnell wie möglich zurück, damit ich Thon Taddeo nein sagen kann.«

13

Die Zeit verrinnt langsam in der Wüste, und kaum eine Veränderung läßt ihr Vorübergehen erkennen. Zwei Jahreszeiten waren vorüber, seit Dom Paulo das Gesuch, das über die Ebenen gekommen war, abgelehnt hatte, aber die Angelegenheit war erst vor ein paar Wochen beigelegt worden. War sie überhaupt beigelegt? Texarkana war offensichtlich unglücklich über die Ergebnisse.

Bei Sonnenuntergang schritt der Abt die Mauern der Abtei entlang, sein Kinn wie eine überwachsene alte Klippe etwaigen Sturzseen aus dem Meer der Ereignisse entgegengestellt. Sein sich lichtendes Haar flatterte als weißes Fähnchen im Wüstenwind, und der Wind preßte sein Habit eng wie einen Verband an seinen gebeugten Körper und ließ ihn wie einen abgemagerten Ezechiel mit seltsam kugeligem Schmerbauch aussehen. Er stieß die knochigen Hände in seine Ärmel und blickte gelegentlich finster über die Wüste hin zum Dorf von Sanly Bowitts in der Ferne. Der rote Schein der Sonne warf einen schreitenden Schatten über den Hof. Die Mönche, die beim Überqueren des Platzes plötzlich auf ihn stießen, sahen erstaunt zu dem alten Mann auf. Ihr Vorsteher schien in letzter Zeit schwermütig und merkwürdig schlimmen Ahnungen ausgesetzt. Man flüsterte sich zu, die Zeit würde bald kommen, daß ein neuer Abt zum Vorsteher über die Brüder des heiligen Leibowitz eingesetzt werden würde. Man flüsterte sich zu, daß es dem alten Mann nicht gut, gar nicht sehr gut gehe. Man flüsterte sich zu, daß im Falle der Abt das Flüstern vernehmen sollte, die Flüsterer besser über die Mauer das Weite suchten. Der Abt hatte gelauscht, aber diesesmal gefiel es ihm, keine Notiz davon zu nehmen.

Er wußte selbst am besten, daß die Flüsterer recht hatten.

»Lies es mir noch einmal vor«, sagte er barsch zu dem Mönch, der bewegungslos in der Nähe bereit stand.

Die Kapuze des Mönches neigte sich leicht in die Richtung des Abtes. »Was, Herr?« fragte er.

»Du weißt, was.«
»Ja, Herr.« Der Mönch tastete in einem seiner Ärmel herum. Der Ärmel hing schwer herab und schien scheffelweise Urkunden und Briefe zu enthalten. Doch im Nu hatte er das Richtige gefunden. An der Schriftrolle fand sich die Aufschrift:

> SUB IMMUNITATE APOSTOLICA HOC SUPPOSITUM EST.
> QUISQUIS NUNTIUM MOLESTARE AUDEAT,
> IPSO FACTO EXCOMMUNICETUR.
> DET: *R'dissimo Domno Paulo de Pecos, AOL, Abbati*
> *(Kloster der Brüder des Leibowitz,*
> *bei dem Dorf Sanly Bowitts*
> *südwestliche Wüste, Kaiserreich von Denver)*
> CUI SALUTEM DICIT: *Marcus Apollo*
> *Papatiae Apocrisarius Texarkanae*

»Ganz recht, das ist es. Lies schon«, sagte der Abt ungeduldig.
»*Accedite ad eum* ...« Der Mönch bekreuzigte sich und sprach den üblichen Schriftsegen, der vor dem Lesen oder Schreiben beinahe so peinlich genau wie der Segen vor den Mahlzeiten gesprochen wurde. Die Bewahrung der Schrift und des Wissens war ein dunkles Jahrtausend hindurch die Aufgabe der Brüder des Leibowitz gewesen, und solche bescheidenen Rituale halfen, die Aufgabe nicht aus den Augen zu verlieren.
Als der Segen gesprochen war, hielt er die Schriftrolle hoch in das Abendlicht, so daß sie ganz durchsichtig wurde.
»›*Iterum oportet apponere tibi crucem ferendam, amice* ...‹«
Seine Stimme erklang in schwachem Singsang, wie seine Augen die Worte aus dem Dickicht überreichlicher Federschnörkel hervorzogen. Der Abt lehnte sich gegen die Mauerbrüstung, um zuzuhören, und schaute auf die Geier, die über der Mesa der Letzten Zuflucht kreisten.

»›Es läßt sich schon wieder nicht vermeiden, alter Freund und Hirte kurzsichtiger Bücherwürmer, Dir ein beschwerliches Kreuz aufzuerlegen‹«, leierte die Stimme des Vorlesers, »›aber vielleicht wird darin, daß Du das Kreuz auf Dich nimmst, ein Beigeschmack von Sieg liegen. Es hat den Anschein, als wolle schließlich die Königin von Saba zu Salomon kommen, wenn auch vermutlich, um ihn öffentlich als Scharlatan zu brandmarken.
Dies hier, um Dir anzuzeigen, daß Thon Taddeo Pfardentrott, Dr. rer. nat., Weiser der Weisen, Gelehrter der Gelehrten, blondgelockter unehelicher Sohn eines gewissen Prinzen und Gottes Gabe an eine ›Erwachende Generation‹, sich endlich entschlossen hat, Dir einen Besuch abzustatten, nachdem sich alle Hoffnungen, Deine Memorabilien in sein liebliches Reich zu überführen, zerschlagen haben. Er wird etwa zum Fest der Himmelfahrt Mariä eintreffen, wenn es ihm gelingen sollte, den Räuberbanden am Wege zu entgehn. Er wird seine Zweifel und einen kleinen Trupp bewaffneter Reiter mitbringen, eine Gefälligkeit Hannegans II., dessen feister Leib jetzt gerade um mich herum schwankt, während ich schreibe, über diese Zeilen brummend und finstere Blicke auf sie werfend. Zeilen, die Seine Herrlichkeit mir auftrugen zu schreiben, und in welchen Seine Herrlichkeit von mir erwartet, daß ich seinen Vetter, den Thon, preise, damit Du ihn entsprechender Ehren teilhaftig werden läßt. Sintemalen aber der Schreiber Seiner Herrlichkeit mit Gicht zu Bette liegt, werde ich um nichts weniger als offen sein:
Laß mich Dich zuerst einmal vor diesem Menschen Thon Taddeo warnen. Schenke ihm Deine gewöhnliche gütige Aufmerksamkeit, doch kein Vertrauen. Er ist ein glänzender Gelehrter, indessen ein weltlicher Gelehrter und ein politischer Gefangener seines Staates. Der Staat hier, das ist Hannegan. Überdies ist der Thon ziemlich antiklerikal, glaube ich – oder vielleicht bloß gegen die Klöster eingestellt. Nach seiner anstößigen Geburt ließ man ihn in einem

Kloster verschwinden, und – doch nein, frag lieber den Überbringer darüber aus...‹«

Der Mönch blickte von seiner Lektüre auf. Der Abt beobachtete immer noch die Geier über der Letzten Zuflucht.
»Du weißt über seine Kindheit Bescheid, Bruder?« fragte Dom Paulo.
Der Mönch nickte.
»Lies weiter.«
Das Vorlesen wurde fortgesetzt, aber der Abt hörte nicht mehr zu. Er kannte den Brief fast auswendig, und doch spürte er immer noch, daß Marcus Apollo versucht hatte, ihm zwischen den Zeilen etwas mitzuteilen, das er, Dom Paulo, bis jetzt noch nicht hatte fassen können. Marcus versuchte ihn zu warnen – aber wovor? Der Ton des Briefes klang, gelinde gesagt, leichtfertig, und doch schien er voll unheilverkündender Ungereimtheiten zu stecken, die zu Papier gebracht worden sein mochten, um zu irgendeiner einzigen, düsteren Einheit zu verschmelzen, wenn er sie nur richtig zusammenfügen könnte. Warum sollte es gefährlich sein, den weltlichen Gelehrten in der Abtei Nachforschungen anstellen zu lassen?
Dem Kurier zufolge, der den Brief überbracht hatte, war Thon Taddeo selbst in einem Benediktinerkloster erzogen worden. Man hatte ihn dorthin gesteckt, um der Frau seines Vaters peinliche Situationen zu ersparen. Der Vater des Thon war Hannegans Onkel, während seine Mutter eine Dienstmagd war. Die Herzogin und gesetzliche Gattin des Herzogs hatte nie etwas gegen die Techtelmechtel des Herzogs gehabt, bis dieses gewöhnliche Dienstmädchen ihm den Sohn gebar, den er sich immer gewünscht hatte. Erst dann rief sie: »Schamlos!« Sie hatte ihm nur Töchter geschenkt; von einer Bürgerlichen ausgestochen zu werden, fachte ihren Zorn an. Sie gab das Kind fort, verprügelte die Dienerin, warf sie hinaus und fing an, dem Herzog wieder ihre Fesseln anzulegen. Um ihre Ehre wiederher-

zustellen, war sie willens, ihm einen Knaben zu gebären. Sie schenkte drei weiteren Mädchen das Leben. Der Herzog wartete geduldig fünfzehn Jahre. Als sie im Kindbett starb (wieder ein Mädchen), eilte er sofort zu den Benediktinern, um den Jungen zurückzuholen und ihn zum Erben einzusetzen.

Doch der junge Taddeo von Hannegan-Pfardentrott war ein freudloses Kind geworden. Er war vom Kind zum Jüngling herangewachsen, die Stadt und den Palast, wo sein Vetter ersten Grades auf den Thron vorbereitet wurde, immer vor Augen. Hätte sich seine Familie völlig von ihm zurückgezogen, er hätte trotzdem aufwachsen können, ohne über seine Stellung als Ausgestoßener aufgebracht zu sein. Aber sowohl sein Vater als auch die Dienerin, deren Leib ihn geboren hatte, kamen häufig genug zu Besuch, um ihn wieder und wieder zu erinnern, daß menschliches Fleisch und nicht Steine ihn gezeugt hatten, und ließen ihn so undeutlich erkennen, daß ihm Liebe vorenthalten wurde, auf die er Anspruch hatte. Außerdem war dann Prinz Hannegan in dem gleichen Kloster für ein Jahr zur Schule gegangen, hatte sich sofort zum Herrn über seinen Vetter, den Bastard, aufgeworfen und ihn in allem übertroffen, außer an Verstandesschärfe. Der junge Taddeo hatte den Prinzen mit kaltem Zorn gehaßt und hatte sich vorgenommen, ihn auf dem Gebiet des Wissens so weit wie möglich hinter sich zu lassen. Der Wettstreit war indessen ins Wasser gefallen. Im folgenden Jahr verließ der Prinz die Klosterschule so ungebildet, wie er gekommen war, und nicht ein Gedanke wurde noch an seine Bildung verschwendet. Inzwischen hatte sein ausgestoßener Vetter den Wettstreit allein weitergeführt und hohe Ehren erlangt. Aber sein Sieg war wertlos, denn er war Hannegan gleichgültig. Thon Taddeo hatte gelernt, den ganzen Hof von Texarkana zu verachten, aber in jugendlicher Inkonsequenz war er bereitwillig an ebendenselben Hof zurückgekehrt, um endlich als seines Vaters Sohn rechtmäßig anerkannt zu werden. Er schien

jedermann zu verzeihen, ausgenommen der heimgegangenen Herzogin, die ihn verstoßen hatte, und den Mönchen, die ihn in der Verbannung versorgt hatten.
Vielleicht hält er unser Kloster für einen Ort gräßlicher Gefangenschaft, dachte der Abt. Hier würden schlimme Erinnerungen hochsteigen, verdrängte Erinnerungen und wahrscheinlich ein paar eingebildete Erinnerungen.
»›... der Garten der Neuen Gelehrsamkeit enthält schon die Keime künftiger Konflikte‹«, fuhr der Vorleser fort, »›sieh Dich also vor und erkenne die Zeichen!
Doch andrerseits bestehen nicht nur Seine Herrlichkeit, sondern auch das Gebot der Nächstenliebe und der Gerechtigkeit darauf, daß ich ihn Dir als wohlgesonnenen Mann empfehle oder wenigstens als argloses Kind, wie die meisten dieser gebildeten und ritterlichen Heiden (denn als Heiden werden sie sich trotz allem erweisen). Er wird sich gut betragen, wenn Du Dich ihm gegenüber fest zeigst. Sei aber vorsichtig, mein Freund. Sein Geist ist gespannt wie eine Muskete, die in jede nur denkbare Richtung losgehen kann. Dennoch bin ich sicher, daß eine Zeitlang es mit ihm aufnehmen zu müssen keine allzu anstrengende Aufgabe für Deine Klugheit und Gastlichkeit sein wird.
Quidam mihi calix nuper expletur, Paule. Precamini ergo Deum facere me fortiorem. Metuo ut hic pereat. Spero te et fratres saepius oraturos esse pro tremescente Marco Apolline. Valete in Christo, amici. Texarkanae, datum est Octavā Ss Petri et Pauli, Anno Domini termillesimo ...‹«

»Zeig mir noch mal das Siegel«, sagte der Abt.
Der Mönch reichte ihm die Rolle. Dom Paulo hielt sie sich dicht vor die Augen, um angestrengt die verwischten Buchstaben anzuschauen, die durch einen schlecht eingefärbten Holzstempel unten auf das Pergament gedruckt worden waren:

VON HANNEGAN II. GEBILLIGT, VON GOTTES GNADEN BÜRGERMEISTER.
BEHERRSCHER VON TEXARKANA, VERTEIDIGER DES GLAUBENS, UND HÖCHSTER VAQUERO DER EBENEN.
GEZEICHNET: X

»Ich frage mich, ob Seine Herrlichkeit sich diesen Brief später von jemand vorlesen ließ«, sorgte sich der Abt.
»Herr, hätte man dann den Brief gesendet?«
»Vermutlich nicht. Aber dieser Leichtsinn vor den Augen Hannegans, nur um seiner Ungebildetheit eins auszuwischen, das sieht mir nicht nach Marcus Apollo aus; es sei denn, er hätte versucht, mir zwischen den Zeilen etwas mitzuteilen – und hätte durchaus auf kein sichereres Mittel sinnen können, es zu sagen. Dieser letzte Abschnitt – über einen gewissen Kelch, von dem er fürchtet, daß er nicht vorübergehen werde. Es ist klar, daß er sich Sorgen über etwas macht, aber worüber? Das sieht Marcus nicht ähnlich, das sieht ihm überhaupt nicht ähnlich.«
Einige Wochen waren seit der Ankunft des Briefes vergangen. Während dieser Wochen hatte Dom Paulo unruhig geschlafen, unter dem Wiederaufflackern eines alten Magenleidens gelitten, der Vergangenheit zu sehr nachgegrübelt, als suche er nach etwas, das anders hätte gemacht werden müssen, um eine gewisse Zukunft abzuwenden. Welche Zukunft? verlangte er von sich zu wissen. Es schien keinen vernünftigen Grund zu geben, Schwierigkeiten vorherzusehen. Der Streit zwischen Dorfbewohnern und Mönchen war nahezu beigelegt. Im Norden und Osten gab es unter den Hirtenvölkern keine Anzeichen von Aufruhr. Das Kaiserliche Denver verfolgte seine Anstalten nicht weiter, Steuern von klösterlichen Gemeinschaften zu erheben. Es hielten sich keine Truppen in der Nähe auf. Die Oase versorgte sie immer noch mit Wasser. Mensch und Tier schienen gegenwärtig von keiner Seuche bedroht. Der Mais stand dieses Jahr gut auf den bewässerten Feldern. Es gab

Anzeichen von Fortschritt auf der Welt, und das Dorf Sanly Bowitts hatte die unglaubliche Quote von acht Prozent Leuten, die lesen und schreiben konnten. Dafür hätten die Dorfbewohner den Mönchen des Ordens des Leibowitz Dank sagen können, sie taten es aber nicht.
Und trotzdem suchten ihn bange Ahnungen heim. Etwas Namenloses schwebte drohend über der Welt, um sich mit dem ersten Hahnenschrei auf sie zu stürzen. Diese Überzeugung hatte ihn gemartert, war so quälend wie ein Schwarm gefräßiger Insekten, die einem unter der Wüstensonne das Gesicht umschwirrten. Es war das Gefühl des Drohenden, Unerbittlichen, Sinnlosen. Es wand sich wie eine vor Hitze toll gewordene Klapperschlange, die sich auf das nächste vom Wind losgerissene Blatt stürzen würde.
Ein Teufel war es, sagte sich der Abt, mit dem er handgemein zu werden suchte; aber der Teufel entschlüpfte ihm immer wieder. Der Teufel des Abtes war ziemlich klein, wie Teufel nun einmal sind, nur etwa bis zum Knie reichend, aber zehn Tonnen schwer und stark wie fünfhundert Stiere. So wie ihn sich Dom Paulo vorstellte, war er weniger von Bosheit als vielmehr von einem wahnwitzigen Zwang besessen, etwa nach Art eines tollwütigen Hundes. Er biß um sich, durch Haut, Fleisch und Knochen, einfach weil er sich selbst verdammt hatte und weil diese Verdammnis einen verdammenswert unersättlichen Heißhunger hervorrief. Und er war böse, nur weil er Gott verneint hatte, und die Verneinung war Teil seines Wesens oder zur Leere darin geworden. Irgendwo, dachte Dom Paulo, watet er durch ein Meer von Menschen, hinter sich eine Woge von Krüppeln herziehend.
Was für ein Unsinn, Alter! schalt er sich. Wenn man lebensüberdrüssig wird, erscheint einem selbst die Veränderung von Übel. Denn dann wird die totengleiche Stille der Lebensmüden überhaupt von jeder Änderung gestört. Ach, es gibt den Teufel, schon gut; aber man sollte ihm nicht mehr

als nur sein verdammtes Recht einräumen. Bist du schon so lebensüberdrüssig, altes Wrack?
Doch die bange Ahnung blieb.
»Meint Ihr, daß die Geier den alten Eleasar schon verspeist haben?« fragte eine ruhige Stimme neben seinem Ellbogen.
Dom Paulo fuhr hoch und blickte sich im Dämmerlicht um. Die Stimme war die Pater Gaults, seines Priors und wahrscheinlichen Nachfolgers. Er stand da, spielte mit einer Rose und sah verlegen drein, weil er die Einsamkeit des alten Mannes gestört hatte.
»Eleasar? Du meinst Benjamin? Wieso? Hast du in letzter Zeit irgend etwas über ihn gehört?«
»Eigentlich nicht, Vater Abt.« Er lachte schüchtern. »Es schien, als blicktet Ihr hinüber zur Mesa, und ich dachte, Ihr würdet über den alten Juden nachdenken.« Er schaute zum amboßförmigen Berg hinüber, der sich deutlich von einem grauen Himmelsstreifen im Westen abhob. »Da steigt eine dünne Rauchfahne in die Höhe; ich vermute also, daß er noch lebt.«
»Wir sollten nicht auf *Vermutungen* angewiesen sein«, sagte Dom Paulo kurz angebunden. »Ich will hinüberreiten und ihn besuchen.«
»Das klingt ja, als wolltet Ihr noch heute nacht aufbrechen«, lachte Gault leise.
»Morgen oder übermorgen.«
»Seht Euch lieber vor. Man sagt, er wirft mit Felsbrocken auf Kletterer.«
»Ich habe ihn seit fünf Jahren nicht mehr gesehen«, gestand der Abt ein. »Ich schäme mich wirklich. Er ist einsam. Ich werde zu ihm gehen.«
»Wenn er sich einsam fühlt, warum besteht er darauf, wie ein Einsiedler zu leben?«
»Um der Einsamkeit zu entfliehen – in der Welt der Jugend.«
Der junge Priester lachte. »Das mag ihm vielleicht sinnvoll erscheinen – nur ich verstehe es nicht ganz.«

»Das wirst du, wenn du so alt wie ich – oder wie er sein wirst.«
»Ich werde kaum so alt werden. Er erhebt Anspruch auf einige tausend Jahre.«
Der Abt erinnerte sich und lächelte. »Weißt du, ich kann ihn auch nicht widerlegen. Ich lernte ihn kennen, als ich gerade Novize war, vor fünfzig und mehr Jahren, und ich schwöre dir, er sah genauso alt aus wie heute. Er ist bestimmt über hundert.«
»Dreitausendzweihundertneun, sagt er. Manchmal sogar noch mehr. Ich denke, er glaubt es sogar. Eine interessante Verrücktheit.«
»Ich bin mir nicht so sicher, ob er verrückt ist. Mehr ein Verstand auf Abwegen. Aber weshalb wolltest du mich sprechen?«
»Nur drei Kleinigkeiten. Erstens, wie kriegen wir den Dichter aus den königlichen Gästezimmern heraus – bevor Thon Taddeo ankommt? Er müßte in ein paar Tagen eintreffen, und der Dichter hat Wurzeln geschlagen.«
»Ich werde mich um den Meister Dichter kümmern. Was noch?«
»Die Abendandacht. Werdet Ihr in die Kirche kommen?«
»Erst zur Komplet. Du übernimmst. Noch etwas?«
»Ein Streit im Kellergeschoß, über das Experiment Bruder Kornhoers.«
»Zwischen wem, und warum?«
»Also, Kern der albernen Angelegenheit scheint zu sein, daß Bruder Armbruster die Haltung des *vespero mundi exspectando* einnimmt und Weltuntergangsstimmung verbreitet, während Bruder Kornhoer glaubt, das Goldene Zeitalter stehe vor der Tür. Kornhoer verrückt Einrichtungsgegenstände, um sich Platz für Apparaturen zu verschaffen. Armbruster schreit: »Inferno!«, Bruder Kornhoer brüllt: »Fortschritt!«, und sie gehen wieder aufeinander los. Dann kommen sie wutentbrannt zu mir und rufen mich zum Schiedsrichter. Ich tadle sie, weil sie ihre Beherrschung

verloren haben. Sie blicken dann voll Unschuld drein und geben sich zehn Minuten lang die schmeichelhaftesten Worte. Sechs Stunden später erzittert der Fußboden von Bruder Armbrusters Inferno-Geschrei unten in der Bibliothek. Ich kann die Zornesausbrüche beschwichtigen, aber es scheint sich um eine grundsätzliche Meinungsverschiedenheit zu handeln.«
»Ich würde sagen, um einen grundsätzlichen Verstoß gegen gutes Betragen. Was meinst du, soll ich mit ihnen anfangen? Sie vom gemeinsamen Essen ausschließen?«
»Noch nicht, aber Ihr könntet sie warnen.«
»Nun gut, ich werde sie zur Rede stellen. Ist das alles?«
»Alles, Herr.« Er wollte gehen, hielt aber wieder inne. »Ach, übrigens, glaubt Ihr, daß Bruder Kornhoers komischer Apparat funktionieren wird?«
»Ich *hoffe* es nicht«, schnaubte der Abt.
Pater Gault schien überrascht. »Aber warum habt Ihr dann...«
»Weil ich zunächst neugierig war. Das Unternehmen hat aber inzwischen so viel Staub aufgewirbelt, daß es mir leid tut, daß ich ihn beginnen ließ.«
»Warum haltet Ihr ihn nicht auf?«
»Weil ich hoffe, daß er sich auch ohne meine Hilfe der Lächerlichkeit preisgeben wird. Sollte die Sache schiefgehen, so ist die Ankunft Thon Taddeos gerade der rechte Augenblick für das Mißlingen. Das wäre recht die angemessene Art von Demütigung für Bruder Kornhoer – um ihn an seine Berufung zu erinnern, bevor er noch anfängt zu glauben, er sei hauptsächlich zur Religion berufen, um in den Kellergewölben des Klosters einen Erzeuger elektrischer Wesenheiten zu bauen.«
»Aber, Vater Abt, Ihr müßt zugeben, daß es im Falle des Gelingens eine großartige Leistung wäre.«
»Ich *muß* gar nichts zugeben«, sagte Dom Paulo barsch zu ihm.
Als Gault gegangen war, entschloß sich der Abt nach kur-

zem Streitgespräch mit sich selbst, zuerst das Problem mit Meister Dichter anzugehen, bevor er sich auf die Angelegenheit hie Inferno, hie Fortschritt einließe. Die einfachste Lösung des Problems mit dem Dichter wäre, der Dichter verschwände aus den königlichen Räumen und am besten gleich auch aus dem Kloster, aus der Umgebung des Klosters, begäbe sich aus Seh- und Hörweite, aus den Augen, aus dem Sinn. Aber Meister Dichter mit einer »einfachen« Lösung loszuwerden, nein, damit war nicht zu rechnen!
Der Abt verließ die Mauer und ging über den Hof auf den Gästebau zu. Er tastete sich vorwärts, da die Gebäude im Sternenlicht schwarze Massen aus Schatten waren und nur wenige Fenster von mattem Kerzenlicht glühten. Die Fenster der königlichen Räume waren finster. Aber der Dichter lebte in ausgefallener Tageseinteilung und mochte wohl zu Hause sein.
Im Innern des Gebäudes tappte er nach der richtigen Tür, fand sie und klopfte an. Eine Antwort erfolgte nicht sogleich. Er hörte nur einen schwachen, blökenden Ton, der aus den Räumen gekommen sein konnte oder auch nicht. Er klopfte wieder, dann drückte er die Klinke. Sie gab nach.
In der Dunkelheit glimmte das schwache rote Licht eines Holzkohlebeckens. Das Zimmer roch nach abgestandenem Essen.
»Dichter?«
Wieder das schwache Blöken, doch diesmal näher. Er ging zum Kohlebecken, stocherte nach einem weißglühenden Kohlestück und entzündete einen Kienspan. Er blickte sich um und zuckte vor der Unordnung im Zimmer zusammen. Niemand war da. Er zündete mit der Flamme eine Öllampe an und machte sich auf, den Rest der Räumlichkeiten zu durchsuchen. Man würde sie gründlich scheuern und räuchern (und vielleicht sogar böse Geister austreiben) müssen, bevor Thon Taddeo einzog. Er hoffte, daß er Meister

Dichter zum Scheuern würde anstellen können, wußte aber, daß da nur geringe Aussicht bestand.
Im zweiten Zimmer hatte Dom Paulo plötzlich das Gefühl, beobachtet zu werden. Er stand ganz still und sah sich langsam um.
Ein einsames Auge schaute ihn aus einem Glas Wasser heraus vom Regal her an. Der Abt nickte ihm zwanglos zu und ging weiter.
Im dritten Zimmer traf er auf die Ziege. Ihr erstes Zusammentreffen.
Die Ziege stand oben auf einer riesigen Vitrine und kaute an Kohlblättern. Sie sah wie eine der kleinen Bergziegen aus, hatte aber einen kahlen Schädel, der im Lampenlicht azurblau aufleuchtete. Zweifelsohne von Geburt an mißgebildet.
»Dichter?« sagte er fragend, leise, blickte der Ziege dabei fest ins Auge und berührte sein Brustkreuz.
»*Hier* herein«, kam es mit schwacher Stimme aus dem vierten Zimmer.
Erleichtert seufzte Dom Paulo auf. Die Ziege kaute weiter an ihren Blättern. War ihm jetzt doch ein *wirklich* widerwärtiger Gedanke durch den Kopf geschossen!
Der Dichter lag quer über das Bett ausgestreckt, so daß er eine Flasche Wein leicht erreichen konnte. Das eine gesunde Auge blickte verstört ins Licht. »Ich hatte geschlafen«, klagte er und rückte mit einer Hand seine schwarze Augenbinde zurecht, mit der anderen griff er sich die Weinflasche.
»Dann wacht bitte auf. Ihr zieht hier sofort aus. Noch heute nacht. Schmeißt Eure Sachen auf den Flur, damit die Zimmer gelüftet werden können. Wenn Ihr unbedingt schlafen müßt, dann legt Euch unten in die Zelle des Stallburschen. Am Morgen kommt dann wieder her und scheuert diese Zimmer aus.«
Einen Augenblick lang lag der Poet wie ein begossener Pudel da, dann faßte er unter die Bettdecke und packte

etwas. Er brachte die geschlossene Faust hervor und starrte sie nachdenklich an. »Wer hat diese Gemächer zuletzt bewohnt?« fragte er.
»Monsignore Longi, wieso?«
»Ich wollte nur wissen, wer die Wanzen mitgebracht hat.« Der Dichter öffnete seine Faust, hob mit spitzen Fingern etwas von der Handfläche, zerdrückte es zwischen den Nägeln und schnippte es fort. »Thon Taddeo soll mit ihnen glücklich werden. Mir reicht's. Seit der Zeit meines Einzugs bin ich von ihnen lebendigen Leibes aufgefressen worden. Ich war drauf und dran, abzureisen, aber da Ihr mir meine alte Zelle wieder angeboten habt, werde ich mich glücklich schätzen . . .«
»Ich wollte damit nicht . . .«
». . . Eure großzügige Gastfreundschaft noch ein bißchen in Anspruch nehmen zu dürfen. Natürlich nur, bis mein Buch vollendet sein wird.«
»*Welches* Buch? Nun gut. Laßt aber zuerst Eure Sachen hier verschwinden.«
»Jetzt gleich?«
»Sofort!«
»Gut. Ich glaube, ich hätte es sowieso nicht noch eine Nacht bei diesen Wanzen ausgehalten.« Der Dichter wälzte sich aus dem Bett, packte die Flasche und trank.
»Gebt mir den Wein«, befahl der Abt.
»O bitte, bedient Euch. Ein milder Jahrgang.«
»Besten Dank. Schließlich habt Ihr ihn aus unseren Kellern gestohlen. Übrigens handelt es sich um Meßwein. Ist Euch das nicht aufgefallen?«
»Er war noch nicht konsekriert.«
»Ich erstaune, daß Ihr daran gedacht habt.« Dom Paulo nahm die Flasche an sich.
»Außerdem habe ich sie nicht gestohlen. Ich . . .«
»Laßt Euch wegen des Weins keine grauen Haare wachsen. Wo habt Ihr die Ziege gestohlen?«
»Ich habe sie nicht *gestohlen*«, sagte der Dichter düster.

»Sie stand wie eine Geistererscheinung plötzlich vor Euch?«
»Sie ist ein Geschenk, *Reverendissime*.«
»Von wem?«
»Einem lieben Freund, *Domnissime*.«
»*Wessen* lieber Freund?«
»Meiner, Herr.«
»Da stimmt doch etwas nicht. Also wo habt Ihr ...«
»Benjamin, Herr.«
Dom Paulo stand einen Augenblick überrascht. »Ihr habt sie dem alten Benjamin gestohlen?«
Der Dichter zuckte bei dem Wort zusammen. »Nicht *gestohlen*, bitte.«
»Dann also was?«
»Benjamin bestand darauf, daß ich sie als Geschenk annehme für ein Sonett, das ich ihm zu Ehren verfaßt hatte.«
»Heraus mit der *Wahrheit*!«
Meister Dichter schluckte kleinlaut. »Ich habe sie ihm beim Schussern abgewonnen.«
»Ich verstehe.«
»Es ist wahr! Der alte Schelm hatte mich bis auf den letzten Pfennig ausgenommen und wollte mir dann nichts pumpen. Ich war gezwungen, mein Glasauge gegen die Ziege zu setzen. Aber ich habe alles zurückgewonnen.«
»Sie zieht aus dem Kloster aus, die Ziege!«
»Aber sie gehört zu einer ganz besonderen Rasse von Ziegen. Die Milch riecht ganz überirdisch und schmeckt so würzig. Sie ist der eigentliche Grund für das lange Leben des uralten Juden.«
»Für wie viele Jahre?«
»Für die ganzen vierundfünfzighundert und acht Jahre!«
»Ich dachte immer, er wäre nur zweiunddreißighundert und ...« Dom Paulo schwieg verächtlich. »Was habt Ihr drüben in der Letzten Zuflucht gemacht?«
»Mit dem alten Benjamin Schusser gespielt.«
»Also wirklich, ich ...« Der Abt richtete sich auf. »Nun

gut. Zieht jetzt wenigstens aus. Und bringt morgen Benjamin die Ziege zurück.«
»Ich habe sie aber ehrlich gewonnen.«
»Wir wollen uns nicht streiten. Bringt die Ziege also in die Stallungen. Ich werde sie ihm selbst zurückbringen.«
»Warum?«
»Weil wir nichts mit ihr anfangen können, genausowenig wie Ihr.«
»Ha ha«, spottete der Dichter.
»Ich bitte Euch, was soll das jetzt heißen?«
»Thon Taddeos Besuch. Man wird, noch ehe er beendet ist, eine Art Bock brauchen, da könnt ihr Gift drauf nehmen. Besser eine Ziege als gar nichts.« Er lachte selbstgefällig vor sich hin.
Der Abt wandte sich unwillig ab. »Macht hier jetzt nur Platz«, fügte er überflüssigerweise hinzu. Dann ging er in den Keller, wo jetzt die Memorabilien ruhten, um sich mit dem Zank dort auseinanderzusetzen.

14

Die Kellergewölbe waren während der Jahrhunderte angelegt worden, als die Nomaden von Norden her einströmten, als die Horde der Bayring die Ebenen und die Wüste fast vollständig überschwemmt hatte und jedes Dorf, auf das sie stieß, plünderte und verwüstete. Die Memorabilien, das winzige Erbe der Abtei an vergangenem Wissen, wurde in unterirdischen Gewölben eingemauert, um die unschätzbaren Schriften vor Nomaden wie auch angeblichen Kreuzfahrern der schismatischen Orden zu schützen. Orden, die gegründet worden waren, die Horden abzuwehren, die aber bald anfingen, wahllos auf Raubzüge auszugehen und sich in sektiererischen Hader zu verwickeln. Die Bücher der Abtei hätten sich weder bei den Nomaden noch beim Ritterorden des San Pankraz großer Wertschätzung erfreut, aber die Nomaden würden sie aus schierer Zerstörungslust vernich-

tet haben, und die Brüder des Ritterordens hätten viele davon als ketzerisch verbrannt, auf Grund der Lehre des Vissarion, ihres Gegenpapstes.
Ein dunkles Zeitalter schien jetzt zu Ende zu gehen. Zwölf Jahrhunderte lang hatte man in den Klöstern eine winzige Flamme des Geistes mühsam am Leben erhalten. Erst jetzt war ihr Bewußtsein bereit, erweckt zu werden. Vor langer Zeit, im letzten Zeitalter der Vernunft, hatten gewisse stolzgeschwellte Köpfe behauptet, daß wahrhaftes Wissen unzerstörbar sei, daß Ideen unvergänglich, die Wahrheit unsterblich sei. Das stimmte indessen nur in des Wortes tiefster Bedeutung, dachte der Abt, und war dem Anschein nach ganz und gar nicht wahr. Wohl enthielt die Welt wirklichen Sinn, den außerhalb aller Moral stehenden *Logos* oder Weltentwurf des Schöpfers: doch solche Sinnbezogenheit war nur Gott erkennbar, nicht den Menschen, ehe sie nicht einer unvollständigen Verkörperung, einer dunklen Spiegelung dieses Sinns in Geist, Sprache und Kultur einer bestimmten menschlichen Gesellschaft gewahr wurden. Die Gesellschaft würde diesem Sinngefüge Bedeutungen beilegen und es dadurch im Bereich ihrer Kultur in menschlichem Sinn wirksam werden lassen. Denn der Mensch nannte Kultur sein eigen, wie er eine Seele sein eigen nannte, doch waren seine Kulturen nicht unsterblich; sie konnten mit einer Rasse oder einem Zeitalter vergehen. Die menschlichen Spiegelungen des Sinngefüges und die Abbilder der Wahrheit waren uns dann entzogen; Wahrheit und Sinn lebten dann eingezogen im realen *Logos* der Natur und im unaussprechlichen Gottes. Die Wahrheit mochte ans Kreuz geschlagen werden. Doch bald vielleicht schon eine Auferstehung.
Die Memorabilien waren voller alter Wörter, alter Lehrsätze, alter Betrachtungen des Sinnzusammenhangs, losgelöst von den Menschen, die vor langer Zeit gestorben waren, die wie ihre andersgeartete Gesellschaft von der Vergessenheit verschlungen worden waren. Nur wenig da-

von war überhaupt noch zu begreifen. Bestimmte Blätter schienen so sinnlos, wie dem Schamanen eines Nomadenstammes das Brevier vorgekommen wäre. Anderen war noch eine gewisse dekorative Schönheit eigen oder eine Regelmäßigkeit, die auf einen Zweck hindeutete, so, wie ein Rosenkranz Nomaden an eine Halskette erinnert hätte. Die allerersten Brüder des Ordens des Leibowitz hatten gewissermaßen versucht, dem Gesicht der gekreuzigten Kultur ein Schweißtuch der Veronika aufzudrücken. Mit dem Abbild des Antlitzes antiker Größe gezeichnet, hatte es sich gelöst, doch war das Bild nur schwach aufgeprägt, unvollständig und kaum zu verstehen. Die Mönche hatten das Bild bewahrt. Es war immer noch vorhanden, um von der Welt genau untersucht zu werden. Es kam auf die Welt an, ob sie versuchen wollte, es zu deuten. Nur für sich genommen konnten die »Denkwürdigkeiten« indessen kein Wiederaufblühen alter Wissenschaft oder hochentwickelter Zivilisation zustandebringen, denn Kulturen wurden von Geschlechtern der Menschen gezeugt, nicht von modrigen Wälzern. Nichtsdestoweniger könnten die Bücher von Nutzen sein, wie Dom Paulo hoffte. Die Bücher könnten in bestimmte Richtungen weisen und einer neu entstehenden Wissenschaft Hinweise geben. So etwas war schon einmal geschehen, wie der Ehrwürdige Boedullus in seinem Werk *De Vestigiis Antecessarum Civitatum* festgestellt hatte. Und dieses Mal, dachte Dom Paulo, werden wir die Erinnerung wachhalten, *wer* den Funken am Leben erhalten hat, während die Welt schlief. Er unterbrach sich, um sich umzudrehen. Er hatte sich für einen Augenblick eingebildet, er hätte ein erschrockenes Blöken der Ziege des Dichters gehört.

Das Geschrei aus dem Keller füllte bald seine Ohren, als er die unterirdischen Treppen hinab zum Ursprung des Tumultes stieg. Jemand trieb mit dem Hammer Stahlnägel in die Steinwand. Geruch von Schweiß mischte sich mit dem alter Bücher. Hektisches Getümmel einer unwissenschaft-

lichen Betriebsamkeit wogte durch die Bibliothek. Mit Werkzeugen beladen rannten Novizen vorbei. Novizen standen beieinander, um Grundrisse zu betrachten. Novizen verschoben Pulte wie Tische und hoben einen behelfsmäßig wirkenden Mechanismus an, um ihn an Ort und Stelle zu rücken. Im Schein von Öllampen die größte Verwirrung. Der Bibliothekar und Rektor der Memorabilien, Bruder Armbruster, stand das Ganze beobachtend in einer fernen Nische der Bücherregale, mit verschränkten Armen und verbissenem Gesichtsausdruck. Dom Paulo wich seinem anklagenden Blick aus.
Bruder Kornhoer begrüßte seinen Vorsteher mit dem unentwegten Lächeln des Begeisterten. »Nun, Vater Abt, wir werden bald ein Licht haben, wie es noch keiner unserer Zeitgenossen je gesehen hat.«
»Das ist nicht ohne eine gewisse Eitelkeit gesagt, Bruder«, antwortete Paulo.
»Eitelkeit, Herr? Wenn wir das, was wir gelernt haben, nutzbringend anwenden?«
»Ich dachte eigentlich mehr an unsere *Eile*, es nutzbringend anzuwenden, gerade zur rechten Zeit, um einen bestimmten gelehrten Besucher zu beeindrucken. Nichts für ungut. Zeig mir jetzt diese Maschinistenzauberei.«
Sie gingen hinüber zu der Behelfsmaschine. Der Abt konnte nichts Nützliches an ihr entdecken, es sei denn, man hielt Apparate, um Gefangene zu foltern, für nützlich. Eine Achse, die als Welle diente, war durch Rollen und Riemen mit einem hüfthohen Drehkreuz verbunden. Auf der Achse waren vier Wagenräder im Abstand von einigen Zentimetern befestigt. Ihre dicken Eisenreifen waren mit eingekerbten Nuten versehen. In diesen Nuten saßen unzählige Vogelnester aus Kupferdraht, der in der örtlichen Schmiede von Sanly Bowitts aus Münzmetall gezogen worden war. Dom Paulo bemerkte, daß die Räder offenbar in der Luft hingen, um sich frei drehen zu können, denn sie berührten nirgendwo eine Fläche. Auf jeden Fall lagen den

Reifen feststehende Eisenblöcke gegenüber, so wie Bremsen, aber ohne sie auch nur leicht zu berühren. Diese Blöcke waren wiederum mit unzähligen Windungen von Draht umwickelt – »Feldspulen«, wie Kornhoer sie nannte. Dom Paulo schüttelt ernst das Haupt.
»Das wird die größte physikalische Errungenschaft der Abtei werden, seit wir vor hundert Jahren die Duckerpresse aufstellten«, wagte Kornhoer voll Stolz anzumerken.
»Wird es funktionieren?« wollte Dom Paulo wissen.
»Dafür würde ich einen ganzen Monat Extraschwerstarbeit verwetten, Herr.«
Du verwettest um einiges mehr als nur das, dachte der Priester, unterdrückte aber die Äußerung. »Wo kommt das Licht heraus?« fragte er und sah sich das merkwürdige Monstrum wieder an.
Der Mönch lachte. »Ah, dafür haben wir eine besondere Lampe. Was Ihr hier seht, ist nur der ›Dynamo‹. Er erzeugt die elektrische Substanz, die die Lampe verbrennen wird.«
Dom Paulo faßte bekümmert die Größe des Raums ins Auge, die der Dynamo beanspruchte. »Diese Substanz kann nicht«, murmelte er, »zufällig aus Hammelfett ausgezogen werden?«
»Nein, nein – die elektrische Substanz besteht aus, äh – wünscht Ihr, daß ich es Euch erkläre?«
»Lieber nicht. Naturwissenschaft ist nicht meine Stärke. Ich überlasse sie gern euren jüngeren Hirnen.« Er machte einen raschen Schritt rückwärts, um einem Balken auszuweichen, der von zwei Zimmerleuten im Laufschritt vorbeigetragen wurde und ihm fast die Hirnschale zerschmettert hätte. »Erzähl mir«, sagte er, »woher es deiner Meinung nach kommt, daß, obwohl du gelernt hast, durch Studium von Schriften aus dem Zeitalter des Leibowitz dieses Ding hier aufzubauen, niemand unter unseren Vorgängern sich dazu in der Lage sah?«
Der Mönch schwieg einen Augenblick. »Das ist nicht leicht

zu erklären«, sagte er schließlich. »In den erhaltenen Schriften findet sich in Wirklichkeit keine direkte Anleitung zur Konstruktion eines Dynamos. Man kann vielmehr sagen, daß die Anleitung dazu in einer ganzen Sammlung fragmentarischer Schriften verborgen liegt. Teilweise verborgen. Und sie muß durch Schlußfolgerungen hervorgeholt werden. Aber um die Anleitung zu erhalten, braucht man außerdem einige Theorien, von denen man ausgehen kann – theoretisches Wissen, das unsere Vorgänger nicht hatten.«

»Aber wir haben es?«

»Nun ja – jetzt, da es einige Männer gibt wie...«, seine Stimme nahm einen höchst ehrfurchtsvollen Klang an, und er machte eine Pause, bevor er den Namen aussprach, »...wie Thon Taddeo...«

»Soll das ein vollständiger Satz gewesen sein?« fragte der Abt ziemlich verdrießlich.

»Also bis vor kurzem haben sich nur wenige Philosophen mit neuen Theorien der Physik befaßt. Eigentlich waren es die Arbeiten des... des Thon Taddeo...«, wieder die ehrfurchtsvolle Stimme, bemerkte Dom Paulo, »...die uns die notwendigen Arbeitshypothesen lieferten. Zum Beispiel seine Arbeit über die Beweglichkeit elektrischer Substanzen und sein Lehrsatz der Erhaltung...«

»Es sollte ihn demnach freuen, seine Arbeiten angewandt zu finden. Darf ich fragen, wo sich die Lampe selbst befindet? Ich hoffe nur, sie ist nicht noch größer als der Dynamo.«

»Hier ist sie, Herr«, sagte der Mönch und nahm einen kleinen Gegenstand vom Tisch. Es schien nur eine Klammer zu sein, von der ein Paar schwarzer Stäbe gehalten wurde, und eine Flügelschraube, mit der ihr Abstand eingestellt werden konnte. »Das sind Kohlestifte«, erklärte Kornhoer, »die Alten hätten das hier Bogenlampe genannt. Es gab noch eine andere Art, aber wir haben nicht die Materialien, um sie herzustellen.«

»Erstaunlich. Wo kommt das Licht heraus?«

»Hier.« Der Mönch zeigte auf die Lücke zwischen den Kohlen.

»Das muß eine äußerst winzige Flamme sein«, sagte der Abt.

»Ja, aber hell! Ich rechne damit, daß sie heller als hundert Kerzen sein wird.«

»Wie!«

»Das macht Euch Eindruck, was?«

»Den Eindruck des Hirnverbrannten ...« Weil er aber den plötzlich verletzten Gesichtsausdruck Bruder Kornhoers bemerkte, fügte er hinzu: »... wenn ich bedenke, wie wir uns bis jetzt mit Bienenwachs und Hammelfett behelfen mußten.«

»Ich frage mich«, vertraute ihm der Mönch zögernd an, »ob die Alten sie anstelle von Kerzen auf ihren Altären verwendet haben.«

»Nein«, sagte der Abt, »ganz bestimmt *nicht*. Das kann ich dir versichern. Schlag dir diesen Gedanken so schnell wie möglich aus dem Kopf; er ist nicht einmal des Nachdenkens wert.«

»Ja, Vater Abt.«

»Wo willst du jetzt das Ding hinhängen?«

»Nun ...« Bruder Kornhoer schwieg, um sich unternehmungslustig im düsteren Keller umzusehen. »Ich habe mir darüber noch keine Gedanken gemacht. Es wäre vielleicht am besten, sie über dem Tisch anzubringen, wo Thon Taddeo ...« (warum immer diese Pause, wenn er ihn nennt, fragte sich Dom Paulo gereizt) »... arbeiten wird.«

»Wir fragen lieber bei Bruder Armbruster nach«, entschied der Abt. Er bemerkte den plötzlichen Verdruß des Mönchs: »Was ist los? Hast du mit Bruder Armbruster wieder ...«

Kornhoers Gesicht verzog sich zu einer Grimasse des Bedauerns: »Wirklich, Vater Abt, ich habe nicht ein einziges Mal meine Geduld mit ihm verloren. Freilich hatten wir Wortwechsel, aber ...« Er zog die Schultern hoch. »Er will nicht, daß irgend etwas von seinem Platz gerückt wird. Er murmelt ständig etwas über Hexerei und ähnliches. Es ist nicht einfach, mit ihm vernünftig zu reden. Seine Augen sind jetzt halberblindet vom Lesen bei schwacher Beleuchtung; trotzdem sagt er, es sei Teufelswerk, was wir vorhaben. Ich weiß nicht mehr, was ich antworten soll.«

Dom Paulo runzelte leicht die Stirn, als sie den Raum durchquerten, hinüber zu der Nische, wo Bruder Armbruster immer noch stand und finster dem Lauf der Dinge zusah.

»Du hast ja jetzt deinen Willen durchgesetzt«, sagte der Bibliothekar zu Kornhoer, als sie herantraten. »Wann wirst du einen mechanischen Bibliothekar aufstellen, Bruder?«

»Wir haben Hinweise, daß es einst derartige Dinge gab«, brummte der Erfinder. »In den Beschreibungen der *Machina analytica* wirst du erwähnt finden, daß ...«

»Genug! Es reicht!« Der Abt trat dazwischen. Dann sagte er zum Bibliothekar: »Thon Taddeo benötigt einen Arbeitsplatz; was schlägst du vor?«

Armbruster stieß einen Daumen in Richtung der Nische mit den naturwissenschaftlichen Werken. »Er kann da drin am Lesepult lesen wie jeder andere.«

»Wie wäre es, wenn wir hier in der offenen Halle für ihn einen Arbeitsplatz errichteten, Vater Abt?« gab Kornhoer in raschem Gegenvorschlag zu bedenken. »Außer einem Pult braucht er ein Rechenbrett, eine Wandtafel und eine Zeichenplatte. Wir könnten ihn vorübergehend mit Wandschirmen abteilen.«

»Ich dachte, er würde alles, was mit den Leibowitztexten zusammenhängt, und unsere ältesten Schriften brauchen?« sagte mißtrauisch der Bibliothekar.

»Ganz richtig.«

»Dann wird er ganz schön hin- und herlaufen müssen, wenn du ihn hier in die Mitte setzt. Die seltenen Bände sind durch Ketten gesichert, und bis hierher reichen die nicht.«

»Kein Problem«, sagte der Erfinder. »Wir machen die Ketten ab. Sie sehen sowieso albern aus. Die schismatischen Kultgemeinschaften sind entweder alle ausgestorben oder von nur regionaler Bedeutung. Vom Ritterorden des Pankraz hat man seit hundert Jahren nichts mehr gehört.«
Armbruster wurde rot vor Ärger. »Das werdet ihr bleiben lassen!« fuhr er ihn an. »Die Ketten bleiben!«
»Aber warum?«
»Nicht mehr wegen der Bücherverbrenner. Es sind die Dorfbewohner, die uns Sorgen machen. Die Ketten bleiben.«
Kornhoer wandte sich zum Abt und spreizte die Hände.
»Seht Ihr, Herr?«
»Er hat recht«, sagte Dom Paulo. »Das Dorf ist mir zu unruhig. Vergiß nicht, daß der Bürgerrat uns die Schule weggenommen hat. Jetzt haben sie ihre Dorfbibliothek, und sie verlangen von uns, daß wir ihnen die Regale füllen. Selbstverständlich mit seltenen Bänden. Aber nicht nur das. Letztes Jahr hatten wir Ärger mit Dieben. Bruder Armbruster hat recht. Die seltenen Bände behalten ihre Ketten.«
»Na schön«, seufzte Kornhoer, »dann muß er also in der Nische arbeiten.«
»Wo sollen wir jetzt deine Wunderlampe aufhängen?«
Die Mönche blickten zur Nische hinüber. Sie war eine von vierzehn völlig gleichen Nebenräumen, die nach Wissensgebieten aufgeteilt sich zur Mittelhalle hin öffneten. Jede Nische hatte ihren gewölbten Eingang, und in jedem Bogen hing an einem eisernen Haken ein schweres Kruzifix vom Schlußstein hernieder.
»Also, da er in der Nische arbeiten wird«, sagte Kornhoer, »wird es das beste sein, wir nehmen einfach das Kreuz ab und hängen sie vorübergehend da auf. Ich sehe keine andere –«
»Heide!« heulte der Bibliothekar. »Götzendiener! Gotteslästerer!« Armbruster streckte seine zitternden Hände dem Himmel entgegen. »Gott steh mir bei, daß ich ihn nicht mit

diesen Händen in Stücke reiße. Was wird er noch alles vorhaben! Führt ihn ab, sperrt ihn ein!« Er drehte ihnen den Rücken zu, die Hände immer noch zitternd hoch erhoben.
Selbst Dom Paulo war bei dem Vorschlag des Erfinders etwas zusammengezuckt, jetzt aber blickte er streng mit gerunzelter Stirn auf die Rückseite von Bruder Armbrusters Habit. Er hatte nie von Armbruster verlangt, eine Sanftmut zu heucheln, die seinem Wesen nicht entsprach, doch die Streitsucht des alten Mönchs hatte zweifellos zugenommen.
»Bruder Armbruster, dreh dich bitte um.«
Der Bibliothekar gehorchte.
»Nimm jetzt deine Hände herunter und rede leiser, wenn du . . .«
»Aber Vater Abt, Ihr habt gehört, was er . . .«
»Bruder Armbruster, du wirst mir jetzt bitte die Bücherleiter holen und das Kreuz abnehmen.«
Alle Farbe wich aus dem Gesicht des Bibliothekars. Sprachlos starrte er Dom Paulo an.
»Dies hier ist keine Kirche«, sagte der Abt. »Die Aufstellung von Bildwerken geschieht aus freiem Wunsch. Bitte, du nimmst jetzt vorläufig das Kreuz ab. Wie es scheint, ist dort der einzig brauchbare Platz für die Lampe. Wir können das später ändern. Ich begreife jetzt, daß diese ganze Angelegenheit deine Bibliotheksarbeit und vielleicht auch deine Verdauung gestört hat, aber wir hoffen, daß es im Dienste des Fortschritts geschieht. Wenn nicht, so . . .«
»Ihr laßt Unseren Herrn beiseite schaffen, um dem Fortschritt Platz zu machen!«
»Bruder Armbruster!«
»Warum hängt Ihr ihm dieses Teufelslicht nicht gleich um den Hals?«
Die Miene des Abts wurde eisig. »Ich möchte mir deinen Gehorsam nicht mit Gewalt verschaffen, Bruder. Nach dem Komplet kommst du zu mir auf meine Studierstube.«

Den Bibliothekar verließ der Mut. »Ich hole die Leiter, Vater Abt«, flüsterte er und schlich schwankend davon.
Dom Paulo blickte zum Heiland am Kreuz unter dem Bogen hinauf. *Macht es Dir etwas aus?* hätte er gern wissen mögen.
Er spürte, wie sein Magen sich zusammenzog. Der Magen würde sich später an ihm rächen. Er verließ den Keller, bevor noch jemand sein Unwohlsein bemerken konnte. Es war nicht angebracht, die Gemeinschaft sehen zu lassen, wie sehr ihn neuerdings so eine belanglose Unstimmigkeit mitnehmen konnte.

Die Aufstellung war am nächsten Tag abgeschlossen, aber Dom Paulo blieb während der Erprobung in seiner Studierstube. Er hatte sich zweimal gezwungen gesehen, Bruder Armbruster unter vier Augen zu ermahnen, und dann hatte er ihn öffentlich vor dem Kapitel tadeln müssen. Dennoch hatte er mehr Verständnis für die Einstellung des Bibliothekars als für die Kornhoers. Er saß zusammengesunken an seinem Pult und wartete auf Neuigkeiten aus dem Keller; ob die Erprobung ein Erfolg oder Fehlschlag werden würde, das war ihm fast gleichgültig. Er hielt eine Hand vorn in sein Habit gesteckt und tätschelte die Magengegend, als wollte er versuchen, ein launisches Kind zu beruhigen.
Wieder die inneren Krämpfe. Sie schienen immer aufzutreten, wenn Unstimmigkeiten in der Luft lagen, und ließen manchmal wieder nach, wenn die Unstimmigkeiten offen ans Licht kamen und er sich auf sie stürzen konnte. Doch jetzt ließen sie gar nicht nach.
Er wußte, daß er gewarnt worden war. Ob diese Warnung nun von einem Engel oder einem bösen Geist kam oder seinem eigenen Gewissen entstammte, sie besagte, daß er sich vor sich selbst und einer Begebenheit, die ihr Gesicht noch nicht zeigte, in acht zu nehmen habe.
Was nun? fragte er und gestattete sich, leise aufzustoßen.

Danach ein ebenso leises *Verzeihung* in Richtung der Statue des Sankt Leibowitz, die in einer schreinartigen Nische in der Ecke der Studierstube stand.
Über die Nase des heiligen Leibowitz kroch eine Fliege. Die Augen des Heiligen sahen aus, als schielten sie nach der Fliege in der dringenden Bitte an den Abt, sie zu verscheuchen. Die holzgeschnitzte Figur aus dem sechsundzwanzigsten Jahrhundert war dem Abt ans Herz gewachsen: ihr Gesicht zeigte ein solch merkwürdiges Lächeln, daß sie als kirchliches Kunstwerk recht ungewöhnlich wirkte. Ein Mundwinkel war vom Lächeln nach unten gebogen, und die Augenbrauen waren in einem leicht zweifelnden Stirnrunzeln tief herabgezogen, obgleich die Augenwinkel von Lachfalten durchzogen waren. Zusammen mit dem Henkerseil, das über eine Schulter hing, schien der Heilige den Beschauer oft durch seinen Gesichtsausdruck zu verwirren. Vielleicht rührte der Ausdruck von geringfügigen Unregelmäßigkeiten in der Maserung des Holzes her. Die Unregelmäßigkeiten hatten sich der Hand des Schnitzers aufgezwungen, als diese Hand versuchte, die Einzelheiten feiner auszuarbeiten, als das bei diesem Holz möglich war. Dom Paulo war sich nicht sicher, ob das Bildnis schon durch das Wachstum des lebenden Baumes vor dem Schnitzen vorgeformt worden war oder nicht. Manchmal hatten die geduldigen Meisterbildhauer jener Zeit mit einer jungen Eiche oder Zeder angefangen, und hatten – durch mühevolle Jahre des Beschneidens, Entrindens, Biegens und Festzurrens lebender Äste in bestimmten Lagen – den wachsenden Baum in eindrucksvoll dryadische Gestalt gezwungen, die Arme verschränkt oder hoch in die Luft erhoben, bevor sie den ausgewachsenen Baum fällten, um ihn zu behauen, zu trocknen und zurechtzuschnitzen. Das so entstandene Standbild war ungewöhnlich widerstandsfähig gegen Splittern oder Brechen, da die meisten Konturen des Werks der natürlichen Maserung folgten.
Dom Paulo erstaunte oft darüber, daß sich der hölzerne

Leibowitz durch die Jahrhunderte auch seinen vielen Vorgängern gegenüber als widerstandsfähig erwiesen hatte – staunte wegen des höchst sonderbaren Lächelns des Heiligen. Dieses stille Grinsen wird dich eines Tages ins Verderben stürzen, warnte er das Bildwerk ... Ohne Zweifel können die Heiligen im Himmel nicht umhin zu lachen. Der Psalmist spricht, daß Gott selbst zufrieden lachen werde, aber Abt Malmeddy kann das nur mißbilligt haben, Gott schenke ihm die ewige Ruhe. Dieser gravitätische Schafskopf! Ich frage mich, wie du *ihm* durch die Finger schlüpfen konntest? Manchen siehst du nicht scheinheilig genug aus. Dieses Lächeln – ich kenne irgend jemanden, der so grinst. Ich mag es, *aber* ... Eines Tages wird wieder so ein bissiger Hund hier auf diesem Stuhl sitzen. *Cave canem.* Er wird dich durch einen Leibowitz aus Gips ersetzen. Geduldig und sanft. Einen, der nicht nach Fliegen schielt. Dann wirst du in der Rumpelkammer drunten von Termiten zernagt werden. Um das langsame Aussieben der Kunstwerke durch die Kirche zu überstehen, brauchst du unbedingt ein Äußeres, das dem rechtschaffenen Simpel das Herz im Leibe lachen läßt; und doch muß dieses Äußere Tiefe ahnen lassen, um dem geistreichen Weisen zu gefallen. Das Aussieben geht langsam vonstatten, doch dann und wann wird das Sieb rascher gedreht – wenn ein neuer Prälat seine bischöflichen Räumlichkeiten besichtigt und dabei murmelt: »Ein Teil dieses Gerümpels hat jetzt wirklich zu verschwinden.« Das Sieb war gewöhnlich mit süßlichem Mus gefüllt. War das alte Mus durchgedrückt, so wurde frisches nachgefüllt. Aber das, was nicht durch das Sieb gedrückt werden konnte, war reines Gold und war beständig. Hatte eine Kirche fünf Jahrhunderte lang priesterlich schlechten Geschmack durchlitten, so war dann durch gelegentlichen guten Geschmack das meiste des zeitgebundenen Kitsches hinweggefegt worden, war aus ihr ein Ort der Erhabenheit geworden, der zukünftige Verschönerungssüchtige einschüchtern würde.

Der Abt fächelte sich mit einem Wedel aus Geierfedern, aber der Luftstrom kühlte ihn nicht. Die Luft vom Fenster kam wie der Gluthauch eines Ofens von der ausgedörrten Wüste her. Das verstärkte sein Unwohlsein, hervorgerufen durch wen auch immer, den Teufel oder einen erbarmungslosen Engel, der in seinem Bauch in die Eingeweide griff. Es war die Art von Hitze, die auf drohende Gefahr weist, auf vor Hitze irr gewordene Klapperschlangen, auf sich über dem Gebirge zusammenbrauende Gewitter oder auf tollwütige Hunde, auf schlechte Laune, die durch stechende Sonne bösartig wird. Die Magenkrämpfe wurden ärger.
»Bitte...«, murmelte er vernehmlich zum Heiligen hinüber, was soviel sein sollte wie ein Gebet um kühleres Wetter, schärferen Verstand und genaueres Erfassen seines unbestimmten Eindrucks, daß irgend etwas Heilloses geschehe. Vielleicht ist dieser Käse an allem schuld, dachte er. Klebriges Zeug dieses Jahr, und auch noch zu frisch. Ich könnte mich dispensieren – leichter verdauliche Speisen zu mir nehmen.
Aber halt. Da haben wir es wieder. Keine Ausflüchte, Paulo: nicht das, womit du deinen Bauch füllst, ist schuld daran, sondern das, was du in deinen Hirnkasten steckst. Etwas da oben ist unverdaulich.
»Aber was?«
Der hölzerne Heilige war nicht bereit, ihm zu antworten. Blödsinn. Aussieben der Spreu. Manchmal arbeitete sein Geist in raschen Sprüngen. Es war klüger, ihn so arbeiten zu lassen, wenn die Krämpfe ihn heimsuchten und das Gewicht der Welt schwer auf ihm lasten ließ. Sie lastet schwer, ist selbst aber unbelastet. Manchmal sind ihre Waagbalken verbogen. Sie wägt Leben und Mühsal gegen Silber und Gold ab. Eins wird das andere nie aufwiegen. Doch eilfertig und unbarmherzig fährt sie mit dem Wägen fort. So schüttet sie eine Menge Leben daneben und manchmal ein klein wenig Gold. Und blindlings kommt ein König durch die Wüste dahergeritten, eine verbogene Waage

in der einen, falsche Würfel in der anderen Hand. Und auf die schöngefärbten Fahnen zierlich aufgemalt – *Vexilla regis* ...

»Nein«, brummte der Abt, versuchte das Bild loszuwerden.

Aber ja doch! schien das hölzerne Lächeln des Heiligen mit Nachdruck zu sagen.

Dom Paulo wandte seine Augen mit einem leichten Schauder vom Bildwerk ab. Manchmal kam es ihm vor, als lache ihn der Heilige aus. Lacht man im Himmel über uns? fragte er sich. Und die heilige Maisie von York – erinnerst du dich an sie, Alter –, sie starb an einem Lachanfall. Das ist was anderes. Sie lachte über sich selbst und starb. Nein, das ist gar nicht so was anderes. Uff! Wieder das leise Aufstoßen. Am Dienstag feiern wir das Fest der heiligen Maisie, fürwahr. Der Chor lacht ehrfürchtig über das Halleluja in ihrer Messe. »*Halleluja hahaha! Halleluja huhuhu! Sancta Maisie, interride pro me!*«

Und der König kam, um mit seiner verbogenen Waage die Bücher im Kellergewölbe zu wiegen. Wieso »verbogen«, Paulo? Und was läßt dich annehmen, die »Denkwürdigkeiten« seien völlig frei von Spreu? Selbst der begnadete und verehrungswürdige Boedullus äußerte einmal verächtlich, daß etwa die Hälfte der »Denkwürdigkeiten« eher die »Unergründlichkeiten« genannt werden könnte. Sie waren in der Tat hochgeschätzte Bruchstücke einer vergangenen Kultur – aber wieviel davon war in Kauderwelsch verwandelt worden, mit Olivenzweigen und Cherubim durch vierzig Generationen von Ignoranten verziert, Kindern vieler finsterer Epochen, denen von Erwachsenen eine unverständliche Botschaft anvertraut worden war, um sie auswendig zu lernen und anderen Erwachsenen zu übermitteln.

Ich habe ihn dazugebracht, den langen Weg von Texarkana durch gefahrvolle Landstriche bis hierher zu machen, dachte Dom Paulo. Ich sorge mich jetzt einfach, daß das,

was wir anzubieten haben, sich als wertlos für ihn erweisen dürfte. Das ist es.
Aber nein, das war nicht alles... Er blickte wieder zum heiteren Heiligen hinüber. Und wieder: *Vexilla regis inferni prodeunt*... Vorwärts schwanken die Banner des Fürsten der Hölle, flüsterte die Erinnerung an diesen entstellten Vers einer altertümlichen *commedia*. Er ging ihm wie eine unerwünschte Melodie im Kopf herum.
Die Faust preßte sich fester zusammen. Er ließ den Wedel fallen und zog den Atem durch die Zähne ein. Er hütete sich, den Heiligen noch einmal anzuschauen. Aus dem Hinterhalt heraus führte der erbarmungslose Engel einen flammenden Schlag bis in das Innerste seines Körpers. Er stützte sich auf das Pult. Der Schlag hatte sich wie das Bersten eines überhitzten Steines angefühlt. Sein schwerer Atem blies einen freien Fleck in die Schicht von Wüstenstaub auf dem Pultdeckel. Der Geruch des Staubs machte ihn würgen. Das Zimmer füllte sich mit rötlichem Schein, in dem schwarze Mücken umherschwärmten. Ich wage nicht aufzustoßen; etwas könnte losgerissen werden – aber Heiliger, Schutzheiliger, ich kann nicht anders. Der Schmerz. *Ergo sum*. Herre Christ Gott, nimm dies zum Zeichen.
Er stieß auf, schmeckte Salz und ließ den Kopf auf das Pult sinken.
Muß der Kelch gleich, jetzt in dieser Minute getrunken sein, Herr, oder kann ich noch eine Weile warten? Aber die Kreuzigung geschieht immer jetzt im Augenblick. Seit jeher, selbst vor Abrahamas Zeiten war jetzt immer jetzt. Selbst vor Pfardentrott, jetzt. Schon immer und auf jeden Fall wurde jeder daran festgenagelt, um daran herabzuhängen; und solltest du herunterfallen, wird man dich mit einer Schaufel erschlagen, also, Alter, laß es mit Würde über dich ergehen. Wenn du mit Würde aufstoßen kannst, darfst du in den Himmel, vorausgesetzt, du zeigst dich zerknirscht genug wegen des beschmutzten Teppichs... Er glaubte sich sehr entschuldigen zu müssen.

Lange Zeit wartete er. Einige Mücken fielen herab, und das Zimmer verlor an Röte, wurde aber von einem grauen Schleier eingehüllt.
Was ist, Paulo, werden wir jetzt endlich Blut erbrechen oder nur so tun als ob?
Er versuchte den Schleier zu durchdringen und fand wieder das Gesicht des Heiligen. Es war so ein kaum merkliches Lächeln, traurig, klug und noch etwas. Lachte es über den Henker? Nein, es lachte *für* den Henker. Es machte sich über den *Stultus Maximus* lustig, über Satan selbst. Zum erstenmal hatte er es deutlich gesehen. Der letzte Kelch konnte ein leises Lachen des Sieges enthalten. *Haec commixtio ...*
Er war plötzlich sehr müde. Das Gesicht des Heiligen verschwamm im Grau, aber der Abt fuhr fort, das Grinsen schwach zu erwidern.

Kurz vor der None fand ihn Prior Gault zusammengesunken über dem Pult. Blut stand zwischen den Zähnen. Der junge Priester fühlte rasch den Puls. Im Nu erwachte Dom Paulo, richtete sich in seinem Stuhl auf und tönte gebieterisch, noch wie im Traum befangen: »Und ich sage dir, alles ist höchst lächerlich. Vollkommen blödsinnig. Nichts könnte sinnloser sein.«
»Was ist sinnlos, Herr?«
Der Abt schüttelte den Kopf und zwinkerte mehrmals.
»*Wie?*« – »Ich hole sofort Bruder Andrew.«
»Was? *Das* ist jetzt sinnlos. Komm hierher zurück. Was wolltest du?«
»Nichts, Vater Abt. Ich bin gleich wieder hier mit Bruder...«
»Ach, zum Kuckuck mit dem Arzt! Du bist nicht ohne Grund gekommen. Meine Tür war geschlossen. Mach sie wieder zu, setz dich her und sag mir, was du wolltest.«
»Die Erprobung war erfolgreich. Bruder Kornhoers Lampe meine ich.«

»Na gut, laß hören. Setz dich, erzähle! Ich will alles darüber hören!« Er brachte sein Habit in Ordnung und wischte sich mit einem Stück Leintuch über den Mund. Er war immer noch benommen, aber die Faust in seinem Bauch hatte ihren Griff gelöst. Der Bericht des Priors über die Erprobung war ihm so gleichgültig wie nur was, aber er versuchte so aufmerksam wie möglich zu erscheinen. Ich muß ihn hier festhalten, bis ich genügend bei mir bin, um nachzudenken. Zum Arzt kann ich ihn nicht lassen, noch nicht. Neuigkeiten würden die Runde machen: *der Alte ist erledigt.* Ich muß mich entscheiden, ob es die richtige Zeit ist, erledigt zu sein oder nicht.

15

Hongan Os war im Grunde seines Herzens ein gerechter und gütiger Mann. Als er einen Trupp seiner Krieger sich über die Gefangenen aus Laredan lustig machen sah, hielt er an, um sie zu beobachten. Aber als sie drei Laredanier an Händen und Füßen zwischen Pferden festbanden und die Pferde in fieberhafte Flucht peitschten, beschloß Hongan Os einzuschreiten. Er befahl, die Krieger auf der Stelle zu geißeln, denn Hongan Os – der Wilde Bär – war als Häuptling wegen seiner Milde bekannt. Ein Pferd hatte er nie schlecht behandelt.
»Gefangene töten ist Weibersache«, brummte er die gegeißelten Übeltäter verächtlich an. »Säubert euch, damit die Frauen nichts merken, und laßt euch bis zum Neumond im Lager nicht blicken, denn ihr seid für zwölf Tage ausgestoßen.« Und als Antwort auf ihr protestierendes Jammern: »Stellt euch vor, die Pferde hätten einen von den dreien durch das Lager geschleift! Die Anführer der Grasesser sind bei uns zu Gast, und es ist bekannt, wie leicht sie Blut erschreckt. Vor allem das Blut ihrer eigenen Leute! Nehmt euch in acht!«
»Aber die da sind Grasesser aus dem Süden«, widersprach ein Krieger und deutete auf die verstümmelten Gefange-

nen. »Unsere Gäste sind Grasesser aus dem Osten. Gibt's da nicht einen Vertrag zwischen unserm mächtigen Volk und dem Osten, um Krieg gegen den Süden zu führen?«
»Noch ein einziges Wort darüber, und dir wird die Zunge aus dem Mund geschnitten und den Hunden zum Fraß vorgeworfen!« ließ ihn der Wilde Bär wissen. »Vergiß, was du darüber gehört hast.«
»Werden die Kräuterleute noch viele Tage bei uns bleiben, o Sohn der Stärke?«
»Wer kann wissen, was diese Bauernlümmel vorhaben?« fragte der Wilde Bär ärgerlich. »Ihre Gedanken sind von unseren verschieden. Sie sagen, daß ein paar ihrer Kerle von hier abreisen werden, um das Trockenland zu durchqueren, bis zu einem Ort der Priester der Grasesser, zu einem Ort der Schwarzröcke. Die anderen werden hierbleiben, um zu reden. Aber das gehört nicht vor deine Ohren. Jetzt geht und schämt euch zwölf Tage lang.«
Er kehrte ihnen den Rücken zu, damit sie sich davonschleichen konnten, ohne seinen wütenden Blick auf sich gerichtet zu fühlen. Die Disziplin ließ neuerdings zu wünschen übrig. Die Sippen waren unruhig. Es hatte sich bei den Leuten der Ebenen herumgesprochen, daß er, Hongan Os, einem Boten aus Texarkana die Hände über einem Vertragsfeuer gereicht hatte, und daß ein Schamane beiden Haare und Fingernägel beschnitten hatte, um eine Treuepuppe daraus zu verfertigen, die beiderseitigen Verrat abwenden sollte. Es hatte sich herumgesprochen, daß eine Abmachung getroffen worden war, und jede Absprache zwischen dem Volk und diesen Grasessern konnte nach Ansicht der Stämme nur zur Schande gereichen. Der Wilde Bär hatte den heimlichen Spott der jüngeren Krieger gespürt, aber man würde es ihnen erst erklären können, wenn die rechte Zeit dafür gekommen war.
Der Wilde Bär selbst hatte nichts dagegen, gute Gedanken anzuhören, selbst wenn sie von einem Hundsfott stammten. Die Gedanken der Grasesser waren selten gut, aber die

Botschaften des Königs der Grasesser im Osten hatten ihn beeindruckt, die Art, wie er auf die Wichtigkeit der Geheimhaltung hingewiesen hatte, und er bedauerte die unnötige Prahlerei. Wenn die Laredanier erfuhren, daß die Stämme von Hannegan bewaffnet wurden, würde der Plan sicher zunichte werden. Der Wilde Bär hatte wieder und wieder darüber nachgedacht; er fand es widerwärtig – denn sicherlich war es befriedigender, männlicher, einen Feind vorher wissen zu lassen, was man ihm antun wolle. Und doch, je länger er darüber brütete, desto deutlicher sah er die Klugheit darin. Entweder war der König der Grasesser ein Erzfeigling, oder aber er war fast so klug wie ein Mann: der Wilde Bär hatte sich noch nicht festgelegt, welches von beiden – aber er hielt den Einfall an sich für klug. Geheimhaltung war wesentlich, selbst wenn sie eine Zeitlang weibisch schien. Wenn die eigenen Leute des Wilden Bären wußten, daß die Waffen, die sie erhielten, Hannegans Geschenk waren und nicht wirklich die Beute aus Grenzkämpfen, dann würde die Möglichkeit bestehen, daß die Laredanier den Plan von Gefangenen erführen, die ihnen bei Grenzstreitigkeiten in die Hände fielen. Deshalb war es unumgänglich, die Stämme weiter über die Schande murren zu lassen, Friedensgespräche mit den Bauern im Osten zu führen.

Doch die Gespräche drehten sich nicht um den Frieden. Die Gespräche waren gut, und sie verhießen Beute.

Vor einigen Wochen hatte der Wilde Bär selbst ein »kriegerisches Unternehmen« gegen den Osten geleitet und war mit hundert Stück Pferden, vier Dutzend langläufigen Flinten, einigen Fässern Schwarzpulver, reichlich Munition und einem Gefangenen zurückgekehrt. Aber nicht einmal die Krieger, die ihn begleitet hatten, wußten, daß das versteckte Waffenlager dort für ihn von Hannegans Leuten angelegt worden war und daß der Gefangene in Wirklichkeit ein texarkanischer Reiteroffizier war, der in Zukunft dem Wilden Bären bei der Beurteilung laredanischer Tak-

tik in kommenden Kämpfen zur Seite stehen würde. Alles Denken der Grasesser war schändlich, aber das Denken des Offiziers konnte dem der südlichen Grasesser auf den Grund gehen. Dem von Hongan Os würde es nicht auf die Schliche kommen.
Der Wilde Bär war zu Recht auf sich als Unterhändler stolz. Er hatte keinerlei Zusagen gemacht, außer, daß er davon absehen würde, Texarkana mit Krieg zu überziehen und an den östlichen Grenzen kein Vieh mehr zu stehlen, doch nur so lang, als Hannegan ihn mit Waffen und Nachschub belieferte. Das Abkommen über den Krieg gegen Laredo war wortloses Einverständnis über dem Feuer, aber entsprach den ursprünglichen Absichten des Wilden Bären, und ein offizieller Vertrag war nicht nötig. Ein Bündnis mit einem seiner Feinde würde es ihm erlauben, sich mit einem Gegner nach dem anderen auseinanderzusetzen, und schließlich könnte er die Weidegründe zurückgewinnen, die sich die Bauern während des vorigen Jahrhunderts angeeignet und besiedelt hatten.
Die Nacht war hereingebrochen, als der Häuptling aller Sippen ins Lager einritt, und von den Ebenen her blies es kalt. Seine Gäste aus dem Osten saßen in ihre Decken gehüllt um das Ratsfeuer zusammen mit drei Alten, während die übliche Bande neugieriger Kinder aus umliegenden dunklen Ecken gaffte, unter Zelträndern hervor auf die Fremden lugte. Im ganzen waren es zwölf Fremde, aber sie hatten sich in zwei deutlich voneinander getrennte Gruppen geteilt, die zwar zusammen gereist waren, aber sich augenscheinlich wenig aus gemeinschaftlichem Umgang machten. Der Anführer der einen Gruppe war offenbar ein Wahnsinniger. Obgleich der Wilde Bär nichts gegen Verrücktheit hatte (von seinen Schamanen wurde sie als kräftigster aller übernatürlichen Einflüsse sehr hoch geschätzt), hatte er doch nicht gewußt, daß auch die Bauern Verrücktheit für Tugend bei einem Anführer ansahen. Dieser hier indessen brachte die Hälfte seiner Zeit damit zu, im Boden

drunten beim ausgetrockneten Flußbett herumzuwühlen, und die andere Hälfte, geheimnisvolle Eintragungen in ein kleines Buch zu machen. Offenbar ein Hexenmeister; vermutlich durfte man ihm nicht trauen.
Der Wilde Bär stand nur kurz still, um seine zeremoniellen Gewänder aus Wolfspelz anzulegen und sich von einem Schamanen das Totenzeichen auf die Stirn malen zu lassen, bevor er zu der Gruppe ans Feuer trat.
»Fürchtet euch!« heulte feierlich ein alter Krieger, als der Anführer der Sippen in den Feuerschein trat. »Fürchtet euch, denn der Gewaltige geht unter seinen Kindern umher. Fallt nieder vor ihm, ihr Sippen, denn sein Name ist *Wilder Bär* – wohlverdient ist der Name, denn als Jüngling hat er unbewaffnet eine wildgewordene Bärin bezwungen, mit seinen bloßen Händen hat er sie erwürgt, wahrlich so geschehen in den Nordländern...«
Hongan Os schenkte den Lobpreisungen keine Beachtung. Er nahm von der alten Frau, die das Ratsfeuer unterhielt, einen Becher mit Blut entgegen. Es war frisch von einem geschlachteten jungen Ochsen und noch warm. Er trank ihn aus, bevor er sich umdrehte, um den Ostleuten zuzunicken, die dem kurzen Umtrunk mit sichtlicher Unruhe zugesehen hatten.
»*Aaa!*« rief der Anführer der Sippen.
»*Aaa!*« antworteten die drei Alten zusammen mit einem Grasesser, der es gewagt hatte, sich dem Ruf anzuschließen. Einen Augenblick lang starrten die Leute ihn verärgert an.
Der Verrückte versuchte den Schnitzer seines Begleiters zu überspielen. »Sagt mir«, sprach der Verrückte, als sich der Häuptling gesetzt hatte, »wie kommt es, daß Euer Volk kein Wasser trinkt? Haben Eure Götter etwas dagegen?«
»Wer kann wissen, was die Götter trinken?« polterte der Wilde Bär. »Es heißt, das Wasser für Vieh und Bauern ist, Milch für die Kinder und Blut für die Männer. Sollte es anders sein?«
Der Verrückte war nicht beleidigt. Er betrachtete den An-

führer einen Moment mit seinen durchdringend grauen Augen und nickte dann einem seiner Genossen zu. »Das ›Wasser für das Vieh‹ erklärt alles«, sagte er. »Ein Hirtenvolk muß das bißchen Wasser, das es hier gibt, den Tieren vorbehalten. Ich hatte mich gefragt, ob sie das auch durch ein religiöses Tabu gesichert haben.«
Sein Begleiter verzog das Gesicht und sagte in texarkanischer Mundart: »Wasser! Ihr Götter! Warum dürfen *wir* kein Wasser trinken, Thon Taddeo? Man kann Anpassung auch zu weit treiben.« Er spuckte mit trockener Miene aus. »Blut! Pah! Verklebt einem den Schlund. Wieso können wir nicht einen kleinen Schluck . . .«
»Nicht bevor wir abgereist sind.«
»Aber, Thon . . .«
»Nein«, fuhr ihn der Gelehrte an. Dann, als er bemerkte, daß sie von den Stammesangehörigen finster angestarrt wurden, wandte er sich wieder in der Sprache der Ebenen an den Wilden Bären: »Mein Gefährte hier sprach über die Mannhaftigkeit und die Gesundheit Eures Volkes«, sagte er. »Vielleicht ist Eure Ernährungsweise dafür verantwortlich.«
»Ha!« bellte der Anführer, doch dann rief er der alten Frau beinahe heiter zu: »Gib dem Fremdling einen Becher Rotes!«
Thon Taddeos Genossen schauderte es; er erhob aber keinen Einspruch.
»O Häuptling, ich muß Eure Größe um eine Gefälligkeit ersuchen«, sagte der Gelehrte. »Morgen werden wir unsere Reise in den Westen fortsetzen. Es würde uns zu großer Ehre gereichen, wenn einige Eurer Krieger unsere Gruppe begleiten könnten.«
»Wozu?«
Thon Taddeo schwieg. Dann sagte er: »Wozu? Nun, als Führer . . .« Er hielt inne und lächelte plötzlich: »Nein. Ich will ganz ehrlich sein. Einige Eurer Leute mißbilligen unsere Anwesenheit hier. Obgleich Eure Gastfreundschaft . . .«
Hongan Os warf seinen Kopf zurück und lachte lauthals

los. »Die haben Angst vor den Kleinsippen«, sagte er zu den Alten. »Die haben Angst, daß man sie aus dem Hinterhalt heraus überfällt, sobald sie meine Zelte verlassen haben. Sie essen Gras und fürchten den Kampf.«
Der Gelehrte errötete ganz leicht.
»Fürchte nichts, Fremdling!« lachte der Häuptling aller Sippen. »Echte *Männer* werden euch begleiten.«
Thon Taddeo neigte sein Haupt in gespielter Dankbarkeit.
»Erzähl uns«, sagte der Wilde Bär, »was ist es, wonach ihr in der westlichen Trockengegend suchen wollt? Neues Land, um Felder anzulegen? Ich kann dir gleich sagen, daß es das dort nicht gibt. Außer in der Umgebung einiger Wasserlöcher wächst dort nichts, was selbst dem Vieh schmecken würde.«
»Wir suchen kein neues Land«, antwortete der Besucher. »Nicht alle von uns sind Bauern, wißt Ihr. Wir sind auf der Suche nach ...« Er verstummte. In der Mundart der Nomaden gab es keine Möglichkeit, den Zweck der Reise nach der Abtei des heiligen Leibowitz zu erklären. »... nach den Geheimnissen alter Zauberkünste.«
Einer der Alten, ein Schamane, schien seine Ohren zu spitzen: »Alte Zauberkünste im Westen? Ich kenne dort keinen einzigen Zauberer. Es sei denn, du meinst die Schwarzröcke.«
»Genau die!«
»*Ha!* Über welchen Zauber sollen die verfügen, nach dem zu suchen sich lohnen würde? Ihre Boten kann man so leicht einfangen, daß es schon keinen Spaß mehr macht – obwohl, die Folter ertragen sie wacker. Welche Zauberkunst willst du von denen lernen?«
»Also ich für meinen Teil stimme dir zu«, sagte Thon Taddeo. »Aber man sagt, daß Schriften, äh, *Zaubersprüche* von großer Macht in einer ihrer Niederlassungen angehäuft liegen. Wenn das stimmt, dann wissen die Schwarzröcke damit offensichtlich nicht umzugehen; aber wir hoffen, sie uns dienstbar machen zu können.«

»Werden die Schwarzröcke euch erlauben, ihre Geheimnisse zu untersuchen?«
Thon Taddeo lächelte. »Ich glaube schon. Sie wagen nicht länger, sie zu verstecken. Wir könnten sie ihnen wegnehmen, wenn es sein muß.«
»Ein mutiger Spruch«, höhnte der Wilde Bär. »Wenn die Bauern unter sich sind, zeigen sie offensichtlich mehr Mut. Trotzdem, unter *echten* Männern sind sie nur zu schwächlich.«
Der Gelehrte, der die Nase voll hatte von den Beleidigungen des Nomaden, zog es vor, sich zurückzuziehen.
Die Soldaten blieben beim Ratsfeuer, um sich mit Hongan Os über den sicher bevorstehenden Krieg zu beraten. Doch der Krieg war schließlich nicht Thon Taddeos Angelegenheit. Die politischen Bestrebungen seines ungebildeten Vetters hatten mit seinem eigenen Interesse nichts zu schaffen, in einer dunklen Welt die Gelehrsamkeit wieder aufleben zu lassen; es sei denn, die Unterstützung durch den Herrscher erwies sich als so nutzbringend, wie sie es schon einige Male gewesen war.

16 Der alte Einsiedler stand am Rand der Mesa und beobachtete, wie die winzige Staubfahne langsam durch die Wüste näher kam. Der alte Einsiedler bewegte die Lippen, murmelte irgendwelche Worte und lachte still im Wind vor sich hin. Seine welke Haut war von der Sonne zur Farbe alten Leders verbrannt, und sein struppiger Bart war um das Kinn herum mit gelben Flecken übersät. Er trug einen geflochtenen Hut und ein Lendentuch aus rauhem Wollstoff, der wie grobe Leinwand aussah – außer den Sandalen und einem ziegenledernen Wassersack sein einziges Kleidungsstück.
Er beobachtete die Staubfahne, bis sie im Dorf Sanly Bowitts verschwunden war und auf der anderen Seite wieder auf dem Weg erschien, der am Tafelberg vorbeiführte.

»Ah!« schnaubte der Einsiedler, und seine Augen begannen zu leuchten. »*Sein* Reich wird sich mehren, und *Sein* Friede wird bestehen immerdar: *Er* wird über *Sein* Königreich herrschen.«

Plötzlich sprang er das Trockental wie eine Katze mit drei Beinen hinab, auf seinen Stab gestützt, von Stein zu Stein hüpfend, den Großteil der Wegstrecke rutschend. Der Staub wurde von seinem raschen Abstieg hoch hinauf in die Luft gewirbelt und davongeweht.

Am Fuß des Berges schlüpfte er in das Gestrüpp und ließ sich nieder, um zu warten. Bald hörte er den Reiter in müdem Trab näher kommen, und er begann gegen die Straße hin zu schleichen, um durch das Gestrüpp zu spähen. Das Pony wurde, eingehüllt in eine Staubfahne, sichtbar, als es um die Ecke bog. Der Einsiedler sprang blitzschnell auf den Pfad hinaus und warf seine Arme in die Höhe.

»*Olla allay!*« schrie er, und als der Reiter anhielt, schoß er auf ihn zu, um die Zügel zu ergreifen und gespannt hinauf zum Mann im Sattel zu blicken.

Einen Augenblick lang flammten seine Augen auf. »Denn ein Kind ist uns geboren und ein Sohn ist uns geschenkt...« Doch dann wich das Stirnrunzeln; der gespannte Ausdruck ging über in Niedergeschlagenheit. »*Er* ist es nicht!« grollte er gereizt zum Himmel hinauf.

Der Reiter hatte seine Kapuze zurückgestreift und lachte. Der Einsiedler blinzelte ihn einen Augenblick zornig an. Wiedererkennen dämmerte auf.

»Ach«, brummte er, »du! Ich hielt dich schon für tot. Was machst du hier draußen?«

»Ich bringe dir deinen verlorenen Sohn zurück, Benjamin«, sagte Dom Paulo. Er zog an einer Leine, und die blauköpfige Ziege sprang hinter dem Pony hervor. Sie meckerte und zerrte am Seil, als sie den Einsiedler erblickte. »Und... ich dachte, ich könnte dich besuchen.«

»Das Tier gehört dem Dichter«, brummte der Einsiedler.

»Er hat es im Glücksspiel ehrlich gewonnen, trotz erbärmlichen Schwindelns. Gib es ihm zurück, und laß dir von mir gesagt sein, dich nicht in weltlichen Betrug einzumischen, der dich nichts angeht.« Er wandte sich dem Trockental zu.
»Benjamin, warte. Nimm deine Ziege, oder ich gebe sie einem Bauern. Ich kann es nicht haben, daß sie im Kloster herumläuft und in den Gottesdienst hineinmeckert.«
»Es ist keine Ziege«, sagte der Einsiedler gereizt. »Es ist das Tier, das euer Prophet sah und das geschaffen wurde, einem Weib als Reittier zu dienen. Ich schlage vor, du schleuderst einen Fluch gegen es und jagst es hinaus in die Wüste. Wie auch immer, du siehst sicherlich, daß es seine Klauen spaltet und wiederkäut.« Wieder wandte er sich ab.
Dem Abt verging das Lächeln. »Benjamin, willst du wirklich wieder diesen Hügel hinauf, ohne einem alten Freund guten Tag zu wünschen?«
»Guten Tag!« rief der alte Jude zurück und stapfte aufgebracht weiter. Nach ein paar Schritten hielt er an, um über die Schulter zurückzublicken. »Du brauchst gar nicht so beleidigt dreinzuschauen!« sagte er. »Es ist fünf Jahre her, seit du dir die Mühe gemacht hast, hierher zu finden, ›alter Freund‹. Ha!«
»Ach so, darum«, murmelte der Abt. Er stieg ab und eilte hinter dem alten Juden her. »Benjamin, Benjamin, ich wollte kommen, aber ich hatte keine Zeit.«
Der Einsiedler blieb stehen. »Na schön, Paulo, wenn du schon mal hier bist...«
Plötzlich lachten sie los und fielen sich in die Arme.
»Schon gut, alter Streithammel!« sagte der Einsiedler.
»*Ich* ein Streithammel?«
»Na ja, *ich* bin vermutlich auch etwas reizbar geworden. Das letzte Jahrhundert ist mir ziemlich auf die Nerven gegangen.«
»Ich habe gehört, daß du mit Steinen nach den Novizen geworfen hast, die hier herum in der Wüste ihre Fastenzeit

verbringen. Kann das stimmen?« Er blickte den Einsiedler gespielt vorwurfsvoll an.

»Nur mit kleinen Kieseln!«

»Schändlicher alter Kerl!«

»Na-na-na, Paulo! Einer von denen hat mich einmal für einen meiner entfernten Verwandten gehalten, namens Leibowitz. Er glaubte, ich wäre gesandt worden, ihm eine Botschaft zu überbringen – oder ein anderer von euch Lumpen hatte sich das ausgedacht. Ich will nicht, daß das noch mal passiert, und so werfe ich manchmal mit Kieseln nach ihnen. Ha! Ich möchte nicht noch mal für *diesen* Verwandten gehalten werden, da er sich von der Verwandtschaft mit mir losgesagt hat.«

Der Priester sah verwirrt drein. »Hielt dich für wen? Den heiligen Leibowitz? Also Benjamin, du gehst zu weit!«

Benjamin wiederholte es in spöttischem Singsang: »Hat mich einmal für einen meiner entfernten Verwandten gehalten, namens Leibowitz, und so werfe ich mit Kieseln nach ihnen.«

Dom Paulo war nun gänzlich aus der Fassung gebracht. »Der heilige Leibowitz ist jetzt seit zwölf Jahrhunderten tot. Wie konntest...« Er unterbrach sich und blickte den alten Eremiten nachdenklich an. »Also Benjamin, fang nicht schon wieder an, mich mit diesem Märchen zum Narren zu halten. Du hast keine zwölf Jahrhunderte gelebt...«

»Unsinn!« fiel ihm der alte Jude ins Wort. »Ich habe nicht gesagt, daß es vor zwölf Jahrhunderten geschah. Es ist erst sechs Jahrhunderte her. Lange nachdem dein Heiliger gestorben war. Deshalb war alles ja so unsinnig. Freilich, damals waren eure Novizen frömmer und auch leichtgläubiger. Ich glaube, Francis hieß er. Armer Kerl. Ich habe ihm später sein Grab geschaufelt. Hab denen in New Rome erzählt, wo sie nach ihm graben sollten. Auf diese Weise habt ihr seine Knochen zurückerhalten.«

Der Abt stierte mit offenem Mund auf den Alten, während

sie mit Pony und Ziege durch das Gestrüpp auf die Wasserstelle zugingen. *Francis?* überlegte er. Francis. Das könnte vielleicht der Ehrwürdige Francis Gerard von Utah sein? Dem ein Pilger einst die Stelle des alten Bunkers im Dorf gezeigt hatte, so hieß es jedenfalls. Nur war das gewesen, bevor es noch das Dorf gab. Ja, und vor ungefähr sechs Jahrhunderten; und jetzt behauptet dieser alte Knakker, er sei dieser Pilger gewesen? Er wunderte sich manchmal, wo Benjamin genügend Kenntnisse über das Kloster aufgeschnappt haben mochte, um solche Märchen zu erfinden. Vielleicht vom Dichter.
»Das war selbstverständlich während meiner früheren Laufbahn«, fuhr der alte Jude fort, »und so eine Verwechslung war vielleicht verständlich.«
»Frühere Laufbahn?«
»Ewig wandern.«
»Wie kannst du erwarten, daß ich dir solchen Unsinn glaube?«
»Hmm – hnnn! Der Dichter schenkt mir Glauben.«
»Zweifelsohne! Der Dichter würde bestimmt nie glauben, daß der Ehrwürdige Francis einen Heiligen getroffen hat. Das wäre ja Aberglauben! Der Dichter würde eher glauben, daß Francis dich traf – vor sechshundert Jahren. Eine ganz natürliche Erklärung, was?«
Benjamin kicherte mit spitzer Miene vor sich hin. Paulo sah ihm zu, wie er einen undichten Rindenbecher in den Brunnen hinabließ, ihn in seinen Wassersack entleerte und ihn wieder hinabließ. Das Wasser war trüb und wimmelte von krabbelnd Ungewissem, genau wie der Strom der Erinnerung des alten Juden. Konnte man sich überhaupt auf seine Erinnerung verlassen? Hält er uns nur zum Narren? fragte sich der Priester. Abgesehen von seinem Wahn, älter als Methusalem zu sein, schien der alte Benjamin Eleasar auf seine eigene ironische Art vernünftig genug zu sein.
»Durstig?« fragte der Einsiedler und hielt ihm den Becher entgegen.

Der Abt unterdrückte seinen Schauder und nahm den Becher entgegen, um ihn nicht zu beleidigen. Er trank die trübe Brühe auf einen Zug aus.
»Du bist nicht sehr wählerisch, was?« sagte Benjamin und sah ihn tadelnd an. »Ich selbst könnte das nicht.« Er tätschelte den Wassersack. »Für meine Tiere.«
Der Abt kämpfte mit einem leichten Würgen.
»Du hast dich verändert«, sagte Benjamin, der ihn immer noch ansah. »Du bist weiß wie eine Wand und siehst angegriffen aus.«
»Ich war krank.«
»Du *siehst* krank aus. Komm mit hinauf zu meiner Hütte, wenn dich der Aufstieg nicht völlig erschöpft.«
»Es wird schon gehen. Mir war es gestern nicht recht wohl, und unser Arzt befahl mir zu ruhen. Pah! Wenn nicht bald ein wichtiger Gast kommen würde, ich schenkte dem keine Beachtung. Aber er wird kommen, und ich ruhe mich deshalb aus. Ziemlich lästige Sache.«
Benjamin blickte grinsend auf ihn zurück, als sie das Trockental hinaufstiegen. Er schüttelte seinen grauen Kopf.
»Fünfzehn Kilometer durch die Wüste reiten, das nennst du ausruhen?«
»Für mich bedeutet es ausruhen. Außerdem wollte ich dich schon lange mal besuchen, Benjamin.«
»Was werden die Dörfler sagen?« spottete der alte Jude.
»Sie werden glauben, wir hätten uns wieder versöhnt, und das wird deinen Ruf und den meinen untergraben.«
»Auf unseren Ruf hat man auf dem Markt ja nie viel gegeben.«
»Schon richtig«, gab er zu, fügte aber geheimnistuerisch hinzu: »zur Zeit.«
»Du wartest immer noch, alter Jude?«
»Allerdings!« entfuhr es dem Eremiten.
Dem Abt wurde der Aufstieg beschwerlich. Zweimal blieben sie stehen, um zu Atem zu kommen. Als sie endlich die Hochfläche erreichten, fühlte er Schwindel aufsteigen und

mußte sich gegen den spindeldürren Einsiedler gelehnt von ihm stützen lassen. In seiner Brust brannte ein fahles Feuer, warnte ihn vor weiterer Anstrengung, aber die harte Faust von gestern hatte nicht wieder zu wüten begonnen.
Eine Herde blauköpfiger, mutierter Ziegen stob bei der Annäherung des Fremden auseinander und floh ins wuchernde Gebüsch. Merkwürdig, der Tafelberg schien mit frischerem Grün bedeckt als die umliegende Wüste, obgleich nicht zu sehen war, woher die Feuchtigkeit kommen sollte.
»Hier geht's weiter, Paulo. Zu meinem Palast.«
Die Hütte des alten Juden bestand aus einem einzigen Raum, die Steinmauer ohne Fenster, die einzelnen Steine wie bei einer Gartenmauer lose übereinander geschichtet, mit weiten Ritzen, durch die der Wind pfeifen konnte. Das Dach war ein zerbrechliches Flickwerk aus meist krummen Stämmen, das mit einem Haufen Gestrüpp, Stroh und Ziegenhäuten gedeckt war. Auf einen großen, flachen Stein, der auf einem niedrigen Pfosten neben der Tür aufrecht stand, war ein Schild in hebräischen Buchstaben gemalt:

פה מתקנין אוהלים

Die Größe des Schildes und sein offenkundiger Zweck, auf etwas hinzuweisen, machten Abt Paulo grinsen, und er fragte: »Was steht drauf, Benjamin? Wirkt es sich auf den Handel hier oben günstig aus?«
»Ha, was soll schon draufstehen? Da steht: Hier werden Zelte ausgebessert.«
Der Priester winkte ungläubig ab.
»Bitte, du mußt mir nicht glauben. Aber wenn du nicht glaubst, was hier geschrieben steht, wie soll man dann von dir erwarten können zu glauben, was auf der *anderen* Seite des Schildes geschrieben ist.«
»Der Wand zugekehrt?«
»Klar, der Wand zugekehrt.«

Der Pfosten war gleich neben die Türschwelle gesetzt, so daß nur ein paar Zentimeter Abstand zwischen dem flachen Stein und der Hüttenwand war. Paulo beugte sich tief herab und schielte in den Zwischenraum hinein. Es dauerte seine Zeit, bis er etwas erkennen konnte, aber auf die Rückseite des Steins war tatsächlich etwas geschrieben, in kleineren Buchstaben:

שמע ישראל יהוה אלהינו יהוה אחד

»Drehst du den Stein nie um?«
»Ihn *umdrehen*? Denkst du ich bin *verrückt*? In *diesen* Zeiten?«
»Was steht da hinten drauf?«
»Hmmm – hnnn!« ging der Singsang des Einsiedlers anstelle einer Antwort. »Aber komm herein, du, der du die Rückseite nicht lesen kannst.«
»Die Wand ist da ein bißchen im Weg.«
»Wie schon immer, nicht wahr?«
Der Priester seufzte. »Schon gut, Benjamin, ich weiß, was euch aufgetragen wurde, ›in den Eingang und auf die Tür‹ eurer Häuser zu schreiben. Aber nur *dir* konnte einfallen, es mit dem Gesicht gegen die Wand zu drehen.«
»Mit dem Gesicht nach *innen*«, verbesserte der Einsiedler. »Solange noch in Israel Zelte auszubessern sind – aber wir wollen mit dem gegenseitigen Aufziehen warten, bis du dich ausgeruht hast. Ich bring dir Milch, und du erzählst mir von dem Besucher, der dich beunruhigt.«
»Ich habe Wein in meiner Tasche, wenn du welchen magst«, sagte der Abt und ließ sich erleichtert auf einen Haufen Felle sinken. »Aber ich möchte lieber nicht über Thon Taddeo reden.«
»Ach, *der* ist es.«
»Du hast von Thon Taddeo gehört? Sag mir, wie kommt es, daß es dir immer gelingt, alles und jedes zu wissen, ohne dich je von diesem Hügel zu bewegen?«

»Man hat Ohren, man hat Augen«, sagte rätselhaft der Einsiedler.
»Sag mir, was hältst du von ihm?«
»Ich hab ihn nie gesehen. Ich vermute, er wird einige Aufregung verursachen. Wie immer, wenn eine Geburt bevorsteht. Aber Geburtswehen sind qualvoll.«
»Geburtswehen? Glaubst du wirklich, eine neue Renaissance steht vor der Tür, wie manche sagen?«
»Hmm-*hnnn*.«
»Hör auf, so hämisch-rätselhaft zu grinsen, alter Jude, und sag mir lieber deine Meinung. Du hast ganz bestimmt eine. Wie immer. Warum ist es so schwer, dein Vertrauen zu gewinnen? Wir sind doch Freunde?«
»In gewisser Hinsicht schon. Aber wir haben unsere Meinungsverschiedenheiten, du und ich.«
»Was sollen unsere Meinungsverschiedenheiten mit Thon Taddeo zu tun haben und einer Renaissance, die uns beiden willkommen wäre? Thon Taddeo ist weltlicher Gelehrter und unseren Meinungsverschiedenheiten eher entrückt.«
Benjamin zog vielsagend die Schultern in die Höhe. »Meinungsverschiedenheiten, weltlicher Gelehrter«, echote er und ließ dabei die Worte wie störende Apfelkerne aus dem Mund fallen. »Ich wurde von gewissen Leuten zu verschiedenen Zeiten ›weltlicher Gelehrter‹ genannt und manchmal bin ich dafür in Öl gesotten, gesteinigt und verbrannt worden.«
»Wie, du hast mir nie . . .« Der Priester schwieg, blickte ihn stirnrunzelnd an. Wieder dieser Wahn. Benjamin sah ihn argwöhnisch unter frostig gewordenem Lächeln an. *Jetzt schaut er mich an*, dachte der Abt, *als ob ich einer von jenen wäre* – wie unbestimmt auch immer »jene« waren, die ihn in die Einsamkeit hier getrieben hatten. Gesotten, gesteinigt und verbrannt? Oder stand dieses »Ich« für »Wir«, wie in »Ich, mein Volk«?
»Benjamin, ich bin's, Paulo. Torquemada ist tot. Ich bin vor einigen siebzig Jahren geboren worden und werde ziemlich

bald sterben. Ich habe dich alten Mann in mein Herz geschlossen, und ich hoffe, daß, wenn du mich ansiehst, du niemand anderen in mir erblickst als Paulo von Pecos.«
Einen Augenblick lang schwankte Benjamin. Die Augen wurden ihm feucht. »Ich – vergesse das manchmal...«
»Und manchmal vergißt du, daß Benjamin bloß Benjamin und nicht das gesamte Israel ist.«
»Nein, nie!« fauchte der Einsiedler, und seine Augen loderten wieder. »Zweiunddreißig Jahrhunderte lang habe ich...« Er brach ab und preßte die Lippen zusammen.
»Warum?« flüsterte der Abt fast erschrocken. »Warum nimmst du die Last eines Volkes und seiner Vergangenheit allein auf dich?«
Die Augen des Einsiedlers blitzten warnend auf. Er unterdrückte jedoch einen kehligen Laut, senkte den Kopf und bedeckte sein Gesicht mit den Händen. »Du fischst im trüben!«
»Verzeih!«
»Diese Last – andere haben sie mir aufgedrängt.« Langsam hob er seinen Blick. »Hätte ich mich weigern sollen, sie auf mich zu nehmen?«
Der Priester holte tief Luft. Eine Zeitlang war kein Geräusch in der Hütte zu hören als das Rauschen des Windes. Durch diese Verrücktheit hindurch kann man den Hauch Gottes spüren, dachte Dom Paulo. Die jüdische Gemeinde war in jenen Tagen dünn über die Erde verstreut. Vielleicht hatte Benjamin seine Kinder überlebt oder war irgendwie zum Ausgestoßenen geworden. Ein alter Israelit wie er mochte jahrelang wandern, ohne auf Angehörige seines Volkes zu stoßen. Vielleicht hatte er in seiner Einsamkeit die stille Überzeugung gewonnen, er wäre der letzte, der allerletzte, der einzige. Und so der letzte, hörte er auf Benjamin zu sein und wurde Israel. Fünftausend Jahre Geschichte hatten sich in sein Herz gesenkt, waren nicht mehr fern, sondern ihm so zugehörig wie die Geschichte seines eigenen Lebens. Sein »Ich« war dem kaiserlichen »Wir« entgegengesetzt.

Aber auch ich bin Teil einer Einheit, dachte Dom Paulo, Mitglied einer Ordenskongregation, Teil einer Kontinuität. Auch die Meinen sind von der Welt verachtet worden. Trotzdem ist der Unterschied zwischen »Ich« und »Volk« für mich deutlich. Du, alter Freund, hast ihn irgendwie verwischt. Eine Last hat man dir aufgedrängt? Du hast sie auf dich genommen? Wie schwer mag sie sein? Wie schwer würde sie mir werden? Er nahm sie auf seine Schultern und versuchte sie hochzustemmen, um ihr Gewicht zu wägen: ich bin christlicher Mönch und Priester und ich bin deshalb Gott Rechenschaft schuldig für das Handeln und Tun jedes Mönchs und jedes Priesters, der seit Christus auf dieser Erde gelebt und gewirkt hat, so, wie für meine eigenen Handlungen.
Ihn schauderte, und er fing an, den Kopf zu schütteln.
Nein, nein. Diese Verantwortlichkeit zermalmte einem das Rückgrat. Außer Christus allein war sie jedem Menschen als Last zu schwer. Wegen eines religiösen Glaubens verflucht zu werden war Last genug. Die Flüche zu ertragen war möglich; dann aber – sich mit der Unsinnigkeit abzufinden, die hinter den Flüchen stand, der Unsinnigkeit, die dem einzelnen nicht nur Eigenes zur Last legte, sondern ihm die Taten aller seiner Volks- und Glaubensgenossen vorhielt, als wären es seine eigenen? Sich auch damit abzufinden? So wie Benjamin das zu tun versuchte?
Nein, nein.
Und dennoch, Dom Paulos eigener Glaube sagte ihm, daß die Last wirklich war, daß es sie seit Adams Zeiten gab – und daß sie vom Satan aufgebürdet worden war, der da voll Hohn der Menschheit sein »*Mensch!*« entgegenrief. »*Mensch!*« – das zog jeden zur Rechenschaft für die Taten aller, die von Anbeginn begangen worden waren. Die Last wurde jeder Generation auferlegt, bevor sie den mütterlichen Leib verließ, die Last der Schuld an der Erbsünde. Der Narr mag sie bestreiten. Der gleiche Narr war mit großer Freude mit der zweiten Erbschaft einverstanden,

dem Erbe angestammten Ruhmes und Sieges, früherer Tugend und Würde, das ihn als »tapfer und edel auf Grund der Geburt« auswies, ohne den Einspruch zu erheben, er selbst habe nichts dazu getan, diese Erbschaft zu erwerben, abgesehen davon, als Angehöriger des Menschengeschlechts geboren worden zu sein. Der Einspruch blieb der Erblast vorbehalten, die ihn »schuldbeladen und verworfen auf Grund der Geburt« nannte. Er gab sich Mühe, diesem Schuldspruch seine Ohren fest zu verschließen. Die Last wog freilich schwer. Sein eigner Glaube sagte ihm, daß ihm die Last abgenommen worden war von dem einen, dessen Bild über den Altären am Kreuz hing. Trotzdem gab es noch Nachwirkungen der Last. Diese Nachwirkungen waren mit dem vollen Gewicht des ursprünglichen Fluches verglichen ein leichteres Joch. Er konnte sich nicht bereden, dem alten Mann das zu sagen, weil der Alte sowieso wußte, daß er daran glaubte. Benjamin sah einem anderen entgegen. Und der letzte alte Hebräer saß allein auf einem Berg und tat für Israel Buße, wartete auf einen Messias und wartete, wartete...
»Gott segne dich tapferen Narren, ja, dich weisen Narren.«
»Hmmm-*hnnn*! Weiser Narr!« machte ihn der Einsiedler nach. »Aber du hast dich immer schon einseitig auf Paradoxe, auf Rätselhaftigkeit festgelegt, Paulo, oder? Wenn ein Gegenstand nicht in Gegensatz zu sich selbst stehen kann, interessiert er dich gar nicht, was? Du mußt einfach Dreiheit in der Einheit, Leben im Tod, Weisheit in der Torheit sehen. Sonst würde es zu sehr nach gesundem Menschenverstand klingen!«
»Verantwortlichkeit wahrzunehmen ist Weisheit, Benjamin. Zu glauben, du könntest sie allein tragen – ist Torheit.«
»Kein Wahnsinn?«
»Vielleicht ein wenig. Dann aber mutiger Wahnsinn.«
»Gut, dann vertraue ich dir ein kleines Geheimnis an. Ich habe von Anfang an gewußt, daß ich die Last nicht tragen

kann, seit er mich wieder eingesetzt hat. Aber reden wir noch von der gleichen Sache?«
Der Priester zog die Schultern hoch. »Du nennst es wahrscheinlich die Last des Erwähltseins. Ich nenne es lieber die Last der Erbsünde. In beiden Fällen ist die daraus folgende Verantwortlichkeit die gleiche, obwohl wir verschiedene ihrer Formen erkennen dürften und sprachlich stark darin voneinander abweichen, was wir in Worte gefaßt von einem Gegenstand halten, der sich sprachlich überhaupt nicht fassen läßt – weil er etwas ist, was allein in der tiefsten Verborgenheit des Herzens zur Sprache kommt.«
Benjamin lachte vor sich hin. »Nun, ich bin froh, daß du das endlich zugibst, auch wenn alles, was du sagst, nur heißen soll, daß du eigentlich nie etwas gesagt hast.«
»Hör auf mit dem Gewäsch, du Verworfener!«
»Aber du warst es doch, der die Worte immer so wortreich einsetzte in ausgeklügelter Verteidigung deiner Dreieinigkeit, obwohl Er solche Verteidigung nie nötig hatte, bevor ihr Ihn von uns als Einheit erhalten habt, he?«
Der Priester wurde rot, sagte jedoch nichts.
»*Na also!*« schrie Benjamin, schnellte hoch und ließ sich wieder fallen. »Diesmal hab ich dich soweit gebracht, Zeugnis abzulegen. Ha! Nimm mir's nicht übel. Ich führe selbst ziemlich viele Worte im Mund, aber ich bin mir nie ganz sicher, ob Er und ich auch dasselbe meinen. Ich denke, *dir* kann man das nicht zum Vorwurf machen. Mit dreien muß es verwirrender sein als mit einem.«
»Blasphemischer alter Kaktus! Ich wollte wirklich deine Meinung über Thon Taddeo hören und das, was sich da vielleicht zusammenbraut.«
»Warum die Meinung eines armen, alten Anachoreten wissen wollen?«
»Darum, Benjamin Eleasar bar Joshua, wenn dich all diese Jahre des Wartens auf einen, der da nicht kommen wird, nicht weise gemacht haben, so haben sie dich wenigstens gerissen gemacht.«

Der alte Jude schloß die Augen, hob sein Gesicht zur Decke und lächelte schlau. »Beleidige mich nur«, sagte er mit spöttischer Stimme, »schmähe mich, quäle mich, tritt auf mir herum – aber weißt du, was ich sagen werde?«
»Du wirst ›Hmm-*hnnn*‹ sagen!«
»Nein! Ich werde sagen, daß Er schon hier ist. Ich habe Ihn einmal flüchtig erblickt.«
»Was? Wen meinst du? Thon Taddeo?«
»*Nein!* Überdies habe ich keine Lust, weiszusagen, es sei denn, du erzählst mir, was dir wirklich Sorgen macht.«
»Also, es fing alles mit der Lampe von Bruder Kornhoer an.«
»Lampe? Ach ja, der Dichter hat sie erwähnt. *Er* sagte voraus, sie würde nicht funktionieren.«
»Der Dichter hatte wie immer unrecht. Soviel ich höre. Ich habe mir das Experiment nicht angesehen.«
»Sie geht also? Prächtig. Und was soll damit angefangen haben?«
»Mein Nachdenken. Wie dicht stehen wir am Rand von irgend etwas? Oder wie nahe sind wir einem neuen Ufer? Elektrische Substanzen im Keller. Fällt dir nicht auf, wie sehr sich alles in den letzten zwei Jahrhunderten verändert hat?«

Bald sprach der Priester ausführlich von seinen Befürchtungen, während ihm der Einsiedler, der Zeltflicker geduldig zuhörte, bis die Sonne anfing, durch die Ritzen der Westwand zu sickern und leuchtende Strahlen in die staubige Luft zu malen.
»Seit dem Untergang der letzten Kultur waren die Memorabilien unser vornehmster Wirkungskreis, Benjamin. Und wir sind dabei geblieben. Aber jetzt? Ich fühle mich in derselben mißlichen Lage wie ein Schuster, der in einem Dorf voller Schuster Schuhe verkaufen will.«
Der Einsiedler lächelte. »Das könnte gehen, wenn er eine besondere und bessere Art Schuhe herstellte.«

»Ich fürchte, daß die weltlichen Gelehrten schon anfangen, diese bessere Art für sich in Anspruch zu nehmen.«
»Dann gib das Schustern auf, bevor du dich ruiniert hast.«
»Eine Möglichkeit«, gab der Abt zu. »Trotzdem unangenehm, das in Betracht zu ziehen. Zwölf Jahrhunderte lang sind wir eine kleine Insel mitten in einem sehr finsteren Meer gewesen. Die Memorabilien zu bewahren ist eine undankbare Aufgabe gewesen, aber, wie wir meinen, doch eine geheiligte. Es ist lediglich unser *weltlicher* Beruf, aber wir sind immer Buchschmuggler und Einpräger gewesen, und es ist kaum vorstellbar, daß es mit diesem Beruf bald ein Ende nehmen könnte, daß er bald überflüssig sein wird. Irgendwie kann ich das nicht recht glauben.«
»Du versuchst jetzt also, die andren ›Schuster‹ dadurch auszustechen, daß du merkwürdige Apparate in deinem Keller baust?«
»Wie ich zugeben muß, sieht es so aus.«
»Was hast du als nächstes vor, um den Weltlichen eine Nasenlänge voraus zu sein? Eine Flugmaschine zu bauen? Oder die *Machina analytica* wieder ins Leben zu rufen? Oder die Weltlichen weit unter dir zurückzulassen und deine Zuflucht zur Metaphysik zu nehmen?«
»Du beschämst mich, alter Jude. Du weißt, daß wir vor allem Mönche Christi sind, und solche Maschinen sollen andere bauen.«
»Ich wollte dich nicht beschämen. Ich sehe keinen Widerspruch in Christi Mönchen, die Flugmaschinen bauen, obgleich es ihnen ähnlicher sähe, eine Betmaschine zu bauen.«
»Witzbold. Ich erweise meinem Orden einen schlechten Dienst, dich in mein Vertrauen zu ziehen.«
Benjamin setzte ein hämisches Grinsen auf. »Ich hab kein Mitleid mit dir. Die Bücher, die ihr weggestapelt habt, mögen grau vor Alter sein, aber sie sind von Kindern der Welt geschrieben worden, und sie werden euch von Kindern der Welt genommen werden. Ihr hattet von Anfang an kein Recht, euch mit ihnen abzugeben.«

»Ah, *plötzlich* hast du Lust zu Prophezeiungen.«
»Ganz und gar nicht. ›Die Sonne wird gleich untergehen‹ – ist *das* eine Prophezeiung? Nein, das ist lediglich eine Vertrauenserklärung an die Beständigkeit gewisser Ereignisse. Die Kinder der Welt sind ebenso beständig – deshalb sage ich mit Bestimmtheit, daß sie gierig alles aufsaugen werden, was ihr zu bieten habt, euch das Gewerbe verderben werden und euch dann öffentlich als abbruchreife Ruinen bezeichnen werden. Schließlich werden sie euch gar keine Beachtung mehr schenken. Euer eigner Fehler. Das Buch, das ich euch gegeben habe, hätte euch genügen sollen. Jetzt müßt ihr euch einfach mit den Folgen eurer Einmischung abfinden.«
Er hatte das nachlässig gesagt, aber seine Vorhersage hatte anscheinend peinliche Ähnlichkeit mit den Befürchtungen Dom Paulos. Der Priester sah niedergeschlagen aus.
»Laß dich von mir nicht ins Bockshorn jagen!« sagte der Einsiedler. »Ich wage nicht den Wahrsager zu spielen, bevor ich nicht euren Mordsapparat gesehen oder mir diesen Thon Taddeo angesehen habe, der übrigens beginnt, mich zu interessieren. Wenn du meinen Rat suchst, dann warte, bis ich das neue Zeitalter genauer auf Herz und Nieren geprüft haben werde.«
»Leider wirst du die Lampe nicht sehen, da du ja nie ins Kloster kommst.«
»Ich habe etwas gegen euer widerwärtiges Essen.«
»Und Thon Taddeo wirst du auch nicht zu Gesicht bekommen, weil er aus der anderen Richtung kommt. Wenn du mit deiner Prüfung auf Herz und Nieren wartest, bis das Zeitalter geboren wurde, wird es zu spät sein, seine Geburt vorherzusagen.«
»Unsinn. Den Leib der Zukunft eindringlich zu untersuchen wird dem Kind nur schaden. Ich werde warten, und dann werde ich weissagen, daß es geboren *wurde* und daß es *nicht* das ist, worauf ich gewartet habe.«
»Eine heitere Aussicht! Worauf *wartest* du nun eigentlich?«

»Auf jemanden, der mir einst etwas zugerufen hat.«
»Zugerufen?«
»›Komm hervor‹.«
»Was für ein Quatsch!«
»Hmm-*hnnn*! Um dir die Wahrheit zu sagen, ich erwarte Sein Kommen kaum mehr, aber mir wurde aufgetragen zu warten, und...«, er hob die Schultern, »so warte ich eben.« Einen Augenblick später zogen sich seine blinzelnden Augen zu schmalen Schlitzen zusammen, und er beugte sich plötzlich ungeduldig vor: »Paulo, bring mir den Thon Taddeo hier am Fuß der Mesa vorbei.«
Der Abt fuhr in gespieltem Entsetzen zurück: »Du Pilgerschreck! Novizenbelästiger! Ich werde dir Meister Dichter schicken. Möge er dich heimsuchen und hier seinen ewigen Frieden finden. Den Thon an deinem Bau vorbeiführen! Die Unverschämtheit!«
Benjamin zog die Schultern wieder hoch: »Na schön. Vergiß, daß ich dich bat. Aber hoffen wir, daß dieser Thon es diesmal mit uns halten wird und nicht mit den *anderen*.«
»Den *anderen*, Benjamin?«
»Manasse, Kyros, Nebukadnezar, Pharao, Cäsar, Hannegan II! – muß ich noch mehr nennen? Samuel warnte uns vor ihnen und gab uns darauf selber einen. Wenn sie sich ein paar gelehrte Männer als Ratgeber fast wie Gefangene halten, dann sind sie noch gefährlicher als sonst. Das ist alles an Rat, das ich dir geben kann.«
»Gut, Benjamin, ich habe genug von dir für die nächsten fünf Jahre, also werde...«
»Beleidige mich, schmähe mich, quäle mich...«
»Hör auf. Mein Alter, ich gehe. Es ist spät.«
»Wirklich? Und wie fühlt sich unser geistlicher Bauch? Fertig zum Ritt?«
»Mein Magen?« Dom Paulo schwieg und prüfte nach. Er hatte sich keinen Augenblick der letzten Wochen wohler befunden als jetzt. »Er ist natürlich völlig durcheinander!« klagte er. »Wie auch anders, nachdem ich dir zugehört habe!«

»Allerdings – *El Schaddai*, der Allmächtige, ist barmherzig, aber Er ist auch gerecht.«
»Lebwohl, mein Alter! Sollte Bruder Kornhoer die Flugmaschine wieder erfinden, werde ich ein paar Novizen herüberschicken, um dir Steine auf den Kopf werfen zu lassen.«
Sie umarmten sich zärtlich. Der alte Jude führte ihn zum Rand des Tafelberges. Benjamin stand eingehüllt in einen Gebetsmantel, dessen feines Gewebe sich sonderbar von der rauhen Leinwand seines Lendentuchs abhob. Der Abt kletterte derweilen hinunter zum Pfad und ritt zurück auf die Abtei zu. Er konnte den alten Juden noch dort im Sonnenuntergang stehen sehen, seine dürre Gestalt schwarz gegen den dämmrigen Himmel, wie er sich verbeugte und Gebete über die Wüste hin murmelte.
»*Memento, Domine, omnium famulorum tuorum*«, flüsterte der Abt als Antwort und fügte hinzu: »Möge er endlich das Auge des Dichters beim Schussern gewinnen. Amen.«

17

»Ich kann Euch versichern, es wird Krieg geben«, sagte der Bote aus New Rome. »Alle Streitkräfte Laredos sind in die Ebene verlegt. Der Wilde Bär hat sein Lager abgebrochen. Über die ganze Ebene hin spielen sich laufend Reiterschlachten nach Nomadenart ab. Aber das Land Chihuahua bedroht Laredo von Süden her. Also macht sich Hannegan bereit, texarkanische Truppen an den Rio Grande zu schicken, um zu helfen, die Grenzen zu ›verteidigen‹. Mit vollster Zustimmung der Laredanier natürlich.«
»König Goraldi ist ein vertrottelter Esel!« sagte Dom Paulo. »Hat man ihn nicht vor dem Verrat Hannegans gewarnt?«
Der Bote lächelte. »Sollte der diplomatische Dienst des Vatikans Staatsgeheimnisse erfahren, so wahrt er sie

immer. Damit wir nicht der Spionage angeklagt werden, sind wir immer sorgsam bedacht...«

»Wurde er *gewarnt*?« wollte der Abt noch einmal wissen.

»Selbstverständlich. Goraldi sagte, der päpstliche Legat lüge ihn an. Er beschuldigte die Kirche, sie säe Zwietracht unter die Verbündeten der Heiligen Geißel und versuche, die weltliche Macht des Papstes zu vergrößern. Der Narr hat sogar Hannegan von der Warnung des Legaten unterrichtet.«

Dom Paulo zuckte zusammen, zog pfeifend die Luft ein. »Was hat Hannegan daraufhin getan?«

Der Bote zögerte. »Ich denke, ich kann es Euch sagen: Monsignore Apollo ist verhaftet worden. Hannegan befahl, seine diplomatischen Akten zu beschlagnahmen. In New Rome spricht man davon, daß das ganze Gebiet von Texarkana mit dem Kirchenbann belegt werden soll. Natürlich hat sich Hannegan *ipso facto* die Exkommunikation zugezogen, aber das scheint die wenigsten Texarkaner zu beunruhigen. Wie Ihr sicher wißt, besteht die Bevölkerung sowieso zu achtzig Prozent aus Anhängern des Kults, und der katholische Glaube der herrschenden Klasse ist immer nur dünne Tünche gewesen.«

»Jetzt also, Marcus«, murmelte der Abt traurig. »Und was macht Thon Taddeo?«

»Ich kann mir gar nicht erklären, wie er sich das vorstellt, gerade jetzt die Ebene zu durchqueren, ohne sich ein paar Löcher von Musketenkugeln einzufangen. Es wird einem klar, warum er nicht auf Reisen gehen wollte. Ich weiß jedoch nichts über sein Vorwärtskommen, Vater Abt.«

Dom Paulos ernstes Gesicht wurde schmerzerfüllt: »Wenn unsere Weigerung, das Material an seine Universität zu schicken, jetzt zu seinem Tod führt...«

»Beunruhigt Euer Gewissen nicht damit, Vater Abt. Hannegan sorgt für die Seinen. Ich weiß nicht, wie, aber ich bin sicher, daß Thon Taddeo hier ankommen wird.«

»Wie ich höre, kann es sich die Welt nur schlecht leisten, ihn zu verlieren. Nun gut – aber sag mir, warum hat man dich geschickt, uns über Hannegans Absichten zu berichten? Wir befinden uns hier im Kaiserreich von Denver, und ich verstehe nicht, wie diese Gegend in Mitleidenschaft gezogen sein soll.«

»Oh, ich habe Euch nur den Anfang erzählt. Schließlich will Hannegan den Kontinent vereinen. Wenn er Laredo fest an die Kandare genommen hat, wird er die Einkreisung durchbrochen haben, die ihn in Schach gehalten hat. Der nächste Schlag wird dann gegen Denver geführt werden.«

»Aber würde das nicht Nachschubverbindungen quer durch das Land der Nomaden erfordern? Das scheint unmöglich.«

»Das ist äußerst schwierig, und das ist es, was den nächsten Schritt gewiß macht. Die Ebene bildet eine natürliche, geographische Grenze. Wäre sie entvölkert, könnte Hannegan seine westliche Grenze für sicher halten, so wie die Dinge liegen. Aber wegen der Nomaden erwies es sich für jeden Staat, der an die Ebene grenzt, als unumgänglich, um das Gebiet der Nomaden herum stehende Heere aufzustellen, um sie in ihren Grenzen zu halten. Die einzige Möglichkeit, die Ebene zu unterwerfen, besteht darin, die beiden fruchtbaren Streifen im Osten und im Westen in die Hand zu bekommen.«

»Aber selbst dann«, überlegte der Abt, »werden die Nomaden ...«

»Was Hannegan mit *ihnen* vorhat, ist teuflisch. Die Krieger des Wilden Bären nehmen es leicht mit den Reitertruppen Laredos auf; womit sie aber nicht fertig werden können, ist eine Viehseuche. Die Stämme der Ebene wissen es noch nicht, aber als Laredo anfing, die Nomaden für die Grenzüberfälle zu bestrafen, trieben die Laredanier einige hundert Stück krankes Vieh voraus, die sich unter die Herden der Nomaden mischen sollten. Das war Hannegans Einfall. Eine Hungersnot wird die Folge sein, und dann

dürfte es nicht schwerfallen, Stamm gegen Stamm zu hetzen. Wir wissen natürlich nicht alle Einzelheiten, aber das Ziel ist eine Nomadenlegion unter einem Marionettenhäuptling, bewaffnet von Texarkana, Hannegan treu ergeben und bereit, das Land nach Westen, die Berge im Sturm zu erobern. Sollte das geschehen, so würden die ersten Brecher über diese Gegend hier hinwegspülen.«
»Aber *warum*? Gewiß hält Hannegan die Barbaren nicht für verläßliche Truppen oder gar für fähig, ein Reich zu behaupten, wenn sie einmal aufgehört haben werden, es zu verstümmeln.«
»Nein, Herr. Aber die Nomadenstämme werden gespalten, Denver zerschmettert sein. Dann kann Hannegan die Scherben aufsammeln.«
»Was will er mit ihnen anfangen? Sie würden kein sehr wohlhabendes Reich abgeben.«
»Nein, aber ein an allen Seiten sicheres. Er würde dann besser in der Lage sein, nach Norden oder Osten vorzustoßen. Bevor es dazu kommt, könnten selbstverständlich Pläne zunichte werden. Aber ob sie nun zunichte werden oder nicht, diese Gegend wird wohl in der Gefahr schweben, in nicht allzuferner Zukunft besetzt zu werden. Während der nächsten Monate sollten Schritte zur Sicherung der Abtei unternommen werden. Ich habe Anweisung, mit Euch die Frage zu besprechen, wie die Memorabilien unversehrt gehalten werden könnten.«
Dom Paulo spürte, wie die Finsternis anfing, sich aufzutürmen. Nach zwölf Jahrhunderten war der Welt ein klein wenig Hoffnung erweckt worden – und dann kam ein ungebildeter Fürst und ritt sie rücksichtslos mit seiner Barbarenhorde nieder.
Seine Faust schlug auf den Pultdeckel nieder. »Wir haben sie tausend Jahre lang von unsern Mauern ferngehalten«, knurrte er, »und wir werden sie ein weiteres Jahrtausend fernhalten. Diese Abtei ist während der Wanderung der Bayringleute dreimal belagert worden, und dann noch ein-

mal während des Schismas der Vissarionisten. Wir haben sie so eine recht schöne Zeit lang bewahrt.«
»Aber da ist unserer Tage ein neues Risiko hinzugekommen, Herr.«
»Und das wäre?«
»Reichlicher Vorrat an Schießpulver und Kanonenkugeln.«

Das Fest Mariä Himmelfahrt war gekommen und vorübergegangen, und noch immer hatte man nichts von der Gruppe aus Texarkana gehört. Die Priester der Abtei begannen besondere Votivmessen für Pilger und Reisende abzuhalten. Dom Paulo hatte gar aufgehört, ein leichtes Frühstück einzunehmen, und man flüsterte, er tue Buße dafür, daß er den Gelehrten überhaupt eingeladen hatte angesichts der gegenwärtigen Gefährlichkeit der Ebene.
Die Wachtürme waren ständig besetzt. Der Abt selbst kletterte von Zeit zu Zeit auf die Mauer, um gen Osten zu spähen.
Am Tag des heiligen Bernhard, kurz vor der Vesper, berichtete ein Novize, er habe eine schwache und ferne Staubfahne gesehen, aber keiner sonst hatte sie ausmachen können, da die Dunkelheit hereingebrochen war. Bald waren Komplet und *Salve Regina* gesungen, aber am Tor war immer noch niemand erschienen.
»Das könnte ihr vorausgesandter Kundschafter gewesen sein«, meinte Prior Gault.
»Es könnte eine Einbildung von Bruder Wächter gewesen sein«, entgegnete Dom Paulo.
»Aber wenn sie ihr Lager eben etwa fünfzehn Kilometer die Straße hinunter aufgeschlagen haben ...«
»Wir würden ihr Feuer vom Turm aus sehen. Die Nacht ist klar.«
»Herr, trotzdem könnten wir, wenn der Mond aufgegangen ist, einen Reiter ...«
»O nein! Die beste Gelegenheit, aus Versehen erschossen zu werden! Wenn sie es wirklich sind, dann haben die die ganze

Reise hindurch ihre Finger an den Abzügen behalten, besonders nachts. Ich kann bis zur Dämmerung warten.«
Es war spät am nächsten Morgen, als die erwartete Gruppe von Reitern von Osten her sichtbar wurde. Von der Mauerkrone aus blickte Dom Paulo blinzelnd und zwinkernd über das heiße und ausgetrocknete Gelände hin, versuchte er, seine kurzsichtigen Augen Fernes erkennen zu lassen. Unter den Hufen der Pferde trieb Staub nach Norden.
Die Gruppe hatte angehalten, um sich zu beraten.
»Mir scheint, ich sehe zwanzig oder dreißig von ihnen«, klagte der Abt und rieb sich verdrossen die Augen. »Sind es wirklich so viele?«
»Ja, ungefähr.«
»Wie können wir sie jemals alle bewirten?«
»Ich glaube nicht, daß wir die in den Wolfsfellen bewirten werden, Herr«, sagte der jüngere Priester steif.
»*Wolfs*felle?«
»Nomaden, Herr!«
»Alles auf die Mauern! Schließt die Tore! Den Schutzschild herunter! Brecht...«
»Wartet, nicht *alle* von ihnen sind Nomaden, Herr.«
»Wie?« Dom Paulo drehte sich um und blickte wieder angestrengt hinüber.
Die Beratung ging ihrem Ende zu. Einige Männer winkten. Die Gruppe teilte sich. Der größere Trupp galoppierte zurück in östlicher Richtung. Die übrigen Reiter sahen ihnen kurz nach, ließen die Pferde wenden und trabten auf die Abtei zu.
»Sechs oder sieben sind's, einige in Uniform«, murmelte der Abt, als sie näher kamen.
»Ich bin sicher, der Thon und seine Gruppe.«
»Aber mit Nomaden? Gut, daß ich dich gestern nacht keinen Reiter ausschicken ließ. Was hatten sie mit den Nomaden zu schaffen?«
»Es scheint, daß sie als Führer kamen«, sagte finster Pater Gault.

»Wie freundschaftlich vom Löwen, sich neben das Lamm zu legen.«
Die Reiter näherten sich dem Tor. Dom Paulo schluckte mit trockner Kehle. »Nun, wir sollten sie lieber willkommen heißen, Pater«, seufzte er.
Als die Priester von der Mauer herabgestiegen waren, hatten die Reisenden ihre Pferde gerade vor dem Hof zum Stehen gebracht. Ein Reiter löste sich aus der Gruppe der anderen, trabte vorwärts, stieg ab und wies seine Papiere vor.
»Dom Paulo von Pecos, Abbas?«
Der Abt verneigte sich. »*Tibi adsum*. Willkommen im Namen des heiligen Leibowitz, Thon Taddeo. Willkommen im Namen seiner Abtei, im Namen von vierzig Generationen, die auf Euer Kommen gewartet haben. Dies sei Euer Haus. Wir stehen Euch zu Diensten.« Die Worte waren von Herzen aufrichtig. Die Worte waren viele Jahre hindurch im Warten auf diesen Augenblick zurückgehalten worden. Dom Paulo blickte bedächtig auf, da er als Antwort nur eine gemurmelte Einsilbigkeit gehört hatte.
Einen Augenblick hing sein Blick wie gefesselt an dem des Gelehrten. Er spürte die Wärme rasch vergehen. Diese eisigen Augen – ein kaltes und scharfes Grau. Mißtrauisch, hungrig und stolz. Sie prüften ihn so, wie man eine leblose Rarität prüft.
Paulo hatte inbrünstig gebetet, daß dieser Augenblick wie ein Brückenschlag über den Abgrund von zwölf Jahrhunderten sein möge – hatte auch gebetet, daß durch ihn die letzten gemarterten Wissenschaftler jenes vergangenen Zeitalters dem Morgen die Hand reichen würden. Den Abgrund gab es tatsächlich, soviel war klar. Plötzlich wurde dem Abt bewußt, daß er gar nicht in diese Zeit gehörte, daß er im Fluß der Zeit irgendwo auf einer Sandbank hängengeblieben war, und auch, daß es überhaupt nie eigentlich eine Brücke gegeben hatte.
»Kommt«, sagte er leise, »Bruder Visclair wird sich um Eure Pferde kümmern.«

Als er die Gäste in ihren Quartieren untergebracht sah und in die Abgeschiedenheit seiner Studierstube zurückgekehrt war, erinnerte ihn das Lächeln auf dem Gesicht des hölzernen Heiligen unerklärlicherweise an das listige Grinsen des alten Benjamin Eleasar, als er sagte: »Die Kinder dieser Welt sind ebenso beständig.«

18

»Es begab sich eines Tages wie in den Zeiten Hiobs«, begann ein Bruder vom Lesepult des Refektoriums aus zu lesen:

»Als die Söhne Gottes kamen und vor den Herrn traten, war auch Satan unter ihnen.
Der Herr aber sprach zu Satan: ›Wo kommst du her?‹
Und der Satan antwortete und sprach wie ehedem: ›Ich habe die Erde umher durchzogen.‹
Und der Herr sprach zu ihm: ›Hast du achtgehabt auf jenen schlichten und gerechten Fürsten, meinen Knecht *Namen,* der das Böse meidet und den Frieden liebt?‹
Und Satan antwortete und sprach: ›Meinst Du, daß *Name* Dich, Gott, grundlos fürchtet? Hast Du doch sein Land mit großem Reichtum gesegnet und ihn mächtig unter den Völkern gemacht. Aber recke Deine Hand aus und nimm alles, was er hat, und laß seinen Feind an Stärke gewinnen: was gilt's, er wird Dir ins Gesicht schmähen.‹
Und der Herr sprach zum Satan: ›Alles, was er hat, sei in deiner Hand; sieh zu, daß du es verminderst.‹
Da ging Satan fort vom Angesicht des Herrn und kehrte zurück zur Erde.
Aber Fürst *Name* war nicht wie der gottesfürchtige Hiob, denn als sein Land von Wirrnis heimgesucht wurde und sein Volk weniger reich als zuvor war, da er seinen Feind stärker werden sah, wuchs seine Furcht, und er hörte auf, Gott zu vertrauen, und dachte bei sich selbst:

Ich muß zuschlagen, bevor mir der Feind auch ohne Schwert in der Hand überlegen ist.

»So geschah es aber in jenen Tagen«, fuhr Bruder Vorleser fort:

»daß die Fürsten dieser Erde ihre Herzen verhärteten vor dem Gesetz des Herrn, und ihres Hochmuts war kein Ende. Und ein jeglicher dachte bei sich, daß es für alle besser wäre, vernichtet zu werden, als daß der Wille der anderen Fürsten Macht über ihn bekäme. Denn die Mächtigen der Erde rangen untereinander um die Oberherrschaft über alle. Durch Heimtücke, Verrat und Betrug suchten sie zu herrschen, denn vor dem Krieg fürchteten sie sich sehr und zitterten.
Denn der Herr und Gott hatte es zugelassen, daß die weisen Männer jener Tage Mittel und Wege ersonnen hatten, wodurch die Welt selbst vernichtet werden konnte, und in ihre Hände war gegeben das Schwert des Erzengels, durch welches Luzifer niedergeschlagen worden war, auf daß die Menschen und die Fürsten Gott fürchteten und sich in Demut vor dem Höchsten neigten. Aber sie wurden nicht demütig.
Und Satan redete zu einem der Fürsten und sprach: ›Fürchte nicht, das Schwert zu gebrauchen, da dich die weisen Männer getäuscht haben, indem sie sagten, daß die Welt dadurch vernichtet würde. Höre nicht auf den Rat der Schwachen, denn sie fürchten sich gar sehr und sie erweisen deinen Feinden einen Dienst, so sie deine Hand von ihnen fernhalten. Schlag zu; denn wisse, daß du als König über sie alle herrschen wirst.‹
Und der Fürst merkte auf die Worte Satans, versammelte alle weisen Männer seines Reiches um sich und hieß sie, ihm Mittel zu weisen, wie der Feind vernichtet werden könnte, ohne daß der Zorn des Herrn über sein eigenes Königreich komme. Aber fast alle der weisen Män-

ner sprachen: ›Herr, es ist nicht möglich, da Deine Feinde ebenso das Schwert haben, das wir in Deine Hände gelegt haben, und seine Hitze ist die des höllischen Feuers und wie das Brennen der Sonne, an welcher es entzündet wurde.‹

›So sollt ihr mir jetzt ein anderes machen, das noch siebenmal heißer ist als die Hölle selbst‹, befahl der Fürst, dessen Hochmut angefangen hatte, den des Pharaos zu übertreffen.

Und viele unter ihnen sagten: ›Nein, Herr, fordere das nicht von uns, denn schon der Rauch eines solchen Feuers, wenn wir es für dich entfachen müßten, wäre genug, um viele zu verderben.‹

Da wurde der Fürst zornig über ihre Antwort, und er argwöhnte, daß sie ihm untreu wären, und er schickte seine Spitzel aus unter sie, um sie zu versuchen und in Anfechtung fallen zu lassen, und die weisen Männer erschraken.

Einige unter ihnen änderten ihre Antwort, auf daß sein Zorn nicht über sie käme. Dreimal fragte er sie, und dreimal antworteten sie: ›Nein, Herr, sogar dein eigenes Volk wird untergehn, wenn du das tust.‹

Aber einer der Weisen war gleich wie Judas Ischariot, und sein Zeugnis war voll List; nachdem er seine Brüder verraten hatte, log er vor allen Leuten und beredete sie, sich nicht vor dem bösen Geist des Niederschlags zu fürchten. Der Fürst hörte auf diesen treulosen weisen Mann, der Blackeneth geheißen war, und er machte, daß die Spitzel viele der Weisen vor dem Volk verklagten. Voll Furcht berieten die weniger Klugen unter den Weisen den Fürsten nach seinem Wunsch und sagten: ›Die Waffen können benutzt werden, nur überschreite nicht die und die Grenze, oder alle werden untergehen.‹

Und der Fürst schlug die Städte seiner Feinde mit dem neuen Feuer, und drei Tage hindurch regnete von seinen großen Wurfmaschinen und Metallvögeln der Zorn des

Herrn hernieder. Über einer jeglichen Stadt erschien eine Sonne, die heller war als die Sonne am Himmel, und sogleich sank die Stadt dahin und schmolz wie Wachs in der Flamme, und darüber standen die Menschen in den Straßen still, und ihre Haut wurde zu Rauch, und sie vergingen wie Reisig auf Kohlen geworfen. Und als die Wut der Sonne nachgelassen hatte, stand die Stadt in Flammen. Und ein großes Donnern kam vom Himmel wie der große Sturmbock PIK-A-DON, um sie ganz und gar zu zermalmen. Giftige Dämpfe überzogen das ganze Land, und nachts erglühte das ganze Land vom Nachfeuer und dem Fluch des Nachfeuers, der die Haut schorfig werden, das Haar ausfallen und das Blut in den Adern verderben ließ.

Und ein übler Gestank stieg von der Erde selbst bis in den Himmel. Gleichwie Sodom und Gomorrha war die Erde und ihre Ruinen, sogar im Land des einen Fürsten, denn seine Feinde hielten nicht zurück mit ihrer Rache und schickten Feuer, seine Städte zu verschlingen, so wie ihre verschlungen worden waren.

Der Gestank des Gemetzels war dem Herrn ein besonderer Greuel, und Er redete zu dem Fürsten *Name* und sprach: ›WAS FÜR EIN BRANDOPFER IST ES, DAS DU MIR HIER BEREITEST? WELCH EIN GERUCH STEIGT EMPOR VOM OPFERPLATZ? HAST DU MIR EIN BRANDOPFER BEREITET VON SCHAFEN ODER ZIEGEN ODER GOTT EIN KALB DARGEBRACHT?‹

Aber der Fürst antwortete Ihm nicht, und Gott sprach: ›DU HAST MIR EIN BRANDOPFER BEREITET VON MEINEN KINDERN.‹

Und der Herr erschlug ihn zusammen mit Blackeneth, dem Verräter, und Seuche wohnte auf der Erde, und die Menschheit war mit Wahnsinn geschlagen, daß sie von denen, die übriggeblieben waren, die Weisen zusammen mit den Mächtigen steinigte.

Aber zu dieser Zeit lebte ein Mann, der Leibowitz genannt war, der in seiner Jugend wie der gottesfürchtige Augustinus die Weisheit der Welt mehr geliebt hatte als die Weisheit Gottes. Doch jetzt, als er gesehen hatte, daß das große Wissen, obschon gut, der Welt nicht hatte zum Heil gereichen können, wendete er sich voll Reue Gott zu und rief:«

Der Abt klopfte hart auf den Tisch, und der Mönch, der die alte Erzählung vorgelesen hatte, verstummte sofort.

»Und das ist Eure einzige Erzählung davon?« fragte Thon Taddeo und lächelte den Abt über die Studierstube hinweg gezwungen an.
»Ach, es gibt einige Fassungen. Sie unterscheiden sich nur in unbedeutenden Einzelheiten. Keine weiß sicher, welches Volk den ersten Angriff geführt hat – was jetzt ziemlich gleichgültig ist. Der Text, den Bruder Vorleser eben gelesen hat, wurde einige Jahrzehnte nach dem Tod des heiligen Leibowitz geschrieben – wahrscheinlich einer der ersten Berichte –, als man wieder sicher schreiben konnte. Der Verfasser war ein junger Mönch, der die Zerstörung nicht selbst erlebt hat. Er hat es aus zweiter Hand von Anhängern des heiligen Leibowitz, den anfänglichen Einprägern und Buchschmugglern, und er hatte eine Schwäche für die Nachahmung der biblischen Sprache. Ich bezweifle, daß es irgendwo auch nur einen einzigen *völlig* genauen Bericht über die Feuerflut gibt. Einmal hereingebrochen, war sie offensichtlich zu ungeheuer, als daß irgend jemand sie zur Gänze hätte überblicken können.«
»In welchem Land lebte dieser Fürst, der *Name* hieß, und dieser Mann namens Blackeneth?«
Abt Paulo schüttelte den Kopf. »Nicht einmal der Verfasser des Berichts war sich sicher. Seitdem das geschrieben wurde, haben wir genug Einzelheiten aneinandergefügt, um zu wissen, daß sogar einige der unbedeutenden Herrscher jener Zeit solche Waffen in die Hände bekommen

hatten, bevor das Brandopfer anfing. Die Lage, so wie er sie beschreibt, herrschte in mehr als nur einer Nation vor. Vermutlich waren *Name* und Blackeneth Legion.«
»Selbstverständlich habe ich ähnliche Sagen gehört. Es ist offenkundig, daß irgend etwas ziemlich Gräßliches sich ereignete«, bemerkte der Thon. Dann hastig: »Doch wann darf ich anfangen, diese – wie nennt Ihr sie? –, diese Sachen zu untersuchen?«
»Die Memorabilia?«
»Natürlich.« Er seufzte und lächelte abwesend dem Heiligenbild in der Ecke zu. »Wäre morgen zu früh?«
»Ihr könnt sofort anfangen, wenn Ihr wollt«, sagte der Abt. »Fühlt Euch wie zu Hause. Kommt und geht ganz nach Belieben.«

Die Kellergewölbe waren von schwachem Kerzenschein erleuchtet. Nur ein paar schwarzgewandete Mönchsgelehrte liefen in den Büchernischen herum. Bruder Armbruster saß von trübem Licht umflossen in seinem kleinen Stübchen am Fuß der Steintreppe und starrte schwermütig auf seine Schriftstücke. In der Nische mit den Büchern zur Moraltheologie brannte Licht, und eine verhüllte Gestalt beugte sich über eine alte Handschrift. Es war die Zeit nach der Prim, wenn fast die ganze Gemeinschaft ihren klösterlichen Pflichten in Küche, Schulzimmer, Garten, Stall und Gottesdienst nachging und so die Bibliothek bis in den späten Nachmittag, bis zur Zeit der *lectio devina* beinahe leer blieb. Diesen Morgen jedoch war der Keller verhältnismäßig besucht.
Drei Männer standen wartend im Schatten der neuen Maschine. Sie hielten die Hände in ihren Ärmeln versteckt und beobachteten einen vierten Mönch, der am Fuß der Treppe stand. Der vierte blickte geduldig auf einen fünften Mönch, der auf dem Treppenabsatz stand und den Eingang zum Treppenhaus im Auge behielt.
Bruder Kornhoer hatte wie ein besorgter Vater über sei-

nem Apparat gebrütet; als er aber keine Drähte mehr entdeckte, an denen er ziehen konnte, keine Justierungen mehr, die wieder und wieder einzustellen waren, zog er sich in die naturtheologische Abteilung zurück, um zu lesen und abzuwarten.
Es wäre erlaubt gewesen, eine Zusammenfassung letzter Anweisungen an seine Mannschaft auszugeben, aber er zog es vor, die Stille nicht zu stören. Der Gesichtsausdruck des klösterlichen Erfinders ließ nicht erkennen, ob ihm während des Wartens irgendein Gedanke an den bevorstehenden Augenblick als an seinen persönlichen Höhepunkt durch den Kopf ging. Da der Abt es nicht der Mühe wert gehalten hatte, einer Vorführung der Maschine beizuwohnen, zeigte Bruder Kornhoer keinerlei Anzeichen der Erwartung, daß aus irgendeinem Lager Beifall sich erheben könnte, und er hatte sogar seine Neigung überwunden, Dom Paulo mit vorwurfsvollen Augen anzublicken.
Ein leises Zischen kam von der Treppe her und brachte wieder Bewegung in den Keller, obgleich schon einige Male falscher Alarm gegeben worden war. Verständlich, daß niemand dem berühmten Thon mitgeteilt hatte, welch wunderbare Erfindung im Keller seiner Besichtigung harrte. Klar, daß die leiseste Erwähnung vor dem Thon ihre Bedeutung geschmälert hätte. Offensichtlich war der Abt darauf aus, sie alle durch langes Wartenlassen ruhiger zu stimmen. Das bedeuteten die rastlosen Blicke, die sie während des Wartens einander zuwarfen.
Diesmal war das warnende Zischen nicht umsonst gewesen. Der Mönch, der auf der obersten Treppenstufe gewacht hatte, drehte sich feierlich um und verneigte sich zu dem fünften Mönch auf dem Treppenabsatz hin.
»*In principio Deus*«, sagte er leise.
Der fünfte Mönch drehte sich um und verneigte sich zum vierten am Fuß der Treppe hin: »*Caelum et terram creavit*«, setzte er murmelnd fort.
Der vierte Mönch wendete sich den dreien zu, die hinter

der Maschine warteten. »*Vacuus autem erat mundus*«, verkündete er.
»*Cum tenebris in superficie profundorum*«, antwortete die Gruppe im Chor.
»*Ortus est Dei Spiritus supra aquas*«, rief Bruder Kornhoer und stellte unter Kettengerassel sein Buch ins Regal zurück.
»*Gratias Creatori Spiritui*«, erwiderte seine ganze Mannschaft.
»*Dixitque Deus:* ›*FIAT LUX*‹«, sagte der Erfinder mit befehlender Stimme.
Die Wachen auf der Treppe stiegen herab, um ihre Posten einzunehmen. Vier Mönche bemannten das Drehkreuz. Der fünfte Mönch beugte sich über den Dynamo. Der sechste Mönch kletterte auf die Bücherleiter und setzte sich auf die letzte Sprosse. Sein Kopf stieß gegen den Scheitel des gewölbten Eingangs. Er bedeckte sein Gesicht mit einer Maske aus rußgeschwärztem, öligen Pergament als Augenschutz, tastete dann nach der Lampenhalterung und ihrer Flügelschraube, während ihm Bruder Kornhoer aufgeregt von unten her zusah.
»*Et lux ergo facta est*«, sagte er, als er die Schraube gefunden hatte.
»*Lucem esse bonam Deus vidit*«, rief der Erfinder dem fünften Mönch zu.
Der fünfte Mönch beugte sich mit einer Kerze über den Dynamo, um einen letzten Blick auf die Bürsten zu werfen.
»*Et secrevit lucem a tenebris*«, sagte er schließlich und setzte so den Bibeltext fort.
»*Lucem appelavit* ›*diem*‹«, rief die Mannschaft am Drehkreuz im Chor, »*et tenebras* ›*noctes*‹.« Daraufhin stemmten sie ihre Schultern gegen die Arme des Kreuzes.
Achsen knarrten und ächzten. Der Wagenraddynamo fing an sich zu drehen, und sein leises Surren wurde ein Brummen, dann ein Jaulen, als sich die Mönche im Drehkreuz stöhnend ins Zeug legten. Der Wärter am Dynamo beobachtete gespannt, wie die Speichen durch die Geschwin-

digkeit zu einer Fläche verschwammen. »*Vespere occaso*«, fing er an, hielt dann inne, befeuchtete zwei Finger und berührte die Kontakte. Ein Funke blitzte.
»*Lucifer!*« schrie er auf und endete schwach: »*ortus est et primo die.*«
»KONTAKTE SCHLIESSEN!« sagte Bruder Kornhoer, als Dom Paulo, Thon Taddeo und dessen Sekretär die Treppe herabstiegen.
Der Mönch auf der Leiter entflammte den Bogen. Ein scharfes *Spffft* – und blendendes Licht tauchte die Gewölbe in eine Helligkeit, wie man sie seit zwölf Jahrhunderten nicht mehr gesehen hatte.
Die Gruppe blieb auf den Stufen stehen. Thon Taddeo stieß einen heimatlichen Fluch aus und wich einen Schritt zurück. Der Abt, der weder der Erprobung der Anlage zugesehen noch überspannte Hoffnungen gehegt hatte, erbleichte und verstummte mitten im Satz. Der Sekretär war vor Schreck einen Augenblick wie versteinert, stob aber plötzlich laut »Feuer« schreiend davon.
Der Abt schlug ein Kreuz. »Ich hatte keine Ahnung!« flüsterte er.
Als der Gelehrte die erste Erregung über das plötzliche Aufflammen gemeistert hatte, ließ er seinen Blick prüfend durch den Keller schweifen, bemerkte das Drehkreuz und die Mönche, die sich in seinen Kreuzarmen abmühten. Seine Augen glitten die umwickelten Drähte entlang, bemerkten den Mönch auf der Leiter, erwogen den Zweck des Wagenraddynamos, maßen den Mönch, der mit niedergeschlagenen Augen am Fuß der Treppe wartete.
»Unglaublich!« hauchte er.
Der Mönch am Fuß der Treppe verbeugte sich voll Ehrfurcht und in Demut. Das bläulichweiße Leuchten warf messerscharfe Schatten im Raum, und die Kerzenflammen wurden in der Flut von Licht zu schmächtigen Irrlichtern.
»Hell wie tausend Fackeln«, hauchte der Gelehrte. »Das muß eine alte – aber nein! Undenkbar!«

Wie ein Schlafwandler ging er die Treppe weiter hinunter. Neben Bruder Kornhoer blieb er stehen und starrte ihn einen Augenblick lang neugierig an, betrat dann den Kellerboden. Er berührte nichts, fragte nichts, sah sich alles an, lief um die Anlage herum und untersuchte den Dynamo, die Drähte und auch die Lampe selbst.
»Es scheint einfach unmöglich und doch...«
Der Abt war seiner Sinne wieder Herr und stieg die Stufen hinab. »Deine Schweigepflicht ist aufgehoben!« flüsterte er Bruder Kornhoer zu. »Sprich mit ihm. Ich bin etwas – benommen.«
Der Mönch begann zu strahlen: »Es gefällt Euch, mein Herr und Abt?«
»Gräßlich!« keuchte Dom Paulo.
Der Erfinder verlor die Fassung.
»Eine erschreckende Art, Gäste zu behandeln! Der Helfer des Thon verlor darüber glatt seinen Kopf! Welche Erniedrigung für mich.«
»Na ja, es ist wirklich ganz schön hell.«
»Infernalisch! Geh und sprich mit ihm, während ich mir irgendeine Entschuldigung ausdenke.«
Doch der Gelehrte hatte sich auf Grund seiner Beobachtungen eine Meinung gebildet, denn er trat rasch auf sie zu. Sein Gesichtsausdruck schien angespannt, sein Benehmen spröde.
»Die Lampe brennt mit Elektrizität«, sagte er. »Wie habt Ihr es fertiggebracht, sie all die Jahrhunderte versteckt zu halten? Nach all den Jahren, die ich versucht habe, eine Theorie aufzustellen, wie...« Er schluckte leicht und versuchte anscheinend, seine Selbstbeherrschung wiederzugewinnen, so als wäre er das Opfer eines ungeheuren Schabernacks geworden. »*Warum* habt Ihr sie versteckt? Hat das irgendeinen religiösen Grund – und welche...« Völlige Verwirrung machte ihn stumm. Er schüttelte seinen Kopf und blickte sich um, als suche er nach einer Fluchtmöglichkeit.

»Ihr legt das falsch aus«, sagte der Abt schwach und griff Bruder Kornhoer am Arm. »Um der Barmherzigkeit Gottes willen, Bruder, erkläre es ihm!«
Aber es ließ sich kein Balsam finden, der eine Wunde hätte schließen können, die akademischer Arroganz zugefügt worden war – weder damals noch zu einer anderen Zeit.

19

Der Abt suchte nach dem bedauerlichen Vorfall im Keller durch jedes nur erdenkliche Mittel jenen unseligen Augenblick wieder gutzumachen. Thon Taddeo ließ äußerlich keinen Groll erkennen, ja, entschuldigte sich sogar bei seinen Gastgebern für sein vorschnelles Urteil über den Vorfall, nachdem der Erfinder des Geräts dem Gelehrten einen ausführlichen Bericht über den frischgebackenen Entwurf, wie die Ausführung, erstattet hatte.
Aber die Entschuldigung hatte lediglich zur Folge, daß der Abt nur noch mehr davon überzeugt war, man habe einen groben Schnitzer gemacht. Er brachte den Thon in die Lage eines Bergsteigers, der einen noch »unbezwungenen« Gipfel erreicht, nur um dort die Initialen seines Konkurrenten im höchsten Fels eingegraben zu finden – und der Konkurrent hatte es ihm vorher noch nicht einmal mitgeteilt. Auf Grund der Art, wie die Sache gehandhabt worden ist, muß es ihn übel mitgenommen haben, dachte Dom Paulo.
Hätte der Thon nicht nachdrücklich betont (mit einer Entschlossenheit, die vielleicht auf Verlegenheit zurückzuführen war), daß ihr Licht von vorzüglicher Beschaffenheit sei, genügend hell, um selbst brüchige und altersschwache Urkunden, die bei Kerzenlicht kaum zu entziffern waren, einer genauen Prüfung zu unterziehen, so würde Dom Paulo die Lampe unverzüglich aus dem Keller haben entfernen lassen. Doch Thon Taddeo hatte betont, daß sie ihm gefalle – nur mußte er dann feststellen, daß es unumgänglich war, mindestens vier Novizen oder Postulanten stän-

dig zu beschäftigen, um den Dynamo zu drehen und den Kohlenabstand zu regulieren. Worauf er bat, die Lampe zu entfernen – aber da schien Paulo sich im Recht zu fühlen, hartnäckig darauf zu bestehen, daß sie an Ort und Stelle bleibe.

So geschah es also, daß der Gelehrte seine Nachforschungen in der Abtei begann und dabei ständig die drei Novizen im Drehkreuz vor Augen hatte, den vierten nicht zu vergessen, der Gefahr lief, vor lauter Licht zu erblinden, der oben auf seiner Leiter die Lampe regulierte und am Leuchten erhielt – eine Lage, die den Dichter bewog, den Dämon Verlegenheit gnadenlos in Versen zu besingen, nebst den Greueln, die dieser im Namen der Bußfertigkeit oder der Nachgiebigkeit beging.

Einige Tage untersuchten der Thon und sein Gehilfe die Bibliothek selbst, die Kartothek und die Schriften des Klosters, die nichts mit den Memorabilien zu tun hatten – als könnten sie durch Bestimmung der Güte einer Austernschale die Möglichkeit der Perle beweisen.

Bruder Kornhoer entdeckte den Gehilfen des Thon am Eingang des Refektoriums auf den Knien, und für eine Sekunde konnte er sich des Eindrucks nicht erwehren, als halte der Kerl vor dem Marienbild über der Tür eine eigenartige Andacht ab, aber das Geklapper von Werkzeug machte die Täuschung zunichte. Der Gehilfe legte eine Wasserwaage in den Eingang und maß die weich sich rundende Vertiefung, die von mönchischen Sandalen durch die Jahrhunderte in den Stein geschliffen worden war.

»Wir sind auf der Suche nach Methoden, geschichtliche Daten zu bestimmen«, erzählte er Kornhoer auf dessen Fragen. »Das hier schien eine brauchbare Stelle zu sein, um ein Maß der Abnutzung aufzustellen, weil der Verkehr leicht zu berechnen ist. Drei Mahlzeiten am Tag pro Mann seit die Steine gesetzt wurden.«

Bruder Kornhoer war von ihrer Gründlichkeit einfach beeindruckt, trotzdem verwirrte ihn diese Geschäftigkeit.

»Das Quellenmaterial zur Bautätigkeit des Klosters ist vollständig«, sagte er. »Dort findet Ihr ganz genau, wann jedes Gebäude erbaut, jeder Flügel angebaut wurde. Warum nicht die Zeit sparen?«
Der Mann blickte voll Unschuld auf: »Mein Meister sagt immer: ›Nayol ist ohne Sprache, und deshalb lügt er nie.‹«
»Nayol?«
»Eine der Naturgottheiten der Leute vom Red River. Er meint das natürlich im übertragenen Sinn. Das Zeugnis der gegenständlichen Welt ist die letzte Instanz. Archivare können lügen; die Natur ist dazu nicht fähig.« Er sah den Gesichtsausdruck des Mönches und fügte hastig hinzu: »Das soll nicht heißen, daß wir eure Quellen für Märchenbücher halten. Es ist einfach ein Grundsatz des Thon, daß alles auch von der Seite des Gegenständlichen her nachgeprüft werden muß.«
»Eine faszinierende Ansicht«, murmelte Kornhoer und beugte sich hinunter, um die Schnittzeichnung zu betrachten, die der Mann von der Höhlung des Bodens angefertigt hatte. »Nanu, das hat ja die Form einer typischen Fehlerkurve, wie Bruder Majek sie nennt. Seltsam!«
»Gar nicht seltsam! Die Wahrscheinlichkeit, mit der ein Fuß von der Mittellinie abweicht, würde sich eben auch durch das mittlere Fehlergesetz bestimmen lassen.«
Kornhoer war gefesselt. »Ich werde Bruder Majek rufen«, sagte er.
Das Interesse des Abtes an den Untersuchungen der Gebäude durch die Gäste war weniger esoterisch. »*Warum*«, verlangte er von Gault zu wissen, »machen sie ausführliche Zeichnungen unserer Befestigungsanlagen?«
Der Prior blickte überrascht drein. »Davon weiß ich gar nichts. Glaubt Ihr, daß Thon Taddeo...«
»Nicht er. Die Offiziere, die mit ihm gekommen sind. Sie gehen dabei recht planmäßig vor.«
»Wie seid Ihr ihnen auf die Schliche gekommen?«
»Der Dichter erzählte mir's.«

»Der Dichter. Ha!«
»Leider hat er diesmal die Wahrheit berichtet. Er hat ihnen eine ihrer Zeichnungen geklaut.«
»Ihr habt sie noch?«
»Nein, ich habe ihn veranlaßt, sie zurückzubringen. Aber die Sache gefällt mir nicht. Das sieht bedenklich aus.«
»Ich nehme an, daß der Dichter für seine Mitteilung etwas haben wollte.«
»Nein, seltsamerweise nicht. Er hat den Thon von Anfang an nicht ausstehen können. Seit sie angekommen sind, läuft er herum und führt brummend Selbstgespräche.«
»Der Dichter hat immer vor sich hin gebrummt.«
»Aber nicht in diesem ernsten Ton.«
»Warum, glaubt Ihr, machen sie diese Zeichnungen?«
Paulo hatte einen harten Zug um den Mund: »Bis wir etwas anderes herausfinden, nehmen wir an, ihr Interesse sei undurchsichtig oder beruflicher Natur. Die Abtei hat ihre Aufgabe als mauerbewehrte Zitadelle gut erfüllt. Sie ist weder durch Belagerung noch durch Sturmangriffe je genommen worden, und vielleicht drückt sich so ihre fachliche Bewunderung aus.«
Pater Gault blickte grübelnd über die Wüste nach Osten hin. »Wenn ich mir's so überlege, falls ein Heer vorhätte, nach Westen durch die Ebene vorzustoßen, müßte es wahrscheinlich hier in der Gegend eine Garnison errichten, bevor es nach Denver weiterzöge.« Er dachte einige Augenblicke nach und fing an, besorgt auszusehen. »Und hier haben sie eine Festung, die nur auf sie zu warten scheint.«
»Ich fürchte, daß sie auch darauf gekommen sind.«
»Glaubt Ihr, daß man sie als Spione mitgeschickt hat?«
»Nein, nein. Ich bezweifle, daß Hannegan jemals von uns gehört hat. Aber jetzt sind sie da, sie sind Offiziere und sie können es nicht lassen, sich umzusehen und Pläne zu schmieden. Und jetzt ist es sehr wahrscheinlich, *daß* Hannegan von uns hören wird.«
»Was werdet Ihr tun?«

»Ich weiß noch nicht.«
»Warum nicht mit Thon Taddeo darüber sprechen?«
»Die Offiziere gehören nicht zu seinen Dienern. Man hat sie nur als seine Schutzmannschaft mitgeschickt. Was könnte er schon machen?«
»Er ist Hannegans Verwandter, und er hat Einfluß.«
Der Abt nickte. »Ich werde mir etwas ausdenken, wie ich in dieser Angelegenheit an ihn herantreten kann. Trotzdem werden wir erst eine Weile beobachten, was noch so vor sich geht.«
Während der folgenden Tage beendete Thon Taddeo seine Untersuchung der Auster, und offensichtlich zufrieden, nicht nur eine vermummte Miesmuschel vorzufinden, richtete er seine Aufmerksamkeit auf die Perle. Das Unterfangen war nicht einfach.
Der Gehilfe häufte einige Pfund Notizzettel für den Thon auf. Den fünften Tag nahm Thon Taddeos Tempo zu, und sein Verhalten zeigte die Ungeduld eines hungrigen Jagdhundes, der die Spur köstlichen Wildes entdeckt.
»Prächtig!« Er schwankte zwischen Jubel und belustigter Ungläubigkeit. »Fragmente eines Physikers des zwanzigsten Jahrhunderts! Die Gleichungen sind sogar folgerichtig.«
Kornhoer blickte ihm über die Schulter. »Das habe ich gesehen«, sagte er atemlos. »Ich konnte mir niemals einen Vers darauf machen. Ist es ein wichtiger Grundgedanke?«
»Ich weiß noch nicht genau. Mathematisch ist es herrlich, wunderschön! Schaut her, dieser Ausdruck – wie bis aufs äußerste verkürzt er dargestellt ist. Das hier unter der Wurzel – es sieht aus wie das Produkt zweier Differentialkoeffizienten, aber eigentlich steht es für eine ganze Folge solcher Koeffizienten.«
»Wie das?«
»Die Exponenten werden durch Permutation in einen entwickelten Ausdruck überführt, sonst könnte es unmöglich für ein lineares Integral stehen, wie der Autor behauptet. Es ist großartig. Und hier, schaut, dieser einfach aussehende

Ausdruck. Die Einfachheit ist irreführend. Offensichtlich stellt er nicht eine Gleichung, sondern ein ganzes System von Gleichungen in sehr zusammengefaßter Form dar. Ich brauchte einige Tage, bis ich verstand, daß der Autor an Beziehungen ganzer Systeme zu anderen Systemen dachte, nicht nur an solche zwischen einer Größe und einer anderen. Ich kenne noch nicht alle physikalischen Größen, um die es da geht, aber die Überfeinerung des Mathematischen ist einfach – in einer unaufdringlichen Weise –, einfach vorzüglich. Selbst wenn es nur Spielerei wäre, dann doch eine höchst geistreiche Spielerei. Sollte es wirklich alt sein, dann haben wir unglaubliches Glück. Auf jeden Fall ist es großartig. Ich muß das möglichst älteste Exemplar dieser Handschrift sehen.«

Der Bruder Bibliothekar seufzte, als noch ein weiteres bleiversiegeltes Faß zum Öffnen aus dem Lagerraum gerollt wurde. Armbruster war von der Tatsache nicht beeindruckt, daß der weltliche Gelehrte in zwei Tagen so etwas wie ein schwieriges Problem gelöst hatte, das zwölf Jahrhunderte lang völlig rätselhaft geblieben war.

Für den Konservator der Memorabilien bedeutete jedes Öffnen eine weitere Verminderung der wahrscheinlichen Lebensdauer des Inhalts der Fässer, und er versuchte gar nicht, seine Abneigung gegen die ganze Geschichte zu verbergen. Für den Bruder Bibliothekar, dessen Lebensaufgabe es war, Bücher zu erhalten, bestand der Hauptgrund für das Dasein von Büchern darin, sie für die Ewigkeit erhalten zu dürfen. Benutzung war zweitrangig und zu verhüten, wenn sie die Langlebigkeit bedrohte.

Die Begeisterung Thon Taddeos für sein Unternehmen wurde von Tag zu Tag größer. Der Abt atmete unbeschwerter, als er bemerkte, wie die anfänglichen Zweifel des Thon mit jeder neuen Prüfung einer fragmentarischen wissenschaftlichen Schrift aus der Zeit vor der Flut wegschmolzen. Der Thon hatte sich nicht deutlich erklärt, in welchem Umfang seine Untersuchungen geführt werden sollten. Zu Anfang hatte er vielleicht wie absichtslos gearbeitet, aber jetzt ging er mit der flinken Bestimmtheit eines Mannes ans Werk, der einem Plan folgt.

Dom Paulo spürte, wie irgend etwas heraufdämmerte, und er beschloß, dem Hahn einen Hof zu bieten, dem er sein morgendliches Kikeriki entgegenkrähen konnte, sollte er den Drang verspüren, den bevorstehenden Tagesanbruch anzukündigen.

»Die Gemeinschaft verfolgt mit Neugier Eure Bemühungen«, sagte er zum Gelehrten, »und wir würden gern etwas darüber hören, wenn es Euch nichts ausmacht, darüber zu sprechen. Natürlich haben wir alle von Eurer theoretischen Arbeit an Eurer eigenen Hochschule gehört, aber für die meisten von uns ist das zu fachbezogen, um es zu verstehen. Wäre es Euch möglich, uns etwas darüber zu erzählen, in gewöhnlichen Ausdrücken, die Uneingeweihte begreifen können? Die Gemeinschaft hat mir Vorwürfe gemacht, daß ich Euch nicht um einen Vortrag ersuche, aber ich dachte, Ihr würdet es vorziehen, Euch erst einmal mit allem hier vertraut zu machen. Wenn Ihr natürlich lieber nicht –«

Der Blick des Thon schien Tastzirkel an den Kopf des Abtes anzusetzen und ihn sechsfach zu vermessen. Er lächelte voller Zweifel. »Ihr möchtet, daß ich unsere Arbeit in möglichst einfacher Sprache erkläre?«

»Ja, so etwa, wenn das möglich ist.«

»Da liegt der Hase im Pfeffer.« Er lachte. »Ein ungeschulter Mensch liest einen Aufsatz naturwissenschaftlicher Art und denkt sich: ›Also warum kann er das nicht auch in einfachen Worten erklären?‹ Es scheint ihm unmöglich, sich vorzustellen, daß das, was er versuchte zu lesen, schon die einfachstmöglichen Worte für diesen bestimmten Gegenstand waren. Tatsächlich ist ein Großteil der Physik einfach ein Prozeß sprachlicher Vereinfachung. Ein Bemühen, Sprachen zu erfinden, mit deren Hilfe eine halbe Seite von Gleichungen einen Gedankengang festhält, der in sogenannter einfacher Sprache auf weniger als tausend Seiten

gar nicht dargestellt werden könnte. Habe ich mich verständlich ausgedrückt?«
»Ich glaube schon. Da Ihr es versteht, Euch verständlich zu machen, warum sprecht Ihr dann nicht zum Beispiel über diesen Aspekt der Sache? Aber nur, wenn dieser Vorschlag nicht zu früh erfolgt, im Hinblick auf Eure Arbeit an den Memorabilien.«
»Nun, eigentlich nicht. Wir haben jetzt eine einigermaßen deutliche Vorstellung vom Ziel, auf das wir lossteuern, und auch von dem, womit wir uns hier abmühen müssen. Selbstverständlich wird das noch geraume Zeit in Anspruch nehmen, bevor wir zu einem Ende kommen. Die einzelnen Stücke müssen zusammengefügt werden, und die gehören nicht alle zum selben Mosaik. Wir können noch nicht vorhersagen, was wir alles herauslesen werden, aber wir wissen ziemlich genau, was nicht. Ich bin glücklich, sagen zu können, daß wir voll Hoffnung sind. Ich habe nichts dagegen, das in einem allgemeinen Rahmen zu erklären, aber –« Er wiederholte das Schulterzucken des Zweifelns.
»Was macht Euch Sorgen?«
Der Thon schien leicht verlegen. »Nur eine Ungewißheit über meine Zuhörer. Ich verletze nur sehr ungern religiöse Überzeugungen.«
»Wie könnt Ihr das befürchten? Es handelt sich doch um einen Gegenstand der Physik? Der Naturwissenschaften?«
»Natürlich. Aber das Weltbild vieler Leute wurde durch religiöse – nun, was ich sagen will . . .«
»Aber da Euer Gebiet die materielle Welt ist, wie könntet Ihr da überhaupt Anstoß erregen? Vor allem hier in dieser Gemeinschaft? Wir haben lange Zeit darauf gewartet, daß die Welt anfängt, sich wieder für sich selbst zu interessieren. Selbst auf die Gefahr hin prahlerisch zu erscheinen, möchte ich darauf hinweisen, daß sich eben hier im Kloster ein paar ziemlich geschickte Liebhaber der Naturwissenschaften finden. Da haben wir Bruder Majek, und auch Bruder Kornhoer . . .«

»Kornhoer!« Der Thon blickte vorsichtig zur Bogenlampe empor und schaute blinzelnd wieder weg. »Ich begreife es nicht.«
»Was? Die *Lampe*? *Ihr* habt doch sicher –«
»Nein, nein. Nicht die Lampe. Die Lampe ist recht einfach zu begreifen, wenn man einmal den Schreck überwunden hat, zu sehen, daß sie tatsächlich funktioniert. Sie *muß* einfach funktionieren. Wenn man verschiedene unbestimmbare Faktoren voraussetzt und einige unerreichbare Meßwerte schätzt, könnte es auf dem Papier klappen. Aber der impulsive, glatte Sprung von der ungenauen Hypothese zum funktionierenden Modell –« Der Thon hüstelte nervös. »Eigentlich ist es Kornhoer, den ich nicht verstehe. Dieses Dings da...«, er wies mit dem Zeigefinger schüttelnd auf den Dynamo, »... ist ein Weitsprung aus dem Stand, der sich über etwa zwanzig Jahre vorbereitender Versuchsarbeit hinwegsetzt, Versuchsarbeit, die beim Verständnis der Grundlagen anfängt. Kornhoer ließ die Vorarbeiten einfach aus. Glaubt Ihr an ein übernatürliches Eingreifen? Ich nicht; aber hier muß das *wirklich* der Fall gewesen sein. Wagenräder!« Er lachte. »Was könnte er alles zustande bringen, wenn er über eine Maschinenwerkstätte verfügte? Ich verstehe nicht, was ein Mann wie er hier im Kloster eingesperrt macht.«
»*Das* sollte Euch Bruder Kornhoer vielleicht besser selbst erklären«, sagte Dom Paulo und versuchte, dabei seine Stimme nicht gereizt und verstimmt klingen zu lassen.
»Nun ja, gut...«, Thon Taddeo begann den alten Priester wieder mit den Tastzirkeln seines Blickes zu messen. »Wenn Ihr wirklich glaubt, daß niemand daran Anstoß nehmen wird, unkonventionelle Vorstellungen zu hören, würde ich mich freuen, unsere Arbeit zu erläutern. Einige dieser Vorstellungen jedoch könnten in Widerspruch stehen zu gängigen Vorur – äh – gängigen Anschauungen.«
»Schön! Demnach müßte es ja spannend werden.«
Ein Termin wurde vereinbart, und Dom Paulo fühlte sich

erleichtert. Er glaubte, daß die verborgene Kluft zwischen christlichem Mönch und weltlichem Naturforscher ohne Zweifel durch freien Gedankenaustausch überbrückt werden würde. Kornhoer hatte gewissermaßen schon den Grundstein zur Brücke gelegt, nicht? Ausgiebiger, nicht eingeschränkter Umgang war vermutlich das beste Mittel, jegliche Spannung zu überwinden. Und der dichte Vorhang aus Zweifel und zögerndem Mißtrauen würde sich teilen, oder? Sobald der Thon bemerkte, daß seine Gastgeber nicht ganz die unvernünftigen, geistigen Reaktionäre waren, für die der Gelehrte sie zu halten schien. Paulo schämte sich seiner früheren Befürchtungen etwas. Herr, betete er, hab Geduld mit einem Toren, der es nur gut meint.
»Ihr dürft aber die Offiziere mit ihren Skizzenbüchern nicht aus den Augen verlieren«, erinnerte ihn Gault.

20

Vom Lesepult des Refektoriums stimmte der Vorleser Bekanntmachungen an. Kerzenlicht bleichte die Gesichter der in Kutten gehüllten Legionen, die unbeweglich hinter ihren Hokkern standen und auf den Beginn des Abendessens warteten. Die Stimme des Vorlesers hallte hohl in dem hohen, gewölbten Speisesaal wider, dessen Decke sich über den Lichtlachen, die der Kerzenschimmer auf die hölzernen Tische tüpfelte, in schweren Schatten verlor.
»Der ehrwürdige Vater Abt hat mir aufgetragen, euch bekanntzugeben«, rief der Vorleser, »daß das heutige Gebot der Enthaltsamkeit für das Essen heute nacht aufgehoben ist. Wir werden Gäste bewirten, wie ihr vielleicht schon gehört habt. Alle Angehörigen des Ordens dürfen heute abend am Festessen zu Ehren Thon Taddeos und seiner Begleitung teilnehmen. Ihr dürft Fleisch essen. Es wird euch gestattet sein, euch während des Essens zu unterhalten, wenn ihr dabei nicht zu laut werdet.«
Aus den Reihen der Novizen kam unterdrücktes Stimmen-

gewirr, ersticktem Jubel nicht unähnlich. Man deckte die Tische. Vom Essen war noch nichts zu sehen, aber große Teller standen an der Stelle gewöhnlicher Suppenschüsseln und erregten als Anzeichen eines Festmahles Appetit. Die gewohnten Milchbecher blieben im Schrank; ihre Stelle hatten heute nacht die besten Weinpokale eingenommen. Auf die Tischplatten waren Rosen gestreut.
Der Abt blieb draußen im Gang stehen und wartete, daß der Vorleser sein Lesen beenden werde. Er blickte hinein auf die Gedecke für ihn selbst, Pater Gault, den verehrten Gast und seine Gesellschaft. Schon wieder falsches Rechnen in der Küche, dachte er. Acht Plätze waren gedeckt worden. Drei Offiziere, der Thon und sein Gehilfe und die zwei Priester, das machte sieben – es sei denn, Pater Gault hätte Bruder Kornhoer gebeten, bei ihnen zu sitzen. Das sah ihm aber nicht ähnlich. Der Vorleser beendete die Bekanntmachungen, und Dom Paulo betrat den Saal.
»*Flectamus genua*«, rief der Vorleser.
Als der Abt seine Herde segnete, beugten die in Kutten gehüllten Scharen mit militärischer Genauigkeit die Knie.
»*Levate.*«
Die Legionen erhoben sich. Dom Paulo nahm seinen Platz am Ehrentisch ein und warf einen flüchtigen Blick zurück auf den Eingang. Gault würde die anderen bringen. Ihr Essen war ihnen vorher schon im Gästetrakt aufgetischt worden, um zu vermeiden, sie im Refektorium der Kargheit mönchisch kümmerlicher Kost auszusetzen.
Als die Gäste erschienen, schaute er sich nach Bruder Kornhoer um; der Mönch war jedoch nicht unter ihnen.
»Wieso ein achtes Gedeck?« murmelte er zu Pater Gault gewendet, als sie Platz genommen hatten.
Gault schien verblüfft und zog die Schultern hoch.
Der Gelehrte setzte sich rechts neben dem Abt nieder, und die anderen schlossen sich zum Ende des Tisches hin an. Der Platz links neben dem Abt blieb leer. Der Abt drehte sich um und wollte Bruder Kornhoer heranwinken, sich zu

ihnen zu setzen, aber der Vorleser fing an, den Eingangsvers anzustimmen, bevor er noch den Blick des Mönches auf sich ziehen konnte.

»*Oremus*«, antwortete der Abt, und die Mönche verneigten sich.

Während des Segens schlüpfte jemand leise in den Sitz zur Linken des Abtes. Der Abt runzelte die Stirn, blickte während des Gebets jedoch nicht auf, um zu sehen, wer der Missetäter sei.

»*. . . et Spiritus Sancti, Amen.*«

»*Sedete*«, rief der Vorleser, und die Reihen begannen Platz zu nehmen.

Der Abt blickte streng auf die Gestalt links von ihm.

»Dichter!«

Der begossene Pudel verbeugte sich geziert und lächelte.

»Guten Abend, meine Herren, hochgelehrter Thon, geschätzte Gastgeber«, tönte er. »Was werden wir heute speisen? Gebratenen Fisch mit Honigwaben zu Ehren der weltlichen Auferstehung, die uns bevorsteht? Oder habt Ihr, mein Herr und Abt, Euch endlich beim Kochen mit dem Bürgermeister des Dorfes die Finger verbrannt?«

»Ich hätte gute Lust, Euch kochen zu . . .«

»Ha!« entgegnete der Dichter und wandte sich leutselig an den Gelehrten. »Man wird hier so vollendeter Tafelfreuden teilhaftig. Ihr solltet Euch öfter zu uns gesellen. Ich nehme an, man verköstigt Euch im Gästetrakt mit nichts anderem als gebratenem Fasan und phantasielos zubereitetem Rindfleisch. Eine Schande! Hier ergeht es einem besser! Ich hoffe doch, daß Bruder Küchenchef heute abend über seinen gewohnten Schwung, sein inneres Feuer, sein zauberhaftes Gefühl verfügt. Ah . . .!« Der Dichter rieb sich die Hände und grinste hungrig. »Vielleicht werden wir sein begnadetes falsches oder Schwindelschwein mit Mais à la Bruder Johannes vorgesetzt bekommen, wie?«

»Da läuft einem ja das Wasser im Mund zusammen«, sagte der Gelehrte. »Was ist es denn?«

»Fettriefendes Gürteltier mit gedörrtem Mais, in Eselsmilch gekocht. Ein wahres Sonntagsessen.«
»Dichter!« fuhr ihn der Abt an. Dann zum Thon: »Ich bitte für seine Anwesenheit um Verzeihung. Er war nicht geladen.«
Der Gelehrte warf einen unbeschwert belustigten Blick auf den Dichter. »Hannegan, mein Herr, hält sich auch einige Hofnarren«, sagte er zu Paulo. »Ich kenne die Sorte. Ihr müßt Euch für ihn nicht entschuldigen.«
Der Dichter sprang von seinem Stuhl auf und verneigte sich tief vor dem Thon. »Erlaubt mir, Herr, mich statt dessen für den Abt zu entschuldigen«, rief er gefühlvoll.
Er verharrte einen Augenblick in der Verbeugung. Man wartete, daß er seine Narrenpossen beende. Er jedoch zuckte plötzlich mit den Achseln, setzte sich nieder und spießte sich ein Stück dampfendes Geflügel von der Platte auf, die von einem Postulanten vor sie hingestellt worden war. Er riß ein Bein ab und biß mit Lust hinein. Verwirrt schaute man ihm zu.
»Ich glaube, Ihr habt recht, meine Entschuldigung für ihn nicht anzunehmen«, sagte er schließlich zum Thon.
Der Gelehrte wurde ein wenig rot.
»Bevor ich dich hinauswerfe, du Wurm«, sagte Gault, »wollen wir doch herausfinden, wieweit du in diesem starken Stück noch gehst.«
Der Dichter wackelte heftig mit dem Kopf und schmatzte nachdenklich. »Ein ganz schön starkes Stück«, stimmte er bei.
Eines schönen Tages wird sich Gault mit so etwas noch ins Verderben stürzen, dachte sich Dom Paulo.
Der junge Priester indessen war sichtlich verärgert und suchte den Zwischenfall *ad absurdum* zu führen, in der Absicht, Gründe zu finden, den Narren zu zerschmettern.
»Entschuldigt Euch nur ausführlich für Euren Gastgeber, Dichter«, befahl er. »Und erklärt Euch deutlich, wenn Ihr schon einmal dabei seid.«

»Laß das, Vater, laß das«, sagte Paulo rasch.
Der Dichter lächelte den Abt wohlwollend an. »Schon gut, Herr«, sagte er. »Es macht mir nicht im mindesten etwas aus, mich für Euch zu entschuldigen. Ihr entschuldigt Euch für mich, ich entschuldige mich für Euch; ist das nicht eine angemessene Übung in Nächstenliebe und gutem Willen? Niemand braucht sich für sich selbst zu entschuldigen – was immer so erniedrigend ist. Wenn man aber mein System anwendet, findet sich jeder entschuldigt, und niemand hat sich selbst zu entschuldigen.«
Bloß die Offiziere schienen die Bemerkungen des Dichters lustig zu finden. Offensichtlich genügte die Erwartung der Erheiterung, um die Illusion einer Heiterkeit hervorzurufen, und der Spaßmacher konnte durch Gestik und Ausdruck lachen machen, ganz gleich, was er sagte. Thon Taddeo trug ein gezwungenes Lächeln zur Schau; aber es war die Art von Gesichtsausdruck, mit der man der ungeschickten Vorführung eines abgerichteten Tieres zusieht.
»Auf diese Weise«, fuhr der Dichter fort, »wenn Ihr mir nur erlaubt, Euch als demütiger Diener zu helfen, Herr, würdet Ihr nie klein beigeben müssen. Als Euer Entschuldigungsanwalt könntet Ihr mich zum Beispiel ermächtigen, bedeutenden Gästen wegen des Auftretens von Wanzen unsere Zerknirschung zu Füßen zu legen. Und den Wanzen wegen des unvermittelten Wechsels in der Verpflegung.«
Wütend wie er war, widerstand der Abt dem Drang, die bloße große Zehe des Dichters mit dem Absatz seiner Sandale zu zermahlen. Er trat dem Kerl gegen den Knöchel, aber der Narr machte weiter.
»Ich würde natürlich für Euch alle Schuld auf mich nehmen«, sagte er und kaute geräuschvoll an weißem Fleisch. »Es ist eine gute Einrichtung. Eine, von der ich vorhatte, sie auch Euch zugänglich zu machen, höchst erhabener Gelehrter. Ich bin sicher, Ihr hättet sie praktisch gefunden. Mir ist zu verstehen gegeben worden, daß erst die logischen und methodologischen Grundlagen ersonnen und vervollkomm-

net werden müssen, bevor die Wissenschaft fortschreiten kann. Und mein System der veräußerlichen und übertragbaren Entschuldigungen würde von besonderem Wert für Euch, Thon Taddeo, gewesen sein.«
»Gewesen sein?«
»Ja. Es ist zu schade. Jemand hat mir meine blauköpfige Ziege gestohlen.«
»Blauköpfige Ziege?«
»Sie hatte einen Kopf so kahl wie der Hannegans, Euer Gescheitheit, und so blau wie die Nasenspitze Bruder Armbrusters. Ich hatte vor, Euch das Tier zum Geschenk zu machen, aber so ein feiger Schuft hat sie mir stibitzt, bevor Ihr kamt.«
Der Abt biß die Zähne zusammen und ließ seinen Absatz über der großen Zehe des Dichters schweben. Thon Taddeo runzelte ein wenig die Stirn, doch schien er gewillt, den verwirrten Knoten der Anspielungen des Dichters aufzulösen.
»Brauchen wir eine blauköpfige Ziege?« fragte er seinen Sekretär.
»Ich glaube, dafür besteht keine besondere Notwendigkeit, Herr«, sagte der Sekretär.
»Die Notwendigkeit liegt doch auf der Hand!« meinte der Dichter. »Man sagt, Ihr schreibt an Gleichungen, die eines Tages die Welt erneuern werden. Man sagt, das Licht dämmert erneut herauf. Wenn also wieder Licht sein wird, so muß irgend jemand die Schuld an der vergangenen Dunkelheit zugeschoben werden.«
»Ach, deshalb die Ziege.« Thon Taddeo blickte flüchtig auf den Abt. »Ein schwacher Scherz. Ist das schon alles, was er zu bieten hat?«
»Er ist arbeitslos, wie Ihr bemerken werdet. Aber sprechen wir doch von etwas Vernünf ...«
»Nein, nein, nein, *nein*!« widersetzte sich der Dichter. »Euer Hochgelehrsamkeit mißverstehen meine Absicht. Die Ziege gehört in einen heiligen Schrein und mit Ehren überhäuft. Krönt sie mit der Krone, die Euch der heilige

Leibowitz gesandt hat, und dankt ihm für die beginnende Helligkeit. Dann wälzt alle Schuld auf Leibowitz und jagt *ihn* in die Wüste hinaus. Auf diese Weise bleibt *Euch* die andere Krone erspart. Die mit den Dornen. Die, die Verantwortlichkeit genannt wird.«

Die Feindseligkeit des Dichters war nun offenkundig geworden, und er versuchte nicht länger spaßig zu erscheinen. Der Thon starrte ihn eisig an. Der Absatz des Abtes schwankte wieder über der Zehe des Dichters, ließ aber widerstrebend Gnade walten.

»Und wenn«, sagte der Dichter, »das Heer Eures Wohltäters kommt, um diese Abtei einzunehmen, dann kann die Ziege im Hof angepflockt und ihr beigebracht werden zu blöken ›Niemand war hier als nur ich, niemand als ich‹, wann immer Fremde vorbeikommen.«

Einer der Offiziere fuhr mit wütendem Grunzen von seinem Schemel hoch, seine Hand griff wie von selbst nach dem Säbel. Er löste den Griff von der Scheide, und dem Dichter glänzten zehn Zentimeter Stahl als Warnung entgegen. Der Thon faßte den Offizier beim Arm und versuchte, die Klinge in die Scheide zurückzustoßen, aber es war wie das Zerren am Arm eines Marmorbildes.

»Ah, ein Künstler des Degens wie auch der Zeichenfeder!« höhnte der Dichter, der offensichtlich das Sterben nicht fürchtete. »Eure Skizzen der Verteidigungsanlagen der Abtei verheißen eine so großartige ...«

Der Offizier bellte einen Fluch und riß die Klinge ganz aus der Scheide. Doch seine Kameraden hielten ihn fest, bevor er noch losstürzen konnte. Aus der Klostergemeinschaft stiegen Laute der Überraschung empor, und die Mönche standen erschrocken auf. Der Dichter lächelte freundlich weiter.

»... Entwicklung zum Künstlerischen hin«, fuhr er fort, »daß ich zu sagen wage, eines Tages wird Eure Zeichnung der unterirdischen Gänge in einem kunsthistorischen Museum aufge ...«

Unter dem Tisch klang ein dumpfes *Bumm!* hervor. Mitten im Beißen hielt der Dichter inne, nahm einen Knochen aus dem Mund und erbleichte langsam. Er kaute, schluckte, und verlor weiter an Farbe. Er starrte geistesabwesend in die Höhe.

»Ihr zerdrückt sie mir noch ganz«, murmelte er, kaum die Mundwinkel verziehend.

»Fertig mit dem Reden?« fragte der Abt und ließ den Absatz weiter mahlen.

»Ich glaube, mir ist ein Knochen im Schlund stecken geblieben«, gestand der Dichter.

»Ihr möchtet entschuldigt werden?«

»Ich fürchte, ich kann nicht anders.«

»Zu schade. Wir werden Euch missen.« Paulo versetzte der großen Zehe noch einen wohlgezielten letzten Tritt. »Ihr könnt gehen, wenn Ihr wollt.«

Der Dichter atmete heftig aus, wischte sich den Mund und erhob sich. Er trank seinen Pokal aus und stellte ihn umgekehrt in die Mitte des Tisches. Etwas an seinem Gebaren zwang alle, ihm zuzusehen. Mit einem Daumen zog er sein Augenlid herunter, beugte seinen Kopf über seine geöffnete Handfläche und drückte. Das Auge hüpfte auf seine Hand heraus, was die Texarkaner, die offensichtlich nichts vom künstlichen Augapfel des Dichters wußten, veranlaßte, würgende Laute auszustoßen.

»Behalt ihn gut im Auge«, sagte der Dichter zum Glasauge, und legte es dann auf den nach oben gedrehten Fuß des Pokals, von wo aus es Thon Taddeo unheilvoll anstarrte.

»Meine Herren, einen guten Abend«, rief er der Gruppe aufmunternd zu und schritt von dannen.

Der erboste Offizier murmelte einen Fluch und wand sich, um aus dem Griff seiner Kameraden freizukommen.

»Führt ihn aufs Quartier zurück und bleibt bei ihm, bis er sich abgekühlt hat«, ersuchte sie der Thon. »Und paßt auf, daß er den Narren da nicht in die Finger kriegt.«

»Ich bin tief beschämt«, sagte er zum Abt, als man den

Wachoffizier blaß vor Wut wegschleppte. »Sie gehören nicht zu meiner Dienerschaft, und ich kann ihnen keine Befehle erteilen. Aber ich verspreche Euch, er wird deswegen noch vor mir kriechen. Und sollte er sich weigern, sich zu entschuldigen und abzureisen, dann wird noch vor morgen mittag sein voreiliges Schwert sich mit meinem messen müssen.«
»Kein Blutvergießen!« bat der Priester. »Eine Belanglosigkeit. Wir sollten nicht mehr daran denken.« Seine Hände zitterten, sein Gesicht war aschfahl.
Der Thon bestand darauf, daß er sich entschuldigen und abreisen müsse. »Oder ich werde mich erbieten, ihn zu töten. Keine Angst, er würde es nicht wagen, gegen mich zu kämpfen, denn sollte er siegen, Hannegan würde ihn öffentlich auf dem Schafott pfählen lassen, wobei man seine Frau zwingen würde – nun, lassen wir das. Er wird im Staub kriechen und abreisen. Auf jeden Fall bin ich zutiefst beschämt, daß so etwas überhaupt geschehen konnte.«
»Ich hätte den Dichter sofort, als er hier auftauchte, hinauswerfen lassen sollen. Er hat die ganze Geschichte herbeigezwungen, und mir ist es nicht geglückt, sie abzuwenden. Es ist klar, er wollte provozieren.«
»Provozieren? Die phantastische Lüge eines fahrenden Narren eine Provokation? Josard verhielt sich, als wären die Anschuldigungen des Dichters wahr.«
»Dann wißt Ihr also nicht, daß sie *wirklich* einen umfassenden Bericht über die militärische Bedeutung unserer Abtei als Festung anfertigen?«
Dem Gelehrten fiel das Kinn herab. Offenbar ungläubig starrte er die beiden Priester abwechselnd an.
»Ist das wirklich wahr?« fragte er nach langem Schweigen.
Der Abt nickte.
»Und Ihr habt uns erlaubt zu bleiben?«
»Wir haben keine Geheimnisse zu verstecken. Eure Begleiter mögen solch eine Untersuchung anstellen, wenn sie wol-

len. Ich würde mir nicht anmaßen, sie zu fragen, *wozu* sie die Informationen brauchen. Die Vermutung des Dichters ist natürlich das reinste Hirngespinst.«
»Natürlich«, sagte der Thon schwach und blickte seinen Gastgeber nicht an.
»Selbstverständlich hat Euer Fürst keine Absichten, diese Gegend hier anzugreifen, wie der Dichter meinte.«
»Gewiß nicht.«
»Selbst wenn dem so wäre, bin ich sicher, daß er über die Weisheit verfügt – oder zumindest über weise Ratgeber, die ihn bestimmen – zu begreifen, daß die Bedeutung unserer Abtei als Aufbewahrungsort antiken Wissens um vieles größer ist als ihre Bedeutung als Zitadelle.«
In der Stimme des Priesters fiel dem Thon der Ton der Bitte, der Unterton des Ersuchens um Hilfe auf, und er schien darüber in tiefes Nachdenken versunken, während er langsam im Essen herumstocherte und eine Zeitlang schwieg.
»Wir werden uns über diese Angelegenheit noch einmal unterhalten, bevor ich zum Kollegium zurückkehre«, versprach er leise.

Ein Schatten war auf das Festmahl gefallen, aber er wurde nach dem Essen während des gemeinsamen Singens auf dem Hof verscheucht und war zur Stunde, da der Gelehrte im großen Saal vortragen sollte, gänzlich verdrängt. Die Verlegenheit schien behoben, und die Gruppe hatte in oberflächlicher Herzlichkeit wieder zusammengefunden.
Dom Paulo führte den Thon zum Vortragspult. Gault und der Sekretär des Thon folgten ihnen und traten zu ihnen auf das Podest. Nach der Vorstellung des Thon durch den Abt rauschte herzhafter Beifall auf. Die gespannte Stille, die ihm folgte, erinnerte an die Ruhe eines Gerichtssaales, der auf ein Urteil wartet. Der Gelehrte war kein begnadeter Redner; das Urteil jedoch stellte die klösterliche Schar zufrieden.

»Ich bin sehr verblüfft über das gewesen, was wir hier gefunden haben«, berichtete er ihnen. »Vor einigen Wochen hätte ich nie geglaubt, *habe ich nicht* geglaubt, daß Schriftstücke, wie ihr sie in euren Memorabilien habt, bis heute noch den Zusammenbruch der letzten mächtigen Kultur überlebt haben könnten. Es ist noch immer schwer zu glauben, aber die Tatsachen zwingen uns, uns die Hypothese zu eigen zu machen, daß diese Schriftstücke authentisch sind. Ihr Überleben hier ist schon unglaubwürdig genug, aber für *mich* ist die Tatsache eigentlich noch phantastischer, daß sie in *diesem* Jahrhundert bis jetzt nicht beachtet worden sind. In letzter Zeit hat es Männer genug gegeben – und nicht nur mich –, die fähig gewesen wären, ihre mögliche Bedeutung gut zu begreifen. Was hätte Thon Kaschler bei Lebzeiten nicht alles mit ihnen anstellen können – selbst vor siebzig Jahren!«

Lächeln überglänzte das Meer von Mönchsgesichtern beim Anhören einer so günstigen Stellungnahme zu den Denkwürdigkeiten, von jemandem, der so begabt war wie der Thon. Paulo fragte sich, wie ihnen im Ton des Sprechers der schwache Anklang von Verstimmung entgehen konnte – oder war es Mißtrauen? »Hätte ich dieses Quellenmaterial vor zehn Jahren schon gekannt«, sagte er gerade, »so würden einige meiner Arbeiten zur Optik nicht nötig gewesen sein.«

Aha! dachte der Abt, *das ist es also!* Zumindest teilweise. Er kommt dahinter, daß einige seiner Entdeckungen lediglich Wiederentdeckungen sind, und das läßt ein ungutes Gefühl zurück. Aber er wird doch bestimmt wissen, daß er zu seinen Lebzeiten niemals mehr sein kann als ein Wiederbeleber vergessener Werke: wie glanzvoll auch immer, er kann nur tun, was andere vor ihm schon getan haben. Und es würde unvermeidlich so bleiben, bis die Welt wieder so hoch entwickelt wäre, wie sie es vor der Feuerflut gewesen war.

Nichtsdestoweniger war deutlich, daß Thon Taddeo beeindruckt war.

»Mein Aufenthalt hier ist zeitlich begrenzt«, fuhr er fort. »Soweit ich gesehen habe, werden zwanzig Sachverständige vermutlich mehrere Jahrzehnte benötigen, um das Durchsieben der Memorabilien nach verständlichen Hinweisen zu einem Ende zu führen. Die Wissenschaft der Physik schreitet gewöhnlich durch induktive Beweisführung voran, die durch Experimente nachgeprüft wird. Aber hier handelt es sich um ein Unterfangen der Deduktion. Wir müssen versuchen, mit Hilfe von einigen wenigen verstreuten Stücken allgemeiner Grundsätze Einzelheiten zu erfassen. In einigen Fällen kann sich das als unmöglich erweisen. Zum Beispiel...« Er hielt einen Augenblick inne, um einen Stoß Notizzettel hervorzuziehen, und blätterte ihn rasch durch. »Hier ein Zitat, daß ich unten vergraben fand. Es handelt sich um ein vier Seiten umfassendes Bruchstück eines Buches, das ein Text höherer Physik gewesen sein mag:
›... und wenn in der Formel für den Abstand zwischen zwei Ereignispunkten die räumlichen Ausdrücke vorherrschen, soll der Abstand als raumartig verstanden werden, weil es so möglich ist, ein Koordinatensystem zu wählen – einem Beobachter unter zulässiger Geschwindigkeit zugehörig –, in welchem die Ereignisse gleichzeitig erscheinen und deshalb nur räumlich getrennt sind. Ist jedoch der Abstand zeitlich, so können die Ereignisse in keinem Koordinatensystem gleichzeitig auftreten; doch gibt es ein Koordinatensystem, in dem die räumlichen Ausdrücke gänzlich verschwinden, wobei der trennende Abstand rein zeitlich sein wird, *das heißt*, sie werden sich am selben Ort ereignen, doch zu unterschiedlichen Zeiten. Bei der Untersuchung der Endpunkte des wirklichen Abstands...‹«
Er blickte mit einem merkwürdigen Lächeln auf. »Hat sich irgend jemand in letzter Zeit die angeführte Stelle angesehen?«
Das Meer der Gesichter blieb regungslos.
»Erinnert sich jemand, sie je gesehen zu haben?«
Kornhoer und zwei andere hoben zaghaft die Hände.

»Weiß jemand, was sie bedeutet?«
Die Hände senkten sich schnell.
Der Thon sagte unter leisem Lachen: »Ihr folgen dann anderthalb Seiten mathematischer Berechnungen, die ich jetzt nicht versuchen werde vorzutragen, aber sie behandeln einige unserer Grundvorstellungen so, als seien diese überhaupt nicht fundamental, sondern vorübergehende Erscheinungen, die sich je nach unserem Standpunkt ändern. Sie schließt mit dem Wort ›*folglich*‹, aber der Rest der Seite ist verbrannt, und die Folgerung mit ihm. Der Gedankengang indessen ist untadelig, und die mathematischen Berechnungen durchaus gewandt, so daß ich die Folgerung selbst schreiben kann. Es scheint die Folgerung eines Wahnsinnigen zu sein. Sie ging schon von Voraussetzungen aus, die gleich wahnwitzig schienen. Handelt es sich nur um einen Ulk? Wenn nicht, welchen Platz nimmt sie dann im gesamten System der Wissenschaften der Alten ein? Was geht ihr als Vorbedingung ihres Verständnisses vorauf? Was folgt, und wie kann es nachgeprüft werden? Fragen, die ich nicht beantworten kann. Das ist nur *ein* Beispiel der vielen Rätsel, die in diesen Papieren verborgen liegen, die ihr so lange gehütet habt. Gedankengänge, die sich *nirgends* mit der empirischen Wirklichkeit berühren, sind Sache der Angelologen und Theologen, nicht der Physiker. Und dennoch beschreiben Papiere wie diese Systeme, die mit *unserer* Erfahrung nirgendwo in Einklang zu bringen sind. Waren diese Systeme für die Alten experimentell erreichbar? Gewisse Stellen scheinen darauf hinzudeuten. Eine Schrift bezieht sich auf die Umwandlung der Elemente – die wir erst kürzlich als theoretisch unmöglich darlegten –, und dann heißt es, ›durch Experiment nachgewiesen‹. Aber *wie*?
Es wird wohl Generationen dauern, bis einige dieser Dinge errechnet und begriffen sein werden. Es ist bedauerlich, daß sie hier an diesem unzugänglichen Ort verbleiben müssen, denn es wird der vereinten Anstrengung zahlreicher Ge-

lehrter bedürfen, ihren Sinn freizulegen. Ich bin sicher, ihr begreift, daß eure gegenwärtigen Hilfsmittel unzulänglich sind – von der ›Unzugänglichkeit‹ für den Rest der Welt ganz zu schweigen.«
Der Abt, der hinter dem Sprecher auf dem Podest saß, fing an, finster dreinzublicken und war auf das Schlimmste gefaßt. Thon Taddeo zog es jedoch vor, keine Vorschläge zu unterbreiten. Aber seine Anmerkungen verdeutlichten weiterhin seine Meinung, daß solche Überbleibsel in zuständigere Hände gehörten als in die der Mönche vom Albertinischen Orden des heiligen Leibowitz, und daß die herrschenden Umstände geradezu lächerlich seien.
Vielleicht bemerkte er die wachsende Unruhe im Saal, denn er wandte sich dem Gegenstand seiner unmittelbaren Untersuchungen zu, die sich mit einer gründlicheren Erforschung der Natur des Lichtes befaßten, als man sie bis jetzt betrieben hatte. Mehrere unter den Schätzen der Abtei würden sich als große Hilfe erweisen, und er hoffte, bald experimentelle Mittel und Wege zu finden, seine Theorien auf die Probe zu stellen. Nach einiger Darlegung der Erscheinung der Strahlenbrechung des Lichts schwieg er zunächst und sagte dann sich entschuldigend: »Ich hoffe, daß hier nichts dabei ist, was die religiösen Überzeugungen von irgend jemand verletzen könnte.« Dabei blickte er sich spöttisch im Saal um. Als er sah, daß ihre Gesichter neugierig und freundlich blieben, fuhr er noch eine Weile fort und bat dann um Fragen aus der Gemeinschaft.
»Würdet Ihr auch eine Frage vom Podest beantworten?« fragte der Abt.
»Selbstverständlich«, sagte der Gelehrte und blickte etwas unschlüssig drein, als denke er *et tu, Brute.*
»Ich frage mich, welche Bewandtnis es mit der Eigenschaft des Lichts hat, gebrochen zu werden, daß Ihr sie in religiöser Hinsicht für möglicherweise anstößig haltet?«
»Also...« Der Thon schwieg unbehaglich. »Monsignore Apollo, den Ihr kennt, geriet bei diesem Thema in rechte

Erregung. Er sagte, das Licht hätte vor der Flut schlechthin nicht brechungsfähig sein können, da, wie angenommen wird, der Regenbogen ...«
Der Saal brach in brüllendes Gelächter aus und übertönte das Ende der Antwort. Bis der Abt sie durch Handbewegungen zum Schweigen gebracht hatte, war Thon Taddeo rot wie eine Tomate geworden, und Dom Paulo hatte einige Mühe, sein feierliches Gesicht zu wahren.
»Monsignore Apollo ist ein trefflicher Mensch, ein trefflicher Priester; aber jeder Mensch kann zuweilen zu einem unglaublichen Esel werden, besonders auf fremdem Gebiet. Es tut mir leid, die Frage gestellt zu haben.«
»Die Antwort erleichtert mich«, sagte der Gelehrte, »ich suche keinen Streit.«
Es wurden keine weiteren Fragen gestellt. Der Thon ging zu seinem zweiten Gegenstand über: Wachstum und gegenwärtige Vorhaben seines Kollegiums. Das Bild, das er entwarf, schien ermutigend. Das Kollegium wurde von Bewerbern bestürmt, die dort studieren wollten. Das Kollegium hatte sich zur Aufgabe gemacht, zu lehren wie auch zu forschen. Unter den gebildeten Laien wuchs das Interesse an Naturphilosophie und -wissenschaft. Das Institut wurde großzügig unterstützt. Anzeichen des Aufschwungs und einer Renaissance.
»Ich sollte hier vielleicht einige wenige der laufenden Forschungsarbeiten und Untersuchungen anführen, die von unseren Leuten durchgeführt werden«, setzte er hinzu. »In Anlehnung an Brets Arbeit über das Verhalten von Gasen untersucht Thon Viche Mortoin die Möglichkeiten der Herstellung künstlichen Eises. Thon Friider Halb sucht nach zweckmäßigen Einrichtungen, um Nachrichten entlang einem Draht mit Hilfe elektrischer Wandlungen ...« Die Aufstellung war lang, und die Mönche schienen beeindruckt.
Auf mannigfaltigen Gebieten wurden Untersuchungen angestellt – Medizin, Astronomie, Geologie, Mathematik,

Technik. Einige wenige schienen zwecklos und unüberlegt, doch die meisten schienen großen Gewinn für Wissen und praktische Anwendung zu versprechen. Angefangen von Jejenes Suche nach einem wunderbaren Allheilmittel bis zu Bodalks unbekümmertem Angriff auf die traditionelle Geometrie zeigten die Vorhaben des Kollegiums ein kräftiges Verlangen, dem geheimen Buch der Natur sein Geheimnis zu entreißen, das verschlossen war, seit die Menschheit vor mehr als einem Jahrtausend ihr institutionelles Gedächtnis verbrannt und sich selbst zu kulturellem Gedächtnisschwund verurteilt hatte.
»Neben diesen Untersuchungen leitet Thon Maho Mahh ein Vorhaben, das weiteres Material zur Abstammung der menschlichen Gattung zu bekommen sucht. Da es sich dabei vor allem um ein archäologisches Unterfangen handelt, hat er mich gebeten, eure Bibliothek nach allem möglichen anregenden Material zu durchforsten, wenn ich meine eigenen Nachforschungen hier abgeschlossen habe. Wie dem auch immer, ich tue vielleicht besser daran, hierbei nicht zu lange zu verweilen, da es zu einer Kontroverse mit den Theologen führen könnte. Aber solltet ihr irgendwelche Fragen haben...«
Ein junger Mönch, der sich auf das Priesteramt vorbereitete, stand auf, und der Thon erteilte ihm das Wort.
»Herr, ich möchte fragen, ob Euch die Ansichten des heiligen Augustinus zu diesem Thema bekannt sind?«
»Ich kenne sie nicht.«
»Er war ein Bischof und Denker des vierten Jahrhunderts. Er meinte, daß Gott im Anfang alle Dinge in ihren Urkeimen erschuf, einschließlich der menschlichen Gestalt, und daß diese Urkeime die formlose Materie gewissermaßen befruchteten – die sich dann schrittweise zu den entwickelteren Formen und schließlich zum Menschen *entfaltete*. Hat man diese Hypothese in Erwägung gezogen?«
Der Thon lächelte herablassend, obgleich er die Anregung nicht direkt als kindisch brandmarkte. »Ich fürchte, man

hat dies nicht getan, aber ich werde nachsehen«, sagte er in einem Ton, der merken ließ, daß er es nicht tun würde.

»Ich danke Euch!« sagte der Mönch und setzte sich sanft nieder.

»Doch das vielleicht gewagteste Unternehmen von allen«, fuhr der Weise fort, »wird von meinem Freund Thon Esser Shon betrieben. Es handelt sich um einen Versuch, lebende Substanz zu erzeugen. Thon Esser hofft, lebendes Protoplasma schaffen zu können, und dabei nur sechs Grundbestandteile zu verwenden. Diese Arbeit könnte dazu führen, daß – bitte? Ihr wollt etwas fragen?«

In der dritten Reihe hatte sich ein Mönch erhoben und verneigte sich in Richtung des Vortragenden. Der Abt beugte sich vor, um ihn sich anzusehen, und erkannte entsetzt, daß es Bruder Armbruster, der Bibliothekar war.

»Würdet Ihr einem alten Mann eine Gefälligkeit erweisen?« krächzte der Mönch, der seine Worte schwerfällig und eintönig hervorstieß. »Dieser Thon Esser Shon – der sich auf nur sechs Grundbestandteile beschränkt – ist sehr interessant. Ich frage mich, gestattet ihm das, beide Hände zu benutzen?«

»Wie? Ich . . .« Der Thon schwieg und runzelte die Stirne.

»Und darf ich weiter fragen«, schleppte sich Armbrusters heisere Stimme langweilig weiter, »ob dieses bemerkenswerte Kunststück im Sitzen, Stehen oder am Boden in ausgestreckter Stellung ausgeführt werden soll? Oder vielleicht zu Pferde, unter Trompetenschall?«

Die Novizen kicherten hörbar. Der Abt kam rasch auf die Beine.

»Du bist gewarnt worden, Bruder Armbruster. Du bleibst vom gemeinsamen Tisch ausgeschlossen, bis du dich entschuldigt hast. Du kannst in der Marienkapelle warten.«

Der Bibliothekar verbeugte sich wieder und schlich geräuschlos aus dem Saal, in demütiger Haltung, aber mit Triumph in den Augen. Der Abt murmelte sich entschuldigend mit dem Thon. Der Blick des Thon war plötzlich frostig.

»Als Zusammenfassung nun«, sagte er, »eine knappe Andeutung dessen, was die Welt sich meiner Meinung nach von der geistigen Umwälzung erwarten kann, die gerade beginnt.« Mit blitzenden Augen schaute er umher, und seine Rede ließ den Allerweltston, wurde zu inbrünstigem Strömen.

»Die Unwissenheit hat wie ein König über uns geherrscht. Seit dem Ende der Oberherrschaft des Menschen sitzt sie unangefochten auf dem Thron der Menschheit. Ihre Herrschaft währt seit Hunderten von Jahren. Ihre Berechtigung zur Herrschaft wird jetzt als rechtmäßig angesehen. Weise vergangener Zeiten haben sie bestätigt. Sie taten nichts, um sie ihres Sitzes zu berauben.«

»Morgen wird ein neuer Fürst herrschen. Männer des Geistes, Männer der Wissenschaft werden um seinen Thron versammelt stehen, und das Weltall wird beginnen, seine Macht zu kennen. Sein Name ist Wahrheit. Seine Herrschaft soll die Welt umfassen. Die Macht des Menschen über die Welt soll erneuert werden. In einem Jahrhundert werden Menschen wieder in mechanischen Vögeln durch die Luft fliegen. Metallne Wagen werden Straßen entlangschießen, die aus vom Mensch geschaffenem Stein gebaut sind. Gebäude werden sich dreißig Stockwerke hoch erheben, Schiffe werden in die Tiefe tauchen, Maschinen wird es geben, die sämtliche Arbeiten ausführen.«

»Und auf welche Weise wird all das vor sich gehen?« Er hielt inne, senkte dann seine Stimme. »Auf die gleiche Weise, wie sich alle Veränderung ereignet, fürchte ich. Und ich bin traurig, daß dem so ist. Es wird mit Hilfe der Gewalt und des Umsturzes geschehen, mit Feuer und Schwert; denn keine Veränderung dieser Welt ereignet sich im Stillen.«

Er blickte umher, denn aus der Gemeinschaft erhob sich leises Murmeln.

»So wird es *sein*. Unser *Wille* ist es nicht.«

»Aber warum?«

»Die Unwissenheit ist Königin. Ihre Abdankung würde vielen zum Nachteil gereichen. Mit Hilfe ihrer dunklen Herrschaft bereichern sich viele. Sie sind ihre Höflinge und in ihrem Namen betrügen und herrschen sie, bereichern sie sich und verewigen ihre Macht. Selbst die Bildung fürchten sie, denn das geschriebene Wort ist ein weiteres Mittel der Verständigung, das ihre Feinde dazu bringen könnte, sich zu vereinigen. Ihre Waffen sind scharf geschliffen, und sie wissen sie mit Meisterschaft zu führen. Sie werden der Welt den Kampf aufzwingen, wenn ihre Interessen bedroht sind, und die Gewalttätigkeit, die darauf folgt, wird so lange andauern, bis das Gesellschaftsgefüge, wie es jetzt existiert, zu Schrot zermahlen sein wird, und eine neue Gesellschaft entstehen wird. Das schmerzt mich; aber so und nicht anders sehe ich es.«
Die Worte legten sich als neuer Schatten über den Raum. Die Hoffnungen Dom Paulos welkten, denn diese Vorhersage sprach aus, was der Gelehrte vermutlich erwartete. Thon Taddeo wußte vom militärischen Ehrgeiz seines Herrschers. Er stand vor der Wahl, ihn zu billigen, ihn zu mißbilligen oder ihn als unpersönliche Erscheinung, die außerhalb seines Einflusses lag, zu betrachten, wie Springflut, Seuche oder Wirbelsturm.
Offensichtlich fand er sich demnach mit ihm als unvermeidlich ab – um sich ein moralisches Urteil zu ersparen. *Und selbst wenn es Blut, Eisen und Tränen setzt . . .*
Wie konnte solch ein Mann so sein eigenes Gewissen ersticken und seine Verantwortlichkeit leugnen – und das so mühelos! wütete der Abt in Gedanken.
Aber dann fielen ihm die Worte wieder ein. *Denn der Herr und Gott hatte es zugelassen, daß die weisen Männer jener Tage Mittel und Wege ersannen, wodurch die Welt selbst vernichtet werden konnte . . .*
Aber der Herr hatte ebenso zugelassen, daß sie wußten, wie sie gerettet werden könnte, und wie immer hatte er sie die Wahl selbst treffen lassen. Und vielleicht hatten sie so

entschieden, wie sich jetzt Thon Taddeo entschied. Ihre Hände vor der Menge in Unschuld zu waschen. *Siehe du aber zu.* Damit sie selbst nicht gekreuzigt würden.
Und sie waren auf jeden Fall gekreuzigt worden. Würdelos. Schon immer und auf jeden Fall wurde jeder daran festgenagelt, um daran herabzuhängen; und solltest du herunterfallen, wird man dich...
Plötzlich herrschte Stille. Der Gelehrte hatte seinen Vortrag unterbrochen.
Der Alte blinzelte im Saal umher. Die Hälfte der Gemeinschaft starrte auf den Eingang. Zuerst konnten seine Augen nichts erkennen.
»Wer ist da?« fragte er Gault flüsternd.
»Ein alter Mann mit Bart und in einem Umhang«, zischte Gault. »Er sieht aus wie – nein, der würde doch nicht...«
Dom Paulo erhob sich und ging vorn ans Podest, um die im Schatten schwach erkennbare Gestalt anzublicken. Dann rief er sie leise an.
»Benjamin?«
Die Gestalt bewegte sich. Sie zog ihren Umhang fester um die dürren Schultern und humpelte langsam in den Lichtschein. Sie hielt wieder an, sprach murmelnd mit sich selbst, während sie sich im Saal umsah. Dann entdeckten ihre Augen hinter dem Pult den Gelehrten.
Gestützt auf einen krummen Stab humpelte die alte Erscheinung auf das Pult zu und ließ dabei den Blick nicht von dem Mann, der dahinter stand.
Thon Taddeo sah zunächst amüsiert, verwirrt drein; als aber niemand sich bewegte oder sprach, schien alle Farbe aus seinem Gesicht zu weichen, während die gebrechliche Erscheinung auf ihn zukam. Das Gesicht des altertümlichen Bärtigen glühte vor zuversichtlichem Ungestüm einer unwiderstehlichen Leidenschaft, die heftiger in ihm brannte als der Lebenswille, der ihn schon seit langem hätte verlassen müssen.
Er näherte sich dem Pult, blieb stehen. Seine Augen zuck-

ten beim Anblick des erschrockenen Redners. Sein Mund bebte. Er lächelte. Zitternd streckte er eine Hand nach dem Gelehrten aus. Der Thon fuhr erregt und unter heftigem Schnauben zurück.
Der Eremit war flink. Er sprang auf das Podest, lief um das Pult und ergriff den Thon beim Arm.
»Was soll der Wahnsinn ...«
Benjamin drückte den Arm, während er dem Gelehrten erwartungsvoll in die Augen sah.
Sein Gesicht verdüsterte sich. Das Glühen verlöschte. Er ließ den Arm fallen. Ein langer, klagender Seufzer stieg aus seinen alten, trockenen Lungen auf, wie die Hoffnung schwand. Das ewig wissende Lächeln des alten Juden vom Berge kehrte in sein Gesicht zurück. Er wandte sich der Gemeinschaft zu, breitete die Arme aus und zog vielsagend die Schultern hoch.
»Nein, Er ist es noch nicht«, sagte er ihnen mürrisch und humpelte dann fort.
Danach machte man nicht mehr viel Umstände.

21

Es war in der zehnten Woche von Thon Taddeos Besuch, daß der Bote schlimme Nachrichten brachte. Das Oberhaupt der regierenden Dynastie Laredos hatte verlangt, daß die texarkanischen Truppen unverzüglich sein Reich räumen müßten. Der König starb dieselbe Nacht noch an Gift, und die Staaten Laredo und Texarkana erklärten, daß sie sich im Kriegszustand befänden. Es würde ein kurzlebiger Krieg werden. Man könne mit Sicherheit annehmen, daß der Krieg einen Tag, nachdem er begonnen worden war, beendet wurde, und daß Hannegan alle Landstriche und Völker vom Red River bis zum Rio Grande unter seine Botmäßigkeit gebracht habe.
All das hatte man vorausgesehen, doch nicht die zusätzlichen Nachrichten.

Hannegan II., von Gottes Gnaden Bürgermeister, Vizekönig von Texarkana, Verteidiger des Glaubens und höchster Vaquero der Ebenen, hatte veranlaßt, den Päpstlichen Nuntius, nachdem er Monsignore Marcus Apollo als schuldig des »Verrats« und der Spionage befunden hatte, zu hängen und ihn dann noch lebend abzuschneiden, um ihn auszudärmen, zu vierteilen und zu schinden, als Warnung an alle, die versuchen sollten, den Staat des Bürgermeisters zu untergraben. Der Leichnam des Priesters war in Stücken den Hunden vorgeworfen worden.
Der Bote mußte dem kaum hinzufügen, daß Texarkana durch päpstlichen Erlaß mit unbedingtem Kirchenbann belegt worden war; ein Erlaß, der gewisse verhüllte, aber unheilverkündende Anspielungen an das *Regnans in Excelsis* machte, eine Bulle des sechzehnten Jahrhunderts, die die Absetzung eines Herrschers befahl. Bis jetzt gab es noch keine Nachrichten über Gegenmaßnahmen Hannegans.
In den Ebenen würden sich jetzt die Truppen Laredos an den Nomadenstämmen vorbei zurück nach Hause durchschlagen müssen, nur um an ihrer eigenen Grenze ihre Waffen niederzulegen, da ihr Volk, ihre Familien wie Geiseln gehalten wurden.
»Eine traurige Geschichte!« sagte Thon Taddeo in erkennbar aufrichtigem Ton. »Wegen meiner Staatsangehörigkeit erkläre ich mich bereit, sofort abzureisen.«
»Wieso?« fragte Dom Paulo. »Ihr billigt doch nicht etwa Hannegans Vorgehen?«
Der Gelehrte zögerte, schüttelte dann seinen Kopf. Er blickte sich über die Schulter um, ob sie auch ja niemand belausche. »Ich selbst verdamme es. Aber in der Öffentlichkeit...« Er zuckte mit den Achseln. »Ich muß an das Kollegium denken. Wenn es nur um meinen *eigenen* Kopf ginge, nun...«
»Ich verstehe.«
»Darf ich Euch im Vertrauen sagen, was ich denke?«
»Selbstverständlich.«

»Jemand sollte New Rome davor warnen, leere Drohungen zu machen. Hannegan schreckt nicht davor zurück, einige Dutzend Marcus Apollos zu kreuzigen.«
»So werden einige neue Märtyrer in den Himmel aufgenommen werden. New Rome macht keine leeren Drohungen.«
Der Thon seufzte. »Ich wußte, daß Ihr das so auffassen würdet, aber ich erneuere mein Anerbieten, abzureisen.«
»Dummes Zeug! Ganz gleich, welcher Staatsangehörigkeit, Eure allgemeine Zugehörigkeit zum Menschengeschlecht macht Euch uns willkommen.«
Eine Kluft hatte sich jedoch aufgetan. Danach blieb der Gelehrte mit seiner Begleitung zusammen und ließ sich selten auf ein Gespräch mit den Mönchen ein. Seine Beziehung zu Bruder Kornhoer wurde merklich gezwungen, obwohl der Erfinder jeden Tag ein oder zwei Stunden dabei verbrachte, den Dynamo und die Lampe zu warten und zu überprüfen. Er hielt sich auch auf dem laufenden, was den Fortgang der Arbeit des Thon betraf, die jetzt mit ungewöhnlicher Eile fortschritt. Die Offiziere wagten sich selten vor den Gästebau.
Es gab Anzeichen eines Auszugs aus der Gegend. Aus den Ebenen kamen immer wieder beunruhigende Gerüchte. Im Dorf Sanly Bowitts fingen die Leute an, Gründe zu erfinden, plötzlich zu einer Pilgerreise aufzubrechen oder Besuche in anderen Ländern abzustatten. Selbst die Landstreicher und Bettler machten, daß sie aus der Stadt kamen. Wie gewöhnlich waren die Kaufleute und Handwerker vor die unangenehme Wahl gestellt, entweder ihr Hab und Gut Einbrechern und Plünderern zu überlassen, oder zu bleiben und mit anzusehen, wie es geplündert wurde.
Eine Bürgerabordnung unter Führung des Bürgermeisters der Siedlung besuchte die Abtei und suchte um Asyl für die Einwohner der Stadt im Falle einer Invasion nach. »Mein letzter Vorschlag«, sagte der Abt nach einigen Stunden des Feilschens, »ist folgender: wir lassen alle Frauen, Kinder,

Kranken und Alten ein, ganz ohne Frage. Aber was waffenfähige Männer anbetrifft, werden wir jeden Fall einzeln prüfen, und einige von ihnen könnten wir wohl wegschikken.«
»*Warum?*« wollte der Bürgermeister wissen.
»Das dürfte doch selbst Euch klar sein!« sagte Dom Paulo hart. »Wir können selbst angegriffen werden; aber solange wir nicht direkt angegriffen werden, wollen wir versuchen, uns rauszuhalten. Ich lasse es nicht zu, daß irgend jemand diesen Ort als Garnison benutzt, um einen Gegenangriff loszulassen, wenn der Angriff sich einzig und allein gegen das Dorf richtet. Also im Fall der waffenfähigen Männer werden wir auf einer Zusage bestehen müssen – die Abtei unter *unserer* Befehlsgewalt zu verteidigen. Und wir werden in jedem einzelnen Fall entscheiden, ob eine Zusage glaubwürdig ist oder nicht.«
»Das ist ungerecht!« brüllte ein Mitglied der Abordnung. »Ihr wollt die ausschließen, die . . .«
»Nur die, denen wir nicht trauen können. Warum die Aufregung? Habt ihr gehofft, hier Ersatztruppen verstecken zu können? Nun, wir gestatten das nicht. Ihr werdet hier draußen nicht den kleinsten Teil der Bürgerwehr verbergen. Mein letztes Wort.«
Unter den Umständen konnte die Abordnung kein Angebot der Hilfe zurückweisen. Der Streit war zu Ende. Dom Paulo hatte vor, jedermann einzulassen, wenn es soweit wäre, aber zum gegenwärtigen Zeitpunkt wollte er allen Plänen des Dorfes, die Abtei in die militärischen Vorbereitungen mit einzubeziehen, zuvorkommen. Später würden Offiziere aus Denver mit ähnlichen Ansuchen kommen. Sie würden weniger daran interessiert sein, Leben zu retten, als ihr politisches System zu retten. Er hatte vor, ihnen eine ähnliche Antwort zu erteilen. Die Abtei war als Festung des Glaubens und des Wissens erbaut worden, und er hatte die Absicht, sie als solche zu erhalten.
Die Wüste begann vor Wanderern aus dem Osten zu wim-

meln. Händler, Fallensteller und Hirten brachten auf ihrem Gang nach Westen Nachrichten aus den Ebenen mit. Die Rinderpest breitete sich wie eine Feuersbrunst unter den Herden der Nomaden aus. Eine Hungersnot schien nahe bevorzustehen. Die Truppen Laredos hatten sich seit dem Sturz der laredanischen Herrscherfamilie in Aufruhr gespalten. Ein Teil von ihnen kehrte wie befohlen in ihre Heimat zurück, während die anderen mit dem finsteren Schwur aufbrachen, nach Texarkana zu marschieren und nicht anzuhalten, bis sie den Kopf Hannegans II. hätten oder über dem Versuch den Tod fänden.

Durch die Spaltung geschwächt wurden die Laredanier von den Überraschungsangriffen der Krieger des Wilden Bären völlig vernichtet, die nach Rache an denen dürsteten, die die Rinderpest gebracht hatten. Es hieß gerüchtweise, daß Hannegan großmütig angeboten hatte, das Volk des Wilden Bären unter seine Schutzbefohlenen und Untertanen aufzunehmen, wenn sie der »zivilisierten« Rechtsordnung Lehnstreue schwörten, seine Offiziere in ihre Ratsversammlungen einließen und den christlichen Glauben annähmen. »Unterwerft euch oder hungert« war die Wahl, vor die Schicksal und Hannegan die Hirtenvölker gestellt hatten. Viele würden es vorziehen zu hungern, als einem Bauern- und Händlerstaat die Treue zu versprechen. Von Hongan Os erzählte man, er widersetze sich und tobe durch den Süden, den Osten und bis in den Himmel hinauf. Letzteres erreichte er dadurch, daß er jeden Tag einen Schamanen verbrannte, um die Stammesgötter dafür zu bestrafen, daß sie ihm untreu geworden waren. Er drohte, ein Christ zu werden, wenn ihm die Christengötter helfen würden, seine Feinde hinzuschlachten.

Während der kurzen Rast einer Gruppe von Hirten geschah es, daß der Dichter verschwand. Thon Taddeo war der erste, der seine Abwesenheit vom Gästebau bemerkte und nach dem fahrenden Verseschmied fragte.

Dom Paulos Gesicht legte sich in überraschte Falten. »Seid

Ihr sicher, daß er ausgezogen ist?« fragte er. »Er verbringt oft einige Tage im Dorf, oder geht hinüber zur Mesa, um sich mit Benjamin zu streiten.«
»Seine Sachen sind weg«, sagte der Thon. »Aus seinem Zimmer ist alles verschwunden.«
Der Abt verzog ironisch den Mund. »Wenn der Dichter fortgeht, ist das ein schlechtes Anzeichen. Übrigens, sollte er wirklich fort sein, so rate ich Euch, sofort Eure *eigenen* Sachen auf ihre Vollzähligkeit zu überprüfen.«
Der Thon wurde nachdenklich. »Dann sind meine Stiefel also...«
»Zweifelsohne.«
»Ich hatte sie vor die Tür gestellt, um sie putzen zu lassen. Sie wurden nicht zurückgebracht. Das war am selben Tag, als er versuchte, meine Türe einzuschlagen.«
»Einzuschlagen – wer, der *Dichter*?«
Thon Taddeo lachte leise. »Ich fürchte, ich habe mir mit ihm einen kleinen Scherz erlaubt. Ich habe sein Glasauge. Erinnert Ihr Euch an die Nacht, als er es auf dem Tisch im Refektorium ließ?«
»Ja.«
»Ich habe es an mich genommen.«
Der Thon öffnete eine Tasche, kramte einen Augenblick darin herum und legte dann den Augapfel des Dichters auf das Pult des Abts. »Er wußte, daß ich es hatte, aber ich habe ihm das immer abgestritten. Und seitdem hatten wir unseren Spaß mit ihm, der soweit führte, daß wir das Gerücht in Umlauf setzten, daß das Auge in Wirklichkeit der längst verloren geglaubte Augapfel des Bayring-Götzenbildes war und dem Museum zurückgegeben werden müßte. Nach einiger Zeit geriet er ganz außer sich. Natürlich hatte ich vor, es ihm zurückzugeben, bevor wir nach Hause reisten. Glaubt Ihr, er wird nach unserer Abreise zurückkehren?«
»Ich bezweifle es«, sagte der Abt und schauerte beim Anblick des Auges leicht zusammen. »Aber wenn Ihr wollt,

hebe ich es für ihn auf. Obwohl genauso wahrscheinlich ist, daß er in Texarkana auftaucht und es dort sucht. Er behauptet, es sei ein zauberkräftiger Talisman.«
»Wie das?«
Dom Paulo lächelte. »Er sagt, daß er viel besser sehen könne, wenn er es trägt.«
»Was für ein Unsinn!« Der Thon schwieg. Offenbar immer bereit, auch noch so wunderlichen Bemerkungen zumindest einen Augenblick der Beachtung zu schenken, fügte er hinzu: »So ein Unsinn – es sei denn, daß das Füllen der leeren Augenhöhle irgendwie die Muskeln in *beiden* Augenhöhlen beeinflußt. Hat er das gemeint?«
»Er schwört eben, er könne ohne es nicht so gut sehen wie mit ihm. Er behauptet, daß er es unbedingt braucht, um die ›wahre Bedeutung‹ hinter allem zu erkennen – obwohl es ihm gräßliches Schädelweh macht, wenn er es trägt. Aber man weiß ja nie, ob der Dichter über etwas Tatsächliches, Eingebildetes oder Sinnbildliches spricht. Ist das Eingebildete nur geistvoll genug, so bezweifle ich, daß der Dichter einen Unterschied zwischen Eingebildetem und Tatsächlichem zugeben würde.«
Der Thon lächelte spöttisch: »Gestern schrie er vor meiner Tür, daß *ich* es dringender bräuchte als er. Das scheint darauf hinzudeuten, daß er es ansieht, als wäre es für sich allein genommen schon ein mächtiger Fetisch – bei jedem wirksam. Ich frage mich, wie?«
»Er sagte, daß Ihr es bräuchtet? Ah, haha!«
»Was findet Ihr daran lustig?«
»Verzeihung. Er wollte Euch vermutlich damit beleidigen. Ich versuche lieber nicht, Euch diese Beleidigung des Dichters auseinanderzusetzen. Das könnte mir den Anschein geben, als stimmte ich ihr bei.«
»Ganz und gar nicht. Ich bin neugierig.«
Der Abt schaute hinüber zum Bild des heiligen Leibowitz in der Ecke des Zimmers. »Der Dichter nahm den Augapfel ständig zum Anlaß von Scherzen«, erklärte er. »Wenn

er eine Enscheidung treffen, oder über etwas nachdenken oder etwas Wesentliches sprechen wollte, dann setzte er das Auge in die Höhle. Er nahm es heraus, wenn er etwas erblickte, das ihm nicht gefiel, wenn er vorgab, etwas nicht zu bemerken oder wenn er sich dumm stellen wollte. Wenn er es trug, veränderte sich sein Benehmen. Die Brüder fingen an, es das ›Gewissen des Dichters‹ zu nennen, und er machte den Spaß mit. Er hielt kleine Vorträge über die Vorteile eines abnehmbaren Gewissens und führte es auch vor. Er stellte sich, als würde er sich in einer schrecklichen Zwangslage befinden – gewöhnlich irgend etwas Belangloses – wie eine Zwangslage, hervorgerufen durch eine Flasche Wein.«
»Er trug das Auge und streichelte die Weinflasche, leckte sich die Lippen, atmete heftig, stöhnte und riß dann seine Hand weg. Schließlich pflegte es dann wieder über ihn zu kommen. Er packte die Flasche, goß ungefähr einen Fingerhut voll in einen Becher und verschlang ihn für einen Moment mit den Augen. Aber dann meldete sich das Gewissen, und er schleuderte den Becher quer durchs Zimmer. Bald schielte er wieder lüstern nach der Flasche, fing wieder an zu stöhnen und zu sabbern, setzte sich aber auf jeden Fall gegen den Zwang zur Wehr...«, der Abt mußte unfreiwillig auflachen, »... gräßlich, das mitansehen zu müssen. Wenn er sich schließlich erschöpft hatte, zog er das Auge heraus. Kaum war das Auge entfernt, entspannte er sich. Die Zwangslage war nicht länger zwingend. Dann nahm er hochmütig und dreist die Flasche an sich, sah sich um und lachte. ›Ich werde es so oder so tun‹, sagte er. Wenn dann jeder von ihm erwartete, daß er sie austrinken würde, setzte er ein seliges Lächeln auf und goß sich die ganze Flasche über den Kopf. Der Vorteil eines abnehmbaren Gewissens, wißt Ihr.«
»Und er glaubt, daß ich es dringender brauche als er.«
Dom Paulo zog die Schultern hoch: »Er ist nur ein Dichterling.«

Belustigt atmete der Gelehrte laut aus. Er griff sich den gläsernen Rundkörper und rollte ihn mit dem Daumen über den Tisch. Er lachte plötzlich. »Mir gefällt das eigentlich. Ich glaube, ich kenne wen, der es dringender braucht als der Dichter. Vielleicht sollte ich es doch behalten.« Er nahm es, warf es in die Luft, fing es auf und blickte unschlüssig auf den Abt.
Paulo zog wieder bloß die Schultern hoch.
Thon Taddeo ließ das Auge zurück in seine Tasche gleiten. »Er kann es wiederhaben, sollte er jemals kommen und es verlangen. Ach, übrigens, ich wollte Euch mitteilen, daß meine Tätigkeit hier fast abgeschlossen ist. In einigen wenigen Tagen werden wir reisen.«
»Seid Ihr nicht besorgt wegen der Kämpfe in den Ebenen?«
Thon Taddeo blickte stirnrunzelnd zur Wand hinüber. »Wir haben vor, auf einem steilen Berg, ungefähr sieben Tagesreisen von hier nach Osten, unser Lager aufzuschlagen. Eine Gruppe von, äh – unsere Begleitung wird dort auf uns treffen.«
»Ich *hoffe* nur«, sagte der Abt und kostete das bißchen bissiger Höflichkeit aus, »daß Eure Begleittruppe ihre politische Treuepflicht nicht widerrufen hat, seit Ihr die Vereinbarung getroffen habt. Es wird heutzutage immer schwieriger, Feinde und Verbündete auseinanderzuhalten.«
Der Thon wurde rot. »Besonders, wenn sie aus Texarkana kommen, wollt Ihr sagen.«
»Das habe ich nicht gesagt.«
»Reden wir offen miteinander, Vater. Ich kann den Fürsten nicht bekämpfen, der mir meine Arbeit ermöglicht – ganz gleich, was ich von seinen politischen Maßnahmen oder Machenschaften halte. Oberflächlich betrachtet, scheine ich ihn zu unterstützen oder ihm zumindest keine Beachtung zu schenken – um des Kollegiums willen. Wenn er seinen Staat vergrößert, so kann das Kollegium so nebenbei daraus Nutzen ziehen. Wenn das Kollegium Erfolge er-

zielt, so zieht die Menschheit aus unserer Tätigkeit Nutzen.«
»Vielleicht die, die überleben.«
»Ganz recht – aber das ist immer so gewesen.«
»Nein, nein – vor zwölf Jahrhunderten haben selbst die Überlebenden nicht den geringsten Nutzen gehabt. Müssen wir unbedingt wieder diesen Weg einschlagen?«
Thon Taddeo zuckte mit den Achseln. »Was kann ich da machen?« fragte er gereizt. »Hannegan ist Herr, nicht ich.«
»Aber Ihr verheißt, daß Ihr beginnen wollt, die Herrschaft des Menschen über die Natur zu erneuern. Aber wer wird den Gebrauch der Macht, über die Naturkräfte zu herrschen, in Zaum halten? Wer wird sie ausüben? Zu welchem Zweck? Wie wollt Ihr ihn in Schach halten? Jetzt können noch Entscheidungen getroffen werden. Aber wenn Ihr und Eure Mannschaft sie jetzt nicht treffen, dann werden bald andere für Euch entscheiden. Ihr sagt, die Menschheit wird daraus Nutzen ziehen. Mit wessen Zustimmung? Mit der Zustimmung eines Fürsten, der seine Briefe mit einem Kreuz unterzeichnet? Oder glaubt Ihr wirklich, daß sich Euer Kollegium aus seinen politischen Machenschaften heraushalten kann, wenn er einmal Euren Wert für ihn erkannt haben wird?«
Dom Paulo hatte nicht erwartet, ihn zu überzeugen. Aber mit schwerem Herzen bemerkte er die ausdauernde Geduld, mit der der Thon ihn bis zum Ende anhörte. Es war die Geduld eines Mannes, der einer Behauptung zuhört, die er vor langer Zeit zu seiner eigenen Zufriedenheit widerlegt hat.
»Was Ihr eigentlich vorschlagt«, sagte der Gelehrte, »ist, daß wir eine Zeitlang abwarten sollen. Daß wir das Kollegium auflösen oder es in die Wüste verlegen und irgendwie – ohne Gold und Silber zu besitzen – auf langsame, mühevolle Weise eine experimentelle und theoretische Wissenschaft ins Leben zurückrufen und niemand davon erzäh-

len. Das wir das alles aufheben, bis der Tag kommen wird, da der Mensch gut, fehlerfrei, rein und weise sein wird.«

»Es war nicht meine Absicht, davon ...«

»Es war nicht Eure Absicht, *davon* zu sprechen, aber das ist die Absicht, *in der* Ihr sprecht. Haltet die Wissenschaft hinter Klostermauern verschlossen, versucht nicht, sie anzuwenden, versucht nichts mit ihr anzufangen, bis der Mensch fehlerlos ist. Nun, so wird das nicht gehen. Ihr habt das in dieser Abtei hier durch Generationen hindurch praktiziert.«

»Wir haben nichts zurückgehalten.«

»Ihr habt nichts zurückgehalten. Ihr seid nur so friedlich darauf gesessen, daß niemand wußte, daß es hier lag, und ihr habt damit nichts angefangen.«

In den Augen des alten Priesters flackerte kurz der Zorn auf. »Ich glaube, es ist an der Zeit, daß ich Euch mit unserem Gründer bekannt mache«, brummte er und zeigte auf die Holzfigur in der Ecke. »Er war Wissenschaftler wie Ihr, bevor die Welt wahnsinnig wurde und er um ein Asyl rannte. Er gründete diesen Orden, um von den Schriften der letzten Hochkultur zu retten, was zu retten war. ›Retten‹, wovor und wofür? Seht Ihr, wo er steht – seht Ihr die Flammen, die Bücher? So wenig wollte damals die Welt von Eurer Wissenschaft wissen, und das für Jahrhunderte nachher. So starb er denn um unsretwegen. Als man ihn mit Heizöl übergoß – so heißt es in der Legende –, bat er um einen Becher davon. Man glaubte, er hielte es irrtümlicherweise für Wasser; man lachte und gab ihm einen Becher. Er segnete ihn und – einige behaupten, daß sich das Öl in Wein verwandelte, als er es segnete – und dann: ›*Hic est enim calix Sanguinis Mei*‹, dann trank er es, bevor man ihn aufknüpfte und verbrannte. Soll ich Euch eine Liste unserer Märtyrer vorlesen? Soll ich all die Kämpfe anführen, die wir ausfochten, um diese Schriften unberührt zu erhalten? All die Mönche, die in der Kopierstube erblindeten? Euretwegen? Und doch behauptet Ihr, daß wir nichts damit angefangen hätten, daß wir es durch unser Schweigen zurückgehalten hätten?«

»Ohne Absicht natürlich«, sagte der Gelehrte, »aber tatsächlich habt ihr es getan – und aus genau den Gründen, nach denen ich mich richten soll, wie Ihr mir zu verstehen gebt. Wenn Ihr versucht, die Weisheit zurückzuhalten, bis die Welt vernünftig ist, dann, Vater, wird die Welt sie nie besitzen.«

»Ich sehe jetzt ein, daß wir uns grundsätzlich mißverstehen!« sagte schroff der Abt. »Gott als Höchstem zu dienen, oder Hannegan – vor diese Wahl seid Ihr gestellt.«

»Nun, da bleibt mir fast keine Wahl«, antwortete der Thon. »Soll ich für die Kirche arbeiten?« Der Spott in seiner Stimme war unüberhörbar.

22 Es war Donnerstag der Oktav, der Festwoche nach Allerheiligen. Der Thon und seine Begleiter bereiteten ihren Aufbruch vor; im Keller ordnete man seine Notizen und Schriften. Um den Thon hatten sich einige Mönche als Zuschauer versammelt, und wie die Zeit der Abreise näherrückte, wurde die Stimmung freundlicher. Über ihren Köpfen zischte und leuchtete immer noch die Bogenlampe und füllte die alte Bibliothek mit bläulichweißer Grelle, während eine Gruppe Novizen voll Überdruß den handgetriebenen Dynamo in Schwung hielt. Die Ungeübtheit des Novizen, der oben auf der Leiter saß, den Kohlenabstand konstant zu halten, machte das Licht unregelmäßig flackern. Er hatte die Stelle des vorigen geschickten Gehilfen übernommen, der gegenwärtig in der Krankenstube mit feuchten Umschlägen über den Augen ans Bett gefesselt war.

Thon Taddeo hatte Fragen, die seine Tätigkeit betrafen, mit weniger Zurückhaltung als gewöhnlich beantwortet. So strittige Gegenstände wie die Eigenschaft des Lichts, gebrochen zu werden, oder die Bestrebungen Thon Esser Shons beunruhigten ihn anscheinend nicht mehr.

»Also, wenn diese Hypothese nicht gänzlich falsch ist«, sagte er gerade, »dann muß es möglich sein, sie auf irgendeine Weise durch Beobachtung zu erhärten. Ich habe diese Hypothese mit Hilfe einiger neuer – oder eigentlich einiger sehr alter – mathematischer Formeln aufgestellt, die uns die Untersuchung eurer Memorabilien nahelegte. Diese Hypothese scheint eine einfachere Erklärung optischer Phänomene zu bieten, aber, ehrlich gesagt, mir fiel zunächst nicht ein, wie ich das experimentell nachprüfen könnte. Und hier war euer Bruder Kornhoer eine große Hilfe.«

Er nickte lächelnd dem Erfinder zu und breitete den Entwurf einer geplanten Versuchsanordnung aus.

»Was stellt das dar?« fragte jemand nach kurzem, verwirrtem Schweigen.

»Also, das hier ist ein Stapel Glasplatten. Ein Sonnenstrahl, der auf den Stapel in diesem Winkel auftrifft, wird teilweise reflektiert, zum Teil durchdringt er ihn. Der reflektierte Teil wird dabei polarisiert. Nun ordnen wir den Stapel so an, daß der Strahl durch dieses Dings hier – ein Einfall Bruder Kornhoers – fällt, und lassen das Licht auf diesen zweiten Stapel Glasplatten fallen. Der zweite Stapel ist so im Winkel dazu angeordnet, daß er fast den ganzen polarisierten Strahl reflektiert und fast nichts von ihm durchläßt. Wenn wir durch das Glas hier blicken, können wir das Licht kaum sehen. Das ist alles ausprobiert. Wenn aber jetzt meine Hypothese richtig ist, so muß das Schließen des Schalters an Bruder Kornhoers Feldspule hier ein plötzliches Aufleuchten des durchgelassenen Lichts bewirken. Sollte das nicht der Fall sein...«, er zuckte mit den Achseln, »... dann lassen wir die Hypothese fallen.«

»Ihr tätet vielleicht besser daran, an ihrer Stelle die Spule fallen zu lassen«, gab Bruder Kornhoer bescheiden zu bedenken. »Ich bin mir nicht sicher, daß das Feld, das sie hervorruft, auch stark genug ist.«

»Aber ich bin es. Ihr habt ein Gefühl für solche Sachen. Mir fällt es viel leichter, eine abstrakte Theorie aufzustellen, als ein praktisches Verfahren zu entwickeln, sie zu erproben. Ihr jedoch habt die bemerkenswerte Gabe, alles in Form von Schrauben, Drähten und Linsen zu sehen, wenn ich noch in abstrakten Zeichen denke.«

»Ich würde vor allem aber nie auf diese abstrakten Begriffe kommen, Thon Taddeo.«

»Wir gäben ein gutes Gespann ab, Bruder. Ich wollte, Ihr könntet zu uns ans Kollegium kommen, zumindest eine Zeitlang. Meint Ihr, daß Euer Abt Euch einen Urlaub gewähren würde?«

»Ich maße mir nicht an, dazu etwas sagen zu können«, murmelte der Erfinder voll plötzlichen Unbehagens.

Thon Taddeo wandte sich an die anderen. »Ich habe von ›Brüdern auf Urlaub‹ gehört. Es stimmt doch, daß einige Mitglieder eurer Gemeinschaft zeitweilig anderswo beschäftigt sind?«

»Nur sehr wenige, Thon Taddeo«, sagte ein junger Priester. »Früher versorgte der Orden die weltliche Geistlichkeit, königliche wie auch kirchliche Hofhaltungen mit Sekretären, Schreibern und Schriftführern. Aber das war zu Zeiten äußerst schwieriger Verhältnisse, Zeiten der Armut hier in der Abtei. Die Arbeit der Brüder auf Urlaub hat manchmal uns andere vor dem Verhungern bewahrt. Das ist jedoch nicht mehr notwendig, und wir tun es selten. Natürlich lassen wir jetzt einige Brüder in New Rome studieren, aber . . .«

»*Das* ist die Lösung!« rief der Thon in plötzlicher Begeisterung. »Ein Stipendium des Kollegiums für Euch, Bruder. Ich sprach mit Eurem Abt, und . . .«

»Und?« fragte der junge Priester.

»Also, obwohl wir in einigen Dingen verschiedener Meinung sind, kann ich doch seinen Standpunkt verstehen. Ich denke mir, ein Austausch von Gelehrsamkeit könnte für unsere Beziehungen fruchtbar sein. Wir würden selbstver-

ständlich ein festes Gehalt zahlen, und ich bin sicher, daß euer Abt dafür gute Verwendung hätte.«
Bruder Kornhoer neigte sein Haupt, sagte jedoch kein Wort.
»Was ist?« lachte der Gelehrte. »Bruder, Ihr scheint nicht sehr angetan von der Einladung.«
»Ich fühle mich natürlich sehr geschmeichelt. Aber es steht mir nicht an, über solche Dinge zu entscheiden.«
»Nun, ich verstehe das selbstverständlich. Aber es würde mir nicht im Traum einfallen, Euren Abt zu bitten, wenn Euch der Vorschlag nicht gefiele.«
Bruder Kornhoer zögerte. »Ich bin zur Religion berufen«, sagte er schließlich, »das heißt, zu einem Leben im Gebet. Auch unsere Arbeit sehen wir als Gebet an. Doch das da...«, er zeigte hinüber auf den Dynamo, »...scheint mir mehr Spielerei zu sein. Wenn Dom Paulo die Absicht hat, mich zu schicken, würde ich auf jeden Fall...«
»... widerstrebend gehen«, beendete der Gelehrte verstimmt den Satz. »Ich bin sicher, daß ich das Kollegium dazu bringen könnte, Eurem Abt auch mindestens hundert Goldhannegans im Jahr zu schicken, während Ihr bei uns seid. Ich...« Er schwieg, um von einem Gesicht zum anderen zu blicken. »Verzeihung, habe ich etwas Dummes gesagt?«

Halbwegs die Treppe herabgestiegen blieb der Abt stehen, um die Gruppe im Keller zu betrachten. Mehrere Gesichter hatten sich ihm verblüfft zugewendet. Nach einigen Sekunden bemerkte Thon Taddeo die Anwesenheit des Abts und nickte ihm liebenswürdig zu.
»Wir sprachen gerade von Euch, Vater«, sagte er. »Im Falle, daß Ihr uns gehört habt, sollte ich vielleicht erklären, daß...«
Dom Paulo schüttelte den Kopf: »Nicht nötig.«
»Aber ich würde *wirklich* gern besprechen, wie...«
»Hat das Zeit? Ich bin im Augenblick in Eile.«

»Selbstverständlich.«
»Ich werde gleich zurück sein.« Er stieg die Treppe wieder hinauf. Pater Gault wartete im Hof auf ihn.
»Wissen die schon was davon, Herr?« fragte finster der Prior.
»Ich habe nicht gefragt, aber ich bin sicher, daß sie noch nichts wissen«, antwortete Dom Paulo. »Sie führen eine Unterhaltung da unten, die einfach albern ist. Irgendwas wie, daß Bruder Kornhoer mit ihnen nach Texarkana kommen soll.«
»Dann ist sicher, daß sie noch *nichts* gehört haben.«
»Ja. Wo ist er jetzt?«
»Im Gästehaus, Herr. Der Arzt ist bei ihm. Er fiebert und phantasiert.«
»Wie viele Brüder wissen, daß er hier ist?«
»Ungefähr vier. Wir sangen gerade die None, als er durch das Tor kam.«
»Sag diesen vier, daß sie niemandem von ihm erzählen dürfen. Dann geh zu unseren Gästen im Keller. Sei nur liebenswürdig und laß dir vor ihnen *nichts* anmerken.«
»Aber sollte man es ihnen nicht mitteilen, bevor sie abreisen, Herr?«
»Natürlich. Aber sie sollen sich erst fertig machen. Du weißt, daß es sie nicht davon abhalten wird, zurückzukehren. Damit so wenig Verlegenheit wie möglich entsteht, sollten wir die letzte Minute abwarten, um es ihnen zu sagen. Nun, hast du es bei dir?«
»Nein, ich ließ es bei seinen Papieren im Gästehaus.«
»Ich werde ihn mir jetzt anschauen. Also, verständige die Brüder und geh zu unseren Gästen.«
»Ja, Herr.«
Der Abt ging langsam zum Gästehaus hinüber. Als er eintrat, verließ der Bruder Apotheker gerade das Zimmer des Flüchtlings.
»Wird er durchkommen, Bruder?«
»Das kann ich nicht sagen, Herr. Mißhandlungen, Hunger,

Erschöpfung, Fieber – so Gott will ...« Er zog die Schultern hoch.
»Kann ich mit ihm sprechen?«
»Das wird ihm sicher nicht schaden. Aber er redet nur sinnloses Zeug.«
Der Abt betrat das Zimmer und zog leise die Tür hinter sich zu.
»Bruder Claret?«
»Nicht schon wieder«, keuchte der Mann im Bett. »Um Gottes Barmherzigkeit willen, nicht schon wieder – ich habe euch alles gesagt, was ich weiß. Ich habe ihn verraten. Laßt mich jetzt in – in Ruhe.«
Dom Paulo blickte voll Mitleid auf den Sekretär des toten Marcus Apollo nieder. Er schaute die Hände des Schreibers an. Wo die Fingernägel gewesen waren, zeigten sich jetzt nur eiternde Wunden.
Den Abt überlief es kalt, und er wandte sich dem kleinen Tisch neben dem Bett zu. In dem kleinen Haufen von Papieren und Habseligkeiten fand er rasch das grob gedruckte Schriftstück, das der Flüchtling mit sich aus dem Osten gebracht hatte:

HANNEGAN DER BÜRGERMEISTER, von Gottes Gnaden Beherrscher Texarkanas, Kaiser von Laredo, Verteidiger des Glaubens, Herr über das Gesetz, Stammeshäuptling der Nomaden und Höchster Vaquero der Ebenen, an ALLE BISCHÖFE, PRIESTER UND PRÄLATEN der Kirche im Bereich Unseres rechtmäßigen Reiches, seid gegrüßt und NEHMT EUCH IN ACHT, denn das hier ist GESETZ, Euch kund und zu wissen:

1. Da nun ein bestimmter ausländischer Fürst, ein gewisser Benedikt XXII., Bischof von New Rome, der sich anmaßt, Befehlsgewalt, die ihm rechtlich nicht zusteht, über die Geistlichkeit dieser Nation geltend zu machen, es gewagt hat zu versuchen, erstlich die texarkanische

Kirche mit Kirchenbann zu belegen und weiterhin diesen Bann dann auszusetzen und dadurch große Verwirrung und geistliche Verwahrlosung unter all den Gläubigen stiftete, so geben wir Unserm treuen Volk bekannt, Wir, der einzig rechtmäßige Herr über die Kirche dieses Reiches, in Übereinstimmung mit einem Konzil von Bischöfen und Geistlichen, daß der oben genannte Fürst und Bischof, Benedikt XXII., ein Ketzer, geistliche Ämter verschachernd, ein Mörder, Sodomit und Atheist ist, der auch nicht die geringste Anerkennung von seiten der Heiligen Kirche in den Ländern Unseres Königreiches, Kaiserreiches oder Protektorats verdient. Wer ihm dient, dient Uns schlecht.

2. Deshalb sei hier bekannt gemacht, daß sowohl der Erlaß des Kirchenbanns wie auch der Erlaß der Aussetzung dieses Banns hierdurch AUFGEHOBEN, AUSSER KRAFT GESETZT, FÜR UNGÜLTIG UND UNVERBINDLICH erklärt werden, denn sie waren von vornherein bar jeder Rechtswirksamkeit ...

Den Rest streifte Dom Paulo nur mit einem flüchtigen Blick. Es war nicht nötig, noch weiter zu lesen. Das bürgermeisterliche NEHMT EUCH IN ACHT unterwarf die texarkanische Geistlichkeit der Erteilung einer Erlaubnis, erklärte die Gewährung der Sakramente durch Personen ohne diese Erlaubnis zum Verstoß gegen das Gesetz und machte den Schwur äußerster Treue zum Bürgermeisteramt zur Bedingung der Erlaubnis und Bestätigung im Amt. Es war nicht nur mit dem Kreuz des Bürgermeisters unterzeichnet, sondern trug auch die Namen einiger »Bischöfe«, die dem Abt nicht geläufig waren.
Er warf das Schriftstück zurück auf den Tisch und setzte sich neben dem Bett nieder. Die Augen des Flüchtlings waren geöffnet, aber er starrte nur zur Decke empor und atmete schwer.

»Bruder Claret?« fragte der Abt leise. »Bruder ...«

Im Keller stand Thon Taddeo mit leuchtenden Augen. Sie glühten in der wilden Überschwenglichkeit eines Fachgelehrten, der in das Gebiet eines anderen Fachgelehrten eindringt, um dort den ganzen Bereich von seiner Verworrenheit zu befreien. »Also, eigentlich *ja*«, sagte er als Antwort auf die Frage eines Novizen. »Ich *habe* hier eine Quelle ausfindig gemacht, die das Interesse Thon Mahos für sich beanspruchen dürfte. Ich bin natürlich kein Historiker, aber ...«
»Thon Maho? Ist das derjenige, der – äh – versucht, die Genesis Lügen zu strafen?« fragte Pater Gault ironisch.
»Ja, das ist ...« Der Gelehrte brach ab und blickte bestürzt auf Gault.
»Schon gut«, sagte der Priester unter leisem Lachen. »Viele unter uns sehen die Genesis mehr oder weniger für Allegorie an. Was habt Ihr entdeckt?«
»Wir sind auf ein vorsintflutliches Bruchstück gestoßen, das eine *recht* umwälzende Vorstellung nahelegt, so wie ich es verstehe. Wenn ich das Bruchstück richtig deute, so wurde der Mensch nicht eher, als kurz vor dem Zusammenbruch der letzten Hochkultur erschaffen.«
»W-w-wie bitte? Aber wer hat dann die Hochkultur hervorgebracht?«
»Nicht die Menschen. Sie entfaltete sich zusammen mit einer vorhergehenden Rasse, die während des *Diluvium Ignis* ausstarb.«
»Aber die Heilige Schrift reicht Tausende von Jahre vor das *Diluvium* zurück!«
Thon Taddeo verharrte in ausdrucksvollem Schweigen.
»Ihr wollt damit sagen«, ließ sich Gault plötzlich erschrocken vernehmen, »daß *wir* nicht die Nachkommen Adams sind? Mit der geschichtlichen Menschheit nicht zusammenhängen?«
»Nicht so hastig! Ich stelle lediglich die Vermutung auf,

daß es der vorflutlichen Rasse, die sich Mensch nannte, gelang, Leben zu erzeugen. Kurz vor dem Zusammenbruch ihrer Kultur erschufen sie mit Erfolg die Vorväter dieser jetzigen Menschheit – ›nach ihrem Ebenbild‹ – als Dienerrasse.«

»Aber selbst wenn Ihr jede Offenbarung vollständig ableugnet, so ist das eine völlig unnötige Komplizierung verglichen mit der einfachen, allgemeinen Ansicht«, bemängelte Gault.

Der Abt war leise die Treppe herabgekommen. Auf dem unteren Treppenabsatz blieb er stehen und hörte ungläubig zu.

»Das scheint vielleicht nur so«, führte Thon Taddeo aus, »bis man sich überlegt, wie viele Dinge dadurch erklärt wären. Ihr kennt die Sagen von der Großen Vereinfachung. Wie mir scheint, werden sie alle sinnvoller, wenn man die Vereinfachung betrachtet als einen Aufstand einer künstlich erschaffenen Dienerrasse gegen die ursprüngliche Schöpferrasse, wie das die angegebene fragmentarische Quelle nahelegt. Außerdem würde das erklären, warum die jetzige Menschheit den Alten so unterlegen scheint, warum unsere Vorfahren der Barbarei verfielen, als ihre Herren ausgestorben waren, warum ...«

»Der Herr sei diesem Hause gnädig!« rief Dom Paulo und schritt auf die Nische zu. »Vergib uns, Herr, denn wir wissen nicht, was wir taten.«

»Das hätte ich mir denken können«, brummte der Gelehrte an die ganze Welt gewendet.

Wie eine Rachegöttin näherte sich der alte Priester seinem Gast. »Wir sind also nichts als Geschöpfe anderer Geschöpfe, mein Herr Philosoph? Geschaffen von minderen Göttern als Gott, und deshalb, versteht sich, alles andere als vollkommen – und selbstverständlich nicht durch unsere eigene Schuld.«

»Es ist nur eine Vermutung, doch würde sie viel erklären«, sagte der Thon mit fester Stimme, nicht willens, den Rückzug anzutreten.

»Und von vielem lossprechen, oder etwa nicht? Der Aufstand der Menschen gegen ihre Schöpfer war dann zweifelsfrei bloß berechtigter Tyrannenmord an den unendlich verruchten Kindern Adams.«
»Ich habe nicht gesagt...«
»Herr Philosoph, *zeigt mir* die erwähnte erstaunliche Stelle!«
Thon Taddeo durchblätterte geschwind seine Zettel. Das Licht hörte nicht auf zu flackern, weil die Novizen im Drehkreuz angestrengt versuchten zuzuhören. Die kleine Gruppe der Zuhörer des Thon hatte sich in einem Zustand der Sprachlosigkeit befunden, bis der leidenschaftliche Auftritt des Abtes die betäubende Bestürzung der Zuhörer hinwegfegte. Die Mönche flüsterten miteinander. Einige wagten ein Lachen.
»Hier ist es«, verkündete Thon Taddeo und reichte Dom Paulo einige Blätter mit Aufzeichnungen.
Der Abt durchbohrte ihn mit einem kurzen Blick und fing an zu lesen. Peinliche Stille herrschte.
»Ich vermute, Ihr habt das drüben in der Abteilung ›Vermischtes‹ gefunden?« fragte er den Thon nach einigen Sekunden.
»Ja, aber...«
Der Abt las weiter.
»Nun, ich nehme an, ich packe besser meine Sachen zusammen«, brummte der Gelehrte und fuhr fort, seine Papiere zu ordnen. Die Mönche bewegten sich unruhig hin und her, als wollten sie sich gern davonstehlen. Kornhoer brütete vor sich hin.
Nach einigen wenigen Minuten des Lesens zufrieden gab Dom Paulo die Zettel unvermittelt seinem Prior. *»Lege!«* befahl er barsch.
»Aber worum...«
»Anscheinend um ein Fragment eines Theaterstücks oder eines Dialogs. Ich habe es schon mal gesehen. Es ist etwas über bestimmte Leute, die sich künstliche Menschen als

Sklaven erschaffen. Und die Sklaven erheben sich gegen ihre Schöpfer. Wenn Thon Taddeo *De Inanibus* des ehrwürdigen Boedullus gelesen hätte, würde er dies hier als ›vermutlich sagenhaft oder allegorisch‹ bezeichnet gefunden haben. Aber da der Thon sich ein eignes Urteil bilden kann, wird er wohl für das des ehrwürdigen Boedullus wenig übrig haben.«

»Aber um welche Art von . . .« – »*Lege!*«

Gault trat mit den Aufzeichnungen beiseite. Paulo wandte sich wieder dem Gelehrten zu und sprach höflich, belehrend, mit Nachdruck: »›Zum Bilde Gottes schuf Er sie: und schuf sie einen Mann und ein Weib.‹«

»Meine Bemerkungen waren nur Vermutung«, sagte Thon Taddeo. »Es ist notwendig, den Gedanken Freiheit zu . . .«

»›Und Gott der Herr nahm den Menschen und setzte ihn in den Garten Eden, daß er ihn bebaue und bewahre. Und . . .‹«

». . . zu gewähren, um die Wissenschaft voranzubringen. Wenn Ihr uns lieber durch blindes Beharren, durch fraglos hingenommene Dogmen eingeengt seht, so zieht Ihr vor . . .«

»›. . . Gott der Herr gebot dem Menschen und sprach: Du sollst essen von allerlei Bäumen im Garten; aber von dem Baum der Erkenntnis des Guten und Bösen sollst du . . .‹«

». . . die Welt in derselben dunklen Unwissenheit und im Aberglauben zu belassen, von denen Ihr sagt, Euer Orden hätte dagegen . . .«

»›. . . nicht essen; denn welches Tages du davon issest, wirst du des Todes sterben.‹«

». . . angekämpft. Weder hätten wir je den Hunger, Krankheiten und Mißgeburten besiegt, noch die Welt auch nur um ein winziges Bißchen besser gemacht, als sie es . . .«

»›Und die Schlange sprach zum Weibe: Gott weiß, daß, welches Tages ihr davon esset, so werden eure Augen aufgetan, und werdet sein wie Gott, und wissen, was gut und böse ist.‹«

»... zwölf Jahrhunderte lang war, wenn den Gedanken jedes Gebiet verschlossen sein soll, und jeder neue Gedanke gebrandmarkt ...«
»Sie *war* nie besser und sie wird nie besser sein. Sie wird nur reicher oder ärmer, unglücklicher, aber nicht klüger sein, bis zum allerletzten Tag.«
Der Gelehrte hob hilflos die Schultern. »Seht Ihr? Ich wußte, daß Ihr verletzt sein würdet, aber Ihr sagtet mir – ach, wozu das alles? Ich habe Euren Bericht angehört!«
»Der ›Bericht‹, den ich zitierte, Herr Philosoph, war kein Bericht über die Art der Schöpfung, sondern ein Bericht über die Art der Versuchung, die zum Sündenfall führte. Ist Euch das entgangen? ›Und die Schlange sprach zum Weibe...‹«
»Ja, ja, aber die Gedankenfreiheit ist von wesentlicher...«
»Niemand hat versucht, sie Euch zu nehmen. Genausowenig ist jemand verletzt. Aber den Verstand mißbrauchen, aus Gründen des Stolzes, der Eitelkeit oder um einer Verantwortlichkeit zu entfliehen, ist eine Frucht eben jenes Baumes.«
»Ihr glaubt nicht an die Ehrlichkeit meiner Beweggründe?« fragte der Thon mit düster werdendem Blick.
»Manchmal traue ich selbst meinen eigenen Beweggründen nicht. Ich werfe Euch nichts vor. Doch fragt Euch selbst: wieso habt Ihr so ein Vergnügen daran, ein so ungeheures Gedankengebäude auf solch unsicheren Grund zu stellen? Warum wollt Ihr die Vergangenheit in Verruf bringen, ja selbst die letzte Kultur entmenschen? Damit Ihr aus ihren Fehlern nichts zu lernen braucht? Oder kann es sein, daß Ihr es nicht ertragt, bloß ein ›Wiederentdecker‹ zu sein, und daß Ihr Euch unbedingt auch als ›Schöpfer‹ fühlen müßt?«
Der Thon zischte einen Fluch. »Diese Schriftstücke gehören in die Hände zuständiger Leute«, sagte er ärgerlich. »Das Ganze ist ein schlechter Witz.«
Das Licht flackerte auf und erlosch. Kein mechanisches Versagen; die Novizen im Drehkreuz waren stehengeblieben.

»Holt Kerzen«, rief der Abt.
Man brachte Kerzen.
»Komm herunter«, sagte Dom Paulo zu dem Novizen, der oben auf der Leiter saß. »Und bring dieses Dings da mit dir herunter. Bruder Kornhoer? Bruder Korn...«
»Er ist gerade in den Lagerraum gegangen, Herr.«
»Nun, so hol ihn!« Dom Paulo wandte sich wieder an den Gelehrten und überreichte ihm das Schriftstück, das man unter den Habseligkeiten Bruder Clarets gefunden hatte. »Lest das, wenn Ihr es bei Kerzenlicht entziffern könnt, Herr Philosoph!«
»Ein bürgermeisterlicher Erlaß?«
»Lest ihn, und erfreut Euch dann Eurer so gepriesenen Freiheit.«
Bruder Kornhoer schlüpfte in den Raum zurück. Er trug das schwere Kruzifix, das vom Scheitel des gewölbten Ganges entfernt worden war, um der neuen Wunderlampe Platz zu machen. Er gab das Kreuz Dom Paulo.
»Woher wußtest du, daß ich das jetzt haben wollte?«
»Ich fand eben, daß es langsam Zeit wurde, Herr.« Er zuckte die Achseln.
Der alte Mann erstieg die Leiter und hängte das Kreuz wieder an seinem Haken auf. Im Kerzenlicht glänzte der Körper golden auf. Der Abt drehte sich um und sprach zu seinen Mönchen unten.
»Wer von nun an in dieser Nische liest, laßt ihn *ad Lumina Christi* lesen.«
Als er die Leiter herabstieg, war Thon Taddeo schon dabei, die letzten Papiere in eine große Mappe zu stopfen, um sie später zu ordnen. Er blickte vorsichtig zum Priester hinüber, sagte aber nichts.
»Ihr habt den Erlaß gelesen?«
Der Gelehrte nickte.
»Wenn Ihr auf Grund eines unwahrscheinlichen Zufalls hier politisches Asyl...«
Der Gelehrte schüttelte den Kopf.

»Darf ich Euch dann bitten, Eure Bemerkung deutlicher zu fassen, unsere Schriftstücke gehörten in die Hände zuständiger Leute?«
Thon Taddeo senkte den Blick. »Das habe ich in der Erregung des Augenblicks gesagt, Vater. Ich nehme das zurück.«
»Ihr habt aber nicht aufgehört, das zu denken. Ihr habt Euch das die ganze Zeit hier gedacht.«
Der Thon bestritt das nicht.
»Dann ist es zwecklos, meine dringende Bitte um Eure Vermittlung in unserem Namen zu wiederholen – wenn Eure Offiziere Eurem Vetter berichten, welch vorzügliche Militärgarnison diese Abtei abgeben würde. Aber um seiner selbst willen sagt ihm, daß unsere Vorgänger, wenn unsere Altäre oder die Denkwürdigkeiten bedroht waren, nicht gezögert haben, mit dem Schwert Widerstand zu leisten.«
Er schwieg einen Augenblick. »Werdet Ihr heute oder morgen abreisen?«
»Ich glaube, besser heute«, sagte Thon Taddeo leise.
»Ich werde anordnen, den Proviant fertig zu machen.« Der Abt wandte sich ab, um zu gehen, hielt aber inne und fügte höflich hinzu: »Aber wenn Ihr zurückkehrt, könntet Ihr Euren Kollegen eine Botschaft übermitteln?«
»Selbstverständlich. Habt Ihr sie schon aufgesetzt?«
»Nein. Sagt nur, daß jeder, der hier trotz der dürftigen Beleuchtung forschen möchte, willkommen sein wird. Vor allem Thon Maho. Oder Thon Esser Shon mit seinen sechs Grundbestandteilen. Die Menschen müssen sich eine Zeitlang mit Irrtümern plagen, um sie von der Wahrheit zu sondern, denke ich mir – so lange sie sich nur nicht den Irrtum hungrig einverleiben, nur weil er einen angenehmeren Geschmack hat. Sagt ihnen auch, mein Sohn, daß, sollten die Zeiten kommen – und sie werden bestimmt kommen –, da nicht nur Priester, sondern auch Philosophen sich nach einem Asyl umsehen müssen –, sagt Ihnen, daß unsere Mauern hier draußen dick sind.«

Dann entließ er die Novizen mit einem Nicken und schleppte sich die Stufen empor, um in seiner Studierstube allein zu sein. Denn das Wüten zerrte wieder an seinen Eingeweiden, und er wußte, daß ihm wieder Qualen bevorstanden.
Nunc dimittis servum tuum, Domine ... Quia viderunt oculi mei salutare ...
Vielleicht werden sie sie sich diesmal glatt losreißen, dachte er beinahe voller Hoffnung. Er wollte Pater Gault rufen lassen, um ihm zu beichten, aber er entschied dann, daß es besser wäre zu warten, bis die Gäste gegangen waren. Er starrte wieder auf den Erlaß.
Seine Qual wurde von einem Klopfen an der Tür bald unterbrochen.
»Kannst du später noch einmal wiederkommen?«
»Ich fürchte, später werde ich nicht mehr hier sein«, antwortete eine gedämpfte Stimme vom Gang.
»Ach, Thon Taddeo – kommt nur herein.« Dom Paulo richtete sich auf. Mit fester Hand kämpfte er gegen seinen Schmerz an. Er versuchte nicht, ihn zu unterdrücken, sondern ihn zu zügeln, so wie er einen unbotmäßigen Diener behandelt hätte.
Der Gelehrte trat ein und legte eine Mappe mit Papieren auf das Pult des Abts. »Ich hielt es nur für richtig, Euch das hier zu überlassen«, sagte er.
»Was ist es?«
»Die Pläne Eurer Befestigungsanlagen. Die, welche von den Offizieren gemacht wurden. Ich rate Euch, verbrennt sie sofort.«
»Warum habt Ihr das getan«, flüsterte Dom Paulo. »Nach unserm Wortwechsel unten ...«
»Mißversteht mich nicht«, unterbrach ihn Thon Taddeo. »Ich hätte sie Euch auf jeden Fall übergeben – eine Frage der Ehre. Um sie nicht Eure Gastfreundschaft ausnützen zu lassen, um – lassen wir das. Hätte ich Euch die Skizzen auch nur ein bißchen früher übergeben, so hätten die Of-

fiziere Zeit und Gelegenheit genug gehabt, eine neue Sammlung anzulegen.«
Der Abt stand langsam auf und griff nach der Hand des Gelehrten.
Thon Taddeo zögerte. »Ich kann Euch in Eurer Sache nichts versprechen...« – »Ich weiß.«
»... weil ich denke, daß das, was Ihr hier habt, der ganzen Welt zugänglich sein sollte.«
»Das ist, war und wird es stets sein.«
Sie schüttelten sich kühl die Hände, doch wußte Dom Paulo, daß das kein Zeichen irgendeines Waffenstillstandes, sondern lediglich das gegenseitiger Hochachtung zwischen Widersachern war. Vielleicht würde es nie zu mehr kommen.
Warum muß das alles wieder von vorn beginnen?
Die Antwort lag auf der Hand. Die Schlange war noch da und flüsterte: Denn Gott weiß, daß, welches Tages ihr davon esset, so werden eure Augen aufgetan, und werdet sein wie Gott. Der alte Vater der Lüge war geschickt im Erzählen von Halbwahrheiten: woher soll man wissen, wie das Gute und Böse beschaffen ist, wenn man sie nicht ein wenig ausprobiert hat? Versucht es und seid wie Gott. Doch weder unendliche Kraft noch unendliche Weisheit konnten dem Menschen Göttlichkeit verleihen. Denn dabei müßte ebenso unendliche Liebe mitwirken.
Dom Paulo ließ den jungen Priester rufen. Es war beinahe an der Zeit zu gehen. Und bald würde ein neues Jahr anbrechen.

Es war das Jahr beispielloser Regengüsse in der Wüste, die lange trocken gelegene Samen in Blüten aufbrechen ließen.
Es war das Jahr, in dem ein Hauch von Zivilisation die Nomaden der Ebenen erreichte, und selbst das Volk von Laredo fing leise davon zu reden an, daß alles vielleicht besser so sei. Rom war anderer Meinung.
In diesem Jahr wurde einem Abkommen auf Zeit zwischen den Staaten von Denver und Texarkana endgültige Gestalt

gegeben. In diesem Jahr wurde es auch gebrochen. Es war das Jahr, in dem der alte Jude wieder zu seiner früheren Berufung als Arzt und Wanderer zurückfand; das Jahr, in dem die Mönche des Albertinischen Ordens des Leibowitz einen Abt begruben und sich vor einem neuen neigten. Man blickte dem Morgen in rosiger Hoffnung entgegen.
Es war das Jahr, da ein König aus dem Osten geritten kam, um sich das Land zu unterwerfen und zu eigen zu machen.
Es war ein Jahr des Menschen.

23

Es war unangenehm heiß neben dem sonnenbeschienenen Pfad, der sich an dem bewaldeten Hügel hinzog, und die Hitze hatte den Durst des Dichters schlimmer werden lassen. Es dauerte lange, ehe er seinen Kopf benommen hob und versuchte, sich umzusehen. Das Scharmützel war zu Ende. Alles war ziemlich still, den Reiteroffizier ausgenommen. Die Geier fingen schon an niederzuschweben.
Einige tote Flüchtlinge lagen da, ein totes Pferd und der sterbende Reiteroffizier, der unter seinem Pferd eingeklemmt war. Hin und wieder kam der Kavallerist zu sich und schrie voll Angst. Jetzt schrie er nach seiner Mutter und dann wieder nach einem Priester. Manchmal wachte er auf und rief nach seinem Pferd. Sein Schreien machte die Geier unruhig und verstimmte überdies den Dichter, der sowieso schon mißgelaunt war. Ein sehr niedergeschlagener Dichter. Er hatte von der Welt nie erwartet, daß sie sich höflich, schicklich oder vernünftig aufführen würde, und die Welt hatte das auch selten genug getan. Er war oft mutig gegen die Beständigkeit der Roheit und Dummheit angerannt. Doch niemals zuvor hatte die Welt ihn mit einer Muskete in den Unterleib geschossen. Er fand das gar nicht ermutigend.
Was noch schlimmer war, er konnte nicht der Dummheit der Welt, sondern nur seiner eigenen die Schuld zuschieben.

Der Dichter hatte selbst einen dummen Fehler gemacht. Er war nur mit sich selbst beschäftigt gewesen und hatte sich mit niemandem abgegeben, als er sah, wie die Gruppe Flüchtlinge aus dem Osten auf den Hügel zugalloppierte, dicht gefolgt von einem Trupp berittener Soldaten. Um dem Raufhandel zu entgehen, hatte er sich hinter Buschwerk versteckt, das am Rand des Dammes wuchs, der neben dem Pfad herlief, einer günstigen Stelle, von wo aus er dem ganzen Schauspiel hätte zusehen können, ohne gesehen zu werden. Der Dichter wollte mit dem Kampf nichts zu tun haben. Die politischen und religiösen Neigungen sowohl der Flüchtlinge als auch der Reitersoldaten waren ihm völlig gleichgültig. Wenn das Schicksal ein Gemetzel plante, so hätte es keinen weniger teilnahmslosen Zeugen finden können als den Dichter. Woher also diese blinde Anwandlung?
Die Anwandlung hatte ihn vom Damm springen lassen; er packte den Reiteroffizier im Sattel und stach dreimal mit dessen eigenem Koppelmesser auf ihn ein, bevor die zwei zu Boden stürzten. Er konnte nicht begreifen, warum er es getan hatte. Nichts war erreicht worden. Die Leute des Offiziers hatten ihn niedergeschossen, bevor er noch auf die Beine kommen konnte. Das Abschlachten der Flüchtlinge war weitergegangen. Dann waren alle in Verfolgung weiterer Flüchtlinge fortgeritten und hatten die Toten hinter sich liegengelassen.
Er konnte hören, wie es in seinem Unterleib knurrte. Ach, die Vergeblichkeit, eine Gewehrkugel verdauen zu wollen. Er fand schließlich, daß er die nutzlose Tat wegen der Sache mit dem stumpfen Säbel begangen hatte. Hätte der Offizier die Frau bloß mit einem einzigen glatten Streich aus dem Sattel gesäbelt und wäre weitergeritten, der Dichter würde die Tat überhaupt nicht beachtet haben. Aber auf diese Art weiter und weiter dreinzuhauen –
Er wollte es sich nicht wieder vor Augen rufen. Wasser kam ihm in den Sinn.

»O Gott – o Gott...«, jammerte der Offizier immer wieder.
»Das nächste Mal schleifst du dein Besteck lieber schärfer«, keuchte der Dichter.
Es würde kein nächstes Mal geben.
Der Dichter konnte sich nicht erinnern, jemals den Tod gefürchtet zu haben, doch hatte er die Vorsehung oft im Verdacht gehabt, sie plane für ihn als Todesart das Gräßlichste, wenn seine Zeit zu sterben kam. Er hatte erwartet, lebendig zu verfaulen. Langsam und nicht gerade wohlriechend. Eine poetische Ahnung hatte ihn wissen lassen, daß er bestimmt als gedunsener, aussätziger Pilz sterben würde, wie ein Feigling bußwillig, aber unbußfertig. Er hatte nie etwas so Dumpfes und Endgültiges wie eine Kugel im Bauch erwartet; nicht einmal Publikum war anwesend, um seine letzten Geistreicheleien anzuhören. Das letzte, was man ihn sagen hörte, als man auf ihn schoß, war: »Aauu!« – sein Vermächtnis an die Nachwelt. AAUU! – eine Denkwürdigkeit für Euch, *Domnissime*.
»Vater? Vater?« stöhnte der Offizier.
Nach einer Weile nahm der Dichter seine Kräfte zusammen und hob wieder sein Haupt, entfernte mit einem Blinzeln Schmutz aus seinem Auge und betrachtete einige Sekunden lang den Offizier. Er war sich sicher, daß der Offizier derjenige war, den er angegriffen hatte, obwohl der Kerl sich grünlich-kalkweiß verfärbt hatte. Diese Art, nach einem Priester zu blöken, begann den Dichter aufzuregen. Mindestens drei Geistliche lagen tot unter den Flüchtlingen; aber jetzt war der Offizier nicht mehr erpicht, sich so peinlich genau an seinen konfessionellen Glauben festzuklammern. Vielleicht nimmt er mit mir vorlieb, dachte der Dichter.
Langsam fing er an, sich auf den Reiteroffizier zuzuschleppen.
Der Offizier sah ihn kommen und griff nach einer Pistole. Der Dichter hielt an. Er hatte nicht damit gerechnet, ge-

sehen zu werden. Er machte Anstalten, sich in Deckung zu rollen. Die Pistole zielte schwankend in seine Richtung. Einen Augenblick beobachtete er ihr Schwanken, dann beschloß er, seine Annäherung fortzusetzen. Der Offizier drückte den Abzug. Der Schuß ging leider um Meter daneben.
Als der Offizier versuchte, wieder zu laden, nahm ihm der Dichter die Waffe weg. Er schien zu phantasieren und versuchte immer wieder, sich zu bekreuzigen.
»Nur weiter so«, brummte der Dichter und fand das Messer.
»Gib mir den Segen, Vater; ich habe gesündigt...«
»*Ego te absolvo*, mein Sohn«, sagte der Dichter und trieb ihm das Messer in die Kehle.
Danach stieß er auf die Feldflasche des Offiziers und trank einen Schluck daraus. Das Wasser war in der Sonne heiß geworden, aber es kam ihm köstlich vor.
Er lag mit dem Kopf gegen das Pferd des Offiziers gestützt und wartete, daß der Schatten des Hügels über den Weg kriechen würde. Jesus, das tat weh! Es wird mir nicht so leichtfallen, dieses letzte bißchen Zeit zu rechtfertigen, dachte er, ich außerdem ohne mein Auge! Wenn es überhaupt irgendwas zu rechtfertigen gibt. Er blickte auf den toten Reitersmann.
»Heiß wie die Hölle da unten, was?« flüsterte er heiser.
Der Reitersmann schwieg sich aus.
Der Dichter nahm wieder einen Schluck aus der Feldflasche, dann noch einen. Die Eingeweide bewegten sich plötzlich äußerst schmerzhaft. Ein oder zwei Augenblicke war ihm sehr elend zumute.

Die Geier stolzierten herum, putzten sich und beklagten sich über ihr Festessen. Es war noch nicht richtig zubereitet. Sie warteten einige Tage auf die Wölfe. Es gab genug für alle. Schließlich fraßen sie den Dichter.
Wie seit eh und je legten die ungestümen schwarzen Aas-

fresser der Himmel ihre Eier zur Brutzeit und fütterten zärtlich ihren Nachwuchs. Sie kreisten hoch über den Prärien, Bergen und Ebenen, suchten nach jenem Anteil am Lauf des Lebens, der ihnen dem Plan der Natur entsprechend zugemessen war. Ihre Weisen zeigten durch bloßes logisches Denken allein, daß der Allerhöchste *Cathartes aura regnans* die Welt ganz besonders für Geier geschaffen hatte. Viele Jahrhunderte hindurch beteten sie Ihn bei tüchtigem Appetit an.

Dann kamen nach den Generationen der Finsternis die Generationen des Lichts. Und man schrieb das Jahr Unseres Herrn 3781 – ein Jahr Seines Friedens, so betete man.

FIAT VOLUNTAS TUA

24 In diesem Jahrhundert gab es wieder Raumschiffe, und die Raumschiffe waren bemannt durch flaumige Unmöglichkeiten, die auf zwei Beinen gingen und Haarbüschel an ungewöhnlichen Stellen ihrer Anatomie aufwiesen. Es war eine geschwätzige Gattung. Sie gehörten einer Rasse an, die durchaus fähig war, sich selber in einem Spiegel zu bewundern, und gleicherweise befähigt, sich die Kehle vor dem Altar irgendeiner Stammesgottheit durchzuschneiden, wie zum Beispiel der Gottheit der Täglichen Rasur. Eine Rasse, die sich selber oftmals für im Grunde göttlich inspirierte Werkzeugmacher hielt; aber jede intelligente Einheit von Arcturus würde sie sofort als im Grunde eine Rasse von leidenschaftlichen Nach-Tisch-Schwätzern gehalten haben.

Es war unausweichlich, es war eindeutiges Schicksal, so glaubten sie (und nicht zum erstenmal), daß solch eine Rasse sich aufmachen und die Sterne erobern müsse. Sie mehrmals erobern müsse, wenn nötig, und ganz sicher über die Eroberung Reden halten müsse. Aber in gleicher Weise war es unausweichlich, daß die Rasse auf neuen Welten wieder in die alten Krankheiten verfiel, wie zuvor auf der Erde in die Litanei des Lebens und in die besondere Liturgie des Menschen: Versikel von Adam und Responsorien vom Kreuz.

Wir sind die Jahrhunderte.
Wir sind die Halsabschneider, die gierigen Leuteschinder.
Und bald reden wir über die Amputation Ihres Kopfes.
Wir sind Ihre singenden Müllmänner, meine Dame, mein Herr, und wir marschieren im Gleichschritt hinter Ihnen und singen Reime, die manchen komisch vorkommen.
Heinz-zwoo-drei-fia!
Links!
Links!
Er hatt ein braves Weib, doch er
Links!

Links!
Links!
Rechts!
Links!
Wir, so sagen sie in der alten Heimat, *marschieren weiter und wenn alles in Scherben fällt.*
Wir haben eure Steinwerkzeuge und eure Meso- und Neolithen. Wir haben eure Babylons und Pompejis, eure Caesaren und eure chromplattierten (die lebenswichtigen Teile imprägniert) Kunstwerke.

Wir haben eure verdammten blutigen Beile und eure Hiroshimas.

Wir marschieren, gegen die Hölle, wir –
Atrophie, Entropie und *Proteus vulgaris,*
erzählen Zoten über ein Bauernmädchen namens Eva
und einen Handlungsreisenden namens Luzifer.
Wir begraben eure Toten und ihre Reputation.
Wir begraben euch. Wir sind die Jahrhunderte.
Also laßt euch gebären, holt Luft, schreit, wenn der Geburtshelfer euch auf den Po klopft, werdet erwachsen, schmeckt ein wenig, wie es ist, ein Gott zu sein, fühlt Schmerzen, zeugt und gebt Leben, zappelt eine Weile und geht unter:
(Sterbende, bitte Ruhe und Hinterausgang benützen!)
Generation, Regeneration, wieder und wieder, als wäre es ein Ritual, mit blutigen Kleidern und Händen ohne Nägel, Kinder von Merlin, auf der Jagd nach einem Schimmer. Kinder auch von Eva, immer wieder Paradiese bauend – und sie in sinnloser Wut zerstörend, weil es irgendwie nicht das gleiche ist. (Ach! ACH! ACH! – ein Idiot schreit seine gehirnlosen Ängste im Schutt. Doch schnell! Laß es uns überfluten durch den Chor, der mit neunzig Dezibel Halleluja singt.)
Hört denn den letzten Lobgesang der Brüder vom Orden des Leibowitz, wie ihn das Jahrhundert sang, in dem der Orden unterging:

V: Luzifer ist gefallen.

R: *Kyrie eleison.*

V: Luzifer ist gefallen.

R. *Christe eleison.*

V: Luzifer ist gefallen.

R: *Kyrie eleison, eleison imas!*

LUZIFER IST GEFALLEN, die Worte des Code, elektrisch über den Kontinent geblitzt, wurden in Beratungszimmern geflüstert, wurden als knusprige Memoranda weitergereicht, auf die SUPREMUM SECRETISSIMUM gestempelt war, wurden weise der Presse vorenthalten. Die Worte wuchsen zu einer bedrohlichen Flut hinter einem Deich offizieller Geheimhaltung. Es gab mehrere Löcher in diesem Deich, doch sie wurden furchtlos zugestopft von bürokratischen Deichwächtern, deren Zeigefinger außergewöhnlich dick anschwollen, während sie sich unter dem Regen der speichelfeuchten Fragen der Presse hindurchwanden.

ERSTER REPORTER: Was ist der Kommentar Eurer Lordschaft zu der Äußerung Sir Rische Thon Berkers, daß die Strahlungsmessungen an der Nordwestküste das Zehnfache der normalen Werte betragen?
VERTEIDIGUNGSMINISTER: Ich habe die Äußerung nicht gelesen.
ERSTER REPORTER: Wenn wir das als wahr annehmen, was könnte dann für ein solches Anwachsen verantwortlich sein?
VERTEIDIGUNGSMINISTER: Diese Frage läßt sich nur mit Mutmaßungen beantworten. Vielleicht hat Sir Rische ein reiches Uranlager entdeckt. Nein, lassen Sie das weg. Kein Kommentar.
ZWEITER REPORTER: Halten Eure Lordschaft Sir Rische für einen fähigen und verantwortungsbewußten Wissenschaftler?

VERTEIDIGUNGSMINISTER: Mein Ministerium hat ihn niemals beschäftigt.
ZWEITER REPORTER: Das ist keine zufriedenstellende Antwort.
VERTEIDIGUNGSMINISTER: Sie ist völlig zufriedenstellend. Da er nie von meinem Ministerium angestellt wurde, habe ich keine Möglichkeit, über seine Fähigkeit und sein Verantwortungsbewußtsein etwas auszusagen. Ich bin kein Wissenschaftler.
WEIBLICHER REPORTER: Stimmt es, daß kürzlich eine Nuklearzündung irgendwo jenseits des Pazifik stattgefunden hat?
VERTEIDIGUNGSMINISTER: Wie die Dame sicher weiß, sind Testversuche mit Atomwaffen jeder Art ein Kapitalverbrechen und ein kriegerischer Akt nach den derzeitigen internationalen Gesetzen. Wir stehen jedoch nicht im Krieg. Ist damit Ihre Frage beantwortet?
WEIBLICHER REPORTER: Nein, Eure Lordschaft, sie ist es nicht. Ich habe nicht gefragt, ob ein Test stattgefunden hat, sondern, ob eine Explosion stattfand.
VERTEIDIGUNGSMINISTER: Wir haben keine derartige Explosion gezündet. Wenn die anderen eine gezündet haben, nimmt die Dame an, diese Regierung sei von ihnen informiert worden?
(Höfliches Lachen.)
WEIBLICHER REPORTER: Aber meine Frage ist damit *nicht*...
ERSTER REPORTER: Eure Lordschaft, der Delegierte Jerulian hat die Asiatische Koalition beschuldigt, im tiefen Weltraum Wasserstoff-Waffen angehäuft zu haben, und er behauptet, unser Exekutivrat wisse davon und unternehme nichts dagegen? Stimmt das?
VERTEIDIGUNGSMINISTER: Ich glaube, daß es stimmt, daß der Sprecher der Opposition irgendeine derartige lächerliche Beschuldigung erhoben hat.
ERSTER REPORTER: Wieso ist diese Beschuldigung lächerlich? Weil die andern *nicht* Interspace-Raketen mit Richtung

auf die Erde im Raum herstellen? Oder weil wir doch etwas *dagegen* unternehmen?

VERTEIDIGUNGSMINISTER: In beiden Fällen lächerlich. Ich möchte jedoch darauf hinweisen, daß die Herstellung von nuklearen Waffen durch Verträge verboten ist, und das seit sie wiederentwickelt wurden. Verboten überall – im Weltraum und auf der Erde.

ZWEITER REPORTER: Aber es existiert kein Vertrag, der verbietet, spaltbares Material in eine Umlaufbahn zu bringen, oder doch?

VERTEIDIGUNGSMINISTER: Natürlich nicht. Die Interspace-Schiffe sind alle mit Kernmaterial ausgerüstet. Sie müssen doch neu tanken können.

ZWEITER REPORTER: Und es existiert kein Vertrag, der verbietet, anderes Material in Umlaufbahnen zu bringen, aus dem man Atomwaffen herstellen könnte?

VERTEIDIGUNGSMINISTER *(gereizt):* Nach meiner Kenntnis ist die Existenz von Materie außerhalb unserer Atmosphäre durch keinen Vertrag und kein Gesetz unseres Parlaments verboten. Ich habe mir sagen lassen, daß der Weltraum vollgestopft ist mit Materie wie zum Beispiel dem Mond oder den Asteroiden, und die sind *nicht* aus Grünkäse gemacht.

WEIBLICHER REPORTER: Sind Eure Lordschaft also der Ansicht, daß Atomwaffen hergestellt werden könnten ohne Rohmaterial von der Erde?

VERTEIDIGUNGSMINISTER: Ich habe das damit keineswegs sagen wollen. Keineswegs. Theoretisch ist es natürlich möglich. Ich habe nur gesagt, daß kein Vertrag oder Gesetz den Umlauf irgendeines speziellen Rohstoffes im Weltraum verbietet – nur Atomwaffen sind verboten.

WEIBLICHER REPORTER: Wenn kürzlich eine Testzündung im Osten stattgefunden hat, was glauben Sie, ist dann wahrscheinlicher: eine unterirdische Explosion, die die Erdoberfläche durchbrochen hat, oder ein Interspacegeschoß zur Erde mit einem beschädigten Sprengkopf?

VERTEIDIGUNGSMINISTER: Madam, Ihre Frage enthält so viele Wenns, daß ich gezwungen bin, mit ›Kein Kommentar‹ zu antworten.
WEIBLICHER REPORTER: Ich folge nur den Äußerungen von Sir Rische und dem Delegierten Jerulian.
VERTEIDIGUNGSMINISTER: Die haben jegliches Recht, sich in wilden Spekulationen zu ergehen. Ich nicht.
ZWEITER REPORTER: Auf die Gefahr hin, daß ich Ihnen gewaltsam witzig erscheine: Was halten Eure Lordschaft vom Wetter?
VERTEIDIGUNGSMINISTER: Ziemlich warm in Texarkana, nicht? Ich habe gehört, daß sie im Südwesten ein paar schlimme Sandstürme hatten. Wir könnten hier auch was davon abbekommen.
WEIBLICHER REPORTER: Sind Sie für Mutterschaft, Lord Ragelle?
VERTEIDIGUNGSMINISTER: Ich bin strikt dagegen, Madam. Sie übt einen schlechten Einfluß auf die Jugend aus, besonders auf unsere jungen Rekruten. Unser Militär würde ausgezeichnete Soldaten haben, wenn unsere Kämpfer nicht durch Mutterschaft korrumpiert wären.
WEIBLICHER REPORTER: Dürfen wir Sie damit zitieren?
VERTEIDIGUNGSMINISTER: Aber sicher, Madam, – aber erst in meinem Nachruf, nicht eher.
WEIBLICHER REPORTER: Vielen Dank. Ich werde Ihren Nachruf gleich vorbereiten.

Wie schon andere Äbte vor ihm war Dom Jethrah Zerchi von Natur aus kein besonders kontemplativer Mensch, jedoch als geistlicher Herrscher seiner Gemeinschaft war er gebunden, die Entwicklung bestimmter Aspekte der *Vita contemplativa* in seiner Herde zu nähren und zu fördern, und, als Mönch, die Pflege einer gewissen kontemplativen Anlage in sich selber zu unternehmen. Dom Zerchi war in beiden Fällen nicht sehr gut. Sein Charakter trieb ihn zum Handeln, sogar beim Denken; sein Verstand weigerte sich,

stillzusitzen und zu meditieren. Es gab in ihm eine Ruhelosigkeit, die ihn an die Spitze seiner Herde getrieben hatte; und diese Ruhelosigkeit machte einen kühneren – und gelegentlich sogar einen erfolgreicheren – Herrscher aus ihm, als es einige seiner Vorgänger gewesen waren. Doch diese Ruhelosigkeit konnte leicht zu einem Zwang, ja sogar zu einem Laster ausarten.
Zerchi war sich dunkel bewußt, zumeist jedenfalls, daß er angesichts unbesiegbarer Drachen zu heftigen oder überstürzten Handlungen neige. Im Augenblick aber war dies Bewußtsein nicht dunkel, sondern beißendhell. Es befaßte sich mit einem unglückseligen Rückblick. Der Drache hatte Sankt Georg schon gebissen.
Der Drache war ein »Abscheulicher Autoscribe«, und seine bösartige Größe, elektronisch der Anlage nach, nahm mehrere Kubikeinheiten hinter der hohlen Wand und ein Drittel des Volumens des äbtlichen Schreibtischs ein. Wie gewöhnlich war das Wunderding dabei zu stottern. Er setzte falsche Großbuchstaben, falsche Interpunktion, vertauschte willkürlich die Wörter. Vor nur einem Augenblick hatte es elektronische Majestätsbeleidigung begangen, und zwar an der Person des souveränen Abtes selbst, der – nachdem er einen Computer-Reparateur gerufen und drei Tage vergeblich auf ihn gewartet hatte – beschlossen hatte, die stenographische Abscheulichkeit selbst zu reparieren. Der Fußboden seines Studierzimmers war übersät von den Fetzen mit Druckbuchstaben seiner Versuchsdiktate. Bezeichnend war darunter eine mit folgender Information:

tEst tesT teSt? TEst teST? verDAMmniS? wieSO die verrÜCKten grossbuchSTAbeN+ = jetzt Ist die zEIt in DER aLLe guteN schreibMASCHInenSchreiBeR den buchSCHMUGglern iN die seiTE Reten mÜsSen? VerFLIXT: kannST dU Lateinisch beSSer+ = üBERsEtzE; nEccesse Est epistuLAM sacri coLLegio mIttendAm esse statim dictem? Was isT LOS mIT dem blöDEN DING« =

Zerchi hockte inmitten der Fetzen auf dem Fußboden und versuchte, das nervöse Zittern aus seinem Unterarm fortzumassieren, der vor kurzem einen elektrischen Schlag erhalten hatte, als er die Eingeweideregionen des Autoscribe untersucht hatte. Das Muskelzucken erinnerte den Abt an die galvanische Reaktion eines aufgeschnittenen Froschschenkels. Da er klugerweise daran gedacht hatte, den Netzanschluß der Maschine zu unterbrechen, konnte er jetzt nur annehmen, daß der Unhold, der das Ding erfand, es mit der Möglichkeit ausgestattet hatte, Kunden auch ohne Strom zu töten. Während der Abt an Verbindungsstellen herumzerrte und -wackelte, um lose Drähte zu entdecken, war er von einem hochvoltigen Filterkondensator attackiert worden, der die Gelegenheit ausgenützt hatte und sich durch die Person des Verehrungswürdigen Vaters Abt in die Erde entlud, als des Verehrungswürdigen Vaters Ellenbogen den Rahmen berührte. Andererseits wußte Zerchi nicht mit Sicherheit, ob er das Opfer eines Naturgesetzes für Filterkondensatoren geworden sei, oder ob er in eine raffiniert versteckte Falle mit dem Ziel der Verhinderung von Kundenselbstherumreparirerei gefallen war. Immerhin, gefallen war er. Sein derzeitiger Aufenthalt auf dem Boden war ganz ohne sein Zutun erfolgt. Der einzige Anspruch, den er erheben konnte, eine Kapazität in der Reparatur von polylinguistischen Transskriptionsapparaten zu sein, resultierte aus der stolzen Tatsache, daß er einst eine tote Maus aus dem Stromkreis der Datenbank herausgefischt hatte, wobei er eine mysteriöse Neigung der Maschine wieder in Ordnung brachte, die darin bestand, doppelte Silben zu schreiben (dodoppelppeltete Silsilbenben). Da er diesmal keine toten Mäuse entdeckt hatte, konnte er nur nach losen Drähten suchen und hoffen, daß der HIMMEL ihm das Charisma des elektronischen Heilens verliehen habe. Doch dem war offenbar nicht so.
»Bruder Patrick!« rief er in Richtung auf das Vorzimmer und kletterte mühsam auf die Beine zurück.

»He, Bruder Pat!« rief er noch einmal.
Dann tat sich die Tür auf, und herein watschelte sein Sekretär, blinzelte zu den offenen Wandkonsolen hin mit ihrem Wirrwarr von Computerschaltungen, überprüfte den übersäten Fußboden und studierte dann vorsichtig den Gesichtsausdruck seines geistlichen Herrschers. »Soll ich den Reparaturdienst noch einmal anrufen, Vater Abt?«
»Wozu?« Zerchi sagte es grunzend. »Du hast sie schon dreimal zu holen versucht. Sie haben es dreimal versprochen. Wir haben drei Tage gewartet. Ich brauche einen Stenographen. *Jetzt!* Möglichst einen Christen. Dieses – dieses *Ding*...«, er wies erzürnt in Richtung auf den Abscheulichen Autoscribe, »... ist ein verdammter Ungläubiger oder was Schlimmeres. Schaff es mir vom Hals. Ich will es hier nicht mehr sehen!«
»Den APLAC?«
»Ja, den APLAC. Verkauf es an einen Atheisten. Nein, das wäre nicht nett. Verkauf es als Schrott. Ich habe genug von ihm. Warum, um Himmels willen, hat Abt Boumous – seine Seele ruhe in Frieden – jemals diesen Quatsch gekauft!?«
»Also, Domne, man sagt, Euer Vorgänger habe eine Vorliebe für *gadgets* gehabt. Und es *ist* angenehm, Briefe in Sprachen schreiben zu können, die man selber nicht beherrscht.«
»Es ist? Du meinst, es *wäre*! Dieses Wunderding – hör zu, Bruder, sie behaupten, es kann denken. Ich hab es zunächst nicht glauben wollen. Gedanken bedingen ein rationales Prinzip, bedingen eine Seele. Kann das Prinzip einer ›denkenden Maschine‹ – von Menschenhand gemacht – eine vernünftige Seele sein? Bah! Es schien zunächst eine durch und durch heidnische Vorstellung zu sein. Aber, weißt du was?«
»Vater?«
»Nichts auf der Welt könnte so hinterhältig sein ohne vorherige Überlegung! Es *muß* einfach denken können! Es

weiß um Gut und Böse, sage ich dir, und es wählte letzteres. Hör auf zu grienen, ja? Es ist nämlich gar nicht komisch. Und es ist noch nicht mal eine heidnische Vorstellung. Der Mensch hat das Wunderding gemacht, aber sein Prinzip hat er nicht gemacht. Man spricht von einem vegetativen Prinzip als von einer Seele, nicht wahr? Eine vegetative Seele? Und die Tierseele? Dann die menschliche Seele, und das ist auch schon alles, was sie an fleischgewordenen lebensvollen Prinzipien aufzählen, da die Engel ja keine Körper haben. Aber wie sollen wir wissen, ob die Liste vollständig ist? Vegetativ, animalisch, rational – und dann, was dann? *Das* da, das ist das andere. Dieses Ding. Und es ist *gefallen*. Schaff es fort von hier. – Aber zuerst *muß* ich ein Radiogramm nach Rom schicken.«

»Soll ich meinen Schreibblock holen, Verehrungswürdiger Vater?«

»Sprichst du alleghenisch?«

»Nein.«

»Ich auch nicht, und Kardinal Hoffstraff spricht nicht southwestern.«

»Warum dann nicht Latein?«

»Welches Latein? Das der Vulgata oder modernes? Ich habe kein Zutrauen zu meinem Anglo-Latein, und wenn ich es hätte, dann hätte *er* vielleicht keins zu seinem.« Er starrte auf den unhandlichen Roboter-Stenographen.

Bruder Patrick starrte mit ihm, stirnrunzelnd, dann trat er hinüber zu den Wandschränken und begann in das Labyrinth der mikroskopisch kleinen Schaltelemente zu schauen.

»Keine Maus«, versicherte ihm der Abt.

»Was sind alle die kleinen Knöpfe?«

»Nicht anfassen!« Abt Zerchi jaulte, als sein Sekretär neugierig einen der paar Dutzend Schaltsätze unter der Verschalung befingerte. Diese Kontrollknöpfe unter der Verschalung waren in einem hübschen ordentlichen Viereck in einem Fach angeordnet, dessen Deckel die unwiderstehliche Warnung trug: NUR VOM HERSTELLER ZU BEDIENEN.

»Du hast doch nicht daran gedreht, oder?« fragte der Abt, während er neben Patrick trat.
»Es kann sein, daß ich es ein ganz klein wenig bewegt habe, aber ich glaube, es ist wieder genauso, wie es war.«
Zerchi zeigte ihm die Warnung auf dem Deckel des Fachs.
»Oh«, sagte Patrick, und beide starrten wieder auf das Ding.
»Es ist die Interpunktion vor allem, Verehrungswürdiger Vater, nicht wahr?«
»Die und wildgewordene Majuskeln und vertauschte und verstümmelte Wörter hier und da.«
Sie betrachteten die Schnörkel, Querkel, Dingsbumse und Wasnochweiters in verwirrtem Schweigen.
»Hast du jemals von dem Verehrungswürdigen Francis von Utah gehört?« fragte der Abt schließlich.
»Ich erinnere mich nicht an den Namen, Domne. Warum?«
»Ich hoffte soeben, daß er in der Lage wäre, gerade in diesem Augenblick für uns zu beten, obwohl ich glaube, er ist nie kanonisiert worden. Hier, laß uns mal versuchsweise dieses Dingsbums da ein bißchen nach oben schieben.«
»Bruder Joshua war doch immer so was wie ein Ingenieur. Ich hab vergessen, was für einer. Aber er war im Weltraum, und die müssen doch eine Menge über Computer wissen.
»Ich habe ihn schon hergeholt. Er hat Angst, das Ding anzufassen. Da, vielleicht braucht es ...«
Patrick wich zurück. »Wenn Ihr mich entschuldigen wolltet, Herr, ich ...«
Zerchi blickte zu seinem zitternden Sekretär auf. »Oh, ihr Kleingläubigen!« sagte er, während er einen zweiten der Knöpfe NUR VOM HERSTELLER ZU BEDIENEN bediente.
»Ich hatte nur gedacht, ich hätte draußen jemand gehört.«
»Ehe der Hahn kräht, wirst du dreimal – außerdem hast du den ersten Knopf berührt, oder?«
Patrick wurde schwach. »Aber der Deckel war offen, und ...«

»*Hinc igitur effuge.* Und nun hinaus mit dir. Hinaus, ehe ich entscheide, daß es dein Fehler war.«

Wieder allein, steckte Zerchi den Stecker in die Dose an der Wand und – nachdem er ein kurzes Gebet zum heiligen Leibowitz gemurmelt hatte (der in den letzten Jahrhunderten eine größere Popularität als Schutzpatron der Elektriker gewonnen hatte, als er jemals als Gründer des Albertinischen Ordens vom heiligen Leibowitz auf sich vereinen konnte) – knipste an. Er lauschte auf zischende und fauchende Geräusche, aber es kamen keine. Er hörte nur das schwache Klicken der Verzögerungsrelais und das vertraute Schnurren der Regulationsmotoren, als sie auf volle Laufgeschwindigkeit kamen. Er schnupperte. Kein Rauch oder Ozon zu entdecken. Schließlich öffnete er die Augen. Sogar die Indikatoren auf dem Schaltpult auf seinem Schreibtisch brannten wie gewöhnlich. NUR VOM HERSTELLER ... also so was!
Ein bißchen sicherer geworden, schaltete er den Formatwähler auf RADIOGRAMM, drehte den Prozeßknopf auf DIKTAT-AUFNAHME, die Übersetzer-Einheit auf SOUTHWEST IN und ALLEGHENISH OUT, vergewisserte sich, daß der Transskriptionsknopf abgeschaltet war, drückte den Knopf an seinem Mikrophon und begann zu diktieren:

Blitz, Dringend: An Seine Verehrungswürdigste Eminenz, Sir Eric Kardinal Hoffstraff, Designierter Vikar des Päpstlichen Stuhls, im Provisorischen Extraterrestrischen Vikariat, in der Heiligen Congregatio Propaganda, Vatikan, New Rome.

»Eminentissime Vater: im Hinblick auf die kürzlich wiedererwachten Spannungen in der Welt, die Andeutungen neuer internationaler Krisen und sogar die Berichte über ein heimliches atomares Wettrüsten wären wir außerordentlich geehrt, würden Eure Eminenz es für klug erachten, uns Richtlinien zu geben betreff den gegenwärtigen Stand gewisser Pläne, die bislang noch in der Schwebe befindlich sind. Ich beziehe mich auf Gegenstände, die in *Motu proprio* Papst Coelestins VIII. glückseligen Angedenkens, gegeben am Feste der Göttlichen Überschattung der Heiligen Jungfrau, *Anno Domini* 3735, erwähnt sind, beginnend mit den Worten ...« Er brach ab und suchte in den Papieren vor ihm auf dem Tisch. ».... *Ab hac planeta nativitatis aliquos filios Ecclesiae usque ad planetas solium alienorum iam abisse et numquam redituros esse intelligimus.* Bezugnahme auch auf das Dokument aus dem Jahre des Herrn 3749, *Quo peregrinatur grex, pastor secum,* das den Erwerb gestattet einer Insel – äh, bestimmter Vehikel. Zuletzt Bezug auf *Casu belli nunc remoto* des verstorbenen Papstes Paul, Anno Domini 3756, und die Korrespondenz, die daraufhin zwischen dem Heiligen Vater und meinem Amtsvorgänger stattfand und die in einem Befehl gipfelte, der uns die Bewahrung und Erhaltung des Planes *Quo peregrinatur* in einem Stande des – äh, Scheintodes übertrug, aber nur so lange, wie Euer Eminenz es für gerechtfertigt hielten. Unser Zustand der Bereitschaft in bezug auf *Quo peregrinatur* ist ein ständiger geblieben, und wenn es nötig werden sollte, den Plan auszuführen, würden wir etwa sechs Wochen vorher Befehl erbitten ...«

Während der Abt diktierte, tat der Abscheuliche Autoscribe nichts anderes als seine Stimme aufzunehmen und in einen Phonem-Code auf Tonband zu übertragen. Nachdem der Abt sein Diktat beendet hatte, drückte er den Programmwahlknopf auf ANALYSE, und dann drückte er einen Knopf mit der Bezeichnung TEXTBEARBEITUNG. Die Bereitschaftslampe erlosch. Die Maschine begann mit der Bearbeitung.
In der Zwischenzeit studierte Zerchi die Dokumente, die vor ihm lagen.
Eine Glocke erklang. Die Bereitschaftslampe leuchtete auf.

Die Maschine schwieg. Der Abt warf nur einen einzigen nervösen Blick auf das Fach NUR VOM HERSTELLER ZU BEDIENEN, dann schloß er die Augen und drückte den SENDE-Knopf.

Ratterdi-klack-klacker-wriss-piep ... *rotterdirat-fut-klotter*, der automatische Schreiber schwätzte vor sich hin, und der Abt hoffte, daß es der Text seines Radiogramms sein möge. Er lauschte erwartungsvoll auf den Rhythmus der Tastatur. Dieses erste *Ratterdi-klack-klacker-wriss-piep* hatte ziemlich gebieterisch geklungen. Er versuchte den Rhythmus der alleghenischen Sprache aus dem Geräusch der Tasten zu hören, und nach einer Weile glaubte er tatsächlich ein gewisses alleghenisches Wiegen in dem Geratter der Tastatur zu vernehmen. Er öffnete die Augen wieder. Am anderen Ende des Zimmers war der Roboter-Stenograph eifrig am Werk. Er trat von seinem Schreibtisch weg und ging hinüber, um dem Stenographen bei der Arbeit zuzusehen. Mit äußerster Sorgfalt schrieb der Abscheuliche Autoscribe das alleghenische Gegenstück zu:

Radiogramm Blitz Dringend

AN: Seine Verehrungswürdigste Eminenz, Sir Eric Kardinal Hoffstraff, Designierter Vikar des Päpstlichen Stuhls, im Provisorischen Extraterrestrischen Vikariat, in der Heiligen Congregatio Propaganda, Vatikan, New Rom

VON: Verehr. Jethrah Zerchi, AOL, Abbas, Abtei Sankt Leibowitz, Sanly Bowitts, Sou W Territory

BETREFF: Eminentissime Vater: im Hinblick auf die kürzlich wiedererwachten Spannungen in der Welt, die Andeutungen neuer internationaler Krisen und die Berichte sogar über ein heimliches atomares Wettrüsten wären wir außerordentlich ...

»He, Bruder Pat!«
Der Abt schaltete angewidert die Maschine aus. Heiliger Leibowitz! Haben wir *dafür* gearbeitet? Er sah nicht, wo da ein Fortschritt über einen sorgfältig geschnittenen Federkiel und einen Topf voll Maulbeertinte sein sollte.
»He, Pat!«
Es kam aus dem äußeren Vorzimmer keine unmittelbare Antwort, aber nach ein paar Sekunden öffnete ein Mönch mit rotem Bart die Tür und – nachdem er seinen Blick über die offenen Wandkonsolen, den unordentlichen Fußboden und den Gesichtsausdruck des Abtes hatte schweifen lassen – besaß die Frechheit zu grinsen.
»Was ist los, *Magister meus*? Mögen Sie unsere moderne Technik nicht?«
»Nicht besonders, nein!« sagte Zerchi bissig. »He, *Pat*!«
»Er ist ausgegangen, Domne.«
»Bruder Joshua, kannst du dieses Ding da nicht in Ordnung bringen? Richtig!«
»Richtig? Nein, kann ich nicht.«
»Aber ich muß ein Radiogramm senden.«
»Tut mir entsetzlich leid, Vater Abt. Aber das kann ich auch nicht. Sie haben uns gerade den Kristall weggenommen und die Bude versiegelt.«
»Sie?«
»Innere Zonenverteidigung. Alle Privatsender haben Sendeverbot.«
Zerchi ging zu seinem Stuhl und sank auf ihn nieder. »Ein Verteidigungsalarm? Warum?«
Joshua zuckte die Achseln. »Es gibt Gerüchte über ein Ultimatum. Das ist alles, was ich weiß, außer was ich von den Strahlungsmessern erfahre.«
»Immer noch zunehmend?«
»Immer noch.«
»Rufe Spokane an!«

Gegen drei Uhr war der staubige Wind gekommen. Der

Wind kam über die Mesa und über die kleine Stadt Sanly Bowitts. Er strich über das umliegende Land, lärmend durch das hohe Korn in den bewässerten Feldern, riß Bänder von Flugsand von den unfruchtbaren Kämmen hinter sich her. Er stöhnte in den Steinmauern der alten Abtei und greinte um die Aluminium- und Glaswände der modernen Bauten der Abtei. Er beschmierte die sich rötende Sonne mit dem Staub des Landes und schickte jagende Staubteufel über den Beton der sechsspurigen Autobahn, die die alte Abtei von den modernen Zusatzbauten trennte.
Auf der Seitenstraße, die vom Kloster durch ein Wohnviertel zur Stadt führte und die an einer Stelle parallel zur Autobahn verlief, blieb ein alter in Rupfen gekleideter Bettler stehen und lauschte auf den Wind. Der Wind brachte das Pochen der Explosionen von Raketenteststarts aus dem Süden. Boden-Weltraum-Interzeptor-Raketen wurden von einer Abschußrampe weit jenseits der Wüste auf Ziel-Umlaufbahnen geschossen. Der alte Mann lehnte sich auf seinen Stab und starrte in die schwache rote Sonnenscheibe. Dann murmelte er in sich hinein oder zur Sonne: »Omen, Omen...«
Eine Gruppe von Kindern spielte im unkrautverwilderten Hof bei einem Schuppen jenseits der Seitenstraße. Ihre Spiele entwickelten sich unter dem stummen, aber alles sehenden Schutz einer knorrigen Negerin, die auf der Veranda hockte und Kraut aus ihrer Pfeife schmauchte und den einen oder anderen tränenüberströmten Spieler mit einem Trostwort oder einem Tadel bedachte, der als klagende Partei vor ihren großmütterlichen Gerichtshof auf die Schuppenveranda kam.
Eines der Kinder bemerkte den alten Tramp, der auf der anderen Seite der Straße stand, und gleich ging ein Geschrei los: »Guck mal, Mensch, guck mal! Der is der alte Lazar! Die Tante sagt, er is der alte Lazar, der wo von uns' Herr Jesu aufgeweckt wor'n is! Mensch, guck doch bloß! Lazar! Lazar!«

Die Kinder rannten an den zerbrochenen Zaun. Der alte Tramp betrachtete sie einen Augenblick lang mürrisch, dann wanderte er weiter die Straße entlang. Ein Stein hüpfte über den Boden vor seine Füße.
»He, Lazar...!«
»Die Tante sagt, was der Herr Jesus aufweckt, das bleibt oben! Guck dir bloß den an! Mensch! Der is immer noch hinter dem Herrn Jesus her, der ihn aufgeweckt hat. Die Tante sagt...«
Wieder hüpfte ein Stein hinter dem Alten her, aber er wandte sich nicht um. Die alte Frau nickte schläfrig. Die Kinder kehrten zu ihren Spielen zurück. Der Staubsturm wurde dichter.
Jenseits der Autobahn, gegenüber der alten Abtei, sammelte ein Mönch Windproben auf dem Dach eines der Aluminium- und Glasgebäude. Er nahm die Proben mittels einer Saugevorrichtung, die die staubige Luft einsog und den gefilterten Wind an die Öffnung eines Luftkompressors ein Stockwerk tiefer blies. Der Mönch war kein Jüngling mehr, aber er war auch noch nicht in mittleren Jahren. Sein kurzer roter Bart schien elektrostatisch aufgeladen zu sein, denn es blieben Spinnweben und Staubfahnen in ihm hängen; er kratzte ihn ungeduldig von Zeit zu Zeit, und einmal steckte er sogar sein Kinn in die Ansaugöffnung des Schlauches, mit dem Ergebnis, daß er heftig zu murmeln begann und sich danach bekreuzigte.
Der Motor des Kompressors hustete und erstarb dann. Der Mönch schaltete den Saugapparat ab, schraubte den Gebläseschlauch ab und zerrte das Gerät über das Dach zum Aufzug und in die Kabine. Staubhäufchen hatten sich in den Ecken angesammelt. Er schloß die Tür und drückte auf den Abwärts-Knopf.
Im Laboratorium im obersten Stockwerk schaute er auf den Kompressorpegel: er zeigte MAX NORM. Der Mönch schloß die Tür, zog seine Kutte aus, schüttelte den Staub heraus, hängte sie an einen Haken und saugte sie mit dem

Saugapparat ab. Dann trat er an das tiefe Chromstahlbecken am Ende des Labortisches, drehte den Kaltwasserhahn auf und ließ das Wasser bis zur 200-Krug-Marke ansteigen. Er steckte den Kopf hinein und wusch sich den Schmutz aus Bart und Haaren. Es war ein angenehmes, eiskaltes Gefühl. Tropfend und schnaubend schielte er zur Tür. Es war gerade jetzt ziemlich unwahrscheinlich, daß jemand hereinkäme. Er zog seine Unterhose aus, kletterte in das Becken und setzte sich mit einem fröstelnden Seufzer zurecht.

Plötzlich flog die Tür auf. Schwester Helene kam mit einem Tablett voll soeben ausgepackter Glasbehälter. Erschrocken sprang der Mönch in seiner Wanne auf die Füße.

»Bruder Joshua!« kreischte die Schwester, und ein halbes Dutzend gläserner Meßbecher zerklirrten auf dem Boden.

Der Mönch setzte sich mit einem Wasserschwall nieder, der den Raum überflutete. Schwester Helene gluckste, stotterte, quietschte, stieß das Tablett auf einen Labortisch und floh. Joshua schwang sich aus der Wanne und schlüpfte in seine Kutte, ohne sich die Mühe des Abtrocknens zu machen oder seine Unterhose anzuziehen. Als er zur Tür gelangte, war Schwester Helene schon nicht mehr im Korridor – vielleicht war sie schon nicht mehr im Gebäude und bereits auf dem Weg zur Kapelle der Schwestern weiter unten. Verärgert beeilte er sich, seine Arbeit zu beenden.

Er leerte den Saugapparat und schüttelte eine Staubprobe in ein Meßglas, trug das Meßglas zum Labortisch, setzte Kopfhörer auf und hielt das Meßglas in genauem Abstand von dem Detektor eines Strahlungsmessers, während er auf seine Uhr blickte und lauschte.

Der Kompressor besaß einen eingebauten Messer. Joshua drückte den Knopf mit der Bezeichnung RÜCKTASTE. Die wirbelnde Dezimalskala glitt auf Null zurück und begann erneut zu zählen. Nach einer Minute brach er ab und notierte das Ergebnis auf seinem Handrücken. Es handelte sich vorwiegend um reine Luft, die er gefiltert und komprimiert hatte; aber dennoch, da war ein Hauch von etwas anderem in ihr.

Er verschloß das Labor für diesen Nachmittag, stieg hinunter zu dem Büro im nächsten Stockwerk, schrieb die Messung auf eine Wandtafel, beäugte den verblüffenden Aufwärtstrend der Kurve, dann setzte er sich an seinen Schreibtisch und knipste das Videophon an. Er wählte nach dem Gefühl, seine Augen hingen immer noch an der verräterischen Wandkarte. Der Bildschirm wurde hell, der akustische Empfänger piepste, die Kamera richtete sich auf einem leeren Schreibtischstuhl scharf ein. Nach ein paar Sekunden glitt ein Mann auf den Stuhl und schaute in die Kamera.

»Abt Zerchi«, grunzte Abt Zerchi. »Ah, du bist's, Bruder Joshua. Ich wollte dich gerade anrufen. Hast du gebadet?«

»Ja, Vater Abt.«

»Du könntest wenigstens rot werden!«

»Ich bin's.«

»Na, gut, auf dem Bildschirm sieht man's nicht. Hör zu. Auf *dieser Seite* der Autobahn hängt direkt vor unserem Tor ein Schild. Du hast es natürlich bemerkt, nicht wahr? Darauf steht *Frauen! Achtung! Tretet hier nicht ein, oder –*, na und so weiter. Du hast das Schild doch bemerkt?«

»Sicher, Vater.«

»Nimm künftig deine Bäder auf *dieser* Seite, hinter dem Schild.«

»Bestimmt!«

»Kasteie dich, weil du das Schamgefühl der Schwester verletzt hast. Ich bin mir darüber im klaren, daß du keins besitzt. Hör mal, ich glaube, du kannst es nicht *einmal* fertigbringen, an dem Becken vorüberzugehen, ohne splitterfaserbabynackt hineinzuhüpfen und drin herumzuplantschen.«

»Wer hat Euch das gesagt, Vater Abt? Ich meine, ich habe doch bloß so meine Beine...«

»Ach, wirklich? Nun, gut. Warum hast du mich angerufen?«

»Ihr wünschtet, daß ich Spokane anrufe.«
»Ach, ja. Und hast du?«
»Ja.« Der Mönch kaute an einem Fetzchen vertrockneter Haut auf seinen vom Wind aufgesprungenen Lippen. Er zögerte verlegen. »Ich habe mit Vater Leone gesprochen. Sie haben es auch bemerkt.«
»Die zunehmenden Strahlungsmessungen?«
»Das ist noch nicht alles.« Er zögerte wieder. Er wollte es nicht gern sagen. Wenn man eine Tatsache mitteilte, schien sie stets mehr Wirklichkeit zu gewinnen.
»Nun?«
»Es hängt mit dieser seismischen Störung von vor ein paar Tagen zusammen. Es ist mit den Winden in der Stratosphäre aus jener Richtung gekommen. Wenn man alle Fakten zusammen betrachtet, hat es ganz den Anschein wie Fallout einer Zündung in mittlerer Höhe im Megatonnen-Bereich.«
»Ach!« seufzte Zerchi und bedeckte seine Augen mit der Hand. »*Luciferum ruisse mihi dicis?*«
»Ja, Vater Abt, ich fürchte, es war eine Atomwaffe.«
»Ein Fabrikunglück ist ausgeschlossen?«
»Ja.«
»Aber wenn Krieg wäre, würden wir's doch wissen. Ein ungesetzlicher Test? Aber das kann auch nicht sein. Wenn sie einen Test machen wollten, könnten sie ihn auf der erdabgewandten Seite des Mondes oder noch besser des Mars vornehmen, und man würde ihnen nicht draufkommen.«
Joshua nickte.
»Also, welche Schlußfolgerung bleibt noch?« fuhr der Abt fort. »Eine Machtdemonstration? Ein Erpressungsversuch? Ein Warnschuß vor den Bug?«
»Was anderes fiel mir auch nicht ein.«
»Immerhin erklärt das den Verteidigungsalarm. Andererseits war nichts in den Nachrichten, nur Gerüchte und Ausflüchte. Und ein tödliches Schweigen aus Asien.«
»Aber der Raketenstart *muß* doch von einem der Beobach-

tungssatelliten bemerkt worden sein. Außer – ich sage das höchst ungern, aber –, außer jemand hat eine Methode entdeckt, eine Rakete aus dem Raum auf die Erde zu schießen, an den Satelliten vorbei, die erst am Ziel entdeckt werden kann.«
»Ist das möglich?«
»Es ist davon gesprochen worden, Vater Abt.«
»Die Regierung weiß Bescheid. Die Regierung *muß* Bescheid wissen. Wenigstens ein paar von den Leuten. Und dennoch erfahren wir nichts. Wir werden vor der Hysterie geschützt. Bezeichnen die das nicht so? Wahnsinnige! Die Welt ist seit fünfzig Jahren in einem *gewohnheitsmäßigen* Krisenzustand. *Fünfzig?* Was sag ich. Es war ein Krisenzustand seit dem Anbeginn – aber ein halbes Jahrhundert war er nahezu unerträglich. Und *warum*, um Gottes willen? Was ist der grundlegende Störfaktor, die Essenz der Spannung? Ideologien? Wirtschaft? Bevölkerungsexplosion? Disparität von Kultur und Glaube? Frage ein Dutzend Experten, und du erhältst ein Dutzend verschiedene Antworten. Und nun, Luzifer. Wieder! Ist die menschliche Rasse eine Rasse von erblich Geisteskranken? Bruder? Wenn wir als Irrsinnige geboren werden, wo bleibt da noch die Hoffnung auf den Himmel? Durch den Glauben allein? Oder gibt es gar keine Hoffnung? Vergib mir, Gott, ich weiß nicht, was ich sage! Höre, Joshua –«
»Vater?«
»Sobald du mit deiner Arbeit fertig bist, komm hierher ... Dieses Radiogramm ... Ich mußte Bruder Patrick in die Stadt schicken und es übersetzen und auf regulärem Weg senden lassen. Ich möchte, daß du da bist, wenn die Antwort kommt. Weißt du, worum es sich handelt?«
Bruder Joshua schüttelte den Kopf.
»Quo peregrinatur grex.«
Der Mönch wurde ganz langsam bleich. »Soll also stattfinden, Vater?«
»Ich bin gerade dabei, herauszufinden, wieweit der Plan

gediehen ist. Erwähne es keinem gegenüber. Und natürlich bist du davon betroffen. Suche mich hier auf, wenn du fertig bist.«
»Gewiß, Vater.« – »*Chris'tecum.*«
»*Cum spiri'tuo.*«
Die Verbindung wurde abgebrochen, der Bildschirm wurde dunkel. Es war warm im Raum, doch Joshua fröstelte. Er schaute aus dem Fenster in das verfrühte staubdüstere Dämmerlicht. Er konnte nicht weiter sehen als bis zum Sturmzaun entlang der Autobahn, auf der die vorüberhastende Prozession von Lastwagenscheinwerfern wandernde Lichthöfe in den Staubdunst zeichnete. Nach einer Weile bemerkte er, daß jemand am Tor stand, dort wo die Straße sich zur Auffahrtrampe der Autobahn hin öffnete. Die Gestalt war undeutlich als Silhouette erkennbar, wenn die Scheinwerfer-Nordlichter vorüberhuschten. Joshua zuckte wieder fröstelnd zusammen.
Die Silhouette war ganz eindeutig die von Mrs. Grales. Kein anderer Mensch wäre bei so schlechten Sichtverhältnissen erkennbar gewesen, aber die Umrisse des Stoffbündels auf ihrer linken Schulter und die Art, wie ihr Kopf sich nach rechts neigte, machten das Ganze zu der einzigartigen Silhouette der Old Ma'am Grales. Der Mönch zog die Vorhänge vor das Fenster und machte Licht. Die Deformierung der alten Frau störte ihn nicht, stieß ihn nicht ab; die Welt war solchen genetischen Fehlfabrikaten und grimmigen Witzen der Chromosomen gegenüber desinteressiert geworden. Seine linke Hand wies immer noch eine feine Narbe auf, dort, wo man ihm in seiner Kindheit einen sechsten Finger wegoperiert hatte. Aber das Erbe des *Diluvium Ignis* war etwas, das er unter den gegebenen Umständen im Augenblick vergessen wollte, und Mrs. Grales war einer der auffallendsten Erben.
Er strich über einen Erdglobus, der auf seinem Tisch stand. Er setzte ihn in Bewegung, so daß der Pazifik und Ostasien an ihm vorbeiglitten. Wo? Wo genau? Er drehte den Glo-

bus rascher, versetzte ihm ab und zu kleine Hiebe, bis die Erde sich drehte wie ein Glücksrad, schneller und schneller, bis die Kontinente und Ozeane sich verwischten. *Faites votre jeu*, mein Herr, meine Dame: Wo? Er hielt den Globus abrupt mit dem Daumen an. Die Bank: Indien zahlt aus. Nehmen Sie ihren Gewinn, meine Dame. Die Weissagung war willkürlich. Wieder drehte er den Globus, bis die Axialbefestigung ratterte. »Tage« wischten vorüber als kürzeste Momente – im umgekehrten Sinn, bemerkte er plötzlich. Wenn Mutter Gaia sich genauso drehte, dann würden die Sonne und andere Drehkulissen im Westen aufgehen und im Osten unter. Die Zeit auf diese Weise umkehren? Sagte der Namensvetter meines Namensvetters: *Gehe nicht, o Sonne, gen Gabaon, noch du, o Mond, zum Tale* – ein hübscher Trick, fürwahr, und auch in jenen Tagen von Nutzen. *Kehr um, o Sonne, et tu, Luna, recedite in orbitas reversas*... Er wirbelte weiterhin den Globus im umgekehrten Sinn, als hoffte er, das Abbild der Erde besäße den Chronos der rückläufigen Zeit. Eine Drittelmillion Umdrehungen würde genügend Tage abrollen lassen, um bis ins *Diluvium Ignis* zurückzukehren. Besser wäre es, einen Motor zu benützen und bis zum Beginn des Menschen zurückzuspulen. Wieder hielt er den Globus mit dem Daumen an. Wieder war die Weissagung willkürlich.
Aber er blieb in seinem Arbeitszimmer, trödelte herum und fürchtete sich davor, »nach Hause« zu gehen. »Nach Hause«, das war nur jenseits der Autobahn in den Spukhallen der alten Gebäude, in deren Mauern noch immer Steine waren, die einst der zerborstene Zement einer Zivilisation gewesen waren, die vor achtzehn Jahrhunderten gestorben war. Die Autobahn zur alten Abtei hinüber zu überqueren, das war, wie wenn man ein Äon durchquerte. Hier in den neuen Aluminium- und Glasgebäuden war er ein Techniker an seinem Arbeitstisch, und Ereignisse waren nur Phänomene, die man nach ihrem *Wie* beobachtete, nicht nach ihrem *Warum*. Auf *dieser* Seite der Autobahn

war der Sturz Luzifers nur eine Schlußfolgerung, die man mit kalten arithmetischen Mitteln aus dem Ticken der Strahlungsmeßgeräte zog, aus dem plötzlichen Ausschlag eines Seismographen. Doch drüben, in der alten Abtei, hörte er auf, Techniker zu sein, dort war er ein Mönch Christi, ein Bücherschmuggler und Einpräger in der Gemeinschaft des heiligen Leibowitz. Dort drüben würde die Frage lauten: »Warum, o Herr, warum?« Aber die Frage war ja bereits gestellt, und der Abt hatte gesagt: »Suche mich auf!«
Joshua griff nach seinem Stab und machte sich daran, dem Befehl seines Herrn Folge zu leisten. Um nicht Mrs. Grales zu begegnen, benützte er den Fußgängertunnel; jetzt war nicht die rechte Zeit für ein freundliches Schwätzchen mit der zweiköpfigen alten Tomatenfrau.

25 Der Deich der Geheimhaltung war durchbrochen. Mehrere furchtlose Deichwächter wurden von der wilden Flut hinweggespült; die Flut spülte sie direkt aus Texarkana fort und auf ihre Landgüter, wo sie für Kommentare unzugänglich wurden. Andere blieben auf ihrem Posten und versuchten unerschütterlich, neue Lecks zu verstopfen. Doch der Niederschlag bestimmter Isotope im Wind bewirkte ein weltweites Schlagwort, man flüsterte es an Straßenecken und schrie es in den balkendicken Überschriften der Zeitungen: LUZIFER IST GEFALLEN!
Der Verteidigungsminister, in makelloser Uniform, perfektem Make-up und mit ungetrübter Gleichmütigkeit, stellte sich wieder einmal der Journalistenclique; diesmal wurde die Pressekonferenz per Fernsehen im Gebiet der ganzen Christlichen Koalition verbreitet.

WEIBLICHER REPORTER: Euer Lordschaft wirken erstaunlich ruhig angesichts der Tatsachen. Zwei Verletzungen des internationalen Gesetzes, und beide nach Vertragstext als kriegerische Akte zu bezeichnen, sind vor kurzem geschehen. Ist das Kriegsministerium dadurch denn überhaupt nicht beunruhigt?

VERTEIDIGUNGSMINISTER: Madam, wie Sie ganz gut wissen, haben wir hier kein *Kriegs*ministerium, wir haben ein *Verteidigungs*ministerium. Und soviel mir bekannt ist, hat sich nur *eine* Verletzung des internationalen Rechts ereignet. Würden Sie mich mit der zweiten vertraut machen?

WEIBLICHER REPORTER: Mit welcher sind Sie denn *nicht* vertraut – der Katastrophe in Itu Wan oder dem Warnschuß über dem Südpazifik?

VERTEIDIGUNGSMINISTER *(plötzlich streng):* Sicherlich beabsichtigt Madam keinen landesverräterischen Akt, doch Ihre Frage scheint die absolut unrichtigen asiatischen Beschuldigungen ernstzunehmen, ja sie sogar zu unterstützen, wonach das sogenannte Itu-Wan-Unglück das Resultat eines Atomwaffentests unsererseits und nicht der anderen Seite sei!

WEIBLICHER REPORTER: Und wenn das so ist, dann ersuche ich Sie, mich ins Gefängnis werfen zu lassen. Meine Frage beruht auf einem Bericht aus den nahöstlichen Neutralstaaten, der besagte, das Itu-Wan-Unglück sei die Folge eines Atomtests der Asiaten, eines unterirdischen Tests, der schiefging. Im gleichen Bericht steht, daß der Itu-Wan-Test von unseren Satelliten beobachtet wurde und sofort durch einen Warnschuß mit einer Weltraum-Erde-Rakete beantwortet wurde, die südöstlich von Neuseeland aufschlug. Aber da Sie es gerade vorschlugen: *war* die Itu-Wan-Katastrophe denn nun ebenfalls ein Ergebnis eines Atomwaffen-Tests unsererseits?

VERTEIDIGUNGSMINISTER *(mit erzwungener Geduld):* Ich habe volles Verständnis für den journalistischen Wunsch nach Objektivität. Aber zu unterstellen, daß die Regierung Seiner Herrlichkeit bewußt Verträge verletzen würde, die...

WEIBLICHER REPORTER: Seine Herrlichkeit ist ein elfjähriger Junge, und diese Regierung *seine* Regierung zu nennen ist nicht nur altmodisch, sondern auch ein höchst gemeiner – um nicht zu sagen billiger – Versuch, die Verantwortung für ein klares und eindeutiges Dementi von Ihrem Ministerium abzuwälzen ...
MODERATOR: Madam! Bitte mäßigen Sie Ihren Ton ...
VERTEIDIGUNGSMINISTER: Lassen Sie nur! Lassen Sie! Madam, ich gebe Ihnen hiermit mein eindeutiges Dementi, wenn Sie diese absurden Beschuldigungen ernst nehmen. Die sogenannte Itu-Wan-Katastrophe war nicht das Ergebnis eines Atomwaffen-Tests unserer Seite, noch habe ich Kenntnis von irgendwelchen anderen Kernzündungen in der letzten Zeit.
WEIBLICHER REPORTER: Ich danke Ihnen.
MODERATOR: Ich glaube, der Chefredakteur vom *Texarkana Star-Insight* wollte etwas sagen.
CHEFREDAKTEUR: Danke! Ich möchte Euer Lordschaft fragen: Was *ist* denn nun wirklich in Itu Wan passiert?
VERTEIDIGUNGSMINISTER: Wir haben keine Staatsangehörige in diesem Gebiet; wir haben keine Beobachter mehr dort stationiert seit dem Abbruch der diplomatischen Beziehungen während der letzten Weltkrise. Ich kann mich also nur auf indirekte Beweise berufen und auf die ein wenig widersprüchlichen Nachrichten aus den neutralistischen Ländern.
CHEFREDAKTEUR: Das ist verständlich.
VERTEIDIGUNGSMINISTER: Schön, also ich nehme an, es gab eine unterirdische Kernexplosion – im Megatonnenbereich –, und sie geriet außer Kontrolle. Ob es ein Atomgeschoß war oder – wie einige der »neutralen« Randstaaten Asiens behaupten – ein Versuch, einen unterirdischen Fluß umzuleiten – es war schlichtweg illegal, und die angrenzenden Staaten bereiten eine Protestnote beim Weltgerichtshof vor.
CHEFREDAKTEUR: Besteht Kriegsgefahr?

VERTEIDIGUNGSMINISTER: Ich sehe keine. Aber wie Sie wissen, bestimmte Truppen unserer Armee können vom Weltgerichtshof einberufen werden, um im Ernstfall die Entscheidungen des Gerichts durchzusetzen. Ich sehe keinen solchen Ernstfall, aber ich kann natürlich nicht für den Weltgerichtshof sprechen.
ERSTER REPORTER: Aber die Asiatische Koalition hat mit einem sofortigen Gesamtschlag gegen alle unsere Weltrauminstallationen gedroht, wenn der Gerichtshof keine Aktionen gegen *uns* unternimmt. Was geschieht, wenn das Gericht seine Entscheidung verzögert?
VERTEIDIGUNGSMINISTER: Es ist kein Ultimatum überreicht worden. Die Drohung ist für den Hausgebrauch in den Ländern der Asiatischen Koalition, so wenigstens sehe ich es, um ihren Reinfall in Itu Wann zu kaschieren.
WEIBLICHER REPORTER: Und wie ist Ihr unerschütterlicher Glaube an die Mutterschaft heute, Lord Ragelle?
VERTEIDIGUNGSMINISTER: Ich hoffe, die Mutterschaft hat zumindest soviel unerschütterlichen Glauben an mich wie ich an die Mutterschaft.
WEIBLICHER REPORTER: O ich bin sicher, Sie verdienen wenigstens soviel.

Die Pressekonferenz, die über den Relais-Satelliten zweiundzwanzigtausend Meilen über der Erde ausgestrahlt wurde, badete einen Großteil der westlichen Hemisphäre in das Flimmern der Ultrakurzwellen-Signale und brachte die Kunde auf die wandgroßen Schimmerschirme der Massen. Einer von den Massen, Dom Zerchi, Abt, schaltete sein Gerät ab.
Eine Weile schritt er auf und ab, wartete auf Joshua und versuchte, nicht zu denken. Aber nicht zu denken erwies sich als unmöglich.
Hör mal, sind wir denn hilflos? Sind wir verdammt, es wieder und wieder und wieder zu tun? Haben wir keine andere Wahl, als Phönix zu spielen in einer endlosen Kette

von Aufstiegen und Stürzen? Assyrien, Babylon, Ägypten, Griechenland, Karthago, Rom, das Reich Karls des Großen und der Türken. Zu Staub zermahlen und mit Salz gepflügt. Spanien, Frankreich, Britannien, Amerika – zu Vergessen verbrannt in Jahrhunderten. Und wieder und wieder und wieder.
Sind wir dazu verdammt, Herr, ans Pendel unserer eigenen wahnsinnigen Uhrkonstruktion gekettet, unfähig, es aufzuhalten?
Diesmal wird es uns vollkommen ins Nichts schleudern, dachte er.
Doch seine Verzweiflung verschwand mit einem Schlag, als Bruder Pat ihm das zweite Telegramm brachte. Der Abt riß den Umschlag auf, überflog den Text mit einem Blick und kicherte. »Ist Bruder Joshua schon da, Bruder?«
»Er wartet draußen, Ehrwürdiger Vater.«
»Schick ihn rein!«
»Hallo, Bruder Joshua, mach die Tür zu und schalt den Schalldämpfer ein. Dann lies das da.«
Joshua schielte auf das erste Telegramm. »Antwort aus New Rome?«
»Heute morgen gekommen. Aber mach erst den Schalldämpfer an. Wir haben was zu besprechen.«
Joshua schloß die Tür und knipste einen Wandschalter an. Versteckte Lautsprecher erhoben ein kurzes Protestgequietsche. Dann schien sich die Akustik im Raum plötzlich zu verändern.
Dom Zerchi winkte ihm zu, er solle auf einem Stuhl Platz nehmen, und dann las Joshua schweigend das erste Telegramm.
»... keinerlei Aktion Ihrerseits im Zusammenhang mit *Quo peregrinatur grex* ...«, las er laut.
»Solang das Ding an ist, mußt du brüllen«, sagte der Abt und deutete auf den Schalldämpfer. »Was hast du gesagt?«
»Ich habe nur laut gelesen. Also ist der Plan aufgehoben?«
»Du brauchst gar nicht so erleichtert auszusehen. *Das ist*

heute morgen gekommen. Aber *das* da ist *gerade eben* gekommen.«
Der Abt schob ihm das zweite Telegramm hin.

FRÜHERE NACHRICHT VON DIESEM DATUM UNGÜLTIG. »QUO PEREGRINATUR« AUF WUNSCH DES HEILIGEN VATERS SOFORT WIEDER AUFNEHMEN. TEAM DARAUF VORBEREITEN DASS INNERHALB VON DREI TAGEN AUFBRUCHBEREIT. BESTÄTIGUNGSTELEGRAMM ABWARTEN EHE AUFBRUCH. LÜCKEN IN TEAM-ORGANISATION MITTEILEN. MIT AUFTRAGSGEMÄSSER VERWIRKLICHUNG DES PLANS BEGINNEN. ERIC KARDINAL HOFFSTAFF, PÄPSTL. VIKAR. EXTRATERR. PROVINCIAE

Bruder Joshuas Gesicht wurde bleich. Er legte das Telegramm auf den Schreibtisch zurück, lehnte sich tiefer in den Sessel und preßte die Lippen fest aufeinander.
»Du weißt, was *Quo peregrinatur* bedeutet?«
»Ich weiß, *was* es ist, aber nicht genau.«
»Also, angefangen hat es mit einem Plan, nach dem ein paar Priester mit einer Kolonistengruppe nach Alpha Centauri gehen sollten. Aber das hat nicht geklappt, weil man Bischöfe haben muß, um neue Priester zu ordinieren. Und dann hätte man nach der ersten Kolonistengeneration weitere Priester senden müssen und so weiter. Die ganze Frage schrumpfte zusammen zu einem Streit darüber, ob die Kolonien Bestand haben würden und ob man, wenn ja, Vorsorge treffen solle, die apostolische Nachfolge auf den Kolonisationsplaneten ohne Nachschub von der Erde sicherzustellen. Du verstehst, was das bedeuten würde?«
»Mindestens drei Bischöfe mitschicken, nehme ich an.«
»Genau. Und das erschien ein bißchen lächerlich. Die Kolonistengruppen waren alle ziemlich klein. Aber während der letzten Weltkrise ist aus *Quo peregrinatur* ein Notstandsplan geworden, um die Ewigkeit der Kirche auf Kolonisationsplaneten zu garantieren, falls hier auf der Erde das Schlimmste einträte. Wir haben ein Raumschiff.«

»Ein interstellares?«
»Drunter tun wir's nicht. Und wir haben auch die Mannschaft, die damit umgehen kann.«
»Wo?«
»Wir haben sie hier am Platze.«
»Hier in der Abtei? Aber wer . . .?« Joshua brach ab. Sein Gesicht wurde noch grauer als zuvor. »Aber, Vater, ich habe doch nur Erfahrungen mit Körpern in Erdumlaufbahn, nicht mit interstellaren Schiffen! Ehe Nancy starb und ich zu den Zisterzi . . .«
»Weiß ich alles. Aber wir haben welche mit interstellarer Erfahrung. Und du kennst sie ja. Und es gibt sogar Witze über die große Zahl von ehemaligen Astronauten, die sich zu unserem Orden berufen fühlen. Das ist natürlich kein Zufall. Und du erinnerst dich doch sicher, wie man dich über deine Erfahrungen im Raum ausgefragt hat, als du aufgenommen werden wolltest?«
Joshua nickte.
»Dann erinnerst du dich auch, daß man dich nach deiner Bereitschaft gefragt hat, wieder hinauszugehen in den Weltraum, wenn der Orden dich bäte, das zu tun.«
»Ja.«
»Dann kannst du auch nicht ganz ohne Ahnung gewesen sein, daß du unter Vorbehalt für *Quo peregrinatur* bestimmt warst, falls es jemals dazu kommen sollte?«
»Ich denke – ich-ich fürchtete, daß dem so ist, Vater Abt.«
»Fürchtete?«
»*Hatte den Verdacht*, würde eher stimmen. Fürchtete auch, ein bißchen, weil ich immer gehofft hatte, ich könnte den Rest meines Lebens im Orden zubringen.«
»Als Priester?«
»Das, also das ist noch nicht entschieden.«
»*Quo peregrinatur* bedeutet nicht die Entbindung von deinen Gelübden noch, daß du den Orden verläßt.«
»Der Orden geht ebenfalls?«
Zerchi lächelte. »Und die Memorabilien mit ihm.«

»Der ganze Packen und ... Ach, Ihr meint auf Mikrofilm. Wohin?«
»Die Centaurus-Kolonie.«
»Und wie lange würden wir fort sein, Domne?«
»Wenn ihr geht, dann werdet ihr nie zurückkommen.«
Der Mönch atmete schwer ein und starrte auf das zweite Telegramm, ohne es wirklich wahrzunehmen. Er kratzte sich den Bart und schien verwirrt zu sein.
»Drei Fragen«, sagte der Abt. »Gib mir jetzt noch keine Antwort, aber überlege sie dir jetzt schon und überlege sie dir gut. Erstens: bist du bereit zu gehen? Zweitens: fühlst du dich zum Priester berufen? Drittens: bist du bereit, die Gruppe anzuführen? Und mit *bereit,* da meine ich nicht: ›bereit nach dem Gehorsamkeitsgelübde‹; ich meine enthusiastisch oder bereit, enthusiastisch zu werden. Denk darüber nach. Du hast drei Tage Zeit, dich zu entscheiden. Vielleicht weniger.«

Der moderne Fortschritt hatte an den Gebäuden und auf dem Gelände des alten Klosters nur wenige Schlachten gewonnen. Um die alten Bauten gegen die anmaßenden Übergriffe einer ungeduldigeren Architektur zu schützen, hatte man Anbauten außerhalb der Mauern und Zusatzgebäude sogar jenseits der Autobahn errichtet – und dies zuweilen auf Kosten der Bequemlichkeit. Das alte Refektorium war preisgegeben worden, weil es ein durchsackendes Dach besaß, und so mußte man, um zum neuen Refektorium zu gelangen, zwangsläufig die Autobahn überqueren. Diese Unbequemlichkeit wurde ein wenig gemildert durch eine gewölbte Fußgängerpassage, durch die die Klosterbrüder täglich zu ihren Mahlzeiten gingen.
Jahrhundertealt, aber erst kürzlich verbreitert, stellte die Autobahn die gleiche Straße dar, die schon die heidnischen Armeen benutzt hatten, die Pilger, Bauern, Eselkarren, Nomaden, die wilden Reiterscharen aus dem Osten, Artillerie, Panzer und Zehntonner-Lastwagen. Der Verkehr auf

ihr rauschte oder schlich oder tröpfelte, je nach der Jahreszeit und je nach dem Jahrhundert. Schon einmal, vor langer, langer Zeit, hatte es sechs Spuren und Roboterfahrzeuge gegeben. Dann hatte der Verkehr ganz aufgehört, die Betondecke war aufgebrochen, und in den Rissen wuchs nach gelegentlichen Regenfällen spärliches Gras. Staub legte sich über die Straße. Wüstenbewohner hatten sich die zerborstenen Betonplatten geholt und ihre Schuppen und Schutzwälle damit gebaut. Die Erosion machte aus der Straße einen Wüstenpfad in der Wildnis. Doch jetzt gab es wieder sechs Fahrspuren und Roboterfahrzeuge wie vorher.
»Wenig Verkehr heut nacht«, bemerkte der Abt, als sie aus dem alten Haupttor traten. »Schmuggeln wir uns oben rüber. Dieser Tunnel ist zum Ersticken nach einem Sandsturm. Oder hast du keine Lust, dich zwischen den Bussen durchzuschlängeln?«
»Gehn wir«, stimmte Bruder Joshua zu.
Schwerbeladene Lastwagen mit schwachen Scheinwerfern (die einzig der Warnung dienten) rasten rücksichtslos mit singenden Reifen und heulenden Turbinen vorüber. Ihre Scheibenantennen beobachteten die Straße, ihre Magnetfühler tasteten sich die Stahlstreifen im Straßenbett entlang, und so wurden sie eilig über den rosafarbenen geölten Betonfluß vorwärtsgeleitet. Ökonomische Blutkörperchen in einer Arterie der Menschheit, rasten die Ungetüme achtlos an den zwei Mönchen vorbei, die von Spur zu Spur zwischen ihnen durchrutschten. Wenn man von einem der Laster erwischt worden wäre, dann hätte das bedeutet, von einer unendlichen Reihe von Lastwagen überfahren zu werden, bis endlich ein Sicherheitswagen den plattgewalzten Abdruck eines Menschen finden und anhalten würde, um ihn zu beseitigen. Die Abtastmechanismen der automatischen Steuerung waren besser dafür ausgerüstet, metallische als Körper aus Fleisch und Knochen zu entdecken.
»Das war ein Fehler«, sagte Joshua, als sie den Mittelstrei-

fen erreicht hatten und stehenblieben, um wieder zu Atem zu kommen. »Seht, wer da drüben steht!«
Der Abt spähte einen Moment lang hinüber, dann schlug er sich die Hand vor die Stirn. »Mrs. Grales! Das hab ich ja völlig vergessen! Das ist ja ihre Nacht heute, um mich festzunageln. Sie hat ihre Tomaten an die Küche der Schwestern verkauft, und nun ist sie wieder hinter mir her!«
»Hinter Euch? Sie war schon gestern abend hier und vorgestern auch. Ich hab mir gedacht, sie wartet vielleicht darauf, von einem Auto mitgenommen zu werden. Was will sie denn von Euch?«
»Ach, nichts Besonderes. Sie hat die Schwestern mit dem Tomatenpreis übers Ohr gehauen, und jetzt will sie mir den Mehrbetrag für die Armen spenden. Es ist ein kleines Ritual. Und ich habe nichts *dagegen*. Aber was danach kommt, das ist schlimm. Na, du wirst ja sehen.«
»Sollen wir umkehren?«
»Und sie beleidigen? Unsinn. Sie hat uns ja schon entdeckt. Komm nur!«
Sie stürzten sich wieder in den dünnen Strom der Lastwagen.
Die zweiköpfige Frau und ihr sechsbeiniger Hund warteten mit einem leeren Gemüsekorb am neuen Tor; die Frau sang leise auf den Hund ein. Vier der Beine des Hundes waren gesund, aber ein drittes Paar baumelte nutzlos von seiner Schulter. Und was die Frau betraf, so war ihr zweiter Kopf ebenso nutzlos wie die zwei Beine des Hundes. Es war ein schmaler Kopf, der Kopf eines Cherubs, aber er hatte noch nie die Augen aufgetan. Er schien nicht am Atmen oder an der Intelligenz der Frau beteiligt zu sein. Er baumelte nutzlos von der Schulter, er war blind, taub, stumm und führte nur eine Art vegetatives Leben. Vielleicht besaß der Kopf gar kein Gehirn, denn es gab kein Anzeichen von selbständigem Bewußtsein oder Persönlichkeit an ihm. Das andere Gesicht der Frau war gealtert, verwittert, aber der überflüssige Kopf bewahrte seine kindlichen Züge, obwohl

der Sandwind und die Wüstensonne sie verhärtet und gebräunt hatten.
Die alte Frau knickste, als sie näher kamen, und ihr Hund wich knurrend ein paar Schritte zurück. »N'Abend, Vater Zerchi«, quäkte sie, »n recht schön'n guten Abend Euch – un Euch, Bruder.«
»Ach, Mrs. Grales, wie geht's?«
Der Hund bellte, seine Haare sträubten sich, er begann einen rasenden Tanz mit Scheinattacken auf die Knöchel des Abts, die Zähne gebleckt, als wolle er zubeißen. Sofort schlug Mrs. Grales mit dem Gemüsekorb nach dem Hund. Die Hundezähne verbissen sich in dem Korb; der Hund griff seine Herrin an, sie hielt ihn sich mit dem Korb vom Leibe, und nach ein paar laut klatschenden Hieben zog sich der Hund schließlich zurück und hockte sich knurrend am Tor nieder.
»Priscilla hat ja eine heitere Laune«, bemerkte der Abt freundlich. »Kriegt sie Junge?«
»Bitte um Vergebung, Euer Ehrens«, sagte Mrs. Grales, »aber 's is nich dem Hund sein Zustand als künftige Mutter, was sie so wütend macht, der Teufel soll sie braten! Es is der Kerl, was mein Mann is. Er hat se verhext, den armen Köter, hat er – aus Spaß am Hexen, und nu isse änxlich vor allem. Ich bitte Euer Ehrens um Vergebigung für dem Hund seine Ungezochenheit.«
»Schon gut, Mrs. Grales. Na dann, gute Nacht, Mrs. Grales.«
Aber es sollte nicht so leicht sein, zu entkommen. Sie erwischte den Abt am Ärmel und lächelte ihn mit ihrem zahnlosen, unwiderstehlichen Lächeln an.
»Ein Minütchen, Vater, nur'n ganz kleines Minütchen für'n altes Tomatenweib, wenn Ihr's machen könnt.«
»Natürlich, sicher! Ich freue mich...«
Joshua grinste seitlich zu dem Abt hinüber und begab sich dann zu dem Hund, um mit ihm Verhandlungen über das Wegerecht anzustellen. Der Hund Priscilla beäugte ihn mit offenkundiger Verachtung.

»Hier, Vater, hier«, hörte er Mrs. Grales sagen. »Hier, nehmt 'ne Kleinigkeit für Eure Kasse ...« In Vater Zerchis Protest hinein klapperten Münzen. »Nein, so nehmt doch, nehmt davon«, die Stimme bestand darauf. »Oh, ich weiß ja, was Ihr immer sagt, verflixt! Aber ich bin nich so arm, als wie daß Ihr vleicht von mir denkt! Un Ihr tut Gutes! Un wenn Ihr's nich nehmt von mir, dann holt's dieser Schitkerl von mein Mann wech un macht sein Teufelskram damit. Hier ... ich hab meine Tomaten verkauft, un ich hab dafür gekriegt, was ich verlangt hab, fast, und ich hab gekauft, was ich für 'ne Woche brauch, un sogar 'ne Spieluhr für Rachel. Ich möcht, daß Ihr was nehmt. Hier!«
»Es ist sehr freundlich von ...«
»*Rrrrammpf!*« Die Stimme vom Tor war gebieterisch. »Rrrammpf! Rrrauff! Rrrauff! Rrrrrrauff!« Danach folgte eine Reihe von kläffenden und winselnden Tönen, und dann wandte sich Priscilla jaulend zur Flucht.
Joshua kam zurück, die Hände in seine Ärmel gesteckt.
»Bist du verletzt, Junge?«
»Rrrrammpf!« sagte der Mönch.
»Was um alles in der Welt hast du mit ihr angestellt?«
»Rrrrammpf!« wiederholte Bruder Joshua. »Rrrauff! Rrrauff!« Dann erklärte er: »Priscilla glaubt an Werwölfe. Das Jaulen kam von ihr. Wir können jetzt durchs Tor gehen.«
Der Hund war verschwunden, doch Mrs. Grales packte noch einmal den Ärmel des Abtes. »Nur noch'n Minütchen für mich, Vater, un dann halt ich Euch nich länger mehr auf. S'is wegen Klein Rachel, daß ich Euch sprechen wollt. Da is die Taufe un die Segnung, un ich wollt Euch fragen, ob Ihr mir die Ehre –«
»Mrs. Grales«, unterbrach der Abt sie milde, »gehen Sie zu dem Priester Ihrer Pfarrgemeinde. Er sollte sich um diese Sachen kümmern, nicht ich. Ich habe keine Pfarrei – nur das Kloster. Sprecht mit Vater Selo von Sankt Michael. Unsere Kirche hat ja nicht mal ein Taufbecken. Und

Frauen sind gar nicht zugelassen, außer auf der Empore...«

»Die Kapelle der Schwestern hat 'nen Taufstein, und Frauen dürfen...«

»Es ist Vater Selos Angelegenheit, nicht meine. Es muß in Ihrer eigenen Pfarrgemeinde aufgeschrieben werden. Nur im Notfall dürfte ich...«

»Jawoll. Jawoll, das weiß ich, aber ich bin bei Vater Selo gewesen. Ich hab Rachel in seine Kirche gebracht, un der Narr hat se nich mal angefaßt.«

»Er weigerte sich, Rachel zu taufen?«

»Genau das hatter gemacht, der Narr.«

»Sie sprechen von einem Priester, Mrs. Grales, und er ist kein Narr, ich kenne ihn gut. Er muß Gründe für seine Weigerung haben. Wenn Sie mit seinen Gründen nicht zufrieden sind, dann sprechen Sie mit einem anderen Priester – aber nicht mit einem Ordensgeistlichen. Gehen Sie zum Pfarrer von Sankt Maisie, vielleicht...«

»Jawoll! Un das hab ich auch schon gemacht...« Sie stürzte sich in eine Rede, die eine ausgedehnte Aufzählung ihrer Strategie zugunsten der ungetauften Rachel zu werden versprach. Die beiden Mönche hörten ihr zu, geduldig zunächst, dann aber, während er die Frau ansah, ergriff Joshua plötzlich den Arm des Abtes, direkt über dem Ellbogen; seine Finger preßten immer stärker, bis der Abt sich vor Schmerz wand und die Finger mit seiner andern Hand wegriß.

»Was *tust* du denn!« keuchte er, doch dann sah er das Gesicht Joshuas. Die Augen hafteten auf der alten Frau, als wäre sie ein Basilisk. Zerchi folgte dem Blick, aber er sah nichts Ungewöhnlicheres als sonst auch: der zweite Kopf war halb hinter einer Art Schleier versteckt, aber Bruder Joshua hatte doch *das* sicherlich oft genug gesehen.

»Es tut mir leid, Mrs. Grales«, fiel Zerchi ihr ins Wort, sobald sie außer Atem geriet. »Ich muß nun wirklich gehen. Ich werde Ihnen was sagen: ich werde Vater Selo Ihret-

wegen anrufen. Aber mehr kann ich nicht tun. Ich sehe Sie ja bald wieder, nicht wahr?«
»Dann bedank ich mich halt vielmals, und Vergebigung, daß ich Euch aufgehalten hab.«
»Gute Nacht, Mrs. Grales.«
Sie traten durchs Tor und gingen auf das Refektorium zu. Joshua hämmerte mehrmals seinen Handballen gegen die Schläfe, als wolle er damit etwas an den rechten Platz zurückschütteln.
»Warum hast du sie denn so angestarrt?« fragte der Abt.
»Ich fand das ziemlich ungezogen.«
»Habt Ihr es denn nicht bemerkt?«
»Bemerkt? Was?«
»Dann *habt* Ihr es nicht bemerkt. Also ... es ist nicht so wichtig. Aber sagt mir, wer ist Rachel? Und warum tauft man das Kind nicht? Ist es eine Tochter von Mrs. Grales?«
Abt Zerchi lächelte ohne eine Spur von Humor. »Das behauptet jedenfalls Mrs. Grales. Aber es bestehen einige Zweifel, ob Rachel ihre Tochter, ihre Schwester – oder nur ein Auswuchs ist, der aus ihrer Schulter kommt.«
»Dann ist Rachel – *ihr zweiter Kopf?*«
»Brüll nicht so. Sie kann uns noch hören.«
»Und sie will *das* taufen lassen?«
»Ja, und ziemlich rasch, nicht? Es scheint eine fixe Idee bei ihr zu sein.«
Joshua fuchtelte mit den Armen. »Wie entscheiden *sie* solche Fälle?«
»Ich weiß es nicht, und ich will es nicht wissen. Ich bin dem Himmel nur dankbar, daß nicht ich es bin, der es entscheiden muß. Wenn es einfach ein Fall von siamesischen Zwillingen wäre, dann hätte es überhaupt keine Schwierigkeit. Aber es sind keine siamesischen Zwillinge. Die Oldtimer sagen, daß Rachel bei der Geburt von Mrs. Grales noch nicht vorhanden war.«
»Ein Bauernmärchen!«
»Möglich. Aber ein paar sind bereit, das unter Eid aus-

zusagen. Wie viele Seelen hat ein altes Weiblein mit einem zweiten Kopf – einem Kopf, der einfach ›nachgewachsen‹ ist? Solche Geschichten verursachen Magengeschwüre in den höheren Rängen, mein Sohn. Aber nun sage mir, was du bemerkt hast? Warum hast du sie so angestarrt und versucht, mir meinen Arm zu brechen?«
Es dauerte eine Weile, bis der Mönch antwortete. »Es hat mich angelächelt«, sagte er schließlich.
»*Was* hat dich angelächelt?«
»Ihr Extra – hm – Rachel. Sie lächelte. Ich hatte das Gefühl, sie würde aufwachen.«
Der Abt hielt ihn an der Refektoriumstür zurück und betrachtete ihn neugierig.
»Sie hat gelächelt«, wiederholte Joshua sehr ernst.
»Das hast du dir eingebildet.«
»Ja, mein Vater.«
»Dann mach auch ein Gesicht danach.«
Bruder Joshua versuchte es. »Ich kann nicht«, gestand er.
Der Abt steckte die Münzen der alten Frau in den Opferstock für die Armen. »Gehen wir hinein«, sagte er.

Das neue Refektorium war funktional, es besaß Chromstahlmöbel, war nach akustischen Gesichtspunkten maßgeschneidert und mit bakteriziden Lampen ausgestattet. Verschwunden waren die rauchgeschwärzten Mauern, die Talglampen, die hölzernen Schüsseln und die im Keller ausgereiften Käse. Abgesehen von der kreuzförmigen Anordnung der Tische und einer Reihe von Bildern an einer Wand glich der Raum einer Fabrikskantine. Die Atmosphäre war verändert, wie sich die Atmosphäre der ganzen Abtei geändert hatte. Nach endlosen Anstrengungen, die die Mönche unternommen hatten, um die kulturellen Reste einer lang schon toten Zivilisation zu bewahren, hatten sie die Geburt einer neuen und mächtigeren Zivilisation miterlebt. Die alten Aufgaben waren erfüllt; neue wurden gefunden. Die Vergangenheit wurde ehrfurchtsvoll in Glaskästen

ausgestellt, doch sie war nicht länger gegenwärtig. Der Orden paßte sich dem Lauf der Zeiten an, der Ära von Uran und Stahl und flammenden Raketen und dem Grollen der Schwerindustrie und dem hohen dünnen Pfeifen der Interstellar-Triebwerke. Der Orden paßte sich an – wenigstens äußerlich.
»*Accedite ad eum*«, intonierte der Vorleser.
Die Mönche in ihren Kutten standen während der Lesung unruhig an ihren Plätzen. Noch war das Essen nicht aufgetragen worden, auf den Tischen standen noch keine Schüsseln und Teller. Das Abendessen war verzögert worden. Der Organismus, diese Gemeinschaft, deren Zellen Männer waren, deren Leben durch siebzig Generationen geflossen war, schien an diesem Abend gespannt zu sein, schien eine falsche Note zu hören, schien zu spüren – durch die Verwachsenheit in der Gemeinschaft –, was nur einigen wenigen bekannt war. Dieser Organismus lebte als ein Körper, betete und arbeitete als ein Körper, und zuweilen schien er ein vages Bewußtsein zu besitzen, einen Verstand, der die einzelnen Glieder erfüllte und mit sich selbst und den andern in der *lingua prima*, der Babysprache der Species, flüsterte. Vielleicht war die Spannung aufgrund der schwachen Zisch- und Grollgeräusche der Versuchsraketen auf den fernen Abwehrraketenrampen ebenso gewachsen wie durch die unerwartete Verzögerung des Abendessens.
Der Abt klopfte ruhegebietend, dann winkte er seinen Prior, Vater Lehy, zum Lesepult. Der Prior wirkte einen Augenblick lang, als habe er Schmerzen, dann begann er zu sprechen.
»Wir alle beklagen die Notwendigkeit«, sagte er am Ende, »die uns zwingt, die Ruhe des kontemplativen Lebens durch Nachrichten aus der Welt draußen zu stören. Doch wir müssen uns auch daran erinnern, daß wir hier sind, um für die Welt und ihr Heil zu beten, genauso wie für unser eigenes. Und gerade jetzt könnte die Welt Gebete gut gebrauchen.« Er hielt ein und schaute zu Zerchi hinüber.

Der Abt nickte.
»Luzifer ist gefallen«, sagte der Prior und schwieg. Er stand da und blickte auf das Lesepult nieder, als hätte ihn plötzlich der Schlag getroffen.
Zerchi erhob sich. »Das ist die Schlußfolgerung von Bruder Joshua, nebenbei gesagt«, brach er in die Stille. »Der Regentschaftsrat der Atlantischen Konförderation hat nichts Nennenswertes von sich gegeben. Das Herrscherhaus hat kein Bulletin veröffentlicht. Wir wissen wenig mehr, als wir gestern wußten, außer daß der Welt-Gerichtshof sich zu einer Notstandssitzung getroffen hat und daß die Leute von der Inneren Verteidigung ziemlich heftige Tätigkeit entwickeln. Wir haben einen Verteidigungsalarm, und auch wir hier sind davon betroffen, aber seid nicht beunruhigt. Vater...?«
»Danke, Domne«, sagte der Prior. Er schien seine Stimme wiederzugewinnen, als Dom Zerchi sich gesetzt hatte. »Also, der Verehrungswürdige Vater Abt hat mich gebeten, folgendes zu verkünden:

Erstens: für die nächsten drei Tage werden wir das Kleine Offizium von der Muttergottes vor der Matutin singen und sie um ihre Fürsprache für den Frieden anflehen.
Zweitens: allgemeine Instruktionen zur Zivilverteidigung im Falle eines Schlags aus dem Weltraum oder eines Raketenangriff-Alarms liegen zur Verfügung auf dem Tisch beim Eingang. Jeder nimmt eins. Wenn ihr's gelesen habt, lest es noch mal.
Drittens: für den Fall, daß ein Angriff-Alarm ertönt, melden sich die folgenden Brüder sofort im Hof der alten Abtei zum Empfang besonderer Instruktionen. Wenn keine Warnung erfolgt, melden sich diese Brüder trotzdem am gleichen Ort am Tag nach morgen früh und zwar direkt nach der Matutin und den Laudes. Die Na-

men: Bruder Joshua, Bruder Christopher, Agustin, James, Samuel ...«

Die Mönche hörten in gespannter Stille zu, sie verrieten keinerlei Gemütsbewegung. Es waren insgesamt siebenundzwanzig Namen, doch es waren keine Novizen darunter. Einige waren bedeutende Gelehrte, aber es gab auch einen Pförtner und einen Koch unter ihnen. Bei oberflächlichem Hinhören hätte man annehmen können, daß die Namen willkürlich aus einer Schachtel gezogen worden seien. Aber als Vater Lehy mit der Verlesung der Liste fertig war, warfen manche der Mönche einander seltsame Blicke zu.

»Diese Gruppe wird sich morgen nach der Prim zu einer gründlichen Untersuchung im Krankenzimmer melden«, schloß der Prior. Er wandte sich um und blickte fragend auf Dom Zerchi. »Domne?«

»Ja, eins noch«, sagte der Abt, während er auf das Lesepult zuging. »Laßt uns *nicht* glauben, Brüder, daß es Krieg geben wird. Erinnern wir uns, daß Luzifer bei uns gewesen ist – diesmal – in nahezu zwei Jahrhunderten. Und nur zweimal gefallen ist in Größenordnungen unter einer Megatonne. Wir alle wissen, was geschehen *könnte*, wenn es Krieg gibt. Wir leiden noch immer an den genetischen Schwären vom letztenmal, als der Mensch versuchte, sich auszuradieren. Damals, zu Zeiten des Sankt Leibowitz, wußten sie vielleicht nicht, was geschehen würde. Oder vielleicht wußten sie's und konnten es nicht ganz glauben, ehe sie's nicht ausprobiert hatten – wie ein Kind, das weiß, was eine geladene Pistole zu tun imstande ist, das aber noch nie abgedrückt hat. Damals hatten sie noch keine Milliarde von Leichen gesehen. Sie hatten nicht die Totgeburten gesehen, die Ungeheuer, die Entmenschten, die Blinden. Sie hatten noch nicht den Wahnsinn und den Mord gesehen und das Verlöschen der Vernunft. Und dann taten sie es, und dann sahen sie.

Heute, in *dieser* Zeit, wissen die Fürsten, die Präsidenten,

die Regierungen, heute *wissen* sie es – mit tödlicher Gewißheit. Sie können es ablesen an den Kindern, die sie zeugen und in die Asyle für Deformierte schicken. Sie wissen, und darum haben sie Frieden gehalten. Nicht den Frieden des Herrn, sicher, aber immerhin Frieden bis vor kurzem – und es gab nur zwei kriegsähnliche Zwischenfälle in ebenfalls nur zwei Jahrhunderten. Und nun haben sie die bittere Gewißheit. Meine Söhne, sie *können* es nicht wieder tun. Nur eine Rasse von Wahnsinnigen könnte es wieder tun...«
Er brach ab. Jemand lächelte. Es war nur ein dünnes Lächeln, doch in der See von todernsten Gesichtern stach es hervor wie eine ertrunkene Fliege in einer Sahneschüssel. Dom Zerchi runzelte die Brauen. Der alte Mann lächelte weiterhin schief und dünn. Er saß am »Armentisch« mit drei anderen durchziehenden Tramps: ein alter Kunde mit einem buschigen Bart, der am Kinn gelb gefärbt war. Als Jacke trug er einen Rupfensack mit Armlöchern. Er fuhr fort, Zerchi anzulächeln. Er sah alt aus wie ein vom Regen verwaschener Stein, er wäre ein passender Kandidat für die Fußwaschung am Gründonnerstag gewesen. Zerchi fragte sich, ob er etwa aufstehen und seinen Gastgebern etwas verkünden wollte – oder vielleicht das Shofarhorn gegen sie blasen würde? –, doch das war nur eine Illusion, die durch das Lächeln hervorgerufen wurde. Dom Zerchi schob rasch das Gefühl beiseite, daß er den alten Mann schon einmal irgendwo gesehen habe. Er beendete seine Ausführungen.
Auf dem Weg zu seinem Platz zurück blieb er stehen. Der Bettler nickte seinem Gastgeber freundlich zu. Zerchi trat zu ihm.
»Wer seid Ihr, wenn ich fragen darf? Hab ich Euch schon einmal irgendwo gesehen?«

לאצאר שמי

»Was?«

»*Latzar shemi*«, wiederholte der Bettler.

»Ich kann nicht ganz ...«

»Nennt mich also Lazarus«, sagte der alte Mann und gluckste.

Dom Zerchi schüttelte den Kopf und ging weiter. *Lazarus?* Es gab in der Gegend ein altes Weibergeschwätz, das besagte, daß –, aber was war das für ein erbärmlicher *Mythos!* Wiedererweckt von Christus und immer noch kein Christ, sagten die alten Weiber. Und dennoch, er konnte das Gefühl nicht loswerden, daß er den Alten schon einmal irgendwo gesehen hatte.

»Laßt das Brot zum Segen hereinbringen«, rief er, und damit nahm das verzögerte Abendessen seinen Anfang.

Nach dem Tischgebet blinzelte der Abt wieder zum Tisch der Armen. Der alte Mann fächelte nur seine Suppe mit einer Art Korbhut. Zerchi ließ die Angelegenheit mit einem Achselzucken fallen, und das Mahl begann in feierlichem Schweigen.

Die Komplet, das Nachtgebet der Kirche, schien an diesem Tag besonders gründlich zu sein.

Aber Joshua schlief danach schlecht. In seinem Traum traf er Mrs. Grales noch einmal. Und es gab einen Chirurgen, der ein Messer wetzte und dabei sagte: »Diese Deformierung muß entfernt werden, bevor sie bösartig wird.« Und das Rachelgesicht öffnete die Augen und versuchte mit Joshua zu sprechen. Doch er konnte sie nur schwach hören und verstand sie überhaupt nicht.

»Fehlerlos bin ich die Exzeption«, schien sie zu sagen. »Ich bemesse die Dezeption. Bin.«

Er konnte damit nichts anfangen, aber er bemühte sich, hindurchzugreifen, um sie zu retten. Es schien eine gummige Glaswand im Wege zu stehen. Er hielt ein und versuchte von ihren Lippen zu lesen. Ich bin die, ich bin die ...

»Ich bin die Unbefleckte Konzeption«, tönte das Traumgeflüster.
Er versuchte durch das gummiartige Glas durchzubrechen, um sie vor dem Messer zu retten, doch es war zu spät, und danach gab es eine Menge Blut. Er erwachte aus seinem blasphemischen Alptraum, er zitterte und betete eine Zeitlang; aber sobald er wieder einschlief, kam Mrs. Grales zurück.
Es war eine Nacht voller Beunruhigung, eine Nacht, die Luzifer anheimgefallen war. Es war die Nacht des Angriffs der Atlantischen Konföderation auf die asiatischen Installationen im Weltraum.
Im Rahmen eines raschen Vergeltungsschlags starb eine alte Stadt.

26

»Hier ist Ihr Notstands-Warnsender«, sagte der Sprecher gerade, als Joshua am nächsten Morgen nach der Matutin das Studierzimmer des Abtes betrat. »Wir bringen Ihnen die neuesten Berichte über die Beschaffenheit des Fallout nach dem feindlichen Raketenangriff auf Texarkana...«
»Ihr habt mich rufen lassen, Domne?«
Zerchi winkte ihm, er solle schweigen und sich auf einen Stuhl setzen. Das Gesicht des Abtes wirkte müde und blutleer, eine stahlgraue Maske eisiger Selbstbeherrschung. Joshua kam es vor, als sei der Abt seit gestern abend kleiner geworden und älter. Trübselig lauschten sie der Stimme, die an- und abschwoll in Vier-Sekunden-Intervallen, wenn die Sendestationen an- und abgeschaltet wurden, um die Ortungsapparaturen des Feindes zu behindern.
»... doch zunächst eine Ankündigung, die uns soeben vom Obersten Kommando erreicht. Die Königliche Familie ist in Sicherheit. Ich wiederhole: die Königliche Familie ist in Sicherheit. Der Regierungsrat soll von der Hauptstadt abwesend gewesen sein, als der feindliche Angriff erfolgte.

Außerhalb der Katastrophengebiete wird von keinerlei zivilen Unruhen berichtet, und es ist auch nicht mit solchen zu rechnen.
Der Weltgerichtshof der Nationen hat die Einstellung der Kämpfe angeordnet, ebenso eine ausgesetzte Ächtung mit beantragten Todesstrafen über die Verantwortlichen in den Regierungen beider Nationen verhängt. Da die Ächtung ausgesetzt ist, wird sie nur zur Ausführung gelangen, wenn dem Erlaß zuwidergehandelt wird. Beide Regierungen telegrafierten dem Gerichtshof ihre sofortige Zustimmung zu der Anordnung, und so besteht eine große Wahrscheinlichkeit, daß der Ausbruch, wenige Stunden nach dem er als Präventivschlag gegen bestimmte illegale Installationen im Weltraum begann, schon wieder beendet ist. In einem überraschenden Angriff vernichtete gestern nacht die Raumflotte der Atlantischen Konföderation drei versteckte asiatische Raketenbasen auf der Rückseite des Mondes, ebenfalls zerstörte sie eine feindliche Raumstation, von der bekannt war, daß sie an einem Leitsystem von Raum-Erde-Raketen beteiligt war. Es war angenommen worden, daß der Feind im Weltraum gegen unsere Truppen zurückschlagen werde, doch der barbarische Angriff auf unsere Hauptstadt war ein Akt der Verzweiflung, den niemand voraussehen konnte.
Sondermeldung: Unsere Regierung hat soeben ihre Absicht bekanntgegeben, sich zehn Tage lang an die Waffenruhe zu halten, wenn der Gegner sich zu einem sofortigen Treffen der Außenminister und der militärischen Führer auf Guam bereit erklärt. Es wird erwartet, daß der Feind dieses Angebot akzeptieren wird.«
»Zehn Tage«, stöhnte der Abt. »Das läßt uns nicht genügend Zeit.«
»Asiatische Sender bestehen jedoch immer noch auf der Nachricht, daß die vor kurzem erfolgte thermonukleare Katastrophe in Itu Wan, die einige achtzigtausend Opfer zur Folge hatte, auf eine verirrte Rakete der Atlantischen

Konföderation zurückzuführen sei und daß folglich die Zerstörung der Hauptstadt Texarkana in gewisser Weise ein Vergeltungsschlag ...«
Der Abt schaltete das Radio aus. »Wo ist die Wahrheit?« fragte er ruhig. »Was kann man davon schon glauben? Oder kommt es überhaupt darauf an? Wenn Massenmord mit Massenmord beantwortet wird, Vergewaltigung mit Vergewaltigung, Haß mit Haß, dann hat es wenig Sinn, danach zu fragen, wessen Beil blutiger ist. Böses auf Böses auf Böses gehäuft. Gibt es eine Rechtfertigung für unsere ›Polizeiaktion‹ im Raum? Wie können *wir* das wissen? Sicher gibt es keine Rechtfertigung für das, was *die andern* taten – oder doch? Wir wissen nur, was *dieses Ding da* quasselt, und dieses Ding ist befangen. Das asiatische Radio muß sagen, was der dortigen Regierung am wenigsten mißfällt, und unseres muß sagen, was unserem feinen patriotisch gesinnten Mob am wenigsten mißfällt, und das ist, rein zufällig, das gleiche, was die Regierung sowieso will, daß sie sagen. Wo also ist der Unterschied? Guter Gott, es müssen eine halbe Million Tote sein, wenn sie Texarkana richtig getroffen haben. Mir ist danach zumute, als müßte ich Worte sagen, die ich noch nie in meinem Leben überhaupt auch nur gehört habe. Krötenscheiße. Hexeneiter. Gangrän der Seele. Unsterblicher Hirnbrand. Verstehst du mich, Bruder? Und Christus hat dieselbe verfaulte Luft geatmet wie wir; wie demütig ist doch die Majestät unseres Allmächtigen Gottes! Was für ein unendlicher Humor – für Ihn, einer von uns zu werden! Ein jiddischer Schlemiel, der König des Alls, von Unsresgleichen ans Kreuz geschlagen. Man sagt, Luzifer sei gestürzt worden, weil er sich geweigert habe, das eingeborene Wort anzubeten; der Üble muß gänzlich humorlos sein! Gott Jakobs, Gott sogar von *Kain*! Warum tun sie es wieder und wieder!?«
»Verzeih mir, ich phantasiere«, fügte er hinzu, weniger an Joshua gerichtet als an die hölzerne Statue des heiligen Leibowitz, die in einer Ecke der Studierstube stand. Er

hielt in seinem Auf- und Abwandern inne, um das Gesicht der Statue zu betrachten. Das Bildwerk war alt, sehr alt. Ein früherer Herr des Klosters hatte es in einen Vorratskeller verbannt, wo es in Staub und Trübnis gestanden hatte, während die Trockenfäule das Holz zernagte, den Frühlingswuchs wegfraß und den Sommerwuchs in Ruhe ließ, so daß das Gesicht nun tief gefurcht erschien. Der Heilige trug ein leicht satirisches Lächeln im Gesicht. Zerchi hatte die Statue wegen dieses Lächelns dem Vergessen entrissen.

»Hast du den alten Bettler gestern abend im Refektorium gesehen?« fragte der Abt zusammenhanglos und schaute dabei immer noch neugierig die Statue an.

»Ich habe ihn nicht bemerkt, Domne. Warum?«

»Laß nur. Ich glaube, ich bilde mir da nur was ein.« Er betastete den Scheiterhaufen, auf dem der Heilige stand. *Da stehen wir jetzt alle,* dachte er. Auf dem fetten Feuerholz vergangner Sünden. Und einige davon sind meine Sünden. Meine, Adams, Herodes', Judas', Hannegans, meine. Jedermanns. Es führt immer dazu, daß der Koloß Staat, irgendwie, sich mit dem Mantel der Göttlichkeit umgibt und vom Zorn des Himmels niedergestreckt wird. Warum? Wir haben es laut genug geschrien – wie die Menschen müssen die Nationen Gott gehorchen. Cäsar sollte Gottes Polizist sein, nicht Sein allmächtiger Nachfolger und auch nicht Sein Erbe. Allen Völkern, allen Zeiten: ›Wer immer eine Rasse oder einen Staat oder eine besondere Staatsform oder die Verwalter der Macht erhöht ... Wer immer diese Begriffe über ihren gewohnten Wert bemißt und sie auf eine Ebene der Idolatrie erhebt und sie vergöttlicht, der verkehrt und pervertiert eine von Gott geplante und geschaffene Weltordnung ...‹ Wo stammte *das* nun bloß her? Pius XI., dachte er ungewiß, vor achtzehn Jahrhunderten. Doch wenn Cäsar die Macht besaß, die Welt zu zerstören, war er dann nicht schon göttlich? Schlichtweg durch die Zustimmung des Volkes – des glei-

chen Mobs, der geschrien hatte: »*Non habemus regem nisi caesarem*«, als ER ihnen gegenübergestellt wurde, ER, der eingeborene Sohn, verspottet und bespien. Der gleiche Mob, der Leibowitz gemartert hat ...
»Caesars Göttlichkeit zeigt sich wieder.«
»Domne?«
»Hör mir nicht zu. Sind die Brüder schon im Hof?«
»Etwa die Hälfte von ihnen waren es, als ich vorbeikam. Soll ich nachsehen gehen?«
»Tu das. Dann komme hierher zurück. Ich habe dir etwas zu sagen, ehe wir zu ihnen gehen.«
Bevor Joshua zurückkehrte, holte der Abt die *Quo peregrinatur*- Papiere aus dem Wandsafe.
»Lies die Zusammenfassung«, befahl er dem Mönch. »Schau dir die Organisationstafel an, lies die Verfahrensvorschriften. Das übrige wirst du einzeln studieren müssen, später.«
Die Sprechanlage summte laut, während Joshua die Papiere las.
»Verehrungswürdiger Vater Jethrah Zerchi, Abt, bitte«, dröhnte die Roboterstimme der Vermittlung.
»Am Apparat.«
»Dringendes Blitztelegramm von Sir Eric Kardinal Hoffstraff, New Rome. Es gibt um diese Stunde keine Zustellung. Soll ich lesen?«
»Ja, lies den Text. Ich schicke später jemand hinunter, der eine Kopie abholt.«
»Der Text: *Grex peregrinus erit. Quam primum est factum suscipiendum vobis, jussu Sanctae Sedis. Suscipite ergo operis partem ordini vestro propriam* ...«
»Kannst du das noch mal in Southwestern-Übersetzung lesen?« fragte der Abt.
Die Vermittlung gehorchte, aber in beiden Versionen schien die Nachricht nichts Unerwartetes zu enthalten. Es war eine Bestätigung des Plans und ein Ersuchen um Beschleunigung.
»Empfang bestätigt«, sagte der Abt schließlich.

»Wollt Ihr antworten?«
»Antwort wie folgt: *Eminentissimo Domino Eric Cardinali Hoffstraff obsequitur Jethrah Zerchius, AOL, Abbas. Ad has res disputandas iam coegi discessuros fratres ut hodie parati dimitti Romam prima aerisnave possint.* Ende des Textes.«
»Ich wiederhole: *Eminentissimo* . . .«
»Schon gut, das wärs. Ende!«
Joshua hatte seine Lektüre der Zusammenfassung beendet. Er schloß die Aktenmappe und schaute langsam hoch.
»Bist du bereit, darauf festgenagelt zu werden?« fragte Zerchi ihn.
»Ich – ich bin nicht ganz sicher, daß ich recht verstehe.« Das Gesicht des Mönchs war bleich.
»Ich habe dir gestern drei Fragen gestellt. Ich muß die Antwort jetzt haben!«
»Ich bin bereit zu gehen.«
»Bleiben noch zwei zu beantworten.«
»Ich bin nicht sicher, was die Priesterschaft betrifft, Domne.«
»Also, schau mal, du mußt dich entscheiden. Du hast weniger Erfahrung als die anderen mit Sternenschiffen. Keiner von den anderen ist ordiniert. Und einer muß von den technischen Aufgaben teilweise befreit werden und sich um die Verwaltungs- und priesterlichen Aufgaben kümmern. Ich hab dir doch gesagt, daß das nicht bedeuten würde, daß du den Orden verläßt. Es wird auch nicht der Fall sein, aber eure Gruppe wird zu einer unabhängigen Filiale des Ordens mit einer modifizierten Ordensregel werden. Der Pater Superior wird geheim von den Mönchen gewählt – selbstverständlich –, und du bist einfach der wahrscheinlichste Kandidat, wenn du auch noch die Berufung zum Priesteramt fühltest. Du fühlst sie doch, oder? Da hast du deine Befragung, und die Zeit ist jetzt, und es ist außerdem ein ziemlich kurzes Jetzt!«
»Aber, Verehrungswürdiger Vater, ich habe meine Studien noch nicht abgeschlossen . . .«

»Das spielt keine Rolle. Neben den siebenundzwanzig Mann der Crew gehen noch andere, die nicht zum Orden gehören: sechs Schwestern und zwanzig Kinder von der Schule Sankt Joseph und mehrere Wissenschaftler und drei Bischöfe, zwei davon ganz neu konsekriert. Und die können ordinieren, und da einer der drei ein Legat des Heiligen Vaters ist, werden sie sogar das Recht haben, Bischöfe zu konsekrieren. Die können dich ordinieren, wann immer du dich bereit fühlst. Du wirst jahrelang im Raum sein, weißt du. Aber wir wollen wissen, ob du berufen bist, und wir wollen es *jetzt* wissen.«

Bruder Joshua stammelte unter Kopfschütteln: »Ich weiß es nicht.«

»Willst du noch eine halbe Stunde Zeit? Ein Glas Wasser? Du siehst ja plötzlich so grau aus. Ich sag dir eins, Sohn, wenn du die Herde führen sollst, dann mußt du fähig sein, Dinge sofort zu entscheiden. *Du* jedenfalls mußt dich *jetzt* entscheiden. Nun, kannst du sprechen?«

»Domne, ich bin nicht – sicher, daß ...«

»Na, krächzen kannst du ja immerhin, was? Wirst du dich dem Joch unterordnen, Sohn? Bist du noch nicht eingeritten? Man wird von dir verlangen, daß du der Esel seist, auf dem ER in Jerusalem einzieht, aber es ist eine schwere Last, und es wird dir den Rücken brechen, denn ER trägt die Schuld der Welt.«

»Ich glaube, ich bin nicht fähig.«

»Krächze und schnaufe nur. Aber du kannst auch *knurren*, und das ist gut für den Führer eines Rudels. Hör zu, keiner von uns war wirklich dafür geeignet. Aber wir haben es versucht, und wir sind versucht worden. Es nimmt dich mit bis zur Zerstörung, aber dafür bist du da. Dieser Orden hat Äbte aus Gold gehabt, Äbte von kaltem, hartem Stahl, von verwittertem Blei, und keiner von ihnen war geeignet, obwohl ein paar davon geeigneter waren. Einige waren sogar Heilige. Das Gold nützte sich ab, der Stahl wurde mürbe und brach, und das verwitterte Blei wurde vom Himmel zu

Asche zerstampft. Ich, ich hatte Glück, ich bin Quecksilber; ich zerspritze, aber ich laufe auch wieder zusammen irgendwie. Und jetzt spüre ich eine Zeit der Zersplitterung kommen, Bruder, und ich denke, es wird für immer sein, diesmal. Woraus bist du gemacht, mein Sohn? Was wird da versucht werden?«

»Aus jungen Hundeschwänzen. Ich bin Fleisch, und ich habe große Furcht, Verehrungswürdiger Vater.«

»Stahl schreit, wenn er geschmiedet wird. Er stöhnt, wenn er abgeschreckt wird. Er knarrt, wenn er belastet wird. Ich glaube, sogar Stahl hat Furcht, mein Sohn. Willst du eine halbe Stunde Bedenkzeit? Einen Schluck Wasser? Einen Schluck Wind? Willst du ein bißchen herumlaufen? Wenn du seekrank wirst, dann sei so gescheit und spucke. Wenn du Angst bekommst, dann schrei. Wenn irgendwas mit dir dabei passiert, dann *bete*! Aber komm vor der Messe in die Kirche und sag uns, woraus man Mönche macht. Der Orden ist dabei, sich zu spalten, und der Teil von uns, der in den Weltraum geht, geht für immer. Bist du aufgerufen, sein Hirte zu sein, oder bist du es nicht? Geh nun und entscheide dich!«

»Ich vermute, es bleibt mir keine andere Wahl.«

»*Sicher* hast du die Wahl! Du brauchst nur zu sagen: ich fühle mich nicht dazu berufen. Dann wird jemand anders gewählt, das ist alles. Aber nun geh, beruhige dich, und später kommst du dann in die Kirche mit einem klaren Ja oder Nein. Ich geh jetzt dorthin.« Der Abt erhob sich und nickte eine Entlassung.

Die Finsternis im Hof war nahezu vollkommen. Nur ein winziger Splitter Licht kam unter der Kirchentür hervor. Das schwache Leuchten des Sternenhimmels war von einem Staubhauch überdeckt. Im Osten zeigte sich noch kein Schimmer der Morgendämmerung. Bruder Joshua marschierte schweigend dahin. Schließlich setzte er sich auf ein Gatter, das ein Beet mit Rosensträuchern umgab. Er stützte

das Kinn in die Handflächen und rollte mit einer Zehe einen Kiesel hin und her. Die Gebäude der Abtei waren dunkle schlafende Schatten. Ein blasser Mond wie eine Melonenscheibe hing tief im Süden.
Chorgesang und Gebetsgemurmel drangen aus der Kirche: *Excita, Domine, potentiam tuam, et veni, ut salvos –* Bewege, Herr, Deine Macht und komme uns zu retten. Der Atem der Gebete würde weiter und weiter wehen, solange es Atem geben würde, Gebete zu sprechen. Auch wenn die Brüder es für zwecklos halten sollten...
Aber sie könnten nicht wissen, ob es zwecklos war. Oder doch? Wenn New Rome irgendwelche Hoffnung auf Frieden hätte, warum dann das Raumschiff? Warum, wenn sie daran glaubten, daß Gebete für den Frieden auf Erden jemals erhört würden? War nicht das Interstellarschiff ein Akt der Verzweiflung?... *Retrahe me, Satanas, et discede!* dachte er. Das Interstellarschiff ist ein Akt der Hoffnung! Hoffnung für den Menschen anderswo, Frieden anderswo, wenn schon nicht hier und jetzt, dann irgendwo: auf dem Planeten von Alpha Centauri vielleicht, auf Beta Hydrae oder auf einer der dahinkränkelnden Kolonien auf dem Planeten Wieheißtergleich im Skorpion. Hoffnung, nicht Nichtigkeit sendet dieses Schiff aus, oh, du übler Verführer. Es ist eine schwache und hundemüde Hoffnung, mag sein, eine Hoffnung, die sagt: schüttle den Staub von deinen Schuhen und gehe und predige Sodom und Gomorrha. Aber es ist eine Hoffnung, sonst würde sie nicht sagen: Geh! Es ist nicht Hoffnung für die Erde, aber Hoffnung für die Seele und die Substanz des Menschen irgendwo. Unter der Bedrohung durch Luzifer, hieße das Schiff *nicht* senden, einen Akt des Hochmuts begehen, ähnlich wie du, du Allerschmutzigster, unsern Herrn versucht hast: ›Wenn du der Sohn Gottes bist, so stürze dich von jener Zinne. Denn Engel werden kommen, dich zu tragen.‹
Zu viel Hoffnung für die Erde hatten die Menschen dazu verführt, sie zu einem Paradies machen zu wollen, und an

diesem Unternehmen können sie wohl verzweifeln, bis zu der Zeit vor dem Ende der Welt ...
Jemand hatte die Türen der Abteikirche geöffnet. Mönche kamen heraus und schritten ruhig auf ihre Zellen zu. Nur ein schwacher Schimmer drang aus dem Eingang in den Hof. Das Licht in der Kirche war schwach. Joshua sah nur ein paar Kerzen und das kleine rote Auge des Ewigen Lichts. Mit Mühe konnte er die sechsundzwanzig seiner Brüder erkennen, die dort kniend warteten. Jemand schloß die Türen wieder, aber nicht ganz, denn durch einen Spalt konnte Joshua immer noch das rote Licht sehen. Feuer brannte in Anbetung, brannte zum Lobe, glühte sanft in Verehrung dort in seinem roten Behältnis. Feuer, das schönste der vier Elemente der Erde, und doch auch ein Element in der Hölle. Während es anbetend im Herzen eines Tempels brannte, hatte es auch das Leben aus einer Stadt herausgebrannt, heute nacht, und sein Gift über das Land gespien. Wie seltsam, daß Gott in einem brennenden Dornbusch sprach, und wie seltsam, daß die Menschen ein Symbol des Himmels zu einem Symbol der Hölle machten.
Er blinzelte wieder hinauf zu den staubigen Sternen am Morgenhimmel. Nun, Paradiese würden sie dort draußen nicht finden, so sagte man jedenfalls. Und doch, es gab Menschen dort draußen, jetzt, Menschen, die aufblickten zu fremden Sonnen in noch fremderen Himmeln, die fremde Luft atmeten und fremden Boden bearbeiteten. Auf Welten mit gefrorenen Äquatorial-Tundren, Welten mit dampfenden arktischen Dschungeln, ein bißchen vielleicht ähnlich wie die Erde, genug, damit der Mensch irgendwie dort leben konnte im Schweiße seines Angesichts. Es war nur eine Handvoll, diese himmlischen Kolonisatoren der Gattung *Homo loquax nonnumquam sapiens*, ein paar geplagte Kolonien der Menschheit, die bisher nur wenig Hilfe von der Erde erhalten hatten; und von jetzt an könnten sie mit überhaupt keiner Hilfe mehr rechnen, dort oben in ihren neuen Nicht-Paradiesen, die noch paradiesesunähnlicher

waren, als die Erde es gewesen war. Vielleicht zum Glück für sie. Je näher der Mensch der Vervollkommnung eines Paradieses für sich kam, desto ungeduldiger schien er mit diesem Paradies und mit sich selber zu werden. Er machte einen Garten der Freuden und wurde mehr und mehr elend, je mehr die Schönheit und Macht und Reichtümer wuchsen; denn vielleicht war es einfacher für den Menschen zu sehen, daß etwas in seinem Garten fehlte, irgendein Baum, ein Gesträuch, das nicht wachsen wollte. Als die Welt in Finsternis und Elend lag, konnten die Menschen an die Vollkommenheit glauben und sich nach ihr sehnen. Doch als die Welt hell wurde durch Reichtum und Ratio, da fühlte sie die Enge des Nadelöhrs, und das fraß um sich wie ein Geschwür in einer Welt, die nicht mehr bereit war, zu glauben und sich zu sehnen. Nun, und jetzt waren sie dabei, sie wieder einmal zu zerstören, diese Welt, sie waren dabei – diesen Garten Eden zivilisiert und im vollen Bewußtsein wieder einmal auseinanderzuzerren, damit der Mensch wieder zu hoffen vermöge in Elend und Finsternis.
Und doch, die Memorabilien sollten mit dem Schiff gehen! War das ein Fluch? ... *Discede, Seductor informis!* Nein, es war kein Fluch, dieses Wissen, nur wenn der Mensch es pervertierte, wie es mit dem Feuer geschah in dieser Nacht ...
Warum muß ich fort, o Herr, fragte er sich. Muß ich denn gehen? Und was versuche ich da zu entscheiden: gehen oder mich weigern, zu gehen? Aber das war doch längst entschieden, der Auftrag war erteilt worden – vor langer Zeit schon: *egrediamur tellure* gehen wir also von der Erde fort, denn es ist befohlen durch ein Gelübde, das ich abgelegt habe. Also gehe ich. Aber daß man mir die Hände auflegt und mich Priester nennt, mich sogar *Abbas* nennt, mich zur Aufsicht setzt über die Seelen meiner Brüder? Muß der Verehrungswürdige Vater darauf bestehen? Aber er besteht ja gar nicht darauf. Er besteht nur darauf, zu wissen, ob Gott darauf besteht. Aber er hat es so entsetzlich eilig.

Ist er meiner wirklich so sicher? Wenn er mir das so auf den Rücken wirft, dann muß er meiner sicherer sein, als ich es selber bin.

Sprich, Schicksal, äußere dich! Schicksal, das sieht immer so aus, als wäre es Jahrzehnte entfernt, aber plötzlich ist es nicht mehr Jahrzehnte entfernt, plötzlich ist es *jetzt*. Aber vielleicht ist Schicksal immer jetzt, hier, in diesem Augenblick. Vielleicht.

Und ist es nicht genug, daß *er* sicher ist? Nein, das ist bei weitem nicht genug. Muß mir über mich selber klarwerden, meiner selber sicher werden, irgendwie. In einer halben Stunde. Weniger als eine halbe Stunde nur noch. *Audi me, Domine* – bitte, Herr, es ist nur eine von Deinen Schlangen aus dieser Generation, die Dich um etwas bittet, die bittet, zu wissen, die um ein Zeichen bittet, ein Zeichen, ein Wahrzeichen, ein Omen. Ich habe nicht genügend Zeit zur Entscheidung.

Er sprang nervös auf. Irgendwas – *glitt dahin*?

Er vernahm es als Rascheln in den trockenen Rosensträuchern in seinem Rücken. Es hielt an, raschelte und glitt weiter. Würde ein Zeichen von Gott dahingleiten? Ein Omen, ein Wahrzeichen könnte ja vielleicht... Das *negotium perambulans in tenebris* des Psalmisten könnte... Eine Schlange könnte...

Eine Grille, vielleicht. Es raschelte ja nur. Bruder Hegan hatte einmal eine Schlange im Hof getötet, aber... Jetzt glitt es wieder dahin! – ein langsames Schleifen in den Blättern. Wäre es ein angemessenes Zeichen, wenn es hervorglitte und ihn in den Hintern stäche?

Aus der Kirche kamen wieder die Gebete: *Reminiscentur et convertentur ad Dominum universi fines terrae. Et adorabunt in conspectu universae familiae gentium. Quoniam Domini est regnum; et ipse dominabitur*... Merkwürdige Worte für heute morgen. Alle Enden der Erde sollen gedenken und sich zum Herrn hinwenden...

Das Gleiten hörte plötzlich auf. War es direkt hinter ihm?

Wirklich, Herr, ein Zeichen ist absolut notwendig. Wirklich, ich ...

Etwas stieß ihn sacht am Handgelenk. Er schoß mit einem Schreckensschrei hoch und sprang von den Rosensträuchern fort. Er ergriff einen losen Steinbrocken und warf ihn in die Sträucher. Das Geräusch war lauter, als er erwartet hatte. Er kratzte seinen Bart und kam sich recht dumm vor. Er wartete, aber nichts kam aus den Büschen hervor. Nichts *glitt*. Er schnippte einen Kiesel hinüber. Auch er machte unangemessenen Lärm in der Dunkelheit. Er wartete wieder, aber wieder rührte sich nichts in den Sträuchern. Bitte um ein Omen, und dann steinige es, wenn es kommt: *de essentia hominum.*

Eine rosafarbene Zunge der Morgendämmerung begann die Sterne vom Himmel zu lecken. Bald würde er gehen müssen und es dem Abt sagen müssen. Und was würde er ihm sagen?

Bruder Joshua verscheuchte Stechmücken von seinem Bart und setzte sich in Richtung auf die Kirche in Bewegung, denn es war gerade jemand herausgekommen und hatte sich umgesehen – nach ihm?

Unus panis et unum corpus multi sumus, kam das Gemurmel aus der Kirche, *omnes qui de uno* ... Ein Brot und ein Leib, obgleich wir viele sind, und von einem Brot und einem Kelch haben wir gegessen und getrunken ...

Er blieb unter der Tür stehen und blickte zu den Rosensträuchern zurück. Eine Falle war das, dachte er, oder? Du hast es gesandt, weil du wußtest, ich würde Steine danach werfen, nicht wahr?

Eine Sekunde später schlüpfte er in die Kirche und kniete neben den anderen nieder. Seine Stimme verschmolz mit den ihren im flehentlichen Bittgebet; eine Weile hörte er ganz auf zu denken in der Gemeinschaft der mönchischen Weltraumfahrer, die hier versammelt waren. *Annuntiabitur Domino generatio ventura* ... Und es soll dem Herrn eine neue Generation geweiht werden; und die Himmel

werden zeigen Seine Gerechtigkeit gegenüber einem künftigen Volk, das der Herr geschaffen hat ...
Als er wieder zu sich kam, sah er, daß der Abt ihm zuwinkte. Bruder Joshua ging und kniete neben ihm nieder.
»*Hoc officium, Fili – tibine imponemus oneri?*« flüsterte der Abt.
»Wenn sie mich wollen«, antwortete der Mönch leise, »*honorem accipiam.*«
Der Abt lächelte. »Du hast mich nicht gut verstanden. Ich sagte ›Bürde‹, nicht ›Ehre‹. *Crucis autem onus si audisti ut honorem, nihilo errasti auribus.*«
»*Accipiam*«, wiederholte der Mönch.
»Und du bist sicher?«
»Wenn sie mich wählen, dann werde ich sicher sein.«
»Nun, das ist schon ganz schön.«
Also war es entschieden. Während die Sonne aufging, wurde ein Hirte gewählt, um die Herde zu leiten.
Die darauffolgende Morgenmesse wurde für Pilger und Reisende abgehalten.

Es war nicht leicht gewesen, ein Charterflugzeug für den Flug nach New Rome zu bekommen. Noch schwieriger war es gewesen, die Starterlaubnis zu erhalten, nachdem man das Charterflugzeug gefunden hatte. Alle zivilen Flugkörper waren unter militärische Entscheidungsgewalt gestellt worden, solange der Notstand andauerte, und man benötigte eine Flugerlaubnis der Militärbehörden. Das örtliche Büro der ZDI hatte diese Erlaubnis verweigert. Wenn Abt Zerchi nicht zufällig über die Tatsache informiert gewesen wäre, daß ein gewisser Luftmarschall und ein gewisser Kardinal Freunde waren, die angebliche Pilgerfahrt von siebenundzwanzig Buchschmugglern mit Wanderbündeln und Wanderstab nach New Rome hätte sehr leicht auf Schusters Rappen stattfinden können, weil es einer Starterlaubnis für eine superschnelle Transport-Jet ermangelte. Am frühen Nachmittag jedoch wurde die Starterlaubnis erteilt.

Abt Zerchi bestieg für ein paar Minuten die Maschine, um vor dem Start allerletzte Abschiedsworte zu sprechen.
»Ihr seid die Fortsetzung des Ordens«, erklärte er den Pilgern. »Die Memorabilien gehen mit euch. Mit euch geht auch die apostolische Nachfolge und – möglicherweise – der Stuhl Petri.«
»Nein, nein«, murmelte er als Antwort auf das erstaunte Gemurmel der Mönche. »Nicht Seine Heiligkeit. Ich habe es euch nicht früher gesagt, aber wenn es hier auf der Erde zum Alleräußersten kommt, dann wird das Kardinalskollegium zusammentreten – oder das was dann noch von ihm übrig ist. Es ist möglich, daß man dann die Centaurus-Kolonie zu einem eigenen Patriarchat erklärt und daß der Kardinal, der euch begleitet, volle patriarchalische Gewalt erhält. Und wenn über uns hier die Geißel kommt, dann wird das Patrimonium Petri auf ihn übergehen. Denn wenn auch das Leben auf der Erde zerstört sein mag – was Gott verhüten möge –, so darf doch nicht, solange der Mensch noch irgendwo lebt, das Amt Petri zerstört werden. Es gibt viele, die glauben, daß das Amt des Papstes auf diesen Patriarchen übergehen müsse, nach dem Prinzip der *Epikeia*, wenn der Fluch auf die Erde fällt und es keine Überlebenden mehr hier gibt. Aber das betrifft euch nicht direkt, Brüder und Söhne, obwohl ihr an euren Patriarchen durch besondere Gelübde gebunden sein werdet, ähnlich denen, die die Jesuiten an den Papst binden.
Ihr werdet jahrelang im Weltraum sein. Das Schiff wird euer Kloster sein. Nachdem der Patriarchensitz auf der Centaurus-Kolonie errichtet ist, werdet ihr dort ein Mutterhaus der Visitationsbrüder des Ordens des heiligen Leibowitz von Tycho gründen. Aber das Schiff wird in eurer Hand bleiben – und die Memorabilia. Wenn sich die Zivilisation – oder doch Spuren von Zivilisation – auf Centaurus erhalten lassen, dann werdet ihr Missionen zu anderen Kolonistenwelten senden und vielleicht auch zu den Kolonien ihrer Kolonien. Wohin immer der Mensch gehen mag,

da werdet ihr und eure Nachfolger auch gehen. Und mit euch die Aufzeichnungen und Erinnerungsstücke aus viertausend und mehr Jahren. Einige von euch oder von denen nach euch werden Bettelmönche und Wanderer sein und werden die Geschichte der Erde und die Hymnen vom Gekreuzigten jenen Völkern und Kulturen verkünden, die aus den Kolonistengruppen erwachsen werden. Denn manche werden vergessen. Manche mögen dem Glauben für eine Zeit verloren sein. Lehrt sie und nehmt in den Orden auf die unter ihnen, die berufen sind. Gebt ihnen den Auftrag der Fortsetzung weiter. Seid für die Menschheit das Gedächtnis des Ursprungs, das Gedächtnis der Erde. Gedenkt dieser Erde. Vergeßt sie nie, aber – *kommt niemals zurück!*« Zerchis Stimme war leise und rauh geworden. »Wenn ihr zurückkehrt, könnte es sein, daß ihr dem Erzengel begegnet am östlichen Ende der Erde, der ihren Lauf mit einem Flammenschwert bewacht. Ich fühle es. Von nun an ist der Weltraum eure Heimat. Er ist eine einsamere Wüste als die unsere hier. Gott segne euch. Und – betet für uns.«
Er ging langsam den Gang hinab und blieb an jedem Sitzplatz stehen, um die Mönche zu segnen und zu umarmen; dann verließ er das Flugzeug. Die Maschine rollte auf die Startbahn, dann zog sie dröhnend in den Himmel. Abt Zerchi stand und sah ihr nach, bis sie seinen Blicken im abendlichen Himmel entschwand. Dann fuhr er zur Abtei und zum Rest seiner Herde zurück. – Während er bei den Brüdern im Flugzeug gestanden hatte, hatte er gesprochen, als sei das Schicksal der Gruppe Bruder Joshuas so selbstverständlich wie die Gebete, die für den morgigen Gottesdienst vorgeschrieben waren; doch er wußte – und die Pilger wußten es auch –, daß er nur sozusagen die Handlinien eines Plans gelesen, daß er eine Hoffnung beschrieben hatte, nicht eine Gewißheit. Denn Bruder Joshuas Gruppe hatte gerade nur eben den ersten kleinen Schritt einer langen und unsicheren Reise getan, einen neuen Exodus aus

Ägypten unter dem Schutz eines Gottes, der mit Sicherheit der Rasse des Menschen ziemlich müde sein mußte.
Die Zurückbleibenden hatten die leichtere Rolle. Sie brauchten nur auf das Ende zu warten und zu beten, es möge nicht kommen.

27

»Das Gebiet, das von lokal begrenztem Fallout betroffen ist, bleibt relativ stationär«, sagte der Nachrichtensprecher, »die Gefahr einer weiteren Verbreitung durch Winde ist nahezu vorüber ...«
»Na, immerhin ist noch nichts *Schlimmeres* passiert«, bemerkte der Gast des Abtes. »Bisher waren wir hier davor sicher, und es sieht so aus, als wären wir auch weiterhin sicher, bis die Konferenz auseinanderbricht.«
»Werden wir wirklich«, knurrte Zerchi. »Aber hören Sie mal einen Augenblick, ja?«
»Die neuste geschätzte Todesstatistik«, fuhr der Sprecher im Radio fort, »ergibt an diesem neunten Tag nach der Vernichtung der Hauptstadt zwei Millionen und achthunderttausend Tote. Über die Hälfte dieser Ziffer betrifft die Bevölkerung der Stadt direkt. Der Rest ist ein Approximationswert, der auf dem Prozentsatz der Bevölkerung in den Randzonen der Stadt und in Fallout-Gebieten beruht, von denen man weiß, daß sie kritischen Mengen von Strahlung ausgesetzt waren. Fachleute nehmen an, daß diese geschätzte Ziffer sich noch erhöhen wird, wenn weitere Fälle von Strahlungsschäden gemeldet werden.
Unser Sender ist durch Gesetz dazu verpflichtet, täglich zweimal die folgende Meldung durchzugeben, solange der Notstand andauert:

Die Maßnahmen nach dem Völkerrecht § 10-WR-3E *ermächtigen in keiner Weise* Privatpersonen, den Opfern von Strahlungsvergiftungen Euthanasie zu spenden.

Strahlungsopfer, die einer Strahlungsmenge, die weit über der kritischen Menge liegt, ausgesetzt waren oder die glauben, einer solchen Menge ausgesetzt gewesen zu sein, müssen sich bei der nächsten Grünstern-Erlösungs-Station melden, wo eine Amtsperson jedem, der als ein hoffnungsloser Fall nachweislich festgestellt ist, ein *Mori-Vult*-Schreiben auszustellen berechtigt ist, wenn der Leidende die Euthanasie wünscht. Jedes Strahlungsopfer, das sich selbst das Leben nimmt in irgendeiner anderen Weise als der vom Gesetz vorgesehenen, wird als Selbstmörder betrachtet und gefährdet automatisch die Rechte seiner Erben und der von ihm Abhängigen auf Anspruch aus Versicherungen und anderen Strahlungs-Erlösungs-Zuwendungen, wie das Gesetz sie vorsieht. Überdies kann jeder Bürger, der zu einem solchen Selbstmord behilflich ist, wegen Mordes angeklagt werden. Das Strahlungs-Katastrophengesetz gestattet Euthanasie *ausschließlich* in dem gesetzmäßig bestimmten Rahmen. Ernste Fälle von Strahlungsschäden müssen sich bei einer Grünstern-Erlösungsstation . . .«

Abrupt und mit solcher Kraft, daß der Programmknopf abbrach, schaltete Zerchi seinen Empfänger ab. Er schwang sich aus seinem Stuhl hoch und trat ans Fenster, um in den Hof hinunterzuschauen, wo eine Menge von Flüchtlingen um mehrere hastig zusammengehämmerte Holztische herumwuselte. Beide Teile der Abtei, der alte und der neue, wimmelten von Leuten jeden Alters und Standes, deren Häuser in den betroffenen Gebieten gelegen hatten. Der Abt hatte auf Dauer die Klausur aufgehoben und den Flüchtlingen Zugang zu beinahe allen Örtlichkeiten gestattet mit Ausnahme der Schlafzellen der Mönche. Das Schild am alten Klostertor war entfernt worden, denn es galt, Frauen und Kinder zu nähren, zu kleiden und ihnen ein Obdach zu geben.

Der Abt sah zu, wie zwei Novizen einen dampfenden Kessel aus der Notküche trugen. Sie hievten den Kessel auf einen Tisch und begannen Suppe zu verteilen.

Der Besucher des Abts räusperte sich. Er bewegte sich unruhig in seinem Sessel. Der Abt wendete sich um.

»Gesetzmäßig, nennen sie das«, knurrte er. »Gesetzmäßig festgelegter Massenselbstmord mit staatlicher Förderung. Und dem vollkommenen Segen der Gesellschaft.«

»Nun, es ist doch sicherlich besser, als sie allmählich auf entsetzliche Weise dahinsterben zu lassen«, sagte der Besucher des Abtes.

»Ist es das? Besser für wen? Für die Straßenreinigung? Es ist besser, daß unsere lebenden Leichname zu einer zentralen Beseitigungsstelle laufen, solange sie noch laufen können, was? Weniger öffentliches Aufsehen? Weniger Abscheuliches, das herumliegt, ha? Weniger Unordnung? Ein paar Millionen Leichen, die herumliegen, das könnte eine Rebellion gegen die Verantwortlichen bewirken, das meinen Sie doch mit ›besser‹, Sie und die Regierung, oder etwa nicht?«

»Ich habe keine Ahnung, was die Regierung denkt«, sagte der Besucher, und es war nur ein ganz kleiner steifer Unterton in seiner Stimme. »Was ich mit *besser* meine, ist *barmherziger*. Ich habe nicht die Absicht, mit Ihnen über moraltheologische Fragen zu streiten. Wenn Sie glauben, daß Sie eine Seele besitzen und daß Gott diese Seele zur Hölle schicken würde, wenn Sie es vorziehen, schmerzlos anstatt unter Qualen zu sterben, dann glauben Sie nur brav weiter daran. Aber Sie gehören zu einer Minorität, wissen Sie. Ich bin nicht mit Ihrem Standpunkt einverstanden, aber es gibt überhaupt nichts dabei zu diskutieren.«

»Vergeben Sie mir«, sagte Abt Zerchi. »Ich wollte nicht etwa Moraltheologie mit Ihnen diskutieren. Ich habe von diesem Schauspiel der Masseneuthanasie nur bezüglich der menschlichen Motivation gesprochen. Die simple Tatsache, daß es ein Strahlungs-Katastrophen-Gesetz *überhaupt gibt,* und ähnliche Gesetze in anderen Ländern, ist doch der

schlagendste Beweis dafür, daß die Regierungen sich *völlig* darüber im klaren waren, was ein neuer Krieg bedeuten würde. Doch statt daß sie versuchten, das Verbrechen unmöglich zu machen, versuchten sie im vornhinein Maßnahmen für die Folgen des Verbrechens zu ergreifen. Sind diese Schlußfolgerungen für Sie bedeutungslos, Doktor?«
»Natürlich nicht, Herr Abt. Ich persönlich bin Pazifist. Aber gegenwärtig müssen wir mit der Welt eben fertig werden, wie sie ist. Und wenn sie sich schon nicht darüber einigen konnten, den Krieg unmöglich zu machen, dann ist es immerhin noch besser, *ein paar* Maßnahmen zu treffen, um mit seinen Folgen fertig zu werden, als *gar keine*.«
»Ja und nein. Ja, wenn es heißt, daß man mit dem Verbrechen eines andern rechnet. Nein, wenn es sich um die Vorwegnahme unseres eigenen Verbrechens handelt. Und ganz besonders NEIN, wenn die Maßnahmen zur Milderung der Kriegsfolgen in sich selbst ebenfalls verbrecherisch sind.«
Der Besucher zuckte die Achseln. »Wie zum Beispiel die Euthanasie? Es tut mir leid, Herr Abt, aber ich bin der Ansicht, daß die Gesetze, die sich eine Gesellschaft gibt, festlegen, was ein Verbrechen ist und was nicht. Ich sehe, daß Sie damit nicht übereinstimmen. Und natürlich kann es schlechte Gesetze geben, unrichtige, sicher. Aber in diesem Fall, glaube ich, haben wir ein gutes Gesetz. Wenn ich allerdings glaubte, daß ich so was wie eine Seele hätte und daß es einen zornigen Gott im Himmel gibt, dann würde ich vielleicht mit Ihnen einer Meinung sein.«
Abt Zerchi lächelte dünn. »Sie *haben* nicht eine Seele, Doktor, Sie *sind* eine Seele. Sie *haben* einen Körper, eine Zeitlang.«
Der Besucher lachte höflich. »Eine kleine semantische Verwirrung.«
»Sicher. Aber wer von uns beiden ist verwirrt? Sind Sie da ganz sicher?«
»Lassen Sie uns doch nicht streiten, Herr Abt. Ich gehöre

nicht zu den Erlösungs-Kadern, ich arbeite im Strahlungsschäden-Überwachungsdienst. Wir töten niemand.«
Abt Zerchi betrachtete ihn eine Weile schweigend. Sein Besucher war ein kleiner muskulöser Mann mit einem freundlichen runden Gesicht unter einer beginnenden Glatze, die sonnenverbrannt und fleckig war. Er trug eine grüne Sergeuniform, eine Mütze mit dem Emblem des Grünen Sterns lag in seinem Schoß.
Ja, warum überhaupt streiten? Der Mann war ein Arzt, nicht ein Henker. Manches an der Arbeit der Grünstern-Hilfstruppen war bewundernswert. Manchmal war sie sogar heldenhaft. Daß sie in manchen Bereichen Übles anrichteten, wie er, Zerchi, glaubte, war noch kein Grund, die guten Werke als befleckt anzusehen. Die Mehrzahl der Bevölkerung war dafür, und die Leute vom Grünstern genossen hohes Ansehen. Der Doktor hatte versucht, freundlich zu sein. Seine Bitte schien einfach genug. Er war weder penetrant noch arrogant gewesen, als er sie gestellt hatte. Und dennoch zögerte der Abt, bevor er ja sagte.
»Die – Arbeit, die sie hier tun wollen, wird sie lange dauern?«
Der Arzt schüttelte den Kopf. »Zwei Tage höchstens, denke ich. Wir haben zwei fahrbare Einheiten. Wir können sie in Ihren Hof fahren, die beiden Anhänger zusammenkoppeln und sofort zu arbeiten beginnen. Wir werden die offensichtlichen Strahlungsschäden und die Verwundeten zuerst drannehmen. Wir behandeln nur die dringendsten Fälle. Unsere Aufgabe sind klinische Tests. Die kranken Testpersonen werden in einem Notlager behandelt werden.«
»Und die kränksten bekommen etwas anderes in einem Erlösungslager?«
Der Doktor runzelte die Stirn. »Nur wenn sie dahin gehen wollen. Kein Mensch zwingt sie zu gehen.«
»Aber Sie schreiben den Erlaubnisschein, mit dem sie in das Lager gehen können.«

»Ich habe schon rote Scheine ausgestellt, manchmal. Und ich werde vielleicht diesmal welche ausschreiben müssen. Hier, sehen Sie...« Er suchte tastend in seiner Jackentasche und zog ein rotes Formular aus dünnem Karton hervor, es sah aus wie ein Gepäckanhänger mit einer Drahtschlinge, die man durch ein Knopfloch ziehen oder an einer Gürtelschlaufe befestigen konnte. Er ließ das Formular auf den Tisch fallen. »Ein Blankoformular für die *kritdosis*. Da ist es. Lesen Sie! Es sagt dem Mann, daß er krank ist, sehr krank. Und hier, hier haben Sie auch ein grünes Ticket. Das sagt dem Mann, daß er gesund ist und sich keine Sorgen zu machen braucht. Schauen Sie sich das rote gut an! *Geschätzte Bestrahlung in Strahlungseinheiten. Blutmessung. Urinanalyse.* Auf der einen Seite ist es genau wie das grüne Formular. Auf der andern Seite ist das grüne leer. Aber schauen Sie auf die Rückseite des roten. Der Kleindruck, das ist ein wortwörtliches Zitat des Völkerrechts Paragraph 10-WR-3E. Es muß dastehen, das ist gesetzlich vorgeschrieben. Es muß dem Patienten verlesen werden. Er muß über seine Rechte informiert werden. Was er dann damit anfängt, das ist seine eigene Sache. Und nun, wenn Sie es vorziehen würden, daß wir unsere Untersuchungswagen weiter unten an der Autobahn aufstellen, dann können wir...«

»Sie lesen es ihm nur vor, nicht wahr? Nichts sonst?«

Der Doktor schwieg zunächst. »Man muß es ihm doch erklären, wenn er es nicht versteht«, sagte er schließlich. Dann schwieg er wieder. Man sah, wie Erregung in ihm wuchs. »Du lieber Gott, Herr Abt, wenn Sie einem Mann sagen sollen, daß er ein hoffnungsloser Fall ist, wie sagen Sie's ihm denn? Lesen Sie ihm ein paar Paragraphen aus dem Gesetzbuch vor, führen ihn zur Tür und sagen: der nächste, bitte! ›Sie werden sterben, also adieu‹? *Selbstverständlich* lesen Sie ihm das nicht nur vor und sagen ihm nichts dazu, jedenfalls nicht, wenn Sie eine Spur menschlichen Gefühls haben!«

»Ich verstehe das. Was ich wissen möchte, ist etwas anderes. Geben Sie als Arzt aussichtslosen Fällen den Rat, in ein Erlösungslager zu gehen?«
»Ich...« Der Arzt brach ab und schloß die Augen. Er ließ die Stirn auf seine Hand sinken, er zitterte kaum merklich. »Ja, natürlich tue ich das«, sagte er schließlich. »Wenn Sie gesehen hätten, was ich gesehen habe, dann würden Sie's auch tun. Natürlich tu ich's.«
»Hier werden Sie es nicht tun!«
»Dann, zum T...« Der Doktor unterdrückte einen Zornesausbruch. Er erhob sich, wollte gerade seine Mütze aufsetzen, hielt aber dann inne. Er warf die Mütze auf einen Stuhl und schritt hinüber zum Fenster. Er schaute finster in den Hof hinab, dann hinüber zur Autobahn. Er zeigte mit der Hand. »Dort ist der Autobahnparkplatz. Wir können unsere Wagen dort aufstellen. Aber es ist zwei Meilen weit weg. Fast alle würden laufen müssen.« Er blickte kurz zu Abt Zerchi hin, dann schaute er wieder nachdenklich in den Hof hinunter. »Sehen Sie sie an. Sie sind krank, verletzt, zerbrochen, verstört. Die Kinder auch. Müde, gelähmt und elend. Und Sie wollen zulassen, daß man sie die Autobahn hinuntertreibt, wo sie im Staub und unter der Sonne hokken und...«
»Ich will nicht, daß es so sein soll«, sagte der Abt. »Sehen Sie, Sie haben mir gerade erklärt, wie ein von Menschen gemachtes Gesetz Sie dazu verpflichtete, *das da* einem Fall mit kritischer Strahlungsmenge vorzulesen und zu erklären. Ich habe dagegen im Grunde keine Einwände erhoben. Gebt dem Kaiser bis hierhin, weil das Gesetz es von euch verlangt. Können Sie denn dann nicht auch verstehen, daß *ich* einem anderen Gesetz unterworfen bin und daß dieses Gesetz mir verbietet, Ihnen oder irgend jemand sonst auf diesem Grund und Boden, der unter meiner Gewalt ist, zu erlauben, daß Sie irgendeinem Menschen raten zu tun, was die Kirche Sünde nennt?«
»Oh, ich verstehe ganz gut!«

»Dann ist es ja gut. Sie brauchen mir nur ein einziges Versprechen zu geben, und Sie können den Hof benützen.«
»Welches Versprechen?«
»Einfach dies, daß Sie niemandem den Rat geben werden, in ein Erlösungslager zu gehen. Beschränken Sie sich auf die Diagnose. Wenn Sie dabei auf hoffnungslose Fälle von Strahlungskrankheit treffen, sagen Sie ihnen, was zu sagen das Gesetz Sie zwingt. Seien Sie so trostreich, wie Sie wollen, aber sagen Sie niemandem, er solle gehen und sich umbringen!«
Der Doktor zögerte mit einer Antwort. »Ich glaube, es wäre angemessen, ein solches Versprechen nur für Patienten abzugeben, die Ihrem Glauben angehören.«
Abt Zerchi ließ die Augen zu Boden sinken. Schließlich sagte er: »Es tut mir leid, aber das genügt nicht.«
»*Wieso?* Andere Menschen sind doch durch Ihre Grundsätze nicht gebunden. Wenn jemand nicht Ihrer Konfession angehört, warum sollten Sie sich weigern zu erlauben –« Er würgte den Rest des Satzes wütend hinunter.
»Sie wollen *wirklich* eine Erklärung?«
»Ja.«
»Also: wenn ein Mann in Unkenntnis der Unrichtigkeit einer Sache handelt, so lädt er keine Schuld auf sich, vorausgesetzt, der gesunde Menschenverstand genügte nicht, ihm die Unrichtigkeit klarzumachen. Doch wenn auch die Unkenntnis den Mann entschuldigt, so entschuldigt sie doch noch nicht die *Handlung*, die in sich selber falsch ist. Wenn ich die *Handlung* gestattete, nur weil der *Handelnde* in Unkenntnis darüber ist, daß die Handlung schlecht ist, dann würde ich Schuld auf mich laden, denn ich *weiß* ja, daß die Handlung schlecht ist. Es ist wirklich so schmerzhaft einfach.«
»Hören Sie, Herr Abt. Da sitzen sie und schauen Sie an. Manche schreien. Andere weinen. Manche sitzen einfach nur so da. Alle fragen: ›Doktor, was kann ich machen?‹ Und was soll ich antworten? Nichts sagen? Oder sagen:

›Sie können sterben, das ist alles, was Sie tun können?‹ Was würden Sie ihnen sagen, Herr Abt?«
»Bete!«
»Ja, natürlich, genau das würden Sie ihnen sagen. Hören Sie, Schmerz ist das einzige Böse, das ich kenne. Es ist das einzige, das ich bekämpfen kann.«
»Dann helfe Ihnen Gott!«
»Antibiotika helfen mir besser.«
Abt Zerchi suchte nach einer scharfen Erwiderung, fand eine, verschluckte sie aber rasch. Er suchte nach einem sauberen Blatt Papier und einer Feder und schob sie über den Tisch. »Schreiben Sie einfach: Ich werde keinem Patienten die Euthanasie empfehlen, solange ich in dieser Abtei bin. Unterschreiben Sie es, dann können Sie den Hof benützen.«
»Und wenn ich es nicht tue?«
»Dann, nehme ich an, werden die Kranken sich zwei Meilen weit die Straße hinunterschleppen müssen.«
»Von allen erbarmungslosen ...«
»Im Gegenteil: ich habe Ihnen eine Gelegenheit geboten, Ihre Arbeit so zu tun, wie das Gesetz, das Sie anerkennen, es vorschreibt, ohne daß Sie das Gesetz, das ich anerkenne, übertreten. Ob die Leute die zwei Meilen gehen müssen oder nicht, das liegt in Ihrer Entscheidung.«
Der Doktor starrte auf das weiße Blatt Papier. »Was ist so besonders magisch daran, wenn Sie es schriftlich haben?«
»Ich ziehe es so vor.«
Der Arzt beugte sich leicht über den Tisch und schrieb. Er überlas das Geschriebene noch einmal, dann hieb er seine Unterschrift darunter und richtete sich auf. »Also gut, hier haben Sie mein Versprechen. Glauben Sie, daß es mehr wert ist als mein mündliches Versprechen?«
»Nein. Ganz gewiß nicht.« Der Abt faltete den Zettel zusammen und steckte ihn in seinen Mantel. »Aber es steckt hier in meiner Tasche, und Sie wissen, daß es hier in meiner Tasche ist, und ich kann es gelegentlich anschauen, mehr ist

es nicht. Übrigens, halten Sie normalerweise Ihr Wort, Doktor Cors?«

Der Arzt starrte ihn einen Augenblick lang an. »Ich werde es halten.« Er grunzte, drehte sich auf dem Absatz um und schoß hinaus.

»Bruder Pat!« rief Abt Zerchi mit dünner Stimme. »Bruder Pat, bist du da draußen?«

Sein Sekretär kam herein, blieb aber in der Tür stehen.

»Ja, Ehrwürdiger Vater?«

»Hast du's gehört?«

»Ich hab einen Teil davon gehört. Die Tür stand offen, und ich konnte nicht umhin. Ihr hattet den Schalldämpfer nicht...«

»Du hast gehört, was er gesagt hat? Schmerz ist das einzige Böse, das ich kenne. Du hast es gehört?«

Der Mönch nickte ernst.

»Und die Gesellschaft ist die einzige Instanz, die entscheidet, ob eine Handlung falsch oder richtig ist? Hast du das auch gehört?«

»Ja.«

»Liebster Gott und Herr, wie sind bloß diese zwei Häresien nach so langer Zeit wieder in der Welt aufgetaucht. Die da unten in der Hölle leiden an beschränkter Phantasie. – ›Die Schlange versuchte mich, so daß ich aß.‹ Bruder Pat, du gehst besser jetzt, oder ich fange an zu rasen.«

»Domne, ich...«

»Was gibt's denn noch? Was ist das? Ein Brief? Gut, gib her!«

Der Mönch übergab ihm den Brief und verließ den Raum. Zerchi ließ das Kuvert ungeöffnet. Er betrachtete wieder das Bürgschaftsschreiben des Doktors. Wahrscheinlich wertlos, dachte er. Aber immerhin, der Mann war aufrichtig. Und seine Arbeit liebte er mit Hingabe. Es war schon Hingabe nötig, um für das Gehalt zu arbeiten, das der Grünstern bezahlte. Der Mann hatte übernächtigt ausgesehen, überarbeitet. Wahrscheinlich hat er von Benzedrin und

Krapfen gelebt, seit die Bombe die Stadt auslöschte. Hat überall nur Elend gesehen und hat es entsetzlich gefunden und etwas dagegen tun wollen in aller Ehrlichkeit. Ehrlich und aufrichtig – das war ja das Schlimme dabei. Aus einer gewissen Entfernung wirkten die Gegner wie böse Feinde, aber wenn man genauer hinsah, dann entdeckte man die Aufrichtigkeit, und die war genauso groß wie die eigene. Und vielleicht war Satan der allerehrlichste von allen.
Er öffnete den Brief und las. Das Schreiben informierte ihn darüber, daß Bruder Joshua und seine Crew von New Rome zu einem nicht näher bezeichneten Ziel im Westen aufgebrochen seien. Der Brief wies ihn aber auch darauf hin, daß Informationen über *Quo peregrinatur* zum ZDI durchgesickert seien und daß der ZDI dem Vatikan Rechercheure geschickt habe, die alle möglichen Fragen über das Gerücht eines geplanten unerlaubten Raketenstarts gestellt hätten ... Offenbar war das Raumschiff also noch nicht gestartet.
Nun, bald würden sie alles über *Quo peregrinatur* wissen, doch mit Gottes Hilfe würden sie es zu spät herausfinden. Und was dann? fragte sich Abt Zerchi.
Die legale Situation war verwickelt. Nach dem Gesetz waren Raumschiffstarts ohne Zustimmung der Kommission illegal. Diese Zustimmung war nur schwer zu erhalten, und es dauerte endlos, bis man sie bekam. Zerchi war sicher, daß die Kommission und der ZDI der Ansicht sein würden, die Kirche verletze das Gesetz. Aber andererseits gab es seit anderthalb Jahrhunderten ein Konkordat zwischen der Kirche und dem Staat; danach war die Kirche eindeutig von Zustimmungsverfahren seitens staatlicher Stellen ausgenommen und erhielt andererseits die Garantie auf das Recht, Missionen »zu jeglicher Einrichtung im Weltraum und/oder zu jeglichem planetarischen Außenposten zu senden, die nicht von obengenannter Kommission für ökologisch kritisch oder für ungeregelte Unternehmungen geschlossen ist«. Jede Niederlassung im Raum war »ökolo-

gisch kritisch« und »geschlossen« zur Zeit, als das Konkordat abgeschlossen wurde, doch der Vertragstext des Konkordats gab der Kirche außerdem das Recht, »Raumfahrzeuge zu besitzen und ungehindert Reisen nach *offenen* Einrichtungen und Außenposten durchzuführen«. Das Konkordat war sehr alt. Es war in den Tagen unterzeichnet worden, als der Berkstrun-Interstellar-Antrieb noch ein Traum in der üppigen Phantasie einiger Leute war, die hofften, daß der Interstellarverkehr das Universum einem ungehinderten Zustrom von Siedlern öffnen werde.
Es war anders gekommen. Als das erste Sternenschiff als Zeichnung auf dem Papier geboren war, stellte es sich heraus, daß keine Institution außer der Regierung über die finanziellen und technischen Mittel verfügte, diese Schiffe zu bauen. Ferner, daß sich kein Gewinn daraus erzielen ließ, daß man Kolonisten nach extrasolaren Planeten zum Zwecke eines »interstellaren Merkantilismus« transportierte. Trotzdem hatten die Herrscher in Asien das erste Sternenschiff losgeschickt. Darauf war im Westen der Aufschrei zu hören: »Wollen wir zulassen, daß die ›minderwertigen‹ Rassen die Sterne erben?« Es folgte eine kurze Zeit voller hektischer Raketenstarts, die Kolonien von schwarzen Menschen, braunen, weißen und gelben Menschen in den Himmel katapultierten, in Richtung Centaurus und im Namen des Rassismus. Später hatten dann Genetiker grinsend dargelegt, daß – da jede Kolonistengruppe so klein sei, daß sie notwendigerweise durch Inzucht genetisch rezessiv werden würde, wenn sie nicht mit anderen Gruppen Kreuzehen auf dem Kolonisationsplaneten eingingen –, daß also ausgerechnet die Rassisten Rassenvermischung für das Überleben zur Unabdinglichkeit gemacht hatten.
Das einzige Interesse der Kirche im Weltraum hatte in ihrer Sorge für jene Kolonisten bestanden, die Söhne dieser Kirche waren und die von der Herde durch interstellare Entfernungen abgeschnitten waren. Und doch hatte die

Kirche von der Verfügung des Konkordats, die ihr die Aussendung von Missionaren erlaubte, keinen Gebrauch gemacht. Es bestanden Widersprüche zwischen dem Konkordat und den Staatsgesetzen, nach denen die Kommission ermächtigt worden war, zumindest dahingehend, daß das Staatsgesetz theoretisch die Aussendung von Missionaren beeinflussen könnte. Diese Rechtsunsicherheit war nie von einem Gerichtshof entschieden worden, denn es ergab sich nie ein Grund für einen Prozeß. Jetzt jedoch, wenn der ZDI die Gruppe Bruder Joshuas dabei ertappte, wie sie eine Interstellarrakete ohne Erlaubnis und ohne Auftrag der Kommission zu starten versuchten, jetzt wäre der Grund gegeben. Zerchi betete, die Gruppe möge davonkommen, ohne daß eine Gerichtsverhandlung angesetzt würde, die Wochen und Monate dauern könnte. Sicher, nachher würde es einen Skandal geben. Viele würden die Kirche nicht nur beschuldigen, sie habe sich gegen die Anordnungen der Kommission vergangen, sondern auch gegen die Nächstenliebe, indem sie kirchliche Würdenträger und einen Haufen von nichtsnutzigen Mönchen geschickt habe, wenn sie doch ihr Schiff als Asyl für arme Kolonisten, die nach Land hungerten, hätte benützen können. Der ewige Konflikt zwischen Martha und Maria wieder einmal.

Abt Zerchi wurde plötzlich gewahr, daß die Hauptfarbe seiner Gedanken sich seit ein, zwei Tagen verändert hatte. Vor ein paar Tagen noch hatten alle darauf gewartet, daß das Firmament zerbersten würde. Aber neun Tage waren vorbeigegangen, seit Luzifer als Herr im Weltraum geweilt und eine Stadt zu Asche gebrannt hatte. Trotz der Toten, der Verstümmelten, der Sterbenden waren es neun Tage Schweigen gewesen. Da der Fluch so lange unerfüllt geblieben war, konnte vielleicht das Allerschlimmste abgewendet werden. Abt Zerchi hatte sich dabei ertappt, daß er an Dinge dachte, die nächste Woche oder nächsten Monat geschehen könnten, als wenn es – nach all dem – überhaupt *wirklich* eine nächste Woche oder einen nächsten Monat geben könnte. Und warum nicht? Bei seiner Gewissenserforschung entdeckte er, daß er die Tugend der Hoffnung nicht gänzlich verloren hatte.

Ein Mönch, der von einem Gang in die Stadt zurückkehrte, berichtete an diesem Nachmittag, daß ein Lager für Flüchtlinge bei dem Parkplatz an der Autobahn, zwei Meilen weiter unten, errichtet werde. »Ich glaube, es ist vom Grünen Stern eingerichtet, Domne«, fügte er hinzu.
»Gut«, sagte der Abt. »Wir platzen hier sowieso schon aus den Nähten, und ich habe drei Wagenladungen voll Menschen abweisen müssen.«
Die Flüchtlinge machten Lärm im Hof, und der Lärm zerrte an den überreizten Nerven. Die beständige Ruhe der alten Abtei wurde durch fremde Laute zerrissen: das heftige Gelächter von Männern, die sich Witze erzählten, das Weinen eines Kindes, das Klappern von Pfannen und Töpfen, hysterisches Schluchzen, die Rufe eines Grünstern-Arztes: »He, Ray, hol mir mal'n Klistierschlauch!« Mehrmals hatte der Abt den Impuls unterdrücken müssen, zum Fenster zu gehen und den Leuten zuzurufen, sie sollten ruhig sein.
Nachdem er es ertragen hatte, solange es ging, nahm der Abt ein Fernglas auf, ein altes Buch und einen Rosenkranz und stieg hinauf zu einem der alten Wachtürme, wo, wie er hoffte, die dicken Steinmauern einen Großteil des Lärms aus dem Klosterhof abhalten würden. Das Buch war ein dünner Band Verse, den die Legende einem mythischen Heiligen zuschrieb, der nur in der Fabel und in der Folklore der Ebenen kanonisiert war, nicht aber durch einen Akt des Heiligen Stuhls, doch in Wirklichkeit war das Bändchen anonym. Niemals hatte auch tatsächlich jemand den geringsten Beweis gefunden, daß eine Person wie der »heilige Dichter vom Wundersamen Augapfel« jemals gelebt habe: vermutlich war die Fabel aus einer Geschichte entstanden, nach der einer der frühen Hannegans von einem

genialen Physiktheoretiker, der sein Protegé gewesen war, ein gläsernes Auge erhalten haben sollte – Zerchi konnte sich nicht erinnern, ob der Wissenschaftler Esser Shon oder Pfardentrott gewesen war –, jedenfalls hatte der Wissenschaftler dem Prinzen erzählt, das Auge habe einem Dichter gehört, der für den Glauben gestorben sei. Er hatte nicht klar ausgesprochen, um welchen Glauben es sich handelte, dem der Dichter, der gestorben war, angehört hatte, den Sankt Peters oder den der texarkanischen Schismatiker, aber Hannegan hatte diese Tatsache immerhin hoch eingeschätzt, denn er hatte den Augapfel in den Griff einer kleinen goldenen Hand einfügen lassen, die bei bestimmten Gelegenheiten von Staatsbedeutung von den Prinzen der Harq-Hannegan-Dynastie bis heute getragen wurde. Der Augapfel wurde verschiedentlich als *Orbis Judicans Conscientias* bezeichnet, aber auch als das *Oculus Poetae Judicis,* und die Überreste der texarkanischen Abtrünnigen verehrten ihn immer noch als eine Reliquie. Vor ein paar Jahren hatte jemand die ziemlich dümmliche Hypothese aufgestellt, daß der »heilige Dichter« die gleiche Person sei wie der »zotige Versifikator«, der ein einziges Mal in den Tagebüchern des Ehrwürdigen Abtes Jerome erwähnt wurde, aber der einzige stichhaltige »Beweis« für diese Theorie war, daß Pfardentrott – oder war es Esser Shon? – die Abtei unter dem Abt Jerome ungefähr zu jenem Zeitpunkt besucht hatte, an dem der »zotige Versifikator« in dem Tagebuch erwähnt wird, und daß die Schenkung des Augapfels an Hannegan zu einem Datum nach diesem Besuch in der Abtei stattgefunden hatte. Zerchi vermutete, daß die Verse des dünnen Bandes von einem der weltlichen Wissenschaftler niedergeschrieben worden waren, die in jener Zeit die Abtei besuchten, um die Memorabilien zu studieren, und daß möglicherweise einer von ihnen mit dem »zotigen Versifikator« und vielleicht sogar einer mit dem Dichterheiligen der Folklore und der Fabel identisch sein könnte. Die anonymen Verse waren doch ein wenig zu gewagt, dachte Zerchi, als daß ein Mönch des Ordens sie geschrieben haben sollte.

Das Buch war ein satirischer Dialog zwischen zwei Agnostikern, die es in Versen unternahmen, durch natürliche Vernunft allein zu beweisen, daß die Existenz Gottes durch natürliche Vernunft allein nicht bewiesen werden könne. Sie brachten es nur fertig, zu demonstrieren, daß die mathematische Grenze einer infiniten Folge von »Zweifeln an der Gewißheit, mit der etwas Bezweifeltes als nichtwißbar gewußt wird, wenn das ›Bezweifelte‹ noch das Vorstadium der ›Unwißbarkeit‹ von ›etwas Bezweifeltem ist‹, daß die Grenze dieses Prozesses ad infinitum nur gleichbedeutend sein könne mit der Feststellung der *absoluten Gewißheit,* auch wenn formuliert als eine unbegrenzte Folge von Negationen der Gewißheit. Der Text wies Züge von Sankt Leslies *Theologischer Rechnung* auf; und sogar noch als poetischer Dialog zwischen einem Agnostiker, der nur als »Dichter«, und einem andern, der nur als »Thon« bezeichnet wurde, schien der Text auf erkenntnistheoretischem Wege einen Beweis für die Existenz Gottes darzustellen, aber der Verseschmied war ein Satiriker gewesen; weder der Dichter noch der Gelehrte gaben ihre agnostischen Prämissen auf, nachdem der Schluß der absoluten Gewißheit erreicht war, sondern sie schlossen statt dessen, daß: *non cogitamus, ergo nihil sumus.*

Abt Zerchi wurde es rasch müde, entscheiden zu wollen, ob das Buch eine hochintellektuelle Komödie oder eine mehr epigrammatische Possenreißerei sei. Vom Turm aus konnte er die Autobahn und die Stadt und bis weit über die Mesa sehen. Er stellte das Fernglas auf die Mesa ein und beobachtete eine Weile die Radaranlagen dort, aber es schien nichts Ungewöhnliches zu geschehen. Er senkte das Glas leicht, um die neuen Grünstern-Einrichtungen im Lager am Autobahnparkplatz zu beobachten. Das Gebiet des Parks und des Parkplatzes war mit Seilen abgetrennt worden. Zelte wurden aufgeschlagen. Installationsmannschaften wa-

ren dabei, Gas- und Stromleitungen anzuschließen. Mehrere Männer waren damit beschäftigt, ein Schild am Eingang zum Lager anzubringen, doch sie hielten es über Eck, und so konnte Abt Zerchi es nicht lesen. Irgendwie erinnerte ihn die hektische Aktivität an einen Wanderzirkus der Nomaden, der in die Stadt gekommen war. Es gab eine große rote Maschine oder etwas Ähnliches. Sie schien ein Feuerloch und einen Dampfkessel zu haben, aber zunächst konnte er sich ihren Zweck nicht vorstellen. Männer in Grünstern-Uniformen errichteten ein Ding, das aussah wie ein kleines Karussell. Schließlich wurden noch mehr als ein Dutzend Lastwagen neben der Straße geparkt. Einige waren mit Bauholz beladen, andere mit Zelten und Faltbetten. Einer schien Brandziegel anzubringen, ein anderer war mit Steingutwaren und Stroh beladen.
Steingut?
Abt Zerchi besah sich die Fracht des letzten Lastwagens genauer. Runzeln bildeten sich auf seiner Stirn. Es war eine Ladung von Vasen oder Urnen, die alle gleich aussahen, und sie waren mit schützenden Strohschichten übereinandergepackt. Irgendwo hatte er so etwas schon einmal gesehen, doch er konnte sich nicht erinnern, wo.
Ein weiterer Lastwagen, der ankam, brachte nichts als eine große »steinerne« Statue – wahrscheinlich aus verstärktem Kunststoff – und eine viereckige Platte, auf die offenbar die Statue montiert werden sollte. Die Statue lag auf dem Rücken, in einer Halterung aus Holzlatten und einem Nest von Verpackungsmaterial. Abt Zerchi konnte nur die Füße und eine ausgestreckte Hand sehen, die durch das Packstroh stieß. Die Statue war länger als die Ladefläche des Wagens, ihre nackten Füße staken über die hintere Ladeklappe hinaus. Jemand hatte eine rote Flagge an eine der großen Zehen gebunden. Zerchi zerbrach sich darüber den Kopf: warum der Aufwand? Ein ganzer Lastwagen für eine Statue? Und sie werden vielleicht noch Ladungen voll Nahrungsmitteln brauchen!

Er beobachtete die Männer, die das Schild aufstellten. Schließlich ließ einer davon sein Ende der Tafel zu Boden und kletterte auf eine Leiter, um an den oberen Halteklammern etwas in Ordnung zu bringen. Das Schild drehte sich um die eine Ecke, die auf dem Boden ruhte, und Zerchi konnte, indem er den Hals verrenkte, die Schrift auf dem Schild entziffern:

ERLÖSUNGS-LAGER NR. 18
GRÜNER STERN
KATASTROPHENTRUPPEN-PROJEKT

Rasch schaute Zerchi wieder nach den Lastwagen. Das Steingut! Die Erinnerung kam ihm wieder. Er war einmal an einem Krematorium vorbeigefahren und hatte Männer gesehen, die solche Urnen von einem Lastwagen mit dem gleichen Firmenzeichen abgeladen hatten. Er drehte das Fernglas weiter, auf der Suche nach dem Wagen mit den Brandziegeln. Der Wagen war nicht mehr an seinem Platz. Schließlich fand er ihn: er parkte jetzt innerhalb der Einzäunung. Die Brandziegel wurden bei der großen roten Maschine abgeladen. Er schaute sich die Maschine genauer an. Was ihm zunächst wie ein Dampfkessel erschienen war, sah nun wie ein Ofen oder ein Schmelzofen aus. »*Evenit diabolus!*« keuchte der Abt, während er sich daranmachte, die Wendeltreppe hinunterzueilen.

Er fand Doktor Cors in dem fahrbaren Labor unten im Hof. Der Arzt befestigte soeben mit Draht ein gelbes Tikket am Jackenaufschlag eines alten Mannes, wobei er ihm erklärte, er solle für eine Weile in ein Erholungslager gehen und auf die Pfleger hören, er werde aber bald wieder in Ordnung sein, wenn er gut auf sich aufpasse.

Zerchi stand mit gefalteten Armen da, biß auf seinen Lippen herum und beobachtete kalt den Arzt. Cors blickte vorsichtig auf.

»Ja? Was gibt's?« Seine Augen fielen auf das Fernglas,

dann betrachtete er forschend das Gesicht des Abtes. »Oh«, brummte er. »Also, ich habe nichts mit der Seite der Angelegenheit zu tun, gar nichts.«
Der Abt schaute ihn ein paar Sekunden lang schweigend an, dann lief er aus dem Zimmer. Er ging zu seinem Büro und ließ Bruder Patrick den höchsten Grünstern-Beamten anrufen ...
»Ich möchte, daß es aus unserer Nachbarschaft verschwindet!«
»Es tut mir leid, aber die Antwort ist ein nachdrückliches Nein ...«
»Bruder Pat, ruf die Werkstätte an und laß Bruder Lufter hierher kommen.«
»Er ist nicht in der Werkstatt, Domne.«
»Dann sollen sie einen Tischler und einen Maler raufschikken. Irgendeiner ist gut genug.«
Einige Minuten später erschienen zwei Mönche.
»Ich möchte, daß ihr mir fünf leichte Tafeln macht, sofort«, befahl er ihnen. »Ich will, daß sie schöne lange Tragestangen haben. Sie müssen groß genug sein, daß man sie einen Häuserblock weit lesen kann, aber leicht genug, daß ein Mann sie stundenlang tragen kann, ohne vor Müdigkeit umzufallen. Könnt ihr das machen?«
»Sicher, Herr. Was soll denn draufstehen?«
Abt Zerchi schrieb es ihnen auf. »Macht's schön groß und deutlich«, befahl er. »Es muß den Augen weh tun. Ihr könnt gehen.«
Als sie verschwunden waren, rief er Bruder Patrick noch einmal herein. »Bruder Pat, suche mir fünf brave junge und gesunde Novizen, nach Möglichkeit mit einem Märtyrerkomplex behaftet. Sag ihnen, es könnte ihnen ergehen wie Sankt Stephanos.«
Und mir wird es sogar noch schlimmer ergehen, dachte er, wenn New Rome von der Geschichte erfährt.

28 Die Komplet war zu Ende gesungen, doch der Abt blieb in der Kirche. Er kniete allein im Dämmerlicht des Abends.

Domine, mundorum omnium Factor, parsurus esto imprimis eis filiis aviantibus ad sideria caeli quorum victus difficilior...

Er betete für Bruder Joshuas Gruppe – für die Männer, die ausgezogen waren und ein Sternenschiff genommen hatten, um in den Himmel zu steigen, in eine wüstere Ungewißheit als irgendeine, die dem Menschen auf Erden begegnete. Sie würden viel Beten nötig haben; niemand war anfälliger als der Wanderer, anfälliger für die Übel, die den Geist befallen und den Glauben peinigen und die Überzeugung zernagen und das Hirn mit Zweifeln quälen. Zu Hause auf der Erde, da gab es Aufpasser und äußerliche Zuchtmeister für das Gewissen, doch unterwegs war das Gewissen allein, war hin- und hergerissen zwischen dem Herrn und dem bösen Feind. Laß sie standhaft sein, betete er, laß sie getreu sein dem Weg des Ordens.

Doktor Cors fand ihn gegen Mitternacht in der Kirche und winkte ihn leise hinaus. Der Arzt sah verstört und völlig mutlos aus.

»Ich habe soeben mein Versprechen gebrochen«, begann er herausfordernd.

Der Abt schwieg einen Moment lang. Dann fragte er: »Stolz drauf?«

»Nicht besonders.«

Sie gingen auf die Laborwagen zu und blieben im Schein des bläulichen Lichtes stehen, das aus der Tür kam. Der Laborkittel des Arztes war schweißnaß; er trocknete sich die Stirn mit dem Ärmel. Zerchi betrachtete ihn mit jenem Mitgefühl, das man für die Verlorenen empfinden mag.

»Wir werden natürlich sofort wegfahren«, sagte Cors. »Ich dachte nur, ich müßte es Ihnen sagen.« Er drehte sich um und machte sich daran, in den Laborwagen zu steigen.

»Augenblick«, sagte der Priester. »Erzählen Sie mir alles!«

»Erzähl ich's Ihnen?« Der herausfordernde Ton war wieder in der Stimme. »Wozu? Damit Sie mit dem Höllenfeuer drohen können? Sie ist schon krank genug und das Kind auch. Ich werde Ihnen nichts sagen.«
»Sie haben es schon getan. Ich weiß, wen Sie meinen. Das Kind ebenfalls, nehme ich an?«
Cors zögerte. »Strahlungsschäden. Atomblitz-Verbrennungen. Die Frau hat eine gebrochene Hüfte. Der Vater ist tot. Die Plomben in den Zähnen der Frau sind radioaktiv. Das Kind glüht beinahe im Dunkeln. Erbrechen kurz nach der Explosion. Übelkeit, Anaemie, zerstörte Follikel. Blind auf einem Auge. Das Kind schreit dauernd vor Schmerzen von den Verbrennungen. Wie sie die Schockwelle überlebt haben, kann man sich kaum vorstellen. Ich kann nichts für sie tun, außer sie zum Eucrem-Team zu schicken.«
»Ich habe die beiden gesehen.«
»Dann wissen Sie ja, warum ich mein Versprechen gebrochen habe. Ich muß nämlich danach mit mir selbst *weiterleben*, Mann! Und ich will nicht weiterleben in dem Bewußtsein, der Folterknecht dieses Kindes und dieser Frau zu sein.«
»Es ist angenehmer, statt dessen, als ihr Mörder weiterzuleben?«
»Bei Ihnen verschlägt kein vernünftiges Argument.«
»Was haben Sie ihr gesagt?«
»Wenn Sie Ihr Kind lieben, ersparen Sie ihm den Todeskampf. Schlafen Sie mit ihm barmherzig ein, so schnell wie möglich. Mehr hab ich nicht gesagt. Wir werden jetzt sofort wegfahren. Wir sind sowieso mit den Strahlungskranken fertig und auch mit den Schwerstverletzten sonst. Den anderen wird es nicht viel ausmachen, ein paar Meilen zu laufen. Es gibt sonst keine kritischen Strahlungsfälle mehr hier.«
Zerchi rannte davon. Dann hielt er plötzlich inne und rief zurück: »Packen Sie zusammen«, er krächzte, »packen Sie zusammen, und dann verschwinden Sie. Wenn ich Sie noch

mal hier sehe, dann weiß ich nicht, was ich tue...«
Cors fauchte: »Ich bin hier ebenso ungern, wie Sie mich hier sehen. Wir gehen jetzt. Vielen Dank!«

Zerchi entdeckte die Frau mit dem Kind auf einem Notbett im Flur des überfüllten Gästehauses. Sie waren unter einer Decke aneinandergeschmiegt und weinten beide. Das Gebäude roch nach Tod und Desinfektionsmitteln. Die Frau blickte auf, als sie die undeutliche Silhouette des Abtes vor dem Licht wahrnahm.
»Vater?« Ihre Stimme klang furchtsam.
»Ja.«
»Es ist aus. Sehen Sie? Sehen Sie, was die mir gegeben haben?«
Er konnte nichts sehen, doch er hörte, wie ihre Finger an etwas Papierenem zogen. Das rote Ticket. Er versuchte vergeblich, seine Stimme in die Gewalt zu bekommen, um mit der Frau zu sprechen. Er stand jetzt über dem Feldbett. Er suchte in seiner Tasche und zog einen Rosenkranz hervor. Sie hörte das Klappern der Perlen und griff danach.
»Sie wissen, was das ist?«
»Sicher, Vater.«
»Dann behalten Sie es und benützen Sie es.«
»Danke.«
»Tragen Sie es und beten Sie.«
»Ich weiß, was ich zu tun habe.«
»Werden Sie nicht mitschuldig. Kind, um der Liebe Gottes willen, tun Sie es...«
»Der Doktor hat mir gesagt...«
Sie brach ab. Er wartete, daß sie zu Ende sprach, doch sie schwieg.
»Werden Sie nicht mitschuldig.«
Sie schwieg noch immer. Er segnete Mutter und Kind und ging so rasch wie möglich davon. Die Frau hatte die Perlen des Rosenkranzes betastet mit Fingern, die wußten, was sie

taten; es gab nichts, was er ihr hätte sagen können, was sie nicht schon wußte.

»Die Konferenz der Außenminister auf Guam ging soeben zu Ende. Es wurde kein gemeinsames Kommuniqué über künftige Entwicklung der Lage gegeben; die Außenminister kehren in ihre Regierungshauptstädte zurück. Die Bedeutung dieser Konferenz und die Spannung, mit der die Welt Resultate erwartet, zwingen mich, Ihren Kommentator, zu der Annahme, daß die Konferenz noch nicht beendet ist, sondern nur unterbrochen, damit die Außenminister mit ihren Regierungen ein paar Tage lang beraten können. Eine früher erfolgte Information, wonach die Konferenz unter bitteren gegenseitigen Beschuldigungen zusammengebrochen sei, wurde von den Ministern dementiert. Der Erste Minister sagte nur kurz zur Presse: ›Ich kehre nach Hause zurück, um mit dem Regentschaftsrat zu sprechen. Aber das Wetter ist schön hier auf Guam; ich werde vielleicht später mal wieder herfahren zum Fischen.‹
Die zehntägige Frist ist heute beendet, doch nimmt man weitgehend an, daß das Waffenstillstandsübereinkommen auch weiterhin beachtet werden wird. Gegenseitige Vernichtung wäre die Alternative. Zwei Städte sind gestorben, doch muß man daran erinnern, daß keine Seite mit einem Angriff bis zum Höchstmaß zurückgeschlagen hat. Die Herrscher in Asien behaupten, es handle sich um eine Aktion ›Auge um Auge‹. Unsere Regierung beharrt auf dem Standpunkt, die Katastrophe in Itu Wan sei nicht auf eine Rakete der Atlantischen Konföderation zurückzuführen. Doch im allgemeinen herrscht in beiden Hauptstädten ein unheimliches, bedrückendes Schweigen. Es gab nur wenig blutdürstige Äußerungen, wenig Geschrei nach Rache. Eine Art dumpfer Wut glüht weiter, weil gemordet wurde, weil der Irrsinn siegte, aber keine der beiden Seiten will den totalen Krieg. Die Landesverteidigung steht in Angriffsbereitschaft. Der Generalstab hat eine Ankündigung, ja

schon beinahe einen Appell veröffentlicht, dahingehend, daß wir nicht bis zum Äußersten gehen werden, wenn sich Asien ebenfalls zurückhält. Doch in der Ankündigung hieß es auch: ›Wenn sie schmutziges Fallout anwenden, dann werden wir ihnen mit gleicher Münze heimzahlen, und zwar so, daß für tausend Jahre kein Lebewesen in Asien leben wird.‹

Seltsamerweise kommt die am wenigsten hoffnungsvolle Nachricht nicht aus Guam, sondern vom Vatikan aus New Rome. Es wurde berichtet, daß Papst Gregor nach Beendigung der Guam-Konferenz aufgehört habe, für den Frieden in der Welt zu beten. Zwei besondere Messen wurden in der Basilika zelebriert: *Exsurge quare obdormis,* die Messe gegen die Heiden, und *Reminiscere,* die Messe in Zeiten des Krieges; danach, so lautet der Bericht weiter, habe sich Seine Heiligkeit in die Berge zurückgezogen, um zu meditieren und für Gerechtigkeit zu beten.

Und nun ein Wort von . . .«

»Mach das aus!« stöhnte Zerchi.

Der junge Mönch neben ihm knipste das Gerät aus und starrte den Abt mit großen Augen an. »Ich kann es nicht glauben!«

»Was? Das mit dem Papst? Ich konnte es auch nicht. Doch ich habe es schon eher gehört, und New Rome hatte Zeit genug, es zu dementieren. Sie haben kein Wort dazu gesagt.«

»Was bedeutet das?«

»Ist das nicht offensichtlich? Der Diplomatische Dienst des Vatikan ist am Ball. Wahrscheinlich haben sie einen Bericht über die Guam-Konferenz geschickt. Wahrscheinlich hat dieser Bericht den Heiligen Vater erschreckt.«

»Was für eine Warnung! Was für eine Geste!«

»Es war mehr als eine Geste, Vater. Seine Heiligkeit hält keine Kriegsmesse um des dramatischen Effekts willen. Überdies werden sowieso die meisten Leute glauben, er meine es ›gegen die Heiden‹ auf der andern Seite der Welt,

und ›für Gerechtigkeit‹ für unsere Seite. Oder wenn sie es wirklich besser wissen, dann werden sie immer noch überzeugt sein, daß es so richtig wäre.« Er vergrub sein Gesicht in den Handflächen und rieb sie auf und ab. »Schlaf. Was ist Schlaf, Vater Lehy? Erinnerst du dich noch daran? Ich habe seit zehn Tagen kein menschliches Gesicht mehr gesehen, das nicht dunkle Ringe um die Augen gehabt hätte. Ich konnte gestern nacht noch nicht einmal ein bißchen dahindämmern, weil jemand im Gästehaus beständig schrie.«
»Luzifer ist kein Sandmännchen, das ist wahr.«
»Was starrst du denn so zum Fenster hinaus?« fragte Zerchi scharf. »Das kommt noch dazu. Alle starren dauernd in den Himmel, starren hinauf und warten. Wenn es kommt, wirst du keine Zeit haben, es zu sehen, ehe der Blitz fällt, und dann wäre es besser, *nicht* hinzuschauen. Laß das. Es ist ungesund.«
Vater Lehy drehte sich vom Fenster weg. »Ja, Ehrwürdiger Vater. Aber ich habe nicht danach Ausschau gehalten. Ich habe die Geier beobachtet.«
»Geier?«
»Da oben sind ziemlich viele, schon den ganzen Tag über. Dutzende von Geiern – die einfach nur so kreisen.«
»Wo?«
»Über dem Grünstern-Lager drüben an der Autobahn.«
»Dann ist es kein Omen. Es ist nur der gesunde Appetit der Geier. Ach! Ich werde ein bißchen hinausgehen und frische Luft schöpfen.«
Im Klosterhof traf er Mrs. Grales. Sie trug einen Korb voll Tomaten, den sie auf den Boden stellte, als Zerchi näher kam.
»Ich hab Euch was gebracht, Vater Zerchi«, erklärte sie ihm. »Ich hab nämlich gesehn, daß Euer Schild wech is und so'n armes Mädchen drin hinnerm Zaun und da hab ich mir gedacht, Ihr würdet nix gegen 'nen Besuch von Eurer alten Tomatenfrau ham. Ich hab'n paar Tomaten mitgebracht, seht Ihr?«

»Danke, Mrs. Grales. Das Schild haben wir weggenommen wegen der Flüchtlinge, aber es ist schon in Ordnung. Allerdings wegen der Tomaten, da sollten Sie mit Bruder Elton reden. Er macht die Einkäufe für die Küche.«
»Oh, s'is nich zum Kaufen, Vater. Hähä! Ich hab se doch umsonst gebracht. Ihr habt doch ne Menge Leute durchzufüttern und all die armen Dinger, wo ihr aufnehmt. Un so kosten die Tomaten nix. Wo soll ich se 'n hintun?«
»Die Notküche ist im – aber nein, lassen Sie sie hier. Ich werde jemand beauftragen, sie ins Gästehaus zu bringen.«
»Ich bringse selber hin. Habse schließlich auch bis hierher getragen.« Sie nahm ihren Korb wieder auf.
»Danke, Mrs. Grales.« Er wandte sich zum Gehen.
»Vater, wartet!« rief sie. »Ein Minütchen, Euer Ehrwürden, nur'n kleines Minütchen von Eurer Zeit...«
Der Abt unterdrückte ein Stöhnen. »Es tut mir leid, Mrs. Grales, aber es ist so, wie ich Ihnen gesagt habe –« Er brach ab und starrte auf das Gesicht von Rachel. Eine Sekunde lang war es ihm so vorgekommen, als... Also hatte Bruder Joshua recht gehabt mit seiner Meinung. Nein, sicher nicht. »Es ist ein Fall für ihre Pfarrei und Ihre Diözese. Ich kann da wirklich gar nichts...«
»Nee, Vater, das isses doch gar nich!« sagte sie. »Es is doch was ganz was anners, was ich Euch bitten wollt.« Da! Es *hatte* gelächelt! Jetzt war er sicher. »Würdet Ihr mir die Beichte abhörn, Vater? Bitte um Vergebigung, wenn ich Euch belästigen tu, aber mir tun meine Sünden leid, un ich möcht gern, daß Ihr es seid, der, was mir Vergebigung erteilt.«
Zerchi zögerte. »Und warum nicht Vater Selo?«
»Also ehrlich, Euer Ehrwürden, ich muß Euch sagen, daß der Mann für mich 'n Anlaß zur Sünde is. Ich geb mer alle Müh mit ihm, aber wenn ich man bloß dem in sein Gesicht guck, dann vergeß ich mich selber. Gott hab ihn lieb. Ich kannes nich!«
»Wenn er Sie geärgert hat, müssen Sie ihm vergeben.«

»Vergebigen, das tu ich ja, tu ich ja. Aber aus guter Entfernung. Er is ne Gelegenheit zur Sünde für mich, das muß ich sagen, alles was wahr is, weil nämlich, ich verlier immer die Beherrschung, wenn ich'n bloß seh.«

Zerchi gluckste. »Na schön, Mrs. Grales. Ich werde Ihnen die Beichte abnehmen. Aber zuerst muß ich noch etwas erledigen. Kommen Sie in einer halben Stunde in die Kapelle Unserer Lieben Frau. Der erste Beichtstuhl. Geht das?«

»Jawoll, und gesegnet sollt Ihr sein, Vater!« Sie nickte ausgiebig. Abt Zerchi hätte schwören mögen, daß der Rachelkopf ebenfalls nickte, ganz, ganz leicht.

Er wischte den Gedanken weg und ging hinüber zur Garage. Ein Postulant fuhr den Wagen für ihn heraus. Zerchi kletterte hinein, wählte die Route und sank müde in den Sitz zurück, während die automatische Kontrolle die Gänge bestimmte und den Wagen langsam auf das Tor in Bewegung setzte. Als er gerade durch das Tor rollte, sah der Abt das Mädchen am Straßenrand stehen. Ihr kleines Kind war bei ihr.

Zerchi drückte den Halteknopf. Der Wagen hielt. »Warten«, sagten die Robotkontrollen.

Das Mädchen war von der Hüfte bis zum linken Knie in Gips. Sie stützte sich auf ein Paar Krücken und war zu Boden gebeugt vor Atemnot. Irgendwie war sie aus dem Gästehaus entkommen und durch das Tor gelangt, aber es war klar, daß sie nicht mehr weiterkonnte.

Das Kind hielt sich an einer Krücke fest und stierte auf den Verkehr auf der Autobahn.

Zerchi öffnete die Wagentür und kletterte langsam hinaus. Das Mädchen schaute zu ihm auf, wendete jedoch rasch ihren Blick wieder ab.

»Was treibst du denn, du gehörst doch ins Bett, Kind«, flüsterte er. »Du darfst doch nicht aufstehen mit der Hüfte. Was hast du dir denn gedacht, wohin du gehen willst?«

Sie verlagerte ihr Gewicht, und ihr Gesicht zuckte vor

Schmerz. »In die Stadt«, sagte sie. »Ich muß hin. Es ist sehr wichtig.«
»Nicht so wichtig, als daß es nicht jemand für dich erledigen könnte. Ich werde Bruder...«
»Nein, Vater, nein! Niemand kann das für mich erledigen. Ich muß selber in die Stadt.«
Sie log. Er war sicher, daß sie log. »Na gut«, sagte er. »Ich nehme Sie mit in die Stadt. Ich fahre sowieso hin...«
»Nein! Ich werde gehen! Ich bin...« Sie machte einen Schritt und stöhnte. Zerchi fing sie auf, bevor sie hinfallen konnte.
»Sie könnten nicht mal in die Stadt laufen, wenn Sankt Christophorus Ihre Krücken hielte, mein Kind. Kommen Sie, lassen Sie mich Ihnen zurück ins Bett helfen.«
»Ich muß in die Stadt, sag ich Ihnen!« schrie sie zornig.
Das Kind erschrak über den Zorn seiner Mutter und begann eintönig zu wimmern. Die Frau versuchte, seine Angst zu besänftigen, gab aber dann nach: »Gut, Vater, nehmen Sie mich mit in die Stadt?«
»Sie sollten wirklich nicht gehen!«
»Ich sag Ihnen doch, ich muß!«
»Na schön. Kommen Sie, ich helfe Ihnen hinein... das Kind... und jetzt Sie...«
Das Kind kreischte hysterisch, als der Priester es neben seine Mutter hob. Es klammerte sich heftig an sie. Dann begann es wieder monoton zu wimmern. Wegen der weiten und feuchten Bandagen, die das Kind trug, war es nicht leicht, das Geschlecht des Kindes zu erraten, doch Abt Zerchi nahm an, daß es ein Mädchen sei.
Er wählte wieder. Der Wagen wartete auf eine Lücke im Verkehr, wischte dann hinauf auf die Autobahn und bog auf die Mittelgeschwindigkeitsspur. Zwei Minuten später, als sie sich dem Grünstern-Lager näherten, wählte Zerchi die langsame Spur.
Fünf Mönche paradierten vor dem Zeltbereich auf und ab, eine ernste Postenlinie in Kapuzen. Sie marschierten in

Prozession unter dem Erlösungslager-Schild auf und ab, aber sie gaben acht, dabei auf der öffentlichen Straße zu bleiben. Auf ihren frisch gemalten Schildern stand zu lesen:

LASST ALLE HOFFNUNG FAHREN
IHR
DIE IHR HIER EINTRETET

Zerchi hatte ursprünglich vorgehabt, anzuhalten und mit den Mönchen zu sprechen, doch nun, mit dem Mädchen im Wagen neben ihm, begnügte er sich damit, sie zu beobachten, wie sie vorbeiglitten. Mit ihren Kutten, den Kapuzen und ihrer begräbnishaften Prozession bewirkten die Novizen tatsächlich den von ihm gewünschten Effekt. Zwar war es zweifelhaft, ob sich der Grünstern in genügendem Maße belästigt fühlen würde, um das Lager weiter weg vom Kloster aufzuschlagen, besonders da ein kleiner Störtrupp, wie man ihm in die Abtei berichtet hatte, vor einiger Zeit erschienen war und Beleidigungen und Kieselsteine über die Parademönche ausgeschüttet hatte. Neben der Autobahn parkten zwei Polizeiwagen, mehrere Polizisten standen mit ausdruckslosen Gesichtern daneben. Da die Störmannschaft ziemlich plötzlich aufgetaucht war und da die Polizeiautos ebenso plötzlich kurz darauf angekommen waren, gerade rechtzeitig, um zu konstatieren, daß einer aus dem Störtrupp eines der Protestschilder zu packen versuchte, und schließlich und endlich, da ein Grünstern-Beamter daraufhin ärgerlich davonschoß, um einen Gerichtsbefehl zu erwirken, schloß der Abt, daß der Störtrupp ebenso sorgfältig auf die Bühne gestellt war wie seine Protestmärschler, um dem Offizier des Grünsterns zu seinem Schreiben zu verhelfen. Er würde es wahrscheinlich bekommen, aber Abt Zerchi hatte vor, die Novizen zu lassen, wo sie sich derzeit befanden, solange der gerichtliche Abzugsbefehl noch nicht vorgezeigt worden war.
Er warf einen Blick auf die Statue, die Arbeiter des Lagers

neben dem Tor errichtet hatten. Er zuckte zurück. Er erkannte die Statue als eines jener zusammengesetzten menschlichen Urbilder, die aus psychologischen Massentests abgeleitet werden, bei denen man den Testpersonen Fotografien von Unbekannten gab und ihnen Fragen stellte wie: »Wen möchten Sie am liebsten treffen?« und »Welche Person wäre Ihrer Meinung nach ein guter Vater?« oder »Welche Person möchten Sie am liebsten nicht treffen?« oder »Wer von diesen ist ein Krimineller?« Aus den Fotos, die als »am liebsten« oder »am liebsten nicht« bezeichnet wurden, wählte man eine Serie von »durchschnittlichen Gesichtern aus«, die von Computern aus den Massentests entwickelt worden waren und von denen jedes auf den ersten Blick ein Persönlichkeitsbild im Betrachter hervorrief.

Diese Statue, bemerkte Zerchi mit Widerwillen, wies eine deutliche Ähnlichkeit auf mit jenen außerordentlich weibischen Bildnissen, durch die mittelmäßige oder untermittelmäßige Künstler traditionsgemäß und falsch die Person Christi darzustellen pflegten. Ein süßlich-schmerzliches Antlitz, leere schimmernde Augen, feuchte Lippen, die Arme weit ausgebreitet in einer Geste der Umarmung. Die Hüften waren breit wie die einer Frau, die Brust ließ einen Busen ahnen – es sei denn, es waren nur die Falten der Kleidung. Guter Gott von Golgatha, keuchte Abt Zerchi in sich hinein, stellt sich die Plebs DICH so vor? Wenn er sich Mühe gab, konnte er sich vorstellen, daß die Statue sagte: »Lasset die kleinen Kindlein zu mir kommen.« Doch er konnte sich nicht vorstellen, daß sie sagte: »Weichet von mir ins ewige Feuer, ihr Verfluchten!« Oder daß sie gar die Geldwechsler aus dem Tempel jagte ... Welche Fragen, dachte Zerchi, müssen die ihren Testpersonen gestellt haben, damit dieses Konglomerat von einem Gesicht herauskam? Nun, es war ja nur insgeheim ein »Christus«, denn auf dem Sockel stand: TROST. Aber natürlich hatten die Leute vom Grünstern erkannt, wie ähnlich die Statue dem traditionellen hübschen Christus der miesen Bildhauer war. Doch sie luden sie auf einen Lastwagen und banden eine rote Flagge an ihre große Zehe, und die beabsichtigte Ähnlichkeit würde schwer zu beweisen sein.

Das Mädchen hielt mit einer Hand den Türgriff fest; sie schielte nach den Kontrollapparaturen des Wagens. Zerchi wählte rasch: SCHNELLSPUR. Der Wagen schoß wieder voran. Das Mädchen nahm die Hand vom Türgriff.

»Ne ganze Menge Geier heute«, sagte Zerchi ruhig und schaute zum Fenster hinaus in den Himmel.

Das Mädchen saß da, ohne einen Muskel im Gesicht zu bewegen. Er schaute sich dieses Gesicht eine Weile an. »Haben Sie Schmerzen, meine Tochter?«

»Das macht nichts.«

»Bieten Sie sie dem Himmel als Opfer an, Kind.«

Sie blickte ihn kalt an. »Glauben Sie, daß Gott Freude daran hat?«

»Wenn Sie sie ihm darbringen, ja.«

»Ich kann einen Gott nicht verstehen, dem die Schmerzen meines Kindes Freude machen!«

Der Priester zuckte zusammen. »Aber nein, nicht doch! Es ist nicht der Schmerz, der Gott gefällt, mein Kind! Es ist die Festigkeit der Seele in Glaube, Hoffnung und Liebe *trotz* der körperlichen Leiden, die dem Himmel gefällt. Schmerz ist wie eine negative Versuchung. Und Gott hat keinen Gefallen an den Versuchungen des Fleisches. Er hat Gefallen daran, wenn die Seele sich über die Versuchung erhebt und sagt: Hinweg mit dir, Satan! Und so ist es auch mit dem Schmerz, der oft eine Versuchung ist, zu verzweifeln, zornig zu sein, den Glauben zu verlieren...«

»Sparen Sie sich Ihre Worte, Vater. Ich beklage mich nicht. Das Kleine klagt. Aber das Kleine versteht Ihre Predigt nicht. Aber sie kann Schmerzen leiden, das kann sie. Sie kann Schmerzen fühlen, aber sie kann nicht verstehen, warum.«

Was kann ich dazu sagen? dachte der Priester stumpf. Ihr

wieder erklären, daß der Mensch einstmals übernatürliche Unempfindlichkeit gegen Schmerz besaß, sie aber im Paradies weggeworfen hat? Daß das kleine Mädchen eine Zelle von Adam ist und deshalb ... Es war die Wahrheit, doch die Frau hatte ein krankes Kind, und sie war selber krank und würde ihm nicht zuhören.
»Tu es nicht, meine Tochter. Bitte, tu es nicht!«
»Ich werd es mir überlegen«, antwortete sie kalt.
»Als ich ein Junge war, hatte ich eine Katze«, murmelte der Abt langsam. »Einen großen grauen Kater mit Schultern wie eine kleine Bulldogge und dem entsprechenden Kopf. Er besaß die nachlässige Eleganz und Frechheit, die einen glauben lassen, daß diese Tiere des Teufels sind. Hundertprozentig Katze. Kennen Sie Katzen? Verstehen Sie was davon?«
»Ein bißchen.«
»Katzenliebhaber verstehen Katzen nicht. Man kann einfach nicht *alle* Katzen lieben, wenn man die Katzen kennt. Und die Katzen, die man lieben kann, wenn man sie kennt, sind eben gerade jene Katzen, die Katzenliebhaber nicht einmal beachten würden. Zeke war so eine Katze.«
»Das hat natürlich eine Moral, oder?« Sie schaute den Abt argwöhnisch an.
»Nur, daß ich ihn getötet habe.«
»Hören Sie auf! Was immer Sie sagen wollen, sagen Sie es nicht!«
»Er wurde von einem Lastwagen überfahren, seine Hinterbeine waren zerquetscht. Er kroch unters Haus. Ab und zu gab er ein Geschrei von sich wie bei einem Kampf zwischen Katern und warf sich hin und her, aber die meiste Zeit lag er nur ruhig da und wartete. ›Man sollte ihn einschläfern‹, sagten mir die Leute immer wieder. Nach ein paar Stunden schleppte er sich unter dem Haus hervor. Schrie um Hilfe. ›Man sollte ihn beseitigen‹, sagten die Leute. Ich ließ es nicht zu. Sie sagten, es sei grausam, ihn am Leben zu lassen. So sagte ich schließlich, ich würde es selbst tun, wenn es

getan werden müsse. Ich nahm ein Gewehr und eine Schaufel und trug das Tier hinaus an den Waldrand. Ich legte ihn auf den Boden, während ich ein Loch grub. Dann schoß ich ihn in den Kopf. Es war eine kleinkalibrige Waffe. Zeke zuckte mehrmals, dann erhob er sich auf die Vorderbeine und begann sich auf ein paar Büsche zuzuschleppen. Ich schoß noch einmal auf ihn. Es warf ihn um, so daß ich annahm, er sei tot, und ihn in die Grube legte. Nach ein paar Schaufeln Erde richtete Zeke sich wieder auf und kroch aus der Grube wieder auf die Büsche zu. Mittlerweile schrie ich wilder als die Katze. Ich mußte ihn mit der Schaufel totschlagen. Ich mußte ihn ins Loch zurücktun und die Schaufel wie ein Hackmesser benutzen, und während ich damit zuschlug, zuckte Zeke immer noch und schlug hin und her. Sie haben mir später erklärt, es seien nur Nervenreflexe aus dem Rückgrat gewesen, aber ich habe es ihnen nicht geglaubt. Ich kannte diesen Kater. Er wollte unter diese Büsche kriechen und dort liegen bleiben und warten. Ich wünschte bei Gott, ich hätte ihn unter diese Büsche kriechen lassen und sterben lassen, wie eine Katze stirbt, wenn man sie allein läßt: *mit Würde*. Ich bin mein Schuldgefühl nie losgeworden. Und Zeke war zwar nur eine Katze, doch...«

»Halten Sie den Mund!« flüsterte die Frau.

»...doch sogar die alten Heiden haben bemerkt, daß die Natur uns nichts auferlegt, wozu sie uns nicht auch befähigt, es zu ertragen. Und wenn das für eine Katze stimmt, ist es dann nicht viel richtiger im Falle eines Geschöpfes mit Vernunft und Willen — was immer man auch vom Himmel halten mag?«

»Verdammt, halten Sie Ihren Mund! Seien Sie doch still!« zischte sie.

»Wenn ich ein bißchen brutal bin«, sagte der Priester, »dann zu Ihnen, nicht zu dem Kind. Das Kind kann ja nicht verstehen, wie Sie gesagt haben. Und Sie, das haben Sie auch gesagt, beklagen sich ja nicht. Also...«

»Also bitten Sie mich, ich soll sie langsam sterben lassen und...«

»Nein! Ich bitte Sie nicht. Als Priester Christi *befehle* ich Ihnen beim Allmächtigen Gott und kraft seiner Vollmacht, nicht Hand an Ihr Kind zu legen, sein Leben nicht der falschen Gottheit einer zweckdienlichen Barmherzigkeit zu opfern. Ich rate Ihnen nicht, ich beschwöre Sie und befehle Ihnen im Namen Jesu Christi, des Königs. Ist das klar?«

Dom Zerchi hatte noch nie zuvor mit solch einer Stimme gesprochen, und die Leichtigkeit, mit der ihm die Worte über die Lippen kamen, erstaunte ihn selbst. Als er sie weiterhin anstarrte, senkte sie die Augen. Eine Sekunde lang hatte er befürchtet, das Mädchen würde ihm ins Gesicht lachen. Wenn die Heilige Kirche zuweilen andeutete, daß sie immer noch ihre Autorität als über allen Nationen und der Autorität aller Staaten stehend betrachtete, neigten die Leute in dieser Zeit zum Kichern. Und doch konnte die Rechtmäßigkeit des Befehls noch von diesem verbitterten Mädchen mit einem sterbenden Kind erfühlt werden. Es *war* brutal gewesen, so mit ihr umzuspringen, und er bedauerte es. Ein einfacher direkter Befehl konnte erreichen, wozu die Überredung nicht imstande war. Sie hatte nun die Stimme der Autorität nötig, mehr als sie Überredung nötig hatte. Er konnte das aus ihrer Reaktion erkennen, an der Art, wie sie nachgegeben hatte, obwohl er den Befehl so freundlich gesprochen hatte, wie seine Stimme es nur vermochte.

Sie fuhren in die Stadt hinein. Zerchi hielt an, um einen Brief aufzugeben, er hielt noch einmal bei Sankt Michael und redete ein paar Minuten mit Vater Selo über das Flüchtlingsproblem, und er hielt ein letztesmal beim ZDI und ließ sich ein Exemplar der neusten Zivilverteidigungs-Instruktionen geben. Jedesmal wenn er zum Wagen zurückkehrte, erwartete er halb, das Mädchen nicht mehr vorzufinden, doch sie saß einfach ruhig da, hielt ihr Kind auf dem Schoß und starrte in die Unendlichkeit.

»Wollen Sie mir nicht sagen, wohin Sie gehen wollten, mein Kind?« fragte er schließlich.
»Nirgendwohin. Ich habe mich anders entschlossen.«
Er lächelte. »Aber vorhin war es Ihnen doch noch so brandeilig, in die Stadt zu kommen.«
»Lassen wir das, Vater, bitte! Ich hab es mir anders überlegt.«
»Gut. Dann fahren wir jetzt zurück ins Kloster. Sollten Sie nicht die Kleine den Schwestern für ein paar Tage zur Pflege geben?«
»Ich werde es mir überlegen.«
Das Auto raste auf der Autobahn zurück zur Abtei. Als sie zum Grünstern-Lager kamen, sah Zerchi, daß etwas nicht in Ordnung war. Seine Protestmärschler marschierten nicht mehr auf und ab. Sie standen in einer Gruppe beisammen und sprachen mit den Polizisten – oder hörten sie ihnen zu? – und einem dritten Mann, den Zerchi nicht erkannte. Er ließ den Wagen hinüber auf die LANGSAM-SPUR gleiten. Einer der Novizen sah den Wagen, erkannte ihn und begann sein Schild hin- und herzuschwenken. Don Zerchi hatte nicht die Absicht anzuhalten, solange das Mädchen bei ihm im Wagen saß, aber einer der Polizisten trat direkt vor ihm auf die Langsam-Spur heraus und richtete seinen Knüppel gegen die Hindernis-Detektoren des Zerchischen Wagens; der Autopilot reagierte automatisch und stoppte den Wagen. Der Polizist winkte den Wagen von der Bahn herunter. Zerchi konnte sich nicht weigern zu gehorchen. Die zwei Polizeioffiziere kamen heran, notierten die Zulassungsnummer und verlangten die Wagenpapiere. Einer der beiden schaute neugierig in das Innere des Wagens nach der jungen Frau und dem Kind, bemerkte die roten Tickets. Der andere deutete auf die jetzt stillstehende Parade.
»Also Sie sind der feine Kerl, der hinter dem Ganzen da steckt, was?« Der Mann grunzte es dem Abt entgegen.
»Na, der Herr in der braunen Jacke da drüben, der hat'n paar Neuigkeiten für Sie. Ich glaub, es is besser, wennse

sich das anhör!« Er zuckte mit dem Kopf in Richtung auf einen dicken Gerichtssaaltyp, der gewichtig auf sie zukam.
Das Kind begann wieder zu weinen. Seine Mutter bewegte sich unruhig.
»Meine Herren Offiziere, diese junge Frau und das Kind sind krank. Ich bin mit einem Prozeß einverstanden, aber lassen Sie mich erst mal zurück zur Abtei fahren. Ich komme dann allein wieder zurück.«
Der Polizist schaute wieder das Mädchen an. »Na, meine Dame?«
Sie starrte auf das Lager, dann schaute sie die Statue an, die über dem Eingang thronte. »Ich steige hier aus«, erklärte sie tonlos.
»Das wird auch besser sein, meine Dame«, sagte der Polizist und schaute wieder auf die roten Tickets.
»Nein!« Dom Zerchi ergriff ihren Arm. »Kind, ich verbiete Ihnen . . .«
Die Hand des Polizisten schoß hervor und packte den Arm des Priesters. »Loslassen!« sagte er schneidend. Dann sanft: »Meine Dame, sind Sie sein Mündel oder sonst was?«
»Nein.«
»Was fällt Ihnen ein, der Dame zu verbieten, hier auszusteigen?« fragte der Polizist. »Allmählich fangen wir an, mit Ihnen ein bißchen ungeduldig zu werden, *Mister*! Ich glaube, es wär für Sie besser . . .«
Zerchi ignorierte den Polizisten und redete hastig auf das Mädchen ein. Sie schüttelte den Kopf.
»Dann wenigstens das Kind. Lassen Sie mich das Kind mit zu den Schwestern nehmen. Ich bestehe . . .«
»Ist das Ihr Kind, meine Dame?« fragte der Polizist. Das Mädchen war schon ausgestiegen, doch Zerchi hielt noch das Kind auf dem Arm.
Das Mädchen nickte. »S'ist meins.«
»Hat er Sie vielleicht gefangengehalten oder so?«
»Nein.«
»Und was wollen Sie jetzt tun, meine Dame?«

Sie zögerte.

»Kommen Sie zurück in den Wagen«, befahl ihr Dom Zerchi.

»*Sie, lassense den Ton, Mister!*« bellte der Polizist. »Was ist mit dem Kind, meine Dame?«

»Wir steigen beide hier aus«, sagte sie.

Zerchi warf die Tür zu und versuchte den Wagen zu starten, aber die Hand des Polizisten schoß durch das Fenster, drückte den STOP-Knopf und zog den Schlüssel ab.

»Versuchtes Kidnapping«, grunzte der eine Polizist dem andern zu.

»Vielleicht«, sagte der andere und öffnete die Wagentür. »Und jetzt lassense das Kind von der Dame los!«

»Damit es hier umgebracht wird?« fragte der Abt. »Dann müssen Sie schon Gewalt anwenden!«

»Geh rüber auf die andre Seite, Fal.«

»*Nein!*«

»Und nu'n ganz kleines bißchen den Knüppel unter die Achsel. So is gut! Und jetzt, *zieh!* Schön, meine Dame, hier is Ihr Kind. Nee, ich denke, Sie können nicht, nich mit den Krücken, wasse da ham. *Cors?* Wo issn Cors? Hallo, Doktor!«

Abt Zerchi erkannte flüchtig ein vertrautes Gesicht, das durch die Menge näher kam.

»Hebense das Kleine raus, während wir den Irren da festhalten, ja?«

Der Arzt und der Priester tauschten einen schweigenden Blick, dann wurde das Kind aus dem Wagen gehoben. Die Polizisten ließen die Handgelenke des Abtes los. Einer davon drehte sich um und sah sich eingekreist von Novizen mit Protestschildern, die sie in die Höhe reckten. Er interpretierte dies als einen möglichen Angriff, seine Hand fiel zur Revolvertasche: »Zurück! Los!« schnappte er.

Erschreckt zogen sich die Novizen zurück.

»Los, raus mit Ihnen!«

Abt Zerchi kletterte aus dem Wagen. Er fand sich dem fet-

ten Gerichtsbeamten gegenüber. Dieser tupfte ihn mit einem zusammengefalteten Papier auf den Arm. »Es ist Ihnen soeben ein Gerichtsbeschluß auf Unterlassung zugestellt worden, den ich laut Gerichtsorder verpflichtet bin, Ihnen vorzulesen und zu erklären. Hier ist Ihr Durchschlag. Die Polizeioffiziere sind Zeugen, daß Sie den Befehl erhalten haben, folglich können Sie sich nicht weigern im Folge...«
»Ach, zum... Geben Sie schon her!«
»Das ist die rechte Einstellung dazu. Nun, das Gericht erlegt Ihnen folgendes auf: ›Wohingegen der Kläger glaubhaft versichert, daß sich eine große Belästigung der Öffentlichkeit ergeben....‹«
»Werft die Schilder da drüben in die Mülltonnen«, befahl Zerchi den Novizen, »es sei denn, jemand hat was dagegen. Dann steigt in den Wagen und wartet dort.« Zerchi schenkte der Verlesung des Gerichtsbeschlusses keine Aufmerksamkeit, sondern trat zu den Polizisten, während der Gerichtsbote hinter ihm hertrottete und monoton und hämmernd weiterlas.
»Bin ich verhaftet?«
»Wir überlegen es uns noch.«
»... und am obenerwähnten Tage vor diesem Gericht zu erscheinen und Gründe anzuführen, warum ein gerichtlicher Unterlassungsbefehl....‹«
»Gibt es eine bestimmte Beschuldigung?«
»Ach, wir könnten vier oder fünf finden, die auf Sie passen, wenn Sie's so haben wollen.«
Cors kam durch das Tor zurück. Die Frau und ihr Kind waren in den Lagerbereich geleitet worden. Der Doktor machte ein ernstes, fast schuldbewußtes Gesicht.
»Hören Sie, Herr Abt«, sagte er, »ich weiß, wie Sie über das alles denken, aber...«
Die Faust Abt Zerchis schoß dem Doktor in einer schnurgeraden linken Geraden ins Gesicht. Sie erwischte den Doktor außer Balance, und er setzte sich ziemlich hart auf den Zufahrtsweg. Er sah bestürzt aus. Er schnüffelte ein paar-

mal. Plötzlich kam aus seiner Nase Blut. Die Polizisten hielten die Arme des Priesters auf seinem Rücken fest.

»».... und darin nicht abzulassen««, plapperte der Gerichtsdiener weiter, »»bis ein Beschluß pro confesso...‹«

»Nimm ihn rüber zum Wagen«, sagte der eine der Polizisten.

Der Wagen, zu dem der Abt gebracht wurde, war nicht sein eigener, sondern der Streifenwagen. »Der Richter wird ein bißchen unangenehm berührt sein von Ihnen, Mann«, sagte der Polizist unfreundlich. »Und jetzt bleiben Sie da mal ganz schön ruhig stehen und sind still. Eine Bewegung, und Sie kriegen Handschellen!«

Der Abt und der eine Polizist warteten beim Streifenwagen, während der Gerichtsbote, der Arzt und der andere Polizist auf der Zufahrt sich berieten. Cors drückte ein Taschentuch gegen die Nase.

Sie sprachen fünf Minuten lang. Tief beschämt drückte Zerchi seine Stirn gegen das Metall des Wagens und versuchte zu beten. Es war ihm im Augenblick ziemlich gleichgültig, was sie über ihn beschließen würden. Er konnte nur an eins denken: an die junge Frau und ihr Kind. Er war sicher, daß sie bereit gewesen war, ihre Meinung zu ändern, daß nur sein Befehl noch nötig war – *Ich, Priester Gottes, beschwöre dich* – und die Gnade, den Befehl zu verstehen. – Hätte man ihn doch nur nicht angehalten, wo sie den »Priester Gottes« so mir nichts dir nichts von »Caesars Verkehrsschutzleuten« überwältigen sehen konnte. Niemals zuvor war ihm das Königtum Christi ferner erschienen.

»All right, Mister. Sie ham Schwein, das kann man wohl sagen.«

Zerchi blickte auf. »Was?«

»Doktor Cors weigert sich, Klage zu erheben. Sagt, er hätte das verdient. Warum ham'se 'n dem eine gegeben?«

»Fragen Sie ihn doch?«

»Ham wir gemacht. Ich versuch grad, mich zu entscheiden. Ob wir Sie mitnehmen und einbuchten oder Ihn'n bloß 'n

Strafmandat aufbrummen. Der Gerichtsdiener sagt, Sie sind ne Persönlichkeit hier in der Gegend. Was machen Sie denn so?«
Zerchi wurde rot. »Und dies bedeutet Ihnen wohl überhaupt nichts?« Er berührte sein Brustkreuz.
»Nee, nich, wenn der Kerl, der's trägt, andern Leuten die Nase einschlägt. Also, was machen Sie?«
Zerchi schluckte den letzten bescheidenen Rest seines Stolzes hinunter. »Ich bin der Abt der Brüder vom heiligen Leibowitz im Kloster, das Sie da unten an der Autobahn liegen sehen.«
»Und das gibt Ihn'n das Recht, Leute anzugreifen?«
»Es tut mir sehr leid. Wenn Doktor Cors mich anhören will, werde ich mich bei ihm entschuldigen. Wenn Sie mir eine Vorladung geben, verspreche ich zu erscheinen.«
»Fal?«
»Das Gefängnis ist voller Evakuierter.«
»Hörn'se mal, wenn wir die ganze Geschichte einfach vergessen, versprechen'se dann, sich hier nich mehr sehen zu lassen und Ihre Bande dort zu lassen, wo se hingehört?«
»Ja.«
»Na schön. Ziehn'se los. Aber wenn'se hier auch nur vorbeifahrn und ausspucken, dann sindse *dran*!«
»Danke.«
Eine Drehorgel spielte irgendwo im Park, als sie davonfuhren, und Zerchi, der sich umwendete, sah, daß das Karussell sich drehte. Einer der Polizisten wischte sich über das Gesicht, schlug den Gerichtsboten auf den Rücken, und dann gingen alle zu ihren Wagen und fuhren davon. Obwohl fünf Novizen bei ihm im Auto saßen, war Zerchi sehr allein mit seiner Scham.

29

»Ich glaube, Sie sind vor diesen Zornesausbrüchen früher schon gewarnt worden?« fragte Vater Lehy den Bußfertigen.
»Ja, Vater.«
»Sie sind sich doch darüber im klaren, daß die Absicht ziemlich mörderisch war?«
»Es war nicht die Absicht zu töten.«
»Versuchen Sie, sich selber zu entschuldigen?« fragte der Beichtvater.
»Nein, Vater. Die Absicht war, weh zu tun. Ich klage mich an, gegen den Geist des Fünften Gebotes gesündigt zu haben, in Gedanken und Taten, und ich klage mich an der Sünde gegen die Nächstenliebe und die Gerechtigkeit. Und dafür, daß ich Schande und Skandal über mein Amt gebracht habe.«
»Es ist Ihnen klar, daß Sie das Versprechen gebrochen haben, niemals Zuflucht zur Gewalt zu nehmen?«
»Ja, Vater, und ich bereue es zutiefst.«
»Und der einzige mildernde Umstand wäre, daß Sie einfach rot gesehen haben und zuschlugen. Gestatten Sie sich oft, so vernunftlos zu handeln?«
Die Befragung ging weiter, und der Herr des Klosters lag auf seinen Knien vor seinem Prior, der über ihn zu Gericht saß.
»Nun gut«, sagte Vater Lehy schließlich. »Als Buße werden Sie ...«
Zerchi kam anderthalb Stunden zu spät in die Marienkapelle, doch Mrs. Grales wartete immer noch auf ihn. Sie kniete in einer Kirchenbank neben dem Beichtstuhl und wirkte halb eingeschlafen. Im Innersten verlegen, hatte der Abt gehofft, sie würde nicht mehr da sein. Er mußte seine eigenen Bußgebete sprechen, ehe er ihre Beichte hören konnte. Er kniete vor dem Altar nieder und betete zwanzig Minuten lang die Gebete, die Vater Lehy ihm als Buße für diesen Tag aufgetragen hatte. Als er danach zum Beichtstuhl zurückkam, war Mrs. Grales noch immer da. Er

sprach sie zweimal an, ehe sie ihn hörte. Als sie sich erhob, taumelte sie ein wenig. Sie blieb stehen und betastete das Rachelgesicht, untersuchte mit zittrigen Fingern seine Augenlider und Lippen.
»Stimmt etwas nicht, meine Tochter?« fragte der Abt.
Sie blickte hinauf zu den hohen Fenstern. Ihre Augen wanderten über das gewölbte Kirchenschiff. »Ja, Vater«, flüsterte sie. »Ich spür den Grauenhaften. Der Grauenhafte is nah, sehr nah bei uns hier. Ich spür, daß ich Vergebigung brauch, Vater, und noch was...«
»Was denn, Mrs. Grales?«
Sie lehnte sich ganz dicht zu ihm herüber und flüsterte hinter ihrer Hand: »Ich muß IHM auch Vergebigung geben!«
Der Priester zuckte leicht zurück. »Vergebung, wem? Ich verstehe nicht.«
»Vergebigung für – IHN, der mich gemacht hat, wie ich bin«, wimmerte sie. Dann zog ein langsames Lächeln ihren Mund in die Breite. »Ich – ich hab IHM nämlich nie dafür verzeihn können.«
»Gott vergeben? Wie können Sie es? ER ist gerecht. ER ist die Gerechtigkeit. ER ist die Liebe. Wie können Sie sagen...?«
Ihre Augen flehten ihn an. »Darf'n ne alte Tomatenfrau IHM nich 'n bißchen, 'n ganz kleines bißchen vergebigen für SEINE Gerechtigkeit? Nachdem ich IHN um Vergebigung gebeten hab?«
Dom Zerchi schluckte trocken. Er schielte hinunter nach ihrem zweiköpfigen Schatten auf dem Boden. Er deutete auf eine schreckliche Gerechtigkeit hin, dieser so geformte Schatten. Zerchi konnte sich nicht dazu überwinden, der Frau böse zu sein, weil sie das Wort *vergeben* gewählt hatte. In ihrer einfachen Welt war es vorstellbar, daß man der Gerechtigkeit ebenso vergab wie der Ungerechtigkeit, daß der Mensch Gott verzieh, wie Gott dem Menschen verzieh. So sei es denn, dachte er. Und habe Nachsicht mit ihr, Herr! Dann richtete er seine Stola.

Sie machte eine Kniebeuge vor dem Altar, bevor sie sich in den Beichtstuhl begaben, und Zerchi bemerkt, daß sie beim Sichbekreuzigen Rachels Stirn genauso berührte wie ihre eigene. Er schob den schweren Vorhang beiseite, schlüpfte auf seine Seite des Beichtstuhls und flüsterte durch das Gitter:
»Was suchst du, Tochter?«
»Segen, Vater, denn ich habe gesündigt . . .«
Sie sprach stockend. Er konnte sie durch die Gaze, die das Gitter bedeckte, nicht erkennen. Da war nur dies tiefe und rhythmische Jammern einer Evastimme. Das gleiche, das gleiche, immer und immer das gleiche, und sogar eine Frau mit zwei Köpfen konnte keine neuen Wege ausbrüten, dem Bösen schönzutun, sondern konnte nur eine Imitation ohne Verstand vom Original liefern. Da er immer noch voll Scham war über sein eigenes Verhalten mit dem Mädchen, den Polizisten und mit Cors, fiel es ihm schwer, sich zu konzentrieren. Aber seine Hände zitterten, als er zuhörte. Die Worte kamen in einem dumpfen, undeutlichen Rhythmus durch das Gitter, wie der Rhythmus von fernem Hämmern klang es. Nägel, die durch Hände getrieben werden, in Holz eindringen. Als *alter Christus* fühlte er das Gewicht jeder Bürde einen Augenblick lang, ehe er sie an den *Einen* weitergab, der sie alle trug. Da war die Geschichte mit dem Mann der Mrs. Grales. Es gab die trüben Dinge und Geheimnisse, die man in schmutziges Zeitungspapier wickeln mußte, um sie nachts einzugraben. Daß er nur ganz wenig wirklich verstand, schien das Entsetzen nur zu vergrößern . . .
»Wenn Sie sagen wollen, daß Sie die Sünde der Abtreibung begangen haben«, flüsterte er, »muß ich Ihnen sagen, daß die Absolution dem Bischof vorbehalten ist, und ich kann nicht . . .«
Er brach ab. Es war ein entferntes Grollen und das dünne zischende Weinen von Raketen zu hören, die von einer Abschußrampe gestartet wurden.

»Der Grauenhafte! Der Grauenhafte!« wimmerte die alte Frau.
Zerchis Kopfhaar richtete sich auf: ein plötzliches Kältegefühl, ein unsinniges Erschrecken. »Rasch! Einen Akt der Reue und Zerknirschung!« murmelte er. »Zehn Ave Maria, zehn Vaterunser als Buße. Sie müssen die Beichte später nochmals wiederholen, doch jetzt, schnell, einen Akt der Reue.«
Er hörte sie auf der anderen Seite des Gitters murmeln. Rasch stieß er die Absolution hervor: »*Te absolvat Dominus Jesus Christus; ego autem eius auctoritate te absolvo ab omni vinculo . . . Denique, si absolvi potes, ex peccatis tuis ego te absolvo in Nomine Patris . . .*«
Bevor er zu Ende war, schien plötzlich ein Licht durch den dicken Vorhang an der Tür des Beichtstuhls. Das Licht wurde heller und heller, bis der Beichtstuhl voller hellem Mittag war. Der Vorhang begann zu qualmen.
»Warten Sie, *was*!« zischte er. »Warten Sie, bis es aufhört.«
»Wartensie, wartensie, wartensie, bisesaufhört«, antwortete eine sanfte seltsame Stimme jenseits des Gitters. Es war nicht die Stimme von Mrs. Grales.
»Mrs. Grales? Mrs. Grales?«
Sie antwortete mit einem schwerzüngigen schläfrigen Gemurmel.
»Ich hab nie wollen . . . ich hab doch nie wollen . . . nie lieben . . . Liebe . . .« Die Stimme verwehte. Es war nicht die Stimme, die ihm noch vor einem Augenblick geantwortet hatte.
»Jetzt, schnell, *laufen* Sie!«
Er wartete nicht ab, ob sie seiner Aufforderung Folge leistete, er stürzte aus dem Beichtstuhl und lief das Schiff hinunter auf den Altar zu. Das Licht war etwas schwächer geworden, doch es brannte noch immer auf der Haut wie mittägliche Sonnenglut. *Wie viele Sekunden blieben noch?* Die Kirche war voller Rauch.

Er stürzte in den Altarraum, stolperte, ließ es als Kniebeuge gelten und trat an den Altar. Mit hastigen Händen nahm er das Ciborium mit den konsekrierten Hostien aus dem Tabernakel, beugte wieder das Knie vor der göttlichen Gegenwart, riß den Leib seines Gottes an sich und lief um sein Leben.
Das Gebäude stürzte über ihm zusammen.

Als er erwachte, sah er nichts als Staub. An der Taille war er gegen den Boden gepreßt. Er lag auf dem Bauch im Staub und versuchte sich zu bewegen. Ein Arm war frei, doch der andere lag unter der Last, die ihn niederhielt. Die freie Hand hielt noch immer das Ciborium umklammert, doch im Fallen hatte er es wohl umgestoßen, der Deckel war weggerollt, und ein paar der kleinen Hostien waren über den Boden verstreut.
Die Druckwelle hatte ihn glatt aus der Kirche herausgeschleudert. So war es, entschied er. Er lag im Sand und sah die Überreste eines Rosenstrauchs, den ein Steinschlag erwischt hatte. Eine Rose hing noch an einem Zweig – eine von den lachsfarbenen Armeniern, sah er. Die Blütenblätter waren versengt.
Es herrschte ein ungeheures Getöse von Maschinen im Himmel, blaue Lichter blinkten unablässig durch den Staub. Er spürte zunächst keinen Schmerz. Er versuchte seinen Kopf zu drehen, um einen Blick zu erhaschen auf das Untier, das auf ihm hockte, doch da begann es weh zu tun. Seine Augen trübten sich. Er schrie leise auf. Er würde nicht wieder versuchen, hinter sich zu schauen. Fünf Tonnen Stein hatten ihn eingeklemmt. Sie bedeckten, was von ihm noch übrig war, von der Hüfte abwärts.
Er begann die kleinen Hostien einzusammeln. Er bewegte vorsichtig seinen gesunden Arm. Mit Sorgfalt pickte er jede einzelne Oblate aus dem Sand. Der Wind drohte die kleinen Flocken Christi davonzuwehen. Jedenfalls hab ich's versucht, Herr, dachte er. Braucht jemand die letzte Weg-

zehrung? Viaticum? Sie müssen zu mir herkriechen, wenn sie's brauchen. Oder ist niemand mehr übrig? Er konnte in dem schrecklichen Getöse keine Stimmen vernehmen.
Blut sickerte ihm immer wieder in die Augen. Er wischte es mit dem Unterarm fort, um so zu vermeiden, daß er die Hostien mit blutbefleckten Fingern berühren mußte. Das falsche Blut, Herr. Meins, nicht das Deine. *Dealba me!*
Er legte die meisten der verstreuten Opfergaben in das Gefäß zurück, doch ein paar flüchtige Flocken entgingen seinem Griff. Er streckte sich, um sie zu erreichen, wurde aber wieder ohnmächtig.
»*Jesus-Maria-Joseph! Helft mir!*«
Schwach vernahm er eine Antwort, fern und kaum hörbar unter dem heulenden Himmel. Es war die sanfte merkwürdige Stimme, die er im Beichtstuhl gehört hatte, und wieder bildete sie das Echo zu seinen Worten: »Jesusmariajosephhelftmir.«
»*Was?*« schrie er.
Er schrie es mehrmals, aber es kam keine weitere Antwort. Staub begann niederzufallen. Er setzte den Deckel auf das Ciborium, damit der Staub sich nicht auf die Oblaten legte. Dann lag er eine Weile ganz still, die Augen geschlossen.
Die Schwierigkeit, Priester zu sein, besteht darin, daß du unter Umständen den Rat befolgen mußt, den du anderen gibst. *Die Natur erlegt einem nichts auf, was die Natur uns nicht auch ertragen ließe.* Und das da jetzt, das hab ich verdient, weil ich ihr zuerst gesagt hab, was die Stoiker lehrten, bevor ich ihr sagte, was Gott sagt, dachte er.
Der Schmerz war nicht groß, es war mehr ein wütendes Jucken an den Teilen des Körpers, die eingequetscht waren. Er versuchte sich zu kratzen, seine Finger trafen nur den nackten Stein. Er krallte eine Weile an ihm herum, zuckte die Achsel und zog die Hand zurück. Das Jucken war zum Verrücktwerden. Zerstörte Nerven blitzten idiotische Wünsche nach Gekratztwerden ins Gehirn. Abt Zerchi fühlte sich sehr entwürdigt.

Na, Doktor Cors, woher wollen Sie wissen, ob nicht das Jucken ein tieferes Übel als der Schmerz ist?
Darüber mußte er ein bißchen lachen. Das Lachen verursachte eine plötzliche Ohnmacht. Er schaufelte sich aus der Finsternis hervor unter dem begleitenden Geschrei von irgend jemand. Plötzlich wußte er, daß er selbst es war, der schrie, und plötzlich hatte er Angst. Das Jucken hatte sich in Agonie verwandelt, doch die Schreie waren Schreie des nackten Entsetzens, nicht der Schmerzen gewesen. Auch der Atem ging jetzt qualvoll. Und die Qual blieb, aber er konnte sie ertragen. Das Entsetzen kam aus dem letzten bißchen Erinnerung an das tintenschwarze Nichts. Die Finsternis schien über ihm zu drohen, nach ihm zu trachten, gierig auf ihn zu warten – ein riesiger schwarzer Appetit mit einer Vorliebe für Seelen. Schmerzen, die konnte er ertragen, aber nicht diese entsetzliche Finsternis. Entweder es gab etwas in ihr, das dort nicht sein sollte, oder es gab etwas hier, das noch getan werden mußte. Sobald er sich jener Finsternis ergeben hatte, würde es nichts geben, was er tun, nichts, was er ungeschehen machen könnte.
Voll Scham über seine Furcht versuchte er zu beten, doch seine Gebete schienen ihm irgendwie ungebethaft – wie Entschuldigungen, nicht wie Bitten –, als wäre das letzte Bittgebet schon gesprochen worden, der letzte Lobgesang schon gesungen. Die Angst blieb. *Warum?* Er versuchte es vernünftig anzupacken. Du hast doch schon Leute sterben sehen, Jeth. Viele Menschen sterben sehn. Es sieht doch so einfach aus. Sie nehmen allmählich ab, und dann gibt es ein paar kleine Spasmen, und es ist vorbei. Dieses tintenschwarze Nichts – der Abgrund zwischen *aham* und *Asti* – der schwärzeste Styx, der Abgrund zwischen dem Herrn und dem Menschen. Hör mal, Jeth, du glaubst doch wirklich, daß drüben auf der anderen Seite Etwas ist, nicht wahr? Dann sag mir, warum du so zitterst.
Eine Strophe aus dem *Dies Irae* glitt ihm durch den Kopf, sie quälte ihn:

Quid sum miser tunc dicturus?
Quem patronum rogaturus,
Cum vix justus sit securus?

»Was soll ich, der Elende, dann sagen? Wen soll ich bitten, mein Fürsprecher zu sein, da sogar der *Gerechte* kaum sicher ist?« *Vix securus?* Warum »kaum sicher?« Zweifellos würde ER doch den Gerechten nicht verdammen? Warum also zitterst du so?
Wirklich, Doktor Cors, das Böse, auf das sogar Sie sich hätten beziehen sollen, ist nicht das Leiden, sondern die blinde Furcht vor dem Leiden. *Metus doloris.* Nimm es zusammen mit seinem positiven Äquivalent, der Sehnsucht nach weltlicher Sicherheit, nach dem Paradies, und dann hast du deine »Wurzel des Übels«, Doktor Cors. Den Schmerz zu verkleinern und die Sicherheit zu vergrößern, das waren natürliche und angemessene Ziele der Gesellschaft und Cäsars. Aber dann wurden aus ihnen irgendwie die einzigen Ziele und die einzige Grundlage der Gesetze – eine Perversion. Und unausweichlich fanden wir, indem wir nur sie verfolgten, ihr Gegenteil: ein Maximum an Leid und ein Minimum an Sicherheit.
Das Schlimme an der Welt – *bin ich!* Probieren Sie sich das mal an, mein lieber Cors. Sie, ich, Adam-Mensch-wir ... Kein »weltliches Übel« gibt es außer dem vom Menschen selbst in die Welt gebrachten – von mir, dir, Adam, uns – mit ein bißchen Hilfe vom Vater der Lüge. Beschuldigen Sie alles, beschuldigen Sie sogar Gott, aber bitte beschuldigen Sie nicht *mich.* Doktor Cors? Das einzige Übel, das es *jetzt* in der Welt gibt, Doktor, ist die Tatsache, daß es die Welt nicht mehr gibt. Welch Schmerz hat dies bewirkt?
Er kicherte schwächlich in sich hinein, und dies brachte wieder die Tintenschwärze.
»Ich, wir Adam, aber-Christ, Mensch-ich; ich-wir-Adam, aber-Christ-Mensch-ich«, sagte er laut. »Weißt du was, Pat? – Sie ... würden ... lieber ... zusammen draufge-

nagelt werden, nicht allein ... wenn sie bluten ... wollen Gesellschaft. Weil ... Weil warum es ist. Warum weil es ist das gleiche wie Satan den Menschen voll Hölle will. Ich meine das gleiche wie Satan die Hölle voll vom Menschen will. Weil Adam ... Und doch Christus ... Aber immer noch ich ... Hör, Pat ...«
Diesesmal dauerte es länger, die Finsternis zu vertreiben, doch er mußte Pat das alles erklären, ehe er ganz in ihr untergehen durfte. »Hör zu, Pat, weil ... warum ich ihr gesagt hab, daß das Kleine ... ist warum ich. Ich meine. Ich meine, Jesus hat von keinem Menschen irgendwas, zum Kuckuck noch mal, verlangt, was Jesus nicht selber getan hat. Das gleiche wie warum ich. Warum ich nicht loslassen kann. Pat?«
Er zwinkerte mehrmals. Pat verschwand. Die Welt erstarrte wieder, und die Finsternis war vorbei. Irgendwie hatte er entdeckt, wovor er sich fürchtete. Es gab etwas, was er noch vollenden mußte, bevor sich die Finsternis über ihm endgültig schließen durfte. *Guter Gott, laß mich lang genug leben, es zu vollenden!* Er fürchtete, er könne sterben, ehe er so viel Schmerzen akzeptiert hatte wie jene, die das kleine Kind zu ertragen hatte, das sie nicht verstand, das Kind, das er zu retten versucht hatte für weitere Schmerzen – nein, nicht *für* weitere Schmerzen, sondern trotz ihrer. Er hatte der Mutter im Namen Christi befohlen. Er hatte nicht unrecht gehabt. Doch nun hatte er Furcht, er könnte in die Finsternis gleiten, ehe er soviel erduldet hätte, wie Gott ihm zu erdulden helfen würde.

Quem patronum rogaturus,
Cum vix justus sit securus?

Laß es für das Kind und seine Mutter sein. Was ich auferlege, muß ich auch selbst auf mich nehmen. *Fas est.*
Die Entscheidung schien seine Qual zu vermindern. Eine Zeitlang lag er ruhig, dann schaute er vorsichtig nach dem

Steinhaufen hinter sich. *Mehr* als fünf Tonnen. Achtzehn Jahrhunderte da hinter mir. Die Druckwelle hatte die Krypten aufgesprengt, er sah Knochen zwischen den Steintrümmern liegen. Er tastete mit der freien Hand herum, griff etwas Glattes und scharrte es frei. Er ließ es neben das Ciborium in den Sand fallen. Der Kieferknochen fehlte, aber der Schädel war intakt, bis auf ein Loch in der Stirn, aus dem ein trockener, halbverrotteter Holzsplitter ragte. Er sah wie der Überrest eines Pfeils aus. Und der Schädel wirkte sehr alt.
»Bruder«, flüsterte Abt Zerchi, denn nur ein Mönch des Ordens konnte in den Krypten begraben gewesen sein.
Was hast du für sie getan, Knochen? Sie lesen und schreiben gelehrt? Ihnen geholfen, wieder aufzubauen? Ihnen Christus wiedergegeben? Hast du geholfen, eine Kultur wiederherzustellen? Hast du daran gedacht, sie zu warnen, daß es niemals das Paradies sein könnte? Natürlich hast du sie gewarnt. Sei gesegnet, Knochen, dachte er und zeichnete ein Kreuz mit dem Daumen über die Stirn des Schädels. Für alle deine Mühen haben sie dich mit einem Pfeil zwischen die Augen belohnt. Denn da liegen mehr als fünf Tonnen und achtzehn Jahrhunderte da hinten. Ich denke, da sind etwa zwei Millionen Jahre, da hinten – seit dem ersten *Homo inspiratus*.
Er hörte die Stimme wieder: die weiche Echostimme, die ihm vor einer Weile geantwortet hatte. Diesmal war es eine Art kindlicher Singsang: »Lalalalal . . .«
Obwohl es die gleiche Stimme war wie die, die er im Beichtstuhl gehört hatte, konnte es doch wohl nicht gut Mrs. Grales sein. Mrs. Grales würde Gott vergeben haben und nach Hause gerannt sein, wenn sie rechtzeitig aus der Kapelle hinausgekommen wäre – und bitte, Herr, vergib die Umkehrung. Doch er war noch nicht einmal sicher, daß es wirklich eine Umkehrung war. Hör zu, alter Knochen, hätte ich Cors das sagen sollen? Höre, mein lieber Cors, warum verzeihen Sie Gott nicht, daß er Leiden zuläßt?

Wenn er es nicht täte, dann wären menschlicher Mut, Tapferkeit, Adel und Selbstaufopferung alles Dinge ohne Bedeutung. Und Sie hätten außerdem keinen Job, Cors.
Vielleicht ist's das, was wir vergessen haben zu erwähnen, alter Knochen. Bomben und schlechte Laune. Als die Welt bitter wurde, weil sie irgendwie das halberinnerte Paradies nicht schaffte. Die Bitterkeit war im wesentlichen gegen Gott gerichtet. Höre, Mensch, du mußt die Bitterkeit aufgeben – »IHM Vergebigung geben, Gott«, wie sie's gesagt hat –, das ist wichtiger als alles andere, wichtiger sogar als die Liebe.
Aber Bomben und schlechte Laune. Die Menschen haben nicht vergeben.
Er schlief eine Weile. Es war ein natürlicher Schlaf und nicht dieses den Verstand raubende Nichts der Finsternis. Regen fiel und klärte die Luft vom Staub. Als er erwachte, war er nicht mehr allein. Er hob seine Wange aus dem Schlamm und betrachtete sie unfreundlich. Drei von ihnen saßen auf dem Schutthaufen und beäugten ihn mit begräbnishafter Feierlichkeit. Er bewegte sich. Sie breiteten schwarze Schwingen aus und zischelten nervös. Er schnippte einen kleinen Stein in ihre Richtung. Zwei schlugen die Flügel und kletterten in die Höhe, um zu kreisen, doch der dritte blieb sitzen, machte nur einen kleinen Schütteltanz und beäugte ihn dann wieder voll Ernst. Ein dunkler und häßlicher Vogel, aber nicht wie jener andere Finstere. Der hier war nur nach dem Körper lüstern.
»Die Mahlzeit ist noch nicht ganz fertig, Bruder Vogel«, erklärte er gereizt. »Du wirst noch warten müssen.«
Es würden nicht viele Mahlzeiten in der Zukunft für den Vogel bereitstehen, ehe er selber eine Mahlzeit für jemand anderen werden würde, stellte Zerchi fest. Seine Federn waren versengt vom Blitz, ein Auge war geschlossen. Das Tier war durchnäßt vom Regen, und der Regen nahm Zerchi an, war selber voller Tod.
»Lalalalala wartewartewartewarte bisesaufhört lalala . . .«

Wieder die Stimme. Zerchi hatte schon befürchtet, es könne eine Halluzination sein. Aber der Vogel hörte sie auch. Er schielte beständig nach etwas außerhalb von Zerchis Gesichtsfeld. Schließlich zischelte er heiser und flog auf.
»Hilfe!« rief er schwach.
»Hilfehilfe«, plapperte die fremde Stimme.
Und die zweiköpfige Frau kam um den Schutthaufen herum vor seinen Augen. Sie blieb stehen und blickte auf Zerchi herab.
»Gott sei Dank! Mrs. Grales! Schauen Sie, ob Sie Vater Lehy finden können . . .«
»Gottseidankmrsgralesschauensieobsievater . . .«
Zerchi blinzelte einen Schleier von Blut fort und betrachtete sie genau.
»Rachel«, stieß er aus.
»Rachelrachel«, antwortete das Geschöpf.
Sie kniete vor ihm nieder, ließ sich dann auf ihre Fersen zurücksinken. Sie beobachtete ihn mit kühlen grünen Augen und lächelte unschuldig. Die Augen waren wach und voll Erstaunen, Neugier und – vielleicht etwas anderem, aber sie konnte offenbar nicht sehen, daß er Schmerzen hatte. Es war etwas in ihren Augen, das ihn veranlaßte, mehrere Sekunden lang nichts außer ihnen wahrzunehmen. Doch dann bemerkte er, daß der Kopf von Mrs. Grales auf der anderen Schulter fest schlief, während Rachel lächelte. Es wirkte wie ein junges scheues Lächeln, das auf Freundschaft hoffte. Er versuchte es wieder.
»Hören Sie, ist jemand am Leben? Holen . . .«
Melodisch und feierlich kam die Antwort: »Hörensieistjemandamleben . . .« Sie genoß die Worte. Sie sprach sie ganz deutlich aus. Sie lächelte dabei. Ihre Lippen bildeten sie nach, als die Stimme sie gesprochen hatte. Es ist mehr als ein imitatorischer Reflex, entschied er. Sie versuchte etwas mitzuteilen. Durch die Wiederholung versuchte sie die Idee zu vermitteln: *Ich bin irgendwie dir gleich.*
Aber sie war doch eben erst geboren worden.

Und außerdem bist du auch irgendwie verschieden, stellte Zerchi mit einer Spur von Ehrfurcht fest. Er erinnerte sich, daß Mrs. Grales in beiden Knien Arthritis hatte, doch der Körper, der einst ihrer gewesen war, kniete nun hier und hockte auf den Fersen in der geschmeidigen Haltung der Jugend. Mehr noch, die verrunzelte Haut der alten Frau schien weniger verrunzelt als früher, und es schien, als glühe sie ein wenig rötlich, wie wenn alte verhornte Gewebe wieder lebendig würden. Plötzlich sah er ihren Arm.
»Sie sind verletzt!«
»Siesindverletzt.«
Zerchi deutete auf ihren Arm. Statt zu schauen, wohin er deutete, imitierte sie seine Geste, wobei sie auf seinen Finger schaute und ihren eigenen ausstreckte, um seinen zu berühren – mit dem verletzten Arm. Es war nur wenig Blut da, und doch waren es wenigstens ein Dutzend Wunden, und eine davon sah tief aus. Er zog sie an ihrem Finger näher. Dann pickte er fünf Glassplitter aus ihrem Arm. Entweder hatte sie den Arm durch eine Scheibe gestoßen oder, wahrscheinlicher, sie hatte gerade dagestanden, als die Druckwelle eine Scheibe zerbersten ließ. Nur einmal, als er einen drei Zentimeter langen Glassplitter entfernte, kam ein bißchen Blut. Als er die anderen herausholte, blieben winzige blaue Stellen, aber es kam kein Blut. Dies erinnerte ihn an eine Hypnose-Demonstration, die er einmal gesehen hatte und die er für Humbug gehalten hatte. Als er wieder in das Gesicht blickte, wuchs seine Ehrfurcht. Sie lächelte ihn immer noch an, als habe die Entfernung der Glassplitter ihr keinerlei Unannehmlichkeit verursacht.
Er schaute wieder in das Gesicht von Mrs. Grales. Es war grau geworden unter der unpersönlichen Maske des Komas. Die Lippen wirkten blutleer. Irgendwie war er sicher, daß sie starb. Er konnte sich vorstellen, daß das Gesicht verwelkte und schrumpfte und gelegentlich abfallen würde wie ein Schorf oder wie eine Nabelschnur. Aber wer war dann Rachel? Und was?

Auf den regennassen Steinen lag noch ein wenig Feuchtigkeit. Er benetzte eine Fingerspitze und winkte ihr, näherzukommen. Was immer sie war, sie hatte wahrscheinlich viel zu viel Strahlung abbekommen, um lange zu leben. Er begann über ihre Stirn mit seinem feuchten Zeigefinger ein Kreuz zu ziehen.
»*Nisi baptizata es et nisi baptizari nonquis, te baptizo* ...«
Weiter kam er nicht. Sie beugte sich rasch nach rückwärts von ihm weg. Ihr Lächeln gefror und verschwand dann. *Nein!* schien ihre ganze Haltung zu rufen. Sie wendete sich von ihm fort, wischte das Feuchte von ihrer Stirn, schloß die Augen und ließ die Hände schlaff in den Schoß sinken. Ein Ausdruck völliger Passivität kam in ihr Gesicht. In dieser Haltung, mit dem Kopf auf solche Weise geneigt, schien alles darauf hinzudeuten, daß sie betete. Stufenweise wurde aus der Passivität ein neues Lächeln geboren. Es wuchs. Als sie die Augen öffnete und ihn wieder ansah, geschah dies mit der gleichen offenen Wärme wie zuvor. Doch sie blickte umher, als suche sie etwas.
Ihre Blicke fielen auf das Ciborium. Ehe er sie aufhalten konnte, nahm sie es auf. »Nein!« keuchte er heiser und griff danach. Aber sie war zu rasch für ihn, und die Anstrengung brachte ihm eine Ohnmacht ein. Als er ins Bewußtsein zurückglitt und während er seinen Kopf hob, konnte er nur verschwommen sehen. Sie kniete immer noch da und sah ihn an. Schließlich konnte er erkennen, daß sie den goldenen Becher in der linken Hand hielt und in der Rechten, zart zwischen Daumen und Zeigefinger, eine einzelne Hostie. Sie bot sie *ihm* an, oder bildete er sich das nur ein, wie er sich vor einer Weile eingebildet hatte, er spräche mit Bruder Pat?
Er wartete, daß die Verschwommenheit aufhöre. Dieses Mal wurde sie nicht deutlicher, nicht ganz jedenfalls. »*Domine, non sum dignus*«, flüsterte er, »*sed tantum dic verbo* ...«
Er empfing die Oblate aus ihrer Hand. Sie legte den Deckel

wieder auf das Ciborium und stellte das Gefäß an einen sichereren Ort unter einen vorspringenden Steinblock. Sie hatte nicht die gebräuchlichen Gesten, doch die ehrfurchtsvolle Vorsicht, mit der sie die Handlung vollzogen hatte, überzeugte ihn wenigstens davon: *sie spürte die Heilige Gegenwart unter den Schleiern.* Sie, die noch keine Worte gebrauchen noch sie verstehen konnte, hatte getan, was geschehen war, wie durch *direkte Unterweisung,* als Antwort auf seinen Versuch einer bedingten Taufe.

Er versuchte seinen Blick zu konzentrieren, um dieses Gesicht, dieses Wesen noch einmal zu sehen. Dieses Wesen, das ihm durch Gesten allein gesagt hatte: Ich brauche dein *Erstes* Sakrament nicht, Mensch, aber ich bin würdig, dir *dieses* Sakrament des Lebens zu spenden. Jetzt wußte er, was sie war, und er schluchzte schwach, da es ihm nicht gelingen wollte, seinen Blick auf diese kühlen grünen und sorglosen Augen eines Wesens zu richten, das *frei* geboren war.

»*Magnificat anima mea Dominum*«, flüsterte er. »Meine Seele preiset den Herrn, und mein Geist erfreuet sich in Gott, meinem Retter; denn Er hat gesehen die Niedrigkeit Seiner Magd...«

Er wollte sie diese Worte lehren, als letzte Handlung auf Erden, denn er war sicher, daß sie etwas mit der Jungfrau gemeinsam hatte, die diese Worte zuerst gesprochen hatte.

»*Magnificat anima mea Dominum et exultavit spiritus meus in Deo, salutari meo, quia respexit humilitatem...*«

Er kam außer Atem, ehe er enden konnte. Seine Sicht trübte sich; er konnte die Gestalt nicht länger erkennen. Doch kühle Finger berührten seine Stirn, und er hörte sie ein Wort sagen:

»Lebe!«

Dann war sie verschwunden. Er konnte ihre Stimme hören, wie sie in den neuen Ruinen davonglitt. »Lalalalala...«

Das Bild dieser kühlen grünen Augen verblieb bei ihm, solange er noch lebte. Er fragte sich nicht, *warum* Gott

beschlossen haben sollte, ein Geschöpf mit der Urunschuld aus Mrs. Grales' Schulter zu erwecken, oder warum Gott diesem Geschöpf die übernatürlichen Gaben des Paradieses verlieh – jene Gaben, die der Mensch mit brutaler Gewalt dem Himmel wieder entreißen wollte, seit er sie zum erstenmal verloren hatte. Er, Zerchi, hatte die Urunschuld in diesen Augen gesehen und ein Versprechen der Auferstehung. Ein Blick von ihr war eine Andeutung davon gewesen, eine Wohltat, und er weinte vor Dankbarkeit. Später dann lag er mit dem Gesicht im nassen Dreck und wartete.
Aber nichts mehr kam – nichts, was er sah oder spürte oder hörte.

30

Sie sangen, während sie die Kinder in das Schiff hoben. Sie sangen alte Raum-Shanties und halfen den Kindern nacheinander die Stufen hinauf und übergaben sie oben den Schwestern. Sie sangen herzhaft, um die Furcht der Kleinen zu zerstreuen. Als der Horizont zerbrach, hörte das Singen auf. Sie hoben das letzte Kind ins Schiff.
Der Horizont füllte sich mit Blitzen, als die Mönche die Leitern hinaufeilten. Die Horizonte wurden ein rotes Glühen. In der Ferne wurde eine Wolkenbank geboren, wo zuvor keine Wolke gewesen war. Die Mönche auf der Leiter blickten weg von den Blitzen. Als die Blitze aufhörten, blickten die Mönche wieder hin.
Das Angesicht Luzifers erhob sich in pilzförmiger Häßlichkeit über der Wolkenbank, wuchs langsam in die Höhe wie ein Titan, der nach Jahren der Einkerkerung in den Tiefen der Erde nun auf die Füße klettert.
Jemand bellte einen Befehl. Die Mönche stiegen weiter. Bald waren sie alle im Schiff.
Der letzte Mönch blieb in der Luke stehen, bevor er hineinging. Er stand im offenen Einstiegsloch und löste seine

Sandalen. »*Sic transit mundus*«, murmelte er und schaute zurück in die Glut. Er schlug die Sohlen seiner Sandalen zusammen, so daß der Schmutz abfiel. Die Glut hatte schon ein Drittel des Himmels verschlungen. Der Mönch kratzte seinen Bart, warf einen letzten Blick auf das Meer, dann trat er zurück und verschloß die Einstiegluke.
Dann gab es einen Lichtwirbel, ein Blitz, einen hohen dünnen weinenden Ton, und das Sternenschiff warf sich in den Himmel.

Die Brecher schlugen eintönig an die Küsten und warfen Treibholz hinauf. Draußen, jenseits der Brecher trieb ein verlassenes Wasserflugzeug. Nach einer Weile erwischten die Brecher das Flugzeug und schleuderten es mit dem Treibholz an den Strand. Es kippte um, und ein Flügel brach ab. Kleine Garnelen ließen es sich in den Brechern wohlsein, und der Weißfisch, der sich von den Garnelen nährt, und der Hai, der den Weißfisch kaut und ihn wunderbar findet in der verspielten Brutalität der See.
Ein Wind kam über den Ozean. Er brachte mit sich ein Leichentuch von feiner weißer Asche. Die Asche fiel in die See und in die Brecher. Die Brecher wuschen tote Garnelen an die Küste, zusammen mit dem Treibholz. Dann spülten die Brecher den Weißfisch an die Küste. Der Hai schwamm hinaus zu seinen tiefsten Wassern und lag tief nachdenkend in den kalten klaren, sauberen Strömungen. Er war in diesem Jahr sehr hungrig.